Ziemia obiecana
Władysław Reymont

Ziemia obiecana
Copyright © JiaHu Books 2014
First Published in Great Britain in 2014 by JiaHu Books – part of Richardson-
Prachai Solutions Ltd, 34 Egerton Gate, Milton Keynes, MK5 7HH
ISBN: 978-1-78435-088-8
A CIP catalogue record for this book is available from the British Library
Visit us at: jiahubooks.co.uk

TOM PIERWSZY

TOM DRUGI

TOM PIERWSZY

I.

Łódź się budziła.

Pierwszy wrzaskliwy świst fabryczny rozdarł ciszę wczesnego poranku, a za nim we wszystkich stronach miasta zaczęły się zrywać coraz zgiełkliwiej inne i darły się chrapliwymi, niesfornymi głosami, niby chór potwornych kogutów, piejących metalowymi gardzielami hasło do pracy.

Olbrzymie fabryki, których długie, czarne cielska i wysmukłe szyje — kominy, majaczyły w nocy, w mgle i w deszczu — budziły się zwolna, buchały płomieniami ognisk, oddychały kłębami dymów, zaczynały żyć i poruszać się w ciemnościach, jakie jeszcze zalegały ziemię.

Deszcz drobny, marcowy deszcz pomieszany ze śniegiem padał wciąż i rozwłóczył nad Łodzią ciężki, lepki tuman; bębnił w blaszane dachy i spływał z nich prosto na trotuary, na ulice czarne i pełne grzęskiego błota, na nagie drzewa przytulone do długich murów, drżące z zimna, targane wiatrem, co zrywał się gdzieś z pól przemiękłych i przewalał się ciężko błotnistemi ulicami miasta, wstrząsał parkanami, próbował dachów i opadał w błoto i szumiał między gałęziami drzew i bił niemi w szyby niskiego, parterowego domu, w którym nagle zabłysło światło.

Borowiecki się obudził, zapalił świecę i równocześnie budzik zaczął dzwonić gwałtownie, wskazując piątą.

— Mateusz, herbata! — krzyknął do wchodzącego lokaja.

— Wszystko gotowe.

— Panowie śpią jeszcze?

— Zaraz będę budził, jeśli pan dyrektor każe, bo pan Moryc mówił wieczorem, że chce dzisiaj spać dłużej.

— Idź obudź.

— Klucze już brali?

— Sam Szwarc wstępował.

— Telefonował kto w nocy?

— Kunke był na dyżurze, ale odchodząc nic mi nie mówił.

— Co słychać na mieście? — pytał prędko, prędzej jeszcze się ubierając.

— A nic, ino zaś na Gajerowskim rynku zażgali robotnika.

— Dosyć, ruszaj.

— Ale, spaliła się też fabryka Goldberga, na Cegielnianej. Nasza straż jeździła, ale wszystko dobrze poszło, ostały tylko mury. Z suszarni poszedł ogień.

— Cóż więcej?

— A nic, wszystko poszło fein, na glanc — zaśmiał się rechocząco.

— Nalewaj herbatę, ja sam obudzę pana Moryca.

Ubrał się i poszedł do sąsiednich pokojów, przechodząc przez stołowy, w którym wisząca u sufitu lampa rozrzucała ostre, białe światło na stół okrągły, nakryty obrusem i zastawiony filiżankami i na samowar błyszczący.

— Maks, piąta godzina, wstawaj! — zawołał, otwierając drzwi do ciemnego pokoju, z którego buchnęło duszne, przesycone zapachem fiołków powietrze.

Maks się nie odezwał, tylko łóżko zaczęło trzeszczeć i skrzypieć.

— Moryc! — zawołał do drugiego pokoju.

— Nie śpię. Nie spałem całą noc.

— Dlaczego?

— Myślałem o tym naszym interesie, trochę sobie obliczałem i tak zeszło.

— Wiesz, Goldberg się spalił dzisiaj w nocy i to zupełnie „na glanc", jak Mateusz mówi...

— Dla mnie to nie nowina — odpowiedział, ziewając.

— Skąd wiedziałeś?

— Ja miesiąc temu wiedziałem, że on się potrzebuje spalić. Dziwiłem się nawet, że tak długo zwleka, przecież procentów mu nie dadzą od asekuracyi.

— Miał dużo towaru?

— Miał dużo zaasekurowane...

— Bilans sobie wyrównał.

Roześmiali się obaj szczerze.

Borowiecki wrócił do stołowego i pił herbatę, a Moryc, jak zwykle, szukał po całym pokoju różnych części garderoby i wymyślał Mateuszowi.

— Ja tobie zbiję ładny kawałek pyska, ja ci z niego czerwony barchan zrobię, jak mi nie będziesz składał wszystkiego porządnie.

— Morgen! — krzyknął przebudzony wreszcie Maks.

— Nie wstajesz? Już po piątej.

Odpowiedź zagłuszyły świstawki, które się rozległy jakby tuż nad domem i ryczały przez kilkanaście sekund z taką siłą, aż szyby brzęczały w oknach.

Moryc, w bieliźnie tylko, z paltem na ramionach, usiadł przed piecem, w którym wesoło trzaskały szczapy smolne.

— Nie wychodzisz?

— Nie. Miałem jechać do Tomaszowa, bo Weis pisał do mnie, aby mu sprowadzić nowe gremple, ale teraz nie pojadę. Zimno mi i nie chce mi się.

— Maks, także zostajesz w domu?

— Gdzie się będę spieszył? Do tej parszywej budy? A zresztą wczoraj się z fatrem pożarłem.

— Maks, ty źle skończysz przez to żarcie się ciągle i ze wszystkimi! — mruknął niechętnie i surowo Moryc, rozgrzebując pogrzebaczem ogień.

— Co cię to obchodzi! — krzyknął głos z drugiego pokoju.

Łóżko zatrzeszczało gwałtownie i w drzwiach ukazała się wielka figura Maksa, w bieliźnie tylko i pantoflach.

— A właśnie, że mnie to bardzo obchodzi.

— Daj mi spokój, nie irytuj mnie. Karol mnie obudził dyabli wiedzą po co, a ten znowu pyskować zaczyna.

Gadał głośno, nizkim, silnie brzmiącym głosem.

Cofnął się do swojego pokoju i po chwili wyniósł całą garderobę, rzucił ją na dywan i zwolna się ubierał.

— Ty nam psujesz interes tem swojem żarciem — zaczął znowu Moryc, wciskając złote binokle na swój suchy, semicki nos, bo mu się ciągle zsuwały.

— Gdzie? co? jak?

— Wszędzie. Wczoraj u Blumentalów powiedziałeś głośno, że większość naszych fabrykantów to prości złodzieje i oszuści.

— Powiedziałem, a jakże i zawsze to będę mówił.

Jakiś niechętny, pogardliwy uśmiech przeleciał mu po twarzy, gdy patrzył na Moryca.

— Ty, Maks Baum, mówić tego nie będziesz, mówić ci tego nie wolno, to ja ci powiadam.

— Dlaczego? — zapytał cicho i oparł się o stół.

— Ja ci powiem, jeśli tego nie rozumiesz. Przedewszystkiem, co ci do tego? Co cię to obchodzi, czy oni są złodzieje, czy porządni ludzie? My wszyscy razem jesteśmy tu po to w Łodzi, żeby zrobić geszeft, żeby zarobić dobrze. Nikt z nas tutaj wiekować nie będzie. A każdy robi pieniądze, jak może i jak umie. Ty jesteś czerwony, ty jesteś radykał pons nr 4.

— Ja jestem uczciwy człowiek — burknął tamten, nalewając sobie herbatę.

Borowiecki, oparty o stół łokciami, utopił twarz w dłoniach i słuchał.

Moryc na odpowiedź usłyszaną odwrócił się gwałtownie, aż binokle mu spadły i uderzyły w poręcz krzesła, popatrzył się na Maksa z uśmiechem gryzącej ironii na wązkich ustach, pogładził cienkimi palcami, na których skrzyły się brylantowe pierścionki, rzadką, czarną jak smoła brodę i szepnął drwiąco:

— Nie gadaj Maks głupstw. Tu chodzi o pieniądze. Tu chodzi, żebyś nie wyjeżdżał z temi oskarżeniami publicznie, bo to naszemu kredytowi może zaszkodzić. My mamy założyć fabrykę we trzech; my nic nie mamy, to my potrzebujemy mieć kredyt i zaufanie u tych, co go nam dadzą. My teraz potrzebujemy być porządni ludzie, gładcy, mili, dobrzy. Jak ci Borman powie: „Podła Łódź", to mu powiedz, że jest cztery razy podłą — jemu trzeba przytakiwać, bo to gruba fisz. A coś ty o nim powiedział do Knolla? Że jest głupi cham. Człowieku, on nie jest głupi, bo on ze swojej mózgownicy wyciągnął miliony, on te miliony ma, a my je także chcemy mieć. Będziemy mówić o nich wtedy, jak będziemy mieli pieniądze, a teraz trzeba siedzieć cicho, oni są nam potrzebni; no, niech Karol powie, czy ja nie mam racyi — mnie idzie przecież o przyszłość nas trzech.

— Moryc ma zupełną prawie słuszność — powiedział twardo Borowiecki, podnosząc zimne, szare oczy na wzburzonego Maksa.

— Ja wiem, że wy macie racyę, łódzką racyę, ale nie zapominajcie, że jestem uczciwy człowiek.

— Frazes! stary, wytarty frazes!

— Moryc, ty jesteś podły żydziak! — wykrzyknął gwałtownie Baum.

— A ty jesteś głupi, sentymentalny niemiec.

— Kłócicie się o wyrazy — ozwał się chłodno Borowiecki i zaczął wdziewać palto. — Żałuję, że nie mogę zostać z wami, ale puszczam w ruch nową drukarnię.

— Nasza wczorajsza rozmowa na czem stanęła? — zapytał spokojnie już Baum.

— Zakładamy fabrykę.

— Tak, ja nie mam nic, ty nie masz nic, on nie ma nic — zaśmiał się głośno.

— To razem właśnie mamy tyle, w sam raz tyle, żeby założyć wielką fabrykę. Cóż stracimy? Zarobić zawsze można — dorzucił po chwili. — Zresztą, albo robimy interes, albo interesu nie robimy. Powiedzcie raz jeszcze.

— Robimy, robimy! — powtórzyli obaj.

— Co to, Goldberg się spalił? — zapytał Baum.

— Tak, zrobił sobie bilans. Mądry chłop, zrobi miliony.

— Albo skończy w kryminale.

— Głupie słowo! — żachnął się niecierpliwie Moryc. — Ty sobie takie rzeczy gadaj w Berlinie, w Paryżu, w Warszawie, ale w Łodzi nie gadaj. To nieprzyjemne słowa, nam oszczędź ich.

Maks się nie odezwał.

Świstawki znowu zaczęły podnosić swoje przenikliwe, denerwujące głosy i śpiewały coraz potężniej hejnał poranny.

— No, muszę już iść. Do widzenia, spólnicy, nie kłóćcie się, idźcie spać i śnijcie o tych milionach, jakie zrobimy.

— Zrobimy!

— Zrobimy! — powiedzieli razem.

Uścisnęli sobie mocno, po przyjacielsku dłonie.

— Zapisać trzeba dzisiejszą datę; będzie ona dla nas bardzo pamiętną.

— Dodaj tam, Maksie, taki nawias, kto z nas najpierw zechce okpić drugich.

— Ty, Borowiecki, jesteś szlachcic, masz na biletach wizytowych herb, kładłeś nawet na *prokurze* swoje *von*, a jesteś największym z nas wszystkich Lodzermenschem — szepnął Moryc.

— A ty nim nie jesteś?

— Ja przedewszystkiem mówić o tem nie potrzebuję, bo ja potrzebuję zrobić pieniądze. Wy i niemcy — to dobre narody, ale do gadania.

Borowiecki podniósł kołnierz, pozapinał się starannie i wyszedł.

Deszcz mrzył bezustannie i zacinał skośnie, aż do pół okien małych domków, co w tym końcu Piotrkowskiej ulicy stały gęsto przy sobie, gdzieniegdzie tylko jakby rozepchnięte olbrzymem fabrycznym lub wspaniałym pałacem fabrykanta.

Szeregi nizkich lip na trotuarze gięły się automatycznie pod uderzeniem wiatru, który hulał po błotnistej, prawie czarnej ulicy, bo rzadkie latarnie rozsiewały tylko koła niewielkie żółtego światła, w którem błyszczało czarne, lepkie błoto na ulicy i migały setki ludzi, w ciszy wielkiej a z pośpiechem szalonym biegnących na głos tych świstawek, co teraz coraz rzadziej odzywały się dokoła.

— Zrobimy? — powtórzył Borowiecki, przystając i topiąc spojrzenie w tym chaosie kominów, majaczących w ciemności; w tej masie czarnej, nieruchomej, dzikiej jakimś kamiennym spokojem, fabryk, co stały wszędzie i ze wszystkich stron zdały się wyrastać przed nim czerwonymi, potężnymi murami.

— Morgen! — rzucił ktoś stojącemu, biegnąc dalej.

— Morgen... — szepnął i poszedł wolniej.

Gryzły go wątpliwości, tysiące myśli, cyfr, przypuszczeń i kombinacyi przewijało mu się pod czaszką, zapomniał prawie, gdzie jest i dokąd idzie.

Tysiące robotników, niby ciche, czarne roje, wypełzło nagle z bocznych uliczek, które wyglądały jak kanały pełne błota, z tych domów, co stały na krańcach miasta niby wielkie śmietniska — napełniło Piotrkowską szmerem kroków, brzękiem blaszanek, błyszczących w świetle latarń, stukiem suchym drewnianych podeszew trepów i gwarem jakimś sennym, oraz chlupotem błota pod nogami.

Zalewali całą ulicę, szli ze wszystkich stron, zapełniali trotuary, człapali się środkiem ulicy, pełnej czarnych kałuż wody i błota. Jedni ustawiali się bezładnemi kupami przed bramami fabryk, drudzy, uszeregowani w długiego węża, znikali w bramach, jakby połykani zwolna przez buchające światłem wnętrza.

W ciemnych głębiach zaczęły buchać światła. Czarne, milczące czworoboki fabryk błyskały nagle setkami płomiennych okien i niby ognistemi ślepiami świeciły. Elektryczne słońca nagle zawisały w cieniach i skrzyły się w próżni.

Białe dymy zaczęły bić z kominów i rozwłóczyć się pomiędzy tym potężnym kamiennym lasem, co tysiącami kolumn zdawał się podpierać i jakby chwiał się w drganiach światła elektrycznego.

Ulice opustoszały, gaszono latarnie, ostatnie świstawki przebrzmiały, cisza pełna chlupotu deszczu, coraz cichszych poświstywań wiatru, rozwłóczyła się po ulicy.

Otwierano szynki i piekarnie, a gdzieniegdzie, w jakiemś okienku na poddaszu, lub w suterynach, do których sączyło się uliczne błoto, błyskały światła.

Tylko w setkach fabryk wrzało życie wysilone, gorączkowe; głuchy łoskot maszyn drżał w powietrzu mglistem i obijał się o uszy Borowieckiego, który wciąż spacerował po ulicy i patrzył w okna fabryk, za któremi rysowały się czarne sylwetki robotników lub olbrzymie kontury maszyn.

Nie chciało mu się iść do roboty. Było mu dobrze tak chodzić i myśleć o tej przyszłej fabryce, urządzać ją, puszczać w ruch, pilnować. Tak się zatapiał w tem rozmarzeniu, że chwilami najwyraźniej słyszał około siebie i czuł tę przyszłą fabrykę. Widział stosy materyałów, widział kantor, kupujących, szalony ruch jaki panował. Czuł jakąś wielką falę bogactw płynącą mu pod stopy.

Uśmiechał się bezwiednie, oczy mu wilgotnymi blaskami świeciły, na bladą, piękną twarz występowały rumieńce głębokiej radości. Pogładził nerwowo brodę mokrą od deszczu i oprzytomniał.

— Co za głupstwo — szepnął niechętnie i obejrzał się dookoła, jakby z obawy, czy kto nie widział tej chwilowej słabości.

Nie było nikogo, ale już szarzało, ze słabego, przemglonego świtu zaczynały powoli wychylać się kontury drzew, fabryk i domów.

Piotrkowską zaczynały ciągnąć od rogatek sznury chłopskich wozów, od miasta turkotały po wybojach olbrzymie wozy towarowe ładowane węglem i platformy naładowane przędzą, bawełną w belach, surowym towarem lub beczkami, a pomiędzy nimi przemykały pospiesznie małe bryczki lub powoziki fabrykantów spieszących do zajęć, lub tłukła się z hałasem dorożka wioząca zapóźnionego oficyalistę.

Borowiecki przy końcu Piotrkowskiej skręcił na lewo, w małą, niebrukowaną uliczkę, oświetloną kilkoma latarniami na sznurach i olbrzymią fabryką, która już szła. Długi czteropiętrowy budynek świecił wszystkiemi oknami.

Przebrał się szybko w zafarbowaną, brudną bluzę i pobiegł do swojego oddziału.

II.

— Murray dzień dobry! — krzyknął Borowiecki.

Murray okręcony w długi, niebieski fartuch, wysunął się z po za rzędów ruchomych kotłów, w których się gotowały i robiły farby. W mdłem świetle elektrycznem, przesyconem kolorowemi parami, jego długa, koścista twarz starannie wygolona i świecąca blado-niebieskiemi, jakby wypełzłemi oczami, robiła wrażenie karykatury z Puncha.

— A, Borowiecki! Chciałem widzieć pana, byłem u was wieczorem, zastałem Moryca, ale że ja go nie cierpię, nie czekałem.

— Dobry chłopak.

— Co mi do jego dobroci! Nie cierpię jego rasy.

— Drukują już pięćdziesiąty siódmy numer?

— Drukują. Wydawałem farbę.

— Trzyma się?

— Pierwsze metry nieco lakowała. Przysłali z centrali zamówienie na pięćset sztuk tej pańskiej lamy.

— Aha, dwudziesty czwarty numer, seledynowa.

— I z filii Bech telefonował o to samo. Czy będziemy robić?

— Dzisiaj już nie. Mamy bojki pilne, mamy jeszcze pilniejsze do drukowania te letnie korty.

— Telefonowali o barchan numer siódmy.

— W apreturze. Muszę tam zaraz iść.

— Chciałem panu coś powiedzieć...

— Słucham, słucham! — szepnął grzecznie, ale z pewną niechęcią.

Murray ujął go pod rękę i odprowadził w kąt za wielkie beczki, z których co chwila czerpano farby.

„Kuchnia", bo tak nazywano tę salę, tonęła w zmroku. Pod okapami wiszącemi nizko, niby pod stalowymi parasolami kręciły się wolno, automatycznie, szerokie miedziane mieszadła, przegarniające farby w wielkich kotłach, błyszczących miedzią polerowaną.

Budynek cały drżał od ruchu maszyn.

Długie transmisye, niby węże blado-żółte, nieskończonej długości, goniły się z szaloną szybkością pod sufitem, przewijały się nad podwójnym szeregiem kotłów, pełzały wzdłuż ścian, krzyżowały się wysoko, ledwie dojrzane w obłoku gryzących kolorowych par, co buchały ustawicznie z kotłów i przyciemniały światło i uciekały wskroś murów, przez wszystkie otwory do innych sal.

Sylwetki robotników w koszulach umazanych farbami przemykały cicho i jak cienie ginęły w zmroku; wózki z łoskotem wjeżdżały i wyjeżdżały obładowane farbami gotowemi, które wiozły do drukarni i farbiarni.

Ostry straszliwie zapach siarki rozchodził się wszędzie.

— Kupiłem wczoraj meble — szeptał cicho do ucha Borowieckiemu. — Uważasz pan, do saloniku kupiłem żółte jedwabne w stylu empire. Do jadalnego obstalowałem dębowe w stylu Henryka IV, a do buduaru...

— A kiedyż się pan żeni? — przerwał mu dosyć niecierpliwie.

— No, nie wiem jeszcze. Chociaż ja chciałbym jak najprędzej.

— To już po oświadczynach? — spojrzał dosyć ironicznie na zgarbionego i dosyć śmiesznie wyglądającego anglika; jego garb wydał mu się teraz potwornym, a on sam przypominał małpę tą długą, wystającą szczęką i szerokiemi ustami, niezmiernie ruchliwemi.

— Tak jakby już. W niedzielę właśnie powiedziała mi, jakby chciała mieć urządzone mieszkanie. Wypytałem się szczegółowo, odpowiadała tak, jak odpowiadają kobiety, gdy idzie o ich przyszłe gospodarstwo.

— Ostatnią razą myślałeś pan tak samo.

— Tak, ale nie miałem takiej pewności ani w połowie! — zaręczał gorąco.

— No, kiedy tak, to winszuję panu szczerze, kiedyż poznam narzeczoną?

— Na wszystko przyjdzie czas, na wszystko.

— Dla tego też wierzę, iż się pan w końcu ożeni — szepnął drwiąco.

— Możebyś pan przyszedł jutro do mnie, dobrze? Chciałem koniecznie usłyszeć pańskie zdanie o tych meblach.

— Przyjdę.

— Ale kiedy?

— Po obiedzie.

Murray wrócił do farb i laboratoryum, a Borowiecki pobiegł dalej do farbiarni przez korytarze i przejścia zapchane wózkami naładowanymi towarem ociekającym wodą, ludźmi i stosami towaru leżącego na ziemi w wielkich kupach, oczekującego swojej kolei.

Co chwila zastępowano mu drogę z najrozmaitszymi interesami.

Wydawał krótkie rozkazy, szybko decydował, pospiesznie informował, czasem obejrzał próbkę z farby, jaką mu przynosił robotnik, rzucał stanowczo:

— Dobre lub jeszcze — i leciał dalej wśród spojrzeń setek robotniczych i szumu fabryki, co niby piekło wrzała chaosem.

Wszystko się trzęsło; ściany, sufity, maszyny, podłogi, huczały motory, świszczały przenikliwie pasy i transmisye, turkotały po asfaltowej podłodze wózki, szczękały czasem koła rozpędowe, zgrzytały tryby, leciały wskroś tego morza rozbitych drgań jakieś krzyki lub rozlegał się potężny, chuczący oddech maszyny głównej.

— Panie Borowiecki!

Wytężył oczy, bo wśród par, jakie zalegały całą farbiarnię, nie było nic prawie widać, prócz słabych zarysów maszyn. Nie wiedział, kto woła.

— Panie Borowiecki!

Drgnął, bo go ujęto pod ramię.

— A, pan prezes — szepnął, poznawszy właściciela fabryki.

— Ja pana gonię, ale pan dobrze uciekasz.

— Robota, panie dyrektorze.

— Tak, tak, ja to rozumiem. Zmęczyłem się na śmierć — trzymał go silnie za ramię, zamilkł i dyszał ciężko ze zmęczenia.

— Idzie, co? — zapytał po chwili.

— Robi się — rzucił krótko i szedł naprzód.

Fabrykant uczepiony u jego ramienia wlókł się ciężko, podpierał się grubą laską i zgarbiony prawie we dwoje, podnosił okrągłe czerwone oczy jastrzębie i twarz dużą, świecącą, okrągłą, ozdobioną małemi baczkami i wąsami przyciętymi równo.

— Cóż, te Watsony dobrze działają?

— Po piętnaście tysięcy metrów dziennie drukują.

— Mało — mruknął cicho, puścił jego ramię i przysiadł na wózku pełnym surowego perkalu, obciągnął gruby kaftan, w jaki był ubrany, podparł się laską i siedział.

Borowiecki pobiegł do wielkich kadzi farbiarskich, nad któremi, na wielkich wałach rozwinięte zwoje materyałów kręciły się w kółko i kąpały w farbie, rozpryskując ją na twarze i koszule robotników, którzy stali nieruchomie, co chwila czerpiąc z kadzi wodę dłonią i patrząc, czy jest w niej jeszcze farba, którą wyciągał materyał.

Kilkadziesiąt tych wałów ustawionych rzędem, toczyło się wciąż w kółko, z męczącą jednostajnością, długie, poskręcane zwoje materyałów pławiły się w farbach i błyskały w mgle matowemi plamami czerwieni, błękitu i ochry.

Z drugiej strony, za podwójnym rzędem żelaznych słupów, podtrzymujących wyższe piętra fabryki i rozrośniętych gęsto po olbrzymiej sali, stały płuczkarnie; długie skrzynie, pełne wrzącej wody, pieniącej się sodą, praczek mechanicznych, wyżymaczek, mydła, przez które przesuwał się surowy materyał; bryzgi rozbitej trzepaczkami wody rozsypywały się na salę i tworzyły nad praczkarniami tak gęsty tuman, że światła paliły się zaledwie jakby odbite w lustrze.

Mechaniczne odbieracze szczękały, odbierając wyprany już towar, na siebie, niby rozkrzyżowane ręce i oddawały go robotnikom, którzy prętami układali go w wielkie fałdy na wózki, podsuwane co chwila.

— Panie Borowiecki — zawołał fabrykant do jakiegoś cienia, co się wychylił z mgieł, ale to nie był Borowiecki.

Podniósł się i wlókł swoje chore zreumatyzowane nogi po sali, kąpał się z rozkoszą w tej rozpalonej atmosferze. Zatapiał swoje schorowane ciało w sali pełnej oparów, ostrych zapachów farb, wody pryskającej z płuczkarek i z kadzi, ściekającej z wózków, chlupiącej pod nogami, lejącej się z sufitów, z których skroplona para opadała prawie strumieniami.

Szalony, podobny do drgającego jęku, szczęk centryfugi, wyciągającej wodę z materyałów, przenikał całe sale, wświdrowywał się w nerwy robotników pilnujących, wpatrzonych w robotę i pochłoniętych zupełnie czuwaniem nad maszynami i rozbijał się o kolorowe, powiewające niby sztandary materyały na „odbieraczach".

Borowiecki teraz był w sąsiedniej sali, gdzie na nizkich angielskich maszynach starego systemu farbowano ordynarny czarny towar na męskie ubrania.

Dzień wlewał się setkami okien i kładł zielonawy ton na czarne opary i na robotników, co niby kolumny z bazaltu stali nieruchomi, z założonemi rękami, wpatrzeni w maszyny, przez które przesuwały się dziesiątki tysięcy metrów gryzione przez spienione, bryzgające, czarne farby.

Mury drżały ciągle. Fabryka pracowała wszystkimi mięśniami.

Windy, osadzone w murach, łączyły dół fabryki z jej czterema piętrami wierzchu. Co chwila rozlegał się głuchy szczęk w innej stronie sali, to winda brała lub wyrzucała z siebie wózki, towary, ludzi...

Dzień i do wielkiej sali zaczął zaglądać, brudne światło wciskało się przez małe zapocone szybki, zasnute brudem i parą, wyłaniając z nich zarysy pełniejsze maszyn i ludzi, ale w tem szaro-zielonawem świetle, po którem pływały długie smugi czerwonych oparów i gdzie pyliły się nimby gazowych świateł — i ludzie i maszyny wyglądali jak nieprzytomni, jak widziadła porwane straszną siłą ruchu; jak jakieś strzępy, pyły, drzazgi skłębione, splątane, rzucone w wir, który z hukiem się przewalał.

Herman Bucholc, właściciel fabryki, gdy obejrzał farbiarnię, powlókł się dalej.

Przechodził pawilony, podnosił się w górę windami, schodził schodami, sunął się długimi korytarzami, przyglądał się maszynom, oglądał towar, rzucał czasem posępnem okiem na ludzi, czasem rzekł jakieś krótkie słowo, które jak błyskawica oblatywało całą fabrykę, odpoczywał na stosach sztuk, czasem na progach; niknął, aby za chwilę pokazać się w innej stronie fabryki, przy składach węgla, pomiędzy wagonami, których rzędy stały z jednej strony olbrzymiego czworoboku dziedzińca, ogrodzonego niby parkanem, murami fabryki.

Był wszędzie, a chodził jak noc jesienna ponury i milczący; gdzie się tylko zjawił, gdzie przeszedł, rozmowy milkły, twarze się pochylały, oczy przestawały widzieć, postacie się zginały i kurczyły jakby chcąc ujść z pod promienia jego oczów.

Spotykał się kilkakrotnie z Borowieckim, biegającym ustawicznie po oddziale. Spoglądali na siebie przyjaźnie.

Herman Bucholc lubił swojego dyrektora drukarni, więcej, on go szacował na całe te 10.000 rubli, jakie mu płacił rocznie.

— To jest najlepsza moja maszyna w tym oddziale — myślał, patrząc na niego.

Sam już się nie zajmował niczem, zięć prowadził fabrykę, a on wskutek przyzwyczajenia całego życia co rano przychodził do niej razem z robotnikami.

W fabryce jadał śniadanie i przesiadywał do południa, a po obiedzie, jeśli nie jeździł do miasta, to łaził po kantorach, składach, magazynach bawełny.

Nie mógł żyć z dala od tego potężnego królestwa, które stworzył pracą własną całego życia i mocą swojego geniuszu przemysłowego, musiał czuć pod nogami, w sobie, te roztargane, trzęsące się mury; czuł się dopiero dobrze przedzierając się przez przędzę transmisyi i pasów, rozwleczoną po całej fabryce, wśród ostrych zapachów farb, blichowni, surowego materyału i smarów rozgrzanych w tym upale strasznym.

Siedział teraz w drukarni i przysłoniętemi oczyma patrzył na salę, jasno oświetloną wielkiemi oknami, na maszyny drukarskie w ruchu, na te piramidy żelazne pracujące pospiesznie i w jakiejś groźnej ciszy.

Przy każdej „drukarce" osobna maszyna parowa świstała swem kołem pociągowem, które niby srebrne, wypolerowane tarcze, migotały z taką szaloną szybkością, że nie można było pochwycić konturów, a tylko jakiś nimb srebrny wirował dokoła swojej osi i rozpylał świetlany, roziskrzony tuman.

Maszyny działały z nieustającym ani na chwilę pośpiechem; długie nieskończenie pasy materyałów, co się przewijały pomiędzy walcami miedzianymi, odciskającymi na nich barwy deseni, ginęły w górze, na wyższem piętrze, w suszarni.

Ludzie z tyłu maszyn podkładający towar do drukowania, poruszali się sennie, a majstrowie stali przed maszynami, co chwila któryś się pochylił, przypatrywał walcom, dolewał farby z wielkich kadzi, patrzył na materyał i znowu stał zapatrzony w te tysiące metrów, biegnących z szalonym pośpiechem.

Borowiecki wpadał do drukarni, aby śledzić działanie świeżo umontowanych maszyn, porównywał próbki ze świeżo drukowanymi materyałami, wydawał polecenia, czasem na jego skinienie zatrzymywano działający kolos, oglądał szczegółowo i szedł dalej znowu, bo ten potężny rytm fabryki, te setki maszyn, tysiące ludzi śledzących z najwyższą, prawie pobożną uwagą, za ich działaniem, te góry towarów leżących, przewożonych wózkami, snujących się przez całe sale z pralni do farbiarni, z farbiarni do suszarni, stamtąd do apretury i w dziesięć jeszcze innych miejsc nim wyszły gotowe — porywał go.

Chwilami tylko siadał w swoim gabinecie, położonym przy „kuchni" i tam, w przerwie pomiędzy kombinowaniem nowych deseni, oglądaniem przysłanych z zagranicy próbek, których olbrzymie, naklejone w albumy stosy leżały po stołach — zamyślał się, a raczej próbował myśleć o sobie, o tym projekcie fabryki planowanej łącznie z przyjaciółmi — ale nie mógł zebrać myśli, nie mógł ani na chwilę zamknąć się w sobie, bo ta fabryka, której szum huczał w jego gabinecie, której ruch i pulsowanie czuł we własnych nerwach, w tętnie krwi nieomal, nie pozwalała się odosobnić, ciągnęła nieprzeparcie, zmuszała do służby i warowania każdego, który krążył po jej orbicie.

Zrywał się i biegł znowu, ale dzień mu się strasznie dłużył, tak, że około czwartej poszedł do kantoru, który był w innym oddziale, aby wypić herbaty i zatelefonować do Moryca, aby był dzisiaj w teatrze, gdzie dawano przedstawienie amatorskie na jakiś cel dobroczynny.

— Pan Welt dopiero z pół godziny jak od nas wyszedł.

— Tutaj był?

— Brał pięćdziesiąt sztuk białego towaru.

— Dla siebie?

— Nie, na zlecenie Amfiłowa, do Charkowa. Cygarem można służyć?

— Owszem, zapalę, bo jestem dyablo zmęczony.

Zapalił i siadł na wysokim taburecie, przed pustem biurkiem.

Główny buchalter kantoru, który go z uniżonością traktował cygarem, stał przed nim, napychając sobie fajkę tytoniem, kilku młodych chłopaków, usadowionych na wysokich kobyłkach, pisało w wielkich, czerwono poliniowanych książkach.

Cisza, jaka tutaj panowała, draźniący skrzyp piór, monotonne cykanie zegaru, denerwująco działały na Borowieckiego.

— Cóż słychać, panie Szwarc? — zapytał.

— Rozenberg się załamał.

— Zupełnie?

— Nie wiadomo jeszcze, ale ja myślę, że się będzie układał, no, bo co za interes robić zwykłą klapę? — zaśmiał się cicho i przybijał palcem wilgotny tytoń w fajce.

— Firma traci?

— To zależy od tego ile będzie płacił za sto.

— Bucholc wie?

— Nie był jeszcze dzisiaj u nas, ale jak się dowie, zabolą go odciski; jest czuły na straty.

— Jego szlag może trafić — szepnął któryś z pochylonych przy robocie.

— Byłaby szkoda!

— Bardzo wielka, niech Bóg broni!

— Niech żyje sto lat, niech ma sto pałaców, sto milionów, sto fabryk.

— I niech go razem sto choler ciśnie! — szepnął cicho któryś.

Cisza się zrobiła.

Szwarc patrzył groźnie na piszących, to na Borowieckiego, jakby chciał się usprawiedliwiać, że on nic nie winien, ale Borowiecki znudzonym wzrokiem patrzył w okno.

W kantorze panowała atmosfera przytłaczającej nudy.

Ściany aż po sufit wyłożone drzewem malowanem na dąb, pełne półek i ksiąg, rozstawionych systematycznie, żółciły się smutnie.

Naprost okien stał wielki, czteropiętrowy budynek, z nagiej, czerwonej cegły i rzucał szaro-rdzawy, przygnębiający refleks do kantoru.

Przez podwórko, wylane asfaltem, po którem turkotały od czasu do czasu wózki i przechodzili ludzie, w kilku kierunkach biegły na wysokości pierwszego piętra grube, jak ramiona atlety, transmisye, warcząc głucho, od czego szyby w kantorze ustawicznie drżały

Wysoko nad fabryką wisiało niebo ciężką, brudną płachtą, z której ściekał drobny deszcz i spływał po zabrudzonych murach smugami jeszcze brudniejszemi i sączył się po oknach kantoru, zakurzonych pyłem węglowym i bawełnianym, niby wstrętne plwociny.

W kącie kantoru, nad gazem, zaczął szumieć samowar.

— Panie Horn, może pan dać mi herbaty?

— A może pan dyrektor zechce butersznicik! — ofiarowywał uprzejmie Szwarc.

— Tylko trochę koszerny.

— To znaczy, że lepszy niźli pan jadasz, panie von Horn!

Horn przyniósł herbatę i zatrzymał się na chwilę.

— Co panu jest? — zapytał go Borowiecki, który z nim znał się bliżej.

— Nic — odparł krótko i powlókł niezawistnym spojrzeniem po Szwarcu, który rozwijał butersznity z gazety i układał je przed Borowieckim.

— Wyglądasz pan bardzo źle.

— Panu Horn nie służy fabryka. Po salonach trudno mu się przyzwyczaić do kantoru i do roboty.

— Bydlę, albo inny parszywiec może się łatwo przyzwyczaić do jarzma, ale człowiekowi trudniej — syknął ze złością, ale tak cicho, że Szwarc nie zrozumiał słów, spojrzał uważnie, uśmiechnął się tępo i szepnął:

— Panie von Horn! Panie von Horn! Może pan dyrektor spróbuje, jest tu kombinacya szynki z pulardą, bardzo dobra, moja żona jest sławna z tego.

Horn odszedł, usiadł przy biurku i błądził spojrzeniem po murach czerwonych, po oknach, za któremi bieliły się stosy szarpanej do przędzenia bawełny.

— Daj mi pan jeszcze herbaty.

Borowiecki chciał go wybadać.

Horn herbatę przyniósł i nie podnosząc oczów zawrócił się do odejścia.

— Panie Horn, może pan za jakie pół godziny przyjdzie do mnie?

— Dobrze, panie dyrektorze. Ja nawet miałem interes i w tym celu jutro się wybierałem do pana. A może pan teraz zechcesz wysłuchać?

Chciał coś poufnie szepnąć, ale do kantoru weszła kobieta, czworo dzieci wpychając przed sobą.

— Niech będzie pochwalony Jezus Chrystus! — szepnęła cicho, ogarnęła wzrokiem te wszystkie głowy, co się podniosły z nad pulpitów, schyliła się pokornie do nóg Borowieckiego, bo stał najbliżej i miał najbardziej pokaźną twarz.

— Wielmożny panie dziedzicu, a to z prośbą przyszłam, wedle tego, co mojemu mężowi głowę urwało w maszynie, co ja teraz sierota biedna z dziećmi, co my jesteśmy biedne. Tom przyszła dopraszać się sprawiedliwości, aby mi pan dziedzic dał wspomożenie jako mojemu mężowi urwało głowę w maszynie. Wielmożny panie dziedzicu — i schyliła się znowu do kolan Borowieckiego, wybuchając płaczem.

— Za drzwi, wynosić się, tutaj takich spraw nie załatwia się! — krzyknął Szwarc.

— Cicho pan bądź! — zawołał na niego Borowiecki po niemiecku.

— Proszę pana, ona już od pół roku nachodzi wszystkie oddziały i kantory nasze, nie można się jej pozbyć niczem.

— A dlaczego niezałatwione?

— Pan się pyta? Ten cham umyślnie podłożył łeb pod kolo, jemu się nie chciało pracować, a jemu się chciało okraść fabrykę! My teraz mamy płacić na jego babę i bękarty!

— A ty parchu jeden, to moje dzieci bękarty! — wykrzyknęła kobieta, w pasyi przyskakując do Szwarca, który cofnął się za stół.

— Cicho kobieto! Niech pani uspokoi się i coby te małe panowie nie płakali — zawołał przestraszony, wskazując na dzieci, które uczepiły się matki i krzyczały w niebogłosy.

— Wielmożny dziedzicu, juści że prawda co od samych kopań chodzę i cięgiem mi obiecują, że zapłacą, cięgiem chodzę i proszę, to mnie cyganią ino i wyciepują kiej sukę za drzwi.

— Uspokójcie się, pomówię dzisiaj z właścicielem, przyjdźcie tutaj za tydzień, to wam zapłacą.

— Ażeby ci Pan Jezus i ta Częstochowska szczęściła na zdrowiu, na majątku, na honorze, o mój dziedzicu kochany! — wykrzykiwała, przypadając mu do nóg, całując go po rękach.

Wydarł się jej i wyszedł, ale przystanął w wielkiej sieni i gdy wychodziła zapytał:

— Z których wy stron?

— Adyć panie, jaże z pod Skierniewic.

— Dawno w Łodzi?

— A będzie ze dwa roki jak my się tutaj przenieśli na swoje zatracenie.

— Chodzicie gdzie do roboty?

— A bo mnie to chcą gdzie przyjąć te poganiny, te heretyki zapowietrzone, a po drugie kaj ja ostawię swoje sieroty.

— Z czegóż żyjecie?

— Bidujem, wielmożny panie, bidujem. Mieszkam na Bałutach z jednymi weberami i jaże całe trzy ruble płacę za pomieszkanie miesięcznie. Póki mój nieboszczyk żył, to choćby często gęsto było ze solą albo i z głodem, ale się ta żyło, a teraz kiej jego nie stało, to chodzę na Stare Miasto do posługi, czasem kto zawoła do prania i tak jest — gadała prędko, okręcając dzieci w jakieś ohydnie brudne strzępy chustek.

— Czemu nie wrócicie na wieś, do domu?

— Wrócę panie, kiej mi tylko zapłacą za chłopa, to juści, że wrócę, a niech tam to miasteczko Łódź mór nie minie, niech ją ta ogień spali, niech ich tam Pan Jezus niczegoj nie żałuje, coby wszystkie wyzdychały, co do jednego.

— Cicho bądźcie, nie macie za co przeklinać — szepnął nieco podrażniony.

— Ni mam za co? — wykrzyknęła zdumiona, podnosząc na niego bladą, brzydką, przegryzioną przez nędzę twarz i zapłakane, wybladłe niebieskie oczy. — A to, wielmożny panie, my na wsi byli ino komorniki, bo mój miał trzy morgi grontu, co mu przyszły w schedzie po ojcu, to że nie było za co postawić chałupy, tośwa mieszkali u stryjecznych swoich. Myśwa żyli z wyrobku ino, ale zawżdy człowiek mieszkał po ludzku i kartofli gdzie przysadził na odrobek i gąskę się uchowało albo i świniaka i jajko miał swoje i krowę mieliśwa, a tutaj co? Harował nieborak od świtu do nocy i jeść nie było co, żyliśmy kiej te dziady ostatnie, a nie kiej krześcianie, kiej psy, a nie kiej gospodarze poczciwi.

— Pocóżeście tutaj przyjechali, trzeba było siedzieć na wsi.

— Po co? — zawołała boleśnie. — A bo ja wiem! Szły wszystkie to i myśwa poszły. Na wiosnę poszedł Jadam, ostawił kobitę i poszedł. Przyjechał po żniwach taki wystrojony, co go nikt nie mógł poznać, cały w kortach i zygarek miał śrybny i piestrzonek i tyla piniędzy, coby na wsi i bez trzy roki nie zarobił. Ludzie się dziwowali, a ten zapowietrzony cyganił, bo mu za to zapłacili, żeby ludzi wieskich sprowadził, obiecywał Bóg wie nie co. Tak zaraz poszło z nim dwóch parobków, Janków syn i Grzegorza z pod lasu, a potem to już kto ino mógł, to leciał do tego miasteczka Łodzi. Kużdymu się chciało kortów, zygarka i rozpusty! Ja mojego strzymywałam, bo po co nam było tutaj iść, do obcych w tyli świat, to me sprał kiej bydlaka i poszedł, a potym przyjechał i zabrał ze sobą. Mój Jezu kochany, mój Jezu! — szeptała chlipiąc boleśnie i rozcierając sobie nos i łzy brudnemi rękami i tak się zaczęła trząść w tym rozpaczliwym płaczu, że dzieci przytuliły się do niej i także zaczęły płakać cicho.

— Macie tutaj pięć rubli i zróbcie tak jak wam mówiłem.

Miał tego już dosyć, odwrócił się spiesznie i wyszedł, nie czekając podziękowań.

Nie cierpiał roztkliwiań i czułości, a ta kobieta poruszyła w nim zamierającą zwolna, duszoną świadomie — uczuciowość.

Stał czas jakiś przy kotle „oksydacyjnym" Mather-Pllatta, przez który przechodził towar suchy i już drukowany i z pewnem roztargnieniem przyglądał się barwom świeżo wytworzonym, a raczej rozwiniętym w przesunięciu się towaru przez kocioł. Żółte, nałożone „bejcem" kwiatki, zmieniły się na ponsowe pod wpływem wysokiej temperatury i skomplikowanych roztworów soli anilinowej.

Fabryka po chwilowym odpoczynku podwieczorkowym, pracowała znowu z jednaką energią.

Borowiecki wyjrzał na świat z okien swojego gabinetu, bo poszarzało nagle i zaczął padać śnieg nadzwyczaj gęstymi płatami i pobielił ściany fabryk i dziedziniec. Spostrzegł Horna stojącego za domkiem szwajcara, przez który było jedyne wyjście z fabryki. Horn rozmawiał z tą samą kobietą, która mu za coś dziękowała z uniesieniem i chowała jakiś papier za stanik.

— Panie Horn! — krzyknął, wychylając przez lufcik głowę.

— Miałem przyjść właśnie do pana — ozwał się Horn, zjawiając się po chwili.

— Coś pan radził tej babie? — zapytał surowym dosyć głosem, patrząc w okno.

Horn zawahał się przez mgnienie, rumieniec powlókł jego dziewczęco piękną twarz, a w niebieskich, dobrych oczach zamigotał płomień.

— Kazałem jej iść do adwokata, niechaj wytoczy proces fabryce od odszkodowanie, bo wtedy prawo zmusi ich do zapłacenia.

— Co to pana obchodzi? — zaczął lekko bębnić palcami po szybie i przygryzać usta.

— Co mnie obchodzi? — zamilkł na chwilę. — Bardzo mnie obchodzi wszelka nędza i wszelka niesprawiedliwość, bardzo...

— Czem pan tutaj jesteś? — przerwał mu ostro i usiadł przed długim stołem.

— No, jestem praktykantem kantorowym, pan dyrektor przecież wie najlepiej — odpowiedział zdumiony.

— No, to panie Horn, pan nie skończysz tej praktyki, jak mi się zdaje.

— Wreszcie, to mi jest już wszystko jedno — szepnął dosyć twardo.

— Ale nam nie jest wszystko jedno, nam — fabryce, w której pan jesteś jednym z miliona kółek! Przyjęliśmy pana nie na to, żebyś tutaj produkował się ze swoją filantropią, a tylko, abyś robił. Pan wprowadzasz zamęt tutaj, gdzie wszystko polega na najdoskonalszem funkcyonowaniu, na prawidłowości i zgodności.

— Nie jestem maszyną, jestem człowiekiem.

— W domu. W fabryce od pana nie wymaga się egzaminów na człowieczeństwo, ani egzaminów na humanitarność, w fabryce potrzebne są pańskie mięśnie i mózg pański i tylko za to płacimy panu — rozdraźniał się coraz bardziej. — Jesteś pan tutaj maszyną taką samą jak my wszyscy, więc pan rób tylko to, co do pana należy. Tutaj nie miejsce do rozanieleń, tutaj...

— Panie Borowiecki! — przerwał mu szybko.

— Panie von Horn! Słuchaj pan, kiedy mówię do pana — zawołał groźnie, zrzucając gniewnie wielkie album próbek na ziemię. Bucholc przyjął pana na moje zaręczenie, znam pańską rodzinę, pragnę dla pana najlepiej, ale pan jesteś jak widzę chory na dziecinną demagogię.

— Jeżeli pan tak nazywasz współczucie zwykłe u ludzi.

— Pan mnie kompromitujesz takiemi radami, dawanemi wszystkim, mającym jakiebądź pretensye do fabryki. Trzeba było zostać panu adwokatem, byłbyś się wtedy mógł opiekować nieszczęśliwymi i pokrzywdzonymi, ma się rozumieć za dobrą zapłatą — dorzucił drwiąco, bo jego gniewny nastrój przepadł gdzieś, pod wpływem tych dobrych oczów Horna, wpatrzonych w niego. — Zresztą, dajmy tej sprawie spokój. Będziesz pan dłużej w Łodzi, rozpatrzysz się w stosunkach, przyjrzysz się lepiej tym uciśnionym, to pan zrozumiesz, jak trzeba postępować. A weźmiesz pan interes po ojcu, to wtedy przyznasz mi zupełną rację.

— Nie, panie, ja w Łodzi dłużej nie wytrzymam, ani interesu po ojcu nie obejmę.

— Cóż pan chcesz robić? — wykrzyknął zdumiony.

— Jeszcze nie wiem. Przyznaję się panu szczerze, chociaż tak ostro, za ostro pan mówi do mnie, ale mniejsza z tem, bo wiem, że pan, jako dyrektor takiej wielkiej drukarni, mówić inaczej nie może.

— Więc pan odchodzisz od nas? tyle zrozumiałem, ale nie wiem dlaczego?

— Dla tego, że już wytrzymać nie mogę w tem podłem chamstwie łódzkiem. Pan jako człowiek pewnej sfery, rozumie mnie chyba. Dla tego, że ja całą duszą nienawidzę zarówno fabryk, jak i wszystkich Bucholców, Rozensztejnów, Entów, całej tej ohydnej, przemysłowej bandy — wybuchnął gwałtownie.

— Ha, ha, ha, pan jesteś wspaniały „fijoł", nieporównany! — śmiał się Borowiecki serdecznie.

— To już nic więcej nie powiem — rzekł mocno dotknięty.

— Jak pan chce, a zawsze lepiej głupstw mówić mniej.

— Do widzenia.

— Żegnam pana. Ha, ha, ha, pan masz zdolności aktorskie!

— Panie Borowiecki — zaczął prawie ze łzami w oczach Horn, zatrzymując się i chciał coś mówić.

— Co?

Horn skłonił głowę i wyszedł.

— Kapitalny mazgaj — szepnął za nim Borowiecki i także poszedł do suszarni. Owionęło go suche, rozpalone powietrze.

Olbrzymie czworoboki z blachy wypełnione strasz liwie rozpalonem i suchem powietrzem brzęczały niby oddalone grzmoty, wymiotując niekończący się pas materyałów kolorowych, suchych i sztywnych.

Na nizkich stołach, na ziemi, na wózkach, które suwały się cicho, leżały całe sterty materyałów i w tem suchem, jasnem powietrzu sali, której ściany były prawie ze szkła, paliły się przyćmionemi barwami złota przykopconego, purpury o fioletowym odcieniu, błękitu marynarskiego, starego szmaragdu — niby stosy blach metalowych o matowym, martwym blasku.

Robotnicy w koszulach tylko i boso, z szaremi twarzami, z oczami zagasłemi i jakby wypalonymi tą orgią barw, jaka się tutaj tłoczyła, poruszali się cicho i automatycznie, tworzyli tylko depełnienie maszyn.

Czasem który patrzył przez szyby w świat, na Łódź, która z tej wysokości czwartego piętra majaczyła w mgłach i dymach poprzecinanych tysiącami kominów, dachów, domów, drzew ogołoconych z liści; to znów na drugą stronę, na pola, co szły w głąb horyzontu — na szaro-białe, brudne, zalane wiosennymi roztopami przestrzenie, majaczące gdzieniedzie czerwonymi gmachami fabryk, które z oddalenia czerwieniły się wskróś mgieł bolesnym tonem mięsa odartego ze skóry; na odległe linie wiosek małych, przywartych cicho do ziemi, na drogi, co się wywijały wskroś pól, czarną cieknącą błotem wstęgą, migającą pomiędzy rzędami nagich topoli.

Maszyny huczały bezustannie i bezustannie świstały transmisye, uczepione pod sufitem i niosące siłę do innych sal, wszystko się poruszało w rytm tych olbrzymich pudeł metalowych suszarń, które odbierały towar mokry z drukarni i wypluwały go suchym i stały w tej olbrzymiej, czworokątnej sali pełnej smutnych barw i smutnego światła dnia marcowego, smutnych ludzi, niby kapliczki boga-siły, rządzącego wszechwładnie.

Borowiecki czuł się rozstrojonym i z roztargnieniem oglądał towar, czy nie jest zbytnio przesuszony lub spalony.

— Głupi chłopak — myślał o Hornie i chwilami stawała mu w pamięci ta młoda, szlachetna twarz i te oczy niebieskie, patrzące na niego z jakimś niemym żalem zawodu i wyrzutu. Czuł w sobie jakieś ciemne zaniepokojenie. Niektóre słowa Horna przychodziły mu na myśl, gdy patrzył na te tłumy ludzi w milczeniu pracujących.

— Byłem takim — poleciał myślą do tamtych, dawnych czasów, ale nie dał się ująć wspomnieniom w swoje szarpiące szpony, drwiący uśmiech wił mu się po ustach, a oczy świeciły zimno i rozważnie.

— To przeszło! przeszło! — myślał z jakiemś dziwnem uczuciem pustki, jakby mu żal było tamtych czasów, żal tych złudzeń niepowrotnych, porywów szlachetnych, zszarganych przez życie — ale to krótko trwało, i znowu siebie odzyskiwał; był tem czem był, dyrektorem drukarni Hermana Bucholca, chemikiem, człowiekiem zimnym, mądrym, obojętnym, gotowym do wszystkiego, prawdziwym Lodzermenschem, jak go nazwał Moryc.

W takim był właśnie nastroju przechodząc przez apreturę, gdy mu jeden z robotników zastąpił drogę.

— Czego? — zapytał krótko, nie zatrzymując się.

— A to nasz majster pan Pufke powiedział, że od pierwszego kwietnia będzie nas piętnastu ludzi mniej robiło.

— Tak. Ustawi się nowe maszyny, które tylu ludzi nie potrzebują do obsługi, co stare.

Robotnik miał czapkę w roku, nie wiedząc co powiedzieć i nie śmiejąc, ale zachęcony spojrzeniami, które błyskały z za maszyn, z za sągów materyałów, zapytał idąc za nim.

— A co my będziemy robili?

— Poszukacie sobie roboty gdzieindziej. Pozostaną tylko ci, którzy dawniej u nas pracują.

— A i my robimy już po trzy roki.

— Cóż ja wam poradzę, kiedy maszyna was nie potrzebuje, bo zrobi sama. Zresztą, do pierwszego może się jeszcze co zmieni, jeśli będziemy powiększali blich — odpowiedział spokojnie i wszedł na windę, która zaraz z nim zapadła się w głębi ściany.

Robotnicy spoglądali na siebie w milczeniu, niepokój świecił im w oczach, niepokój przed jutrem bez roboty, przed nędzą.

— Ścierwy nie maszyny. Psy, psiakrew — szepnął robotnik i kopnął z całą nienawiścią w bok jakiejś maszyny.

— Towar idzie na ziemię! — krzyknął majster.

Chłop prędko nadział czapkę, przygiął się nieco i ze spokojem automatu odbierał barchan czerwony z maszyny.

III.

W restauracyi hotelu Victoria było pełno.

Wielkie, nizkie pokoje o ciemnych ścianach i żółtych, stiukowych sufitach, udających drzewo, napełniał hałaśliwy gwar.

Wejściowe drzwi z bramy co chwila brzęczały mosiężnymi prętami, zabezpieczającymi szkło, co chwila ktoś wchodził i ginął w mgle dymów i w tłumie ludzi zapełniających restauracyę; elektryczne światła w sali bufetowej wciąż drgały spazmatycznie i przygasały, a gazowe bąki płonące równocześnie, rzucały mętne światło na zbitą około licznych stolików masę ludzi i na białe obrusy.

— Kelner, Bitte, zahlen!

— Piwa!

— Kelner, Bier!

Krzyżowały się wołania razem z głuchym stukiem kufli.

Garsoni w zatłuszczonych frakach, z serwetami podobnemi do ścierek przesuwali się we wszystkich kierunkach, błyskając brudnymi gorsami nad głowami pijących.

Wrzawa podnosiła się bezustannie napływającymi ludźmi i wykrzykiwaniem:

— Lodzer Zeitung! Kuryer Codzienny! — jakie rzucali chłopcy kręcący się pomiędzy stołami.

— Szczygieł, daj-no Lodzerkę — zawołał Moryc, siedzący w pokoju bufetowym, pod oknem, w otoczeniu kilku aktorów, wiecznie przesiadujących w knajpie — uważacie, co zrobił wczoraj nasz „fijoł" vel dyrektor.

— Mów arcyfijoł — wtrącił szeptem jakiś zgarbiony, stary aktor.

— Głupiś — odpowiedział mu pierwszy tajemniczym szeptem do ucha. — Otóż nasz arcyfijoł wczoraj w antrakcie drugim przyszedł za kulisy i skoro tylko Niusia zeszła ze sceny, powiada jej: „Tak pani grała wspaniale, że jak tylko kwiaty będą trochę tańsze, to kupię pani bukiet, cbociażby za całe pięć rubli!"

— Co powiedział? — zapytał stary aktor, nachylając się do ucha sąsiada.

— Żebyś pan pocałował psa w nos.

Wybuchnęli śmiechem.

— Panie Welt, panie Maurycy, czy pan nie jesteś za cwaj-koniak systemem, co?

— Panie Bum-Bum, ja jestem za systemem wyrzucenia pana za drzwi.

— Chciałem kazać dać...

— Pan lepiej każ blagować za siebie.

— Cóż, kiedy pan mnie wyręczasz. Panno Ani, koniaczek — zawołał poprawiwszy binokle i uderzając w zaciśniętą pięść otwartą dłonią prawej ręki.

— Pański przodek, panie Maurycy, miał więcej wychowania — zaczął znowu Bum-Bum, stojąc na środku pokoju z kawałkiem kiełbasy na widelcu.

— Ja o pańskim tego nie mogę powiedzieć.

— Warum? — rzucił ktoś od sąsiedniego stolika.

— Bo go wcale nie miał.

— Nie, nie dla tego, tylko że nie bywał grzecznym względem swoich pachciarzy. Welt to zna z tradycyi domowych.

— Wysortowany dawno dowcip, pięćdziesiąt procent niżej kosztu. Bum-Buma, panowie, sprzedaje się przez publiczną licytacyę. Kto da co? — wykrzyknął złośliwie Moryc.

— Co on mówi? — zapytał znowu stary aktor szeptem, kiwając równocześnie na garsona.

— Żeś głupi! — odpowiedział mu tym samym tonem sąsiad.

— Kto co da za Bum-Buma? Panowie, Bum-Bum się sprzedaje. Stary jest, brzydki jest, głupi jest, zdezelowany jest, ale tanio się sprzedaje! — wykrzykiwał i zamilkł, bo Bum-Bum stanął i patrzył na niego, a po chwili rzekł krótko:

— Parch! Panno Ani, koniaczek!

Moryc hałaśliwie stukał kuflem i śmiał się głośno ale nikt mu nie wtórował.

Bum-Bum wypił i z pochyloną kwadratową twarzą, koloru szmalcu przekrwionego, z oczami wypukłemi, blado-niebieskiemi przykrytemi binoklami, na bardzo szerokiej wstążce, z grzywką rzadkich włosów oblepiających mu wysokie kwadratowe czoło, o pomarszczonej, wymiętej, chropowatej skórze, z pochyloną naprzód figurą starego rozpustnika chodził po całej knajpie, powłócząc drgającemi tabetycznie nogami, przyczepiał się do rozmaitych grup, gadał dowcipy, z których sam śmiał się najgłośniej, albo usłyszane kawały roznosił i powtarzał z lubością, poprawiał obu rękami binokle, witał się prawie ze wszystkimi wchodzącymi, a przynajmniej połową, podchodził do bufetu, słychać było bardzo często jego chrapliwy, rozłażący się głos.

— Panno Ani, koniaczek, i trzaśnięcie dłonią w pięść zaciśniętą.

Moryc przebiegł oczami Zeitung, niecierpliwie spoglądali na drzwi. Czekał na Borowieckiego. Wstał wreszcie, bo zobaczył w drugim pokoju znajomą twarz.

— Leon, kiedyś przyjechał?

— Dzisiaj rano.

— Jakże ci poszedł sezon? — pytał, siadając obok niego na zielonej kanapce.

— Świeeeetnie! — wyciągnął nogi na krzesełku i rozpiął kamizelkę.

— Myślałem dzisiaj o tobie, a nawet wczoraj z Borowieckim mówiliśmy.

— Borowiecki! ten od Bucholca?

— Tak.

— On wciąż drukuje swoje bojki? Słyszałem, że ma założyć na siebie.

— Dla tego właśnie mówiliśmy o tobie.

— I co, wełna?

— Bawełna!

— Sarna?

— Co to ulizana dzisiaj wiedzieć.

— Pieniądze jest?

— Będą, a tymczasem jest co więcej, kredyt...

— Do spółki z tobą?

— I z Baumem, znasz Maksa?

— O jej! W tym wekslu jest feler, jeden żyrant niepewny! Borowiecki — dodał po chwili.

— Dlaczego?

— Polaczok! — rzucił dosyć pogardliwie i wyciągnął się prawie na kanapce i na krześle.

Moryc roześmiał się wesoło.

— To ty go wcale nie znasz! O nim dużo się w Łodzi będzie mówić. Ja w niego, że zrobi gruby interes, tak wierzę jak w siebie.

— A Baum, cóż to?

— Baum jest wół, jemu trzeba dać się wyspać i wygadać, a potem dać robotę, będzie robił jak wół, a zresztą on wcale nie jest głupi. Ty mógłbyś nam dużo pomódz i sam dużo byś zarobił. Nam już dawał oferty Krongold.

— Idźcie do Krongolda, to wielka osoba, on się zna ze wszystkiemi bałaganami, które kupują długiego towaru za sto rubli rocznie; to jest wielki reisender na Kutno, na Skierniewice. Zróbcie z nim interes, ja się nie narzucam! Ja mam co sprzedawać, ja mam list przy sobie Bucholca, on mi chce powierzyć agenturę swoich towarów na cały Wschód, a jakie warunki mi daje!

— i zaczął gorączkowo rozpinać się i szukać po wszystkich kieszeniach tego listu.

— Wiem o tem, nie szukaj. Borowiecki mi wczoraj mówił, bo to on poradził ciebie Bucholcowi.

— Borowiecki! Naprawdę? Dlaczego?

— Bo on jest mądry i myśli o przyszłości.

— I tak sobie, przecież za taki interes mógłby grubo zarobić. Ja sam dałbym dwadzieścia tysięcy hares geld, jak tu siedzę. Co on w tem ma? i do tego my się prawie nie znamy.

— Co on w tem ma, to on ci sam powie, ale tylko tyle ci powiem, że gotówki nie weźmie.

— Szlachcic! — szepnął z pewnem drwiącem politowaniem Leon i splunął na środek pokoju.

— Nie, on tylko mądrzejszy od najmądrzejszych reisenderów i agentów na cały Wschód — odpowiedział Moryc, dzwoniąc nożem w kufel. — Dużoś sprzedał?

— Za kilkadziesiąt tysięcy, kilkanaście tysięcy gotówki, a reszta najlepsze weksle, bo na cztery miesiące z żyrem Safonowa! Jedwabny interes — uderzył Moryca w kolano z zadowolenia. — Mam i dla ciebie obstalunek. Widzisz, co to przyjaźń.

— Na ile?

— Razem ze trzy tysiące rubli.

— Długi czy krótki towar?

— Krótki.

— Weksel czy nachname?

— Nachname? Zaraz ci dam zamówienie — zaczął przewracać w olbrzymim, zamykanym na klucz, pugilaresie.

— Co ci mam dać?

— Jeżeli gotówka, to wystarczy jeden procent, po przyjacielsku.

— Gotówki teraz potrzebuję na gwałt, mam wypłaty, ale co ciągu tygodnia zapłacę.

— Dobrze. Masz zamówienie. Wiesz, w Białymstoku spotkałem Łuszczewskiego, przyjechaliśmy razem do Łodzi.

— Gdzież ten hrabia jedzie?

— Przyjechał do Łodzi robić interes.

— On! Ma widać za dużo; trzeba się z nim zobaczył.

— Nic nie ma, przyjechał się dorobić czego.

— Jakto nic nie ma, przecież jeździliśmy całą bandą z Rygi jeszcze do jego majątków. Był pan na gruby sposób! I nic mu już nie zostało?

— Zostało! trochę gumy z powozów na kalosze! Ha, ha, ha, kapitalny witz — uderzył go w kolano.

— Cóż zrobił z majątkiem? liczyli go lekko na dwieście tysięcy.

— A on teraz liczy sam, że ma ze sto tysięcy długów, a to skromny człowiek.

— Mniejsza z nim. Napijesz się?

— Wartoby przed teatrem,

— Kelner, koniak, kawior, befsztyk po tatarsku, porter oryginalny, gallopp!

— Bum-Bum, chodź-no pan do nas! — krzyknął Leon.

— Jak się pan ma, jakże zdróweczko, jakże interesiki! — wykrzykiwał, ściskając mu rękę.

— Dziękuję, bardzo dobrze. Przywiozłem dla pana umyślnie z Odessy coś — wyjął z pugilaresu rysunek pornograficzny i podał.

Bum-Bum poprawił obu rękami binokle, wziął rysunek i zanurzył się w nim cały z lubością. Twarz mu poczerwieniała, mlaskał językiem, oblizywał swoje sine, opadnięte wargi, trząsł się cały z zadowolenia.

— Cudowne, cudowne. Niebywałe! — wykrzykiwał i powlókł się pokazywać wszystkim.

— Świnia — mruknął Moryc niechętnie.

— Lubi dobre rzeczy, a że jest znawcą...

— Nie poznałeś znowu kogo? — zapytał nieco ironicznie.

— Czekaj!.. — trzaskał w palce, potem w kolano Moryca, uśmiechnął się i z pugilaresu, z pomiędzy rachunków i not wydobył fotografię kobiety.

— Co? Ładna maszyna? — mówił z najwyższem zadowoleniem, przymrużając oczy.

— Tak.

— Prawda! Ja zaraz pomyślał, że będzie ci się podobać. To Francuzeczka, a!

— Wygląda na Holenderkę, ale krowę.

— Keine gadanie. To droga sztuka, stówka zanic.

— Dałbym pięć za wyrzucenie jej za drzwi.

— Ty zawsze jesteś... no, już nie powiem.

— A ty masz resenderowe gusta, skąd takie bydlę, gdzieś poznał?

— W Niżnim ja sobie „pokutił niemnożeczko" z kupcami, to oni mówią w końcu: „Chodź pan Lew w cafée concert!" Poszli. Nu, wódka, koniak, szampańskie pili prawie z beczki, a potem słuchali śpiewu, ona śpiewaczka — że...

— Zaczekaj, w tej chwili przyjdę! — przerwał Moryc, zerwał się i podszedł do tęgiego Niemca, który wszedł do restauracyi i rozglądał się po sali.

— Gut Morgen, panie Müller!

— Morgen! Jak się pan ma, panie... — odpowiedział niedbale i rozglądał się dalej.

— Pan szuka kogo? może ja będę mógł pana objaśnić — nastręczał się natarczywie Moryc.

— Szukam pana Borowiecki, tylko po to wszedłem.

— Będzie zaraz, bo ja właśnie czekam na niego. Może pan pozwoli do stolika. To mój kolega, Leon Kohn! — rekomendował.

— Müller! — rzucił z pewną dumą i przysiadł się.

— Ktoby nie wiedział o tem! każde dziecko w Łodzi wie takie nazwisko! — mówił prędko Leon, spiesznie się zapinając i robiąc miejsce na kanapie.

 Müller uśmiechnął się pobłażliwie i patrzał ku drzwiom, bo wszedł Borowiecki w towarzystwie, ale zobaczywszy go, towarzyszy zostawił przy drzwiach i z kapeluszem w ręku szedł do tego królika bawełnianego, po którego wejściu przyciszyło się w knajpie i wszyscy śledzili go z nienawiścią, zazdrością i dumą.

— Prawie czekałem na pana — zaczął Müller. — Mam do pana interes.

 Skinął głową Morycowi i Leonowi, uśmiechnął się do pozostałych, objął ręką w pas Borowieckiego i wyprowadził z knajpy.

— Telefonowałem do fabryki, ale mi odpowiedziano, że pan dzisiaj wyszedł wcześniej.

— Żałuję teraz bardzo — rzekł uprzejmie.

— Pisałem nawet do pana, sam pisałem — dodał mocniej, z wielką pewnością, chociaż na pewno wiedziano w mieście, że umiał zaledwie się podpisać.

— Nie odebrałem listu, bo zupełnie nie wstępowałem do mieszkania.

— Pisałem o tem, com już kiedyś wspominał. Ja jestem prosty człowiek, panie von Borowiecki, to ja powiem raz jeszcze i prosto: dam panu tysiąc rubli więcej, wstąp pan do mojego interesu.

— Bucholc dałby mi dwa tysiące więcej abym tylko został — szepnął zimno.

— Dam panu trzy, no, dam panu cztery! słyszysz pan, cztery tysiące rubli więcej, to jest całe czternaście tysięcy rocznie, ładny grosz!

— Bardzo panu dziękuję, ale nie mogę przyjąć tak wspaniałej propozycyi.

— Zostajesz pan u Bucholca? — zapytał prędko.

— Nie. Powiem otwarcie dlaczego nie przyjmuję pańskiej oferty, ani nie zostaję w firmie — zakładam sam fabrykę.

Müller przystanął, odsunął się nieco, popatrzył i ciszej, z pewnym jakby szacunkiem zapytał:

— Bawełna?

— Nie powiem nic prócz tego, że żadnej konkurencyi panu nie zrobię,

— Mnie jest ganz-pommade, wszystkie konkurencye — wykrzyknął, uderzając się po kieszeni. — Co mi pan może zrobić, co mi kto może zrobić? Kto co zrobi milionom?

Borowiecki nic się nie odezwał tylko uśmiechał się, zapatrzony przed siebie.

— Co to będzie za towar? — zaczął Midler, znowu ujmując go niemieckim obyczajem wpół.

Spacerowali tak po asfaltowym, powybijanym chodniku, prowadzącym przez podwórze hotelowe do gmachu teatralnego, stojącego w głębi, oświetlonego wielką latarnią elektryczną.

Tłumy ludzi szły do teatru.

Powóz za powozem zajeżdżał przed hotelową bramę i wyrzucał ciężkich i przeważnie opasłych mężczyzn i bardzo wystrojone kobiety, które pootulane szły pod parasolami tym chodnikiem, oślizgłym od wilgoci, bo chociaż deszcz ustał już, ale gęsta lepka mgła opadała na ziemię.

— Pan mi się podoba, panie von Borowiecki — mówil Müller, nie doczekawszy się odpowiedzi — tak mi się pan podoba, że jak tylko pan zrobi klapę, to zawsze znajdzie pan u mnie miejsce na jakie parę tysięcy rubli.

— Teraz dałby mi pan więcej?

— No, bo teraz pan jesteś dla mnie więcej wart.

— Dziękuję za szczerość — uśmiechnął się ironicznie.

— Ale ja pana nie chciałem obrazić, ja mówię tak, jak myślę — usprawiedliwiał się gorąco, dojrzawszy ten uśmiech.

— Wierzę. Skoro zrobię klapę raz, to tylko dla tego, żeby drugi raz, jej nie zrobić.

— Pan jesteś głowa, panie Borowiecki, pan mi się ogromnie podoba. My razem moglibyśmy robić dobre interesy.

— Cóż, kiedy musimy je robić osobno — zaśmiał się, kłaniając nizko, jakimś damom przechodzącym.

— Ładne kobiety te polki, ale mają. Moda też ładna.

— Bardzo ładna — powiedział poważnie, podnosząc na niego oczy.

— Ja mam myśl! ja ją panu kiedyindziej powiem — zawołał tajemniczo. — Masz pan miejsce w teatrze?

— Mam krzesło, przysłali mi dwa tygodnie temu.

— Nas tylko troje będzie w loży.

— Są i panie?

— One już w teatrze, a ja umyślnie zostałem, aby się widzieć z panem, no i na nic moje plany. Do widzenia, pan zajrzy do loży?

— Z pewnością, będzie to dla mnie bardzo przyjemnym obowiązkiem.

Müller zniknął w drzwiach teatru, a on powrócił do restauracyi. Nie zastał już Moryca, który przez garsona kazał powiedzieć, że czeka w teatrze.

W bufecie, gdzie poszedł napić się wódki, bo czuł się dziwnie zdenerwowanym, nie było prawie nikogo, prócz Bum-Buma, który przysłonięty gazetą drzemał w kącie.

— Bum, nie idziesz pan do teatru?

— Te, po co mi to. Bawełnę oglądać, przecież ich znam. Pan idzie?

— A zaraz.

Jako i wyszedł, odnalazł swoje miejsce w pierwszym rzędzie obok Moryca i Leona, który zawzięcie kłaniał się i lornetował jakieś blondynki, siedzące na pierwszem piętrze.

— Krasawica pierwszy sort, ta moja blondynka, patrz Moryc.

— Znasz ją bliżej?

— Czy ja ją znam bliżej? ha, ha, ha, ja ją znam bardzo bliżej! Poznaj mnie z Borowieckim.

Moryc ich poznajomił zaraz.

Leon chciał coś mówić, już nawet klepnął w kolano Moryca, ale Borowiecki wstał i odwrócony twarzą do sali zapełnionej od góry do dołu najlepszą, na jaką tylko było stać Łódź publicznością, przyglądał się uważnie, co chwila kłaniając się to łożom, to krzesłom, niesłychanie dystyngowanym ruchem głowy.

Stał spokojnie pod ogniem lornetek i spojrzeń, jakie w niego uderzały ze wszystkich stron teatru, który wrzał niby ul świeżo osadzonym rojem.

Jego wysoka, rozrośnięta, bardzo zgrabna postać rysowała się wykwintną sylwetką.

Piękna twarz, o bardzo typowym, wydelikaconym rysunku, ozdobiona prześlicznymi wąsami starannie utrzymywanymi i usta o spodniej wardze silnie wysuniętej i pewna niedbałość w ruchach i spojrzeniach, czyniły go typem dżentelmena.

Nikt nie mógłby był z jego powierzchowności wykwintnej poznać, że ma przed sobą człowieka, który jako chemik fabryczny, jako kolorysta był niezrównanym w swojej specyalności; człowieka, o którego toczyły się wojny pomiędzy fabrykami bawełnianemi, aby go zdobyć dla siebie; był takim, który w tym dziale fabrykacyi robił przewroty.

Szare, z niebieskawym odcieniem oczy, twarz sucha, brwi prawie ciemne, czoło twardo modelowane — nadawały mu coś drapieżnego.

Czuć było w nim silną wolę i nieugiętość.

Patrzył dosyć wyniośle na teatr zalany światłem i na tę barwną, błyszczącą brylantami publiczność.

Loże podobne były do żardinierek wybitych wiśniowym aksamitem, na którego tle niby kwiaty siedziały strojne kobiety, skrzące się drogimi kamieniami.

— Karol, ile może być dzisiaj milionów w teatrze? — zapytał cicho Moryc.

— Będzie ze dwieście — odpowiedział tak samo, zwolna ogarniając znane twarze milionerów.

— Tu rzeczywiście pachnie milionami — wtrącił Leon, wciągając w siebie powietrze przesycone zapachem perfum, kwiatów świeżych i błota przyniesionego z ulicy.

— Cebulą i kartoflami przedewszystkiem — szepnął pogardliwie Borowiecki i kłaniał się z bardzo słodkim uśmiechem do jednej z łóż parterowych, przy samej scenie, wspaniale pięknej żydówce w czarnej jedwabnej sukni decolté, z której wychylały się olśniewające białością, przepysznie uformowane ramiona i szyja okręcona w sznur brylantów. Brylanty połyskiwały nad skroniami, w grzebykach upinających czarne puszyste włosy, zaczesane modą cesarstwa — na uszy, w których również skrzyły się brylanty zadziwiającej wielkości, brylanty lśniły się u gorsu, w agrafie spinającej stanik i połyskiwały w bransoletkach okręcających ręce obciągnięte w czarne rękawiczki. Wielkie, podłużne oczy fijołkowe niby najwspanialsze szafiry, paliły się ostro.

Twarz miałao gorącym tonie lekko oliwkowym, przesyconym nieco karminem krwi, czoło nizkie, brwi silnie zarysowane, nos prosty i cienki i dosyć duże pełne usta.

Spoglądała z pewnym uporem na Borowieckiego, nie zważając, że ją lornetowano ze wszystkich lóż, czasami rzucała nieznaczne spojrzenia na siedzącego trochę w głębi loży męża, starca o wybitnie semickim typie, który z opuszczoną głową na piersi siedział zatopiony w rozmyślaniach, chwilami budził się, rzucał przenikliwe spojrzenia z pod złotych okularów na salę, obciągał na wydatnym brzuchu kamizelkę i szeptał żonie:

— Lucy, czemu się ty tak wystawiasz?

Udawała, że nie słyszy i przeglądała dalej loże i krzesła zapchane publicznością o typach przeważnie semickich i germańskich, albo patrzyła w Borowieckiego który chwilami odczuwał te spojrzenia, bo się odwracał do niej twarzą, ale stał zimny na pozór i obojętny.

— Ładny kawałek kobiety z tej Zukerowej — szepnął Leon do Borowieckiego, bo chciał zacząć rozmowę, aby się dowiedzieć, bliższych szczegółów o swojej agenturze.

— Uważasz pan?... — odpowiedział chłodno tamten.

— Ja bo widzę. Patrz pan, jej biust, ja to najlepiej lubię w kobiecie, a ona ma biust frontowy, jak aksamit, ha, ha, ha.

— Z czego się śmiejesz? — pytał ciekawie Moryc.

— Zrobiłem pyszny witz — i powtarzał go Morycowi ze śmiechem.

Umilkli bo kurtyna się podniosła, wszystkie oczy utonęły w scenie, tylko Zukerowa z za wachlarza patrzyła w Karola, który zdawał się tego nie spostrzegać, co ją tak widocznie irytowało, że po kilka razy składała wachlarz i uderzała nim w parapet jakby od niechcenia.

Uśmiechał się nieznacznie, rzucał na nią krótkie spojrzenia i patrzył dalej z uwagą wielką na scenę, gdzie amatorzy i amatorki parodyowali prawdziwych aktorów i sztukę.

Było to bowiem przedstawienie na cel dobroczynny, złożone z dwóch komedyjek, śpiewu solowego, gry na skrzypcach i fortepianie, i żywych obrazów na zakończenie.

W antrakcie Borowiecki wstał, aby iść do loży Müllerów, zatrzymał go Cohn.

— Panie Borowiecki, ja chciałem z panem pomówić.

— Może po teatrze, bo, jak pan widzi, teraz nie mam czasu — szepnął i poszedł.

— On jest wielki pan, teraz niema czasu.

— Ma racyę, tutaj wcale nie miejsce do interesów.

— Moryc, tyś zgłupiał do reszty, co ty wygadujesz, dla interesów jest wszędzie miejsce, tylko ten von Borowiecki to wielki książę od Bucholca i Spółki, wielka osoba!

Borowiecki tymczasem wszedł do loży Müllerów, stary wyszedł aby mu zrobić miejsce, bo już tam na czwartego siedział jakiś nizki, gruby Niemiec.

Przywitał się z matką, drzemiącą w głębi loży i z córką, która podniosła się niemal na jego wejście.

— Störch.

— Borowiecki.

Skrzyżowały się nazwiska i dłonie.

Karol usiadł.

— Jak się pani bawi? — zapytał, aby coś powiedzieć.

— Doskonale, wybornie! — wykrzyknęła i jej okrągła, różowa twarz, podobna do młodej rzodkiewki świeżo obmytej, rozbłysła silniejszymi rumieńcami, co tem mocniej odbijały przy jasno-zielonej sukni.

Podniosła chusteczkę do twarzy, aby przysłonić rumieńce, bo się ich wstydziła.

Matka zarzuciła jej na ramiona wspaniały, koronkowy szal, bo przeciąg od drzwi otwartych przewiewał po teatrze i drzemała dalej.

— A pan? — zapytała po chwili, podnosząc na niego niebieskie, zupełnie porcelanowe oczy, o jasnych złotawych obrzeżach rzęs i w tej chwili, z rozchylonemi nieco, bladymi ustami dziecka, z twarzyczką podniesioną podobną była do świeżo upieczonej bułki.

— Powiem to samo: Wybornie, doskonale, albo: Doskonale, wybornie.

— Dobrze grają, prawda?

— Tak, po amatorsku. Myślałem, że pani weźmie udział w przedstawieniu.

— Ja bardzo pragnęłam, ale kiedy mnie nikt nie zaprosił — mówiła szczerze, z wielką przykrością.

— Projekt ten istniał, ale nie miano odwagi, bano się odmowy, zresztą do domu państwa wstęp tak trudny, jakby na dwór królewski.

— Ja, ja to samo mówił pannie Mada — wtrącił Störch.

— To pan winien, przecież pan bywa u nas, trzeba było mi powiedzieć.

— Nie miałem czasu i zapomniałem — tłómaczył się prosto.

Zapanowało milczenie.

Störch odkasływał, nachylał się już, aby zacząć rozmowę, ale cofał się, widząc, że Borowiecki znudzonym wzrokiem włóczy po teatrze, a Mada była jakaś pomieszana, bo chciała duto mówić, a teraz, gdy ten Borowiecki siedzi obok niej, gdy łoże ze specjalnem zainteresowaniem lornetują ich, nie wie co mówić, wreszcie zaczęła.

— Pan będzie w naszej firmie?

— Niestety, musiałem ojcu pani odmówić.

— A papa tak liczył na pana.

— Ja sam bardzo żałuję.

— Myślałam, że we czwartek pan u nas będzie, bo mam pewną prośbę.

— Mogęż ją zaraz wysłuchać?

Pochylił głowę ku niej i spoglądał do loży Zukerów.

Lucy wachlowała się gwałtownie i widocznie po za wachlarzem kłóciła się z mężem, który raz po raz obciągał kamizelkę na brzuchu i wyprostowywał się na krześle.

— Chciałam prosić, aby mi pan wskazał niektóre polskie książki do czytania. Mówiłam to już papie, ale powiedział mi, że jestem głupia i powinnam się zająć domem i gospodarstwem.

— Ja, ja. Fater tak powiedziała — szepnął znowu Störch, cofając się nieco w tył z krzesłem, bo go Borowiecki uderzył oczami.

— Dlaczego pani chce tego, po co to pani? — zapytał dosyć twardo.

— A bo chcę — odparta rezolutnie — chcę i proszę o informacyę.

— Brat musi mieć przecież w tym nowym pałacyku i bibliotekę.

Zaśmiała się bardzo serdecznie i bardzo cichutko.

— Co pani widzi śmiesznego w mojem przypuszczeniu?

— Ale, bo Wilhelm tak nie lubi książek, że kiedyś pogniewał się na mnie i gdy byłam z mamą w mieście, spalił mi wszystkie moje książki.

— Ja, ja, Wilhelm nie lubi książek, on jest dobry bursz.

Borowiecki popatrzył zimno na Störcha i rzekł:

— Dobrze, przyślę pani jutro spis tytułów.

— A jeślibym ja pragnęła mieć ten spis zaraz, natychmiast.

— To natychmiast mogę kilka tytułów napisać a resztę jutro.

— Pan jest dobry chłopak — powiedziała wesoło, ale ujrzawszy, że usta mu drgnęły uśmiechem ironii, rozczerwieniła się jak piwonia.

Napisał na bilecie wizytowym, opatrzonym w herby, pożegnał się i wyszedł.

W korytarzu spotkał się ze starym Szają Mendelsohnem, prawdziwym królem bawełnianym, którego nazywano krótko — Szaja.

Był to wysoki, chudy żyd, o wielkiej białej, iście patryarchalnej brodzie, ubrany w długi, zwykły chałat, który mu się tłukł po piętach.

Szaja zawsze bywał tam, gdzie przypuszczał, iż będzie Bucholc, jego największy współzawodnik w królestwie bawełnianem, największy fabrykant łódzki i do tego osobisty nieprzyjaciel.

Zagrodził drogę Borowieckiemu, który uchylając kapelusza chciał przejść dalej.

— Witam pana. Niema dzisiaj Hermana, dlaczego? — zapytał ohydną polszczyzną.

— Nie wiem — odparł krótko, bo nie cierpiał Szai, jak go nie cierpiała cała nieżydowska Łódź.

— Żegnam pana — rzucił sucho i pogardliwie Szaja.

Borowiecki nic nie odpowiedział i poszedł na pierwsze piętro, do jednej z lóż, w której był cały bukiet kobiet, pomiędzy niemi zastał Moryca i Horna.

W loży było nadzwyczaj wesoło i bardzo ciasno.

— Nasza mała ślicznie gra, prawda panie Borowiecki?

— Tak i bardzo żałuję, że nie zaopatrzyłem się w bukiet.

— My go mamy, podadzą jej po drugiej sztuce.

— Że jest ciasno bezemnie i wesoło bezemnie, że panie mają już asystę — wychodzę.

— Zostań pan z nami, będzie jeszcze weselej — prosiła go jedna z kobiet, w liliowej sukni, z liliową twarzą i z liliowemi oczami.

— Weselej to pewnie nie, ale że ciaśniej, to z pewnością — zawołał Moryc.

— To wyjdź, będzie zaraz więcej miejsca.

— Żebym mógł iść do loży Müllerów, tobym wyszedł.

— Mogę ci to ułatwić.

— Ja wychodzę i zaraz zrobi się więcej miejsca — zawołał Horn, ale pochwyciwszy proszące spojrzenie młodej dziewczyny, siedzącej na froncie loży, pozostał.

— Wie pani, panno Maryo, ile się taksuje panna Müller? Pięćdziesiąt tysięcy rubli rocznie!

— Mocna panna! Jabym się puścił na ten interes — szepnął Moryc.

— Przysuń się pan bliżej, to coś opowiem — szepnęła liliowa i pochyliła nisko głowę, tak, że jej ciemne, puszyste włosy, dotykały skroni nachylonego do niej Borowieckiego. Zasłoniła się wachlarzem i szeptała mu długo do ucha.

— Nie spiskujcie! — zawołała najstarsza w loży, zupełnie w stylu Barocco, piękna, czterdziestokilkoletnia kobieta, o cerze olśniewającej, siwych zupełnie włosach, nadzwyczaj obfitych, czarnych oczach i brwiach i o majestatycznej, imponującej postaci, która przewodniczyła całej loży.

— Pani Stefania opowiadała mi ciekawe szczegóły o tej nowej baronowej.

— No, nie powtórzyłaby tego przy wszystkich — szepnęła Barocowa.

— Panna Mada Müller raczy nas lornetować, o!

— Wygląda dzisiaj jak młoda, tłuściutka, oskubana z piórek gęś, okręcona w nać pietruszki.

— Pani Stefania udaje dzisiaj złośliwą — szepnął Horn.

— Albo tamta, Szajówna, cały magazyn jubilerski ma na sobie.

— Przecież stać ją nawet na dwa sklepy jubilerskie — wtrącił Moryc, wpakował binokle na nos i patrzył na dół, w lożę Mendelsohnów, gdzie siedziała z ojcem jego najmłodsza córka ubrana z niesłychanym przepychem z jakąś drugą panną.

— Któraż kulawa?

— Róża, ta po lewej stronie, ruda.

— Wczoraj była u mnie w sklepie, przerzuciła wszystko, nic nie kupiła i poszła, ale miałam czas się jej przyjrzeć, jest zupełnie brzydka — mówiła pani Srefania.

— Ona jest prześliczną, ona jest anioł, co to anioł ona jest cztery albo piętnaście aniołów — wykrzykiwał Moryc, przedrzeźniając starego Szaję.

— Do widzenia paniom, chodź Moryc, pan Horn zostanie przy paniach.

— Może panowie przyjdą do nas na herbatę po teatrze? — prosiła wszystkich liliowa, patrząc na Borowieckiego.

— Dziękuję bardzo, ale przyjdę jutro, dzisiaj nie mogę.

— Czy jesteś pan zamówiony do Müllerów? — szepnęła trochę cierpko.

— Do Grand Hotelu. Dzisiaj sobota, przyjeżdża Kurowski, jak zwykle, a ja mam z nim do obgadania niesłychanie ważne rzeczy.

— To załatw się pan z nim w teatrze, musi przecież być.

— On przecież nie bywa w teatrze, nie zna go pani?

Ukłonił się i wyszedł, przeprowadzany dziwnem spojrzeniem pani Stefanii.

Akt dosyć dawno się już ciągnął, więc przesuwał się do swojego miejsca i siadł, ale nie słuchał, bo naokoło szeptano coś nader tajemniczo.

Zdziwił wszystkich fakt, że w czasie sztuki wywalano z loży Knolla, zięcia Bucholca, który siedział samotnie w loży, na wprost Zukerów, a potem, że wyniósł się z teatru cichaczem Grosglik, największy bankier łódzki.

Przynieśli mu depeszę, z którą poleciał do Szai.

Szczegóły te podawane sobie szeptem, obleciały niby błyskawica teatr i wzbudziły jakiś ciemny, niewytłumaczony niepokój w przedstawicielach różnych firm.

— Co się stało? — zapytywano, nie znajdując odpowiedzi na razie.

Kobiety słuchały sztuki, ale większość mężczyzn z parteru i z lóż przypatrywała się z niepokojem królom i królikom łódzkim.

Mendelsohn siedział zgarbiony, z okularami na czole, gładził chwilami brodę wspaniałym ruchem i szczerze zdawał się być pochłonięty przedstawieniem.

Knoll, wszechpotężny Knoll, zięć i następca Bucholca także słuchał z uwagą.

Müller istotnie musiał nie wiedzieć o niczem, bo śmiał się na całe gardło z dowcipów mówionych na scenie, śmiał się tak szczerze, że chwilami Mada szeptała cicho.

— Papo, tak nie można.

— Zapłaciłem, to się bawię — rzucał jej w odpowiedzi i istotnie bawił się zupełnie.

Zuker zniknął, w loży siedziała samotnie Lucy i znowu patrzyła na Borowieckiego.

Mniejsi potentaci i przedstawiciele takich firm jak: Ende-Griszpan, Wolkman, Bauvecel Fitze, Bibersztein, Pinczowski, Prusak, Stojowsky, kręcili się na swoich miejscach coraz niespokojniej, szepty przelatywały z końca w koniec teatru, co chwila ktoś się wysuwał i nie powracał.

Oczy badały naokoło, na ustach tkwiły zapytania, niepokój wszystkimi owładał coraz silniejszy.

A nikt nie umiał sobie wytłomaczyć dlaczego, chociaż wszyscy byli pewni, że się coś stało ważnego.

Zwolna to zdenerwowanie udzielało się tym nawet, którzy nie obawiali się żadnych złych wieści.

Wszyscy poczuli to drżenie łódzkiego gruntu, tak często w ostatnich czasach nawiedzanego kataklizmem.

Tylko góra, tanie miejsca, nic nie odczuwała, bawiła się wciąż wybornie, wybuchała śmiechem, biła oklaski, wołała brawo.

Śmiech jakby falą buchał z drugiego piętra i rozpryskiwał się kaskadą dźwięków na parter i na łoże, na te wszystkie głowy i dusze tak nagle zaniepokojone, na te miliony, rozparte na aksamicie, ubrylantowane, pyszne swą władzą i wielkością.

Ze wszystkich lóż tylko loża znajomych Borowieckiego pań, brała udział w zabawie i bawiła się doskonale.

Potworzyły się pewne rafy na tem ruchomem morzu, które siedziały spokojnie, wpatrzone w scenę; były to rodziny przeważnie polskie, które nic nie mogło zaniepokoić, bo nic nie miały do stracenia.

— To bawełna — szepnął Leon do Borowieckiego. — Patrz pan, wełna i inni siedzą prawie spokojnie, są tylko ciekawi. Ja się na tem znam.

— Frumkin w Białym Stoku, Lichaczew w Rostowie, Ałpasow w Odessie — klapa! — szepnął Moryc, który skądciś dowiedział się tego.

Wszyscy twej byli to kupcy *en gros*, jedni z największych odbiorców łódzkich.

— Na ile Łódź zaangażowana? — pytał Borowiecki.

Moryc znowu wyszedł i powrócił po kilku minutach, był znacznie bledszy, usta miał skrzywione, czy świeciły dziwnie; nie mógł ze wzruszenia trafić z binoklami na nos.

— Jest jeszcze jeden. Rogopuło w Odessie. Murowane firmy, same murowane!

— Wysoko leżą?

— Łódź traci ze dwa miliony! — szepnął bardzo poważnie i usiłował włożyć binokle.

— Nie może być — wykrzyknął prawie głośno Borowiecki, zrywając się z miejsca, aż publiczność siedząca za nim, zaczęła stukać i sykać, żeby nie zasłaniał sceny sobą. — Kto ci powiedział?

— Landau, a jak Landau mówi, to Landau wie.

— Kto traci?

— Wszyscy po trochu, a Kessler, Bucholc, Müller — najwięcej.

— Ale żeby ich nie podeprzeć, pozwolić na taką klapę.

— Rogopuło uciekł, Lichaczew umarł, zapił się z rozpaczy.

— A Frumkin i Ałpasow?

— Nie nie wiem, mówiłem tyle, co było w depeszy.

Już teraz te wszystkie wieści rozlały się po teatrze, wszyscy wiedzieli o klęsce. Co chwila widać było, jak ta wiadomość niby bomba wybucha w innej stronie teatru.

Twarze się podnosiły w górę, oczy błyskały, słowa jakieś ostre dźwięczały w powietrzu, krzesła się podnosiły z trzaskiem, wybiegali z pośpiechem do telegrafu i telefonów.

Teatr bardzo opustoszał.

Borowiecki czuł się także zdenerwowanym tą wieścią, sam nic nie tracił, ale tracili wszyscy naokoło niego.

— Wy nic nie tracicie? — zapytał się Maksa Bauma, który znalazłszy miejsce wolne, przysiadł się bliżej niego.

— My nie mamy nic do stracenia prócz honoru, a przecież tym towarem w Łodzi się nie operuje — odpowiedział drwiąco.

— Ładnie Łódź trzeszczy.

— Nastanie ciepły sezon.

— Tak, tak. Straż ogniowa będzie mieć robotę.

— Zrobi się cieplej, to prędzej wiosna będzie.

— Wartoby, węgle takie drogie.

— Pan się śmiej zdrów, bo to pana nic nie kosztuje taka zabawa.

— Bywało tak, bywało. Połowa skręci kark, a druga połowa zarobi

. — Kto najlepiej leży?

— Bucholc, Kessler, Müller.

— Tym się nigdy nic nie stanie, co im kto zrobi.

— Niech ich wszystkich dyabli wezmą, co mi to szkodzi, co ja na tem zarobię, że oni mają, albo nie mają.

Tak się krzyżowały uwagi, zapytania, cyfry, spojrzenia prawie wesołe i zadowolone z ruiny innych, przypuszczenia i drwiny.

— Mayer podobno na cale sto tysięcy rubli zaangażowany?

— To mu dobrze zrobi na brzuch, sprzeda konie, będzie chodził pieszo i zaraz schudnie, nie będzie potrzebował już jeździć do Maryenbadu.

— Będą tanio do sprzedania różne familijne brylanty.

— Wolkmana może to dobić, on już szedł na pół pary.

— Możesz Robert teraz poprosić o rękę jego córki, już cię nie wyrzucą za drzwi.

— Niech jeszcze poczeka.

Tak wrzał parter, tłum.

Królowie siedzieli spokojnie.

Szuja nie spuszczał zezów ze śpiewaczki i jak skończyła, pierwszy zaczął bić brawo, a potem szeptał pa cichu z Różą i nieznacznie, gładząc brodę, wskazywał na Knolla, który oparty łokciami o parapet loży, skinął głową na Borowieckiego.

Karol zaraz w pierwszym antrakcie zjawił się u niego.

— Słyszałeś pan?

— Słyszałem — i zaczął wyliczać firmy.

— Głupstwo.

— Głupstwo, dwa miliony rubli na samą Łódź?

— Nie my tracimy; przed chwilą był Bauer i mówił, że jakieś kilkanaście tysięcy.

— W teatrze mówią, że z pół miliona.

— To Szaja tak rozpuszcza pogłoskę, bo on tyle traci. Głupi żyd.

— W każdym razie odbije się to na Łodzi porządnie, firmy będą lecieć jak muchy.

— Niech zdechną wszyscy, co to nam szkodzi — szeptał zimno i przyglądał się swoim rękom starannie utrzymanym i gonił bezwiednie przymrużonemi oczyma za połyskiem brylantów osadzonych w pierścionku lewej ręki.

— Ja do pana mówię nie jak do naszego człowieka, a jak do przyjaciela. Pan wie, kto musi paść z powodu tego krachu?

— Na pewno nie wymieniają nikogo prawie.

— Mniejsza z tem, zawsze padnie dosyć, a ilu, to zobaczymy jutro, będzie wesoła niedziela.

— Prawdziwe nieszczęście.

— Dla naszej firmy nie, bo pomyśl pan, kto pada — bawełna. Kto pozostaje — my, Szaja i paru innych. Ta parszywa, żydowska, tandetna konkurencya zdechła w połowie albo zaraz zdechnie, struli się sami. Na jakiś czas będzie nam luźniej. Będziemy robili parę nowych gatunków, które oni robili, no, i będziemy o tyle więcej sprzedawali. Ale to jest bagatelka, kręcą karki, niech kręcą; palą się, niech się palą; oszukują, niech oszukują; my zawsze zostaniemy. To zresztą małowaźne rzeczy, są znacznie ważniejsze, zobaczysz pan niedługo, że połowa fabryk bawełnianych stanie, niedługo, niedługo.

Borowiecki patrzył się na niego i słuchał z pewną niecierpliwością, nie lubił Knolla i jego dumy szalonej, płynącej z poczucia swoich milionów.

Był największym po teściu dorobkiewiczem, w tym świecie dorobkiewiczów najwykształceńszym, dobrze wychowanym, przyjemnym w obcowaniu, ale i najbardziej nieubłaganym i najbardziej wyzyskującym pracę, ludzi i wpływy, jakie miał wszędzie.

— Przyjdź pan jutro do nas na obiad, proszę pana w ojca imieniu. A teraz będzie pan łaskaw zobaczyć, która godzina, ja tego nie mogę zrobić, aby nie myślano, że mi się gdzie śpieszy.

— Za kilka minut jedenasta.

— O której odchodzi kuryerski do Warszawy?

— Wpół do pierwszej.

— Mam jeszcze czas. Muszę panu powiedzieć, dlaczego dla mnie te wiadomości o bankructwach. o tem, że Łódź traci dwa miliony, są małoważne; przyszły bowiem wiadomości znacznie ważniejsze... — urwał nagle. — Ja mówię do szlachcica?

— Zdaje mi się, ale nie rozumiem związku...

— Zaraz pan zrozumiesz. Pan jest naszym przyjacielem, my panu nigdy nie zapomnimy tego, że pan podniósł naszą drukarnię.

— Widzi pan, przed godziną donieśli depeszą z Petersburga o bardzo ważnej sprawie, o tem że... że ja muszę tam jechać zaraz, ale w zupełnej tajemnicy.

Dokończył spiesznie i nie powiedział tego, co chciał powiedzieć, powstrzymał go wzrok Borowieckiego zimny i podejrzliwy, który go przewiercał tak na wskroś, że Knoll poruszył się niespokojnie, poprawił szpilkę w krawacie i popatrzył na lożę naprzeciwko.

— Ta Zukerowa to śliczna kobieta.

— I ma ładne brylanty.

— Więc pan jutro przyjdzie do starego?

— Ależ z pewnością.

— Ma on tam jakiś specjalny interes. Pan już wychodzi, to poproszę o jedno, może pan zechce powiedzieć mojemu stangretowi, żeby czekał na mnie na Przejazd. No, do widzenia, za kilka dni będę. Więc tajemnica, panie Borowiecki.

— Najzupełniejsza.

Borowiecki wyszedł z uczuciem zawodu. Czuł, że Knoll nie powiedział mu wszystkiego.

— Co to za wiadomość? po co on jedzie? dlaczego mi nie powiedział? — myślał, ale napróżno, gubił się w domysłach i przypuszczeniach.

Nie czekał zapadnięcia kurtyny i wyszedł, ale już z ulicy powrócił do teatru i poszedł do loży Zukerowej.

— Myślałam, że pan o mnie zapomniał — powiedziała z wyrzutem, utkwiwszy w nim swoje ogromne, cudne oczy.

— Czy to możebne?

— Dla pana jest wszystko możebnem.

— Potępia mnie pani, na wiarę przyjaciół i nieprzyjaciół.

— Co mnie to obchodzi, widziałam tylko, że pan wyszedł.

— Ale powróciłem, musiałem powrócić — szepnął ciszej.

— Do teatru, zapomniał pan czego.

— Do pani.

— Tak?! — szepnęła długo i oczy jej zamigotały blaskiem radości.

— Pan tak do mnie nigdy nie mówił.

— Ale dawno tego pragnąłem.

Ogarnęła spojrzeniem całującem jego twarz, aż poczuł coś jakby powiew ciepły na ustach.

— Pan mówił o mnie tam w krzesłach z panem Weltem, czułam to.

— Mówiliśmy o pani brylantach.

— Prawda, że tak pięknych żadna niema w Łodzi?

— Prócz Knollowej i Baronowej — powiedział złośliwie, uśmiechając się.

— I o czem jeszcze mówiliście?

— O pani piękności!

— Pan ze mnie żartuje.

— Nie mogę żartować z tego, co kocham — powiedział przytłumionym głosem, ujmując zwieszoną rękę, wyrwała mu ją szybko i patrzyli rozszerzonemi oczami, oglądając się dokoła, jakby te słowa powiedziano na sali.

— Żegnam panią — mówił powstając, był zły na siebie, czuł, że popełnił głupstwo, że jej to tak prosto bez przygotowań wielkich powiedział, ale działała na niego narkotycznie.

— Wyjdziemy razem, zaraz — powiedziała prędko, pozbierała szal, cukierki z pudelkiem, wachlarz i wyszła.

Ubierała się w milczeniu.

Borowiecki nie wiedział, co mówić, patrzył tylko na nią, na jej oczy zmieniające co chwila wyraz, na cudnie zarysowane ramiona, na usta, które ustawicznie oblizywała, na wspaniałą, doskonale rozwiniętą figurę.

Gdy włożyła kapelusz, podał jej rotundę. Pochyliła się nieco w tył, aby ją wziąć na ramiona i w tym ruchu dotknęła włosami jego ust, odsunął się nieco w tył, jakby sparzony, a ona nie znajdując oparcia, upadła mu plecami na piersi.

Pochwycił ją szybko w ramiona i wpił się ustami w jej kark, który się naprężył i skurczył pod pożerającym pocałunkiem.

Krzyknęła cicho i wsparła się w niego całą siłą na mgnienie, aż się zachwiał pod jej ciężarem.

Wyrwała mu się szybko z objęć.

Była bladą jak marmur, dyszała ciężko, a z pod przymkniętych powiek buchały płomienie.

— Odprowadzi mnie pan do powozu — powiedziała, nie patrząc na niego.

— Chociażby na koniec świata.

— Zapnij mi pan rękawiczki.

Zapinał, ale nie mógł znaleźć ani dziurek, ani guziczków, tak jak nie mógł znaleźć jej spojrzenia, bo nie patrzyła na niego; oparła się jednam ramieniem o ścianę, odwróciła nieco głowę i tak stała z ręką w jego ręku, z dziwnym uśmiechem na ustach, które promieniowały karminem; czasem wstrząsał nią dreszcz, wtedy silniej przycisnęła się do ściany i jakiś cień jakby przerażenia migotał po jej twarzy i taił się w kątach ust.

— Chodźmy — szepnął, skończywszy zapinanie.

Doprowadził ją do powozu, wsadził, a ujmując jej rękę i całując gorąco, szepnął:

— Niech mi pani przebaczy, błagam na wszystko.

Nic nie odpowiedziała, tylko tak silnie pociągnęła go do wnętrza, że wskoczył bez namysłu, zatrzaskując drzwi za sobą.

Konie ruszyły z kopyta.

Borowiecki czuł się zdenerwowanym do najwyższego stopnia tem, co się stało. Nie miał jeszcze czasu zdać sobie sprawy dokładnie, nie umiał zresztą teraz w tej chwili myśleć, wiedział tylko, ona jest przy nim, siedziała wciśnięta w kąt powozu, daleko od niego. Słyszał jej nierówny, szybki oddech, a chwilami w świetle latarni ulicznych, błyskała mu jej twarz i oczy ogromne, wpatrzone w jakąś próżnię.

Chciał zapanować nad sobą, chciał już zastukać na stangreta, szukał już bezwiednie antaby, aby drzwi otworzyć i wprost uciec, ale nie miał sił już, ani woli.

— Pani mi przebaczy, to co się stało? — zaczął wolna i szukał jej rąk, schowała je głęboko pod rotundę.

Nie odpowiedziała nic, obcisnęła się szczelnie w rotundę, jakby chcąc zamknąć w sobie, przytrzymać tę szaloną chęć rzucenia mu się w ramiona.

— Pani mi przebaczy, powtórzył ciszej, przysuwając się do niej.

Drżał cały, nie mógł więcej mówić i nie otrzymując odpowiedzi, szepnął bardzo cicho i bardzo głęboko.

— Lucy! Lucy!

Wstrząsnęła się, puściła rotundę, która zsuwała się z jej ramion i z jakimś głębokim, przejmującym okrzykiem rzuciła mu się na piersi.

— Kocham cię, kocham! — szeptała obejmując go namiętnie.

Usta się ich zbiegły w długim, śmiertelnie mocnym pocałunku.

— Kocham cię, kocham — powtarzała z lubością ten dźwięk słodki całując jego twarz z porywającą siłą.

Czuła głód pocałunków, pieszczot i miłości tak dawno, więc teraz, kiedy się już tak stało, nie myślała o niczym, nie pamiętała na nic, tylko całowała.

— Nie, nie mów teraz nic, nie mów. Chcę mówić sama, chcę wołać wciąż. Kocham cię! Mogę to powtarzać wobec całego świata, wszystko mi już jedno. Ja wiem, że cię inne kochają, wiem, że masz narzeczoną, ale co mnie to obchodzi! Kocham cię! Kocham nie dlatego, żebyś i ty mnie kochał, żebym chciała przez to szczęścia, nie dlatego — ja cię kocham, kocham i nic więcej. Potrzebowałam kochać, jak każdy człowiek potrzebuje miłości. Pan jesteś dla mnie wszystkim. Chcesz, uklęknę przed tobą i będę ci to mówić tak długo, tak szczerze, aż uwierzysz i sam kochać mnie zaczniesz. Już nie mogę udawać, już nie mogę żyć bez ciebie i bez miłości. Kocham cię, mój jedyny, mój panie.

Mówiła bezładnie, prędko, nieprzytomnie. Okryła się w rotundę, to znowu ją opuszczała, odsuwała się od niego, to bez słów, promieniejąca, obejmowała go, cisnęła się do niego, całowała.

Borowiecki porwany tym szalonym wybuchem namiętności, oczarowany miłością tak wielką i tak ognistą, głosem, co go przenikał ogniem, i pocałunkami, które gooonieprzytomniały prawie, dał się unieść temperamentowi swojemu i szalał jak i ona.

Oddawał jej tak pocałunki, że mu chwilami zwisała na rękach jak martwa.

— Kocham cię, Lucy, kocham! — powtarzał nie wiedząc sam, co mówi.

— Nie mów nic, całuj mnie!

— Nie mów nic, całuj mnie! — wołała w najwyższym uniesieniu.

Głos jej rwał się i wybuchał burzą, to znowu łkał jakby całą miłością Wschodu, jakby całą ognistą pieśń nad pieśniami wyśpiewywał.

— Ja tak marzyłam o tej chwili, tyle miesięcy pragnęłam cię, tyle lat czekałam na to, tyle cierpiałam przez to. Całuj mnie! mocniej... mocniej... mocniej... A! teraz umarłabym chętnie — wykrzyknęła dziko.

Powóz toczył się wolno po jednej ze strasznie błotnistych i nie brukowanych ulic, gdzie nie było nawet latarń, tylko powozowe światła rozkrążały złoty blask na ruchomą, płynną, a głęboką warstwę błota, rozpryskującą się aż na szyby.

Nikt nie przechodził ani nie przejeżdżał tą ulicą, obwiedzioną z obu stron wysokimi parkanami, spoza których wznosiły się sterty drzewa budulcowego ułożone w wielkie czworoboki albo wystrzelał komin fabryczki jakiejś, których w tej stronie miasta było dosyć.

Wielkie psy, pilnujące składów, szczekały ponuro na powóz i słychać było, jak się rzucały na bramy i drapały pazurami deski z wściekłości, nie mogąc się wydobyć na ulicę.

Nie wiedzieli nic i nic nie słyszeli, zatopieni w fali tej miłości nagłej i oślepiającej, jaka ich porwała.

— Lucy!

— Pocałuj mnie.

— Kochasz?

— Pocałuj mnie.

Rwały się im tylko takie słowa z piersi przepełnionych pożerającym ogniem.

— Weź mnie, Karol, weź mnie całą i na zawsze.

Nie wiedzieli nawet, kiedy stanęli na miejscu.

Zajechali przed pałacyk Zukerów, stojący w okolicy miejskiego lasku.

— Chodź do mnie — szepnęła trzymając go silnie za rękę.

Bezwiednie, z przyzwyczajenia wsunął drugą rękę do kieszeni, gdzie miał rewolwer.

— Niech August zaczeka na pana — zawołała grzmiąco do stangreta.

— Chodź, nie ma nikogo, on — mówiła z naciskiem — pojechał. Nikogo prócz służby niema w domu.

Puściła jego rękę, bo służba otwierała drzwi.

— Zapalić światło w saloniku wschodnim. Podawać zaraz herbatę.

Rzuciła mu się na szyję, skoro lokaj oddalił się, ucałowała go namiętnie i popchnęła w jakiś korytarzyk wysłany dywanem i wybity czerwono.

— Zaraz przyjdę, kocham cię! — zawołała za nim i zniknęła.

Rozebrał się wolno, rewolwer przełożył do kieszeni surduta i wszedł w jakieś drzwi, które się przed nim otworzyły, do słabo oświetlonego saloniku.

Biały dywan ze skór baranów, nadzwyczaj puszysty, tłumił zupełnie kroki.

— Ależ to zupełnie romantyczna awantura! — szepnął padając na jakiś zydel perski bez poręczy, inkrustowany w hebanie złotem i srebrem, bo czuł się strasznie znużonym.

— Ciekawa kobieta, ciekawa scena — myślał i zaczął się rozglądać po pokoju.

Buduar był urządzony z takim przepychem, że nawet w mieście pełnym najwspanialszych mieszkań, takim jak Łódź, mógł jeszcze wyrwać okrzyk zdziwienia.

Ściany były obciągnięte w żółty, o gorącym tonie jedwab, po którym rozrzucone bardzo artystycznie gałęzie bzów czerwonofioletowych, nakładanych grubym haftem.

Przez całą długość jednej ściany stała wielka i szeroka sofa pod baldachimem żółtym w zielone pasy, udrapowanym w formie namiotu i podtrzymywanym przez złote halabardy.

U szczytu, pod namiotem, lampa ze szkieł żółtych, rubinowych i zielonych rozrzucała dziwnie omdlewające światło.

— Handełesy — szepnął z jakąś zawistną nieomal pogardą, zirytowany tym przepychem, ale pomimo to rozglądał się ciekawie; dziwaczne, kosztowne sprzęty o formach wschodnio-japońskich były bezładnie nagromadzone i stosunkowo do wielkości pokoju w nadmiernej ilości.

Stosy poduszek jedwabnych o jaskrawych barwach chińskich leżały porozrzucane po sofie i białym dywanie i odcinały się ostremi plamami jakby farb porozlewanych.

Zapach ambry i violettes de Perse pomieszany z różami, rozwłóczył się po pokoju.

Na jednej ze ścian błyszczała masa broni wschodnich, bardzo kosztownych, ułożona dookoła wielkiej, okrągłej tarczy saraceńskiej, stalowej, nabijanej złotem i tak wypolerowanej, że w tym świetle przyćmionem skrzyła się i promieniowała złotymi ozdobami i rzędami rubinów, i bladych ametystów, jakimi obrzeże jej było wysadzone.

W jednym rogu, na tle olbrzymiego wachlarza z pawich piór, stał cały wyzłocony posążek Buddy, z podwiniętymi nogami, w postawie kontemplacyjnej.

W drugim rogu stała wielka żardinierka japońska z bronzu, podtrzymywana przez złote smoki, pełna kwitnących, białych jak śnieg azalij.

— Pociejów milionerski — myślał znowu Borowiecki, który posiadał nadzwyczaj wyrobiony smak artystyczny i poczucie piękna, rozwinięte jeszcze do stopnia doskonałości specjalnymi studyami nad harmonią barw.

— Jaśnie pani prosi pana dyrektora — szepnął z ukłonem stary wygolony lokaj odsłaniając ciężką portierę z żółtego aksamitu, pokrytą malowanemi chryzantemami.

— A, Józef jest tutaj? — zapytał Borowiecki idąc, bo znał go z innego domu.

— Puściłem w licytacyę tamtych żydów — szepnął cicho, zginając się przed nim.

Karol uśmiechnął się tylko i poszedł do jadalnego.

Lucy nie było jeszcze.

Usłyszał tylko przytłumiony murami krzykliwy jakiś głos z dalszych pokojów.

— Co to? — zapytał bezwiednie Borowiecki nasłuchując.

— Jaśnie pani rozmawia z pokojówką — objaśniał Józef, ale z takim zimno-pogardliwym wyrazem twarzy, że Borowiecki zwrócił na to uwagę i o nic już nie pytał więcej.

Lokaj wyszedł, a on rzucił po jadalni oczami: była umeblowana z banalnym łódzkim przepychem; boazerye z dębu do połowy ścian, kredensy w Bretońskim stylu z ciemnego orzecha, z masą sreber i porcelany na pólkach, staro-niemieckie dębowe i wspaniale rzeźbione zydle dokoła olbrzymiego stołu, oświetlonego żyrandolem w formie bukietu tulipanów, w którym jaśniała elektryczność.

Część jedna stołu była przygotowaną do herbaty.

Usiadł, bo go zaczęło niecierpliwić oczekiwanie i zobaczył, że przy stole na ziemi leży jakiś papier, podniósł go, aby położyć i prawie machinalnie rzucił na niego okiem.

Był to telegram, pisany kluczem firmy Bucholca, który się używał w razach nadzwyczajnej ważności.

Borowiecki znał ten klucz i zdziwił się niepomiernie.

— Co tu robi ten telegram?

Odwrócił blankiet, adres był: Bucholc — Łódź. Więc się już dalej nie krępował tylko czytał:

„Dzisiaj zapadło postanowienie na radzie. Cła od bawełny amerykańskiej sprowadzanej na Hamburg i Tryest — podniesiono do 25 kopiejek w złocie od puda. Wprowadzenie za dwa tygodnie. Taryfy kolejowe przewóz bawełny od granic zachodnich do 20 kop. od puda i wiorsty. Wykonanie za miesiąc. Za tydzień będzie ogłoszone."

Borowiecki depeszę schował do kieszeni i zerwał się z krzesła, poruszony nadzwyczaj.

— Straszna wiadomość. Pół Łodzi padnie — szeptał, teraz zrozumiał, że o tej wiadomości nic mu nie powiedział Knoll, bał się mu zaufać. — Pojechał do Hamburga kupować zapasy bawełny. Wykupi, co będzie mógł zdążyć, i weźmie mniejszych fabrykantów za łeb. Co za interes, co za interes! Teraz mieć pieniądze i jechać kupować. Aaa! — myślał i wszystko w nim zaczęło kipieć jakąś szaloną niecierpliwością, żądzą niepowstrzymaną zrobienia na tej, wypadkiem otrzymanej wieści, majątku. — Pieniędzy! Pieniędzy! — wołał w myśli, zrywając się z krzesła.

Oczy mu gorączkowo świeciły, wszystko się w nim trzęsło ze wzruszenia nadmiernego, pierwszym jego ruchem było uciekać stąd, do miasta, znaleźć Moryca i obgadać ten interes, i byłby może dał się porwać uniesieniu, ale weszła, a raczej wpadła do jadalni Lucy i rzuciła mu się prosto na szyję.

— Czekałeś, daruj mi, musiałam się przebrać zupełnie.

Ucałowała go i usiadła wskazując mu miejsce obok siebie bardzo spokojnym ruchem, bo wszedł lokaj i nalewał herbatę.

Nie mogła jednak usiedzieć spokojnie, co chwila wstawała do kredensów i przynosiła całe masy najrozmaitszych przysmaków i stawiała przed nim.

Miała na sobie blado-żółty jedwabny szlafrok z bardzo szerokimi rękawami, obszytymi kremowemi koronkami, naszytemi rzędem turkusów, ściągnięty w pasie złotym sznurem.

Olbrzymie włosy zwinięte były na tyle głowy w wielki grecki węzeł, przepięty brylantowymi grzebykami.

Ten sam naszyjnik brylantowy jaki miała w teatrze, skrzył się i teraz na odsłoniętej szyi, wszystkiemi barwami tęczy. Wspaniałe ręce wysuwały się co chwila z rękawów aż po ramiona.

Była szalenie pociągającą, ale Borowiecki nie odczuwał tego już ani w połowie; odpowiadał prawie monosylabami, pił śpiesznie herbatę, chciał wynieść się jaknajprędzej.

Wiadomość ta paliła go jak ogień.

Lucy drżała z niecierpliwości, goniła wzrokiem nienawiści lokaja, który łaził jak senny i nie mogąc rzucić się na szyję Karola, przycisnęła mu z taką siłą rękę, że omal nie krzyknął z bólu.

— Co panu jest? — spytała, spostrzegłszy jego pomieszanie.

— Jestem szczęśliwy! — szepnął jej po francusku.

Zaczęli rozmawiać, ale rozmowa nie szła, rwała się co chwila jak stare strzępy, gdy je kto chce silniej przytrzymać.

Jej przeszkadzał lokaj, a jemu niecierpliwość i przymus, jaki sobie zadawał, żeby tutaj siedzieć teraz, kiedy był panem takiej wielkiej tajemnicy, w takiej chwili, gdy cło podnosiło się z 8 kopiejek do 25.

— Może przejdziemy do buduaru — szepnęła cicho, gdy się herbata skończyła.

I tak patrzyła na niego rozbłysłemi cudownie oczami, takim dziwnym blaskiem płonęły jej purpurowe usta, że Borowiecki, który wstał na to, aby się z nią pożegnać, skinął głowę i poszedł za nią.

Nie mógł się oprzeć jej urokowi.

Skoro się tylko znaleźli sami, porwała go znowu swoim ogniem i gwałtownością, ale na chwilę tylko, bo gdy ona całowała go z uniesieniem nieopowiedzianem, padała przed nim na kolana, obejmowała go, krzyczała słowa bez związku, któremi wybuchała jej namiętność i szalała porwana własną siłą — on myślał o bawełnie, myślał, gdzie może być Moryc, skąd wziąć pieniędzy na zakupy bawełny.

Oddawał pocałunki i pieszczoty, rzucał jej chwilami słowa gorące miłości, ale robił to prawie odruchowo, więcej siłą nawyknienia do podobnych sytuacyj, niżli sercem, które było w tej chwili zajęte zupełnie czem innem.

A ona, pomimo rozszalenia, odczuwała intuicyą zmysłów ludzi bardzo namiętnych, że coś stoi pomiędzy — więc potęgowała w sobie uczucie, jakby za siebie i za niego, roztaczała całą potęgę czaru kobiety zakochanej, kobiety-niewolnicy, która nawet kopnięcie swego pana i władcy przyjmuje z okrzykiem szczęścia i kobiety, dla której szczęściem jest najwyższem zdobycie sobie kochanka przez siłę, gwałtem, mocą swego temperamentu.

Wreszcie zwyciężyła.

Borowiecki zapomniał o fabryce, o bawełnie, o cłach, o świecie całym, oddawał się tej miłości z całą zapamiętałością ludzi na pozór zimnych i umiejących w drobnych okolicznościach życia panować nad sobą zupełnie.

Poddawał się huraganowi i z rozkoszą pełną denerwującej ciekawości, pozwolił mu się nieść.

— Kocham cię — wołała co chwila.

— Kocham — odpowiadał i czuł, że w tej chwili mówi pierwszy raz w życiu szczerze zupełnie to słowo, najwięcej może ze słownika ludzkiego kłamliwie i kłamane.

— Napisz mi to, mój najdroższy, napisz — prosiła z dziecinnym uporem.

Wyjął bilet wizytowy i całując co chwila jej cudne fiołkowe oczy i te usta palące, napisał.

— Kocham cię, Lucy.

Wyrwała mu bilet z rąk, przeczytała, ucałowała kilkakrotnie i schowała za gors, ale wyjęła po chwili, aby znowu czytać i całować na przemian bilet i jego.

Wreszcie przypatrując się herbowi, zapytała:

— Co to jest?

— Mój herb.

— Co to znaczy?

— Wytłumaczył jej jak mógł, ale nic nie zrozumiała.

— Nic nie rozumiem, zresztą nic mnie to nie obchodzi.

— A co cię obchodzi?

— Kocham cię.

Zamknęła mu usta pocałunkiem.

— Widzisz, ja nic nie wiem, ja cię kocham, to mój rozum, po co mi więcej?

Siedzieli tak długo w tej wielkiej ciszy nocy i buduaru, przez którego mury i obicia nie przedzierał się najmniejszy szmer ze świata, zatopieni w sobie, w miłości, otoczeni jakby obłokiem zachwytu nad sobą; w tej obezwładniającej atmosferze, przesyconej zapachami, odgłosem pocałunków, szeptem rozdrganych, palących słów, szelestem jedwabiu, rubino-szmaragdowem światłem, co się mrzyło coraz słabiej, barwami przyćmionemi, które z obić na ścianie, z mebli połyskiwały tajemniczo, drgały w żywszem na chwilę świetle i jakby pełzały wskroś pokoju, a potem rozlewały się i martwiały w zmroku coraz gęstszym, w którym tylko świecił się jakoś dziwnie Budda, a nad nim patrzyły z pawich piór oczy coraz smętniej i coraz tajemniczej.

IV.

Czwarta dochodziła, gdy Borowiecki znalazł się na ulicy.

Stangret nie doczekawszy się, odjechał do stajni.

Wiatr huczał głęboko i zamiatał kałuże z taką siłą, że błoto bryzgało na parkany i na wąską ścieżkę, służącą za chodnik.

Borowiecki wzdrygnął się, przejęty tym zimnym, wilgotnym wiatrem.

Stał chwilę przed domem, nic nie widząc przed sobą, prócz połyskującego błota i czarnych, spiętrzonych gmachów w oddali i kominów fabrycznych, słabo rysujących się na szarem, zmąconem tle nieba, po którem chmury, niby porozrywane bele zabrudzonej bawełny, biegały z szalonym pośpiechem.

Był jeszcze oszołomiony, przystawał i oparty o parkan zbierał rozbitą świadomość. Wstrząsał się cały co chwila, bo czuł jeszcze uściski jej, usta paliły go, przymykał oczy i musiał parasolem wyszukiwać przed sobą twardszego gruntu i czuł się pijanym zupełnie, dopiero szczekania gwałtowne psów za parkanami, orzeźwiły go zupełnie i wyrwały z tej dziwnej ciszy jaka ogarnia po przejściu bardzo silnych wzruszeń.

— Kurowski musi już spać — szepnął kwaśno — przypominając sobie, że miał iść do niego do „Grand-Hotelu" zaraz po teatrze.

— Żebym czasem za tę zabawę nie zapłacił fabryką — szepnął i zaczął biedz prędko, już nie zważając na błoto i na wyboje.

Dopiero na Piotrkowskiej złapał dorożkę i kazał się wieźć co koń wyskoczy do hotelu.

— A telegram — wykrzyknął, przypominając sobie nagle i przy świetle latarni przeczytał go raz jeszcze. — Zawracaj i jedź prosto Piotrkowską. Może już jest w domu — myślał o Morycu i gorączka znowu zaczęła go brać.

Kazał dorożkarzowi zaczekać na wszelki wypadek przed domem i z pośpiechem dzwoni do mieszkania.

Nikt nie otwierał, co tak go zirytowało, że oberwał dzwonek i trząsł całą siłą drzwiami, wreszcie, po długiem oczekiwaniu Mateusz otworzył.

— Pan Moryc w domu?

— Jak poszedł na siabas, to go pewnie żydy nie puściły, a tak, pan Moryc, niby?

— Pan Moryc w domu, odpowiadaj? — krzyknął rozwścieczony, bo Mateusz był zupełnie pijany, szedł za nim ze świecą w ręku, rozebrany, z oczami zamkniętemi i z twarzą pełną poprzysychanej krwi i sińców.

— Pan Moryc, niby ja rozumiem, pan Moryc, aha!

— Bydle! — krzyknął i uderzył go w twarz z całej siły.

Chłop się potoczył i utkwił twarzą w drzwi, któremi wszedł do mieszkania Borowiecki.

Moryca nie było, Baum tylko spał nierozebrany, z papierosem w zaciśniętych zębach, na wielkiej otomanie w jadalnym pokoju.

Na stole, na ziemi, na kredensie stało mnóstwo pustych butelek i talerzy, a kominek samowara obwinięty był w zieloną, długą woalkę.

— Oho, Antka była, bawił się wesoło. Maks! Maks! - zawołał, mocno potrząsając śpiącym.

Maks ani drgnął, spał najspokojniej i chrapał potężnie.

Wreszcie Borowiecki, zniecierpliwiony daremnymi usiłowaniami obudzenia go, bo chciał od niego dowiedzieć się, gdzie jest Moryc, porwał go za ramiona i postawił na podłodze.

Maks zirytowany, że go budzą, potoczył się na krzesło, schwycił je i z całej siły rzucił przed siebie, na stół.

— Masz, ty małpa zielona, nie budź — i położył się najspokojniej na otomanie, ściągnął surdut, okręcił nim głowę i spał dalej.

— Mateusz! — krzyknął z rozpaczy prawie Karol widząc, że Maksa nic nie obudzi.

— Mateusz! — krzyknął po raz drugi, podchodząc do przedpokoju.

— Zaraz idę, lece, panie dyrektorze, świeca mi się gdzieś podziała i szukam, i szukam, idę — wołał przez sen, roztrzęsionym pijanym głosem, na próżno starając się podnieść z podłogi, gdzie upadłszy po ciosie Borowieckiego zasnął.

Podniósł się na kolana i padł z powrotem twarzą na ziemię, machając dookoła rękami, jakby pływał.

Borowiecki podniósł go, przyprowadził do jadalni, postawił pod piecem i pytał:

— Gdzieś się upił? Tyle razy ci zapowiadałem, że jak się upijesz, wyrzucę cię do dyabła, słyszysz co mówię?

— Słyszę, panie dyrektorze, słyszę, aha, niby pan Moryc — bełkotał, napróżno starając się znaleźć równowagę.

— Kto ci zbił pysk? Wyglądasz jak świnia.

— Mnie kto zbił pysk? mnie, prze... pana dyrektora, nikt zbił pysk, mnie nikt nie może zbić pysk, bo ja bym prze... pana dyrektora gnaty połamał, morde zbiuł i byłoby fertig, na glanc... cholera.

Borowiecki widząc, że z pijanym się niedogada, przyniósł karafkę z wodą, przytrzymał go jedną ręką i wszystką wodę wylał mu na głowę.

Mateusz się kręcił i wyrywał, ale otrzeźwiał nieco i obcierając rękawami twarz posinioną, zalaną krwią, patrzył ogłupiałymi oczyma.

— Był pan Moryc? — pytał cierpliwie dalej.

— Był.

— Gdzie pojechał?

— Odwiózł niby tę małą, czarną i miał być w Grandzie.

To znaczyło w Grand Hotelu.

— Kto tutaj był?

— Różne państwo było, był pan Bein, pan Hertz i inne jeszcze żydy. Ja z Agatą od pana inżyniera gotowaliśmy kolację.

— I upiłeś się jak świnia ostatnia; któż cię tak pobił?

— Nikt mnie nie bił.

Pomacał się bezwiednie po twarzy i głowie i syknął z bólu.

— A skąd-że masz te dziury we łbie, co?

— A to, abo... był i pan Moryc, i ta czarna małpa, i ten garbaty i te żydy.

— Gadaj natychmiast, gdzieś się upił i kto cię pobił? — krzyknął z wściekłością.

— Ja nie pijany ani mnie kto pobił. Poszedłem po piwo dla panów, a w szynku były kolegi od francuzów i postawiły *bier*. Dobra nasza! Postawiłem i ja. Jak ony postawiły raz, to i ja raz. Potem przyszły ludzie z blichu naszego, dobre polaki, z moich stron, postawiły i one *bier* — dobra nasza; postawiłem i ja. Ony dobre polaki, to i ja dobry polak, ony stawiały — dobra nasza, to i ja stawiał. Alem nie pijany, prze... pana dyrektora, jak Pana Boga kocham, takim trzeźwy, co jak pan dyrektor chcę — to chuchnę, niech pan dyrektor sprawdzi.

Nachylił się i z zamkniętymi oczami, przylegając mocno grzbietem do pieca, chuchał na pokój.

Borowiecki przebierał się w swoim pokoju i nie słuchał, ale Mateusz gadał wciąż.

— Potem przyszły webery od starego pana Bauma i foluszniki. Piły z nami — myśma stawiali, a że zaś niemcy podły naród, to stawiać nie chciały. To ja jednego ino tak ździebko palcem tknąłem, to un na ziemię, a drugi me kuflem w łeb. To ja i tego tak ździebko palcem tknąłem, to on tyż na ziemię, a niemcy me zaś za orzydle. Ja się nie biłem, bo wiem, że pan dyrektor tego nie lubi. A że ja słucham swojego pana, to ja się nie biłem, ale kiej mi jeden ucapił za włosy, a inne za orzydle, a jeszcze któryś lunął me bez pysk, to myślę, szkoda mi tego tużurka, co go mam od pana dyrektora, i mówię podobremu: puść me, a un me nożem pod żebro. To ja go łbem o ścianę, to un został.

Kolegi pomogły i było fertig, na glanc. Ja się nie biłem, tknąłem ino ździebełko palcem, to by i kurczę ustało, a taka świnia już leży. Miętki w nogach naród, panie dyrektorze, bardzo miętki, te niemcy. Ja ino tak ździebko palcem tknąłem, to już forbeit, na ziemi!

Mruczał coraz senniej i z wyciągniętą ręką przed siebie, wskazującym palcem pokazywał, jak on ździebko tylko tykał.

— Idź spać — zawołał Borowiecki, pogasił światła, zaprowadził go do kuchni i pojechał szukać Moryca.

W Wictoryi było zamknięte, w Grand Hotelu także.

— Pan Kurowski już śpi? — zapytał numerowego.

— Wcale nie był dzisiaj, był przygotowany salon i nie przyjechał.

— Pan Welt był u was wieczorem?

— Był z paniami i z panem Cohnem, pojechali do Arkadyi.

Pojechali do Arkadyi na Konstantynowską i tam już nie było nikogo.

Objechał kilka jeszcze knajp, gdzie zwykle młodzież łódzka się bawiła, ale nigdzie go nie znalazł.

— Gdzie ta małpa się schowała — myślał zirytowany i raptownie krzyknął dorożkarzowi — Jedź na miód, wiesz gdzie? Jeśli tam nie będzie, to go już nigdzie nie znajdę.

— Zaraz tam będziemy, panie!

— I podciął konia ze wszystkich sił, bo wlókł się strasznie powoli, utykając po dziurach i dołach; dorożka skakała i kołysała się po bruku pełnym najstraszliwszych wybojów, niby łódka po falach morskich.

Borowiecki klął i zacinał zęby i żeby zapanować nad rozdenerwowaniem, które tak nim trzęsło, że nie mógł zapalić papierosa, bo mu się łamał w rękach, zaczął usilnie myśleć nad tą sprawą bawełnianą.

— Bauer sprzedał dobrze ten telegram Zukerowi. Co za dziwna kobieta — przerzucił się do wspomnień Lucy i utonął w nich..

Znał ją od lat dwóch, ale nie zwrócił szczególniejszej uwagi, ponieważ był zajęty Likertową, a potem opowiadali o niej, że jest niepomiernie głupia, tak prawie jak piękną była.

— Co za temperament — szeptał, wstrząsając się na przypomnienie.

Od dosyć dawna wiedział, że zwrócił jej uwagę, dawała mu poznać spojrzeniami, zapraszaniem usilnem do siebie, z których jakoś nigdy nie korzystał. Bywała tam wszędzie, gdzie wiedziała że i jego spotka.

Plotka łódzka, którą tam z całą pasyą i z wielką maestryą uprawiają przeważnie mężczyzni, którą są przepełnione kantory i fabryki, zaczynała już coś kombinować i przebąkiwać, ale szybko ustała, ponieważ Borowiecki trzymał się zdaleka, pochłonięty w ostatnich miesiącach planami założenia fabryki.

Znał osobiście Zukera, starego chałaciarza, przedzierżgniętego w ostatnich dziesięciu latach w milionera-fabrykanta, który zaczynał swoją karyerę w Łodzi od skupowania zużytych, do niczego fabrykom już nie służących szmat bawełnianych, strzępów papieru, pyłu bawełnianego, jakiego zawsze bywało dosyć po tkalniach i postrzygalniach.

Nie cierpiał go za tandetne wyroby, naśladujące powierzchownie w deseniach i kolorach wyroby firmy Bucholca, a w istocie materyały w najgorszym gatunku, sprzedawane tanio, które uniemożliwiały wszelką konkurencyę.

Wiedział że Likertowa nie ma kochanka, bo raz, że była żydówką, a po drugie, w mieście, gdzie wszyscy, poczynając od milionerów, a skończywszy na ostatnim gwoździu, w tej olbrzymiej maszynie wytwórczej, muszą robić, muszą się cali oddawać tej pracy, jest niezmiernie mało zawodowych donżuanów, niesłychanie mało sposobności do zdobywania i obałamucania kobiet.

A zresztą, gdyby tak było, jużby o tem ktoś wiedział i mówił z pewnością.

— Czy ona ma i duszę jaką? — myślał teraz rozpatrując jej dziką, niepohamowaną namiętność. — Ale po co ja tam wlazłem, jeszcze teraz! Do dyabła z miłością. mieć teraz taką kulę u nogi, kiedy się zakłada fabrykę na kredyt. A jednak...

I zastanowił się, szukał w sobie miłości do niej, wmawiał w siebie zupełnie szczerze, że ją kocha, że to miłość go porwała, a nie zwykła, zmysłowa burza zdrowego i niewyczerpanego organizmu.

— Bądź co bądź, gra warta świeczki pomyślał.

Dorożkarz zakręcił i stanął zaraz przy rogu Spacerowej, przed synagogą.

V.

Restauracya, do której przyjechał Borowiecki, poszukując Moryca, znajdowała się zaraz za synagogą, w głębi podwórza, obstawionego niby kamiennemi czteropiętrowemi oficynami z trzech stron, bo czwartą zakończał mały ogródek, odgrodzony zielonemi sztachetkami i przyparty do tyłów olbrzymich, nagich czerwonych murów jakiejś fabryki.

Mała oficynka parterowa stała w głębi, pod samym murem i buchała oświetlonemi oknami i wrzaskliwą, podobną do ryczenia osłów wrzawą.

— Oho, jest cała banda — pomyślał, wchodząc do długiej nizkiej sali, tak zaciemnionej dymami cygar, że w pierwszej chwili, w tym sinawym obłoku, popstrzonym złotemi kulami gazowych świateł, nie odróżnił nikogo.

Kilkadziesiąt osób tłoczyło się dookoła długiego stołu, krzyczało, gadało głośno, śmiało się i śpiewało, co połączone z brzękiem talerzy i przenikliwym szczękiem tłoczonego szkła, tworzyło taką splątaną, zgiełkliwą wrzawę, że ściany się trzęsły i nic usłyszeć nie było można.

Naraz przycichło nieco i jakiś ochrypnięty, pijany głos zaintonował z drugiego końca stołu:

Agato! Ty interes feiny masz — Agato!

Agato! Ja całuję ciebie w twarz — Agato!

Agato! To mi za to piwa dasz — Agato!

Agato! ryczał tłum wszystkimi możliwymi i niemożliwymi głosami, które tak pokryły głos Bum-Buma, który był tej piosnki przedziwnie głupiej kompozytorem i solistą, że na próżno krzyczał dalsze zwrotki, nikt go nie słuchał, bo wszyscy wyli:

— Agato! Agato!

Bum-Bum la la la! Agato! Tra la la la! Agato! Cip, cip, cip Agato!

Tak ten śpiew podniecał, że zaczęli do taktu bić laskami w stół, kufle leciały na ściany lub rozpryskiwały się o piec, niektórym i to nie wystarczało, bo krzesłami bili o ziemię i jak zapamiętali, oślepli, z zamkniętymi oczami śpiewali:

— Agato! Agato!

— Panowie, na miłość boską, bo mi sprowadzicie tymi krzykami policyę — zaczął błagać wystraszony gospodarz.

— Pan potrzebujesz być cicho, my płacim! Panienko, proszę jedno piwo!

— Hej, Bum-Bum, zaśpiewaj-no pan — krzyczano do Buma, który poprawiał binokle obu rękami i stał w drugim pokoju przed bufetem.

— Kwicz, Bum-Bum, ja i tak nie słyszę — szeptał jeden półsennie, leżąc na stole, który cały był pokryty butelkami wina i koniaków, maszynkami od kawy, kamionkami od porteru, kuflami i szkłem potłuczonem.

— Agato! Agato! — wrzeszczał półgłosem jakiś kantorowicz, senny, z przymkniętemi oczami, pijany, bił laską w stół.

— No, bawią się echt po łódzku — szepnął Karol, szukając oczami Moryca.

— Dyrektor! Panowie, jest i firma Bucholc Herman i Spółka! Jesteśmy zatem w komplecie. Panienko, kółko koniaków! — krzyczał jakiś wysoki i gruby niemiec łamaną polszczyzną.

Zatoczył się szerokim gestem dookoła, chciał jeszcze coś mówić, ale nogi mu się zwinęły i upadł na kanapę stojącą za nim.

— Ależ to widzę cała banda wesoła.

— Gdy nasz komplet burszów.

— My tak zawsze, jak pić to solidarnie, jak co robić — zdechł pies.

— O tak, solidarnie, jak mówi ten, no, jakże się, nazywa, no ten, co to mówili „Hej ramię do ramienia, wspólnemi łańcuchy!"

— Opaszmy brzuchy albo inną galanteryę — wtrącił ktoś z boku.

— Cicho pan. Włóczęgom, psom i ludziom od Szai — wstęp wzbroniony!

Zapisz pan to, panie redaktorze — wołał któryś, zwracając się do wysokiego, chudego blondyna, melancholijnie siedzącego na środku pokoju, który błądził dużemi, jakby pożyczonemi oczami, po ścianach pokrytych oleodrukami.

— Moryc, mam do ciebie bardzo pilny interes — szepnął Karol, przysiadając się do Welta i do Leona Cohna, bo obaj pili tylko ze sobą.

— Pieniędzy chcesz, masz pugilares — szepnął, nadstawiając kieszeń spodnią surduta — albo zaczekaj, chodźmy do bufetu. U dyabła, jestem pijany — mruknął, napróżno usiłując się trzymać prosto.

— Może dyrektor usiądzie. Napijem się, a! wódeczka jest, koniaczek jest, a!

— Każcie mi dać jeść, bo głodnym jak wilk.

Kelnerka przyniosła gorących serdelków, bo już nic więcej nie było w bufecie.

Borowiecki zaczął jeść nie zważając na towarzystwo całe, które porozdzielane na grupy piło i gadało.

Była to sama prawie młodzież łódzka, typowa młodzież z kantorów i składów, z małą domieszką techników fabrycznych i specyalistów innych zajęć.

Bum-Bum, pomimo, że był zupełnie pijanym, chodził po sali, w pięść się trzaskał, binokle poprawiał, pił ze wszystkimi, a chwilami podchodził do młodego chłopaka, który wciśnięty w głęboki fotel, obwiązany serwetką spał i krzyczał mu do ucha:

— Kuzyn, nie śpij!

— Zeit ist Geld! Czyje conto? — odpowiadał nie otwierając oczu, stukał automatycznie kuflem w stół i spał dalej.

— Kobieta! Daj pan pokój, to kein geszeft być kobietą, to szkoda czasu — wołał ze śmiechem znany powszechnie w Łodzi Feluś Fiszbin.

— Ja jestem człowiek, panie, najautentyczniejszy człowiek — krzyczano przy drugim rogu.

— Pan się nie chwal! Pan jesteś gruba symulacya człowieka — drwił Feluś.

— Panie Fiszbin, pan może jesteś Fiszbin, ale pański interes nie jest nawet słoma.

— Panie Weinberg, pan jesteś... no już pan wiesz i my wiemy, co pan jesteś, ha, ha, ha.

— Bum-Bum, zaśpiewaj majufes, bo się żydy kłócą.

— König, ty jesteś mój przyjaciel, ale ja ze smutkiem widzę, żeś ty coraz głupszy. Tobie już w brzuch głowa wlazła. Ja się o ciebie bardzo boję. Panowie, on się tak pasie, że jemu niedługo własna skóra nie wystarczy, on się w nią nie zmieści, ho, ho.

Śmiech gruchnął ogólny, ale König nie odezwał się, popijał piwo i wpatrywał się w światła nieprzytomnemi oczami, siedział bez surduta, z rozpiętym kołnierzykiem u koszuli.

— Wróćmy doktorze do kobiet — zaczął Feluś do sąsiada, który z opuszczoną na piersi brodą siedział i wykręcał ustawicznie i niezmordowanie wąsiki blond i co chwila nerwowym ruchem otrzepywał klapy surduta i wpychał w rękawy dosyć brudne mankiety.

— Dobrze, to jest ważna kwestya, choćby z punktu socyalno-psychologicznego.

— To jest żadna kwestya. Znasz pan chociażby jedną porządną kobietę?

— Panie Feliksie, pan jesteś pijany, co pan wygadujesz! Ja panu tutaj w Łodzi pokażę setki najlepszych, najzacniejszych, najrozumniejszych kobiet — krzyczał wyrwany z apatyi, podskakując na krześle i z błyskawiczną szybkością otrzepując sobie klapy.

— To pewno pańskie pacyentki, pan je powinieneś chwalić.

— Z punktu socyalno-psychologicznego biorąc to, co pan mówisz, jest...

— Z każdego boku jest to prawda, jest to cztery razy prawda. Pan mi dowiedź, że jest inaczej.

— Mówię przecież panu.

— To jest gadanie, tylko gadanie, mnie potrzeba faktów! Ja jestem człowiek realny, panie Wysocki, ja jestem pozytywista. Panienko, maszynka kawy, Chartrezy!

— Dobrze, dobrze! Zaraz, panu dam fakty: Borowska, Amzelowa, Bibrychowa, bo co?

— Ha, ba, ha, wyliczaj pan więcej, to dla mnie śliczny kawałek zabawy.

— Pan się nie śmiej, to są porządne kobiety — krzyczał zaperzony.

— Skąd to pan wiesz, miałeś je pan w komis? — rzucił cynicznie Feluś.

— Nie wymieniłem jeszcze najpierwszych, takich jak Zukerowa i Wolkmanowa.

— To się nie liczy. Jedną mąż trzyma w zamknięciu, a druga nie ma czasu wyjrzeć na świat, bo ma na trzy lata czworo dzieci.

— Keszterowa to co, to perkal? a Grosglikowa, to wata? Cóż part na to powie?

— Ja nie powiem nic.

— A widzisz pan — wolał doktór rozpromieniony, podkręcając wąsiki.

— Ja jestem człowiek realny i dla tego nie powiem nic, bo co tu brać rachubę kobiety brzydkie, jest taki brzydki towar, izby go w komis nie wziął nawet Leon Cohn, a on wszystko bierze.

— Ja je biorę w rachubę i stawiam w pierwszym rzędzie. One mają oprócz zwykłej, organicznej uczciwości, jeszcze etykę.

— Etykę, co to jest za towar? Kto w tem robi? — wołał zanosząc się od śmiechu.

— Feluś, powiedziałeś witz na sto procent — krzyknął przez stół Leon Cohn, klaszcząc w dłonie.

Doktór nie odezwał się, pił gorącą kawę, którą mu Feluś nalał, podkręcał wąsiki, strzepywał klapy, wpychał mankiety i zwrócił się do sąsiada obok, który wciąż pił, milczał i co chwila przecierał czerwonym fularem okulary.

— Mecenas masz to samo zdanie o kobietach co i pan Feliks?

— Phi, to jest... uwasz pan dobrodziej... jakby to wyłuszczyć... hm — machnął ręką, napił się piwa, zapalił ciągle gasnącego papierosa i przypatrywał się płonącej zapałce.

— Pytam się, co mecenas myślisz o kobietach? — szturmował doktór i nastawiać zaczynał twarz do nowej walki o cześć kobiet.

— Uważa pan dobrodziej, ja nic nie myślę, ja piję piwo — machnął pogardliwie ręką i umoczył całą twarz w kuflu świeżym, jaki postawiła przed nim kelnerka.

Pił długo, a potem palcami wyciskał białą pianę z wąsów rzadkich, które mu niby rudawą strzechą wisiały nad ustami.

— Pan mi pokaż uczciwą kobietę, ja jej poślę jedwab od Szmidt i Fitze, kapelusz od Madame Gustawe i mały papierek na który z banków z podpisem Grosglika, to panu później opowiem o niej ciekawe rzeczy — zaczął się znowu śmiać.

— Pan to gadaj na Bałutach, tam może panu uwierzą i będą cenili pańskie zdanie, ale my trochę pana znamy, panie Feliksie.

— Co to redaktor swoją szpulkę wstawia?

— Bo pan blagujesz, aż się krochmal sypie — odpowiedział ktoś za nazwanego redaktora, który zirytowany wyniósł się do bufetu.

— Kuzyn, nie śpij — krzyknął Bum.

— Zeit ist Geld! Czyje conto? — szepnął, stukając kuflem w stół i chciał go podnieść do ust, ale nie doniósł, ręka mu upadła, piwo z kuflem poleciało na ziemię, nie wiedział o tem, tylko się bokiem przekręcił z fotela, serwetą przysłonił twarz i spał.

— Co osoba chce? Niech ładna osoba powie? — szeptał Leon Cohn, usiłując pocałować wydzierającą mu się kelnerkę.

— Niech mi pan da spokój, niech mnie pan puści — i szarpnęła się energicznie.

— Co osoba się rzuca, ja płacę, to ja się rzucę, ja jestem Cohn. Leon Cohn!

— Co mi tam pańskie nazwisko, niech mnie pan puści — zawołała gwałtownie.

— Niech osoba idzie do dyabla! Szmelc! — rzucił pogardliwie za odchodzącą i zaczął ściągać porozpinany surdut i kamizelkę.

— Moryc! Masz już dosyć pijaństwa, chodźmy do domu, jest ważny interes — szeptał Karol w najwyższem zniecierpliwieniu, bo Moryc pijany, z twarzą w dłoniach, siedział nieprzytomny i na wszystko, co słyszał, odpowiadał w kółko:

— Ja jestem Moryc Welt, Piotrkowska 75, pierwsze piętro. Idź pan do dyabla!

— Panie Cohn, ja miałem do pana mały interes — szepnął Borowiecki.

— Ile pan potrzebuje?

Mlasnął językiem, trzasnął w palce i już wyciągnął pugilares.

— Pan się prędko oryentuje — uśmiechnął się Borowiecki.

— Ja jestem Leon Cohn! Ile?

— Jutro powie panu Moryc, ja chciałem się tylko zapewnić. Dziękuję panu.

— Cała moja kasa, cały mój kredyt na pańskie rozporządzenie.

— Bardzo dziękuję. Termin nie dłuższy, jak trzymiesięczny.

— Kto mówi o terminie? Pomiędzy przyjaciołmi taka bagatelka co stoi?...

— Daj mi sodowej — mruknął Moryc.

Gdy mu przyniósł, pił wprost z syfonu.

— Schube, powiedz prawdę, ile Cię kosztuje ta twoja Józia? — szeptano za Karolem.

— Drogi towar, jeśli chcesz kupić teraz.

— Poczekam do licytacyi, poczekam. Ale powiedz, co cię to kosztuje, bo w Łodzi mówią, że z tysiąc rubli miesięcznie.

— Może tysiąc, może pięć, nie wiem.

— Nie płacisz?

— Płacę, grubo płacę — wekslami. Mieszkanie zapłaciłem wekslem, meble wekslem, modniarkę wekslem, wszystko wekslem. Skąd ja mogę wiedzieć, co mnie to razem kosztuje, będę wiedział dopiero, jak się położę, ile zechcą wziąć za sto. Teraz nic nie wiem.

— Wiesz, to jest genialne!

— Słyszysz pan, panie Cohn, co mówią zanami?

— Słyszę, słyszę. To jest grube łajdactwo, ale mądre, a, a, jakie mądre!

— Chcesz, żebym jechał do domu? — pytał Moryc.

— I to natychmiast, bardzo pilny interes.

— Nasz interes?

— Nasz, niesłychanie ważna rzecz, niesłychanie.

— Jak interes, to ja jestem prawie trzeźwy. Chodźmy.

Karol wyszedł, prowadząc pod ramię Moryca, który się chwiał na nogach i nie mógł utrzymać równowagi, a za nimi przez otwarte drzwi buchnął potok śpiewów i krzyków i rozlał się po cichem, ciemnem podwórzu i zginął w przestrzeniach, w nocy.

Świt się już robił nad Łodzią, bo czarne kominy zaczęły majaczyć coraz jaśniejszemi barwami, dachy błyszczały w świetle tych bladych zórz, co niby róż najdelikatniejszy, zmieszany z perłami, roztrząsały swą światłość nad ziemią.

Mróz pościnał błoto, pokrył miejscami kałuże warstwą lodu i pobielił mostki nad rynsztokami i okrył bujną osędzieliną drzewa.

Dzień zapowiadał się pogodny.

Moryc wdychał całą piersią to chłodne, zimne powietrze i przychodził coraz bardziej do siebie.

— Wiesz. nie pamiętam nigdy, abym się tak upił. Nie mogę sobie darować, szumi mi w głowie, jak w samowarze.

— Zrobię ci herbaty z cytryną. wytrzeźwiejesz, przygotowywam ci taką niespodziankę, że zechcesz się upić z radości po raz drugi.

— No, ciekaw jestem, co to może być.

I zaraz po przyjeździe, nie budząc już Mateusza, który spał, klęcząc przed kominem z głową na blasze, Karol nalał wody do samowara i zapalił pod nim gaz.

Moryc się trzeźwił bardzo radykalnie, bo zlał głowę zimną wodą, umył się i wypiwszy kilka szklanek herbaty, poczuł się zupełnie przytomnym.

— No, jestem już fertig. Do dyabła, zimno mi obrzydliwie.

— Maks! Wołał tymczasem Karol, trzęsąc z całej siły Baumana, ale Maks nie odezwał się i obciskał silniej surdut na głowę.

— Na nic wszystko, śpi jak zabity. Tak mi zresztą pilno, że nie będę czekał.

— Przeczytaj Moryc uważnie depeszę, tylko nie oglądaj adresu — zastrzegł, podając telegram.

— Ba, kiedy nic nie rozumiem — cyfrowana!

— Prawda. Zaraz ci przeczytam.

I czytał mu wolno, bardzo dobitnie, podkreślając cyfry 1 daty.

Moryc wytrzeźwiał zupełnie, na pierwsze słowa zerwał się on z krzesła i pochłaniał oczami, całym sobą, treść telegramu. Gdy Karol skończył i podniósł tryumfujący wzrok na niego, Moryc stał nieruchomy, zapatrzony w ten interes, po kilka razy wciskał binokle na nos, które mu zupełnie nie chciały się utrzymać, uśmiechał się tak słodko jak do ukochanej, szarpał nerwowo swoją piękną brodę, wreszcie rzekł uroczyście:

— Wiesz Karol, mu mamy już przyszłość, my mamy grube pieniądze. Ten telegram wart jest sto tysięcy rubli, no pięćdziesiąt, co najmniej. My się możemy na tej uroczystości pocałować! Co to za interes, co to za interes! I posuwał się do Borowieckiego, chcąc go istotnię, w tem radosnem podnieceniu ucałować serdecznie.

— Daj spokój Moryc. Nam potrzeba teraz gotówki, nie pocałunków.

— Prawda, masz racyę, trzeba teraz pieniędzy i pieniędzy.

— Czem więcej kupimy, tem więcej zarobimy.

— Co się to w Łodzi będzie dziać. Aj! aj! Jeśli o tem wie Szaja, albo Bucholc, jeśli zdąży wykupić, to wszyscy dopiero będą śpiewać. Skądżeś to wyrwał!

— Moryc, to moja tajemnica, to moja nagroda. — Uśmiechnął się do siebie, bo przyszła mu na myśl Lucy.

— Twoja tajemnica, to twój kapitał. Mnie jednak dziwi jedno.

— Co takiego?

— Ja się tego Karol nie spodziewałem po tobie. Mówię zupełnie szczerze. Nie spodziewałem się, żebyś był zdolny mieć taki interes w ręku i chciał się dzielić z nami.

— Toś mnie nie znał.

— Wiesz, że po tym fakcie jeszcze cię mniej znam. I patrzył na niego tak, jakby podejrzewał jaką zasadzkę, bo nie mógł pojąć jak można chcieć się dobrowolnie dzielić zyskami.

— Jestem Aryjczyk, a ty jesteś Semita, w tem leży wytłómaczenie.

— Ja go nie widzę, nie rozumiem co chcesz powiedzieć przez to.

— Tylko to, że ja chcę zrobić pieniądze, ale dla mnie świat się nie kończy na milionach nawet, o ty widzisz cały swój cel życia w zrobieniu pieniędzy. Kochasz pieniądze dla pieniędzy i zdobywasz je bezwzględnością, nie oglądając się na środki.

— Bo każdy jest dobry który pomaga.

— To właśnie jest semicką filozofią.

— Z czemże ja się potrzebuję liczyć. Właśnie taka filozofia nie jest ani aryjska, ani semicka, jest filozofia kupiecka.

— No mniejsza. Pomówimy o tem kiedyindziej obszerniej. Dlatego dzielę się z wami, że jesteście moimi wspólnikami i dawnymi przyjaciółmi. Zresztą, tak mi każe ambicya nawet, zrobić przysługę przyjaciołom.

— Droga ambicya.

— Liczysz?

— Bo wszystko się oblicza.

— Ileż liczysz naszą dawną zażyłość?

— Karol, ty się nie śmiej, ale ja ci powiem, iż twoją przyjaźń mógłbym obliczyć na ruble, bo ja przez nią, przez to, że razem mieszkamy, mam więcej kredytu o jakie dwadzieścia tysięcy rubli. Mówię ci szczerze.

Borowiecki śmiał się serdecznie, zadowolony głęboko ze słów Moryca.

— To, co ja robię, zrobiłbyś i ty, zrobiłby i Baum.

— Ja się boję, Karol, ja się bardzo boję, że Maks jest mądry człowiek, że on jest kupiec... Ale co ja, to zrobiłbym z całą przyjemnością.

Zaczął gładzić brodę i nasadzać binokle, żeby pokryć wyraz ócz i ust, które mówiły zupełnie co innego.

— Ty jesteś szlachcic, ty jesteś naprawdę von Borowiecki.

— Maks! Wstawaj, śpiochu! — krzyczał do ucha Baumowi.

— Nie budź mnie! — ryczał, wściekły, wymachując nogami.

— Nie wierzgaj, tylko wstawaj, bo jest pilny interes.

— Karol, po co go budzisz—szepnął cicho Moryc.

— We trzech przecież musimy się naradzić...

— Dlaczego nie mamy zrobić tego interesu we dwóch?

— Bo zrobimy go we trzech — powiedział zimno Borowiecki.

— Czy ja mówię inaczej! Moglibyśmy tylko ułożyć bez niego, a jak wstanie, jak się wyśpi, to mu się powie! My w Łodzi stanowimy brylantową spółkę.

I biegał po pokoju coraz prędzej. Opowiadał o przyszłych zarobkach, rzucał cyfry, siadał na chwilę przy stole, brał w obie ręce szklankę z herbatą i pił; był tak zdenerwowanym, że binokle wciąż mu wpadały do szklanki; kiął, wycierał je a poły surduta i znowu biegał, albo pochylał się nad stołem i na ceracie kreślił kolumny cyfr, które zmazywał natychmiast poślinionym palcem.

Tymczasem Baum wstał, wyspał się, wykiął w kilku językach, wypił olbrzymią ilość herbaty, zjadł wszystkie resztki z kolacyi, jakie jeszcze byty na talerzach, zapalił krótką angielską fajeczkę i przygładzając swoją małą łysinkę, jaką miał nad czołem, mruknął:

— Czego chcecie? Gadać prędko, bo mi się chce spać.

— Nie pójdziesz spać, jeno się dowiesz.

— Nie pyskuj.

Karol przeczytał mu telegram.

Moryc wyłożył plan, który był bardzo prosty:

mieć pieniądze, dużo pieniędy, jechać natychmiast do Hamburga, kupić co się da surowej bawełny i sprowadzić ją do Łodzi, zanim prawo o podwyższonem cle i taryfie zacznie obowiązywać. A potem sprzedawać, ma się rozumieć, z jak największym zyskiem.

Baum myślał długo, zapisywał coś w notesie, fajkę wypalił, wytrząsnął popiół na spodek, przeciągnął swoje olbrzymie kości i rzekł:

— Zapiszcie mnie na dziesięć tysięcy rubli, więcej nie mogę. Dobranoc!

Podniósł się z krzesła, aby iść z powrotem spać.

— Zaczekajże! Musimy się przecież porozumieć. Wyspisz się jeszcze.

— Niech was dyabli wezmą z temi porozumieniami się. Ach, te polaki! W Rydze przez całe trzy lata mało co spałem, bo wszyscy się całe noce u mnie porozumiewali... i w Łodzi to samo.

Usiadł niechętnie i zaczął nabijać fajkę.

— Moryc, ile dajesz?

— Taksamo dziesięć tysięcy. Nie wydobędę na razie więcej.

— Więc i ja tak samo.

— Zyski straty będą równe.

— Ale który z nas pojedzie? — zapytał Baum.

— Może jechać Moryc tylko, bo on się zna dobrze i to jego specyalność.

— Dobrze, pojadę. Co dacie gotówki zaraz?

— Ja mam piętnaście rubli, mogę dołożyć mój pierścień brylantowy, zastawisz go u ciotki, da ci więcej niż mnie — mówił ironicznie Maks.

— Mam wszystkiego przy sobie, zaraz... 400 rubli, mogę dać 300 zaraz.

— Kto twoje weksle będzie żyrowal, Baum?

— Dam gotówkę.

— Ja jeśli na czas nie wyrwę gotówki, to dam weksle z dobrem żyrem.

Zaległa cisza. Maks położył głowę na stole i patrzył na Moryca, który szybko coś pisał i obliczał. Karol chodził wolno po pokoju i wąchał dla orzeźwienia jakieś perfumy w kosztownym flakoniku.

Dzień był już wielki i przez okna pozasłaniane gipiurowymi zasłonami wlewał białe, ostre światło poranku i mącił blask lampy i świec płonących w wielkich, bronzowych kandelabrach.

Cisza ogromna, cisza Łodzi w niedzielę, rozlewała się po mieście i przenikała do wnętrza mieszkania. Jakiś daleki turkot dorożki huczał niby grzmot po stwardniałem błocie i w pustej, jakby wymarłej ulicy.

Karol otworzył lufcik, aby wpuścić trochę świeżego powietrza i wyjrzał na ulicę.

Szron pokrywał bruk i dachy i skrzył się, jak brylanty w słońcu, co wstało gdzieś daleko za Łodzią, za fabrykami, których kominy, niby las gęsty i ponury, rozciągały się wprost okien i odcinały swoje potężne, surowe profile na tle złoto-błękitnego nieba.

— A jak ten interes się nie uda — szepnął, cofając się z okna.

— A no to stracimy, psia krew i nic więcej — mruknął Maks obojętnie.

— Możemy stracić trzy razy, bo kapitał, zarobek, a może i fabrykę.

— Nie może tak być — wykrzyknął Maks, bijąc ze złością w stół. — Fabrykę musimy mieć. Ja już z ojcem nie wytrzymam dłużej, a zresztą, czy mój fater długo pociągnie? Jeszcze rok, jeszcze dwa, a zjedzą go zięciowie, dogryzie go Zuker, on przecież zaczął już nas jeść, bo naśladuje nasze kapy na łóżka i nasze kołdry kolorowe i sprzedaje o 50% taniej; on nas żywcem zjada. A ja nie urodziłem się na parobka w cudzym interesie. Mam już trzydzieści lat, potrzebuję zacząć na siebie!

— I ja mówię, nie może być. Fabrykę, tak czy owak, mieć musimy. Ja także dłużej nie wytrzymam u Bucholca.

— Boicie się? — szepnął Moryc.

— To naturalna obawa, gdy się może stracić wszystko.

— Ty Karol nie możesz zginąć w żadnym razie; ty ze swoją uznaną specjalnością, ze swojem nazwiskiem, ze swojem von, swoją twarzą, zawsze możesz dostać milion, chociażby z Müllerówną w dodatku.

— Nie gadaj, mam narzeczoną, którą kocham.

— Co to przeszkadza, można mieć dwie naraz narzeczone i w obu się kochać, a ożenić z trzecią, która będzie miała pieniądze.

Karol się nie odezwał, bo mu się przypomniała panna Mada i jej naiwny szczebiot; chodził po pokoju, a Maks usiadł na stole, ćmił fajkę i bujał długiemi nogami i nadstawiał twarz na pocałunek słońca, co się przedarło wskroś okien domu naprzeciwko i kładło długą złotą smugę, pełną drgającego pyłu na jego twarz rozespaną i na czarną głowę Moryca, siedzącego z drugiej strony stołu.

— Jeśli się boicie ryzyka, to ja wam dam radę, a raczej powiem, że istotnie to jest ryzyko. A jeżeli o tym interesie wie cała bawełna łódzka? Jeżeli ja ich w Hamburgu zastanę wszystkich? A jeżeli przez wielkie i gwałtowne zapotrzebowanie bawełna pójdzie w górę za bardzo. A w Łodzi nie będziemy mieli komu jej sprzedać, to co?

— Przerobimy ją w swojej fabryce i zarobimy jeszcze więcej — szepnął Maks, nastawiając pod działanie słońca ucho jedno i część głowy.

— Ale jest wyjście. Zarobicie również i bez ryzyka.

— W jaki sposób? — zapytał Karol przystając.

— Odstąpicie mi cały ten interes. Ja wam dam po pięć, no po dziesięć tysięcy odstępnego, niech stracę i to gotówką, baresgeld, za parę godzin.

— Świnia — mruknął Maks.

— Daj pokój Maks, on to robi z przyjaźni.

— A właśnie, że z przyjaźni, bo jak ja stracę, wy też i tak możecie mieć fabrykę, a gdy zarobicie, również i wam to nie przeszkodzi.

— Nie traćmy czasu na próżne gadaniny, trzeba iść spać. Kupujemy razem na wspólne ryzyko, a ty Moryc jedziesz dzisiaj do Hamburga.

— Niech da pokrycie. Kupi za nasze pieniądze, a potem powie, że kupił dla siebie, jego stać na to!

— To nasza przyjaźń i moje słowo jest pies, co ty gadasz, Maks — wykrzyknął oburzony.

— Twoje słowo złoto, twoja przyjaźń to dobry weksel, ale ewikcyę daj, to handel.

— Załatwimy to w ten sposób, że Moryc będzie kupować i wysyłać zaraz pospiesznymi frachtami, na nachname. My wykupimy.

— A gdzie moja pewność, że mnie nie wyeliminujecie ze spółki, co?

— Świnia — zawołał głęboko dotknięty Maks, uderzając pięścią w stół.

— Cicho Maks, on ma rację. Zrobimy zaraz piśmienną umowę, którą się później dla upoważnienia urzędowego przeciągnie przez regenta.

Napisali zaraz upunktowaną wielokrotnie umowę, rodzaj aktu spółki, zawierającej się pomiędzy nimi trzema, na prowadzenie handlu surową bawełną.

Było w niej wszystko przewidziane.

— No, teraz stoimy na gruncie realnym. Ile mi wyznaczacie za zajęcie się tym interesem?

— Teraz zwykłe komisowe za kupno, a później porozumiemy się.

— Zaliczcie mi z góry, co możecie. Ja wam rachunek dokładny przedstawię strat, jakie poniosę przez czas pobytu w Hamburgu, strat na agenturze swojej, której przez ten czas nie będę mógł prowadzić.

— Świnia — powiedział po raz trzeci Maks i wykręcił drugą stronę twarzy na stonce.

— Maks, tyś mi powiedział trzy razy świnia, ja ci tylko raz odpowiem: głupi! Ty pamiętaj, że my mamy prowadzić nie romans, nie małżeństwo, tylko interes. Sam okpiłbyś Pana Boga, żeby się tylko dałp, a mnie mówisz świnia, kiedy ja chcę tylko tego, co mi się należy prawnie. No niech Karol powie.

— Idź do dyabła, stergnij.

— No, zgoda, nie kłóćcie się ciągle. Jedziesz kuryerem w nocy?

— Tak.

— Tylko moi drodzy, pamiętajcie, ani dziś, ani później nikt niema wiedzieć, skąd wzięliśmy tę wiadomość o bawełnie.

— Alboż my wiemy, co?

— Taka tajemnica w trzech nie jest już tajemnicą.

— Idźcie spać. Karol, tylko mnie już nie budź. Moryc, choć pocałuję cię na drogę, bo cię nie zobaczę przed wyjazdem, wstanę dopiero jutro. No, bądź zdrów chłopie, a nie okpij nas — mówił żartobliwie, całując się z Morycem serdecznie, bo, pomimo ciągłych kłótni i wymyślań, lubili się bardzo ze sobą.

— Ciebie by kto oszukał! — mruczał Moryc jakby z żalem.

— Ty jesteś dobry chłop, Moryc, ale czuć cię na milę szachrajem.

***

Było już po dwunastej, gdy Karol się obudził.

Słońce świeciło prosto w okna i zalewało blaskami cały pokój, umeblowany z najwyszukańszym wykwintem.

Mateusz umyty, wystrojony po niedzielnemu, wsunął się na palcach.

— Jest co? — zapytał Karol, bo często w nocy Bucholc przysyłał różne rozporządzenia.

— Z fabryki niema nic, są tylko ludzie z Kurowa, z listem. Czekają od rana.

— Nich zaczekają, przynieś list, a im daj herbaty. Wytrzeźwiałeś już?

— Jestem już na glanc, proszę pana dyrektora.

— Opatrzyłeś sobie już twarz, jak widzę.

Mateusz spuścił oczy i zaczął przestępywać z nogi na nogę.

— Raz jeszcze się upijesz, to możesz więcej nie pokazywać się.

— Już tak nie będzie.

Uderzył się w piersi aż się rozległo.

— Nie boli cię głowa?

— Nie, ale mnie krzywda moja boli. Poproszę bardzo pana, a pan mi, mój pan najdroższy pozwoli, a to już jak pies służył będę za to.

— Na cóż mam ci pozwolić? — pytał ciekawie, ubierając się.

— Żebym ja mógł trochę porachować żebra tym szwabom, co mnie tak uszlachciły.

— Takiś-to mściwy?...

— Nie, nie mściwym, ale sponiewierania, ale swojej utoczonej krwi katolickiej — nie daruję.

— A rób co ci się podoba, byle ci tylko lepiej jeszcze nie przefasonowali twarzy.

— Już ja im dam taki bejc, co go im nikt nie spierze — szepnął mściwie i aż zaciął zęby od nagłej złości, jaka mu zalała serce.

Sine plamy i siniaki zrobiły mu się ponsowe od wzruszenia.

Karol ubrał się i poszedł budzić przyjaciół.

Nie było już nikogo.

— Mateusz, panowie dawno wyszli?

— Pan Baum wstał o dziewiątej, telefonował o konie do domu i jak przyszły, zaraz pojechał.

— No, no, cuda się dzieją.

— A pan Moryc wyszedł o jedenastej. Kazał mi walizkę podróżną naszykować i zanieść na kurier nocny.

— Zawołaj tych ludzi. Coś mi jest, ale co? — myślał, rozcierając sobie skronie, bo głowa ma ciężyła, czuł się niezdrów.

Wstrząsał nim jakiś dreszcz zdenerwowania. Nie chciało mu się siedzieć, a czuł wstręt do poruszenia się z miejsca.

Wypadki dzisiejszej nocy: teatr, loża, Lucy, knajpa, telegram, Moryc i Baum przewijały mu się przez mózg w poszarpanych mgławicach i przechodziły, pozostawiając po sobie nudę i znużenie.

Zapatrzył się na wysmukły, kryształowy wazonik, pokryty bardzo pięknym rysunkiem złotym; złote lilie francuskie na tle mocnej purpury kryształu, którym przeświecało słońce i kładło krwawo-pomarańczowy cień na jedwabne, kremowe okrycie stołu.

— Ładna kombinacya — myślał, ale nie chciało mu się dalej patrzeć.

— Niech będzie pochwalony.

Odwrócił się do wchodzących.

— A, to wy z Kurowa. Macie list od panienki?

Wyciągnął rękę i zauważył, że mu pożółkła.

— Jest pismo. Daj matka wielmożnemu panu — powiedział poważnie chlup w białej kapocie, wyszywanej na szwach czarnemi tasiemkami, w portkach w poprzeczne czerwone, białe i zielone pasy, w kamizelce granatowej z mosiężnymi guzikami, koszulę miał zawiązaną na czerwoną wstążeczkę; stanął przy drzwiach wyprostowany, baranicę zawiesił na własnych pięściach przyciśniętych do piersi i patrzał niebieskimi, surowemi oczami w Borowieckiego, od czasu do czasu odrzucając ruchem głowy grzywę płowych niby konopie wymiądlone włosów, co mu wciąż opadały na twarz starannie wygoloną.

Kobieta list wydobyła z dziesięciu co najmniej obwiązań i podejmując Karola za nogi, podała.

Przeleciał szybko oczami list i pytał:

— Wy się nazywacie Socha?

— Tak, rychtyk Socha, rzeknij-no matka — szepnął, szturchnąwszy łokciem żonę.

— Juści prawda. Socha on jest, a ja jego żona i przyśliwa prosić wielmożnego pana niziniera o robotę na fabryce, o... — zatrzymała się chwilę, spoglądając na męża.

— Juścić o robotę, rzeknij-no matka od początku.

— Właśnie pisze mi tu ojciec i panienka o waszem nieszczęściu. Spaliliście się, co?

— Juścić że spalili, opowiedz-że jak było matka.

— A to było tak, wielmożny panie, powiem rzetelnie, jak na spowiedzi. Mieliśwa chałupę zaraz na dworem, pierwszą odewsi. Grontu to mój kupił ino dwie morgi i prętów dwadzieścia i pięć, co nam starszy pan, niby ociec wielmożnego pana niziniera sprzedał, a za cośmy zapłacili całe trzysta złotych. Używićby się z tego nie używił. Kartofle były swoje, krowę się uchowało, świniak zawdy galanty kwicał w chlewie, kuń był, bo stary mój jeździł na furmanki do miasteczka i woził różnych ludzi do kolei, albo i żydów na ten przykład, za rubla, jak się dało. A mnie to paninka cięgiem wołała do dworu na posługi, a to do prania, a to do robienia płótna, a to kiej się krowa ocielić miała. Święta panienka, a to naszego Walka to tak wyuczyła, co chłopak zna i drukowane i pisane, a na złotym untarzyku to cytać poredzi z kużdej strony; mistranture tyż zna galancie, bo do mszy świętej księdzu Szymonowi sługuje. A chłopak ma dopiro na dziesiąty rok — zatrzymała się, aby wytrzeć nos w fartuch i obetrzeć załzawione rozczuleniem oczy.

— Prawda, mój syn Walek ma na dziesiąty rok, mów matka dokumentnie — szepnął poważnie chłop.

— Juści na dziesiąty, albo od Zielnej, albo na samą Siewną.

— Mówcie prędzej, bo widzicie, ja nie mam czasu — prosił Borowiecki, który chociaż się nudził podczas tego bezładnego opowiadania i mało słyszał, siedział cierpliwie, bo wiedział, że chłopi lubią się przedewszystkiem wygadać i wyżalić po ludzku, a robił to głównie dla tego, że pochodzili z Kurowa.

— Rzeknij matka co ostało, bo wielmożnemu panu spieszno.

— To z łaski Boski i z łaski panienki i bez to co stary miał kunia i zarabiał i bez tego co się czasem przedało a to kuraków, a to prosiaka jakiego, a to gąskę, a to czasem jaką kapkę mleka albo i półkwaterek masła i jajków tośwa się miało niezgorzy. Cała wieś nam zazdrościła, że to nas panienka uważała, że w izbie i obrazy święte były pikne, we złotych ramach, że to i odzienie zawżdy było jak się patrzy, żeśwa się to nie bijały, bo panienka cięgiem mówiła, że to grzych i obraza boska największa; że to mój u księdza Szymona często był i woził go do kolei, to bezto pomstowały na nas. A już najgorsza była ta Pietrkowa, co to siedzi ino bez miedzę. Kłótnica taka, że i ją ksiądz Szymon już nieraz z ambony napominał. Nic nie pomogło, cięgiem tylko bij zabij na mnie. A taka niepoczciwa co szczekała po całej wsi, że to ze dworu wynoszę kaszę, że mój kradnie siano z dworskich stogów. Widzieliście wy ludzie! Ażeby nam tak kulasy poupadały jak jej ozór ten przeklęty za szczekanie, jeśliśwa co wzięły. Ale żeby to ino to!

— Cóż ona więcej zrobiła, mówcie — szepnął prawie z rozpaczą, bo kobieta gadała coraz szczegółowiej, ośmielona jego życzliwym wzrokiem.

— A to bez nią myśwa się spaliły. Bo było tak, że zawżdy, jak to po somsiedzku się przytrafia, gąsiaki moje, już takie w knotach, cobym nijak nie mogła sprzedać po pięćdziesiąt kopiejek, przeszły na jej pole, ale nie było i pacierza, ino co dziopami chwyciły chila tyla trawkę, a ta suka zapowietrzona poszczuła je. Ażebyś Boga przy skonaniu nie oglądała, ażebyś! Zaraz mi zdechnęło pięcioro tych gąsków, bo je tak pies pogryz. Com się wypłakała, to jaże trudno wypowiedzieć. Stary przyjechał, ja mu mówię, a on mi rzekli inszej rady niwa na taką, ino sprać tak, coby gnaty poczuła.

— Prawda, rzekłem tak, mów dalej matka.

— Sprałam ją rzetelnie, zdarłam za te kudły, co ma kiej czarownica, utytłałam w gnojówce, skopałam kiej sukę. A to mi potem wieprzaka przetrąciła. Poszliśwa na sądy. Niech ta sprawiedliwość sądzi kto winowaty — wykrzyknęła, rozkrzyżowując ręce.

— A kiedyż was spaliła?

— Ja nie mówię co ona, ino że bez nią, bo jakieśmy siedzieli w sądzie, przylata woźny i pedo: Chałupa się wam Sochowa pali! Jezus Marya, jakby mi kto łysty poprzetrącał, ruszyć się z miejsca nie mogłam.

— No dosyć, rozumiem. A teraz chcecie znaleźć robotę w fabryce?

— Juści tak, wielmożny panie. Bośwa zeszły na dziady, bo się spaliło wszyćko i chałupa i obora i całki lewentarz, nic ino teraz iść po proszonem.

Zaczęła płakać spazmatycznie, a chłop stał wciąż poważnie, zapatrzony w Borowieckiego, odgarniając jednakim ruchem głowy grzywę, co mu co chwila spadała na oczy i twarz.

— Znacie tu kogo w Łodzi?

— Są tutak ludzie z naszych stron, jest Antek Michałów, jest, powiedz dokumentnie matka.

— Juści, że są, ino niewiada kaj ich szukać.

— Przyjdźcie do mnie Socha we wtorek o pierwszej godzinie. Robotę wam znajdę. Mateusz — krzyknął na lokaja — poszukaj im mieszkania i zaopiekuj się nimi.

Mateusz krzywił się niechętnie i pogardliwie patrzył na nich.

— No, idźcie z Bogiem, a we wtorek przyjdźcie.

— Przyjdziewa, mów-no matka.

Ale kobieta schyliła się do nóg Karolowi i obejmując je prosiła:

— A tom po tej ostatniej kurze, co się nie spaliła, uzbierała mendel jajków, to niechto wielmożnemu panu będą na zdrowie, bo ze szczyrego serca dajem — i położyła mu u nóg węzełek.

— Prawda, niechta będą na zdrowie — i pochylił się także do nóg.

— No, dobrze, dziękuję wam, przyjdźcie we wtorek.

Zostawił ich i poszedł do drugiego pokoju.

— Co za kopalniani ludzie! przeżytki — mruczał, chodząc poruszony nieco, siadł i czytał list od narzeczonej.

„Mój drogi panie Karolu!

Dziękuje serdecznie za list ostatni, sprawił on dziadkowi wielką przyjemność, a mnie wprost rozrzewnił i porwał. Jaki pan dobry! przez umyślnego aż przysyłać kwiaty".

Uśmiechnął się drwiąco, bo kwiaty owe dostał od kochanki, w takiej ilości, że nie wiedział co z nimi zrobić, więc posłał je narzeczonej.

„Jakie to śliczne te róże! chyba nie łódzkie? a może mój drogi pan sprowadzał umyślnie z Nizzy, jak to kiedyś? Toby mnie bardzo cieszące, bardzo smuciło jednak, bo nie mam czem równie pięknem się odwdzięczyć. Wie pan, te kwiaty są dzisiaj jeszcze, po dwóch tygodniach, prawie nie zmienione — to zadziwiające. Wprawdzie pielęgnuję je bardzo, bo niema listeczka, któremubym nie powiedziała, dotykając każdego ustami: kocham. Ale... dziadek się ze mnie śmieje i powiedział, że napisze o tem do pana, więc ja już sama przyznaję, a pan się o to przecież nie pognie wa, prawda?..."

— Anka moja droga — szepnął porwany uczuciem i rozjaśnionemi oczami czytał dalej:

„Z pieniędzmi już załatwione, są w banku Handlowym do pańskiego rozporządzenia, bo kazałam je zapisać na pana nazwisko, na nasze nazwisko...

— Złota dziewczyna!

„Kiedyż będzie ta fabryka? Ja tak niecierpliwie czekam, bo takam ciekawa zobaczyć ją i mojego drogiego pana, jako fabrykanta! A dziadek zrobił nawet świstawkę i nią budzi nas i zwołuje na śniadania i obiady.

„Wczoraj był u nas pan Adam Stawski, pamięta go pan? bo podobno byliście panowie razem w gimnazyum? Opowiadał bardzo ciekawe i wesołe szczegóły z waszego życia. Od niego dopiero dowiedziałam się, że mój kochany pan Karol, to był taki łobuz i takie miał powodzenie u kobiet jeszcze w gimnazyum. Ale dziadek przeczy temu stanowczo i mówi, że pan Adam łgarz zawołany. Komu pan każe wierzyć?

„Pan Adam stracił wszystko, bo majątek sprzedało mu Towarzystwo, ma wkrótce jechać do Łodzi, będzie i u pana.

— Jeszcze jeden niedołęga! — szepnął niechętnie.

„Ma jakiś projekt wielkiego wynalazku i obiecuje sobie, że na nim w Łodzi zrobi majątek.

— Idyota! nie pierwszy i nie ostatni.

„Trzeba mi kończyć, bo mi się tak oczy kleją i dziadek ciągle woła, żebym poszła spać. Dobranoc mój królu złoty. dobranoc! Napiszę jutro obszerniej. Dobranoc. *Anka*".

W przypisku było jeszcze gorące polecenie oddawców listu.

— Pieniądze są, to dobrze, to bardzo dobrze, dwadzieścia tysięcy rubli. Złota dziewczyna. Bez namysłu oddaje swój posag.

Przeczytał list raz jeszcze i schował do biurka.

— Złota, dobra, poświęcająca się dziewczyna, ale... Dlaczego jest to ale! U dyabła! — uderzył nogą w dywan i zaczął bezmyślnie przerzucać stosy papierów na stole.

— Tak, dobra, może najlepsza z tych jakie znam, ale, ale, co mnie ona obchodzi?... Czy ja ją kocham? Czy ja ją kiedy kochałem? Postawmy sprawę szczerze — myślał, przypominając sobie dokładnie.

— Konie pana Bucholca po pana dyrektora — meldował Mateusz.

Wsiadł do powozu i pojechał do Bucholca.

Bucholc mieszkał na samym końcu miasta, za fabrykami swojemi. W dużym parku, graniczącym jedną stroną z murami fabryk, które nad nim panowały, stał jednopiętrowy dom, nazywany pałacem, zbudowany w tym łódzko-berlińsko-renesansowym stylu, z wieżami baniastemi po rogach, z szeregiem facyat ozdobnych, z tarasem na dachu, obwiedzionym żelazną balustradą.

Grupa wielkich, smutnych brzóz bieliła się w gazonie głównym przed podjazdem pałacowym. Ścieżki były wysypane miałem węglowym i biegły niby pasy czarnej croisy, wpośród poobwiązywanych słomą ról i drzewek południowych, co niby szyldwachy, wyciągniętą i załamującą się pod prostym kątem linią obiegały wielki czworoboczny trawnik, na którego rogach stały cztery posągi, okręcone na zimę w kawały barchanowych podkładek, zrudziałych na deszczach i mrozach.

W jednym końcu parku, pod czerwonymi murami fabryki, przez nizkie krzewy i drzewa błyszczały w słońcu okna oranżeryi.

Park był smutny i niedbale utrzymywany.

Lokaj w czarnej liberyi otworzył przed Borowieckim wielkie drzwi do przedpokoju, wyłożonego dywanem i obwieszonego fotografiami fabryk, grupami robotników i mapami majątków ziemskich, jakie posiadał Bucholc.

Czworo drzwi prowadziło w głąb domu, a wązkie żelazne schody na piętro.

Wielka, żelazna latarnia w stylu gotyckim, wisząca u sufitu, rozrzucała łagodne światło, co kolorowemi, jakby wypłowiałemi plamami mrzyło na ciemnym dywanie i drzewem wyłożonych ścianach.

— Gdzie pan prezes?

— Na górze, w swoim gabinecie.

Lokaj szedł naprzód i uchylał portyer, otwierał drzwi, a Borowiecki szedł wolno przez wspaniale pokoje, bardzo poważnie i ciężko umeblowane, zaciemnione prawie zupełnie storami opuszczonemi. Cisza go otaczała zupełnie, bo odgłos kroków tłumiły dywany.

Uroczysta, zimna powaga panowała w mieszkaniu; meble stały w pokrowcach ciemnych, zwierciadła, wielkie żyrandole, kandelabry, obrazy nawet na ścianach pokryte były zasłonami i tonęły w zmroku, w którym tylko błyszczały bronzowe ozdoby majolikowych pionów i złocenia stiukowych sufitów.

— Herr von Borowiecki! — meldował poważnie lokaj w jednym z pokojów, gdzie pod oknem, w głębokim fotelu, z pończochą w ręku, siedziała Bucholcowa.

— Gut morgen Herr Borowiecki — odezwała się pierwsza, wyjęta drut i wyciągnęła do niego rękę jakimś automatycznym ruchem.

— Gut morgen Madam — pocałował ją w rękę i poszedł dalej.

— Kundell! Kundell! — zakrzyczała za nim papuga, uczepiona nogami u parapetu.

Bucholcowa pogłaskała ją, uśmiechnęła się przyjaźnie do bandy wróbli, co pod oknami na drzewach się biły, popatrzyła me świat pełen słońca i znowu robiła pończochę.

Bucholca znalazł Borowiecki w narożnym gabinecie.

Siedział przed wielkim piecem, z zielonych gdańskich kafli, cudownie ornamentowanych, w którym palił się ogień, grzebał w nim ustawicznie swoim nieodstępnym kijem.

— Dzień dobry! Kundel, krzesło dla pana — zawołał silnym głosem na lokaja, który stał przy drzwiach gotowy na najmniejsze skinienie.

Karol usiadł tuż obok niego, plecami do ściany.

Bucholc podniósł swoje jastrzębie, czerwone oczy i dosyć długo świdrował twarz jego.

— Chory jestem — szepnął, wskazując na nogi pookręcane w białą flanelę i leżące na taburecie, wprost ognia, niby dwa wały materyału surowego.

— Ciągle to samo? reumatyzm?

— Tak, tak — szeptał i jakiś bolesny skurcz skrzywił mu szaro-żółtawą, okrągłą twarz.

— Szkoda, że pan prezes nie wyjechał na zimę do San-Remo, lub gdziekolwiek na południe.

— Co mi to pomoże, a ucieszyłbym tylko Szaję i tych wszystkich, coby chcieli, abym zdechł jak najprędzej. Kundel, popraw — krzyknął na lokaja, wskazując na nogę swoją, zsuwającą się z taburetu. — Ostrożnie! ostrożnie! — krzyknął.

— Myślę, że tych, coby chcieli pańskiej śmierci jest bardzo mało, a może i niema ich zupełnie w Łodzi, jestem nawet pewny że ich niema.

— Co mi pan gadasz, wszyscy chcą, abym umarł, wszyscy — i dlatego właśnie na złość będę jeszcze żył długo, pan myślisz, że nie mam zazdrosnych, co?

— Ktoby ich nie miał.

— Ileby dał Szaja za moją śmierć, jak pan myślisz?

— Przypuszczam tylko, że za ruinę pańską, gdyby ta była możebną, to dałby bardzo wiele, bardzo wiele, pomimo swojego skąpstwa.

— Pan myślisz? — szepnął i oczy mu strzeliły płomieniem nienawiści.

— Cała Łódź wie o tem.

— Jeszcze i wtedy kogoby oszukał, bo zapłaciłby fałszywemi pieniędzmi, albo wekslami bez wartości. Kundel... — opuścił głowę na piersi, na stary watowany szlafrok z łatami na łokciach i zapatrzył się w ogień.

Borowiecki zaprawiony już dobrze w tej serwilistycznej subordynacyi wobec milionerów, nie śmiał nic mówić, czekał cierpliwie aż on pierwszy zacznie.

Rozglądał się po ścianach wybitych bardzo ciemnym wiśniowym adamaszkiem jedwabnym, obwiedzionych szeroką złotą lamperyą. Kilka ordynarnych oleodruków niemieckich wisiało na ścianach. Olbrzymie mahoniowe biórko stało w rogu pomiędzy dwoma oknami, przysłoniętemi ekranami z kolorowych zabiel. Linoleum, naśladujące posadzkę, pokrywało podłogę gabinetu i było nader mocno powydeptywane.

— Słucham pana — mruknął szorstko.

— Mówiliśmy o Szai.

— Dajmy spokój temu. Kundel! niech tutaj przyjdzie Hamer. Co to, za pięć minut mam brać pigułki, a tego błazna niema jeszcze. Pan znasz wczorajsze nowiny?

— Słyszałem, pan Knoll mówił mi w teatrze.

— Pan bywasz w teatrze?

Oczy mu zaświeciły urągliwą złośliwością.

— Nie rozumiem nawet pytania pana prezesa.

— Prawda, że pan polak, prawda, że pan von — zaczął się krzywić jakby do śmiechu.

— Przecież i pan prezes bywa w teatrze.

— Ja jestem Bucholc, panie von Borowiecki. Ja mogę bywać wszędzie gdzie mi się podoba — podniósł głowę i dumnie, miażdżąco patrzył.

— Winne są teatry, że zamiast być dla niektórych ludzi tylko, stoją otworem dla wszystkich, mających za co kupić sobie miejsce — szepnął Borowiecki i nie mógł powstrzymać złośliwego uśmiechu.

— Nie słucham pańskie gadanie — stuknął ze złością kijem w głownie, że aż się iskry posypały pokój.

— Daruje pan prezes, że go pożegnam — mówił Borowiecki podnosząc się a krzesła, zirytowany ostatniemi słowami.

— Siedź pan, zaraz będzie obiad. Tu się niema o co obrażać, zresztą pan wiesz jak pana cenię, pan jesteś wyjątkowym polakiem. Knoll mówił panu o wszystkiem?

— O bankructwach ostatnich.

— Tak, tak... Wyjechał za pilnym interesem właśnie proszę pana o zastąpienie go na cały czas nieobecności. Morrys zastąpi pana w drukarni.

— Dobrze, a co do Morrysa to bardzo zdolny człowiek.

— I głupi. Siadaj-że pan. Ja lubię polaków, ale z wami wcale gadać nie można, zaraz się byle słówkiem obrazi i bądź zdrów. Langsam panie Borowiecki, langsam, pan nie zapominaj, że jesteś moim człowiekiem.

— Pan prezes za często mi przypomina, abym o tem chociaż na chwilę zapomnieć mógł.

— Uważasz pan to za niepotrzebne? — pytał, patrząc na niego z uśmiechem dobrotliwym.

— Jak komu i jak gdzie.

— Jabym panu dał konie, tylko niech pan nimi powozi bez bata i bez cugli.

— Porównanie, jako porównanie nie jest złe, tylko nie bardzo można je zastosować do nas wszystkich, pracujących u pana.

— Ja go nie stosuję do pana, ani do pańskich niektórych, uważasz pan, mówię, niektórych kolegów, tylko do tej czarnej, roboczej masy...

— I ta robocza masa, to ludzie.

— Bydło, bydło — wykrzyknął bijąc kijem w taboret z całych sił. — Pan się tak nie patrz na mnie, ja tak mówić mogę, bo ja ich wszystkich żywię.

— Tak, ale oni pracują dosyć dobrze na to żywienie, zarabiają.

— U mnie zarabiają, ja im daję zarobek, oni mnie powinni całować po nogach, bo jakbym im nie dał roboty, to co?

— Toby sobie znaleźli gdzieindziej — szepnął, bo złość nim miotać poczynali.

— Zdechliby z głodu, panie Borowiecki, jak psy.

Borowiecki nic już się nie odzywał, był zirytowany tą pychą głupią Bucholca, który przecież pomiędzy łódzkimi fabrykantami był unikatem z wielkiego rozumu i wykształcenia, a tak prostej kwestyi nie rozumiał.

— Panie prezesie, szedłem właśnie z pigułkami, kiedy przyszedł August.

— Cicho! Jeszcze cale dwie minuty. Zaczekaj! — rzucił ostro do swojego nadwornego doktora, który się nieco zmieszał takiem przyjęciem, ale stanął pokornie o kilka kroków przy drzwiach i czekał, biegając zalęknionym, niespokojnym wzrokiem po twarzy Bucholca, który wpatrzony w stary srebrny zegarek, nachmurzony siedział w milczeniu.

— Ty się Hamer pilnuj, ja ci płacę za to, dobrze płacę — rzeki po chwili, nie odrywając wzroku.

— Panie prezesie!

— Bucholc mówi, cicho! — rzekł z naciskiem i uderzył go oczami. — Ja jestem punktualny, jak mi raz powiedzieli, że brać pigułki co godzina, to biorę co godzina. — Pan musisz być bardzo zdrowym, panie Borowiecki, widać to po panu.

— Tak bardzo jestem zdrowy, że jakbym posiedział w fabryce, w drukarni jeszcze dwa lata, to mam pewne suchoty. Już mnie doktorzy ostrzegali.

— Dwa lata! można jeszcze dużo wydrukować towaru przez dwa lata. Hamer dawaj!

Hamer z namaszczeniem odliczał piętnaście pigułek homeopatycznych na wyciągniętą rękę Bucholca.

— Prędzej! ty kosztujesz tyle co dobra maszyna, a ruszasz się tak powoli — syknął i połknął pigułki.

Lokaj podał mu na srebrnej tacy szklankę z wodą do picia po lekarstwie.

— On mi każe połykać arszenik, to jakaś nowa metoda leczenia, zobaczymy, zobaczymy...

— Ja już widzę duże polepszenie w zdrowiu pana prezesa.

— Cicho Hamer, nikt cię o to wcale nie pyta.

— Dawno pan prezes prowadzi tę arszenikową kuracyę? — zapytał Borowiecki.

— Trzeci miesiąc mnie jut zatruwa. Możesz iść Hamer! — rzucił wyniośle.

Doktór ukłonił się i wyszedł.

— Łagodny człowiek z tego doktora, ma obwatowane nerwy! — zaśmiał się Borowiecki.

— Ja jemu je watuję pieniędzmi. Ja mu dobrze płacę.

— Telefon się pyta, czy jest pan Borowiecki? co mam powiedzieć? — meldował w drzwiach dyżurny, przyboczny urzędnik Bucholca.

— Pozwoli pan prezes?

Bucholc kiwnął niedbale głową.

Karol zeszedł na dół, do przybocznego kantoru Bucholca, gdzie był telefon.

— Borowiecki, kto woła? — pytał, przykładając ucho do muszli.

— Lucy. Kocham cię! — drgały mu roztrzęsione odległością wyrazy w uchu.

— Waryatka! — szepnął, uśmiechając się ironicznie na stronie.

— Dzień dobry.

— Przyjdź wieczorem o ósmej. Nikogo nie będzie. Przyjdź. Czekam. Kocham cię! Słuchaj, całuję cię, do widzenia.

Istotnie, odczuł rozpryśnięte mlaśnięcie, jakby odgłos pocałunku.

Telefon zmilkł.

— Waryatka! Będzie z nią ciężko, nie zadowolni się byle czem — myślał powracając na górę i był więcej zniecierpliwionym, niż uradowanym tym oryginalnym dowodem miłości.

Bucholc wciśnięty w fotel, położył kij na kolanach i przerzucał jakąś grubą, przepełnioną cyframi broszurę, która tak go pochłonęła, że co chwila łapał spodnią wargą przycięte krótko wąsy, co się nazywało w języku fabrycznym: „ssie nos", a co było oznaką głębokiego zaabsorbowania.

Stos cały listów i rozmaitych papierów leżał przy nim na nizkim stoliku, cała świeżo nadeszła poczta dzisiejsza, którą zwykle sam odbierał.

— Pomoże mi pan rozsegregować listy, panie Borowiecki, zastąpi pan Knolla odrazu zresztą, chcę pana nieco zabawić.

Borowiecki spojrzał pytająco.

— Listami. Zobaczy pan jakie i o co listy pisują do mnie.

Odłożył za siebie broszurę.

— Kundel, dawaj!

Lokaj wszystkie papiery ze stolika zsypał mu na kolana.

Bucholc z szybkością nieporównaną przeglądał koperty i rzucał za siebie razem z objaśnieniem:

— Kantor!

Lokaj w powietrzu chwytał wielkie koperty opatrzone firmami.

— Knoll! Listy z adresem zięcia.

— Fabryka!

Na tych był adres firmy dla doręczenia pracującym w fabrykach.

— Centrala! Faktury kolejowe, zapotrzebowania, rachunki, trassy.

— Drukarnia! Cenniki farb, próbki kolorów na cienkich kartonach i malowane wzory deseni.

— Szpital! listy do szpitala fabrycznego i do doktorów.

— Meryenhof! Do zarządu majątków ziemskich, który był przy głównym zarządzie fabryki.

— Osobno!

Te były niezdecydowane i szły na biurko Bucholca, albo zabierał je Knoll.

— Uważaj, Kundlu! — krzyknął, uderzając kijem za siebie, bo usłyszał list padający na ziemię i znowu rzucał i komenderował ostro i krótko.

Lokaj zaledwie zdążył chwytać i wrzucać w otwory szafki z odpowiednimi napisami, którymi wpadały przez rury na dół, do przybocznego kantoru, skąd je rozwożono natychmiast i roznoszono.

— A teraz będziemy się bawić! — szepnął skończywszy rzucać, zostało mu na kolanach tylko z dziesięć listów różnych formatów i kolorów. — Bierz pan i czytaj!

Karol rozdarł kopertę pierwszego listu, równą, opatrzoną monogramem i wyjął list pachnący fiołkami, pisany wykwintnym kobiecym charakterem.

— Czytaj pan, czytaj — szepnął, widząc, że Borowiecki przez dyskrecyę się ociąga.

„Jaśnie wielmożny panie prezesie!

Ośmielona rozgłosem i czcią, z jaką wszystko, co nieszczęśliwe, wymawia imię pana prezesa, udaję się do niego z błagalną prośbą o pomoc, udaję się tem śmielej, iż wiem, że czcigodny pan nie zostawi prośby mojej bez odpowiedzi, jak nigdy nie zostawia niedoli ludzkiej, łez sierocych, cierpień i nieszczęść bez wsparcia i opieki. Znane jest twoje dobre serce w całym kraju, znane!

Bóg wie, komu dawać miliony!

— Ha, ha, ha! — śmiał się cicho i tak serdecznie, iż mu oczy na wierzch wychodziły.

„Nieszczęścia nas prześladowały, grady, pomór, susze, ogień i doprowadziły do ostatecznej ruiny i takiej, że dzisiaj mąż mój sparaliżowany dogorywa.

— Niech zdechnie! — rzucił twardo.

„A ja z czworgiem dzieci umieram z głodu. Zrozumie pan prezes okropność mego położenia, okropność tego kroku, jaki robię ja. wychowana w innej sferze, jako kobieta z towarzystwa, muszę się poniżać i nie dla siebie, bo raczej umarłabym z głodu, ale to czworo niewinnych dziatek!"

— Daj pan spokój, to nudne. W końcu czego ona chce?

— Pożyczki na założenie sklepu, w ilości tysiąca rubli — rzekł Karol, przeczytawszy śpiesznie resztę listu, pisanego wciąż w tym płaczliwie sztucznym stylu.

— W ogień! — zakomenderował krótko. — Czytaj pan dalej.

Teraz był list mozolnie wykaligrafowany jakiejś wdowy po urzędniku, która miała sześcioro dzieci i sto pięćdziesiąt rubli emerytury i prosiła o danie jej w komis sprzedaży resztek fabrycznych, aby mogła wychować dzieci na dobrych obywateli kraju.

— W ogień! Ja na tem dużo stracę, jak z nich będą złodzieje.

Potem następował list jakiegoś szlachcica, pisany nie bardzo ortograficznie, na papierze pachnącym śledziami i piwem, widocznie pisany w jakiejś restauracyi małomiasteczkowej, w którym ten przypominał, że przed laty miał przyjemność znać Bucholca i jako mu wtedy sprzedawał parę koni.

— Ślepych!... Znam go, on pisuje co rok, jak się rata kwietniowa zbliża, nie czytaj go pan dalej, ja wiem co tam jest, prośba o pieniądze i zaklinanie, że szlachcic szlachcica bronić powinien! Głupiec! W ogień.

I tak dalej szły listy: od wdów z dziećmi, bez dzieci, z mężami chorymi lub matkami, od sierot, od okaleczonych w fabryce, od ludzi poszukujących posad, od techników, inżynierów, od rozmaitych wynalazców, którzy obiecywali zrobić przewrót w przemyśle bawełnianym, a tymczasem żądali pożyczki na dokończenie studyów i modeli; był nawet jeden list miłosny, wyznanie jakiejś znanej dawniej, która nigdy zapomnieć nie mogła w obecnej niedoli szczęścia dawnego.

— W ogień! W ogień! — zakrzyczał, trzęsąc się ze śmiechu i nie chciał słuchać szumnych, patetycznych tyrad, zaklęć, błagań, zakończonych prośbą o pożyczkę.

— Uważasz pan, jak ludzie mnie cenią! jak kochają moje ruble!

Były listy i wymyślające najohydniej.

Karol się powstrzymał, nie wiedząc czy czytać.

— Czytaj pan, wymyślają mi, ja to lubię, to przynajmniej szczerze, a często zabawniejsze niż tamte.

Karol czytał list zaczynający się słów: „Herszcie złodziejów łódzkich" — przechodził całą skalę klątw i wymyślań, z których najłagodniejsze brzmiały: Świnio niemiecka, łotrze, zbrodniarzu, pijawko, psie podły, kartoflarzu" — a kończył się takim frazesem: „Jeśli cię pomsta boska minie, to cię kara ludzka nie minie, ty podły psie i dręczycielu." List był bez podpisu.

— On ma humor. Ha, ha, ha, wesołe bydlę.

— Wie pan prezes, że ja już mam dosyć, już mi obrzydło.

— Czytaj pan, napij się pan szaflikiem całym tych zgrzęz ludzkich, to dobrze robi na otrzeźwienie. To należy do psychologii Łodzi i waszego niedołęstwa.

— Nie wszystkie listy są od polaków, są i po niemiecku, nawet większa część jest w tym języku.

— To właśnie dowodzi, że są wszystkie od polaków. Wy macie zdolność do języków i do żebraniny, wy to dobrze robicie — mówił z naciskiem.

Karol popatrzył na niego oczami, w których zaczęły błyskać zielone skry gniewu i nienawiści, ale czytał dalej, jakąś denuncyacyę na głównego magazyniera, że kradnie towary.

— Daj pan, o tem trzeba się przekonać.

Schował list do kieszeni.

Były jeszcze skargi na majstrów, były pogróżki odprawionych z roboty, były i takie denuncyacye, że któryś powiedział na Bucholca: „Świnia z wypalonemi oczami", „Stary złodziej", pisane ołówkiem na kawałkach papieru opakunkowego.

— Daj pan ten list, to ważny, drogi dokument, co o mnie mówią moi ludzie — i uśmiechał się pogardliwie.

— Pan myślisz, że ja codziennie czytam takie listy? Ha, ha, ha. August nimi podpala w piecu, cała korzyść z tego naciągania.

— A swoją drogą pan prezes rocznie daje kilka tysięcy rubli na różne cele publiczne.

— Daję, daję, bo mi je z gardła wydzierają, bo muszę dla świętego spokoju rzucić jaką kość dla hołoty.

— Dawniejsza zasada: szlachectwo obowiązuje zmieniła się dzisiaj na: miliony obowiązują.

— Głupia, nihilistyczna zasada. Co mnie obchodzi, że zdychają z głodu, niech zdychają. Zawsze jakaś część ludzi musi nic nie mieć. Mnie nikt nie dał ani grosza, wszystko musiałem sobie wyrwać, wyrobić, więc dla czego ja mam dawać drugim, za co? Niech mi kto udowodni, że powinienem. Komu ja mam dawać? Panom, którzy przehulali majątki, niech ich dyabeł weźmie. Tu u was wszyscy chcą brać, a nikt robić nie chce. Mógł który z was tak jak ja przyjść do Łodzi, zabrać się do roboty, zrobiłby tak samo jak ja majątek. A dlaczego tak nie było? bo wyście w tym czasie robili u nas rewolucyę.. Ho! ho! Donkiszoci!

— splunął z pogardą na własne nogi i śmiał się długo rozbawiony niesłychanie.

Karol chodził po pokoju, nie chcąc nic mówić i chociaż zaczynało się w nim wszystko trząść z gniewu, milczał i udawał obojętnego, wiedział, że Bucholca nie przekona, a nie chciał mu się narażać.

Bucholc zauważył to pewne udręczenie, jakie sprawiał Borowieckiemu i dlatego właśnie gadał coraz boleśniejsze dla niego rzeczy, torturował go z rozmysłem; lubił, sprawiało mu to niezwykłą przyjemność, jeśli mógł męczyć kogoś i pluć w ludzkie dusze.

Leżał nieomal w fotelu, z nogami, które się prawie przypiekały przy ogniu, ustawicznie podsycanym, a w którym co chwila grzebał kijem; z twarzą szaro-żółtą, niby trupa rozkładającego się, w której świeciły krwawo oczy złością i urąganiem. Okrągła czaszka, pokryta resztkami siwych włosów, odrzynała się jaśniej od ciemnego tła fotelu.

Nie zamykał prawie ust, tylko z coraz większą pasyą pluł na wszystko i kopał wszystko. Wyglądał niby bożek pookręcany w łachmany i szmaty, który w głębi swej świątyni złotej leży na milionach i nimi potężny, urąga wszystkiemu, drwi ze słabości, szydzi z uczuć i samo człowieczeństwo nie podniesione milionami ma w pogardzie.

Przerwał mu wreszcie lokaj, meldujący obiad.

Dwóch ludzi wzięło z nim fotel i niosło do jadalni, położonej na drugim końcu domu.

— Pan umiesz słuchać, pan jesteś mądry człowiek! — szepnął do Karola, idącego tuż obok.

— To było wszystko bardzo ciekawe, co pan mówił, zajmowało mnie to bardzo jako materyały do patalogii milionerów — rzekł poważnie, patrząc mu się w oczy.

— Panie!... Nie przechylaj! — ryknął na lokaja, niosącego z lewej strony, uderzając go kijem w głowę — Panie Borowiecki, ja pana szanuję bardzo, daj pan rękę. My się rozumiemy, my możemy dobrze żyć ze sobą, licz pan zawsze na mnie.

W jadalni była już Bucholcowa i gdy męża ustawili przy stole, pocałowała go w głowę, podając w zamian swoją rękę do ucałowania, usiała naprzeciwko.

Doktór był także, przystąpił pierwszy do Borowieckiego i przestawił się.

— Hamerstein, dr. Juliusz Gustaw Hamerstein — powtórzył z naciskiem, gładząc wielką konopiastą brodę, spływającą mu aż do pół piersi.

— Doktór homeopatyi i wegeteryanizmu. Kundel, kosztuje mnie cztery tysiące rubli rocznie, wypala moje drogie cygara i obiecuje, że albo mnie wyleczy, albo umrę...

Doktór chciał coś oponować, ale stara bardzo cichutkim głosikiem zapraszała do obiadu, który zaraz lokaje zaczęli rozmosić.

Rozmowa toczyła się po niemiecku.

— Pan nie wegeteryanin? — pytał Hamerstein, wyciągając brodę z pod serwety, w jaką był obwiązany.

— Nie panie. Jestem zupełnym panem wszystkich swoich władz — odparł dość cierpko, bo mu się niesmaczną wydała ta figura, jakby rozlana, z wielkim brzuchem, z wielką twarzą, z olbrzymią łysą czaszką, świecącą jak rondel świeżo wyczyszczony.

Hamerstein poruszył się niecierpliwie, rzucił pogardliwe spojrzenie z pod wypukłych niebieskich okularów i rzekł sucho:

— Każda prawda bywa zawsze z początku wyśmiewaną.

— Pan ma dużo zwolenników w Łodzi?

— Siebie i moje psy chore na parchy, bo im weterynarz nie kazał dawać mięsa — drwił Bucholc, który siedział przy stole, ale nie jadł nic, prócz kaszy owsianej z mlekiem.

— Co Łódź, co cała Polska, barbarzyństwo!

— Dlatego pan przyjechał? Dobre pole do apostolstwa.

— Ja napisałem książkę o wegeteryanizmie pod tytułem „Naturalne pożywienie", mogę ją panu przysłać.

— Dziękuję, przeczytam z ciekawością, ale wątpię, czy pan zyska we mnie adepta.

— Pan prezes to samo mówił z początku, a teraz...

— A teraz jesteś głupi mój Hamer, bo tego nie rozumiesz, że jak się jest chorym, a cała głupia medycyna nie pomaga, to człowiek gotów jeździć do owczarzy, do księdza Kneippa, wreszcie nawet do twojej elektryczno-homeopatyczno-wegeteryańsko-arszenikowej metody.

— Bo ona jedynie pomaga, bo zasada homeopatyi: similia similibus curantur, jest zasadą, naturze ludzkiej najbardziej odpowiednią, jest jedynie prawdziwa. Pan prezes stwierdza ją na sobie najlepiej.

— Dotychczas tak, ale jak się zmieni na gorsze, to możesz być doktór pewnym, że cię obiję kijem i każę razem z całą twoją blagą zrzucić ze schodów.

— Kto daje nowe prawdy, bierze w nagrodę męczeństwo — szepnął sentencyonalnie, dmuchając w mleko.

— Daj spokój z męczeństwem, ty bierzesz w nagrodę cztery tysiące rubli i twarz ci się świeci sadłem jak latarnia.

Doktór podniósł w górę okulary, jakby powoływał sufit na świadka ile cierpi i jadł dalej kaszę z mlekiem.

Półmisek sałaty z oliwą i drugi z kartoflami stał przed nim.

Umilkli.

Lokaje niby cienie przemykali się bez szelestu, śledząc, co mógł kto potrzebować.

Jeden stał za Bucholcem i podawał natychmiast to, na czem wzrok jego zatrzymywał się.

— Kundel! — mruczał czasami Bucholc, gdy się opóźnił lub źle podał.

Bucholcowa z drugiej strony stołu siedziała, nie biorąc zupełnie udziału w rozmowie.

Jadła bardzo wolno, żując przednimi zębami uśmiechała się niby maska woskowa bladomi ustami, spoglądała martwym wzrokiem na Borowieckiego, poprawiała chwilami koronkowy czepeczek, który stroił jej siwe włosy gładko przyczesane nad czołem żółtem i suchem, o pozapadanych skroniach, głaskała papugę, widzącą na poręczy krzesła niby pęk barw najjaskrawszych, małą, pomarszczoną, żółtą ręką.

Gdy jej było czego potrzeba, kiwała na lokaja i mówiła mu szeptem prawie niedosłyszalnym, albo pokazywała palcem. Siedziała niby mumia, żyjąca tylko w pozostałych, automatycznych, najdłużej trwających ruchach.

Obiad był najzwyklejszy, na sposób niemiecki. Mało mięsa, a wiele jarzyn. Zastawa bardzo zwykła: platery dobrze już zużyte, porcelana powyszczerbiana, malowana w gołąbki na brzegach talerzy.

Dla Borowieckiego tylko podano koniak i kilka gatunków win, które mu sam Bucholc nalewał, zachęcając:

— Pij pan, panie Borowiecki. to jest dobre wino.

Koniec obiadu szedł milcząco i nudnie.

Cisza panowała przytłaczająca, czasem tylko papuga nic nie mogąc ściągnąć ze stołu, krzyczała: „Kundel!" Ale to samo rzucał szeptem Bucholc pod adresem lokaja. A każde słowo czy dźwięk rozlegało się echem, prawie huczało w tej wielkiej jadalni, w której mogło się pomieścić dwieście osób, obstawionej ciemnymi, dębowymi kredensami, rzeźbionymi w stylu staroniemieckim i zydlami w tymże samym stylu.

Wielkie okno weneckie, wychodzące na mury fabryk, dawało nie wiele światła, rozświetlało tylko ten koniec stołu, przy którym siedzieli, reszta tonęła w jakimś rdzawym zmroku, z którego wynurzali się co chwila jak czarne cienie, lokaje.

Słońce przedarło się z boku okna i rozlało smugę czerwonawego, przedzachodniego światła na pół stołu.

— Zasłoń! — krzyknął Bucholc, bo nie lubił słonecznego światła i patrzył z lubością w żyrandol, który rozbłysł elektrycznością.

Obiad się wreszcie skończył na pociechę Karola, któremu się już spać zachciało w tej ciszy i nudzie.

Stara tak samo pocałowała męża w głowę, nadstawiając w zamian rękę i wyciągnęła ją następnie automatycznym ruchem do Borowieckiego, który już nie siedział długo, zamienił kilka słów po cichu z doktorem, bo Bucholc drzemał w fotelu i nie żegnając się z nim, wyszedł.

Jadalnia zupełnie opustoszała, został tylko śpiący Bucholc w fotelu i lokaj stojący o parę kroków, nieruchomy, wpatrzony, gotowy na każde skinienie.

Borowiecki, wydostawszy się na ulicę, na świeże powietrze i na jasny, słoneczny dzień, odetchnął z uczuciem ulgi ogromnej.

Odesłał konie Bucholca, czekające na niego i poszedł pieszo, minął park i obok fabryk skręcił z Piotrkowskiej w małą niebrukowaną uliczkę, biegnącą w pola i z jednej strony obstawioną długiemi, posępnemi koszarami dla robotników. Smutnie tam było i brzydko.

Wielkie, dwupiętrowe szopy kamienne bez najmniejszych ozdób, nagie, czerwieniące się boleśnie nędzną cegłą ścian wykruszanych przez wiatry, przeglądały się w ulicy, pełnej cuchnącego błota; setki małych poprzepalanych okienek zrzadka bielejących się firankami, lub ozdobionych doniczkami kwiatów, patrzyło w potężne korpusy fabryki rozkładającej się po drugiej stronie drogi, za wysokim parkanem i szeregiem olbrzymich topoli z uschniętymi czubkami, co stały niby szkielety groźne, rozgraniczające te smutne katakumby ludzkie, do jakich miały podobieństwo domy robotnicze, od fabryk, które w ciszy niedzielnego odpoczynku, oniemiałe, milczące, a potężne ogromem, wygrzewały w wiosennem słońcu swoje potworne cielska i błyskały ponuro tysiącami okien.

Borowiecki przesuwał się pod domami, po wązkich kładkach i kamieniach, miejscami zupełnie zalanemi przez błoto, które niby wodą falowało i rozpryskiwało się aż na parterowe okna i na drzwi, prowadzące do sień i kurytarzów, w których huczały krzyki dzieci.

Za domami wszedł do długiego ogródka, graniczącego przez drogę z polami rozległemi, na których w oddaleniu czerwieniły się mury fabryk i porozrzucane samotnie domy. Wiatr stamtąd zawiewał zimny i wilgotny i szeleścił liściami żywopłotów grabowych, co uschnięte, żółte, trzęsły się za każdym powiewem i opadały na czarne, rozmiękłe uliczki ogródka.

W ogrodzie stał wysoki, jednopiętrowy dom, w którym mieszkał jego pomocnik Murray, było w tym domu i jego mieszkanie, jakie mu fabryka wyznaczyła, całe piętro lub parter do wyboru, ale Borowiecki miał nieprzezwyciężony wstręt do tego mieszkania smutnego.

Z jednej strony okien widać było podwórza domów robotniczych; od frontu szedł ogródek i widok na fabrykę, a z lewej szła tak samo jak od frontu ostatnia zamiejska ulica, nie brukowana, otoczona rowami o kilkołokciowej głębokości, nad którymi rosły stare, umierające drzewa, chylące się coraz bardziej, podmywane ściekami, spływającymi z sąsiednich fabryk, a za niemi oczy leciały po wielkim kawale ziemi, pełnej dołów, kałuż, gnijącej wody, zafarbowanej odpływami z blichów i apretur, stosów rumowisk i śmieci, jakie tutaj wywożono z miasta, rozwalonych pieców cegielnianych, grup, drzew poschniętych, śladów zagonów, kup gliny pozostawionej od jesieni, domków skleconych z desek i małych fabryczek pod samym lasem szaiblerowskim, co swoją zdrową czerwonością i martwymi, twardymi konturami, raziły wprost w oczy.

Nie cierpiał tego łódzkiego krajobrazu wolał mieszkać w wynajętem mieszkaniu i niezbyt wygodnem, ale mieszkał w mieście i z przyjaciołmi, z którymi łączyła go nie tyle przyjaźń, co dawna zażyłość i przyzwyczajenie wieloletnie. Razem mieszkali przez cały czas studyów w Rydze, razem jeździli za granicę i razem przed kilku laty znaleźli się w Łodzi.

Borowiecki był chemikiem-kolorystą, Baum tkaczem i przędzalnikiem, a Welt skończył kursa handlowe.

W Łodzi mieli swoje nazwy złośliwe: Welt i dwa duże B., albo: Baum i S-ka, czyli trzech braci łódzkich.

Murray wybiegł aż do ogródka na spotkanie i już zdaleka wycierał ręce, które mu się wciąż pociły, wielką jak prześcieradło żółtą chustką.

— Myślałem, że pan już wcale nie przyjdzie.

— Przecież obiecałem.

— Jest u mnie jeden młody warszawiak, który niedawno przyjechał do Łodzi.

— Któż taki? — pytał obojętnie, zdejmując palto w przedpokoju obwieszonym aż po sufit sztychami przeważnie nagich kobiet.

— Handlowiec, zakłada jakąś agenturę.

— U dyabła, na dziesięciu spotkanych na ulicy, sześciu jest świeżo przybyłych i zakładających agentury, a dziewięciu chcących zrobić miliony.

— To też się w Łodzi robi gęsto.

— Ba, żeby ci nowi byli *kolor*, ale to *bejc* najpodlejszy.

Kozłowski, ów warszawiak, podniósł się niedbale z kanapki na przywitanie i opadł z powrotem ciężko, pił ustawicznie herbatę, którą mu z samowara nalewał Murray.

Rozmowa zawiązała się żywo, bo Murray był rano w mieście i opowiadał o skutkach bankructw.

— Ze dwadzieścia firm dyabli wezmą zaraz, a z ilu takie plajty wypuszczą krew, to się pokaże. W każdym razie Wolkman się chwieje. Grosman, zięć Grünspana, oblicza się; Fryszman, mówią, że on tylko czekał takiej okazyi i zaraz dzisiaj z wielkim pośpiechem *położył się*, bał się, żeby mu czasem nie przeszkodzili, potrzebuje zarobić, ma wypłacać posag zięciowi. Mówią, że i Trawiński latał dzisiaj po bankierach, coś z nim źle, pan go zna, panie Borowiecki.

— Nasz kolega z Rygi.

— Widzę, że tutaj cała Sodoma i Gomora — wykrzyknął Kozłowski, mieszając herbatę.

— A cóż w Warszawie słychać, wciąż „Mikado?" — zapytał Karol drwiąco.

— Mówi pan o dawnej przeszłości, o bardzo dawnej.

— Nie jestem *au courant* spraw warszawskich, przyznaję się szczerze.

— Widzę to, otóż u nas panuje teraz „Ptasznik z Tyrolu", wspaniała heca. „Jeszcze raz, jeszcze raz, jeszcze raz ptaszku mój!"

Zaczął nucić bezwiednie i z lubością.

— Powiadam panu, że Czosnowska jest boska poprostu.

— Cóż to za dama?

— Pan nie wie? Naprawdę pan nie wie? ha, ha, ha. — zaczął się śmiać na całe gardło.

— Panie Robercie, pokażcie mi to nowe urządzenie — prosił Karol.

I wyszli zaraz na drugą stronę domu.

— Ależ to cały magazyn pięknych mebli! — wykrzyknął zdziwiony.

— Co, ładne, prawda? — szeptał z dumą i zadowoleniem i jego wybladłe oczy promieniowały, szerokie usta śmiały mu się, gdy pokazywał całe urządzenie domu.

Był salonik maleńki, elegancki, zapchany meblami o żółtych obiciach, stojących na blado-fiołkowym dywanie, obwieszony portretami także żółtemi.

— To jest ładna kombinacya! — zawołał Karol, z przyjemnością patrząc na harmonię, w jaką zlewały się barwy.

— Co, ładne, prawda? — wołał uszczęśliwiony, wycierając wciąż ręce, żeby dotknąć jedwabnych sznelowych firanek.

Garb mu drgał i unosił co chwila surdut na plecach, który ociągał ustawicznie.

— To będzie jej pokój, jej buduar — szepnął cicho, z namaszczeniem wprowadzając do maleńkiego pokoiku, zastawionego miniaturowymi sprzętami i masami cacek porcelanowych.

Pod oknem wielka żardinierka złocona dźwigała cały bukiet kwitnących różnokolorowych hyacyntów.

— Ależ pan o niczem, jak widzę, nie zapomniałeś.

— Jak myślę o tem przecie — rzekł mocno, wytarł ręce, obciągnął surdut i kościstym długi nos wsadził w kwiaty, głęboko oddychając ich zapachem.

Pokazał mu jeszcze sypialnię i mały pokoik od tyłu.

Wszystkie były również elegancko i z komfortem umeblowane, wszędzie znać było rękę człowieka znawcy i kochającego bardzo przyszłą swoją żonę.

Wrócili do saloniku, Karol usiadł i patrzył z uczuciem podziwu na niego.

— Znać, że pan kochasz głęboko — szepnął.

— Kocham, kocham bardzo! Żebyś pan wiedział jak wciąż myślę o niej.

— A ona?

— Cicho!... nie mówmy o tem — przerwał prędko, zmieszany jego zapytaniem.

Zaczął strzepywać z krzesła jakiś pył nieistniejący, aby pokryć wzruszenie.

Karol zamilkł, palił papierosa i czuł, że go obejmuje senność; usadowił się wygodniej w fotelu, palił, przymykał oczy, lub patrzył przez okno w sine niebo, na którem w dali rysowały się czarne sylwetki kominów fabrycznych.

Cisza ich ogarnęła senna.

Murray wycierał ręce, obciągał surdut, gładził całą dłonią swoje potężne, czysto wygolone szczęki i zapatrzył się w dywan, w te blade kwiatki margeritek, jakie zajmowały środkowe pole.

„Jeszcze raz, jeszcze raz, jeszcze raz ptaszku mój"

Drgał przyduszonymi dźwiękami śpiew Kozłowskiego i cichy głos fortepianu przeciskał się do saloniku i niby słodką rosą dźwięków opadał na ich głowy.

Borowiecki walczył ze snem, pociągał papierosa, ale ręka mu ciążyła i opadała na poręcz fotelu.

Murray się rozmarzał przyszłem szczęściem, żył tą nadzieją ożenienia się.

Jego miękka, prawie kobieca dusza, rozpływała się w tysiącznych drobiazgach, którymi napełnił mieszkanie i z góry cieszył się wrażeniem, jakie to musi zrobić na żonie.

Chciał mówić, ale spostrzegł, że Borowiecki śpi w najlepsze, zrobiło mu się trochę przykro, więc nie budząc go przysłonił okno sztorą, wyjął mu z ręki palącego się papierosa i wyszedł na palcach.

Kozłowski wciąż śpiewał i brzdąkał na fortepianie.

— Może pan zaśpiewa jaka miłosną, tylko bardzo taką, no, gorącą piosnkę! Ja panu tymczasem naleję herbaty — prosił anglik Murray.

— Z jakiej operetki?

— Ja nie wiem z jakiej. Ja tylko bardzo lubię śpiewy miłosne.

Kozłowski bardzo chętnie zaczął mu wyśpiewywać rozmaite popularne w Warszawie piosnki.

— Widzi pan, to nie to, ja nie umiem nazwać, bo za mało znam wasz język, ale chciałbym coś słodkiego i ładnego, te, co pan śpiewał są ordynarne bardzo.

— Proszę pana, ja je we wszystkich warszawskich salonach śpiewałem.

— Ja panu wierzę, źle powiedziałem, bo one są ładne, tylko zaśpiewaj pan jeszcze.

Kozłowski zaczął nucić półgłosem ze swego niewyczerpanego repertuaru pionki Tosti'ego; śpiewał niestrudzenie i wszystkie jakie umiał; jego tenorowy, mały, ale metaliczny głosik, umyślnie przytłumiony, dźwięczał prześlicznie.

Murray zasłuchał się cały, zapomniał nalewać herbaty, nie wycierał rąk, nie obciągał surduta, tylko całą duszą pił tę słodką, namiętną, palącą, to znowu melancholijną muzykę, słuchał całą istotą, aż mu oczy pływały we łzach zachwytu, a małpia długa twarz drgała ze wzruszenia.

VI.

Moryc Welt wyszedł koło jedenastej z domu, jak mówił Mateusz Borowieckiemu i wlókł się raczej niż szedł trotuarem wystawionym na słońce, zatopiony w jakiejś kombinacyi finansowej, bo nie widział znajomych, jacy mu się kłaniali. Patrzył na ludzi i na miasto tępym wzrokiem zamyślenia.

— Jak to urządzić? Jak to urządzić? — myślał w kółko.

Słońce świeciło jaskrawo nad Łodzią, nad tysiącami kominów, co stały w ciszy niedzielnego odpoczynku i w czystem przejrzystem powietrzu, nie zaciemnionem dymami, rdzawiły się niby potężne pnie sosen, opłynięte błękitnawem, wiosennem powietrzem.

Masy robotników, poubieranych świątecznie w letnie jasne ubrania, w krzyczące kolorowe krawaty, w czapki o mocno błyszczących daszkach, lub w wysokie, dawno wyszłe z mody kapelusze, z parasolami w rękach, zalewało Piotrkowską, ciągnęli sznurami z bocznych ulic i tłoczyli się na trotuarach tym ciężkim ruchem masy, która z biernością podaje się wszelkiemu parciu; robotnice w cudacznych jaskrawych kapeluszach, w sukniach do figury, w jasnych pelerynkach, to znowu w chustkach kraciastych na ramionach, z włosami gładko przeczesanymi i świecącymi pomadą i szpilkami złotemi, czasem wetkniętym sztucznym kwiatkiem, dreptały wolno, rozpierając się łokciami w tłumie, ochraniając często w ten sposób sztywne, mocno wykrochmalone suknie, albo rozpięte nad głowami parasolki, które jak wielkie motyle o tysiącach barw, chwiały się nad tą szarą, wciąż płynącą rzeką ludzką, wzbierającą po drodze nowymi przypływami z bocznych, poprzecznych ulic.

Podnosili oczy ku słońcu, oddychali wiosną jaką czuć było w powietrzu i szli naprzód ociężale, krępowani świątecznem ubraniem, tą względną ciszą ulicy, swobodą, niedzielnym wypoczynkiem, z którego nie umieli korzystać, z utkwionemi w jeden punkt oczami, oślepieni blaskami, w których te masy twarzy kredowo białych, żółtych, szarych, ziemistych, pozapadanych, bez krwi, którą powypijały z nich fabryki, wyglądały jeszcze nędzniej. Przystawali przed wystawami sklepów zapełnionych tandetą, albo odpływali drobnymi strumykami do szynków.

Z dachów, z popsutych rynien, z balkonów lała się woda strumieniami na głowy przechodzących i na zabłocone trotuary; wczorajszy śnieg topniał i ściekał po frontach pałaców i domów, żłobiąc długie, czarne smugi po ścianach pokrytych pyłem węglowym i sadzami.

Bruk uliczny pełen dziur i wybojów, był pokryty masą lepkiego błota, które rozbijane przejeżdżającemi dorożkami i powozami, opryskiwało trotuary i spacerujących.

A nad tem, bo obu stronach ulicy ciągnącej się olbrzymią linią aż do Bałut, stały zbitą masą domy, pałace podobne do zamków włoskich, w których były składy bawełny; zwykle pudła murowane o trzech piętrach, poobdzierane z tynków; domy zupełnie stylowe o złoconych balkonach żelaznych Barocco, powyginane, wdzięczące się, pełne amorków na fryzach i nad oknami, przez które widać było szeregi warsztatów tkackich; malutkie, drewniane, pogięte domki o zielonych omszonych dachach, za którymi wznosiły się w dziedzińcach potężne kominy i korpusy fabryk, tuliły się do boku pałacu, o ciężkim renesansowo-berlińskim stylu, z czerwonej modelowej cegły i wszystkich oddrzwiach i futrynach z kamienia, z wielką płaskorzeźbą na frontonie, przedstawiającą przemysł, o dwóch bocznych pawilonach zakończonych wieżami, a rozdzielonych od głównego korpusu prześliczną żelazną kratą, za którą w głębi wznosiły się kolosalne mury fabryki; domy ogromem i wspaniałością podobne do muzeów, a które były składami gotowego towaru; domy przeładowane ozdobami w różnych stylach, bo na parterze renesansowe karyatydy podtrzymywały murowany ganek w staro-niemieckim stylu, nad którym drugie piętro à la Louis XV wdzięczyło się falistemi liniami w obramowaniu okien, a zakończały facyatki pękate, podobne do pełnych szpulek; domy, które z powagą świątyń wznosiły mury ogromne, ozdobione surowo, pełne majestatu, na których złociły się litery ryte w tablicach marmurowych: „Szaja Mendelsohn", „Herman Bucholc" i t. d.

Była to zbieranina, śmietnik wszystkich stylów, stosowanych przez murarzy najeżona wieżyczkami, oblepiona sztukateryami, które wciąż oblatywały, pocięte tysiącami okien, pełna kamiennych balkonów, karyatyd, facyatek niby ozdobnych, balustrad na dachach, wspaniałych bram, gdzie szwajcarowie w liberyi drzemali w aksamitnych fotelach i zwykłych otworów, którymi błoto uliczne wlewało się na straszne, podobne do gnojowisk podwórza; sklepów, kantorów, składów, sklepików nędznych, przepełnionych brudem i tandetą, pierwszorzędnych hoteli i restauracyi, najohydniejszych szynków, przed którymi wygrzewali się na słońcu nędzarze, — milionów, które przelatywały ulicą w przepięknych powozach, zaprzężonych w amerykańskie rysaki po dziesięć tysięcy rubli sztuka, — nędzy, która się przewalała ulicami, z sinemi ustami rozpaczy i ostrym wzrokiem wiecznego głodu.

— Cudne miasto — szepnął Moryc, stojąc na rogu pasażu Meyera i przymrużonemi oczyma patrząc po tych nieskończenie długich groblach domów, co ściskały ulice. — Cudne miasto, ale co ja na tem zarobię — myślał drwiąco i wszedł do cukierni narożnej, już zapchanej prawie po wierzch.

— Melanż! — zawołał na chłopaków, biegających we wszystkie strony, wcisnął się na jakieś miejsce wolne, przerzucił machinalnie ostatni „Berliner Börsen

Courrier" i znowu zapadł w rozmyślanie; myślał, skąd wydostać pieniędzy, a potem jak urządzić, aby na tym bawełnianym interesie, o który zrobił z przyjaciółmi układ kilka godzin temu, zarobić jaknajwięcej.

Maurycy Welt za bardzo był łódzkim „Gründerem", żeby mógł mieć jakie wahania sumienia, przeszkadzające mu zrobić dobry interes chociażby na skórze przyjaciół, jeśli ten interes sam mu wszedł w ręce.

Żył w świecie, w którym oszustwa, podstępne bankructwa, plajty, wszelkiego rodzaju szwindle, wyzysk — były chlebem codziennym, wszyscy się tem łakomie karmili, zazdroszczono głośno sprytnie ułożonych łajdactw, opowiadano sobie po cukierniach, knajpach i kantorach coraz lepsze kawały, admirowano tych publicznych oszustów, wielbiono i czczono miliony, nie bacząc skąd pochodzą; co to kogo obchodziło, zarobił czy ukradł, byle te miliony miał.

Niezręcznych lub nie mających szczęścia spotykały drwiny i ostre sądy, brak kredytu, odmowa zaufania — szczęśliwy miał wszystko; mógł dzisiaj zrobić plajtę i płacić dwadzieścia pięć za sto, jutro ci sami, których okradł, dadzą mu jeszcze większy kredyt, bo swoje straty odbiją na innych, robiąc plajtę na piętnaście procent za sto.

Moryc myślał właśnie, jakby zarobić na współce i jakby zarobić bez spółki.

— Kupić na wspólne conto cobądź tylko dla zamydlenia oczów, a kupować co się da na swoje własne conto — to była idea, jaka mu od rana przewiercała mózg — rzucał kolumny cyfr na marmurowy blat stolika, sumował, przekreślał, ścierał i pisał na nowo niestrudzenie, nie wiele zważając, co się około niego dzieje.

Wyciągano do niego przez głowy obok siedzących ręce, ściskał je, nie wiedząc komu.

— Morgen! — rzucał na odpowiedź i na przywitanie tym, których spostrzegł i zagłębiał się w najniemożliwsze kombinacye.

Nie mógł znaleść ani sposobu, ani pieniędzy, Kredyt miał wyczerpany i zaangażowany w agenturze. Weksli nie mógł już więcej wystawiać, jeśli nie podeprze dobrem, solidnem żyrem.

— Kogo wziąć na żyro? — to mu się teraz tłukło po mózgu.

— Melanż! — rzucił znowu kelnerom, którzy w gwarze i tłoku, jaki zapełniał cukiernię, kręcili się pomiędzy stolikami, z tacami kaw i herbat nad głowami. Zegar z kukułką wykukał pierwszą.

Z cukierni zaczął się wolny odpływ na ulicę, na spacer.

— Moryc wciąż siedział, naraz oczy mu rozbłysły, rozczesał palcami swoją wspaniałą, aksamitną brodę, wcisnął mocno binokle na nos i zaczął prędko mrugać oczami.

Przyszedł mu na myśl stary Grünspan, właściciel wielkiej fabryki chustek wełnianych pod firmą: „Grünspan et Landsberg", jego bliski kuzyn, bo brat matki.

Postanowił iść do niego i jeśli się da, wziąć go na żyro, a jeśli nie, to wciągnąć go do interesu na spółkę.

Rozpromienienie i radość z odkrycia trwała krótką chwilę, bo przypomniał sobie, że Grünspan zrujnował własnego brata i układał się już parę razy. Z takim nie bardzo bezpiecznie robić interesy.

— Plajciarz, oszust! — mruczał zirytowany, czując, że go nie weźmie na żadne żyro, ale pomimo to iść postanowił.

Zaczął się rozglądać po cukierni, po wązkim, ciemnym i długim pokoju, prawie już pustym, bo tylko pod oknami siedziało kilkunastu młodych ludzi, zatopionych w wielkich płatach gazet.

— Panie Robinroth! — zawołał na młodego chłopaka, siedzącego pod lustrem, który ze szklanką w jednej ręce, z ciastkiem w drugiej, siedział pochylony nad rozłożoną na stoliku gazetą.

— Słucham pana? — wykrzyknął, zrywając się na nogi.

— Jest co?

— Nic niema.

— Powinienem był to wiedzieć rano.

— Nic nie było i dla tego nie zawiadamiałem, bo myślałem...

— Pan słuchaj a nie myśl, to do ciebie nie należy. Ja panu powiedziałem raz na zawsze, żeby mi rano do mieszkania dawać znać codziennie, czy było lub nie było, to nie pańska rzecz, pańska rzecz jest mi donosić, ja za to panu płacę. Na ciastko i gazetę jeszcze byś pan zdążył.

Rubinroth zaczął się usprawiedliwiać dosyć gorąco.

— Nie krzycz pan, tu nie bóźnica! — rzucił cierpko swojemu urzędnikowi z kantoru i odwrócił się od niego plecami.

— Kelner! Zal! — wołał, wyjmując portmonetkę.

— Co pan płaci?

— Melanż!... Prawda, wyście mi nie przynieśli, ja nic nie płacę.

— W tej chwili będzie. Melaaanż! — krzyknął na całe gardło.

— Wlej sobie w nos ten melanż, ja całe dwie godziny czekałem i muszę iść bez śniadania. Bałwan jeden! — krzyczał zirytowany i wybiegł z pośpiechem na ulicę.

Słońce przygrzewało coraz lepiej.

Tłumy robotników rozpłynęły się, zaczęły natomiast zapychać trotuary inne tłumy; tłumy ubrane elegancko, damy w modnych kapeluszach, w bogatych okrywkach, mężczyźni w długich, czarnych paltach, w hawelokach z pelerynami, żydzi w długich surdutach zabłoconych, żydówki przeważnie piękne w aksamitach, którymi zamiatały błoto na trotuarach.

Wrzawa napełniała ulice, przepychano się ze śmiechem, tłoczono, spacerowano w górę ulicy aż do Przejazd lub Nawrot i z powrotem.

Przed cukiernią na rogu Dzielnej grupa młodzieży kantorowej przeglądała przepływające tłumy kobiet i robiła głośne uwagi i porównania, nie tyle uprzejme ile głupie, wybuchając co chwila szalonym śmiechem, bo Leon Cohn stał z boku i robił swoje zwykłe witze, z których się sam śmiał najgłośniej.

Bum-Bum stał na froncie grupy pochylony i wciąż trzymał binokle obu rękami i przypatrywał się kobietom, które przechodząc przez ulicę przecinającą trotuar, musiały unosić sukien.

— Patrzcie, patrzcie, jakie nóżki! — wołał, cmokając ustami.

— Ta ma dwa patyki w pończochach!

— Aj! jak się Salcia dzisiaj wypchała!

— Uwaga! Szaja jedzie — zawołał Leon Cohn, kłaniając się uniżenie Szai, który rozparty niedbale w powozie przejeżdżał obok nich.

Kiwnął im głową.

— On wygląda jak stara „resztka".

— Panienko, bo sunia się błoci! — wołał za jakąś dziewczyną Bum-Bum.

— Niech osoba pokaże, co osoba ma! — gadał Leon.

— O co idzie, o tę troszkę...

— Moryc, chodź do nas! — zawołał Leon, zobaczywszy nadchodzącego Welta.

— Daj spokój, nie lubię błaznów na ulicy — mruknął i przeszedł i utonął zaraz w tłumie, jaki płynął ku Nowemu Rynkowi.

Liczne rusztowania, stojące przed nowowznoszonymi lub nadbudowywanymi domami, spychały wszystkich w błoto ulicy.

Niżej, za Nowym Rynkiem, pełno było żydów i robotników, dążących na Stare Miasto. Piotrkowska ulica w tem miejscu zmieniała po raz trzeci swój wygląd i charakter, bo od Gajerowskiego Rynku aż do Nawrot jest fabryczną; od Nawrot do Nowego Rynku — handlową, a od Nowego, w dół, do Starego Miasta — tandeciarsko-żydowską.

Błoto było czarniejsze i płynniejsze, trotuary zmieniały się przed każdym prawie domem, raz były szerokie z kamienia, to biegły wązkim wydeptanym paskiem betonu, albo szło się wprost po drobniutkim zabłoconym bruku, który kłuł przez podeszwy.

Rynsztokami płynęły ścieki z fabryk i ciągnęły się niby wstęgi brudno-żółte, czerwone i niebieskie; z niektórych domów i fabryk położonych za nimi przypływ był tak obfity, że nie mogąc się pomieścić w płytkich rynsztokach, występował z brzegów, zalewając chodniki kolorowemi falami, aż pod wydeptane progi niezliczonych sklepików, ziejących z czarnych zabłoconych wnętrzy, brudem i zgnilizną, zapachem śledzi, jarzyn gnijących, lub alkoholu.

Domy stare, odarte, brudne, poobtłukane z tynków, świecące niby ranami, nagą cegłą, miejscami drewniane, albo ze zwykłych pruskich murów, który pękał i rozsypywał się przy drzwiach i oknach, o krzywych obsadach futryn, pokrzywione, wyssane, zabłocone, stały ohydnym rzędem domów-trupów, pomiędzy którymi wciskały się nowe, trzypiętrowe kolosy o niezliczonych oknach, jeszcze nie tynkowane, bez balkonów, z tymczasowemi oknami, a pełne już ludzkiego mrowia i stuku tkackich warsztatów, jakie pracowały bez względu na niedzielę, turkotu huczącego maszyn szyjących tandetę na wywóz i przenikliwego zgrzytu kołowrotków, na których zwijano przędzę na szpulki do użytku ręcznych warsztatów.

Przed owymi nieskończonymi domami, które wznosiły się czerwonymi, posępnymi murami, nad tem morzem umierających ruder i kramarskiego życia, leżały całe sterty cegieł i drzewa, ścieśniając i tak wązką uliczkę, zapchnaną wozami, końmi, przewożonym towarem, zgiełkiem, nawoływaniem handlarzy i tysiącznymi głosami robotników płynących w gromadach na Stare Miasto; szli środkiem ulicy lub obok trotuarów; ich różnokolorowe szaliki, jakimi mieli poobwiązywane szyje, rozjaśniały nieco ten ogólny, szarobłotnisty ton ulicy.

Stare Miasto i wszystkie przylegające uliczki trzęsły się zwykłym niedzielnym ruchem.

Na kwadratowym placu, obstawionym starymi, piętrowymi domami, nigdy nie odnawianymi, pełnym sklepów, szynków i tak zw. Bier-Hall, zastawionym setkami szkaradnych bud i kramów, tłoczyło się kilkanaście tysięcy ludzi, setki wozów i koni, wszystko to krzyczało, mówiło, klęło, biło się czasami.

Wrzaskliwy chaos przewalał się jak falą z jednej strony rynku na drugi. Nad tem rojowiskiem głów, włosów rozwianych, rąk wzniesionych, łbów końskich, toporów rzeźnickich połyskujących nagle w słońcu, podnoszonych nad rozrąbywanem mięsem, olbrzymich bochenków chleba niesionych z powodu tłoku nad głowami, żółtych, zielonych, czerwonych, fioletowych chustek powiewających, niby sztandary na kramach garderoby; — czapek i kapeluszy wiszących na kołkach, butów, szalików bawełnianych, co jak węże kolorowe trzepotały się na wietrze i uderzały w twarze przeciskających się; — blaszanych naczyń błyskających w słońcu; — stosów słoniny, kup pomarańcz, poukładanych na straganach w pryzmy, kul świecących jaskrawo na tle czerni ludzkiej i błota, które gniecione, rozrabiane, tratowane, mieszane, żygało strumieniami z pod nóg na stragany i na twarze, i wylewało się z Rynku do rynsztoków i na ulice z czterech stron okalające targ, któremi toczyły się wolno olbrzymie wozy piwowarskie pełne antałków. Wozy z mięsem pookrywane brudnemi szmatami, albo zdala świecące czerwono-żółtemi żebrami wołów obdartych ze skóry, wozy naładowane worami mąki, wozy pełne drobiu, krzyczącego wrzaskliwymi głosami, pełne kwakania kaczek i gęgotu gęsi, które przez szczeble drabin wysuwały białe głowy i syczały na przechodniów.

Czasem, bokiem tych nierozwartych sznurów wozów idących jeden za drugim, przebiegał z pośpiechem jaki elegancki powozik, ochlapując błotem ludzi, wozy, trotuary, na których w kuczki siedziały stare, wynędzniałe żydówki z koszykami pełnymi gotowanego grochu, cukierków, zmarzniętych jabłek, zabawek dziecinnych.

Przed sklepami, które były pootwierane i pełne ludzi, powystawiano stoły, krzesła, ławki, na których leżały góry galanteryi, pończoch, skarpetek, kwiatów sztucznych, perkalików sztywnych jak blachy, kołder o jaskrawych poszyciach, koronek bawełnianych. W jednym końcu Rynku stały żółte, malowane łóżka, komody, które się nie domykały i bronzowym bejcem udawały mahoń; lustra, w którychby się nikt nie zobaczył, połyskiwały w słońcu; kołyski, stosy sprzętów kuchennych, za którymi na ziemi, na garstkach słomy siedziały kobiety wiejskie z masłem i mlekiem, ubrane w czerwone wełniaki i zapaski. A pomiędzy wozami i straganami, przepychały się przez tłumy kobiety z koszami czepków białych, wykrochmalonych, które przymierzano wprost na ulicy.

Na Poprzecznej, zaraz przy Rynku, stały stoły z kapeluszami, których nędzne kwiaty, zardzewiałe spięcia, kolorowe farbowane pióra, chwiały się smutnie na tle ścian domów.

Garderobę męską sprzedawano, kupowano i przymierzano na ulicy, w sieniach wreszcie pod ścianą, za zasłoną, która zwykle nic nie zasłaniała.

Tak samo robotnice przymierzały kaftany, fartuchy i spodnice.

Wrzawa rosła bezustannie, bo wciąż z góry miasta napływały nowe fale kupujących i podnosiły się nowe krzyki, nawoływania zachrypniętemi gardłami, głosy trąbek dziecinnych brzęczały ze wszystkich stron, turkoty wozów, kwiki prosiąt, krzyki gęsi, cała szalona kakofonia zbiorowiska ludzkiego wrzała i biła w to czyste, rozsłonecznione niebo, co wisiało nad miastem niby blado-seledynowy baldachim.

W jednym z szynków grano i tańczono, bo czasami przez ten zgiełk i wrzawę piekielną przedzierał się głos harmonii i skrzypiec, wycinających oberka i mocny siarczysty pokrzyk tańczących, ale rychło te głosy tonęły w chaosie bójki, jaka powstała w środku rynku, przy straganach z wędlinami. Kilkanaście ciał splątanych, szczepionych, szamotało się z rykiem i chwiało w różne strony, aż w końcu runęło pod stragany, w błoto i gryzło się i tarzało jak kłąb olbrzymi pełen rąk, nóg, twarzy okrwawionych, ust wyjących, oczów zaszłych bielmem wściekłości.

Wysoko świeciło słońce i zalewało potokami wiosennego ciepła rynek cały. Podnosiło barwy, złociło nędzne, wycieńczone twarze, obnażało rudery, zapalało złote ogniska w szybach okien i w błocie przepojonem wodą, w oczach ludzi, którzy stali pod domami i grzali się i pokrywało jakby złotawą glazurą brzydotę, jaka tutaj królowała, wszystkie te rzeczy i ludzi i wszystkie te głosy, co się zrywały z pośród bud, wozów, straganów, błota i olbrzymim wirem krążyły nad Rynkiem, odbijały się o czworokąt domów i płynęły w boczne ulice, w świat, w pola, ku fabrykom, które niedaleko stały panując kominami i jakąś cichą, milczącę grozą, w jakiej były zatopione i patrząc błyszczącemi w słońcu wytrzeszczonemi oczami okien na te roje robocze.

Moryc przepchał się przez Rynek z obrzydzeniem i zapuścił się w ulicę Drewnoską, jedną z najstarszych w Łodzi i bardzo cichą, obstawioną małemi konającymi domkami pierwszych w Łodzi tkaczy, pomiędzy którymi tuliły się jeszcze proste chłopskie domy, o mocno wypuszczonych węgłach, na pół zapadłe w ziemię, wykrzywione, otoczone ogródkami, gdzie dogorywały stare wiśnie i grusze przysadziste, które kiedyś kwitły i rodziły, a teraz od lat całych, ściśnięte pomiędzy murami fabryk i odgrodzone coraz gęstszemi zaporami od słońca, od pól, od wiatrów, spróchniałe, gryzione przez odpływy jakie się sączyły z farbiarni, gęsto rozrzuconych w tej stronie, obłamywane, zapomniane, konały zwolna w tragicznej melancholii opuszczenia i smutku.

Błoto i w tej ulicy było wyżej kostek. A dalej, przy końcu ulicy, która wychodziła w pola, świnie łaziły przed domami i próbowały ryć stwardniałą ziemię po placach, na które wywożono gruz i śmiecie.

Domy stały porozrzucane bezładnie, kupiły się w grupy, to stały samotnie w polach, otoczone rozmiękłym, przepojonym wodą gruntem.

Na samym końcu miasta stała fabryka Grünspana et Landsbergera, oddzielona od ulicy potężnym parkanem.

Z boku fabryki był wielki parterowy dom z facyatami, otoczony ogródkiem.

— Pan w domu? — pytał Moryc starego robotnika, który mu otwierał drzwi.

— A jest.

— Któż tam jest jeszcze?

— Są wszystkie.

— Co za wszystkie?

— A no, te żydy, familianty — mruknął pogardliwie.

— Ma Franciszek szczęście, że ja mam dzisiaj dobry humor, bo inaczej to jabym Franciszkowi zbił ładny kawałek pyska. Rozumie Franciszek? Zdjąć kalosze!

— Rozumiem, dostałbym niby po mordzie, ale że jaśnie pan ma humor, to już nie dostanę — szeptał dobrodusznie, ściągając mu kalosze.

— No, to niech Franciszek napije się wódki i niech pamięta — powiedział zadowolony, dając mu dziesiątkę i wszedł do pokoju.

— Parszywiec ścierwo! Biłby polski naród — splunął za nim.

Moryc wszedł do wielkiego pokoju, w którym już było z dziesięć osób, siedzących do koła wielkiego stołu, pokrytego talerzami, po skończonym dopiero obiedzie.

Przywitał się ze wszystkimi w milczeniu i usiadł w rogu, na czerwonej kanapce, nad którą roztaczała cień wielka wachlarzowata palma.

— Po co się sprzeczać, można wszystko spokojnie obgadać — mówił powoli sam Grünspan, chodząc po pokoju w aksamitnej jarmułce na szpakowatych włosach.

Długa broda bramowała mu twarz białą, wypasioną, o małych oczkach, które wciąż z błyskawiczną szybkością przeskakiwały z przedmiotu na przedmiot.

Cygaro trzymał w ozdobionej sygnetem ręce, pociągał rzadko, wydymał wydatne, czerwone usta, powąchał z uwagą.

— Franciszek — zawołał do przedpokoju. — Niech mi Franciszek przyniesie z mojego gabinetu pudełko z cygarami, to jest zupełnie wilgotne. Ja to kładę na piecu, niech Franciszek uważa, niech ono nie zginie.

— Jak ma nie zginąć to nie zginie — mruknął Franciszek.

— Co to za fest? — zapytał Moryc Feliksa Fiszbina, który także należał do rodziny, a siedział teraz na biegunowym fotelu, puszczał kłęby dymu i kołysał się zawzięcie.

— Gross-familien-Pleiten fest —rzucił.

— Ja przyszłam do ojca, żeby ojciec poradził, prosiłam wszystkich, żeby także przyszli, niech zobaczą, niech mojemu mężowi powiedzą, kiedy mnie słuchać nie chce, że jak tak dalej będzie prowadzić interes, to by wyjdziemy bez niczego — zaczęła energicznie, młoda, przystojna, elegancka brunetka, w czarnym kapeluszu, na głowie, najstarsza córka Grünspana.

— Ile macie na Lichaczewa? — rzucił krótko młody student uniwersytetu o wydatnym semickim nosie i prawie czerwonych włosach i zaroście — zaczął gryść ołówek.

— Pietnaście tysięcy rubli.

— Gdzie są weksle? — zapytał stary, bawiąc się złotym łańcuchem, który mu spadał na wielkim brzuchu, obciągniętym w aksamitną kamizelkę, spod której powiewały dwa białe sznurki.

— Gdzie są weksle! Wszędzie są! Płaciłem nimi u Grösglika, płaciłem za towar, płaciłem nimi Kolińskiemu za ostatnią oficynę. Co tu dużo gadać, tamten zrobił klapę, wrócą do mnie i zapłacić musimy. Ja je żyrowałem.

— Niech ojciec słucha! on tak ciągle mówi. Co to jest? do czego to podobne? To jest handel! to jest kupiec! to jest fabrykant porządny, co mówi: „Winienem, to zapłacę". Tak może mówić głupi chłop, co nie rozumie żadnych interesów! —

krzyczała i łzy żalu, gniewu i oburzenia błyszczały w jej wielkich czarno-oliwkowych oczach.

— Ja się dziwię, Regino, ja się bardzo dziwię, że jesteś tak mądrą, a tych prostych rzeczy, na których się opiera nietylko handel, ale i całe życie, nie rozumiesz...

— Ja rozumiem, ja dwa razy dobrze rozumiem, tylko nie mogę zrozumieć, dlaczego ty, Albert, chcesz płacić tę piętnaście tysięcy rubli.

— Bom winien — szepnął pochylając na piersi bladą, zmęczoną twarz i jakiś ironiczno-smutny uśmiech przewinął mu się przez wązkie usta.

— On ciągle swoje! Tyś brał towar surowy na kredyt, toś winien, dobrze; ale tyś dawał towar także na kredyt i tobie są winni, a jak oni ci nie płacą, jak oni robią plajtę, to co ty masz robić? to ty powinieneś płacić, co? To ty masz stracić dla tego, że Frumkin chce zarobić, co? — krzyczała rozczerwieniona.

— Niedołęga!

— Wielki kupiec, aj! aj!

— Ty powinieneś się ułożyć, ty powinieneś zarobić na tem pięćdziesiąt procent.

— Regina ma racyę!

— Ty się nie baw w głupie uczciwości, bo tu o gruby grosz idzie.

Krzyczeli wszyscy, wyciągając ku niemu ręce i twarze rozognione.

— Cicho żydy! — rzucił niedbale Feluś Fiszbin, kołysząc się na fotelu.

— Płacić! płacić! to i głupi potrafi, każdy Polak to samo umie, to wielka sztuka!

— Ależ porozumiejmy się, państwo! — krzyczał, aby wszystkich zagłuszyć Zygmunt Grünspan, syn, student uniwersytetu, dzwonił nożem w szklankę, rozpiął mundur na piersiach i koniecznie chciał głos zabrać, ale nikt go nie słuchał, bo wszyscy gadali razem i krzyczeli, tylko stary Grünspan chodził w milczeniu i pogardliwie spoglądał na zięcia, który podparł się łokciami i rzucał porozumiewawcze spojrzenia na Moryca, ten zaś czekał dosyć niecierpliwie końca rozpraw, przyglądał się staremu i rozmyślał, czy mu zaproponować interes czy nie.

Miał ogromną chęć, ale w miarę oczekiwania chłodnął, reflektował się i coś jakby pewien wstyd niewytłumaczony tłumaczony przejmował go, gdy sobie przypomniał Karola i Bauma. A zresztą, nie miał odwagi zaufać Grünspanowi, śledził jego okrągłą, chytrą twarz i małe oczki biegające ustawicznie; z jakimś wyrazem taksacyjnym oczy jego krążyły po obecnych, zatrzymały się na jasnych spodniach wyciągniętego w fotelu Fiszbina, zdawały się ważyć ciężar złotej dewizki Alberta Grosmana, który siedział teraz z głową pochyloną, wpatrzony w sufit jakby nie słysząc wrzawy groźnej, jaką podnosiła żona z pomocą najbliższej familii, zebranej po to, aby mu nie pozwolić płacić weksli, a zmusić niejako do zrobienia plajty, obmacywały gruby pugilares, w którym czegoś szukał gorączkowo Landau, stary żyd z dużą rudawą brodą, w jedwabnej czapce na głowie.

Nie, Moryc miał coraz mniej zaufania do niego.

— Sza, sza, państwo. Napijmy się teraz herbaty — zawołał Grünspan, gdy służąca wniosła samowar szumiący.

— Poprosić jaśnie panienkę Mele! — rzucił wyniośle do Franciszka.

Przyciszyło się trochę.

Weszła Mela, kiwnęła wszystkim głową na przywitanie i zajęła się rozlewaniem herbaty.

— Ja się z tego wszystkiego rozchoruję jeszcze, mnie już serce boli, a tu ani chwili spokoju — szeptała Regina, wycierając sobie zapłakane oczy.

— I tak co rok jeździsz do Ostendy, będziesz teraz miała przynajmniej po co jeździć.

— Grosman, ty tak nie gadaj, to moje dziecko! — zawołał energicznie Grünspan.

— Tyś się ze mną nie witała, Mela — szepnął Moryc siadając obok najmłodszej córki firmy Grünspan et Landsberger.

— Kłaniałam się wszystkim, nie widziałeś? — szepnęła podsuwając herbatę Zygmuntowi.

— Wolałbym, żebyś się ze mną osobno przywitała — mówił cicho, mieszając herbatę.

— Na cóż ci to? — podniosła na niego szaroniebieskie smutne oczy i twarz bardzo ładną o niesłychanie regularnych rysach.

— Na co? bo ja bym bardzo chciał, żebyś zwracała na mnie uwagę; mnie zresztą robi wielką przyjemność patrzeć na ciebie i mówić z tobą, Mela.

Uśmiech przebiegł po jej wypukłych, bardzo ładnych ustach, podobnych w kolorze do bladych sycylijskich korali, nie odezwała się jednak, rozlewając herbatę na spodek, który wziął ojciec i pił z niego, nie przestając chodzić po pokoju.

— Czy ja co śmiesznego powiedziałem? — pytał podchwyciwszy ten uśmiech.

— Nie, przypomniało mi się tylko, co mówiła pani Stefania dzisiaj rano, podobno wczoraj w teatrze mówiłeś jej, że nie potrafisz flirtować z żydówkami, że to rodzaj kobiet, który na ciebie nie działa. Mówiłeś tak? — utkwiła w nim oczy.

— Mówiłem, ale raz, że ja z tobą nie flirtuję, a po drugie, że ty właśnie nie masz w sobie nic a nic żydowskiego. Słowo honoru daję! — dorzucił prędko, bo znowu taki sam uśmiech przebiegł jej po ustach.

— Czyli, że jestem w twoim rodzaju. Dziękuję ci Moryc za szczerość.

— Czy cię to gniewa, Mela?

— Nie, jest mi to zupełnie wszystko jedno — surowo zabrzmiał jej głos, aż zajrzał jej w oczy ze zdziwienia, ale nie zobaczył w nich wytłumaczenia, bo trzymała utkwione w spodku, do którego znowu dolewała herbaty.

— Pogadajmy spokojnie, zawsze można się porozumieć — zaczął znowu Zygmunt, przyczesując maleńkim grzebykiem czerwoną jak miedź brodę.

— Co tu gadać, niech ojciec sam powie Albertowi, że jak w taki sposób poprowadzi interesy, to my za rok naprawdę zbankrutować możemy. On mnie nie chce słuchać, bo on ma swoją filozofię, jak powiada, niech mu ojciec powie, co on jest głupi, chociaż on jest doktór filozofii i chemii, bo rzuca pieniądze w błoto.

— A może jej ojciec powie, żeby się nie wtrącała do interesów, bo ich nie rozumie i żeby mnie swoim krzykiem nie nudziła, bo może mi się to w końcu sprzykrzyć.

— Na moje dobroć, na moje dobre serce to on tak gada, co!

— Cicho Regina.

— Ja nie będę cicho, bo tutaj idzie o pieniądze, o moje pieniądze; ja go nudzę, ja mu się mogę sprzykrzyć, jaki mi hrabia łódzki, o jej! o jej! — wykrzykiwała ze złością.

— Niech się ułoży na pięćdziesiąt procent — rzucił poważnie Landau.

— Na co się układać? Nic nie dać, my za swoje pieniądze nie dostaniemy od Frumkina ani grosza.

— Nie rozumiesz, Regina. Pokażcie Grosman swoje aktywa i pasywa — rzekł Zygmunt, rozpinając mundur.

— Dać dwadzieścia pięć procent najwyżej — szepnął stary, dmuchając w spodek.

— Jest lepszy sposób — mówił półgłosem Fiszbin, rozdmuchując ogień w cygarze.

Nikt mu nie odpowiedział, bo się wszyscy dość pośpiesznie pochylili nad stołem, nad kartami, pokrytemi cyframi, które pośpiesznie sumował Zygmunt.

— Pięćdziesiąt tysięcy rubli winien! — zawołał.

— Ile ma? — zapytał ciekawie Moryc, wstając, bo Mela wyszła z pokoju.

— To się pokaże później, na ile procentów się ułoży.

— To jest interes do zrobienia.

— Pieniądze jakby były w kieszeni.

— Regina nie potrzebujesz się martwić?.

— Więc chcecie, abym plajtę zrobił? Nie myślę oszukiwać ludzi! — powiedział Grosman stanowczo, wstając od stołu.

— Ty musisz się ułożyć, bo inaczej ja wycofuję swój posag z interesu i biorę rozwód, co ja mam żyć z takim hrabią, co ja mam się martwić!

— Cicho Regina, Grosman się ułoży na dwadzieścia pięć procent, bądź spokojną, ja w tem jestem, sam przeprowadzę ten interes — pocieszał ją stary Grünspan.

— Albert ma małe robaczki w głowie, jak się to nazywa, Moryc? — zapytał Fiszbin.

— Kiełbie we łbie — rzucił prędko i zniecierpliwiony miał ochotę iść do Meli.

— Chcesz posag — weź; chcesz rozwodu — dam ci go; chcesz te pieniądze, które ja mam jeszcze — zabierz; mnie już życie zbrzydło w tem piekle łajdackiem. Ja z tobą, Regina, nigdy do ładu nie dojdę; nie było dzieci to mi wciąż gadała, że jej wstyd się pokazać na ulicę, ma ich teraz czworo, to znowu nie zadowolona.

— Albert, nie gadaj!

— Sza! sza! to są wasze interesy! — zakrzyknął Grünspan, prędko stawiając spodek na stole.

— Ona nigdy i z niczego nie była zadowoloną, ona się ciągle kłóci ze mną.

— Ja się nie mam kłócić! ja się nie mam o co kłócić, jak mi każe jeździć tymi zdechłymi końmi, z których się wszyscy śmieją.

— Dobre są i takie, bogatsze od ciebie chodzą pieszo.

— Ale ja chcę jeździć, mnie stać na porządne konie.

— To sobie kup, mnie nie stać na inne konie!

— Cicho żydy! — zawołał Feluś znowu kołysząc się w fotelu.

— On zgłupiał do reszty, to potrzeba mieć pieniądze, żeby kupować! to potrzeba mieć za co, żeby kupić co potrzeba? To Wulff pewnie co ma, kiedy stawia fabrykę, to Berstein dużo ma, kiedy za całe sto tysięcy mebluje sobie dom? — wykrzykiwała wodząc zdumionym wzrokiem po rodzinie.

Albert odwrócił się do nich plecami i patrzył w okno.

Kłótnia zawrzała na nowo i podnosiła się do maksimum, krzyczeli wszyscy razem, pochylali się nad stołem, bili w niego pięściami, wydzierali sobie z rąk papiery, kreśląc na ceracie coraz nowe cyfry, rzucali coraz ohydniejsze projekty i sposoby plajty, wymyślali sobie nawzajem, zrywali się od stołu, siadali znowu i krzyczeli; a wszystkim brody, twarze, usta i wąsy trzęsły się i drgały, porwane temi cyframi, jakie można było zarobić, rozwścieczeni na tego głupca, który stał odwrócony plecami i ani chciał słuchać o plajcie.

Nawet stary wyszedł ze swego pokoju i głośno dowodził; Regina zmęczona wzruszeniem, siadła w fotelu i płakała spazmatycznie; Landau odrzucił ceratę i kawałkiem kredy pisał cyfry na stole, rzucając od czasu do czasu jakie słowo poważne, a Zygmunt Grünspan, rozczerwieniony, spocony, darł się najgłośniej, wołał, żeby się porozumieli i sprawdzał kolumny cyfr w wielkiej książce fabrycznej, jaką mu przyniosła Regina.

Tylko Moryc nie brał udziału w krzykach, siedział pod palmą, obok Fiszbina, który wyciągnięty na fotelu, bujał się, palił cygaro i od czasu do czasu wołał:

— Cicho żydy!

— To nie jest wcale wesoła operetka — powiedział znużony Moryc i zaniechawszy już zupełnie interesu z Grünspanem, poszedł w głąb mieszkania szukać Meli.

Zastał ją u babki, którą cała rodzina otaczała nadzwyczajną czcią i opieką.

Babka siedziała w fotelu na kółkach, przy oknie. Była to blizko stuletnia staruszka, sparaliżowana i zupełnie zdziecinniała; twarz miała tak zeschniętą i pościąganą w fałdy, że wszelki wyraz zanikł zupełnie — wisiał tylko kawał żółto-szarej skóry pofałdowanej, z której świeciły czarne, bez połysku, niby sklane paciorki, oczy. Na głowie miała czarną perukę, ubraną w rodzaj czepka z aksamitów kolorowych i koronek, jakie noszą żydówki po małych miasteczkach.

Mela łyżeczką dziecinną wlewała w zapadłe usta bulion; babka niby ryba otwierała i składała usta.

Ukłonił się jej — przestała jeść, popatrzyła na niego martwo i zapytała głosem głuchym, jakby pochodził z pod ziemi:

— Kto to, Mela?

Nie poznawała już nikogo prócz najbliższych.

— Moryc Welt, brat mojej matki, Welt — powtórzyła z naciskiem.

— Welt, Welt! — mełła w bezzębnych szczękach i otworzyła szeroko usta do bulionu, który znowu podawała Mela.

— Kłócą się jeszcze?

— Sądny dzień się zrobił.

— Biedny ten Albert.

— Żałujesz go?

— Jakże, nie pozwala mu być człowiekiem własna nawet żona i rodzina. Regina mnie wprost przeraża swojem handlarstwem — westchnęła smutnie.

— Powinien być dobrym fabrykantem. On trochę chory na idealizm, ale po pierwszej plajcie, niech tylko na niej dobrze zarobi, to się wyleczy.

— Ja nie rozumiem ani ojca, ani wujów, ani ciebie, ani Łodzi. We mnie się wszystko burzy patrząc na to, co się tutaj dzieje.

— Cóż się dzieje? dobrze się dzieje, robią się pieniądze i basta.

— Ale jak, jakimi sposobami!

To wszystko jedno, sposób dostania rubla nie zmiejsza jego wartości.

— Jesteś cynik — szepnęła jakby z wyrzutem.

— Jestem tylko człowiek, który nie wstydzi się nazywać rzeczy po imieniu.

— Dajmy pokój, jestem tak zdenerwowaną, że brak mi sił nawet do kłótni.

Skończyła karmienie babki, poprawiła poduszki jakiemi była obłożoną i pocałowała ją w rękę.

Stara przytrzymała ją lekko, pogłaskała wyschniętymi niby u szkieletu palcami po twarzy i zapytała znowu tak samo, patrząc na Moryca.

— Kto to? Mela.

— Welt, Welt! Chodź Moryc na chwilę do mnie, jeśli masz czas.

— Mela, ja przecież dla ciebie miałbym zawsze czas, jeślibyś tylko zechciała.

— Welt, Welt! — powtarzała stara głucho, otworzyła usta i zapatrzyła się martwym wzrokiem w okno, za któremi widniały mury fabryki.

Moryc, ja cię już prosiłam, nie komplementuj mnie.

— Ty mi wierz, Mela, mówię szczerze, słowo uczciwego człowieka, że jak jestem z tobą, jak cię słyszę, jak patrzę na ciebie, to muszę nietylko mówić inaczej, niż do innych kobiet, ale zaczynam czuć i myśleć inaczej. Ty masz w sobie taką dziwną miękkość, ty jesteś naprawdę kobietą, Mela, tu takich mało w Łodzi — mówił poważnie, przechodząc za nią do jej pokoju.

— Odprowadzisz mnie do Róży? — zapytała nic mu nie odpowiedziawszy.

— Jeślibyś nie chciała, prosiłbym cię o to.

Oparła czoło na szybie i patrzała na wróble, które rozszalałe tym pierwszym prawie wiosennym dniem marcowym, goniły się i biły po ogrodzie.

— O czem myślisz? — zapytał po chwili cicho.

— O Albercie, czy zrobi tak jak postanowił, czy też tak, jak oni chcą.

— Tak, z pewnością ogłosi upadłość i ułoży się z wierzycielami.

— Nie, ja go znam i jestem tego pewna, że zapłaci.

— Założę się z tobą, że będzie się układał.

— A jabym niewiem co dała, że nie zrobi.

— Mela, Grosman ma swoje filozoficzne bziki, ma, ale po za tem on jest mądry człowiek, mogę postawić cały swój majątek, że więcej nie zapłaci jak dwadzieścia pięć procent.

— A jabym bardzo, bardzo pragnęła, żeby było inaczej.

— Przyszła mi na myśl, żeś ty powinna była wyjść za niego, Mela, dobralibyście się, nie mielibyście co jeść, ale bylibyście tak uczciwi, że pokazywaliby was w panoptikum.

— Lubię go, ale za niego nie wyszłabym, to nie mój typ.

— Któż jest w twoim typie?

— Szukaj i zgaduj! — uśmiechnęła się znowu tym bladym, subtelnym uśmiechem.

— Borowiecki, tak, z pewnością, w nim się wszystkie kobiety łódzkie kochają.

— Nie, nie; wydał mi się oschłym, dumnym i karyerowiczem, nie, za bardzo zresztą podobny do was wszystkich.

— Oskar Meyer, baron, milioner i piękny, wprawdzie taki baron z meklemberskiej rasy, ale za to milioner najprawowitszy.

— Widziałam go raz i wydał mi się parobkiem przebranym. To musi być okropny człowiek, słyszałam o nim dużo!

— To jest dziki i wściekły człowiek, to jest prawdziwe pruskie bydlę! — mówił z nienawiścią.

— Aż tak? Zaczyna być interesującym.

— Daj spokój o tym chamie. A może Bernard Endelman podoba ci się?

— Żydziak! — szepnęła pogardliwie.

— A, jakiż ze mnie niedomyślny. Przecież tyś się wychowywała w Warszawie, żyłaś tam w polskich sferach i przeszłaś przez wszystkie warszawskie kółka i saloniki, to jakże mogą podobać ci się żydzi, lub łódzcy ludzie! — wołał ironicznie. — Przywykłaś do studentów rozczochranych, do tej deklamującej się radykalii, oczekującej na spadek i na synekury biurowe, do tej wykwintnej atmosfery blagi i wspólnego obełgiwania się na wzniosły, szlachetny sposób. Ha, ha, ha, ja to przechodziłem i ile razy sobie wspomnę tamte czasy i tamtych ludzi — umieram ze śmiechu.

— Daj spokój, Moryc. Mówisz z goryczą, więc nie bez stronności, nie chcę słuchać — wołała prędko, dotknięta bardzo, bo istotnie całem sercem jeszcze żyła w tamtej sferze, pomimo, że od dwóch lat już mieszkała przy ojcu w Łodzi. Wyszła i ukazała się po chwili już ubrana do wyjścia.

Zaraz też wyszli.

Otwarty powozik bardzo elegancki, czekał przed bramą.

— Dojedź tylko do Nowego Rynku, tam niema takiego błota, to pójdę pieszo. Konie ruszyły ostro.

— A swoją drogą ty mnie dziwisz, Mela.

— Czem?

— Tem właśnie, że jesteś taką — nie żydówką. Ja znam nasze kobiety dobrze, ja je umiem cenić i cenię, ale je znam, one nie biorą takich różnych książkowych rzeczy na seryo, jak ty je bierzesz. Znasz Ade Wasereng? ona tak samo żyła w Warszawie i w tych samych sferach co ty, tak samo się zapalała do wszystkiego, tak samo była czynną we wszystkiem, tak samo ze mną kłóciła się o równość, o wolność, o cnotę, o ideały.

— Ja się z tobą nie kłócę o to wszystko — przerwała mu prędko.

— Prawda, ale pozwól mi skończyć; otóż była najidealniejszą idealistką, ale jak wyszła za swojego Rosenblatta, to o wszystkich głupstwach zapomniała, idealizm to nie była jej specyalność.

— Tobie się to podoba?

— Mnie się to właśnie podoba, bo jak miała czas, to się bawiła w poezye, dlaczego nie miała się bawić, to dobrze jest widziane w polskich domach, nadaje pewien modny ton, no i nie jest tak nudne, jak chodzenie po teatrach i balach.

— Więc jesteś przekonany, że to tylko dla zabawy?

— Do Polek ani do ciebie tego nie stosuję, to inny gatunek, ale do żydówek — tak, wiem z pewnością. Pomyśl tylko, co ich to wszystko może obchodzić? Mela, ja jestem żyd, ja się tego nigdy i nigdzie nie wstydziłem ani nie wypierałem, co za interes się wypierać! Mnie tak samo nic nie obchodzi po za moim własnym interesem jak naszych wszystkich, bo ja tego nie mam wprost we krwi. Masz taki Borowiecki, to jest dziwny człowiek, to jest mój kolega z gimnazyum w Warszawie, mój kolega z Rygi, mój przyjaciel, my razem mieszkamy tyle lat, mnie się zdawało że go znam, że to nasz człowiek. On ma ostre pazury, on jest zupełnie człowiek łódzki, on lepszy macher niż ja, a on czasem zrobi coś takiego, czego ja nie rozumiem, czego żaden z naszych nie zrobi; on jest Lodzermensch, a on pomimo to ma różne takie bziki ideowe, utopijne marzenia, dla których gotów jest dać rubla jak ma dwa przy sobie a dla których jabym dał dziesiątkę, jakby się już nie można wykręcić, ja...

— Do czego prowadzisz? — przerwała mu znowu, dotykając parasolką stangreta, żeby przystanął.

— Że ty masz właśnie w sobie coś takiego, co mają oni, Polacy.

— Czy to czasem nie nazywa się duszą — powiedziała wesoło, wyskakując na trotuar.

— To za duży szemat.

— Pójdziemy Średnią, chcę się przejść trochę.

— Najbliżej będzie dojść do Widzewskiej a stamtąd do Cegielnianej.

— Wybierasz krótsze, żeby prędko odbyć pańszczyznę.

— Wiesz przecie, Mela, że ja z wielką przyjemnością ci towarzyszę.

— Czy dla tego, że tak cierpliwie słucham?

— Tak, a i dla tego, że jesteś bardzo ładna z tą ironią na ustach, bardzo ładna.

— Komplement twój jest mniej piękny, bo tak en gros podany.

— Lubisz warszawskie en detaile, a na krótkie terminy i z dobrem żyrem.

— Wystarczy dobre wychowanie i uczciwość.

— Ale pomimo to nie zaszkodzi się obwarować intercyzą — rzucił ironicznie wciskając binokle.

— A, tuś doprowadził! — szepnęła niezadowolona.

— Chciałaś!

— Chciałam, żebyś mnie poprowadził do Róży przedewszystkiem — podkreśliła zdanie.

— Jabym cię wszędzie doprowadził, gdybyś zechciała! — zawołał, pokrywając pewne dziwne wzruszenie, jakie nim owładnęło, ostrym śmiechem.

— Dziękuję ci, Moryc, ale tam to mnie już kto inny doprowadzi — odpowiedziała dosyć ostro, zamilkła i patrzyła smutnie w ulicę strasznie błotnistą, po brudnych domach i twarzach licznych przechodniów.

Moryc także milczał, bo był zły na siebie, a więcej jeszcze na nią. Potrącał z gniewu przechodniów, zaciskał binokle i rzucał niechętne spojrzenia na jej bladą twarz, z ironią chwytał spojrzenia współczujące, jakiemi obrzucała gromady oberwanych, wynędzniałych dzieci, bawiących się po bramach i trotuarach. Rozumiał ją nieco i dla tego wydała mu się bardzo naiwną, bardzo.

Irytowała go swoim głupim, polskim idealizmem, jak w myśli określał jej charakter, a równocześnie pociągała jego twardą, suchą duszę, tą odrobiną uczucia i tą jakąś dziwną poezyą wdzięku i dobroci, jaka wydzierała się z jej bladej twarzy, że spojrzeń zadumanych, z całej postaci wysmukłej i bardzo harmonijnie rozwiniętej.

— Znudziłam cię, żeś zamilkł? — szepnęła po pewnym czasie.

— Bałem się przerwać milczenie, mogłaś myśleć wtedy o nader wielkich rzeczach.

— Bądź pewnym, że o daleko większych niźli twoja ironia może dosięgnąć.

— Równocześnie zrobiłaś, Mela, dwa interesy — mnie dałaś szczutka i sama się pochwaliłaś.

— A chciałam tylko jedno — powiedziała z uśmiechem.

— Mnie uderzyć, prawda?

— Tak i zrobiłam to z przyjemnością.

— Ty mnie bardzo nie lubisz, Mela? — pytał trochę dotknięty.

— Nie, Moryc — kręciła głową i uśmiechała się złośliwie.

— Ale mnie i nie kochasz?

— Nie, Moryc.

— My robimy ładny kawałek flirtu — powiedział, zirytowany tonem jej odpowiedzi.

— Pomiędzy kuzynami powinno to uchodzić, bo do niczego nie obowiązuje.

Przystanęła aby dać kilka groszy jakiejś kobiecie, okręconej w łachmany, stojącej pod parkanem z dzieckiem na ręku i głośno żebrzącej.

Moryc spojrzał drwiąco, ale sam prędko dobył jakiś pieniądz i dał.

— I ty dajesz biednym? — zdziwiła się.

— Pozwoliłem sobie na taką miłosierną operacyę, bo miałem akurat fałszywą złotówkę — zaczął się śmiać serdecznie z jej oburzenia.

— Ty się z cynizmu już nie wyleczysz! — szepnęła, przyśpieszając nieco kroku.

— Mam jeszcze czas i żebym miał jeszcze sposobność i takiego jak ty doktora...

— Do widzenia, Moryc.

— Szkoda, że to już.

— Ja nie żałuję zupełnie. Będziesz dzisiaj w kolonii?

— Nie wiem ponieważ w nocy wyjeżdżam z Łodzi.

— Wstąp, kłaniaj się paniom odemnie i powiedz pani Stefanii, że będę u niej w sklepie jutro przed południem.

— A dobrze, ale za to ty kłaniaj się odemnie pannie Rózi i powiedz Müllerowi także odemnie, że jest błazen.

Uścisnęli sobie ręcę i rozeszli się.

Moryc obejrzał się za nią, gdy już wchodziła do bramy pałacu Mendelsohnów i szedł do miasta.

Słońce już przygasało i zsuwało się za miasto, rozkrwawiając tysiące szyb łunami zachodu. Miasto cichło i przypłaszczało się w mrokach wieczoru; tysiące domów i dachów zlewało się coraz bardziej w jedną szarą, olbrzymią, zagmatwaną masę, pociętą kanałami ulic, w których zaczynały się palić nieskończone linie świateł gazowych, wznosiły się nad miastem i zdawały się drgać i kołysać na jasnem tle nieba, płonęły jeszcze zorzami zachodu.

— Waryatka! Jabym się z nią ożenił! „Grünspan, Landsberger i Welt", byłaby solidna spółka; trzeba o tem pomyśleć — szepnął Moryc, uśmiechając się do tego interesu.

VII.

— Co się stało Morycowi dzisiaj? — myślała Mela, wchodząc do wielkiego, dwupiętrowego domu narożnego, nazywanego pospolicie pałacem Szai. — Prawda, przecież ja mam pięćdziesiąt tysięcy rubli posagu, musi być w złych interesach i stąd ta gwałtowna czułość.

Nie mogła już myśleć więcej, bo wybiegła naprzeciw niej do przedpokoju jej najserdeczniejsza przyjaciółka Róża Mendelsohn, nieznacznie utykając na prawą nogę.

— Miałam już posłać po ciebie powóz, bo nie mogłam się doczekać.

— Odprowadził mnie Moryc Welt, szliśmy wolno, prawił mi komplementa no i tam dalej.

— Żydziak — rzuciła pogardliwie Róża, rozbierając ją i ciskając lokajowi kapelusz, rękawiczki, woalkę, okrycie, w miarę jak zdejmowała to z Meli.

— Przesyła ci ukłony bardzo uniżone.

— Głupi! Myśli, że go poznam na ulicy, jak mi się będzie kłaniał.

— Nie lubisz go? — pytała, przygładzając powichrzone włosy przed wielkiem zwierciadłem, stojącem pomiędzy dwoma olbrzymiemi sztucznemi palmami, w jakie cały przedpokój był ozdobiony.

— Nie cierpię, bo ojciec chwalił go któregoś dnia przed Fabciem, a zresztą i Will go nie cierpi. Piękna lala!

— Wilhelm jest?

— Są wszyscy i wszyscy się nudzą, oczekując na ciebie.

— A Wysocki? — zapytała ciszej i trochę niepewnie.

— Jest i przysięga, że mył się cały przed samą wizytą. Słyszysz, cały.

— Przecież nie będziemy sprawdzać...

— Musimy wierzyć na słowo — przygryzła usta.

Ujęły się pod ręce i szły przez szereg pokojów, zalanych mrokiem nadchodzącego wieczoru, umeblowanych z nadzwyczajnym przepychem.

— Co robisz, Róża?

— Nudzę się i udaję przed gośćmi, że mnie bawią, a ty?

— Nic nie udaję przed nikim i także się nudzę.

— Okropne życie! — szepnęła Róża z westchnieniem. — I dokąd się to ma ciągnąć?

— Ty wiesz najlepiej dokąd, do śmierci chyba.

— Ach, co jabym dała, żebym się mogła zakochać, co jabym dała.

— Siebie i miliony w dodatku.

— Chciałaś powiedzieć miliony i siebie w dodatku — powiedziała cierpko a drwiąco.

— Róża! — szepnęła Mela z wyrzutem.

— No cicho, cicho! — ucałowała ją serdecznie.

Weszły do niewielkiego pokoju, zupełnie czarnego, bo meble, obicia ścian, portyery, wszystko było pokryte czarnym pluszem lub czarną matową farbą. Pokój robił wrażenie kaplicy przedpogrzebowej.

Dwóch zupełnie nagich, przegiętych w tył olbrzymów, z ciemnego bronzu, unosiło w herkulesowych rękach, nad głową wielkie gałęzie dziwacznie poskręcanych storczyków, o kryształowych białych kwiatach, z których mrzyło na pokój elektryczne światło.

Na czarnych kanapkach i fotelikach nizkich siedziało kilka osób w milczeniu i w najswobodniejszych pozach, a nawet jeden z mężczyzn leżał na dywanie, pokrywającym całą posadzkę; dywan był także czarny, miał tylko w środku wyhaftowany olbrzymi bukiet czerwonych storczyków, które niby potworne, dziwaczne, powyginane robaki, zdawały się pełzać po pokoju.

— Will, na przywitanie Meli mógłbyś wywrócić koziołka — zawołała Róża.

Wilhelm Müller, olbrzymi jasnowłosy drab, w obcisłym kostyumie cyklisty, podniósł się z fotela, rzucił na dywan, przekręcił się trzy razy w powietrzu z wprawą gimnastyka zawodowego i stanął na środku pokoju, kłaniając się po cyrkowemu.

— Brawo, Müller! — zawołał leżący na dywanie pod oknem, zapalając papierosa.

— Mela, chodź mnie pocałować — mówiła rozrośnięta panna, leżąca na nizkiem biegunowem krześle, leniwie nadstawiając policzek. Mela ją pocałowała i usiadła na kanapce obok Wysockiego, który pochylony nad małą, szczupłą, różową blondynką, trzymającą nogi na taburecie, szeptał po cichu i co chwila otrzepywał klapy, chował w głąb rękawów dość brudne mankiety, wykręcał energicznie wąsiki blond i dowodził:

— Z punktu właśnie feministycznego nie powinno być żadnych różnic prawnych pomiędzy kobietą a mężczyzną.

— No tak, ale ty Mieciek jesteś nudny! — skarżyła się żałośnie blondynka.

— Nie witasz się ze mną, Mieciek! — szepnęła Mela.

— Przepraszam panią, panna Fela właśnie nie da się przekonać.

— Wysocki płaci podwójną karę; Meli powiedział pani, a Feli panna, płać Mieciek! — wołała Róża, przyskakując do niego.

— Zapłacę, Róża, zaraz zapłacę — zaczął się rozpinać i szukać po wszystkich kieszeniach.

— Mieciek, nie rozpinaj-no się zupełnie, to nie jest zabawne — szczebiotała Fela.

— Ja za ciebie zapłacę, jeśli nie masz pieniędzy.

— Dziękuje ci, Mela, pieniądze mam, byłem dzisiaj w nocy wzywany do chorego.

— Róża, dlaczego ja się potrzebuję nudzić? — jęknęła Toni z fotelu biegunowego.

— Will, zabaw Toni, słyszysz próżniaku!

— Nie chcę, muszę się przeciągnąć, bo mnie krzyż boli.

— Dlaczego ciebie boli krzyż?

— Toni, jego z tych samych powodów boli krzyż, co ciebie — śmiała się Fela.

— Trzeba go wymasażować.

— Jabym chciała mieć twoją fotografię, Will, ty dzisiaj mocno wyglądasz — szepnęła Róża, w jej szarych wielkich oczach zaczęły skrzyć się zielonawe błyski, przygryzła usta bardzo szerokie i wązkie, co niby kresa czerwona przecinały jej twarz długą, biało-przeźroczystą, okoloną nimbem najczystszej miedzi, włosami rozdzielonymi na środku głowy i zaczesanymi na skronie i na uszy, że tylko ich różowe końce migotały olbrzymimi szafirami, oprawnymi w brylanty.

— Fotografujcie mnie w takiej pozie — wołał, kładąc się w znak na dywanie i z rękami podwiniętymi pod głowę leżał w całej swojej długości, śmiejąc się dźwięcznym, wesołym śmiechem.

— Siądźcie dziewczynki obok mnie! Chodźcie Sikorki!

— On jest zupełnie dzisiaj ładny — szepnęła Toni, pochylając się nad jego jasną, młodą, typowo-niemiecką twarzą.

— On jest mdły — wołała Fela.

— Wolisz Wysockiego?

— Kiedy Wysocki ma takie cienki nogi.

— Cicho Fela, nie gadaj głupstw.

— Dlaczego?

— No wprost dla tego, że nie wypada.

— Moja Róża, dlaczego nie wypada? Ja wiem, co mężczyźni opowiadają o nas, mnie wszystko Bernard mówi, on mi opowiadał taki jeden zabawny kawał, że umierałam ze śmiechu.

— Powiedz go Fela — szepnęła Toni, ziewając z nudów.

— Mała jak go opowiesz przy mnie, to ci już nigdy nic nie opowiem — zaoponował Bernard, leżący na dywanie.

— On się wstydzi! ha, ha, ha! — zerwała się z kanapki, zaczęła biegać po pokoju jak waryatka, przewracała sprzęty, zataczała się na Tonię.

— Fela, co ty wyrabiasz?

— Ja się nudzę. Róża, ja się wściekam z nudów.

Usiadła na stosie pluszowych czarnych poduszek, jakie jej podsunął lokaj.

— Skąd ty, Willu, masz tę szramę? — pytała, wodząc palcem długim i cienkim, po czerwonej prędze, przecinającej mu twarz od ucha do małych rozstrzępionych wąsików.

— Od szabli — odpowiedział, usiłując złapać jej palec zębami.

— O kobietę?

— Tak. Niech Bernard opowie, on mi sekundował tak głośno, że wszystkie bumsy berlińskie wiedziały o tej sprawie.

— Powiedz Bernard.

— Dajcie mi spokój, nie mam czasu — mruknął Bernard, przewrócił się z boku na wznak i patrzył w sufit, po którym leciały za złotym wozem Aurory gromady nagich, skrzydlatych nimf; palił papierosa za papierosem, które mu podawał i zapalał stojący w drzwiach lokaj, ubrany w czerwoną francuską liberyę — zresztą to sprawa za bardzo skandaliczna.

— Will, umawialiśmy się przecie, zawiązując nasze zebranie, że mamy mówić sobie wszystko, wszystko — mówiła Toni, przysuwając się bliżej z fotelem.

— Mów Wilhelm, wyjdę za ciebie za mąż w nagrodę — rozśmiała się dziwnie.

— A jabym cię wziął, Róża, ty masz w sobie grubego dyabła.

— I jeszcze grubszy posag – rzuciła drwiąco.

— Kiedy to takie nudne! Will, zrób świnię, mój drogi, zrób świnię! — jęczała Toni, przeciągając się w fotelu z taką siłą, aż wielki guzik, imitujący kameę, oderwał się jej od stanika.

Czuła się tak znudzoną bezbrzeżnie, że żałosnym głosem prosiła wciąż uparcie, jak dziecko.

— Zrób świnię Will, zrób świnię!

Wilhelm stanął na czworakach, wygiął grzbiet i zaczął w krótkich, sztywnych podskokach, doskonale imitujących ruchy starej świni, oblatywać pokój, pokwikując od czasu do czasu.

Toni zanosiła się szalonym śmiechem. Róża klaskała w dłonie z całych sił, a Fela biła piętami o dywan i trzęsła się z radości. Krótkie jej włosy rozplatały się i niby jasną wiechą zakryły jej twarz różową, rozbawioną niesłychanie.

Mela rzucała poduszkami w Müllera, również porwana ogólną wesołością, a Müller po każdem uderzeniu podskakiwał, wyrzucał zabawnie tylnemi nogami i kwiczał przeciągle, wreszcie zmęczony zaczął się wypałączonym grzbietem czochać o nogi Róży, wreszcie położył się na środku dywanu, wyciągnął nogi i zupełnie niby świnia zmęczona, chrząkał, mruczał i pokwikiwał jak przez sen.

— Nieporównany! Wyborny! — wołały z uniesieniem rozbawione panny.

Wysocki wytrzeszczonemi oczami, zdumiony przypatrywał się po raz pierwszy tej cyrkowej zabawie znudzonych milionerek; zapomniał strzepywać klapy, nie wciskał mankietów w rękawy, nie kręcił wąsików, tylko wodził oczami po twarzach kobiet i mruknął z obrzydzeniem:

— Błazen.

— Z jakiego punktu? — zapytała Mela, która najpierw się uspokoiła.

— Ze wszystkich ludzkich punktów — odpowiedział twardo i podniósł się, oglądając za kapeluszem, w który Fela próbowała wsadzić obydwie nogi.

— Uciekasz, Mieciek? — pytała zdumiona jego surowem spojrzeniem.

— Muszę iść, bo muszę się wstydzić tego, że jestem człowiekiem.

— François, otworzyć wszystkie drzwi, bo obrażone człowieczeństwo wychodzi — wołał drwiąco Bernard, który przez cały czas popisów Müllera leżał najspokojniej i palił papierosy.

— Róża, Mieciek się obraził i chce wyjść, nie pozwól mu.

— Mieciek, zostań! Co ci się stało? dlaczego?

— Dla tego, że ja nie mam czasu, przyrzekłem komuś, że przyjdę — tłumaczył się miękko, usiłując ściągnąć swój biedny cylinder z nóg Feli.

— Mieciek zostań, proszę cię bardzo, przecież obiecałeś mnie odprowadzić do domu — szeptała gorąco Mela i bladą jej twarz pokrył rumieniec wzruszenia.

Pozostał, ale siedział chmurny i nawet nie odpowiadał na drwiące uwagi Bernarda, ani na burszowskie dowcipy Müllera, który znowu się położył u nóg Róży.

Zapanowała zupełna cisza.

Elektryczność drgała w kryształowych kwiatach i mżyła błękitnawym pyłem światła na pokój, na matowe czarne ściany, z których niby błękitne oczy patrzyły cztery włoskie akwarelle, oprawne w aksamitne czarne ramy, zawieszone na jedwabnych sznurach, na te znudzone próżniactwem głowy, co żółtawemi plamami odcinały się od czarnego tła ścian i mebli, skrzyły się na ozdobach pianina z zielonawego bronzu, stojącego w jednym rogu, które z odkrytą klawiaturą było podobne do jakiegoś potworu, połyskującego długimi, żółtawymi kłami.

Przez zamknięte okiennice wewnętrzne i zapuszczone ciężkie czarne portyery, nie dochodziły z miasta żadne głosy prócz huczącego, słabego szmeru i drgań bezdźwięcznych, co niby ledwo wyczute bicze pulsu rozlewały się po pokoju.

Dym, jaki ustawicznie puszczał kłębami Bernard, snuł się sinawym, rzadkim obłokiem, przysłaniał złoty wóz Aurory i nimfy nagie niby najcieńszą bengaliną, opadał, czepiał się ścian i darł się w długie włókna o plusze i wypływał do dalszych pokojów drzwiami, w których niby ostry krzyk w tej czarnej symfonii, czerwieniła się jaskrawo liberya lokaja, gotowego na każde skinienie.

— Róża, ja się nudzę, ja się śmiertelnie nudzę — zajęczała Toni.

— A ja się bawię wesoło — zaczęła wołać Fela, podrzucając nogą cylinder Miecia.

— Ja się bawię najlepiej, bo wcale nie potrzebuję zabawy — powiedział ironicznie Bernard.

— François, każ dawać herbatę! — rzuciła Róża.

— Róża, nie chodź, ja ci dokończę kawał.

Uniósł się na łokciu i szeptał, całując raz po raz różowy koniec ucha.

— Nie ugryź mi kolczyka! Za mocno! Masz takie gorące usta! — szeptała, przechylając głowę ku niemu, zagryzła usta, a z pod przymkniętych, ciężkich, sinawych powiek zaczęły się skrzyć zielonawe błyski.

— Ze strachu zaczął się żegnać — szeptał głośniej Will.

— Cóż to — on katolik?

— Nie, ale co to szkodzi się zabezpieczyć.

Wysłuchała reszty kawału i nie roześmiała się znudzona.

— Wilhelm, ty jesteś dobry, kochany — mówiła, głaszcząc go po twarzy — ale twoje anegdoty są za bardzo berlińskie, nudne i głupie. Ja zaraz przyjdę, a tymczasem może Bernard co zagrasz.

Bernard powstał, pchnął nogą taburet do pianina i zaczął ze wściekłą brawurą grać trzecią figurę kadryla.

Ocknęli wszyscy z milczenia i nudy.

Wilhelm podniósł się i zaczął tańczyć trzecią figurę z Felą. Tańczyli kontredansa z zacięciem kankana, włosy Feli trzęsły się jak pęk słomy na wichurze, zasłaniały jej oczy, opadały aż na brodę, fruwały za nią, odgarniała je ręką i tańczyła do upadłego.

Toni leżała w fotelu i znudzonym wzrokiem goniła za ruchami Willa.

Lokaj ustawiał z boku małe hebanowe stoliczki, inkrustowane wytwornie perłową masą i kładł zastawę do herbaty.

Róża przeciągnęła się leniwie i utykając i kołysząc szerokiemi biodrami, szła ku drzwiom i zatrzymała się chwilę przy Wysockiem, który półgłosem mówił:

— Słowo pani daję, że to nie dekadencya, to jest zupełnie co innego.

— Cóż to jest zatem? — pytała Mela, przytrzy mując Wysockiemu ręce, żeby nie mógł otrzepywać się i wpychać mankietów.

— Ja bym chciała być dekadentką. Mieciek, czy ja mogę być dekadentką? Mieciek, ja chcę być dekadentką, bo ja się nudzę — wołała Toni.

— To jest tylko próżniactwo, pochodzące ze zbytku czasu i zbytku pieniędzy! Nuda jest chorobą bogaczów. Ty, Mela, nudzisz się, Róża się nudzi, Toni się nudzi, Fela się nudzi, no i z wami nudzą się te dwa bałwany, a po za wami połowa córek i żon milionerów nudzi się. Wszystko was nudzi, bo wszystko mieć możecie, co kupić można. Was nic nie obchodzi, chcecie się tylko bawić, a najszaleńsza zabawa kończy się również nudą. Z punktu socyalnego...

— Mieciek, ale ty o mnie źle nie myślisz? — przerwała, gładząc mu ręce.

— Nie robię wyjątków, zresztą tak samo należysz do rasy zdegenerowanej, ze wszystkich ras najbardziej odległej od natury, a to się mści na was samych.

— Słuchaj go, Mela, on ci uczenie będzie dowodził ze wszystkich znanych sobie punktów, że największą zbrodnią na świecie jest posiadać majątek.

— Usiądź, Róża, przy nas.

— Zaraz przyjdę, zaraz do ojca.

Wyszła i z przedpokoju już oświetlonego elektrycznymi żyrandolami poszła na górę do gabinetu ojca, w którym było prawie ciemno.

Szaja Mendelsohn, okryty w rytualne szaty do modlitwy, z obnażoną lewą ręką, okręconą paskami, siedział na środku pokoju, modlił się półgłosem i pochylał poważnie.

W dwóch oknach stało dwóch starych, z siwemi brodami śpiewaków bóżniczych, okrytych w takie same rytualne zasłony, w białe i czarne pasy i wpatrzeni w ostatnie różowe brzaski dnia, jakie się barwiły na szarem tle nieba, kiwali się ustawicznie, śpiewając jakąś dziwnie namiętną i dziwnie smętną psalmodyę.

Głosy były nabrzmiałe skargą i bólem i niby głosy trąb miedzianych brzmiały wrzaskliwą żałością, to huczały głuchą rozpaczą, wybuchały jękiem beznadziejnym, wznosiły się krzykiem ostrym, przejmującym, który długo drgał w ciszy mieszkania; to znowu zniżali głosy do szeptu i płynęła długa, słodka melodya jakby fletów śpiewających w wielkiej ciszy ogrodów kwitnących, wśród cieniów dyszących aromatami ambry, w półśnie pełnym ekstatycznych marzeń miłości, przez które wiły się akcenty wyraźne tęsknot i westchnień, jakby do palmowych ogrodów Jeruzalem, do pustyni smutnych i nieobjętych, do palących żarów słońca, do ojczyzny straconej, a tak kochanej.

Pochylali się coraz rytmiczniej, oczy im gorzały ekstazą i długie siwe brody trzęsły się ze wzruszenia. Porywały ich własne głosy i te rytmy śpiewów, co się rozlewały z ich piersi na pusty, cichy, omroczony pokój i łkały, prosiły, błagały, drgały skargą przepojoną niedolą i sławiły dobroć i moc Pana nad pany.

Po za oknami panowała cisza.

Wielkie koszary robotnicze po drugiej stronie ulicy, wprost okien gabinetu, zaczęły błyskać światami na wszystkich piętrach, a z drugiej strony okien, bo gabinet był w narożniku, czarniał się park zbitą gęstwą świerków, które przedzielały pałac od fabryk i bieliły się w zmroku, pomiędzy nizkimi krzewami gazonów płaty nie roztopionego jeszcze śniegu.

Na wprost Szai, siedzącego w pośrodku, było wielkie narożne okno, którem leciały jego spojrzenia i zaczepiały się o olbrzymie kontury fabryk, najeżone kominami i narożnikami, podobnymi do baszt średniowiecznych.

Szaja modlił się gorąco, ale nie mógł ani na chwilę oderwać wzroku od tych murów potężnych, zlewających się coraz bardziej z nocą nadchodzącą; widać było w dali jej ciemny płaszcz, otulający miasto i jej pogodną, cichą twarz, patrzącą milionami gwiazd.

Śpiew ciągnął się do zupełnej nocy.

Śpiewacy zapakowali modlitewne szaty w aksamitne worki, na których lśniły się wszyte złotem jakieś hebrajskie zgłoski.

— Masz Mendel rubla!

Dał mu srebrny pieniądz, który śpiewak oglądać zaczął troskliwie pod oknem.

— Zobacz, to jest prawdziwy rubel! A tobie, Abraam, to ja zapłacę dzisiaj tylko siedemdziesiąt pięć kopiejek, tobie się dzisiaj nie chciało, tyś symulował śpiewanie. Chciałeś oszukać mnie i Pana Boga?

Śpiewak popatrzył pełnemi łez i ekstazy oczami na Szaję, wziął rulon miedziaków, rzekł cicho pozdrowienie i wyszedł bez szelestu.

Róża cały czas stała przy drzwiach i słuchała tych śpiewów z takiem uczuciem, że co chwila powstrzymywała się, aby nie parsknąć śmiechem.

Skoro tylko wyszli śpiewacy, nacisnęła guzik i światło elektryczne zalało pokór.

— Róża!

— Potrzeba ci czego? — pytała, siadając na poręczy fotelu, przy ojcu.

— Nie. Twoje goście przyszły.

— Są wszyscy.

— Bawią cię dobrze?

Zaczął głaskać ją po włosach.

— Nie bardzo. Nawet Müller nudny dzisiaj.

— Czemu ich trzymasz, przecież my możemy mieć gości wesołych. Chcesz, to ja Stanisławowi dam notę, żeby poszukał, w Łodzi nie brak ludzi wesołych. Po co się masz nudzić za własne pieniądze. A Wysocki, co to za człowiek?

— Doktór, to taki inny, zupełnie nie łódzki człowiek, on ma arystokratyczną rodzinę, jego matka jest z hrabiów, on ma herby.

— Tylko nie ma ich na czem nosić. Podoba ci się?

— Dosyć, bo jest niepodobny do naszych i bardzo uczony.

— Uczony?

Pogładził wspaniałym ruchem brodę i słuchał uważniej.

— On napisał książkę, za którą mu jakiś uniwersytet w Niemczech dał złoty medal.

— Duży medal?

— Nie wiem.

Zżymnęła pogardliwie ramionami.

— My do szpitala będziemy potrzebować doktora, jabym go wziął jak on taki uczony.

— Dużo płacisz?

— Płacę. Ale tu nie o to chodzi, miałby dużą praktykę i służyłby w mojej firmie, to samo warto pieniądze. Powiedz mu niech jutro przyjdzie do kantoru. Ja lubię pomagać ludziom uczonym.

— Kazałeś Stanisławowi zaprosić do nas Borowieckiego?

— Róża, ja ci mówiłem, że Borowiecki jest człowiek Bucholca, a ja Bucholcowi i wszystkiemu, co jest jego, życzę wszystkich nieszczęść. Niech on zbankrutuje i pójdzie służyć. Ja przez tego złodzieja, przez tego szwaba, co on do Polski psami przyjechał i na nas zrobił pieniądze, niech on zmarnieje do dziesiątego pokolenia, ja przez niego chory jestem ciągle, mnie serce boli, on mnie ciągle okrada. A ten Borowiecki, to jego jest najgorszy szwab! — wykrzyknął z nienawiścią.

— Ale przecież to Polak.

— Polak, ładny Polak, co jak zaczął drukować swoje bojki, to mi połowę towaru zwrócili z Rosyi, powiedzieli, że paskudztwo, że Bucholca lepsze. To Polak tak robi! on psuje handel, on tym głupim chamom daje takie desenie i kolory, coby je wzięła każda hrabina, po co to? na co? Co ja straciłem przez niego! co straciłem, co stracili nasi. Przez niego co stracili te biedne tkacze! on zjadł starego Fiszbina, on zjadł trzydzieści innych firm. Ty mi nie mów o nim, bo mnie wszystko w środku boli jak sobie ich przypomnę. On jest gorszy od najgorszego Niemca, bo jest jeszcze z Niemcem można pohandlować, a on jest pan, co jest wielki dziedzic! — plunął z pogardą i nienawiścią.

— Przysłać ci herbatę?

— Pojadę do Stanisława na herbatę, zawiozę Julci zabawki, które mi dzisiaj przysłali z Paryża.

Róża pocałowała ojca w policzek i wyszła.

Szaja się podniósł, zakręcił światło, bo lubił oszczędzać na wszystkiem i chodził po ciemnym zupełnie pokoju.

Chodził i myślał o wiecznej swojej zmorze — o Bucholcu.

On go nienawidził całą potęgą żydowskiego fanatyzmu; nienawidził jako fabrykanta-współzawodnika, którego nie mógł przewyższyć niczem.

Bucholc zawsze i wszędzie był pierwszy i tego mu właśnie nie mógł darować Szaja, on, który się czuł pierwszą firmą łódzką, który był przewodnikiem tej masy żydowskiej, jaka go otaczała bałwochwalczem uwielbieniem, miłością i czcią nędzarzy zahypnotyzowanych milionami, jakie rosły w jego rękach z szybkością lawiny śnieżnej.

Przed czterdziestu laty, pamiętał dobrze te czasy, gdy Bucholc szedł już do milionów, on zaczynał karyerę jako subjekt jakiegoś nędznego kramu na Starem Mieście, ze specyalnością nawoływania i ciągnięcia kupujących, od noszenia paczek do domów, uprzątania czasami sklepu i trotuaru przed nim. Wystawał całe miesiące na trotuarze, żarty przez mrozy, moczony przez deszcze, palony przez skwary, popychany przez przechodniów, zawsze prawie głodny i obdarty, zawsze ochrypnięty od nawoływań, bez pieniędzy, sypiający za rubla miesięcznie w jakiejś strasznej norze nędzy żydowskiej, jakich pełno po miastach.

Potem zniknął nagle z trotuaru, na którym żył.

Zjawił się po paru latach nieobecności na bruku łódzkim i nikt go nie poznał. Przyjechał z trochą pieniędzy i zaczął prowadzić interes na własną rękę.

Uśmiechnął się w tej chwili z politowaniem do tamtych czasów, przypomniał sobie ten nędzny wóz, którym rozwoził towar po wsiach okolicznych, tego konia, którego pasał nad drogami, albo w zbożach chłopskich, tę stałą, okropną nędzę, jaka go wciąż żarła, bo z pięćdziesięciu rubli kapitału, wliczając w to wóz i konia, musiał żywić siebie, konia, żonę i dzieci.

Potem te pierwsze warsztaty tkackie, jakie założył, te tysiąc drobnych oszustw na wadze surowego materyału, jaki wydawał tkaczom, biorącym robotę do domu, na miarze, na własnym i swej rodziny żołądkach, na wszystkiem — nim zaryzykował wydzierżawić jakąś opuszczoną fabryczkę.

On pierwszy, gdy mu iść zaczęło, pozaprowadzał agentów po miasteczkach, sam nie spał, nie jadł, nie żył, robił tylko i oszczędzał.

On pierwszy dawał na kredyt każdemu kto tylko chciał i sam zaczął obracać kredytem, bo Bucholc i niemieccy fabrykanci łódzcy posługiwali się na stary sposób — gotówką.

On pierwszy rozpoczął robić tandetę, obniżać jakość produkcyi łódzkiej, która do jego czasów cieszyła się dobrą opinią.

On prawie pierwszy wprowadził, rozwinął i udoskonalił cały system wyzysku wszystkich i wszystkiego.

Po pożarze, jaki go dotknął, postawił własną fabrykę na tysiąc ludzi.

Stanął na fundamentach.

A szczęście szło za nim nieodstępnie; dziesiątki tysięcy, setki, miliony zaczęły płynąć ze wszystkich stron do jego kas; szły z pańskich dworów, z chałup chłopskich, z przeżartych brudem miasteczek, ze stolic, ze stepów, z gór odległych, płynęły coraz szerszymi strumieniami i Szaja rósł i potężniał.

Tracili inni, umierali, padali przez nieszczęścia i klęski ogólne, Szaja stał twardo, ciągle stare pawilony paliły się, a nowe i potężniejsze powstawały i ssały coraz potężniej ziemię, materyały, ludzi, mózgi, konkurentów i przerabiały to wszystko na miliony dla Szai.

Bucholc zawsze był większym, nie mógł go prześcignąć.

Szaja rósł i wstawała w nim coraz silniejsza żądza pokonania Bucholca, on każdego rubla, jakiego zarobił tamten, liczył za ukradziony i wydarty sobie, żył tą chimeryczną nadzieją, że go przerośnie, że przerośnie wszystkich, że ujrzy się tak wielkim nad Łodzią, jak ten komin potężny od maszyn głównych, który potworną sylwetką majaczył teraz w nocy, że zostanie królem tej Łodzi.

Bucholc wciąż był pierwszy, z nim się liczyła opinia kraju, jego słowo równało się monecie brzęczącej, u niego szukano rady i inicyatywy w wielu kwestyach ogólniejszych, jego towary miały najlepszą markę, jego otaczał pewien szacunek, gdy tymczasem Szaję, nawet równi mu szwindlami, obrzucali pogardą i nienawiścią.

Szaja nie mógł tego zrozumieć, zdawało mu się, że Bucholc obdziera go nietylko z pieniędzy, ze wszystkiego czego pragnął dla siebie, obdziera go z zaszczytu panowania nad tem morzem kominów.

Nienawidził go za to jeszcze więcej.

Chodził wciąż po ciemnym pokoju, spoglądał przez szyby na fabryki, to na domy robotników oświetlone jak latarnie i przystanął. Założył okulary i zaczął patrzeć na trzecie piętro domu, stojącego wprost pałacu, w trzy mocno oświetlone okna, po za któremi migotały czarne sylwetki ludzi.

Otworzył lufcik i słuchał.

Drżący głos skrzypiec śpiewał jakiegoś sentymentalnego walca, wtórował mu jękliwie wiolenczella, to muzyka cichła, a natomiast wybuchał gwar kilkunastu głosów i śmiech rozlewał się kaskadą bujną na cichą ulicę razem z brzękiem szklanek i talerzy.

Bawiono się wesoło.

Szaja nacisnął guzik elektryczny na lokaja.

— Kto tam mieszka? — zapytał ostro, wskazując na okno.

— Zaraz się dowiem, jaśnie panie.

— Ja jestem chory, a oni się bawią! Za co oni się bawią? Skąd oni mają na zabawę? — myślał zirytowany, nie mogąc oderwać wzroku od tych okien.

— Dom E, trzecie piętro, pięćdziesiąty szósty numer, mieszka tam Ernest Ramisz, majster z piątej sali tkackiej — recytował prędko lokaj.

— Dobrze. Pójdziesz i powiesz, żeby przestał grać, bo ja spać nie mogę, że ja sobie nie życzę, coby oni się bawili. Każ konie założyć. Ernest Ramisz, musi za dużo brać, kiedy go stać na zabawy — powtarzał, wrażając sobie w pamięć to nazwisko.

VIII.

— Przyjadę w tej chwili. Do widzenia — odpowiadał ze złością Borowiecki do telefonu, bo Lucy go prosiła, aby natychmiast przyjechał do lasku Milscha, bo ma niesłychanie ważny interes.

— Na taki czas jechać do lasku! Waryatka, jak Boga kocham — szeptał ze złością.

Od szóstej bowiem siedział w kantorze, nie miał ani chwili wolnego czasu, chodził do fabryki pilnować drukowania nowych deseni, jeździł do centralnego biura w kwestyi nadużyć, jakie Bucholc odkrył w głównym magazynie, latał, pisał, wydawał tysiące poleceń, tysiące spraw kotłowało mu się w mózgu, tysiące ludzi czekało na jego dyspozycye, setki maszyn oczekiwały rozkazów, kłócił się z Bucholcem, był zdenerwowany do tego kilkodniowem oczekiwaniem na telegram od Moryca, jak stoi bawełna, był zmęczony pracą, tem strasznem, codziennem jarzmem, jakie wyręczając Knolla wziął na swój kark, ogłuszony rozmiarami i ilością interesów, jakie musiał prowadzić, a tu jeszcze ta waryatka woła go gdzieś za miasto, na schadzkę.

Irytował się coraz bardziej.

Nie miał nawet dzisiaj czasu wypić herbaty, bo Bucholc chociaż chory, kazał się zanieść do kantoru z fotelem, do wszystkiego się wtrącał, krzyczał na wszystkich i rozsiewał tylko strach i zamieszanie pomiędzy urzędnikami.

— Panie Borowiecki — zawołał, siedząc z obwiniętemi nogami, w wytartej futrzanej czapce na głowie i z kijem na kolanach. — Zatelefonuj pan do Marksa, żeby nie dawać ani za rubla towaru Milnerowi w Warszawie. On miał u nas kredyt i za dużo już jest winien, a mam właśnie notę o nim, że bardzo prędko idzie do plajty.

Borowiecki zatelefonował i przeglądał jakieś potężne kolumny cyfr.

— Panie Horn! Sprawdź pan ten fracht, tam jest omyłka, kolej pobrała za dużo, musieli z innego numeru taryfy policzyć — zawołał do Horna, który już od kilku dni, to jest od niedzieli, został przeniesiony na żądanie Bucholca z podręcznego kantoru drukarni i blichu do jego osobistego.

Horn bardzo blady, z oczami zaczerwienionemi zmęczeniem i bezsennością, rachował sinemi ustami machinalnie, mylił się, nie mógł skupić uwagi, kolumny cyfr tańczyły mu przed oczami niby kłąb sadzy.

Ziewał ciągle i znudzonym wzrokiem spoglądał na zegar, czekał z utęsknieniem południa.

— Tej babie, którą pan protegujesz, niech dadzą dwieście rubli i niech idzie się zapić. Ona cała ze swoimi szczeniakami nie warta pięćdziesięciu!

— To wydział prawny załatwi tę sprawę?

— Tak, ona musi nas pokwitować urzędownie. Bauer, dopilnuj tej sprawy, niech się to skończy nareszcie, bo babę jeszcze kto namówi, żeby nas zaskarżyła do sądu.

Horn pochylił niżej głowę, aby ukryć złośliwy, tryumfujący uśmiech.

— Pan prezes ma konie w domu?

— Potrzebne panu, to pan bierz, bierz pan ile razy potrzeba. Zaraz zatelefonuję do stajni. Kundel, popchnij — krzyknął na lokaja, który popchnął fotel pod telefon, funkcyonujący w obrębie fabryki jego.

— Stajnia! — krzyknął, dzwoniąc gwałtownie. — Powóz natychmiast do pałacu. Ile razy zażąda konia pan Borowiecki — przyjeżdżać! Bucholc mówi, kundlu! — krzyknął w odpowiedzi telefonistce, zapytującej się kto mówi.

Lokaj z powrotem przysunął go do biurka i stanął z boku.

— Horn, siądź pan przy mnie, podyktuję. Pan się prędzej ruszaj, kiedy ja mówię do pana — krzyknął ze złością.

Horn zagryzł tylko usta, usiadł i pisał po dyktandzie, które mu szybko rzucał Bucholc, nie przestając załatwiać równocześnie innych interesów i krzycząc chwilami:

— Pan nie śpij! Ja panu nie za spanie płacę — i mocno stukał kijem w podłogę.

Horna tak to irytowało, taki był zresztą dzisiaj zniecierpliwiony, że z trudem hamował wybuch, wrzał cały.

Telefon zaczął dzwonić.

— Baron Oskar Meyer pyta się, czy zastanie za pół godziny pana prezesa?

— Panie Borowiecki, powiedz mu pan, że nie przyjmuję nikogo, leżę w łóżku.

Karol odtelefonował natychmiast i słuchał znowu.

— Czego on jeszcze chce?

— Mówi, że ma ważny, osobisty interes.

— Nie przyjmuję! — zakrzyczał. — Baron Oskar Meyer może mieć ważny interes do mojego psa, a nie do mnie. Kundel! Cham! — mruczał w przestankach dyktanda.

Nie cierpiał bowiem Meyera i kpił najgłośniej w Łodzi z baroństwa, jaki sobie kupił w Niemczech Meyer, dawny jego tkacki robotnik, a dzisiaj fabrykant wyrobów wełnianych, rozporządzający milionami.

— Spiesz się pan! — zawołał ze złością na Horna.

— Obu rękami pisać nie umiem.

— Co to znaczy?

— Nie mogę prędzej pisać, niż piszę.

Bucholc dyktował dalej i wolniej nieco, bo Horn, jakby na złość, pisał niesłychanie wolno i coraz mocniej ściągał brwi z gniewu.

W kantorze zrobiło się cicho.

Borowiecki już w palcie stał przed oknem i niecierpliwie czekał na konie.

Urzędnicy z przykutemi do pulpitów twarzami, pracowali gorączkowo, bojąc się głośniej oddychać, lub słowo zamienić ze sobą, ze względu na obecność Bucholca, który wszystkich przejmował strachem, prócz jednego Bauera, starego przyjaciela i powiernika prezesa, tego samego, który musiał zakomunikować tajemnie ową depeszę Zukerowi, jak kombinował Karol.

Konie wreszcie przyszły i za wychodzącym śpiesznie Borowieckim zawołał Bucholc.

— Zajrzyj pan jeszcze po przyjeździe.

Nie odpowiedział nic, tylko zaklął po cichu, bo był tak zmordowany robotą i tem wyczekiwaniem denerwującem na depeszę od Moryca, że upadał wprost ze zmęczenia.

Kazał stangretowi jechać do lasku Milscha.

Przed starym browarem, olbrzymim budynkiem, na pół zrujnowanym, który niby trup leżał już za miastem, kazał zatrzymać konie i zaczekać na siebie.

Obszedł te opuszczone mury z powybijanemi oknami, bez drzwi, bez bram, z dachami pozapadanymi, ze ścianami porozwalanemi, co się rudą cegłą rozsypywały w grzęskie błoto, obszedł jakieś parkany, osłaniające składy i po rozmiękłym zagonie, zapadając po kostki w błoto, wszedł do tak zwanego lasku Milscha.

— Niech dyabli wezmą histeryczki! — klął coraz energiczniej, bo gliniasta, rozmiękła ziemia tak oblepiała mu obuwie, że z trudem wyciągał nogi, — romantyczka jerozolimska! — dodawał ze złością, bo czuł się śmiesznym w tej roli kochanka, zmuszonego po błocie lecieć na schadzkę gdzieś aż na drugi koniec miasta, do lasu, w marcu!

Dzień był posępny, chmury płynęły nizko nad ziemią i rozsączały się zwolna w drobny, przenikliwy deszcz, Łódź tonęła w brudnych, prawie czarnych oparach i dymach, które leżały niby opona nad miastem, jakby się wspierając na tysiącach kominów.

Borowiecki przystanął chwilę pod ścianami restauracyi letniej, przypierającej do lasu, która teraz była zamknięta, okna miały kagańce okiennic, wielkie werandy były zapchane stołami i krzesłami i drzwi pozabijane deskami, tylko pomiędzy nagiemi drzewami, nad żółcącemi się żwirem uliczkami, bieliły się nie posprzątane ławki, zarzucone gnijącymi liśćmi.

Ciszej było za tą zasłoną, ale że stąd nic nie mógł dojrzeć, zapuścił się w lasek.

Lasek był nędzny, świerkowy i konał powoli, zabijało go sądziedztwo fabryk, te niezliczone studnie, wiercone coraz głębiej, które obsuszały okoliczne grunta i zabierały drzewom wszelką wilgoć i ta rzeczka odpływów ścieków fabrycznych, co niby różnokolorowa wstęga przewijała się pomiędzy pożółkłemi drzewami, wsączała rozkład w te potężne organizmy i roztaczała dokoła zabójcze miazmaty.

Pod osłoną drzew, na dróżkach leżał jeszcze śnieg, drogą, którą zimą nikt nie jeździł, a chodzili tylko robotnicy z poblizkich wsi, ciągnęły się głębokie ślady stóp, wyciśnięte, w zielonawym, przemiękłym śniegu.

Borowiecki ślizgał się po błocie i po śniegu, potykał się o korzenie drzew i szedł w głąb, nie mogąc nigdzie dojrzeć Lucy.

Zirytowany bezowocnem poszukiwaniem i zimnem i tą wilgocią przejmującą, miał już zawrócić do powrotu, gdy z za grubszego drzewa, gdzie stała zaczajona rzuciła mu się na szyję Lucy i z taką gwałtownością, że mu zrzuciła kapelusz na ziemię.

— Kocham cię, Karl! — szeptała, całując go namiętnie.

Odpowiedział na pocałunek, ale nie rzekł nic, bo mu się chciało kląć ze złości.

Ujęła go pod ramię i spacerowali tak pomiędzy drzewami, po rozkwaszonym, oślizgłym gruncie.

Las szumiał jakoś smutnie i głucho i trząsł na nich razem z igłami schnących świerków deszcz, co z szelestem coraz głośniejszym trzepał w gałęzie.

Lucy rozmawiała niestrudzenie, przeplatając rozmowę pocałunkami i pieszczotliwem, kociem przytulaniem się do niego. Paplała jak dzieciak, o wszystkiem, przeskakiwała z przedmiotu na przedmiot, nie kończąc jednego zdania, zaczynała drugie pocałunkiem. Wybuchała wesołym, szczerym śmiechem za najlżejszym powodem.

Wyglądała przytem prześlicznie, w jakimś półwiosennym angielskim kostyumie, w wielkiej futrzanej pelerynie czarnej, z kołnierzem à la Medicis z piór strusich, w ogromnym czarnym kapeluszu, z pod którego jej cudowne oczy świeciły się jak dwa szafiry.

Porywało ją to romantyczne spotkanie z kochankiem.

Nie chciała się z nim spotkać w mieście, bo pragnęła nadzwyczajności jakiejbądź, pragnęła niepokoju, dreszczu emocyi. Wymyśliła więc to spotkanie w lesie i teraz się niem rozkoszowała całą swoją duszą znudzona, nie zwracając nawet uwagi na milczenie Karola, który odpowiadał zaledwie monosylabami i często spoglądał na zegarek.

Co ją to obchodziło, był przy niej, czasem oddawał pocałunek tak namiętnie, że aż białawą mgłą zachodziły jej oczy, mogła mu mówić o swojej miłości, mogła rzucać mu się co chwila w ramiona i mogła uczuwać to słodkie zdenerwowanie, przesycone obawą, aby ich kto nie spostrzegł.

Oglądała się co chwila z przestrachem na wszystkie strony, a gdy drzewa zaszumiały głośniej lub wrony z krzykiem zrywały się z drzew i leciały ku miastu, przytulała się do niego z krzykiem przerażenia i trzęsła się cała, że musiał rozwiewać jej obawy pocałunkami i zapewnieniami, że są zupełnie bezpieczni.

— Karl, masz rewolwer? — zapytała.

— Mam.

— Wyjmij, mój złoty, mój jedyny. Widzisz będę się czuć bezpieczniejszą. Nie dałbyś mnie, prawda? — szeptała, przyciśnięta do niego.

— O, możesz być pewną. Ale czego się boisz?

— Ja nie wiem czego, ale się bardzo boję, bardzo — i oczy jej biegały szybko po lesie.

— Tutaj niema zbójców, daję ci słowo.

— Gdzieżtam, czytałam niedawno, że w tym lesie zabili powracającego z roboty robotnika, wiem z pewnością, że tutaj zabijają — wstrząsnęła się nerwowo.

— Bądź spokojną, przy mnie nic ci się złego nie stanie.

— Wiem, ty musisz być bardzo odważny. Kocham cię, Karl, pocałuj mnie, tylko mocno, mocno.

Zaczął ją całować.

— Cicho! — zawołała, odrywając usta od jego ust. — Ktoś woła!

Nikt nie wołał, las szumiał i pochylał się wolno i automatycznie, wysokie drzewa zdawały się koronami rozmiatać kłęby mgieł, co płynęły z pól coraz hyżej i coraz niklejsze, bo deszcz poczynał padać rzęsisty i sypał się na las niby grube ziarno i bębnił z łoskotem w blaszane dachy restauracyi

Karol rozłożył parasol i stanęli pod drzewem, które ich nieco ochraniało.

Zamoczysz się, bardzo mi żal, że na taką pogodę jesteś wystawiona.

— Karl, ja to bardzo lubię.

Zdjęła rękawiczkę i wystawiła długą białą rękę na deszcz.

— Jeszcze się przeziębisz i rozchorujesz.

— To byłoby dobrze, leżałabym w łóżku i mogłabym ciągle, ciągle myśleć o tobie.

— Tak, ale ja nie mógłbym cię wtedy widzieć.

— O, to nie chcę. Już całe trzy dni cię nie widziałam i nie mogłam wytrzymać, musiałam koniecznie z tobą się spotkać. A ty czy myślałeś o mnie?

— Musiałem, bo nie potrafiłem myśleć o czem innem.

— Jak to dobrze. Czy ty mnie jeszcze kochasz, Karl?

— Kocham, wątpisz?

— Wierzę ci, że będziesz mnie kochał zawsze.

— Zawsze.

Usiłował zmiękczyć głos i twarzy nadać ton szczęśliwości, ale nie bardzo mu się to udawało, bo kamaszki mu przemiękły, miał pełne kalosze wody i błota, a zresztą tyle jeszcze dzisiaj roboty.

Byli ze sobą z godzinę i zdecydowała się dopiero do powrotu, gdy jej twarz i ręce tak zziębły, że musiał je rozgrzewać pocałunkami, a przy rozstaniu, kiedy zapytał, czy istotnie miała tak ważny interes, o którym telefonowała, rzuciła mu się na szyję.

— Kocham cię, chciałam ci to powiedzieć, chciałam cię widzieć!

Odeszła wreszcie i powracała po kilka razy, żeby się raz jeszcze pożegnać i raz jeszcze zapewnić go o swojej miłości i prosić, żeby się nie wychylał z lasu, póki nie wsiądzie do powozu czekającego w uliczce obstawionej parkanami.

Świstawki obiadowe zaczynały przecinać powietrze ze wszystkich stron, gdy się wydostał do powozu i prawie galopem pojechał do kantoru.

Zastał tylko Bucholca i Horna, bo reszta już się rozprószyła na obiad.

— Pan za mocno akcentujesz swoje słowa — szeptał Bucholc, wyciągając się w fotelu.

— Nie umiem inaczej mówić — warczał Horn.

— Potrzeba, żebyś się pan nauczył, bo ja tego nie znoszę.

— To mi jest Schwam-drüber, panie prezesie — mówił prawie spokojnie, tylko usta mu drgały nerwowo, a niebieskie oczy pociemniały nagle.

— Do kogo to pan mówisz? — podniósł nieco głos.

— Do pana prezesa.

— Panie Horn, ja pana ostrzegam, bo ja za wiele cierpliwości nie mam, ja panu...

— Nie potrzebuję wiedzieć czy pan jest cierpliwy, czy nie, to mnie nie obchodzi.

— Nie przerywaj pan, kiedy ja mówię, kiedy Bucholc mówi!

— Nie widzę przyczyny, dlaczego nie może być cicho Bucholc, kiedy Horn mówi.

Bucholc zerwał się, ale tylko syknął z bólu, gładził przez chwilę okręcone nogi i oddychał ciężko, przykrył powiekami oczy, złość nim trzęsła, ale milczał, bo chciał panować nad sobą.

Horn, który z całą świadomością i nawet z pewną metodą rozdrażniał go coraz bardziej, złożył księgi, najspokojniej zabrał swoje ołówki, gumy i obsadki, owinął je w papier i schował do kieszeni.

Robił to wszystko bardzo wolno i spoglądał na Borowieckiego, który zdumiony jego zachowaniem i tą niesłychaną kłótnią, nie wiedział, co zrobić ze sobą. Nie mógł wziąć strony Horna, bo nie wiedział, o co im poszło, a zresztą nie ująłby się i tak za nim, bo więcej go obchodził Bucholc. Patrzał więc zgorszony na Horna, który spokojnie kładł kalosze i uśmiechał się sinemi z irytacyi ustami.

— Pan u mnie miejsca nie masz, ja pana wyrzucam — szepnął Bucholc.

— Ja sobie robię grubą nieprzyzwoitość z pana i z pańskiego miejsca.

Wsadził drugi kalosz.

— Prócz tego każę cię wyrzucić za drzwi.

— Spróbuj chamie! — krzyknął, ubierając się śpiesznie w palto.

— Kundel, za drzwi z nim! — szepnął jeszcze ciszej Bucholc, ściskając nerwowo kij.

— Daj spokój August, nie próbuj, bo tobie razem z twoim panem nadłamię żeber.

— Verflucht! Za drzwi z nim! — zakrzyczał.

— Milczeć złodzieju — ryknął Horn, chwytając za jakiś ciężki stołek i gotów był bić, gdyby go był ktokolwiek dotknął. — Milczeć ty szwabska mordo! ty szakalu! — rzucił stołkiem pod biurko i wyszedł, trzasnąwszy tak silnie drzwiami, aż wszystkie szyby z nich wyleciały.

Borowiecki wysunął się już przedtem.

Bucholc opadł z jękiem, nieprzytomny prawie z gniewu, miał tyle tylko sił, że nacisnął guzik elektryczny i przyduszonym, ochrypłym głosem szepnął:

— Policya!

Długa cisza zapanowała w pustym kantorze. Lokaj stał bez ruchu, przestraszony i nie wiedział co robić, patrzył na twarz siną Bucholca i na wykrzywione z bólu usta, który oprzytomniał wreszcie, otworzył oczy, popatrzył na pusty kantor, poprawił się w fotelu i po długiej chwili zawołał łagodnie:

— August!

Lokaj podszedł ze strachem, bo jak tylko wołał po imieniu i udawał łagodnego, wtedy był najstraszniejszy.

— Gdzie pan Horn?

— Jaśnie pan go wyrzucił, to i poszedł.

— Dobrze. A gdzie pan Borowiecki?

— Zajrzał tylko i zaraz wyszedł, musiał iść na obiad, bo już po dwunastej, fabryki dość dawno gwizdały na południe — przeciągał umyślnie odpowiedzi.

— Dobrze. Stań z boku.

Lokaj drgnął, ale wypełnił rozkaz.

— Słucham! — rzekł bardzo pokornym głosem.

— Kazałem ci wyrzucić tego psa, dlaczego nie słuchałeś, co?

— Jaśnie panie, on sam wyszedł — zaczął się tłumaczyć ze łzami.

— Milczeć! — krzyknął i uderzył go z całej siły kijem przez twarz.

August bezwiednie cofnął się w tył.

— Stój, chodź bliżej!

I gdy lokaj pod wpływem strachu znowu się przysunął, przytrzymał go za rękę i potężnie obłożył kijami.

August nie próbował się nawet wydzierać, odwrócił tylko twarz, żeby ukryć łzy, które mu się strumieniem lały po wygolonych policzkach, a gdy Bucholc przestał go bić śmiertelnie zmęczony i leżał w fotelu jęcząc, zaczął obwijać mu nogi we flanele, które się pozsuwały podczas gwałtownych poruszeń.

Karol tymczasem, nie chcąc być świadkiem awantury, wyniósł się i pojechał na obiad.

Jadał w tak zwanej „Kolonii” na Spacerowej.

„Kolonię” składało kilkanaście kobiet, Polek, wyrzuconych przez los z różnych części Kraju na bruk łódzki.

Były to przeważnie rozbitki życiowe: wdowy, eks-obywatelki ziemskie, eks-kapitalistki, eks-panie, stare panny i młode dziewczyny, które przyszły tutaj szukać pracy. Bieda je połączyła i bieda wyrównała pomiędzy niemi różne towarzysko-kastowe nierówności.

Zajmowały na ulicy Spacerowej całe piętro urządzone na sposób hotelowy, korytarz biegł wzdłuż całego mieszkania i kończył się przy wielkim, narożnym pokoju, służącym za wspólną dla wszystkich jadalnię.

Karol i Moryc jadali tam obiady razem z kilkoma kolegami.

Przyszedł spóźniony nieco, bo wielki okrągły stół był już obsadzony stołownikami.

Jedzono pośpiesznie w milczeniu, nikt nie miał czasu na pogawędkę, a wszyscy co chwila podnosili głowy i nasłuchiwali, czy nie odzywają się już świstawki.

Karol usiadł obok tej baronowej, która w sobotę przewodniczyła w loży, uścisnął kilka rąk w milczeniu, kiwnął kilka razy głową dalej siedzącym i zabrał się do jedzenia.

— Horna nie było jeszcze? — spytał ktoś przez stół pani Łapińskiej.

— Spóźnia się jakoś dzisiaj — szepnęła.

— Przyjdzie dopiero wieczorem — poinformowała młoda dziewczyna, z obciętymi krótko włosami, które co chwila odgarniała z czoła.

— Dlaczego, Kama?

— Miał dzisiaj zrobić awanturę Bucholcowi i wymówić mu miejsce.

— Mówił Kamie o tem? — zapytał żywo Karol.

— Taki miał plan.

— On nigdy jak widzę, nie robi nic bez planu — chodząca metoda.

— Zawzięty niemczyk!

— O, pan Sierpiński nazwał Horna niemczykiem, ciociu! — zaprotestowała Kama.

— Nietylko zawzięty, on ma nawet w gniewie metodę.

— Ba, widziałem go raz, jak u nas w kantorze kłócił się z Müllerem.

— A ja przed chwilą zostawiłem go w podobnej sytuacyi z Bucholcem.

— Co się stało, panie Karolu? — zawołała żywo Kama i przybiegła do Borowieckiego, zanurzyła mu we włosach swoją drobną, dziecinną jeszcze rączkę i pociągając go za głowę, wołała rozpieszczonym głosikiem: — Ciociu, niech pan Karol powie!

Kilka głów podniosło się z nad talerzy.

— Przy mnie nic się nie stało jeszcze, a co po mojem wyjściu — nie wiem. Szło na ostro. Horn z całą serdecznością przekonywał Bucholca, że jest złodziejem i szwabską mordą.

— Ha, ha, ha, brawo Horn, dzielny chłopak.

— Szlachecka krew, panie dobrodzieju, tak czy owak, a zawsze się pokaże — mruczał Sierpiński ukontentowany, obcierając potężne, wyczernione wąsy.

— A ja pana kocham, bo pan jest porządny szlachcic, prawda ciociu?

— A ja Kamę panie dobrodziejski także...

— Kocham tak czy owak — dokończyła Kama ze śmiechem.

— Nie tyle ma Horn dzielności, ile zwykłego, bezmyślnego zawadyactwa — powiedział Karol niechętnie.

— Zabraniamy tak mówić o Hornie — wołały kobiety, spoglądając na Kamę, która puściła głowę Karola, odsunęła się gwałtownie i rozczerwieniona, a pałającemi oczami mierzyła go gniewnie.

— Nie odwołam com powiedział i nie przestanę tego dalej dowodzić. Chciał rzucić miejsce — mógł; miał jakie pretensye do Bucholca, mógł je wyłuszczyć; z Bucholcem łatwiej się porozumieć niż z innymi, bo Bucholc ma rozum. Ale po co było robić podobną awanturę, chyba tylko dla popisu, żeby o nim w Łodzi mówiono. Tak, chłopaczki będą podziwiać jego śmiałość i odwagę. Wielkie bohaterstwo — nawymyślać choremu człowiekowi. Bucholc mu tego nigdy nie daruje, będzie się na nim mścił do śmierci, on ma dobrą pamięć.

— O, to nie długo, dzięki Bogu, bo on podobno bardzo chory — zawołała z uniesieniem Kama.

— Kama, co ty wygadujesz?

— A zresztą, figę mu zrobi. Horn pojedzie do Warszawy, do domu i będzie sobie kpił z Bucholca. Prawda ciociu.

— A co nawymyślał szwabowi, to mu nikt tego nie odbierze.

— Bucholc ma długie ręce, dostaną i do Warszawy. Znajdzie sposób zwrócenia na niego uwagi, zrobi tak jak zrobił Müller z Obrębskim i Horn może się dobrze przechłodzić, będzie miał czas.

Świstawka gdzieś niedaleko rozległa się przeraźliwie.

— Krzeczkowski to twój słowik cię wabi — zaśmiał się któryś.

— Niechaj straci głos — szepnął wysoki, chudy blondyn w okularach, podniósł się i wyszedł z pośpiechem.

— Czy istotnie szło tak ostro, panie Karolu — pytała pani Stefania, przysiadając się do niego, również dzisiaj liliowa jak i w sobotę była w teatrze.

— Więcej jak ostro, bo Horn gotów był się rzucić na Bucholca.

— Zuch chłopak, panie dobrodziejki, trzeba było szwaba przytrzymać za czuprynę i potem tak i owak, z jednej i drugiej strony nafasonować.

— Panie Sierpiński, to nie sprawa z ratajem.

— A cóż to, wiadomo panie dobrodziejki, że Bucholc traktuje wszystkich jak psów. Psiakrew — zatkał gwałtownie usta. — Przepraszam, panie dobrodziejki, zapomniałem się, ale moje bydlę już na mnie ryczy — mówił śpiesznie, całował wszystkie kobiety w ręce z pośpiechem, bo gruby, huczący świst przedzierał się przez szyby i wołał go do roboty.

I tak prędko po kolei odrywali się od stołu, rzucali niedokończony obiad, kiwali głowami, nie mając czasu na inne pożegnanie i wybiegali, ubierając się już w palta na schodach i lecieli do fabryk, porywani tymi świstami, co jak kanonada rozlegała się nad miastem i zwoływała do pracy. Każdy znał głos swojej świstawki i każdy usłyszawszy ten nienawistny głos, rzucał wszystko i biegł, aby się tylko nie spóźnić.

Borowiecki tylko nie zważał na to i Malinowski, młody technik z biura Szai, który wciąż milczał, jadł i w przerwach pisał coś szybko w notesie, leżącym obok talerza, czasem powłóczył zielonemi oczami po twarzy pani Stefanii, wzdychał cicho, przegarniał włosy i kręcił gałki z chleba, którym się następnie długo przypatrywał.

Twarz miał bladą, jak surowy perkal, zupełnie popielate włosy i wąsy, no i te dziwne oczy zielone, które ciągle zmieniały kolor. Zwracał zawsze ogólną uwagę, bo był bardzo piękny i bardzo nieśmiały i bardzo zamknięty w sobie.

— Ciociu, czy pan Malinowski mówił co dzisiaj? — zapytała Kama, która ze szczególną sympatyą torturowała go codziennie.

Łapińska nic nie odpowiedziała, zajęta rozmową z Borowieckim, a Malinowski opuścił oczy i uśmiechnął się dziwnie słodko i znowu coś pisał w notesie.

I kobiety, siedzące przy stole, zaczęły zwolna podnosić się i wychodzić, każda z nich bowiem pracowała w jakimś interesie.

Dzwonek zadźwięczał w pokoju z gwałtownością.

— To mój Mateusz, telegram! — zawołał Karol, znający dobrze sposób dzwonienia famulusa, który istotnie wszedł zaraz, niosąc telegram od Moryca.

— To przyszło dopiero i zaraz jezdem — meldował.

— A *to* niech zawsze wyciera nogi w przedpojeśli *to* ma zabłocone buty! — komenderowała energicznie Kama.

Borowiecki, nie zważając na ciekawe spojrzenia, usunął się pod okno i czytał:
„Dobrze. Knoll, Zucker, J. Mendelsohn — kupują. Pierwszą partyę wysłałem rano. Zwóz do mnie. Piętnaście procent drożej. Zapasy małe. Za tydzień powrócę."

Karol chciwie przeczytał ten telegram i nie mógł ukryć zadowolenia.

— Dobre wiadomości, panie Karolu? — zapytała pani Stefania, patrząc się liliowemi oczami w jego rozjaśnioną twarz.

— Bardzo dobre!

— Od narzeczonej! — wykrzyknęła Kama.

— Tylko od Moryca z Hambuga. Ładna narzeczona. Niech Kama będzie grzeczna, to wyswatam za Maksa.

— Żydziak, nie chcę, nie chcę — wołała tupiąc nogami.

— No, to za Bauma.

Kamy już nie było w pokoju.

Zaczął się żegnać z pozostałymi.

— Już przecież pana gwizdawki nie wołają.

— Pomimo to, dzisiaj mi pilniej niż kiedykolwiek.

— Prawda, pan dla nas nigdy nie ma czasu, już trzy niedziele z rzędu nie było pana wieczorem — lekki wyrzut brzmiał w jej głosie.

— Pani Stefanio, nie śmiem wierzyć nawet, że brak mój zauważono, nie jestem tak zarozumiały, ale jestem pewny, że opuszczając te wieczory, straciłem daleko więcej, niż pani, daleko więcej.

— Kto to wie? — szepnęła cicho, podając mu rękę na pożegnanie, którą on ucałował bardzo mocno i wyszedł.

W przedpokoju zastąpiła mu drogę Kama.

— Panie Karolu, ja mam do pana bardzo wielką prośbę, bardzo wielką, bardzo...

— Słucham i z góry obiecuję wszystko spełnić. Niech dziecko prosi.

Kama nie patrzyła na niego; te krótkie czarne włosy, poskręcane w pierścionki, zasłoniły jej całe czoło, nie odgarniała ich wcale, oparta plecami o drzwi, z piąstkami zaciśniętemi, zbierała długo całą swoją odwagę.

— Niech pan nie prześladuje Horna, niech mu pan pomoże. On wart tego, on taki dobry, taki szlachetny, a jemu tak źle w Łodzi, tak źle, jego nikt nie lubi i wszyscy się z niego śmieją, a ja tego nie chcę, mnie to tak bardzo boli, jabym tak pragnęła, Jezus Marya... ja tego nie chcę! — wykrzyknęła, wybuchając płaczem i uciekła do saloniku, gubiąc jeden pantofel z nogi.

— Dziecko się kocha — pomyślał, postał chwilę, podniósł pantofelek i poszedł z nim do saloniku, otworzył drzwi i stanął zdumiony.

Kama w pończochach tylko goniła naokoło stołu małego białego bonończyka, który z pantoflem w zębach biegał dookoła.

Śmiała się do rozpuku i koniecznie usiłowała go złapać, ale mądry pies umiał się jej zawsze wykręcić w ostatniej chwili i uciec, a gdy zwalniała pogoń, kładł pantofelek i szczekał wesoło.

— Picolo, daj Kamie, słuchaj Kamy Picolo — wołała do niego, zdradziecko się podsuwając, ale pies przeczuwał manewr, chwytał w zęby pantofel i uciekał.

— Za to ja Kamie oddaję zgubę, chociaż mógłbym śmiało zatrzymać.

— Ciociu! — zawołała przestraszona, przykucając na środku pokoju, aby ukryć nogi.

Postawił pantofelek na podłodze i wyszedł szczerze rozbawiony.

Pobiegł do kantoru Moryca obejrzeć składy, gdzie miała być ładowana bawełna.

Powracając, natknął się na Kozłowskiego, tego operetkowego warszawiaka, poznanego u Murray'a.

— Bon jour, dyrektorze — zawołał, wyciągając rękę w eleganckiej czerwonej rękawiczce.

— Morgen!

— Pójdę z panem kawałek.

Zsunął gałką laski cylinder nieco w tył.

— A i owszem, będzie mi przyjemniej. Jakże interesa.

— Świetnie ma się wie. Pomysł doskonały już mam, szukam tylko pieniędzy. Rzepa nie facetka, o! — zawołał, wykręcając się za jakąś kobietą i z ukontentowaniem nasunął sobie cylinder mocno na czoła.

— Cóżto, w tej branży chcesz pan pracować.

— Nie zrobiłbym na tem w Łodzi żadnego interesu. Wczoraj dopiero spotkałem pierwszą ładną kobietę w Łodzi, ma się wie, że musi być nie tutejsza do tego.

— Są i w Łodzi ładne kobiety.

— Słowo honoru, że tego nie powiem. A przecież ciągle jestem na mieście, ciągle szukam, no bo ma się wie, bez kobiet i do tego pięknych, nie rozumiem życia.

— No, a ta wczorajsza? — Wywabiał go Karol, bo go facet zaczął interesować i bawić.

— Aha, zaraz. Idę Piotrkowską, powracałem z Grandu. Patrzę wali wprost na mnie jakaś niewiasta. Kostyum — szyk, buzia — caca, figura zacna, włosy — smoła, oczy — szafir przykopcony, biodra — wal czwórką, wzrost — grzeczny, a jakże. No, smok nie kobieta! A usta, no, mówię dyrektorowi, dwa najwspanialsze zraziki.

— Musiał pan jeszcze nie jeść obiadu? — przerwał mu Karol.

— Dlaczego? — zapytał ostro, zsuwając cylinder w tył.

— Że panu przyszło takie kulinarne porównanie.

— Z dyrektora wesoły pasażer! — zawołał i po przyjacielsku klepnął go w brzuch. — Ma się wie, wykręciłem z miejsca i walę za nią. Ona furt idzie, a ja za nią. Za Nowym Rynkiem, tam na dole, błoto było na trotuarze, więc moja facetka parasolik pod pachę, sukieneczkę w obie rączki i jazda dalej! U! frajdę miałem zacną, nóżki wprost boskie, możnaby bucik całować. Obejrzałem ją ze wszystkich boków, a ta wciąż udaje, że mnie nie widzi. Wyprzedziłem i stanąłem przed jakąś wystawą, a kiedy nadchodziła, patrzę się jej w oczy. Uśmiechnęła się cudownie, buchnęło na mnie jak z pieca, spaliła mnie oczami. Idziemy dalej, ona naprzód, ja krok w krok za nią. Kto to może być? Za bardzo ostentacyjnie nie zwraca na mnie uwagi, to coś podejrzanego. A że ja mam pewną metodę, podług której oceniam kobiety, więc zaczynam oglądać ją na fest. Pozory miała wielkiej wytworności, ale zobaczyłem, że uczesana była niedbale, to pierwszy minus; kapelusz miała z pewnością paryzki, to znowu plus; kostyum drogi, wełna w najlepszym gatunku, solidnie zrobiony i dobrze przystosowany do obecnej pory, to plus drugi; ale patrzę lepiej i nad bucikami rudzieją zwykłe, ordynarne fil de cosy; to mnie zmieszało, powinna była mieć jedwab — to minus podwójny!

— Pan pracował w damskim interesie? — przerwał mu roncznie.

— Nie, ale ja się znam na tych rzeczach, badałem je metodycznie, ja panie po sposobie ubrania, po szczegółach garderoby poznaję: kto? skąd? ile?

— Więc któż była owa piękność?

Nie powiedział mu, że z opisu poznał Zuckerową.

— Otóż, nie wiem, pierwszy raz zawiodła mnie metoda. Kapelusz i twarz miała kobiety z towarzystwa — milionerki; suknia osoby zamożnej — powozowa; fil de cosy — to znowu coś: nauczycielki, żony urzędnika małego kupca; spódniczka spodnia, bo to zobaczyłem, z żółtej glasy jedwabnej, w tanim gatunku — uszłaby, ale cóż, kiedy była ozdobiona bawełnianemi koronkami. Uważ dyrektor — bawełnianemi! — akcentował prawie ze zgrozą.

— Cóż to oznacza?

— Tandetę, panie, trotuarową facetkę, a w najlepszym razie wystrojonego parzygnata. To mnie dobiło. Nie przedstawia już dla mnie żadnego interesu. Obejrzałem ją po raz ostatni, musiała się obrazić, bo opuściła suknię w błoto i przeszła na drugą stronę ulicy.

— No i pan za nią znowu poszedłeś?

— Nie, panie, nie warto było. Gdybym się mylił w poprzedniej ocenie, to to spuszczenie sukni i zamiatanie nią błota, samo już wystarczyło, aby mnie przekonać, że to zwykła łódzka flondra. Żadna warszawska szwaczka nawet tego nie zrobi, raz że mają ładne nogi, i lubią je pokazywać, a po drugie — błocić suknie... fe?...

Skrzywił się pogardliwie i przystanął.

— Do widzenia. Muszę tutaj wstąpić — rzucił mu Karol i aby się go pozbyć, wstąpił na rogu pasażu Meyera do cukierni.

Przyszło mu zaraz na myśl, żeby „Kolonii" sprawić uciechę.

Kupił wielką tacę ciastek, pudełko cukierków i dołączył następujący bilet pod adresem Kamy:

„Niechaj dziecko nie płacze, i cukierkami podzieli się z Picolem, może drugi raz nie będzie kradł pantofelka i będzie pewne, że ten niegodziwy Karol zrobi wszystko, co tylko będzie można dla H."

Wszystko to kazał posłać na Spacerową.

— Niechaj i one zarobią coś na moim interesie — szepnął wychodząc na ulicę.

Był tak zadowolony z siebie i ze świata, że kłaniał się na lewo i na prawo licznym znajomym, śpieszącym z obiadów do fabryk i kantorów i z pewną pobłażliwością spoglądał na Kozłowskiego, który po drugiej stronie ulicy szedł za jakiemiś kobietami i co chwila zaglądał im w oczy.

Wydał mu się śmiesznym, w palcie nakształt najzwyklejszego worka, z majtkami jasnemi ostentacyjnie zawiniętemi z ćwierć łokcia nad lakierkami i cylindrem na tyle głowy i z tą ruchliwą niesłychanie twarzą, podobną do mopsika.

Trotuary były literalnie zapchane robotnikami, biegnącymi z pośpiechem do fabryk na głos tych niezliczonych świstawek, które przedzierały powietrze; niektórzy biegnąc dojadali jeszcze obiadów. Stukot drewnianych podeszew zapełnił całą ulicę klekotem, który się rozpraszał razem z tą falą zakopconych, czarnych, wynędzniałych i obdartych robotników, po bramach i bocznych uliczkach.

Bokiem ulicy szedł jakiś ubogi pogrzeb. Białą trumienkę, z niebieskim krzyżem po środku, niosło czterech czarno ubranych wyrostków, za kościelnym, który w niebieskiej pelerynce, zgarbiony, z przekrzywioną łysą głową, niósł krzyż człapiąc się sennie, po olbrzymiem błocie; za trumienką kilkoro dzieci pod parasolami szło przy samym trotuarze, bo ich co chwila dorożki, powozy i olbrzymie platformy naładowane towarem, spędzały ze środka ulicy i obryzgiwały czarnem lepkiem błotem trumienkę, którą co chwila obcierała fartuchem jakaś stara kobieta.

Nikt nie miał czasu zwracać uwagi na pogrzeb, czasem tylko jakiś robotnik uchylił czapki, albo robotnica przeżegnała się pobożnie, westchnęła — i biegli dalej, porywani temi świstami, co jak ostra zimne pruły powietrze ciężkie, szare, przesycone dymami, które strugami brudnemi buchały z niezliczonych kominów. Darły się o dachy i napełniały ulice trudnym do zniesienia zapachem.

Borowiecki przystanął, oglądając się za dorożką, aby prędzej znaleźć się w kantorze, gdy zobaczył, że mu się kłaniają z przejeżdżającego powozu. To Mada Müller z bratem, który w czerwonej, burszowskiej czapeczce, z zielono-czerwoną wstęgą korporacyi przez piersi i z wielkim czarnym pudlem na kolanach, siedział rozwalony w powozie.

O kilkanaście kroków dalej powóz przystanął przy trotuarze.

Mada z uśmiechem zwróciła się do Borowieckiego.

— Panie, a obiecane tytuły książek! To pan taki słowny — zaczęła zaraz po przywitaniu się.

Borowiecki patrzył w jej złotawe oczy.

— Przyznaję się szczerze do zapomnienia, ale że się poprawię i dzisiaj jeszcze pani przyszlę, przyrzekam uroczyście.

— Nie wierzę, żądam solidniejszego zapewnienia — szczebiotała wesoło.

— Gotów się jestem na to podpisać.

— Mało! Podpis nie wiele kosztuje — śmiała się rozbawiona humorem, z jakim kładł rękę na piersiach i obiecywał.

— Więc opatrzę swój podpis żyrem jakiej firmy wielkiej.

— Chyba pani Likiertowej — zawołała prędko i schowała szybko twarz w jedwabną mufkę, przestraszona własnemi słowami, które się jej niechcący wyrwały.

— Mówię jej tyle razy, że głupia, to mi nie chce wierzyć — zamruczał Wilhelm.

— Gdzie pan idzie? — zaczęła znowu, chcąc naprawić złe jakie zrobiła i podniosła twarz zaczerwienioną jak burak.

— Do roboty — odpowiedział swobodnie, chociaż ta wzmianka o Likiertowej zabolała go mocno.

— Podwieziemy pana, dobrze Mada?

— O, z przyjemnością. Pan się przecież zgodzi?

— Siadam w miejsce odpowiedzi.

— Wilhelm, siądź razem z psem, a panu ustąp miejsca — zawołała energicznie.

— Dziękuję usiądę sobie nizko, będę mógł wygodniej patrzyć; śliczny pies.

— Trzy tysiące marek kosztuje. Był medalowany na wystawie i przedstawiany Caprivi'emu.

— A więc psia znakomitość!

— Zły pies, szczeka na mnie i podarł mi zupełnie nowy fartuszek.

— I pani go nie ukarała za taką zbrodnie?

— Dałby mi Wilhelm go bić.

— A państwo gdzie jedziecie?

— Mada coś oglądała w Salonie Artystycznym, pewnie znowu kupuje jaki głupi malunek. A ja chciałem swojego Cezara przewieść trochę, bo się nudzi w domu, zupełnie jak i ja.

— Kiedyż pan wraca do Berlina?

Mada zaczęła się śmiać bardzo głośno i szczerze.

— Od miesiąca już wyjeżdża i codzień o to kłóci się z papą.

— Cicho Mada, kiedy głupia jesteś, to nie podnoś kwestyj, których nie rozumiesz — zaczął mówić zirytowany aż mu owa kresa na twarzy poczerwieniała.

Wyprostował swój olbrzymi korpus i siedział chmurny.

— Proszę pana, czy ja panu także się wydaję głupią? Tak mi o tem wszyscy w domu mówią i tak ciągle, że w końcu ja sama będę musiała uwierzyć. A pomimo to, wiem naprzykład, że Wilhelm narobił długów w Berlinie, papa ich płacić nie chce i dla tego siedzi w Łodzi — mówiła złośliwie, patrząc na brata.

— Ha, ha, ha, jaką on ma zabawną minę.

— Mada, bo zejdę i pójdę prosto powiedzieć fatrowi co ty wygadujesz.

— A zejdź, będzie nam wygodniej z panem Borowieckim. Ale pan mi nie odpowiedział.

— Bo takie pytanie musi pozostać bez odpowiedzi.

— Nie chce pan powiedzieć mi prawdy.

— Bo, jak w tym wypadku, tej prawdy nie znam.

— Kiedyż mieć będę tytuły?

— Przyszlę pani jeszcze dzisiaj.

— Nie wierzę. Wolę, abyś je pan przyniósł sam za karę.

— Jeśli to kara, to cóż dopiero będzie za wspaniała nagroda!

— Dostanie pan dobrej kawy! — powiedziała naiwnie.

Wilhelm parsknął głośnym śmiechem, aż Cezar zaczął szczekać.

— Czy ja powiedziałam jakie głupstwo? — pytała, czerwieniąc się z niepokoju.

— Pan Wilhelm śmieje się z psa, o widzi pani, jaki zabawny.

— Pan dobry chłopak, to papa nawet mówi i wszyscy u nas w domu, prócz Wilhelma.

— Mada!

— Dobrze mi tak z państwem i bardzo mi żal, że to już moja fabryka. Dziękuje i mówię do widzenia.

— Czekamy na pana w niedzielę po południu.

— Pamiętam i żałuję, że ta niedziela nie jest jutro, we czwartek.

Mada roześmiała się wesoło i rzuciła na niego bardzo serdeczne spojrzenie. Stał chwilę na trotuarze i wiedział, że kilka razy odwracała się za nim.

— Czemu to Anka nie ma miliona! Szkoda... — pomyślał, biegnąc do fabryki,

która już po obiadowym odpoczynku była w całym zwykłym szalonym ruchu.
Z bocznych zabudowań wyjechał oddział straży ogniowej ochotniczej. Wozy, sikawki beczki wyjeżdżały w wielkim porządku i z pośpiechem ogromnym leciały, aż błoto otwierało się do dna pod uderzeniem kół i kopyt końskich; na platformach robotnicy zamienieni w strażaków mundurowali się pośpiesznie.

— Gdzie się pali, panie Rychter? — zapytał Karol naczelnika straży, jednego z dyrektorów przędzalni, którego szwajcar fabryczny w swojej izbie ściągał pasem i upinał.

— Pali się Albert Grosman! Ściągaj-że pan lepiej — krzyczał na szwajcara, który nie mógł zmieścić jego potężnego brzucha w mundur strażacki, nieco zaciasny, bo aż przy dopinaniu odlatywały guziki.

— Dawno?

— Od pół godziny, ale już pono wszystko się pali. Mocniej, panie Szmit.

— I dla tego ten pośpiech?

— Grosglück telefonował do starego, prosząc na wszystko, aby na złość Grünspanowi nie pozwolić się spalić zięciowi.

— Dla czego? Aha, chcą go zrujnować.

— To już trzeci ogień dzisiaj.

— Fabryki?

— A tak.

— Odbijają straty na bankructwach ostatnich.

— Niech ich pioruny spalą kajdaniarzy psiakrew, oni zarabiają, a my jak psy z wywieszonymi ozorami ze zmęczenia latamy od pożaru do pożaru.

— Co pan chcesz, to im potrzebne do zamknięcia bilansu.

— Do widzenia! Uf, pęknę, jak Boga kocham! — wykrzyknął, siadając do oczekującej przed bramą dorożki i zaraz z miejsca ruszył galopem za wozami straży, które pokryte błyszczącemi kaskami strażaków, niby samowarami, widne były już w górze ulicy.

— Ho, ho! Sezon się zaczyna gorący — szepnął i pobiegł do telefonu, aby powiedzieć Maksowi Baumowi o telegramie Moryca.

Jeszcze nie odszedł, kiedy go znowu przywołał dzwonek.

Mówił Trawiński, że zaraz przyjedzie z bardzo pilnym interesem.

— Czekam cię w drukarni — odpowiedział i pobiegł w głąb fabryki.

Wpadł pomiędzy nieustannie krążące wózki, maszyny w ruchu, stosy materiałów, które się snuły we wszystkie kierunki sal, jak wstęgi różnokolorowe nigdy się nie kończące, w ten las transmisyj, pasów, kół, ludzi, turkotu piekielnego, par, co jak obłoki podnosiły się znad pralni; chaosu splątanych szumów, drgań, krzyków, chrzęstów, energii rozdrganej i szalejącej, która porywała wszystko i wszystkich i zdawała się rozsadzać potężne mury fabryki szalonem natężeniem; zatopił się zupełnie w tem dzikiem, porywającem życiu fabryki.

Przebiegał sale, oglądał towary, wydawał rozkazy i leciał dalej, do innych sal, zapomniawszy zupełnie o wszystkiem, co nie było w związku z fabryką.

Po tem ogromnem wyczerpaniu nerwowem dni ostatnich, czul ulgę i z rozkoszą dał się porywać tej strasznej masie siły nagromadzonej dookoła.

Wyczerpanie ustępowało, a natomiast czuł się coraz bardziej spokojnym i zrównoważonym wśród tego piekła fabryki, jakby wchłaniał w siebie te niezliczone prądy energii ludzi i maszyn, co biły w niego ze wszystkich stron. Obszedł wszystkie sale i powrócił do „kuchni".

Murray w małym gabinecie, rozdzielonym od „kuchni" oszklonem przeforsztowaniem, robił jakieś próby na małej maszynie drukarskiej. Próba się nie udawała, bo farba rozlewała się na materyale i zalewała deseń. Anglik był wściekły, uśmiechał się słodko, ale twarz miał szarą ze wzburzenia i wyszczerzał niby buldog długie żółte zęby. Wycierał ręce o fartuch, jakim był opasany i klął coraz ciszej.

— Od południa się morduję nie mogę wydobyć barwnika!

Borowiecki zajął się pracą energicznie, ale mu przerwał Trawiński, który był tak zakłopotany, że się zapomniał przywitać, prosząc zaraz od proga u chwilę odosobnionej rozmowy.

— Chodźmy do magazynu walców, tam niema nikogo.

I poprowadził go, idąc przodem.

Trawiński szedł jak nieprzytomny. Niebieskiemi oczami błądził po fabryce, nic nie widząc; wychudła, piękna twarz napiętnowana była troską i jakby zastygłą w wyrazie goryczy, jaka wyzierała mu z wpadniętych oczów i z kąta ust, nie przykrytych małemi blond wąsikami. Był dawnym kolegą i przyjacielem Karola, a obecnie właścicielem dosyć dużej przędzalni bawełny.

— Mów–że co? — szepnął Karol, wprowadzając go do wielkiej, wysokiej sali, zastawionej rzędami wysokich pułek żelaznych, błyszczących szeregami miedzianych walców drukarskich, podobnych do potężnych zwojów papyrusów, okrytych niby hieroglifami, wypukłymi deseniami, którymi drukowano materyały.

— Zaraz ci będę mówił — szepnął, siadając na jakiejś pace.

Zdjął kapelusz, oparł głowę o ścianę i chwilę tak siedział w milczeniu, zbierając siły do mówienia.

— Chory jesteś? Wyglądasz bardzo mizernie.

— Jakże bankrut może wyglądać inaczej! — mówił z goryczą.

— Cóż się stało, znowu cię kto zarwał?

— Gorzej, bo znowu leżę i teraz pewnie bez powstania.

— Co ty mówisz! — wykrzyknął, udając zdumienie, bo już wiedział o zachwianiu się Trawińskiego.

— Ten krach, co wziął mocniejszych, co w tej chwili pali Grosmana, nie oszczędził i mnie. Mam weksle płatne w sobotę, a na to mam weksle wystawione przez tych zbankrutowanych, czyli nie mam nic. W sobotę są płatne. Nie zapłacę — to i po wszystkiem. Niech dyabli wezmą takie szczęście. Trzeci już raz stoję na brzegu ruiny, ale jak się teraz już stoczę, to bez powstania.

— Ile masz płacić?

— Piętnaście tysięcy rubli!

— I dla takiej marnej sumy padać!

— Suma nędzna, ale ja tej sumy nie mam. Chciałem pożyczyć — nie mogę; nikt teraz w Łodzi gotówki nie ma, zrobił się taki popłoch, że wczoraj Grosglick odmówił dwudziestu tysięcy Rozenbergowi. To najlepiej mówi. Nikt, żaden prawie bank nie chce najsolidniejszych weksli dyskontować, wszyscy się boją, bo Łódź się trzęsie i co trochę, ktoś się zwala w dół. Na czem się to skonczy! A do tego sezon okropny! Ja mam przędzy gotowej w składzie za dziesięć tysięcy i pies się o nią nie pyta, stali odbiorcy zmniejszyli do połowy produkcyę, a ja robić dalej muszę, płacić ludziom muszę, żyć muszę i pchać tę maszynę, bo jak stanie na chwilę — to już po mnie. Jest źle, a tu przychodzą te bankructwa i dorzynają mnie do reszty. Co za czasy! Na całą fabrykę, na tyle maszyn, na moją osobistą uczciwość do tego, nie można pożyczyć piętnastu tysięcy rubli.

— Próbowałeś u Bucholca, on wczoraj podparł Wolkmana.

— Bo zrobił to na złość Szai, a zresztą, nie mogę za nic iść i prosić tego szwaba o pomoc. Brzydzę się nim, toby mi wprost ubliżało.

— Cóż z tego, kiedyby cię to niewątpliwie uratowało.

— A nie, on wie, co ja o nim myślę.

— Mógłbym ci u niego pomódz.

— Dziękuję ci, nie mogę, to byłoby nietylko wbrew moim zasadom, ale to byłoby wprost świństwem i poniżeniem, iść o pomoc do człowieka, którego się nienawidzi i któremu się wprost tego nie żenuje wyrażać.

— Szlachecka logika — rzekł niecierpliwie Karol, zapalając papierosa.

— Mam tylko jedną, nie jest to logika szlachecka, ale logika zwykłej etyki uczciwego człowieka.

— Nie zapominaj, że jesteś w Łodzi. A widzę, że wciąż zapominasz, że zdaje ci się, iż prowadzisz interes w pośród cywilizowanych ludzi środkowej Europy. Łódź to las, to puszcza — masz mocne pazury, to idź śmiało i bezwzględnie duś bliźnich, bo inaczej oni cię zduszą, wyssają i wyplują z siebie.

I długo jeszcze mówił, bo był poruszony jego niedolą, znał go dobrze, oceniał jako człowieka, ale równocześnie czuł do niego jakąś złość pogardliwą za to polskie mazgajstwo, z jakiem chciał prowadzić interesy w Łodzi, za tę uczciwość, jaką uznawał, jakiej czuł potrzebę w stosunkach z ludźmi — ale po za obrębem tego miasta, gdzie na nią nie było miejsca prawie i gdzie — co ważniejsza — mało kogo stać było na to. W tym wirze szalbierstw i złodziejstw, kto nie chciał być po trochu tem samem, czem byli wszyscy — ten nie mógł marzyć o istnieniu i choćby się zapracował i włożył w interes wielkie kapitały, musiał w końcu być wyrzuconym, bo nie potrafił wytrzymać konkurencyi.

Trawiński milczał długo, przechylił głowę w tył na jakiś długi walec i gonił oczami za Karolem, który wzburzony chodził prędko po wązkiem przejściu, jakie było pomiędzy pułkami.

Fabryka ze wszystkich stron szumiała głucho niby morze wiecznie pracujące, ściany się trzęsły, a biegnące u sufitu przez salę pasy, przenoszące siłę do sal sąsiednich, świstały ostro, a jeszcze ostrzejszy zgrzyt tokarni żelaznych przedzierał się z modelowni obok leżącej i przenikał jego roztargane nerwy bólem głuchym.

— Co poczniesz? — przerwał milczenie Borowiecki.

— Przyszedłem cię prosić o pożyczkę, wiem, że masz pieniądze. Wierz mi, że gdyby nie taka ostateczność, nie śmiałbym.

— Nie mogę, absolutnie nie mogę. Pieniądze mam, ale o ileś słyszał, sam zakładam fabrykę, a po za tem w tej chwili jestem grubo zaangażowany gdzieindzlej.

— Pożycz mi z terminem miesięcznym, ubezpieczę ci tę sumę na fabryce, na wszystkiem co mam. Wystarczy z pewnością na pokrycie w najgorszym razie.

— Wierzę ci, ale nie pożyczę. Ty jesteś człowiek, który nie ma szczęścia; jabym się wprost bał wchodzić z tobą w interes. Może się utrzymasz, może padniesz — kto to wie! a ja potrzebuję żyć i mieć fabrykę. Tobie bym przedłużył egzystencyę na rok, a sambym zginął.

— Przynajmniej szczerym jesteś — szepnął gorzko.

— Mój drogi, po cóż mam cię obełgiwać! Niecierpię bezmyślnego kłamstwa, jak niecierpię sentymentalnych roztkliwiań się nad każdą niedolą, której to tyle pomaga, że może sobie zdychać swobodnie, oblana łzami współczucia. Pomógłbym, gdybym mógł, a że nie mogę — nie pomagam. Nie mogę przecież oddać własnego surduta nawet nagiemu wtedy, kiedy sam zmarzłbym bez niego.

— Masz słuszność. Niema co mówić więcej. Przepraszam, że cię nudziłem.

— Ty masz do mnie żal? — zawołał, tknięty akcentem jego głosu.

— Nie. Postawiłeś kwestyę tak jasno, że rozumiem twoją odmowę, która może mnie boleć, to inna rzecz, ale którą dobrze rozumiem.

Podniósł się do wyjścia.

— Nie myślisz się układać?

— Nie, plajty nie zrobię, mogę tylko uczciwie zbankrutować.

— Znalazłyby się jeszcze inne sposoby ratunku.

— Daj je, przyjmę z rozkoszą.

— Mocno asekurowany jesteś?

— Dosyć, bo się przeasekurowałem jesienią, po tem nieudanem podpaleniu.

— Szkoda jednak, żeś się wtedy nie spalił. Ten robotnik, mszcząc się, zrobiłby ci naprawdę wielką usługę.

— Mówisz seryo?

— Zupełnie seryo, jak zupełnie seryo zwracam ci uwagę, że w tej chwili pali się Grosman, w nocy spalił się Goldsztand, jutro spali się na pewno Feluś Fiszbin, A. Rychter, B. Fuchs i inni. Co na to mówisz?

— Że nie jestem i nie będę podpalaczem i złodziejem.

— Nie namawiam cię przecież do tego, pokazuję ci tylko współzawodników, ich sposoby trzymania się na powierzchni; z takimi nie wytrwasz.

— Ha, to zginę. Jak mi już braknie sił do walki, to palnę sobie w łeb.

— A żona! — rzucił prędko, bo ujrzał w jego oczach jakiś stalowy błysk rezygnacji.

Trawiński drgnął.

— Ale, przyszła mi myśl. Znasz starego Bauma?

— Jesteśmy sąsiadami, żyjemy nawet bliżej ze sobą.

— Idź do niego, powiedz mu otwarcie. To jest taki dziwny fabrykant, że z pewnością ci pomoże. Dałbym głowę, że jeżeli cię tylko zna, to ci pomoże.

— Istotnie, myśl szczęśliwa, a zresztą, cóż stracę, jeśli mi odmówi!

— Nic rzeczywiście, a warto popróbować. To jest unikat łódzkich fabrykantów. Człowiek, który mógł mieć miliony i nie chciał schylić się po nie, człowiek, który setki tysięcy rubli zapłacił za drugich, nieprzyjaciel wielkiego przemysłu, rutynista, snob albo arcyfioł, jak go nazywają, a w istocie nic innego, tylko waryat, stara resztka czasów ręcznej fabrykacyi.

Pożegnali się w milczeniu.

Karol odczuł w nim przy rozstaniu jakiś chłód. Patrzał za nim oknem z dziwnem uczuciem politowania.

— Mazgaj, szlachecka resztka — myślał prawie głośno, aby zagłuszyć w sobie jakiś cichy jeszcze wyrzut, który się podniósł w nim i rozrastał szybko.

Nie chciał mu pomódz i usprawiedliwił się przed samym sobą z tego w zupełności, a pomimo to, nie był z siebie zadowolony. Ciągle stała mu przed oczami ta jasna, piękna głowa napiętnowana niby stygmatem, wieczną troską i niepokojem. Czuł, że powinien mu był pożyczyć, że nicby na tem nie stracił, a zrobiłby wielką usługę. Gryzło go to coraz mocniej.

— Cóż mnie obchodzi, że jeszcze jednego dyabli wezmą — myślał, przebiegając postrzygalnię, zapchaną pod sufit stosami białego towaru, który szedł na maszyny pomiędzy dwa ostrza, jedno obiegające cylinder spiralną linią, a drugie proste i równe, które z obu stron materyałów przesuwających się pomiędzy niemi, ścinały z matematyczną dokładnością przy samym włóknie mech bawełniany, powstający przy tkaniu.

Kilkanaście kobiet pracowało w tej białej, chłodnej i prawie cichej sali, zapełnionej niedostrzegalnym prawie obłokiem pyłu bawełnianego, który powstawał z tego strzyżenia materyałów, wisiał nad postrzygalniami, oblepiał białą powłoką ludzi i maszyny i trząsł się szarawym gęstym mchem na transmisyach obracających maszyny i ginących w suficie.

Borowiecki obejrzał się tylko po sali i szedł do windy, aby zjechać na dół, gdy rozległ się krótki, straszny ryk ludzki.

Jedno z kół, wprawiających w ruch maszyny, schwyciło nieostrożnie przysuniętego robotnika za kaftan, wciągnęło go w swój ruch, rzuciło na maszynę, obróciło, zgniotło, połamało o maszynę, zmiażdżyło i wyrzuciło miazgę, nie przestając iść ani na chwilę.

Krew bluznęła aż pod sufit i czerwonym strumieniem oblała maszynę i część towaru leżącego przy niej i najbliżej stojące robotnice.

Krzyk się rozległ ogromny, maszynę zatrzymano, ale było już za późno; krwawa masa zwieszała się z osi koła i z różnych części maszyny, opadając na ziemię ciężka, drgająca jeszcze odruchami życia.

Ratunku nie było żadnego, bo robotnik był literalnie zmiażdżony, leżał niby kupa mięsa krwawą plamą na białym tle perkalów surowych.

Podniosły się ciche płacze kobiet, a nawet kilka starszych poklękało przy trupie i zaczęły głośnio odmawiać litanię za konających, robotnicy pozdejmowali czapki, niektórzy żegnali się nabożnie i wszyscy kołem skupili się przy zabitym. W oczach nie błyszczał żal, a tylko świeciła jakaś dzika, surowa apatya.

Sala ogłuchła, tylko w tej ciszy rozlegały się płacze kobiet i szum i łoskot sal sąsiednich robiących bez ustanku.

Skoro zjawił się felczer, stale dyżurujący w fabryce, Borowiecki się wyniósł.

Przyleciał i główny majster oddziału i widząc salę bezczynną i ludzi zbitych około trupa, krzyknął już od drzwi:

— Do maszyn!

Rozlecieli się wszyscy jak ptaki spłoszone przez jastrzębia i po chwili sala znowu szła, wszystkie maszyny były w ruchu, prócz tej jednej, okrwawionej zbrodnią, ale którą natychmiast zaczęto oczyszczać.

— Verflucht! tyle materyału na nic! — klął majster, oglądając poplamiony krwią perkal i zaczął wymyślać robotnikom za nieostrożność i groził, że całej sali każe wytrącić za ten materyał.

Borowiecki już nie słyszał tego, bo winda pionowa zapadła się z nim i wyrzuciła go do farbiarni.

Nie zrobił ten wypadek na nim żadnego wrażenia, był przyzwyczajonym do tego.

— Socha! — zawołał na protegowanego swojej narzeczonej, który dzisiaj pierwszy dzień robił w fabryce, wożąc wózkami materyały.

Chłop puścił wózek i stanął przed nim wyprostowany.

— Jakże wam idzie?

— A dyć robię, wielmożny dziedzicu!

— No, to róbcie, tylko pilnujcie się maszyn.

— A te ścierwy! — zaczął i chciał kazać żonie, aby resztę dopowiedziała, jako mu już te ścierwy oberwały dzisiaj kawał kapoty, ale żony nie było, a Borowiecki odszedł, bo dano mu znać, że go Bucholc wzywa do kantoru, więc Socha popatrzył markotno na swój spencerek, jaki mu z kapoty zrobiła maszyna, podrapał się w głowę, plunął w garście i pchał wózek do windy, bo ze wszystkich stron zaczęto wymyślać, że zatamowywa drogę.

IX.

Trawiński wyszedł zgnębiony.

Idąc do Borowieckiego, był prawie pewnym dobrego rezultatu prośby, bo jak każdy człowiek w położeniu bez wyjścia, pragnienia brał za rzeczywistość, za fakt, który powinien był się stać.

Siadł w dorożkę i kazał jechać prosto na Piotrkowską. Nie mógł nic myśleć, czuł się rozbitym i niezdolnym już do żadnej akcyi, do żadnego ruchu. Poddawał się z biernością wyczerpania tej ostrej, przenikliwej fali goryczy, jaka mu zalewała serce. Patrzał na miasto brudne, zadeszczone, na trotuary błotniste, zapchane ludźmi, na niezliczone kominy co niby topole wznosiły się nad płaszczyznami dachów i ginęły w zapadającym zmroku, znacząc tylko swoje istnienie kłębami białych dymów, tłukących się po dachach, na setki wozów z węglem, które olbrzymim łańcuchem ciągnęły do fabryk, na platformy wyładowane towarami na dorożki i powozy z pośpiechem mijając się w różnych kierunkach, na te niezliczone kantory i składy zapchane towarami, ludźmi, na ten szalony ruch, jaki był na ulicach, na to wysilone życie, wrzące dookoła.

Patrzył z rozpaczą prawie, bo czuł swoją niemoc, czuł, że chwila jeszcze, a z tego olbrzymiego wiru, z tej maszyny nazywanej Łodzią wyleci za chwilę jak odpadek, jak miazga wyssana i zużyta na nic, niepotrzebna temu potworowi — miastu. Patrzył z jakąś bezsilną nienawiścią na fabryki błyskające w mroku tysiącami okien, na tę olbrzymią ulicę, która niby kanał nakryty dymami i brudnem niebem huczała energią, rozlewała potoki świateł i tętniała ogromną siłą życia. Ślizgał się oczami po ostrych konturach fabryk, raziły go boleśnie elektryczne słońca zapalone nad dziedzińcami, bolał go ten szum głuchy a potężny swoją bezustannością, co się rozlewał po ulicach z fabryk i warsztatów, bolało go to życie tak silnie tętniące, bolała go ta straszna świadomość konania, które spostrzega ostatnim błyskiem oczów, że tyle pozostaje jeszcze żywych! I ta świadomość przegryzała mu duszę nieopowiedzianą zawiścią.

Nie umiał żyć w tym świecie.

Nie umiał się przystosować do otoczenia.

Tyle sił zużył, tyle mózgu, tyle zachodów, tyle kapitałów swoich i cudzych, tyle lat pełnych udręczeń przeżył i po co?... żeby znowu zaczynać to samo od początku! znowu stawiać gmach, który w końcu spadnie mu na głowę.

Męczył się ogromnie, nie mógł usiedzieć w dorożce, więc poszedł pieszo Piotrkowską. Miał iść do starego Bauma, według rady Borowieckiego, ale wolał tę chwilę ostatniego zawodu oddalić jeszcze, a zresztą nie mógł się oderwać od tej ulicy.

Utopił się w tłumie, co płynął trotuarem i pozwalał mu się pchać i nieść. Przyglądał się bezmyślnie wystawom sklepów, kupił nawet cukierki dla żony w jakiejś cukierni, gdzie zawsze kupował, przywitał się tam z kilku znajomymi i znowu szedł zapatrzony w fabryki, w okna oświetlone, po za któremi migotały sylwetki maszyn i ludzi; ogłuszał się powoli wrzawą i obojętniał.

Nie zważał na deszcz, mrzący bezustannie, zapomniał nawet otworzyć parasola. Nie widział nic, prócz kantorów pełnych ludzi i towarów i fabryk pracujących z pośpiechem.

— Dobry wieczór, panie Trawiński!

— Dobry wieczór, panie Halpern!

Uścisnął wyciągniętą dłoń wysokiego, dość zaniedbanie ubranego Halperna.

— Pan wyszedł spacerować po mieście?

— Tak, trochę chciałem się przejść.

— Łódź o zmroku bardzo ładna. Ja codzień wychodzę z kantoru, aby się przejść i aby się przypatrzyć miastu.

— Pan jesteś amator, panie Halpern.

— Co pan chcesz, jak się pięćdziesiąt sześć lat przeżyje w mieście, jak się widzi go ciągle, jak się zna wszystkich, to można zostać amatorem.

— Co słychać w mieście nowego?

— Co słychać? Słychać źle, zrobił się ładny deszcz z protestowanych weksli, można je będzie kupować na funty. Ale mnie to wcale nic nie szkodzi.

— Jakto?

— Gałganów dyabli wezmą, a Łódź i tak zostanie. Panie Trawiński, ja już w Łodzi widziałem gorsze czasy. A że po złych nastają lepsze to i teraz tak będzie, po co to z tego robić gwałt. Dla mądrych jest zawsze dobry czas.

— A kiedyż będzie dla uczciwych? — zapytał ironicznie.

— Sza, panie Trawiński, oni mają niebo, po co im dobre czasy.

— Grosman się podobno spalił.

— Bardzo porządnie, bardzo porządnie; dwieście pięćdziesiąt tysięcy asekuracyi jakby miał w kasie. Ale Goldstand, co się spalił w nocy, ma małe nieporozumienie z policyą. Dobrze mu tak, jak kto nie umie robić dobrze interesów, to niechaj się do nich wcale nie bierze.

— Któż teraz na brzegu?

— Z grubszych A. Rychter i F. Fiszbin.

— Mówił mi to samo Borowiecki.

— Pan Borowiecki, ho, ho, ho! On zna Łódź, on wie, kto czego potrzebuje.

— No, ale i pan także zna Łódź dobrze.

— Ja? Ja ją mam całą w głowie. Ja od pięćdziesięciu lat patrzę na każdą firmę co się zakładała. Ja mogę dzisiaj prawie na pewno powiedzieć o wszystkich co otwierają interesy, czy one będą żyć! Niech mi pan wierzy, panie Trawiński, moje słowo to nie jest ten wiatr, moje słowo to dokument, to weksel z najlepszym żyrem.

Trawiński nic nie odrzekł, szli obok siebie w milczeniu.

Halpern zastawiał się parasolem od deszczu i patrzał z miłością na domy i fabryki; jego wielkie czarne oczy świeciły fosforycznym blaskiem, w bladej chudej twarzy, okolonej siwą brodą. Miał głowę i twarz patryarchy, osadzoną na chudym, skrzywionym szkielecie obleczonym w długie zaszargane palto, które wisiało na nim jak na kiju.

— Ja tu znam każdy dom, każdą firmę — zaczął mówić gorąco. — Pamiętam Łódź jak miała dwadzieścia tysięcy, a dzisiaj ma trzysta! A ja się doczekam jak ona będzie mieć pół miliona, ja nie umrę prędzej! Ja to muszę widzieć na własne oczy, muszę się ucieszyć.

— Jeżeli ją przedtem licho nie weźmie — szepnął nienawistnie.

— Ha, ha, ha, panie Trawiński, pan nie mów takich śmiesznych rzeczy! Łódź jest, Łódź będzie! Pan jej nie znasz! Dwieście trzydzieści milionów rubli — wołał z entuzyazmem, przystając aż na chodniku. — To jest ładny grosz. Pan mi pokaż takie drugie miasto!

— Niema się znowu czem chwalić, a zresztą masz pan racyę, że takiego złodziejskiego miasta niema drugiego w Europie — mówił ze złością.

— Złodziejskie czy nie złodziejskie, to dla mnie jest papier. Mnie chodzi o co innego, ja chcę, żeby stawiali domy, żeby budowali fabryki, robili ulice, urządzali komunikacye, przeprowadzali drogi! Ja chcę żeby moja Łódź rosła, żeby miała pałace wspaniałe, ogrody piękne, żeby był wielki ruch, wielki handel i wielki pieniądz.

— Na początek już są wielkie szwindle i wielka tandeta.

— To nie żaden feler, bo z tego urośnie wielka Łódź.

— Tymczasem niech ją piorun spali. Dobranoc panie Dawidzie.

— Dobranoc, panie Trawiński. To nie jest dla Łodzi ostatnie pańskie słowo.

— Ostatnie i zupełnie szczere. Dorożka — krzyknął.

— Kapcan! — szepnął za nim pogardliwie Halpern i zawrócił, wlokąc się wolno z powrotem i znowu przypatrywał się domom, fabrykom, sklepom, składom, ludziom, oczami oczarowanemi potęgą tego miasta.

Nie zważał na deszcz, który go moczył pomimo parasola, na tłok ludzki, jaki go rzucał na domy lub do rynsztoków, na dorożki i wozy, które go błotem

ochlapywały na przejściach poprzecznych ulic, szedł jak zahypnotyzowany.
Trawiński pojechał do domu.

Mieszkał dosyć daleko, bo przed końcem Konstantynowskiej ulicy kazał
skręcić w jakąś ciemną i tak błotnistą uliczkę, że dorożkarz nie chciał się tam
zapuszczać.

Poszedł w nią pieszo, jakimś śladem trotoaru, który się nieco wznosił nad
poziom niebrukowanej ulicy, tworzącej czarną, błotnistą rzekę, popręgowaną
złotemi smugami świateł bijących z okien nizkich domów, co ciągnęły się
sznurem z obu stron ulicy.

Domy były zamieszkane przez tkaczów ręcznych, w każdem oknie trzęsły się
sylwetki warsztatów i ludzi, a ulicę całą zapełniał monotonny klekot i stuk.
Nawet nizkie krzywe pięterka, jakie się gdzieniegdzie wznosiły i szeregi
facyatek rozbrzmiewały i trzęsły się odgłosami roboty.

Poprzeczne uliczki, jakie wybiegały z jednej strony, ciągnęły się do pól samych
i były również czarne i błotniste, pełne stuku warsztatów, domów
pozapadanych, krzywych facyatek, porozwalanych parkanów, nędzy i
opuszczenia i owionęły Trawińskiego zimnym, przejmującym wilgocią
wiatrem, jaki się z pól wdzierał do miasta.

Nad całą dzielnicą pływającą w błocie i opuszczeniu, zupełnie niepodobną do
reszty Łodzi, panowała fabryka Müllera swoimi czteropiętrowymi gmachami,
które wyrastały nad morzem nizkich domków i ogrodów i świeciły
tryumfalnie tysiącami okien i słońcami elektrycznemi.

Fabryka wznosiła się jak potężny zbiornik siły, której tchnienie zdawało się
przypłaszczać do ziemi te szeregi nędznych, pokrzywionych domów. Czuć było,
że te wielkie gmachy huczące setkami maszyn, zwolna wysysają całą
żywotność tej starej dzielnicy, zamieszkałej przez rój tkaczów ręcznych, że
zjadły i dogryzają do reszty ten drobny ręczny przemysł, który tutaj kwitnął
kiedyś, a który się jeszcze bronił rozpaczliwie, bo bez nadziei zwycięstwa.

Fabryka Trawińskiego stała skromnie obok Müllerowskiej, przedzielona tylko
wązkim ogrodem.

Trawiński wszedł w bramę, której pilnował jakiś stary weteran bez nogi i z
pocerowaną niby stara szmata twarzą, który po wojskowemu się wyciągnął na
jego widok i czekał rozkazów, ale Trawiński blado się uśmiechnął tylko do tej
archeologicznej spuścizny po swoich ojcach i poszedł do kantoru, gdzie kilku
ludzi drzemało nad księgami, popatrzył chwilę do przędzalni po przez las
transmisyj i pasów trzepoczących się w szalonym pędzie, na ciężkie skośne
ruchy salfaktorów, co niby potwory czaiły się, wyginały białe od bawełny
grzbiety, odbiegały od pilnujących je robotników i cofały się również ciężko i
bezustannie wlokąc za sobą niby pasma śliny, setki bawełnianych włókien,
nawijających się na warczące w ruchu szpulki papierowe.

Cofnął się i poszedł przez długie podwórze rozświetlone szeregiem żółtych
gazowych płomieni, co przy elektrycznych blaskach Müllerowskiej fabryki
wyglądały na gromniczne światła.

Dom stał w głębi ogródka, frontem do dziedzińca fabrycznego, a bokiem
wychodził na jakąś pustą uliczkę; dom miał jedno piętro, a wyglądał na trzy, z
powodu gotyckiego stylu w jakim był postawiony.

W kilku oknach parterowych, przysłoniętych storami, świeciło się jasno.
Trawiński przeszedł kilka pokojów prześlicznie umeblowanych, ciepłych i bardzo zacisznych, pełnych delikatnego zapachu kwitnących w żardinierkach hyacyntów i wszedł do małego buduaru.

Dywany tak szczelnie okrywały posadzki i szedł tak cicho, że Nina go nie usłyszała, siedziała przy lampie, czytając.

Cofnął się i zawołał przed portyerą:

— Nina!

— Sama tak siedzisz? — pytał, siadając obok niej.

— A któżby mógł być u mnie? — szepnęła smutnie.

— Płakałaś?

— Nie, nie — zaprzeczała, odwracając głowę od światła.

— Widziałem łzy.

— Było mi tak smutno samej! — szepnęła, przysuwając się do niego i miękkim cudownym ruchem położyła mu głowę na piersi i łzy znowu zapełniły jej oczy.

— Czekałam na ciebie, a ten deszcz tak padał, tak dzwonił w szyby, tak bębnił w dachy, tak dziwnie bełkotał w rynnach, że bałam się; bałam o ciebie.

— Dlaczegóż o mnie?

— Nie wiem przecież dlaczego, ale mnie jakieś złe przeczucia przepełniły. Ale tobie nic nie jest, prawda? Jesteś zdrowy i spokojny, prawda? — szeptała, oplatając mu ramionami szyję.

Gładziła go ręką po włosach, całowała jego delikatne, pocięte siatką niebieskich żyłek czoło; zielonawe, pocentkowane złotemi skrami źrenice, biegały niespokojnie po jego chudej, zmęczonej twarzy.

— Czemuś smutny?

— Taka straszna pogoda to i skąd wziąć humoru!

Wysunął się z jej objęć i zaczął chodzić po buduarze. Burza zaczęła kotłować strasznie jego sercem. Czuł, że gdyby mógł powiedzieć jej wszystko, że gdyby mógł wtajemniczyć ją w swoje położenie, to sprawiłaby mu wielką ulgę ta spowiedź, ale równocześnie czuł, spoglądając na jej twarz przepiękną, pochyloną pod lampą, która łagodne światło rozpylała na jej pyszne kasztanowate włosy, skrzące się na skroniach złotem, że za nic w świecie nie powie.

Chodził coraz wolniej, oddychał tą czystą, wykwintną atmosferą mieszkania z jakąś gryzącą ulgą; przyglądał się dziwnym wzrokiem meblom wytwornym i tym niezliczonym gracikom, będącym istotnemi dziełami sztuki wielkiej wartości, które przez lat parę zwozili ze wszystkich stron świata, nie bacząc na koszta, bo Nina ze swoją naturą arystokratyczną, z wrażliwością artysty na wszystko co piękne, z duszą mimozy, czuła się dopiero dobrze w otoczeniu piękna.

Nie sprzeciwiał się temu, tembardziej, że sam lubił sztukę i czuł potrzebę otaczania się jej dziełami. Ale teraz, wobec ruiny, jaka go czekała, szarpał go straszny ból, ból strachu przed jutrem, które miało przyjść i zabrać mu i te wszystkie skarby i ten spokój i szczęście jakiem oddychał.

— Co począć? — myślał ciężko i na odpowiedź przychodziła mu jedna tylko myśl, udać się znowu do ojca o pomoc i tak go ta myśl porywała na mgnienie, że radośnie i tryumfująco spoglądał, ale spojrzenie gasło szybko i już mrocznemi, pełnemi trwogi oczyma patrzył się w Ninę, która powstała i szła amfiladą pokojów.

Gonił oczami jej wysmukłą, bardzo piękną postać, odwróciła się, posyłając jakiś tajemniczy uśmiech.

Wróciła natychmiast przynosząc dość długie płaskie drewniane pudło, bardzo ciężkie.

Odebrał jej i położył na stole z pytającem spojrzeniem.

— Zgadnij co? Chciałam ci zrobić niespodziankę.

— Nie, nie będę nawet próbować — szepnął blednąc, czuł bowiem zobaczywszy na pudełku pieczątki pocztowe, że to znowu jakiś kosztowny zakup.

— Bandini nasz florencki przysyła ten mozajkowy blat, który latem oglądaliśmy, pamiętasz?

— Żądałaś tego? — zapytał dosyć ostro.

— Tak, chciałam mojemu panu zrobić niespodziankę, bo przecież się nie gniewasz, co?

— Nie, Nina, nie, dziękuję ci z całej duszy, dziękuję... — szeptał, całując ją w rękę.

— Otwórz, to zobaczymy zaraz. Kazałam przysłać ten mały, tańszy, a taki jest tani, że nie do uwierzenia.

— Przysłał rachunek?

— Masz. Dwa tysiące dwieście lirów, to za bezcen.

— Tak... istotnie... za bezcen... — odpowiadał, drżącemi rękami odpakowując pudło.

Mozaika była prześliczna.

Na płycie kwadratowej czarnego marmuru o bardzo rzadkim błękitnawym odcieniu, rzucono wiązankę fiołków, róż jasnożółtych i liliowych, obsypanych złotordzawym pyłem storczyków; jeden motyl o rubinowo-zielonych skrzydłach chwiał się razem ze storczykiem, na który opadł, a dwa inne unosiły się w powietrzu. I tak to było cudownie wykończone i do złudzenia prawdziwie, że chciało się podnieść te kwiaty, lub uchwycić za skrzydełka motyle.

Nina, pomimo, że to już widziała, krzyknęła z podziwu i przypatrywała się długo w niemym zachwycie.

— Nie patrzysz, Kaziu?

— Widziałem, istotnie jest piękne, w swoim rodzaju arcydzieło — odpowiedział cicho.

— Wiesz, ten blat trzeba będzie oprawić w szeroką ramę z bronzu matowego i powiesi się na ścianie, szkoda wprawiać w stolik — mówiła wolno i długim, cienkim palcem bardzo delikatnie wodziła po konturach listków i kwiatków, wysnuwając subtelną rozkosz dotykania się barw.

— Muszę iść, Nina! — szepnął, przypominając sobie starego Bauma.

— Na długo? Przyjdź prędko, mój złoty, mój jedyny! — prosiła, przytulając się do niego i przytrzymawszy mu wąsy rękami, całowała go w usta.

— Najdalej za godzinę. Pójdę naprzeciwko, do Bauma.

— Czekam na ciebie z herbatą.

— Dobrze.

Pocałował ją i szedł, ale już przy progu się zatrzymał i szepnął:

— Nina, pocałuj mnie i życz mi szczęścia.

Pocałowała go serdecznie i oczami pytała, nie rozumiejąc tego, co powiedział.

— Przy herbacie ci powiem.

Odprowadziła go aż do przedpokoju i patrzyła jeszcze za nim oszklonemi drzwiami aż jej zniknął w nocy i w oddaleniu.

Powróciła do buduarku, oglądała mozajkę.

Drzwi wchodowe zadźwięczały silnie.

— Zapomniałem ci powiedzieć, że ten mój dawny kolega uniwersytecki, którego w przeszłym roku poznałaś w Szwajcaryi, Grosman, spalił się dzisiaj.

— Jakto?

— Ano, spaliła mu się fabryka zupełnie, nic nie uratowano.

— Biedny człowiek! — zawołała ze współczuciem.

— Niema go co żałować, bo ten pożar go właśnie postawi na nogi.

— Nic nie rozumiem.

— Stał źle w interesach, był zachwiany, jak się u nas mówi, więc żeby się poprawić, urządził pożar fabryki i składów, które były wysoko zaasekurowane w kilku Towarzystwach. Odbierze asekuracyę, która mu w czwórnasób pokryje straty i będzie kpił sobie ze wszystkiego.

— Umyślnie podpalił?! Ależ to zbrodnia! — wykrzyknęła z oburzeniem.

— Kodeks tak to nazywa i odpowiednio karze, ale w języku zwyczajnym nazywa się to dobrym interesem — mówił prędko, nie patrzył jej w oczy i w twarzy miał jakiś niespokojny, gorączkowy wyraz.

— I to zrobił on, który mi się wydał człowiekiem tak nadzwyczajnie szlachetnym, nie mogę wprost w to uwierzyć. Przypominam sobie, jego rozmowy tchnęły najwyższą etyką i sprawiedliwością.

— Cóż chcesz, jak mu ruina zajrzała w oczy, to dał spokój etyce, zostawił ją na później. Bez etyki żyć można, a bez pieniędzy nie — mówił twardo.

— A nie, nigdy, raczej umrzeć — wykrzyknęła namiętnie i cała jej natura wzdrygnęła się na myśl popełnienia występku. — Jak to dobrze, że ty tak nie myślisz, że ty nigdy, nigdy nie popełniłeś nic złego! Wiesz, gdybym cię nie kochała nawet, to i tak musiałabym cię uwielbiać za dobroć i za tę szlachetność twoją.

Kazimierz nic nie odrzekł, ucałował tylko jej oczy rozgorzałe oburzeniem i te purpurowe pełne usta, co teraz wyklinały i rzucały potępienia na ludzi niemoralnych, ludzi bez etyki, na złość i brzydotę życia, ucałował ją tak namiętnie, jakby tymi pocałunkami chciał pokryć własne, głębokie upokorzenie, jakie poczuł po jej słowach, jakby chciał zagłuszyć nimi jakąś myśl, która zaświeciła mu w mózgu i olśniła.

Wyszedł zaraz i poszedł wprost do fabryki Bauma, która stała naprzeciwko, po drugiej stronie ulicy, w głębi rozległych ogrodów.

W kantorze zastał tylko Maksa, który bez surduta siedział przy pulpicie.

— Ojciec w fabryce, mogę go zawołać.

— Pójdę tam. Nigdy nie widziałem waszej fabryki.

— Niema co oglądać, nędza — szepnął lekceważąco, siadając z powrotem do roboty.

Oszklony korytarz prowadził z kantoru do pierwszego fabrycznego pawilonu.

Mrok i cisza zalewały wielki dziedziniec obstawiony z trzech stron trzema dwupiętrowymi pawilonami fabryki, przez rzędy okien mrzyło słabe światło, a niektóre piętra zupełnie były ciemne, nie oświetlone, tylko z dołu u drzwi wchodowych kopciły się smutnie naftowe latarnie i oświetlały czerwone, oślizgłe wilgocią mury.

Suchy trzask warsztatów ręcznych rozlegający się monotonnie, rozlewał po korytarzach mrocznych, zaśmieconych odpadkami bawełny i resztkami starych warsztatów, usypiający nastrój nudy i smutku.

Na schodach i korytarzach było pusto, czasem tylko rozległ się klekot drewnianych podeszew, zamajaczył w mroku jaki robotnik i cicho ginął w wielkich salach na końcu korytarzy rozłożonych; tylko suchy trzask warsztatów i echa kroków mąciły tę senną ciszę.

W salach fabrycznych również było pusto, mroczno i sennie.

Były to wielkie prostokąty, podparte w środku szeregiem żelaznych słupów, zapchane ręcznymi tkackimi warsztatami Jaccarda, które stały w dwa rzędy, pod gęsto rozłożonemi oknami. Połowa warsztatów stała nieczynna, obrośnięta niby mchem siwym, pyłem bawełnianym.

Kilka lampek przyczepionych do słupów oświetlało środkowe przejście i robotnice nawijające na ręcznych kołowrotkach przędze na szpulki.

Kołowrotki warczały sennie i sennie pochylały się nad nimi robotnice i sennie trzaskało kilkanaście czynnych warsztatów, które w żółtawem, słabem świetle lampek palących się nad nimi, podobne były do olbrzymich kokonów fantastycznie oplatanych w tysiączne włókna różnokolorowe, w nieprzeliczone warstwy przędzy rozpiętej w różnych kierunkach; w środku tych kokonów niby jedwabniki poruszali się robotnicy, tkając wzorzyste materiały, pochylali się automatycznie jedną ręką przybijając płochę, a drugą, ruchem horyzontalnym, pociągając od góry sznur i przebierając równocześnie nogami po pedałach; czółenka ze świstem przelatywały wskroś pasem przędzy, niby żółte, długie żuki i powracały tą samą drogą z nużącą jednostajnością.

Robotnicy byli starzy, spoglądali zagasłemi oczami apatycznie na przechodzącego i tkali dalej również sennie i automatycznie.

Trawiński z przykrością przechodził przez te na pół żywe sale, z przykrością patrzył na agonię ręcznego przemysłu, który z uporem szaleńców chciał walczyć z tymi potworami, których olbrzymie cielska rozdrgane energią, huczące siłą niepokonaną, widać było z okien tych sal.

Pytał o Bauma; pokazywali mu ruchem ręki lub głowy nie odrywając się od roboty, nie podnosząc nawet głosu jeśli mówili; wszyscy poruszali się jak senni, pół martwi, obojętni i smutni — smutkiem tych sal oślepłych, cichych, umierających, przez które przechodził, potykając się w ciemności o filary i o nieczynne warsztaty, o ludzi.

Przeszedł przez całe piętro dwóch pawilonów i wszędzie była ta sama pustka, nuda i senność.

Trawińskiego ze względu i na własne położenie, ogarniał coraz większy smutek, tracił zupełnie wiarę w pomoc Bauma i szedł z tem uczuciem, z jakiem się idzie do konających — bo fabryka, która kiedyś pracowała w 500 ludzi, poruszała się teraz tylko stoma i wydawała mu się chorym, konającym organizmem, któremu nawet olbrzymie drzewa szumiące za oknami, zdawały się śpiewać hymn śmierci.

Starego Bauma znalazł w trzecim pawilonie, wychodzącym na ulicę.

Baum siedział w małym pokoiku przed biurkiem, zarzuconem stosem próbek towarów, pociętych w długie pasy.

Przywitali się w milczeniu.

Stary ścisnął mu mocno rękę i podsunął krzesło.

— Dawno pana nie widziałem — zaczął Baum.

Usprawiedliwiał się kłopotami i zajęciami, mówił długo, a nie śmiał przystąpić do celu swoich odwiedzin, powstrzymywał go smutek fabryki i taki sam smutek wyryty na twarzy fabrykanta, który blade oczy zwracał bezwiednie na okno, przez które doskonale widać było fabrykę Müllera błyszczącą wszystkiemi oknami.

Odpowiadał krótko i czekał na wyjaśnienie wizyty.

Trawiński to odczuł, bo przerywając jakąś opowieść, rzekł krótko:

— Przyszedłem do pana z prośbą — zawołał i odetchnął nieco.

— Proszę pana bardzo... słucham...

Trawiński szybko opowiedział mu całe swoje położenie, ale o pomoc zawahał się prosić, ujrzawszy surowe ściągnięcie brwi i jakiś niechętny wyraz oczów.

— My wszyscy jeździmy na tym wózku, oni nas jedzą!... — mówił wolno, wskazując na wielkie fabryki przez okno. — Czem panu mogę pomódz? — dodał.

— Pożyczką, albo żyrem na wekslach.

— Ile?

— Ostatecznie bez dziesięciu tysięcy rubli paść muszę — rzekł cicho i wymijająco, jakby obawiając się głośniejszym dźwiękiem spłoszyć życzliwość, jaką spostrzegł w oczach Bauma.

— Ja gotówki nie mam, ale co będę mógł zrobić, zrobię panu. Daj mi pan weksle na tę sumę, a ja pokryję do tej samej wysokości pańskie zobowiązanie.

Trawiński zerwał się z krzesła i zaczął mu z uniesieniem dziękować.

— Niema za co, panie Trawiński, ja nic nie ryzykuję nawet, bo znam pana i pański interes dobrze. Masz pan blankiety i wypełnij pan zaraz.

Trawiński był oszołomiony, ten prawie nieprzewidziany ratunek wywrócił go z równowagi, wypełniał blankiety wekslowe gorączkowo, ale co chwila podnosił głowę z nad papieru i patrzył na Bauma, który chodził po kantorze, przystawał przy oknie i spoglądał na Łódź jakiemś tępem, srogiem spojrzeniem.

Miał przed oczami całą część miasta; domy, fabryki, magazyny, dziesiątkami tysięcy okien patrzyły w noc, a po za niemi poruszały się cienie robotników i maszyn, elektryczne światła wisiały w ciemnem, mglistem powietrzu, setki kominów majaczyło w nocy i wyrzucało nieustannie smugi białych dymów, które jak obłok przysłaniały światła i kontury fabryk.

Baum przyglądał się miastu i spacerował na przemian z pochyloną naprzód suchą, kościstą twarzą. Był również wysoki jak syn, tylko znacznie chudszy i żywszy w ruchach. Nie lubił wiele mówić i zwykle najważniejsze interesy załatwiał w kilku słowach. Był spokojny, cichy nawet, uległy żonie i dzieciom aż do słabości nieraz, ale pomimo to miał swoje punkty, na których był nieugiętym; jego uczynność była w Łodzi przysłowiowa i niewyczerpana, a równocześnie był skąpym w domu do dziwactwa.

— Jaki termin pan chce?

— Jaki jest dla pana najwygodniejszy — powiedział, uchylając drzwi do sali sąsiedniej, w której wszystkie warsztaty były czynne.

Zamknął drzwi, wsadził ręce w kieszenie szarego, podbitego kutnerem kaftana i znowu przyglądał się miastu.

Telefon zadzwonił, było to jedyne współczesne urządzenie w jego fabryce.

To do pana! Woła pan Borowiecki — rzekł Baum.

Trawiński ze zdziwieniem słuchał.

— Mój drogi, od żony dowiedziałem się gdzie jesteś. Oto, rozliczyłem się, mogę ci pożyczyć pięć tysięcy rubli, ale tylko z dwumiesięcznym terminem. Więc jeśli chcesz? — mówił Borowiecki.

— Przyjmuję z radością! — wykrzyknął gorąco. — Skąd telefonujesz?

— Z twego gabinetu, pod strażą żony — brzmiała odpowiedź.

— Zaczekaj na mnie, zaraz przyjdę.

— Czekam.

— To Borowiecki chce się ze mną widzieć, pan go zna?

— Z widzenia tylko, bo przecież ja nie bywam w tym wielkim świecie łódzkim, u tych rozmaitych Bucholców, Mendelsohnów, Salcmanów, Meyerów i innego robactwa. Znam ich wszystkich z widzenia tych młodych, a starszych od Michla, gdzie się czasami schodzimy; znaliśmy się wszyscy co prawda lepiej, ale to było dawno, kiedy w Łodzi panowała jeszcze uczciwość i nie było milionerów. To były takie czasy, o których wy młodzi nie macie pojęcia. Ja wtedy byłem z Geyerem starym największą łódzką firmą. Pary, maszyn, elektryczności, weksli, tandety, plajt, podstępnych pożarów, nikt nie znał nawet ze słyszenia.

— A jednak to, co jest obecnie, przyjść musiało.

— Ja wiem, że musiało, że stary porządek zawsze musi ustąpić nowemu miejsca, zresztą, po co to mówić o tem — machnął ręką i zaczął przeglądać weksle.

Złość bezsilna zatrzęsła jego sercem tak gwałtownie, że brakło mu głosu, milczał dosyć długo, podpisawszy weksle.

— Panu się śpieszy?

— Istotnie, pozostaje mi tylko raz jeszcze z całej duszy podziękować panu za pomoc.

— Szkoda czasu! Mnie tylko żal jednego, żeś pan nie był przed pięćdziesięciu laty w Łodzi, pan wtedy powinien był mieć fabrykę. Pan także nie pasuje do dzisiejszej Łodzi, tutaj uczciwi fabrykanci nie mają co robić, panie Trawiński.

Nie odpowiedział mu na to pytanie, bo się śpieszył do domu, obgadali tylko niektóre kwestye dotyczące terminów weksli i rozeszli się.

Zaraz też zaczęły rozdzierać powietrze gwizdawki na skończenie roboty i fabryki gasły jedna po drugiej i ginęły w nocy.

Baum po wyjściu robotników poszedł do domu, który stał w ogrodzie, przed pawilonami fabrycznymi z frontem od ulicy.

Przebrał się w swoim pokoju w jakąś lekką marynarkę, włożył haftowane pantofle na nogi, przykrył swoje bujne jeszcze siwe włosy małą czapeczką, wyszywaną białymi paciorkeczkami, i poszedł do stołowego pokoju, w którym już nakrywano do kolacyi.

Maks siedział przy stole i pomagał siostrzenicom, które mu wisiały u szyi, układać domki z drewnianych kwadratów.

Dziewczynki śmiały się ustawicznie i jak ptaki świergotały wesoło.

Matka siedziała w głębokim fotelu i robiła pończochę, miała lat ze sześćdziesiąt, twarz bardzo miłą i schorowaną, okulary srebrne na długim nosie, siwe, gładko przyczesane włosy na nizkiem, wypukłem czołem, maślankowate oczy, blade usta, kłębek bawełny w kieszeni niebieskiego fartucha, z którego robiła pończochy, i wielką słodycz w głosie i w uśmiechu; liczyła ciągle oczka, błyskała drutami i uśmiechała się do syna i wnuczek, córki, która zajęta była czytaniem, do frau Augusty, kuzynki od niepamiętnych lat, zajmującej się całem ich gospodarstwem, do dwóch kredensów stojących obok siebie, do pieca, do starej serwantki, wypełnionej porcelanowymi pieskami, figurkami i talerzykami, do dwóch kotów burych frau Augusty, które chodziły za nią i, mrucząc, obcierały się ciągle grzbietami o suknie — uśmiechała się zawsze i do wszystkiego, takim przyklejonym do ust, oślizgłym uśmiechem trupów.

Ciepły spokój starego, mieszczańskiego domu panował w mieszkaniu. Tak wszyscy byli zżyci ze sobą i dopasowani, że porozumiewali się spojrzeniami, przenikali się nawzajem.

Stary troski swoje zostawiał w kantorze, a do mieszkania zawsze przynosił spokojną, uśmiechniętą twarz, opowiadał żonie o sprawach niektórych, czasem się kłócił z Maksem, pokpiwał regularnie co wieczór od lat dwudziestu z frau Augustą, bawił się z wnuczkami, których zawsze miał podostatkiem, bo wszystkie cztery córki dawno już były zamężne, czytał stale „Koelnische Zeitung" i jedną z gazet polskich. Słuchał również stale co wieczór jakiego sentymentalnego romansu z rozmaitych „Familien-blatów", którymi żyła żona i córki, i tak spędzał wieczór.

Dzisiaj zaczynało się tak samo; usiadł przy stole i zaczął kiwać na wnuka, który na wielkim biegunowym koniu bujał się pod piecem.

— Jasiu, chodź do dziadzi, chodź!

— Zaraz przyjadę — wołał chłopak, poganiał konia szpicrutą, okładał mu boki piętami, ale że i tak koń nie pośpieszał, schodził z niego, głaskał go po głowie, oklepywał mu piersi i wołał — cieśka, cieśka słucha Jasia, Jasio jedzie do dziadzi, dziadzio da nam cukierków.

Obiecywał mu słodko, popychał go gwałtownie naprzód i bohatersko wskakiwał na siodło.

W ten sposób objechał cały pokój i przyjechał do dziadka.

— Prrr! Herman, konia do stajni — wołał, ale dziadek zdjął go z konia i posadził sobie na kolana.

Chłopak zaczął krzyczeć i wydzierać się do konia, którego zdradliwie zaraz uprowadziły dziewczynki, ciągnąc za rudy ogon na drugą stronę stołu, do wuja Maksa, przy którym się czuły więcej zabezpieczone od batożenia brata.

— Jasiu, co to jest? — wołał Baum, wyjmując z kieszeni dziecinną trąbkę i ukazując mu nad głową.

— Trlombka! Dziadziu, dać Jasiowi trlombkę — prosił, wyciągając rączki.

— Nie chcesz siedzieć u dziadzi, nie kochasz dziadzi, to nie dam, dam Wandzi.

— Daj Jasiowi trlombkę, dziadziu, Jasio dziadzia kocha, Wandzia jest głupia, nie kocha dziadzi. Dziadziu, dać Jasiowi trlombkę! — prosił ze łzami, ukląkł na kolanach dziadka, a nie mogąc i tak dostać, zaczął mu wchodzić na ramiona, obejmował go za szyję, całował po twarzy, błagał co raz goręcej, a nie spuszczał niebieskich rozpłomienionych oczek z trąbki.

Dziadek dał mu wreszcie.

Chłopak nie miał już czasu dziękować, zeskoczył na ziemię, poleciał odebrać konia, przyczem pobił dziewczynki, zaprowadził go pod piec, okrył ściągniętą z matki żółtą jedwabną chustką i biegał po pokoju, trąbiąc co miał tylko sił.

Dziewczynki z płaczem przybiegły do kolan dziadka.

— Wandzia ce dziadziu.

— Janusi dać!

Prosiły rozpłakanymi głosikami i zaczęły się wdrapywać na dziadkowe nogi. Oswobodził się od nich prędko i zaczął uciekać przed niemi.

Dziewczynki już wiedziały co to znaczy, więc zaczęły gonić ze wszystkich sił i krzyczeć na dziadka, który zastawiał się krzesłami, chował za kredensy i wciąż wymykał się im z rąk, aż wreszcie pozwolił się im złapać w jakimś kącie, wziął je obie pod pachy i przyniósł z powrotem do stołu, a potem pozwolił się zrewidować i powyciągać z kieszeni lalki, jakie przyniósł dla nich.

Radość zapanowała niezmierna w gromadce, która skupiła się przy małym stoliczku pod oknem i oglądała szczegółowo lalki, wydzierając je sobie z rąk.

Dziadkowie bawili się wybornie, tylko Berta zatkała uszy i utonęła w książce, a Maks głośno gwizdał, żeby nie słyszeć tych dzikich wrzasków, był zresztą zły na ojca, czuł bowiem po jego rozmowie, że musiał znowu pożyczyć komu pieniędzy lub zaręczyć za kim, bo ilekroć to się stało, stary zawsze przynosił dzieciom lub wnuczkom, jak teraz zabawki, unikał Maksa i był bardzo słodkim i serdecznym w obejściu ze wszystkimi, biorąc gorący udział w rozmowie każdej; tym sposobem unikał interpelacyi synowskiej.

Dzisiaj było tak samo.

Przy kolacyi rozmawiał bezustannie, pousadzał sam dzieci i najtroskliwiej ich pilnował, wciąż żartując z frau Augusty, która zawsze jednakowo odpowiadała:

— Ja, ja, herr Baum — uśmiechając się bezmyślnie długimi, żółtymi i krzywymi zębami.

— Gdzież pan Józef? schowała go sobie pani do ogryzania na później?

— Pan Józefa zaraz przyjdzie, i nim swoje dwa nieodstępne koty zdążyła utulić na obszernem łonie, pan Józef Jaskólski wszedł.

Był to rodzaj praktykanta kantorowego, chłopak zupełnie biedny, którym się Baum od lat paru opiekował. Miał lat osiemnaście, wzrost ogromny, za duże nogi, za długie ręce, głowę wielką i ciągle rozczochraną, twarz okrągłą, wiecznie spoconą i w dodatku był bardzo nieśmiałym i niezgrabnym, wciąż zawadzał sobą o wszystkie drzwi i sprzęty.

Wszedł teraz dosyć odważnie, ale poczuwszy wszystkich oczy na sobie, zaplątał się zaraz przy ukłonie w chodnik, uderzył biodrem o róg kredensu, potrącił krzesło Maksa i czerwony jak burak, przerażony swemi nieszczęściami usiadł do kolacyi.

Pomimo lat osiemnastu i skończenia szkoły rzemieślniczej, był naiwnym jak dziecko. Był tak pokornym, ulegającym, dobrym, że zdawał się nieraz oczami przepraszać wszystkich, że ośmiela się żyć pośród nich. Maksa się lękał bardzo, bo Maks kpił z niego ustawicznie, a teraz widząc, że Józiowi przy jedzeniu wszystko z rąk wylatuje, zaczął się śmiać i powiedział:

— Muszę ja pana odebrać pani Auguście i wziąć pod swoją opiekę.

— Daj pokój Maks, już on lepiej wyjdzie na naszej opiece.

— Robicie z niego mazgaja.

— A ty cobyś z niego chciał zrobić?

— Człowieka, mężczyznę.

— Prowadziłbyś go do knajp, na hulanki, no i tak dalej. Fryc mi nieraz z obrzydzeniem opowiadał o waszem kawalerskiem życiu.

— Ha, ha, ha, wiesz Berta, że to jest pyszny witz. Fryc i obrzydzenie wesołego życia! Ty jesteś znakomita, to ty niewiele znasz swojego męża.

— Maks, po co masz psuć jej złudzenia — szepnął stary.

— Ma ojciec rację, ale to mnie irytuje, że byle bałwan nablaguje przed nią, to ona tak zaraz wierzy, że gotowa się dać zabić za tę prawdę.

— Maks, nie zapominaj, że mówisz o moim mężu.

— Niestety, my to z ojcem za bardzo często musimy brać pod uwagę, że Fryc jest twoim mężem, że należy do naszej rodziny, bo inaczej...

— To co? — zawołała ze łzami w oczach, gotowa rzucić się w obronie męża.

— To byśmy go wyrzucili za drzwi — mruknął gniewnie. — Chciałaś, to ci powiedziałem, możesz teraz płakać dowoli, tylko pamiętaj, że zawsze po płaczu bardzo brzydko wyglądasz, oczy ci puchną i nos się czerwieni.

Berta istotnie rozpłakała się głośno i wyszła z pokoju.

Matka zaczęła mu wyrzucać delikatnie jego brutalność.

— Niech mama da pokój, wiem co robię. Fryc jest zwykłem bydlęciem, które nie pilnuje fabryki, tylko ciągle knajpuje, a przed Bertą gra rolę nieszczęśliwego, któremu się nic nie wiedzie, który się zapracowywa dla żony i dzieci, jakby całego ich domu od pierwszego dnia ślubu nie utrzymywał ojciec swoim kosztem.

— Cicho Maks, po co to wywłóczyć!

— Po to, że temu trzeba raz koniec położyć, że to jest zwykłe kryminalne łajdactwo, to wieczne naciąganie ojca. My wszyscy robimy na to, żeby nasi szwagrowie mogli się bawić.

— Przerwał, bo dzwonek zadźwięczał w przedpokoju, poszedł otworzyć i zaraz wprowadził Borowieckiego.

Baum był nieco zakłopotany i sztywny, ale stara przyjęła go z całą serdecznością i zaraz przedstawiła Bercie, która przyszła na odgłos dzwonka i ciekawie się przyglądała temu jedynemu okazowi łódzkiego donżuana, o którym tak wiele mówiono w mieście.

Zapraszano go serdecznie do herbaty, ale odmówił.

— Byłem u państwa Trawińskich na kolacyi, po drodze wpadłem do Maksa na chwilę tylko z jakimś interesem i muszę znowu iść — tłómaczył się, ale usiąść przy stole musiał, bo frau Augusta z najpiękniejszym uśmiechem podawała mu herbatę, Berta rozłzawionym jeszcze głosem prosiła aby pił, stara z uśmiechem podsuwała jakieś ciastka.

Przyjął to wszystko, a że był w doskonałym humorze, więc wkrótce zapanował nad wszystkimi; rozmawiał z matką o wnuczkach, unosił się przed Bertą nad pięknością jej dzieci, które mu przedstawiono, wysławiał przez pięć minut ostatnią nowellę Haysego, jaką ujrzał leżącą na stole, frau Augusty porwał serce, bawiąc się jej faworytami, które, mrucząc, łaziły mu po ramionach i obcierały się o twarz, co go tak rozdrażniało, że miał ochotę uchwycić którego za ogon i rozbić o piec, o Józiu nawet nie zapomniał. Był tak miłym, uprzejmym, eleganckim, że w dwadzieścia minut już wszyscy nim byli oczarowani, nawet stary, który go dobrze znał i nie bardzo lubił, zaczął brać udział w rozmowie.

Frau Augusta była tak nim zachwycona, że wciąż przynosiła świeże szklanki herbaty i co raz nowe wyjmowała z kredensu przysmaki i co raz inny ząb pokazywała w uśmiechu. Maks tylko milczał, ze złośliwym uśmiechem przypatrując się tej scenie. Wreszcie znudzony i widząc, że i Karol ma również dosyć, powstał i zabrał go w głąb mieszkania.

Przy stole zapanowała cisza.

Dzieci siedziały przy dziadku i zaczynały studiować zabawki. Józio zaczął czytać głośno, zwykłym codziennym zwyczajem. Matka robiła pończochę. Berta słuchała i wybiegała co chwila wzrokiem do tego pokoju, w którym był Maks z Karolem, bo przez pootwierane drzwi widać ich było. Frau Augusta sprzątała cicho ze stołu, gładziła swoje kotki, czasem przystawała i podnosząc do góry małe czarne oczy, które pływały w jej twarzy jak ziarnka pieprzu w patelni przyrumienionego masła, wzdychała głęboko.

— Dziadziu, lalkę noga nie boli? — pytały dziewczynki, rozrywając przy tych studiach lalki.

— Nie boli — odpowiadał, głaszcząc jasne, kędzierzawe główki.

— Dziadziu, co trlombi w tej trlombie — pytał chłopak od czasu do czasu, a nie dostawszy odpowiedzi, wiercił z wielką wprawą i zamiłowaniem patykiem w trąbce.

— Dziadziu, główka lalkę nie boli? — pytały, rozbijając o podłogę.

— Lalka nie żywa. Wanda głupia.

Dzieci umilkły, tylko głos Józia rozlegał się po pokoju, przerywany westchnieniami frau Augusty i wykrzyknikami Berty, która rozczulona powieścią, zaczęła cicho płakać i wzdychać przeciągle.

— Dziwnie miła atmosfera panuje, dobrze tu u was — szepnął Karol.

Wyciągnął się w fotelu i patrzył z przyjemnością na całą rodzinę, siedzącą w stołowym pokoju.

— Raz na rok to smakuje, ale nie częściej.

— I to wiele, mieć jeden dzień w roku, w którym można zapomnieć o interesach całego świata, o wszystkich kłopotach życia i czuć się otoczonym przez rodzinne szczęście.

— Żenisz się przecież, to tego szczęścia będziesz mógł używać aż do obrzydzenia.

— Wiesz, pojadę na kilka dni na wieś, do domu.

— Do narzeczonej?

— To wszystko jedno, bo Anka mieszka u mojego ojca.

— Chciałbym ją poznać.

— Zawiozę cię tam kiedy na parę godzin choćby.

— Dla czego na parę godzin?

— Bo tam dłużej nie wytrzymałbyś, umarłbyś z nudów. Ach, jak tam nudnie, szaro, pusto, to nie masz pojęcia. Gdyby nie Antka, to dwóch godzin nie wytrzymałbym pod tym dachem ojców moich.

— A sam ojciec?

— Ojciec mój, to zmumifikowana szlachetczyzna z czasów demokracyi, to nawet demokrata zajadły, ale demokrata szlachecki, jak zresztą cała nasza demokracya. Bardzo ciekawy typ — zamilkł i uśmiechał się drwiąco, ale w oczach miał wilgotne blaski rozrzewnienia kochał bowiem ojca całą duszą.

— Kiedyż pojedziesz?

— Jak tylko Moryc przyjedzie, a nawet jak tylko Knoll powróci, bo dzisiaj telegrafowano po niego. Bucholc bardzo chory, dawna choroba serca odezwała się, miał przy mnie tak straszny atak, że ledwie go uratowano, co mu zresztą nie przeszkodziło, powróciwszy do przytomności, nawymyślać mi w taki miły sposób, że musiałem wymówić miejsce.

— Tak spokojnie mówisz o tem? — wykrzyknął Maks, widząc, że Karol podniósł się i oglądał włóczkowe, czerwono-żółte patarafki, na jakich stały lichtarze i lampy.

— Prędzej czy później musiałbym to zrobić. Skorzystałem tylko z doskonałej okazyi, bo mój kontrakt kończy się dopiero w październiku.

— Czyli miałeś sposobność na brutalstwa odpowiedzieć oburzeniem z dodatkiem swojej dymisyi.

Karol zaczął się śmiać, chodził po pokoju i oglądał szeregi kredkowych portretów, wiszących na ścianach.

— Cała mądrość życia polega właśnie na tem, aby w porę się oburzać, śmiać, bawić, gniewać, pracować, ba! aby nawet w porę wycofać się z interesów. Czyje to portrety?

— To nasza menażerya familijna. Rozumiem wartość tego co mówisz, ale nigdy nie potrafiłem się uchwycić takiej chwili, nigdy nie mogłem się przystosować, zawsze mnie ponosi.

„Sąd bez miłosierdzia czyńcie temu, kto nie czynił miłosierdzia".

Czytał Karol głośno biblijny werset, wyszyty czerwonym jedwabiem na kanwie, oprawnej w dębowe ramy i zawieszonej pomiędzy oknami.

— Ach, czytasz święte protestanckie maksymy. To starym niemieckim obyczajem wyszyto i powieszono.

— A wiesz, to mi się podoba, te biblijne wersety nadają oryginalny ton domowi.

— Masz racyę. Był u nas Trawiński.

— Wiem, bo właśnie od niego idę, stary twój mu pomógł.

— Domyśliłem się tego, bo nic ze mną nie mówił i unikał mojego wzroku. Nie wiesz jak wysoko?

— Dziesięć tysięcy.

— Siakrew! te niemieckie sentymentalizmy — zaklął cicho.

— Pieniądz pewny — uspakajał go Karol, oglądając aksamitne meble, pokryte gipiurowymi pokrowcami.

— Ja wiem, bo ten idyota Trawiński nie umiałby zarobić dziesięciu groszy nieuczciwie, ale idzie mi o to, że stary pomaga wszystkim, w których tylko wierzy i wszyscy ma się rozumieć go naciągają. Fabryka ledwie dyszy, towarem gotowym tak zawalone wszystkie składy, że niema gdzie kłaść, sezon niewiadomo jak pójdzie, a ten bawi się w przyjacielską filantropię, ratuje innych.

— Prawda, bo Trawińskiego uratował.

— Ale siebie gubi, mnie gubi.

— Pociesz się, że masz za ojca najuczciwszego w Łodzi człowieka.

— Nie drwij, jużbym wolał, żeby on był trochę mądrzejszy.

— Zaczynasz mówić na sposób Welta.

— Ty myślisz lepiej?

— Inaczej tylko; lepiej — gorzej, uczciwiej — nieuczciwiej, dyalektyka i nic więcej.

— Jakże ci się wydała ta legendowa Trawińska?

— Krótko, po sienkiewiczowsku ją określę: bajeczna!

— Przesadzasz chyba, skądby Trawiński wziął taką!

— Nic nie przesadzam, jeśli dodam jeszcze, że piękna i dystyngowana; a skąd Trawińskiego stać na taką żonę, to nie zapominaj Maks, że Trawiński jest zupełnie przystojny i bardzo wykształcony człowiek. Nie patrz na niego jako na fabrykanta, któremu się nic nie wiedzie, ale jako na człowieka. Otóż on, jako człowiek jest wyjątkowym okazem, wysubtelnionym przez dawną w rodzinie kulturę. Opowiadał mi, że ojciec jego, bardzo bogaty obywatel z Wołynia, zmusił go niejako do założenia fabryki. Staremu przewrócił w głowie wielki przemysł i wydaje mu się to obowiązkiem narodowym, aby szlachta szła współzawodniczyć z podlejszą nacyą w pracy około podźwignięcia tego przemysłu. Widzi nawet odrodzenie tej kasty w przemyśle. Trawiński zaś tak się do tego nadaje, jak ty naprzykład do zatańczenia mazura, ale ojca usłuchał, no i powoli stapia w swojej przędzalni ojcowskie kapitały, wyprzędza mu lasy i ziemię. Widzi sam i czuje to doskonale, że ta nasza łódzka ziemia obiecana, musi się stać dla niego ziemią przeklętą, ale pomimo to walczy uparcie z niepowodzeniem i brakiem szczęścia. Uparł się i chce przemódz.

— Czasem tacy wychodzą dobrze na swoim uporze. Ona wie o jego położeniu?

— Chyba nie, bo on z tego gatunku ludzi, co to gotowi umrzeć w ofierze, byle się do ich najdroższych nie przedarła żadna wieść przykra, żadna troska.

— Znaczy, że kocha tę swoją bajeczną.

— Tam jest coś więcej niż miłość, bo cześć prawie i wspólne uwielbienie, dosyć wyraźnie czytałem to z ich spojrzeń.

— Dlaczegóż ona się nigdzie nie pokazuje?

— Nie wiem. Nie masz pojęcia co ta kobieta ma wdzięku w rozmowie, w ruchach, jak cudownie miękko podnosi głowę.

— Gorąco mówisz o niej.

— Domyślnie-głupio się uśmiechasz i na nic, bo ja się w niej nie kocham, ani nawet mógłbym kochać. Podoba mi się tylko jako typ pięknej kobiety o bardzo uduchowionym wyrazie, ale to nie mój typ, chociaż przy niej wszystkie nasze łódzkie piękności, to zwykły perkal przy czystym jedwabiu.

— Ufarbuj go na swój kolor.

— Daj spokój z farbiarskimi dowcipami.

— Już idziesz? to razem pójdziemy.

— Ba, mam jeszcze interes na mieście.

— Czyli mam cię nie krępować sobą.

— Cudownieś pojął. Kłania ci się Kurowski, w sobotę będzie i zaprasza na zwykłą kolacyę, a tymczasem zapytuje listownie, czy gruby szwab, to niby ty, nie schudł, a cienki żyd nie utył — to do Moryca.

— On zawsze bawi się w dowcipy. Bucholc wziął jego chemikalia?

— Już od miesiąca używamy.

— To on dobrze stanie, bo słyszałem, że Kessler et Endelman zawarli z nim również umowę.

— Tak, pisał mi o tem. On już jest na najlepszej drodze do majątku, już go robi nawet.

— Niechaj robi i my go mieć będziemy.

— Wierzysz w to Maks?

— Po co ja mam wierzyć, ja wiem, że mieć go będziemy, przecież jest do zrobienia, co?

— O jest, ma racyę i zrobimy go. Ale jeśli w domu zastaniesz Horna, bo miał przyjść do mnie, to mu powiedz, żeby zaczekał koniecznie, bo najdalej za dwie godziny będę.

Obgadali jeszcze depesze Moryca i Karol pożegnawszy wszystkich, wyszedł razem z Józiem, który ukłoniwszy mu się zaraz przed domem, zniknął w ciemnych uliczkach.

X.

Józio szedł odwiedzić rodziców, bo stale mieszkał u Baumów.

Jaskólscy mieszkali daleko, za starym kościołem, w jakiejś uliczce bez nazwy, która tyłami dotykała tej słynnej miejscowej rzeczki, służącej za rynsztok, odprowadzający wszelkie odpływy fabryk.

Uliczka podobna była do śmietnika, pełnego odpadków wielkiego miasta.

Józio przesunął się śpiesznie i wszedł do nietynkowanego domu, który świecił wszystkiemi oknami od suteren aż po strychy niby latarnia i wrzał cały ludzkim rojem, jaki się w nim gnieździł.

W ciemnej sieni, przepełnionej strasznymi zapachami i zaniesionej błotem, namacał brudne aż do lepkości poręcze i zbiegł szybko do suteryn; długi korytarz bez podłogi, zarzucony śmieciami i sprzętami gospodarskimi, pełen również błota i wrzawy ludzkiej i smrodów, oświetlał mały kaganek kopcący się pod sufitem.

Przedarł się przez porozstawiane na drodze zawady i dotarł do końca korytarza.

Buchnęło na niego gorące, piwniczne powietrze przesycone zgnilizną i wilgocią ściekającą rudymi pasami po wybielonych ścianach.

Gromada dzieci rzuciła się na jego przywitanie.

— Myślałam, że dzisiaj już nie przyjdziesz? — szepnęła wysoka, chuda, przygarbiona kobieta, o zielonkowatej zapadłej twarzy i wielkich czarnych oczach.

— Spóźniłem się mamusiu, bo był u nas pan Borowiecki, dyrektor od Bucholca i przez to nie śmiałem wyjść prędzej. Ojciec nie był jeszcze?

— Nie — odpowiedziała głucho i poszła nalewać herbatę do kominka, odgrodzonego od izby kawałem materyału zawieszonego na drutach.

Józio poszedł za nią za zasłonę i położył przyniesione ze sobą prowianty.

— Wziąłem dzisiaj od starego pieniądze za tydzień, może mama schowa.

Położył cztery ruble z kopiejkami; brał pięć tygodniowo.

— Nic sobie nie zostawiasz?

— Mamusiu, mnie nie potrzeba na nic. Żal mi tylko, że nie mogę jeszcze zarobić tyle, ile mamie potrzeba — mówił z prostotą; jego nieśmiałość gdzieś zniknęła zupełnie.

Pokrajał chleb na kawałki i chciał wrócić do izby.

— Józiu, mój synu drogi, moje dziecko kochane — szepnęła matka łzawym głosem i łzy jak groch posypały się po jej wynędzniałych policzkach i spadały na głowę syna, którą przyciskała do piersi.

Chłopak ucałował jej ręce i z rozweseloną twarzą powrócił do reszty rodzeństwa, które siedziało na ziemi, pod małem okratowanem okienkiem, wychodzącem na trotuar; było tego czworo, w wieku od lat dwóch do dziesięciu, bawiły się bardzo cicho, bo starszy od nich trzynastoletni chłopiec leżał na łóżku, chory na suchoty; łóżko było nieco odsunięte od ściany z powodu wilgoci, jaka się zsączała na pościel.

— Antoś! — pochylił się nad poduszką ku bladej, zielonawej twarzy, która z głębi kolorowej pościeli patrzyła szklistemi nieruchomemi oczami z jakimś tragicznym spokojem zamierania.

Chory nie odezwał się, poruszał tylko ustami i utkwił w nim szare, błyszczące oczy, a potem dotknął się wychudłemi palcami jego twarzy, z pieszczotliwością dziecinną i uśmiech blady, podobny do uśmiechu kwiatów więdnących, prześlizgnął mu się po sinawych ustach i ożywił martwe spojrzenia.

Józio usiadł przy nim, popoprawiał mu poduszki, uczesał swoim grzebykiem rozrzucone, pozlepiane i miękkie jak jedwab jasne włosy i znowu zapytał:

— Antoś, dobrze ci dzisiaj?

— Dobrze — wyszeptał cicho i zaczął mrużyć oczy potakująco i uśmiechać się.

— Niedługo wyzdrowiejesz!

Trzasnął z zadowoleniem w palce. On swoim zdrowym, silnym organizmem nie odczuwał zupełnie grozy tej choroby brata.

Antoś bowiem umierał powoli na suchoty, jakie się wywiązały z silnej influenzy, a chorobie dopomagała nędza, jaka żarła całą rodzinę od lat dwóch, to jest od czasu sprowadzenia się na bruk łódzki ze wsi; dobijała go twarz matki, która codziennie była smutniejsza, dobijało go młodsze rodzeństwo, które było coraz cichsze i te wieczne klekotania warsztatów, co prawie bezustanku, dzień i noc wstrząsały nad jego głowami sufitem, ta wilgoć jaka ściekała po ścianach, te wrzaski sąsiadów i bijatyki, jakie się często zrywały w sąsiednich suterynach i na górze; a najwięcej ta świadomość, powiększająca się z dniem każdym, nędzy ich wszystkich.

Chłopiec był bardzo rozwiniętym, nieszczęścia, jakie ich spotkały i ta choroba przewlekła rozwinęły go jeszcze więcej. A przytem była to natura cicha i marząca.

— Józiu, jeszcze nie zielono na polach? — zapytał cicho.

— Nie, dopiero piętnasty marzec dzisiaj.

— Szkoda — i oczy mu pociemniały żalem.

— Za miesiąc będzie zielono i ty już będziesz zdrowy wtedy, to zbierzemy sobie kolegów i pójdziemy na majówkę.

— Wy pójdziecie tylko sami i mama pójdzie i ojciec i Zośka pójdzie i Adaś pójdzie, wszyscy pójdą, wszyscy, a ja nie pójdę, nie — zaczął trząść głową.

— Jak wszyscy to przecież i ty z nami.

— Nie, Józiu, bo mnie już nie będzie z wami — mówił wolno i zaczęły mu piersi wznosić się łzami, jakie chciał powstrzymać, ale nie mógł, bo się polały jak wielkie perły, a on patrzał po przez te łzy w jakąś głąb przerażającą, usta zaczęły mu drgać i wielki strach śmierci tak nim zatrząsł, że zerwał się jakby do ucieczki. — Józiu, ja nie chcę umierać, nie chcę, Józiu! — szeptał i jakiś straszny żal rozdzierał mu serce.

Józio go ogarnął rękami i zasłonił sobą, bojąc się, żeby matka tego nie spostrzegła i zaczął go pocieszać.

— Nie umrzesz, doktór wczoraj mówił mamie, że najdalej w maju będziesz zdrowy zupełnie. Nie płacz, bo mama usłyszy — szepnął mu ciszej.

Antoś uspokoił się nieco, otarł szybko łzy i długo patrzał na zasłonę, po za którą była matka.

— Jak wyzdrowieję, to pojadę do wuja Kazia na całe lato, prawda?

— Mama już o tem nawet pisała do wuja.

— W czerwcu, to akurat będą młode dzikie kaczki już w knotach. Wiesz, mnie się wczoraj śniło, że jechałem czółnem po naszym stawie, a ty i pan Walicki strzelaliście do kaczek wodnych. Tak było ładnie na wodzie! Potem byłem tylko sam i słyszałem najwyraźniej jak na łąkach klepali kosy. Chciałbym widzieć nasze łąki.

— Zobaczysz je jeszcze.

— Ale kiedy one już nie nasze. Wiesz, dlaczego ja z tego bułanka zleciałem, co to mnie ojciec tak wybił za to? Nie chciałem wtenczas mówić, bo Maciek byłby dostał po łbie, ale to on winien, tak popręgi spiął luźno, że siodło się ze mną przekręciło i dlatego musiałem zlecieć. A na tatusiowym ogierku to jużbym się nie bał jeździć. Uważasz, założyłbym mu kantar ze ściągaczami, wziąłbym go krótko, żeby nie mógł się zedrzeć do góry i nie stanął dębem i dopiero go lekko szpicrutą pod brzuch, poszedłby, co?

— O, poszedłby, ale go nie ściągniesz, on twardy w pysku.

— Ściągnę, Józiu! O, wziąłbym go tak — zaczął pokazywać rękami, jak to on weźmie za lejce; ściągnął brwi w tym wysiłku, cmokał ustami i pochylał głowę, jakby poddając się ruchowi konia.

Czerwone plamy zabarwiły mu policzki.

— Józiu, i my pojedziemy! — wołały dzieci, skupiając się koło łóżka.

— Pojedziecie, ale powozem — odpowiadał seryo.

— Powozem, w ćteli kaśtany — szczebiotała dziewczynka, przyciskając do kolan Józia jasną jak len główkę i niebieskiemi oczkami, pełnemi radości wodziła po braciach.

— Heta! wio! — wykrzykiwał gruby chłopak, pchając przed sobą krzesełko i okładając je jakimś batem, zrobionym z troków fartucha matki.

— Pojedziesz Hela, wszyscy pojadą i Ignaś i Boleś i Kazio.

— Mama nas ubierze i pojedziemy do kościoła, prawda Józiu?

— Józiu, a ja wiem co to kościół! To ten dom, cośmy jechali do niego tak długo za młynem i tam grlają organy buuum... buuum... a ludzie noszą takie chustki z obrazkami na kijach i tak śpiewają: A! a! a! a! — zaczął śpiewać, naśladując te słyszane kościelne śpiewy; wziął miotłę z kąta, powiesił na nią Antosiową, zaplamioną krwią chustkę i chodził dookoła stołu z wielką powagą.

— Zaczekaj Bolciu, zrobimy kościół — wołała starsza dziewczynka i zaraz wszystkie pookrywały sobie głowy czem kto miał, pobrały z komody książki.

— A ja będę księdzem — wykrzyknął najstarszy z nich dziewięcioletni Ignaś. Okrył się fartuchem, włożył na nos okulary matki, rozłożył książkę i zaczął śpiewać cienkim głosikiem.

— In saecula saeculorum... um...

— Amen!... — odpowiadały dzieci chórem i śpiewały wciąż, obchodząc z wielką powagą stół dookoła.

Zatrzymywali się na każdym rogu, bo ksiądz przyklękał, żegnał ich; śpiewał kilka dźwięków i szli dalej, wydobywając z duszy te dźwięki pieśni, jakimi na wsi karmili się od dzieciństwa.

Jaskólska patrzyła na nich w milczeniu.

I Antoś nucił pół głosem, Józio spoglądał na matkę, która ukradkiem obcierała oczy, wsparła się na stoliku i utonęła na chwilę w tej niedawnej przeszłości, która tak bardzo żyła w ich sercach.

A Antoś kładł całą duszę w te przypomnienia.

Przestał śpiewać, bo stracił poczucie rzeczywistości, przeniósł się duszą do tej wsi ukochanej, za którą umierał z tęsknoty, jak roślina przesadzona na zły grunt.

— Dzieci, do herbaty! — zawołała po chwili matka.

Antoś się obudził natychmiast i nie wiedział gdzie jest, oglądał się prawie ze zdumieniem po izbie, po tych ścianach zielonych od wilgoci, na których gniły razem z całą rodziną portrety przodków w poczerniałych ramach, uratowane z rozbicia po tej strasznej rzeczywistości, i łzy zaświeciły mu w oczach, leżał niemy i patrzył martwo na szaro-rudawe krople wilgoci błyszczące na ścianie.

Józio wysunął stół na środek i wkrótce cała rodzina go obsiadła, dzieci rzuciły się chciwie na chleb i herbatę, tylko Józio nie jadł, spoglądał poważnym ojcowskim wzrokiem na te jasne głowy i na oczy, z niespokojnością śledząc znikanie chleba i na matkę, która z twarzą męczennicy, pochylona, wynędzniała, przesuwała się po izbie niby cień delikatny i obejmowała wszystkich mocnem spojrzeniem miłości bezgranicznej. Jej arystokratyczna twarz o rysach bardzo delikatnych i wytwornych, napiętnowana jakby stygmatem bólu zakrzepłego, najczęściej zwracała się do chorego.

Nikt nic nie mówił przy herbacie.

Nad głowami bezustannie trzaskały warsztaty tkackie i warczały głucho kołowrotki, od czego cały dom drżał ustawicznie, a chwilami wrzawa głucha przedzierała się z ulicy okienkiem i zalewała izbę, albo odgłosy człapiących po błocie kroków, lub chlapanie przejeżdżających wozów i szczęk uprzęży.

Lampa, otoczona zieloną umbrelką, przyciemnione światło rozlewała na izbę i oświetlała tylko głowy dzieci.

Drzwi się gwałtownie otworzyły i wbiegła młoda dziewczyna, z hałasem otupując nogi z błota o próg.

Jaskólską ucałowała zamaszyście, wyściskała się z dziećmi, które się do niej rzuciły z okrzykiem, podała rękę Józiowi i pochyliła się nad chorym.

— Dobry wieczór Antoś, masz fijołki! — zawołała i odpiąwszy od wydatnego gorsu bukiecik, rzuciła mu na piersi.

— Dziękuję. Dobrze żeś przyszła, Zośka, dziękuję!

Chciwie wciągał w siebie delikatny zapach kwiatów.

— Prosto idziesz z domu?

— Nie, byłam u Szulcowej, grał na harmonii Felek, posłuchałam trochę i poleciałam do Mani, a od niej wstąpiłam do państwa po drodze.

— Mama zdrowa?

— Dziękuję pani, bardzo zdrowa, bo się wykłóciła tak z nami, że ojciec poszedł na piwo, a ja uciekłam na cały wieczór. Wiesz Józiu, ten twój młody Baum, to bardzo przystojny facet.

— Poznałaś go?

— Pokazywała mi go dzisiaj w południe jedna gremplarka.

— Bardzo dobry człowiek — odpowiedział gorąco i patrzył za Zośką, która nie mogła usiedzieć na miejscu, wyręczyła Jaskólską w nalewaniu herbaty, pooglądała książki leżące na starej komodzie, podkręciła lampy, obejrzała szydełkową serwetę, jaką była nakryta maszyna do szycia, przygładziła dzieciom włosy i kręciła się po izbie jak fryga.

Smutne i ponure jak grób mieszkanie napełniła weselem młodości bujnej i zdrowia, jakie tryskało z jej śniadej, bardzo ładnej twarzyczki i czarnych bystrych oczów.

Miała w ruchach i w stanowczości z jaką mówiła, wiele męskiego, był to wynik pracy w fabryce i przebywania stałego z mężczyznami.

— Nie powinna pani nosić tej chustki na głowie, to panią szpeci.

— Zabawna jesteś Zosiu z tą uwagą.

— Ale, o! — trzasnęła się w biodro, pociągnęła za nos bardzo zgrabny o maleńkich prześlicznie wykrojonych nozdrzach i zaczęła przepinać włosy przed małem źwierciadełkiem, wiszącem na ścianie.

— Ale ty jesteś coraz ładniejsza, moja Zosiu!

— Ba! Powiedział mi to samo wczoraj młody Kessler, ten, co jest u nas w przędzalni dyrektorem.

Roześmiała się swobodnie.

— Ciebie to cieszy?

— Mnie to wszystko jedno. Wszystkie facety mi to mówią, ale ja się z tego śmieję — wydęła pogardliwie mocno czerwone usta, ale znać było po jaśniejącej zadowoleniem twarzy, że te uznania ją radują.

Gadała bezustannie, opowiadając różne szczegóły o robotnicach z ich fabryki, o majstrach, o dyrektorach; pomagała później Jaskólskiej porozbierać do snu dzieci, które się mocno temu opierały, bo wszystkie przepadały za nią, tak je umiała zająć i zabawić.

— Wie pani, sprzedałam i te kapy szydełkowe i dwa kaftaniki. Pieniądze będą w sobotę, po wypłacie.

— Bóg ci zapłać, Zosiu!

— Co tam! Niech pani takich kaftanów zrobi więcej, tylko trochę ozdobniejszych, to już ja je wtrynię naszym.

— Któż kupił kapy?

— Młody Kessler. Zobaczył, że w podwieczorek pokazywałam w kantorze, zabrał je do domu i powiedział, że matka kupiła; nawet się nie targował, to feiny facet! Antoś, a pamiętasz jakżeśmy w przeszłym roku tańcowali na Mani?

— Pamiętam — odpowiedział żywo.

— W tym roku ma fabryka wyprawić wszystkim majówkę, pojedziemy do Rudy. Ja tam, żeby mama nawet na głowie stawała, to muszę z ojcem pojechać. Józiu, graliście w niedzielę?

— Graliśmy, ale Adasia nie było, w domu był?

— Co tam Adaś, on już nie był w domu z miesiąc, podobno ciągle przesiaduje u tych pań na Spacerowej, a to podobno są jakieś lafiryndy.

— Nie mów tak Józiu, ja znam dobrze panią Łapińską i panią Stecką, to bardzo porządne kobiety, straciły jak i my majątek, a teraz ciężko pracują jak wszyscy.

— Ja tam nie wiem, mama mówiła, ale mama tak łże czasami, aż się kurzy, a na te panie wciąż wygaduje, może dla tego, że Adam tam wciąż przesiaduje.

Adam, był to Malinowski, ten popielaty blondyn, z zielonemi oczami, a Zośki brat rodzony.

— Ojciec chodzi na nocną robotę?

— A jakże, dyma od dziesiątej do szóstej rano.

— Wie mama — przerwał milczenie Józio. — Spotkałem dzisiaj w południe na Piotrkowskiej Stacha Wilczka, tego co mi dawał korepetycye w szóstej klasie, syna organisty z Kurowa. Pamięta go mama? Był u nas raz na wakacyach.

— Cóż on w Łodzi robi?

— Nie wiem, mówił, że robi wszystko, służy w ekspedycyi kolejowej, ale prowadzi przytem różne przedsiębiorstwa: trzyma konie, którymi wozi węgle ze stacyi do fabryk, ma skład drzewa na Mikołajewskiej i podobno otwiera w Warszawie sklep z resztkami z fabryk zgierskich. Namawiał mnie, żebym przyjął miejsce w jego składzie.

— Cóżeś mu powiedział?

— Odmówiłem stanowczo, bo chociaż płaciłby więcej, ale kto wie jak on długo może potrwać.

— Dobrześ zrobił, a przytem być w zależności od jakiegoś organiściaka. Pamiętam go dobrze jeszcze z tych czasów, kiedy do nas przynosił opłatki na Boże Narodzenie.

— Przystojny facet? — zapytała Zosia.

— O przystojny i tak się elegancko ubiera jakby był co najmniej właścicielem fabryki.

— Kłaniał się mamie i powiedział, że przyjdzie nas odwiedzić.

— Mój Józiu, niechaj nie przychodzi lepiej, po co ma widzieć jak i gdzie mieszkamy, nie, nie, nie, sprawiłaby mi przykrość wielką ta wizyta. Niech mu tam Pan Bóg dopomaga w interesach, ale po co ma znać nasze położenie.

— Ale, bo widzi pani, taki to może się czasem przydać.

— Moja Zosiu, już my od takich nie będziemy żądać pomocy — przerwała jej dosyć cierpko, bo cała jej duma się oburzyła, aby brać cośkolwiek od jakiegoś chłopaka, któremu w lepszych czasach sama pomagała dostać się do gimnazyum, od syna jakiegoś organisty, którego się przyjmowało w przedpokoju i obdarowywało różnymi produktami.

Ta możliwość wydała się potworną dla jej dumy rodowej.

— Ojciec idzie z doktorem — szepnął Antoś, usłyszawszy głosy w korytarzu.

Wszedł istotnie Jaskólski, poprzedzany przez Wysockiego, o którym mówiono, że ma klientelę najliczniejszą w Łodzi, ale za to jest na utrzymaniu u własnej matki, bo leczył tylko samą nędzę.

Pozdrowił wszystkich przyjaźnie, zatrzymując dłużej oczy na Zośce, która wysunęła się naprzód, aby być lepiej widzianą, a potem wziął się do egzaminowania chorego.

Zośka pomagała mu tak gorliwie unosić Antosia, tak się wciąż kręciła koło łóżka, że zniecierpliwiony powiedział:

— Proszę nas samych zostawić.

Zirytowana poszła za zasłonę, gdzie Jaskólski siedział na pace od węgli i prawie z płaczem usprawiedliwiał się przed żoną.

— Jak honor kocham, pijany nie jestem. Spotkałem się ze Stawskim, pamiętasz go? Przyjechał do Łodzi sierota, bo i jego tak samo jak nas szwaby wyłuskały z majątku. Poszliśmy do Polskiego hotelu, spłakaliśmy się nad naszą dolą, wypiliśmy po kieliszku i masz całą bibę naszą, a później nastręczyłem jednemu żydowi konie do kupna i znowuśmy pili litkup i więcej już nic. Byłem u Szwarca, miejsce już zajęte, ale podobno otwiera się jakieś miejsce w magazynach kolejowych, jutro pójdę do dyrektora, może mi się uda dostać.

— Jak zawsze ci się udaje — szepnęła cicho i z goryczą i patrzyła z niepokojem na Antosia i doktora.

Jaskólski utkwił zaczerwienione oczy w lampce i milczał. W jego obrzękłej twarzy o sumiastych wąsach jasnych, tkwiła rozpaczliwa bezradność i jakieś tragiczne prawie niedołęstwo.

Był istotnie typem niedołęgi.

Przez niedołęztwo stracił swój i żony majątek, przez niedołęztwo nie mógł od dwóch lat znaleźć miejsca, bo jeśli dostał jakie za staraniem przyjaciół, tracił również przez niedołęztwo.

Miał wielką rozmiękczoną czułość, słabą nadzwyczaj głowę, wytrwałości ani za grosz, płakał z najmniejszego powodu, żył nadzieją spadków i zmiany na lepsze, a tymczasem szukał miejsca, stręczył konie i rozpijał się powoli także z niedołęztwa, nie mając siły oprzeć się sposobnościom i pozwalał rodzinie ginąć z nędzy, bo sam nie potrafił temu zaradzić, a zresztą nic nie umiał i do niczego nie był zdolnym.

Ona, Jaskólska, zaczęła szyć kaftaniki, fartuchy, czepki i chodziła w niedzielę sprzedawać na Stare Miasto; zaczęła przyjmować pranie od robotników, mieszkających w tym domu, ale zbrakło jej sił; zaczęła stołować tychże robotników, ale i to nie wystarczało; więc choć wiedząc, że nic nie umie, zaczęła dawać lekcye dziewczynkom różnych majstrów i oficyalistów fabrycznych, lekcye języków polskiego i francuskiego i gry na fortepianie.

Te wszystkie sposoby zarobkowania, ta praca wytężona, po osiemnaście godzin dziennie, dawała jej razem rubli dziesięć miesięcznie.

Broniła jednak wszystkich od głodowej śmierci i obroniła.

Zaczęło się ich położenie poprawiać od pewnego czasu, gdy Józio zarabiać począł po dwadzieścia rubli miesięcznie i oddawał matce co do grosza.

— Cóż, panie doktorze? — zapytała, podchodząc do niego, gdy skończył konsultacyę.

— Bez zmiany. Lekarstwa dawać te same, a do mleka można dolewać koniaku.

Wyjął z palta butelkę i pudełko z proszkami.

— Więc jakże? — zapytała tak cicho, że raczej się domyślił niż usłyszał.

— Nic nie wiadomo. Tylko potrzeba go wysłać na wieś, jak tylko zrobi się ciepło. Myślałem o koloniach letnich, ale to nie dla niego. W każdym razie dwoje starszych, mogę się postarać, aby wysłano z innemi, kilka tygodni na wsi zrobi im doskonale.

— Dziekuję panu — szeptała.

— No, zuchu, pojedziemy w lecie na trawę, co?

— Dobrze, panie doktorze.

— A lubisz czytać?

— Bardzo, tylko, że już wszystkie książki, nawet stare kalendarze przeczytałem.

— Przyślę ci jutro nowe książki, ale co przeczytasz, musisz mi opowiedzieć.

Antoś ściskał mu mocno rękę, nie mogąc słowa przemówić z radości.

— No, bądź zdrów, za parę dni znowu zajrzę do ciebie.

Pogłaskał go dobrotliwie po spoconem i zimnem czole i zaczął kłaść palto.

— Panie doktorze — szepnął nieśmiało. — One tak pachną, te fiołki. Mój złoty doktorze, niech je pan weźmie. Pan taki dobry dla mnie jak mama, jak Józio, niech pan weźmie, mnie dała Zośka, niech pan weźmie — prosił cichutko i tak serdecznie, że Wysocki z uśmiechem rozrzewnienia fijołki przypiął do klapy palta.

Kiedy się żegnał, Jaskólska chciała mu wsunąć w rękę rubla.

Odskoczył jak oparzony.

— Bez głupstw, proszę pani — wykrzyknął zirytowany.

Ależ nie mogę wymagać, aby doktór poświęcał tyle czasu i trudów... nie.

— Zresztą już mi mały zapłacił. Dobranoc pani.

Zniknął w korytarzu z Jaskólskim, który go odprowadzał przez zaułki do

Piotrkowskiej.

— Głupie fanaberye szlacheckie — mruczał Wysocki, biegnąc tak szybko, że Jaskólski nie mógł nadążyć.

— Nie ma doktór nic dla mnie? — zapytał nieśmiało, równając się z nim wreszcie.

— Miejsca są, tylko tam potrzeba robić.

— Więc ja pracować nie chcę?

— Może pan i chcesz, tylko to nie wystarcza w Łodzi, tu trzeba umieć pracować. Dlaczegoś pan nie siedział u Weisblata? miejsce było niezłe.

— Słowo honoru, nie winienem nic. Dyrektor mnie prześladował tak, że nie mogłem wytrzymać, obrażano mnie ciągle...

— Tych, co obrażają, bije się po zębach, a przedewszystkiem nie daje się powodów ani do żartów, ani do obraz. Musiałem się wstydzić za pana.

— Dlaczego, przecież pracowałem uczciwie.

— Wiem, ale musiałem wstydzić się pańskiego niedołęztwa.

— Tak robiłem jak umiałem i mogłem — szepnął ze łzami w głosie.

— Nie płacz-no pan u dyabła, nie facyenduje mi pan ślepego konia, więc wierzę na zwykłe słowo.

— Słowo honoru daję, ale pan mnie obraża...

— Więc wracaj pan z Bogiem do domu, sam trafię na Piotrkowską.

— Żegnam — rzucił krótko Jaskólski i zawrócił do powrotu.

Wysockiemu, wstyd było własnej brutalności względem tego niedołęgi, ale bo go tak irytował, że nie mógł się powstrzymać.

— Panie Jaskólski — zawołał za odchodzącym.

— Słucham pana.

— Może panu potrzeba pieniędzy, kilka rubli mogę pożyczyć.

— A nie, słowo honoru daję, że dziękuję — bronił się słabo i już zmiękł i zapomniał o obrazie.

— Weź pan, oddasz mi pan razem, jak ten spadek po ciotce odbierzesz.

Wsadził mu w rękę trzy ruble i poszedł.

Jaskólski ze łzami oglądał pieniądze pod latarnią, wzdychał i powlókł się do domu.

Wysocki przedostał się na Piotrkowską i szedł wolno w górę, pełen głębokiego znękania tą nędzą, jaką codziennie widywał.

Wlókł zmęczonym, smutnym wzrokiem po mieście przycichłem, po fabrykach, które majaczyły w głębi dziedzińców jak czarne, śpiące potwory, po nielicznych oświetlonych oknach, jakie patrzyły w czarną wilgotną noc. Czuł się dziwnie zdenerwowanym i niespokojnym, miał duszę pełną lęku niewytłumaczonego i tych niepokojów dziwnych, które bez przyczyn zewnętrznych przylatują, obsiadają duszę i tak ją straszą, że wtedy człowiek zdenerwowany patrzy z obawą na domy, czy się nie walą na niego, czeka i spodziewa się jakich strasznych wieści, myśli o wszystkich nieszczęściach, jakie ludzi spotykają.

Wysocki był w podobnym nastroju.

Nie chciało mu się iść do domu, nie chciało mu się nawet wstąpić na gazety do cukierni, obok której przechodził, obojętnem mu było w tej chwili wszystko, bo zaczęła mu się w duszę wżerać coraz silniej zmora niepokoju.

— Głupie życie prowadzę — myślał — Zupełnie głupie!

Przed teatrem spotkał się oko w oko z Melą, szła z Różą z przedstawienia, powóz jechał za niemi.

Przywitał się dosyć obojętnie i chciał żegnać zarazem.

— Nie odprowadzisz nas?

— Nie chciałem wam przeszkadzać.

— Chodź na herbatę, w domu musi już czekać Bernard.

Poszedł w milczeniu, nie odzywał się, bo nie chciało mu się mówić nawet.

— Co tobie, Wysocki?

— Nic, prócz zwykłego zdenerwowania i jakiejś ostrej apatyi.

— Spotkało cię co złego?

— Nie, ale oczekuję na złą wieść, a nigdy mnie jeszcze przeczucie nie zawiodło.

— Mnie tak samo, ale wstydziłam się przyznawać — szepnęła Mela.

— A przytem byłem u nędzarzy dzisiaj, nałykałem się tyle widoków niedoli ludzkiej, że się upiłem.

Wstrząsnął się nerwowo.

— Jesteś chory na litość, jak mówi o tobie Bernard.

— Bernard! — zawołał mocniej — on ma stałe delirium tremens opluwania wszystkiego, on jest jak ślepy, który chce wmawiać we wszystkich, że nic niema, ponieważ sam nie widzi.

— Co to za nędzarze? możeby im pomódz? — zapytała Mela.

Opowiedział im położenie Jaskólskich i kilku innych rodzin robotniczych. Słuchała ze współczuciem, notując w pamięci adresy.

— Dlaczego ludzie muszą się tak męczyć? za co? — szepnęła.

— Teraz ja się spytam, co tobie Mela? Masz łzy w głosie?

— Nie pytaj, nie chciej wiedzieć nawet.

Pochyliła głowę na piersi.

Nie pytał się, popatrzył się na jej twarz i zapadł znowu w zadumę.

Patrzył w puste, umilkłe ulice, upunktowane szeregami latarń, na szeregi domów podobnych do skamieniałych głów potworów, leżących obok siebie, które zdawały drgać szybami okien w świetle żółtawem ulicy, jakby przez ciężki i niespokojny sen.

— Co jej jest? — myślał, ogarniając rozpalonem spojrzeniem jej głową i czuł, że ten jej smutek zaczyna go boleć i nękać.

— Nie bardzo musiałyście się bawić w teatrze?

— Przeciwnie! Ale straszna jest potęga miłości! — mówiła Róża, jakby wypowiadając dalszy ciąg myśli. — Jak ta Safo cierpiała! Wszystkie jej krzyki, błagania, wszystkie jej boleści pamiętam, mam je w sobie jeszcze. Przeraziła mnie taka miłość, nie rozumiem jej, wątpię nawet, czy można tak bardzo czuć, tak zupełnie oddać się miłości, tak przepaść w niej.

— Można... można... — szeptała cicho Mela, podnosząc oczy.

— Przejdź na moją stronę, Wysocki! Daj mi rękę.

I gdy to zrobił, wzięła jego chudą rękę i przyłożyła do czoła i twarzy rozpalonej.

— Czujesz, jak jestem zgorączkowana?

— Strasznie. Po cóż chodzić na takie denerwujące sztuki?

— Więc cóż ja w końcu robić będę! — wykrzyknęła boleśnie i rozszerzonemi oczami zawisła na jego twarzy. — Ty mi nie dasz rady żadnej na nudę, a mnie się już znudziły wszystkie fiksy, nudzą mnie przejażdżki po mieście, nudzą mnie wyjazdy za granicę, bo nie cierpię hotelowego życia, a teatr jeszcze mnie zajmuje czasem, bo zatarga nerwami, zdenerwuje, a lubię gdy mną coś zatarga do głębi.

— Co jest Meli? — przerwał, nie słysząc, co mówiła.

— Zaraz się dowiesz.

— Nie, nie, nie — zaprzeczyła Mela, dosłyszawszy zapytanie i odpowiedź.

Weszli do oświetlonego przedpokoju pałacu Mendelsohna.

— Pan Endelman jest? — rzuciła Róża zapytanie lokajowi, razem z kapeluszem i długą peleryną.

— W myśliwskim pokoju i prosi, żeby tam jaśnie państwo przyszli.

— Chodźmy do myśliwskiego, tam będzie cieplej niż w moim buduarze, cieplej niż tutaj — mówiła, prowadząc ich przez szereg pokojów, słabo rozświetlanych przez kandelabr sześcioramienny, jakim oświetlał drogę lokaj.

Pokój był Stanisława Mendelsohna, młodszego syna Szai, a nazwa jego pochodziła od dywanu ze skór tygrysich i takichże portyer u drzwi i od mebli z rogów bawolich, obitych skórą o długiem, popielatem włosiu; masy broni wisiały na ścianie dookoła olbrzymiego łba łosia, z potężnymi łopatkowatymi rogami.

— Czekam całą godzinę — odezwał się Bernard, nie wstając nawet na powitanie; siedział pod łosiem i pił herbatę.

— Dlaczego nie przyszedłeś po nas do teatru?

— Bo nigdy nie chodzę na szopki teatralne, przecież o tem wiesz, to dobre dla was!

Skrzywił się pogardliwie.

— Pozer! — szepnęła Róża lekceważąco.

Skupili się przy stoliku, ale nikt nie miał ochoty mówić.

Lokaj porozstawiał herbatę.

Cisza ciężka i nudna rozlała się po gabinecie, trzeszczały tylko zapałki, bo Bernard co chwila zapalał papierosa, lub dochodził głuchy stuk bil bilardowych uderzających o siebie.

— Kto gra?

— Stanisław z Kesslerem.

— Widziałeś się z nimi?

— Znudzili mnie prędko, a jeszcze prędzej ograli. Może nareszcie zaczniecie mówić!

Nikt jednak nie zaczynał.

Melę nurtowały jakieś przykre myśli, patrzyła smutnie na Różę i obcierała co chwila załzawione oczy.

— Mela, jesteś brzydka dzisiaj! Kobiety płaksiwe są podobne do zmoczonych parasoli, zamknąć je czy rozpiąć — zawsze kapią. Nie cierpię łez babskich, bo są albo fałszywe, albo głupie. Tumanią lub płyną z powodów najbłachszych.

— Daj spokój Bernard, bo dzisiaj nawet twoje porównania przechodzą bez żadnego wrażenia.

— Niechaj mówi, to jego specyalność.

— No i ty Róża nie wyglądasz świetnie. Masz taką minę, jakby cię kto w przedpokoju mocno wyściskał i wycałował, jakby ten słodki akt przerwano gwałtownie w najlepszem miejscu...

— Wcale nie jesteś wytworny dzisiaj.

— Nie idzie mi oto zupełnie.

— Więc po cóż mówisz głupstwa!

— Po to mówię, że usypiacie wszyscy, że ty Wysocki wyglądasz jak łojówka, która kopci na szabasowym stole i okapuje smętkiem na urocze Sulamity.

— Nie czuję się tak dobrze na świecie jak ty.

— Masz racyę, mnie jest bardzo dobrze — zaczął się śmiać nerwowo i zapalał papierosa równocześnie.

— Znowu poza! — zawołała, bo ją niecierpliwił.

— Róża! — wykrzyknął, podrywając się jakby podcięty biczem. — Albo przyjmuj wszystko co mówię, albo mnie więcej nie zobaczysz u siebie.

— Irytujesz się, a ja nie chciałam cię obrażać.

— Irytują mnie twoje definicye. Nazywasz mnie pozerem, a nie znasz mnie zupełnie. Co możesz o mnie wiedzieć, o mojem życiu; cóż mogą wiedzieć panny, które jeszcze nie wyszły z zakresu gałganów i nudy panieńskiej — o mężczyźnie! nic, absolutnie nic prócz tego: jak ubrany, jakie ma włosy i oczy, w kim się kocha, czy dobrze tańczy i t. p. Znasz moją zewnętrzną garderobę, a chcesz definiować mnie całego. Wołasz na mnie: „Pozer!" Dla czego? Że rzucam czasem paradoks o marności życia, pracy i pieniędzy. Gdyby to mówił Wysocki, uwierzyłabyś, bo on nic niema i musi ciężko pracować; ja zaś pozuję, gdy na to wszystko pluję, bo jakżeby panna mogła zrozumieć, że mówię to na seryo, ja człowiek bogaty, akcyonaryusz fabryki „Kessler et Endelman!" Zupełnie tak samo na Müllera mówisz: błazen! bo widzisz go tylko jak u ciebie wywraca koziołki, opowiada kawały i przygody miłosne, jest zabawnym, ale po za tym Müllerem błaznującym jest jeszcze inny Müller, Müller który myśli, uczy się, spostrzega, rozumuje — juści ani on, ani ja nie przychodzimy do ciebie z naszemi rozumowaniami, z naszem wewnętrznem ja, nie mówimy ci co nas gnębi, gryzie lub zachwyca, bo ty tego nie potrzebujesz; nudzisz się i potrzebujesz się nami bawić, więc istotnie stajemy się błaznami dla was, bo się nam podoba być czas jakiś błaznami i koziołkować w różny sposób przed znudzonemi gąskami łódzkiemi! Oglądacie nas jak towar na kontuarze, taksujecie podług tego o ile wam będzie w nim do twarzy. A zresztą mówić do kobiet rozumnie, to lać wodę w sito.

— Może jesteśmy głupie, ale ty jesteś zarozumiały.

— A jeśli nie spostrzegamy tego, o co mnie obwiniasz, to twoja wina, to wasza wina, że nas traktujecie jak dzieci — zaczęła Mela.

— Bo jesteście i zostaniecie dziećmi — rzucił ostro i powstał.

— Więc czemu masz pretensye, że nie postępują jak dorośli!

— Jeżeli się gniewacie na mnie, to wychodzę, dobranoc! — Szedł ku drzwiom.

— Zostań Bernard, proszę cię! — zawołała Róża. zagradzając mu sobą wyjście.

Pozostał, ale poszedł do jednego z pokojów i siadł przy fortepianie.

Róża chodziła po pokoju wzburzona jego słowami. Wysocki milczał, słowa Bernarda obijały mu się jak brzęczenie, którego nie starał się rozeznać, patrzył na Melę, która położyła głowę na stole i zapatrzyła się tępo przed siebie.

— Usiądź przy mnie — szepnęła, czując jego gorące spojrzenie.

— Co ci jest? — zapytał, pochylony nad jej twarzą.

Głos przytłumiony zadrgał takim miękkim akcentem, że zapalił w jej duszy jakąś dziwnie słodką radość i oblał jej twarz i dłonie płomieniem.

Nie odezwała się jednak, bo zabrakło jej głosu, a po tem chwilowem, rozkosznem wzruszeniu taka wielka żałość nią zatrzęsła, że łzy błyskały w jej szarych oczach, położyła twarz na jego dłoni, trzymanej na stole, i łzy długo powstrzymywane posypały się jak grube ziarna i spływały na jego rękę rozpalonym potokiem.

Tak go te łzy rozrzewniły, że zaczął bezwiednym prawie ruchem gładzić jej włosy puszyste i szeptał cichym, przejętym tkliwością i wzruszonym głosem, jakieś słowa prawie bez związku.

Podsuwała głowę coraz bliżej, bo każde dotknięcie jego ręki elektryzowało i przesycało dziwną, nieopowiedzianie słodką rozkoszą. Miała szaloną ochotę położyć głowę na jego piersiach, zarzucić mu ręce na szyję, przycisnąć się do niego i powiedzieć wszystko, wszystko co ją dręczyło.

Jej pełna tkliwości dusza łaknęła takiej pieszczoty, jak łaknęła miłości, z którą się bała zdradzać przed nim w tej chwili, powstrzymana jedynie jakimś odruchem kobiecej wstydliwej bierności. Płakała tak cicho, że tylko płynące łzy i drżenie nerwowe bladych ust mówiło o jej stanie.

Patrzyła na niego przez te łzy, które mu rozmiękczały duszę, a takiem dziwnem przejmowały go wzruszeniem, że bał się uledz pokusie ucałowania jej ust rozpalonych płaczem. Nie kochał jej bowiem, to co czuł nawet w tej chwili, było tylko wielkiem współczuciem dla cierpienia. Nie spostrzegał nawet jej miłości do siebie, widział przyjaźń, bo pragnął przyjaźni.

Bernard grał z coraz większą pasyą, tłukł fortepian, rozbite, hałaśliwe dźwięki jakiegoś szalonego scherza huczały w pustych pokojach i drgały szalonym, drwiącym śmiechem, który zdawał się tarzać po dywanach.

Róża chodziła po amfiladzie pokojów, nie zwracając na nic uwagi, co chwila wynurzała się z cieniów, przechodziła myśliwski pokój i ginęła w dalszych, powracając wkrótce tym swoim ciężkim, kołyszącym ruchem bioder.

Udawała zamyślenie, a w istocie chciała dać czas do porozumienia się Meli z Wysockim i niecierpliwiło ją to, że siedzieli przy sobie nieruchomie i w milczeniu. Chciała zobaczyć, jak będą sobie padać w ramiona z bełkotem miłości na ustach, jak się będą zjadać pocałunkami; tak sobie wszystko dobrze naprzód wyobrażała i tak chciwie pragnęła widzieć podobną scenę, że co chwila odwracała się spacerując, aby ich złapać na tem całowaniu.

— Niedołęga! — myślała ze złością i przystanąwszy przed drzwiami, z ciemności przypatrywała się jego głowie i twarzy.

— Ostryga! — mruknęła niechętnie i zwróciła się do Bernarda, który skończył grać.

— Pierwsza! Dobranoc, Róża, idę do domu.

— Idziemy razem — zawołała Mela. — Jeśli chcesz, to cię podwiozę, moje konie czekają przed bramą.

Zwróciła się do Wysockiego, który jak senny zapinał wciąż rozpinające się guziki surduta.

— A dobrze.

— Mela, nie zapomnij, że w sobotę urodziny Endelmanowej — zaczęła Róża na pożegnanie.

— Bratowa mnie dzisiaj prosiła, aby wam przypomnieć, że jesteście z upragnieniem oczekiwane.

— Wczoraj dostałam zaproszenie, ale czy będę — nie wiem!

— Przyjdźcie koniecznie, zobaczycie masę osobliwości, będziemy wspólnie kpić z bratowej. Szykuje się niespodzianka dla łaskawych gości: koncert, nowy obraz i ta tajemnicza Trawińska.

— Będziemy, warto ją obejrzeć.

Wysocki sprowadził Melę do powozu.

— Nie wsiądziesz? — zapytała zdumiona, bo podawał rękę na pożegnanie.

— Nie, daruje mi pani.... Potrzebuję się przejść.... Jestem tak zdenerwowany — tłómaczył się dosyć niewprawnie.

— A... to dobranoc panu! — powiedziała z naciskiem, dotknięta jego odmową, ale nie zważając na to, pocałował ją w rękę. Żałowała bardzo swej ostrości i jeszcze z powozu odwróciła się do niego.

— Pójdźmy gdzie do knajpy — rzekł Bernard.

— Nie, dziękuję, nie jestem dzisiaj usposobiony.

— Pójdziemy do Chateau.

— Muszę zaraz iść do domu, matka na mnie czeka.

— Nie podoba mi się takie gadanie, ty cały jesteś dziwny od pewnego czasu, wyglądasz jakbyś połknął bakcylla miłości.

— Nie, daję ci słowo honoru, że się nie kocham.

— Kochasz się, tylko nie zdajesz sobie jeszcze z tego sprawy.

— To wiesz więcej niż ja sam, a w kimże, jeśliś łaskaw?

— W Meli.

Wysocki zaczął się śmiać dosyć nie szczerze.

— Spudłowałeś rzetelnie.

— Nie, ja się w tych sprawach nie mylę nigdy.

— Przypuśćmy, ale po co mi to mówisz? — zagadnął dosyć niechętnie.

— Bo mi cię żal, że się kochasz w żydówce.

— Dlaczego? — zapytał.

— Bo żydówki są dobre do flirtu, polki do kochania, a niemki do zakładania obory zarodowej. Ale żydówka na żonę dla ciebie — nigdy, lepiej się utop.

— A może ja ci przeszkadzam? Bądźmy szczerzy ze sobą — zawołał porywczo Wysocki, przystając.

— Nie, słowo honoru, że nie. Co za myśl? — roześmiał się sucho. — Ostrzegłem cię tylko z przyjaźni, bo pomiędzy wami są za wielkie różnice rasowe, aby je mogła wyrównać nawet najszaleńsza miłość. Nie psuj sobie rasy, nie żeń się z żydówką i bądź zdrów.

Wsiadł w dorożkę i pojechał do domu, a Wysocki szedł znowu jak przed dwoma godzinami Piotrkowską, ale szedł szybko i w zupełnie innem usposobieniu.

Słowa Bernarda dały mu wiele do myślenia, zaczął się sam egzaminować z uczuć, jakie w nim budziła Mela.

XI.

Mela zamknęła się w swoim pokoju i rozmyślała nad sobą.

Leżała z otwartemi oczami i wsłuchiwała się w ciszę nocy i w te głosy, jakie się w niej odzywać zaczynały, głosy stanowczego protestu przeciw zamiarom ojca, bo wczoraj rano przedstawił jej dosyć stanowczo propozycyę małżeńska, zwykłą handlową ofertę od wielkiej sosnowickiej firmy Wolfisz et Landau, która miała syna i pragnęła go ożenić z córką firmy Grünspan et Landsberger. Afera dla obu stron przedstawiała się korzystnie.

Młody Leopold Landau zgadzał się, jemu było wszystko jedno z kim się ożeni, byle żona miała posag w gotówce i w pożądanej wysokości, pieniądze były mu potrzebne do założenia interesu na własną rękę, a że Mela miała taki posag i że mu się do tego bardzo podobała z fotografii, jaką mu w tajemnicy dostarczyli swatowie, to gotów był się ożenić.

Czy go kochała, czy była mądra, czy głupia, zdrowa lub chora, dobra albo złośnica — to mu było ganz fiksatuar! Jak powiedział pośrednikom.

Wczoraj przyjechał do Łodzi, żeby się przyjrzeć tej swojej przyszłej.

Papa podobał mu się bardzo, Mela go olśniła, a fabryka zrobiła na nim wrażenie świetnego interesu, ale z tem ostatniem się nie wygadywał przed starym, ale przeciwnie, oglądając, robił bardzo obojętną twarz i dosyć pogardliwie przyglądał się gotowym już chustkom.

— Łódzkie! — szeptał, przymrużając oczy.

— Nie bądź pan głupi, to kurantny interes! — powiedział porywczo Grünspan.

Leopold się nie obrażał o zbytnią szczerość, w interesie nie ma gniewu, klepał papę po łopatce i w największej zgodzie powrócili na obiad.

Mela przemęczyła się przy stole i z nienawiścią w sercu słuchała sosnowickich komplementów Landaua i zaraz, jak tylko mogła, uciekła do Róży.

— Pół dnia zyskałam, a co jutro, co później? — myślała teraz, leżąc w ciemności i patrząc na storę, przez którą księżyc siał na pokój zielonawe światło, jakie drżącym pyłem lśniło na jasnym dywanie i na ciemnym, majolikowym piecu. — Nic zmuszą mnie przecież, nie — dodawała mocniej i ze wstrętem myślała o Leopoldzie, o jego wiewiórczej twarzy; przejmował ją wprost fizycznym obrzydzeniem jego głos chrapliwy i wywinięte, zaślinione murzyńskie usta.

Przymykała oczy, ukrywając głowę w poduszkach, aby się pozbyć tego przypomnienia. Wzdrygała się nerwowo jakby, pod obrzydliwem dotknięciem jego rąk zimnych i spoconych, które czuła jeszcze; wytarła odruchowo ręce o kołdrę i przyglądała im się długo pod ten księżycowy brzask jakby z obawą, czy te dotknięcia nie pozostawiły plugawego śladu.

Czuła, że kocha Wysockiego całą mocą duszy, że w nim kocha cały ten świat, w jakim się wychowywała w Warszawie, świat tak zupełnie odmienny od otaczającego.

Wiedziała, że nie pójdzie za Leopolda, że potrafi się oprzeć wszelkim naleganiom ojca i rodziny i na tem postanowieniu wyczerpywała się cała jej energia, a później już myślała tylko o Wysockim, nie pytała się nawet czy on ją kocha, zabardzo go sama kochała, żeby to spostrzedz lub przekonać się o jego obojętności.

Nie powiedziała mu dzisiaj o swoich cierpieniach, bo był taki zdenerwowany i smutny, a zresztą czuła się dziwnie onieśmieloną wobec niego, jak dziecko, które obawia się skarżyć przed starszymi. Dotknęło ją boleśnie, że nie chciał z nią jechać, ale ten jego mocny uścisk i pocałowanie ręki, przejmowały ją rozkosznym dreszczem.

Leżała długie godziny nieruchomo i rozpamiętywała cały okres ich znajomości i wieczór dzisiejszy; wyprężała się i wciskała silniej głowę w poduszkę, bo przypomnienie dotknięcia jego rąk, to pogłaskanie po włosach przejmowały ją denerwującym, słodkim dreszczem.

A później, gdy już szary świt rozbielał coraz silniej wnętrze pokoju, wydobywając na jawę dnia kontury mebli i sprzętów, myślała o znajomych doktorach, o ich powodzeniu.

Miała dwie koleżanki, które wyszły za doktorów i prowadziły dom otwarty wcale nie na niższą stopę, niż niektóre z żon fabrykantów. To ją uspokoiło zupełnie i przepełniona myślami, jakby to ona prowadziła taki dom, w którym zbierały się cała intelligencya łódzka — zasnęła.

Obudziła się dość późno i z wielkim bólem głowy.

Rodzina cała była zebrana przy drugiem śniadaniu, gdy weszła do jadalnego.

Nakarmiła najpierw babkę i nie zwracając uwagi na podniesiony głos Zygmunta, który coś wykrzykiwał, siadła do stołu.

Grünspan, jak zwykle, chodził po pokoju ze spodkiem pełnym herbaty, który podnosił do ust obu rękami; był wystrojony w aksamitny wiśniowy szlafrok, haftowany złotem na kołnierzu i rękawach, wyszywana również aksamitna czapeczka tkwiła mu na czubku głowy, twarz miał bardzo rozjaśnioną, herbatę chlipał głośno i w przerwach prędko odpowiadał Zygmuntowi, który się śpieszył z jedzeniem, bo odjeżdżał do Warszawy.

Stara ciotka, prowadząca gospodarstwo domowe, pakowała mu walizkę.

— Zygmunt, ja ci kładę czystą bieiizne, ty potrzebujesz czystą bielizne?

— Dobrze. Mówię ojcu — rzekł Zygmunt — że niema co czekać, niech Grosmann zaraz wyjedzie, on jest chory na prawdę. Ojciec się z Reginą zajmie interesami.

— Co jest Albertowi? — zapytała Mela, która od pożaru fabryki straciła doń dawną życzliwość.

— Ma feler w sercu, on się bardzo zmartwił tym ogniem.

— To był duży fajer, ja się sam bałem — wyciągnął spodek, aby Mela nalała mu herbaty i dopiero zobaczył jej podkrążone oczy i szarą, jakby obrzękłą twarz.

— Coś taka blada dzisiaj, możeś chora? Nasz doktór zaraz będzie w domu familijnym u jednego robotnika, to mógłby cię obejrzeć.

— Zdrowa jestem, nie mogłam tylko wcale spać.

— Kochana Mela, ja wiem, dlaczegoś nie mogła spać — wykrzyknął uradowany i pogładził ją po twarzy pieszczotliwie. — Potrzebowałaś trochę myśleć o nim, ja to rozumiem.

— O kim? — zapytała ostro.

— O swoim przyszłym. Ale przysyła przezemnie ukłony, będzie tutaj po południu.

— Nie mam żadnego przyszłego, a jak przyjdzie, to możesz go sobie Zygmunt przyjąć.

— Słyszy ojciec, co ta głupia mówi? — wykrzyknął ze złością.

— Sza, Zygmunt, przed ślubem wszystkie panny tak mówią.

— Jak się nazywa ten... pan? — zapytała pod wpływem jakiejś nowej myśli.

— Ona nie pamięta! co to za nowy kawał?

— Zygmunt, ja do ciebie się nie odzywam, to możesz dać mi zupełny spokój.

— Ale ja do ciebie mówię, to mnie słuchać powinnaś! — wykrzyknął rozpinając szybko mundur, co robił zawsze w irytacyi lub wzruszeniu.

— Sza... sza... dzieci. Ja ci powiem Mela, on się nazywa Leopold Landau, on jest z Częstochowy, to jak chcesz, żeby się nazywał? W Sosnowicach mają fabrykę. Wolfisz et Landau, to solidna firma, samo nazwisko ma wagę!

— Ale nie dla mnie! — odpowiedziała dobitnie.

— Zygmuś! ja tobie kładę letni mundur, ty potrzebujesz letni mundur, co?

— Niech ciotka włoży! — zawołał prędko i sam zaczął pomagać jej w pakowaniu i wkrótce pożegnawszy się z ojcem już od drzwi zawołał:

— Mela, przyjadę dopiero na twoje wesele. — Uśmiechnął się złośliwie i wyszedł.

Grünspan bez ceromonii zaczął się przy pomocy Franciszka ubierać, bo chociaż miał swój pokój wspaniale urządzony, ale nie mógł się do niego przyzwyczaić, wolał zawsze pokój brudniejszy i chociażby tłok niźli samotność. Mela milczała, a ciotka, żółta, chuda, zgarbiona żydówka w rudej peruce, rozdzielonej na środku głowy białym sznurkiem, z twarzą zapadłą i jakby zakurzoną, o ciężkich, bezwładnie opadających powiekach, z pod których tliły się zaropiałe oczy, chodziła po pokoju ustawiając w kredensie szklanki i talerze od śniadania, które zaraz myła w wielkiej miednicy.

— Niech to sobie Franciszek wezmie dla dzieci! — mruczała, zgarniając z talerzy na ceratę kawałki chleba i ogryzione kości.

— Dla psów jedzenie takie a nie dla moich dzieci! — odpowiedział hardo nie krępując się zupełnie.

— Ty głupi cham jesteś, jeszcze można z tego ugotować zupę.

— A niech pani da kucharce, to ugotuje.

— Cicho, nie piskuj Franek! Daj mi wody do umycia.

I już prawie ubrany zaczął się myć, z wielką delikatnością oblewając swoje oblicze wodą, ale natomiast parskając bardzo donośnie.

— Co ty masz Melu przeciwko Leopoldowi Landau?

— Nic, bo go nie znam zupełnie, przecież widziałam go po raz pierwszy.

— Po co więcej? Jak się interes zrobi to będziecie mieli czas poznać się lepiej.

— Powiem jeszcze raz ojcu stanowczo, że nie pójdę za niego!

— Co ty patrzysz jak mucha w mliku! — krzyknął na Franciszka, który się zaraz wyniósł razem z ciotką. Wytarł się starannie, uczesał, przypiął wykładany kołnierzyk do dosyć brudnej koszuli, założył krawat, który mu ją przykrył w zupełności, powkładał do kieszeni zegarek i szczoteczkę z grzebieniem, wygłaskał przed lustrem brodę, schował pod kamizelkę długie białe sznurki, włożył kapelusz, nadział palto, wziął parasol pod pachę i wciągając ciepłe rękawiczki, zapytał:

— Dlaczego niechcesz iść za niego?

— Nie kocham go i jest mi wstrętnym, a po drugie...

— Ha! ha! Kochana moja Mela ma małe rybki w głowie.

— Być może, ale pomimo to, nie pójdę za niego — zawołała z wielką stanowczością.

— Mela! ja nic nie powiem, bo ja jestem bardzo liberalny ojciec. Ja mógłbym ci kazać, ja mógłbym wszystko załatwić bez ciebie, a ja tego nie robie, dlaczego? bo ja cię kocham Melu i daje ci czas do namysłu. Ty się namyślisz, ty jesteś mądrą dziewczyną i nie popsujesz takiego kurantnego interesu, ty będziesz Mela pierwszą osobą na całe Sosnowice. Ja ci krótko wytłomaczę.

Ale Mela nie chciała słuchać, odsunęła gwałtownie krzesło i wyszła z pokoju.

— Te kobiety to zawsze mają swoją fanaberyę! — mruknął nie zrażony jej odmową, ani wyjściem, dopił zimną herbatę i wyszedł na miasto.

Przez kilka dni nie było zupełnie mowy o małżeństwie. Landau wyjechał, a Mela całe prawie dnie przesiadywała u Róży, aby jak najrzadziej widywać się z ojcem, który spotkawszy ją wypadkowo, uśmiechał się pobłażliwie, głaskał po twarzy i pytał.

— Mela nie chcesz jeszcze Leopolda Landau?

Zwykle nie odpowiadała, ale była zrozpaczona i zdenerwowana tym stanem. Nie wiedziała co robić, na czem się to wszystko skończy. Zaczęło ją do tego trapić niepokojące pytanie, czy Wysocki ją kocha? Pytanie to tkwiło w jej mózgu jak igła i coraz bardziej kłuło ciemnemi, bolesnemi wątpliwościami. Były chwile w których pomimo dosyć rozwiniętej dumy, byłaby mu otwarcie wyznała swoją miłość aby tylko usłyszeć to upragnione słowo: kocham! Ale Wysocki nie pokazywał się u Róży, spotkała go raz tylko na ulicy, prowadzącego pod ramię matkę, ukłonił się jej i musiał objaśniać matce komu się kłania, bo Mela poczuła na sobie jej wzrok badawczy. Wybrała się z Różą do Endelmanów tylko dla tego, że miała nadzieję spotkać tam Wysockiego. Tylko nadzieję, bo nie wiedziała czy tam bywa.

Jechały przez miasto wolno, bo dzień był piękny, ulice nieco obeschły i roiły się tłumem spacerujących, wyświątecznionych robotników, bo wypadało w sobotę jakieś uroczyście obchodzone święto. Szaja jechał z niemi na przedniem siedzeniu i bardzo troskliwie okrywał im nogi pledem.

— Róża, ja mam ochotę się przejechać, zgadnij gdzie? a jak zgadniesz to cię zabiorę.

Spojrzała bezwiednie w błękitne niebo wiszące nad miastem i zawołała bez namysłu.

— Do Włoch!

— Zgadłaś, możemy za parę dni jechać.

— Pojadę z tobą, ale pod warunkiem, że Mela z nami pojedzie.

— Niech jedzie, będzie nam wesoło w drodze.

— Dziękuję ci Róża, ale sama wiesz, że nie mogę, ojciec się na to nie zgodzi.

— Jakto się nie zgodzi? Jak ja chce to Grünspan się nie zgodzi! Jutro będę u niego w tym interesie i na drugą sobotę będziemy sobie już wąchali kwiat pomarańczowy.

Róża już znała Włochy, była tam z bratem i z bratową, ale teraz chciała jechać aby je pokazać przyjaciółce. Stary Mendelsohn znał je również, ale bardzo pobieżnie, bo miał manię, że gdy mrozy ścisnęły ziemię i śniegi zasypały cały kraj, budziła się w nim głucha niezmożona tęsknota za słońcem i ciepłem i dotąd go nurtowała, aż kazał pakować walizy, brał którego z synów i jechał pospiesznie, bez odpoczynku do Włoch, do Nizzy, albo do Hiszpanii. Ale najdalej po dwóch tygodniach był już z powrotem. Nie mógł i nie umiał żyć bez tego miasta; brakowało mu tych godzin sześciu, jakie musiał przesiedzieć w kantorze codziennie, brakowało mu turkotu maszyn, szalonego ruchu, wytężonego życia fabryki, brakowało mu Łodzi, więc zaledwie stracił ją z oczów, powracał stęskniony. Przyciągała go, jak wielki magnes przyciąga opiłki żelazne.

— Papo! ale ja zaraz nie wrócę z tobą?

— Dobrze, ja także chce dłużej tam posiedzieć, mnie już Łódź męczy.

Zajechali przed dwupiętrowy dom, dosyć szczęśliwie udający ciężki pałac w stylu florenckim, stojący w ogrodzie przy jednej z bocznych ulic i odgrodzony od niej żelazną kratą pokrytą bluszczem, z którego świeciły złocone ostrza sztachet i niebieskie majolikowe wazony ustawione na słupach, różowiąc się krzewami azalii kwitnących, poustawianych tam specjalnie na dzisiejszą uroczystość u Endelmanów.

Fabryki Towarzystwa akcyjnego Kessler et Endelman zamykały ogród czerwoną olbrzymią ścianą, błyszczącą w słońcu niezliczonemi oknami.

Stangret objechał kląb ułożony z oranżeryjnych kwiatów i krzewów i wjechał pod kolumnowy podjazd, którego słupy objęte bluszczem dźwigały na sobie terasę, obwiedzioną drewnianą balustradą, malowaną na marmur.

Z długiego przedsionka, wyłożonego czerwonym dywanem, na środku którego stał wielki klomb kwitnących rododendronów, prowadziły na pierwsze piętro szerokie schody, wyłożone również czerwonym dywanem i ubrane podwójnym rzędem obsypanych kwiatami azalii, które jak smugi śniegu odcinały się od ścian obitych adamaszkiem ciemno-czerwonym.

Elektryczność zalewała przedpokój i schody, skrząc się w ogromnych zwierciadłach przedpokoju.

Kilku lokajów czarno ubranych ze złotymi galonami na kołnierzach kurtek, rozdziewało wchodzących.

— Ale tu bardzo ładnie! — szepnęła Mela, idąc po schodach z Różą.

— Ładnie — odpowiedział pogardliwie Szaja i skubał niedbale kwiaty i rzucał je na dywan, depcząc skrzypiącymi butami.

Endelman wyszedł aż przed drzwi, witał ich z uniesieniem i ostentacyjnie wprowadził do salonu.

— Pan prezes jest bardzo łaskaw, pan prezes, co? — kończył zapytaniem, nadstawiając ucha, bo był głuchym nieco.

— Chciałem cię zobaczyć Endelman, no, jak się masz?

Poklepał go przyjacielsko po łopatkach.

— Bardzo dziękuję, ja się mam dobrze i moja żona też, co?

Gwar, jaki wrzał w salonie, przycichł z ich wejściem, kilkadziesiąt osób powstało na przywitanie bawełnianego króla, który w długiej czarnej kapocie, w długich lakierowanych butach, odrzynał się mocno od frakowych kostyumów zebranych.

Szedł przez salon z bardzo łaskawym uśmiechem, niektórym podawał rękę, niektórych klepał po ramionach, kobietom kiwał głową i przymrużonemi oczami wodził po salonie.

Młody Kessler podsunął mu fotel; opadł na niego ciężko i zaraz otoczyła go ciżba ludzi.

— Pan prezes zmęczony? Może kieliszek szampańskiego, wybornej marki, co?

— Napiję się — wyrzekł uroczyście, przecierając kolorową chustką okulary i gdy je założył, zaczął dopiero odpowiadać na liczne zapytania.

— Jakże zdrowie pana prezesa?

— Wrócił pan prezes po dawnego apetytu?

— Kiedy prezes wyjeżdża do wód?

— Doskonale pan prezes wygląda!

— Dlaczego miałbym źle wyglądać — odpowiedział z uśmiechem i z pewnem lekceważącem znużeniem słuchał dalej chóru głosów, a gonił oczami za Różą, którą otoczyło kilka młodych kobiet jasno ubranych.

Zgiełk trochę za hałaśliwy zaczął się zrywać z buduarów sąsiadujących z salonem i z sali bufetowej i z wielkiej grupy pań i panien siedzących w środku salonu.

Panowały dwa języki: francuskim mówiły prawie wszystkie żydówki młode i stare z nieliczną garścią polek; niemieckim posługiwali się żydzi, niemcy i polacy.

Gdzieniegdzie tylko i po cichu brzmiała polska mowa, którą się komunikowała grupa inżynierów, doktorów i innych specyalistów, dość wybitnych na to, aby być zaproszonymi do Endelmanów i dość niewielką grających rolę wobec milionerów, aby zajmować naczelne miejsce w salonie.

Endelman powrócił wkrótce, przed nim szedł lokaj i na srebrnej tacy niósł kieliszek, srebrną wanienkę i zamrożoną butelkę szampańskiego.

Endelman podcinał druty kapsla i gdy korek wyskoczył, sam nalewał perlący napój i podawał.

Mendelsohn pił wolno i smakował ze znawstwem.

— Niezłe, dziękuję ci, Endelman.

— Myślę, jedenaście rubli butelka.

Kilkanaście krzeseł, taburetów i nizkich fotelików utworzyło półkole, w środku którego siedział Szaja, jak król wśród dworzan i wasalów; surdut rozpiął, że poły opadły na ziemię i odsłoniły jedwabną atłasową kamizelkę, z pod której zwieszały się dwa białe sznurki, nogę założył na nogę tak wysoko, że szpic jego buta był na wysokości głów siedzących, które za każdem jego słowem pochylały się pokornie, usta milkły w pół wyrazu gdy on mówił, a wszyscy śledzili każdy błysk jego czarnych wielkich źrenic obwiedzionych zaczerwienionemi powiekami, każde poruszenie chudej, żółtej ręki o poobgryzanych paznogciach i pałkowatych palcach; gładził długą siwą brodę i krótko ostrzyżone siwe włosy, przez które różowiła się skóra głowy.

Twarz miał koloru szafranu, bardzo chudą i niesłychanie ruchliwą, nos garbaty i tak wydłużony z powodu braku przednich zębów, że wisiał mu nad ustami.

Mówił wolno, akcentując każdy wyraz i marszcząc białe czoło, zapadnięte na skroniach, bardzo wypukłe i bardzo pomarszczone w grube zastygnięte fałdy.

Jego dwudziestu milionom składały hołd i czołobitność nędzne pojedyncze miliony i nikczemne setki tysięcy rubli; otaczali go zgodnem harmonijnem kołem żydzi, niemcy i polacy; wobec jego potęgi ciążącej na wszystkich i hypnotyzującej najtrzeźwiejszych, znikały rasowe antagonizmy, konkurencyjne nienawiści, osobiste nieprzyjaźnie — bo wobec tego szczupaka wszyscy czuli się kiełbiami i czekali z niespokojem rychło zechce ich połknąć, jak określał Dawid Halpern, stosunek małych fabrykantów do Szai, ale Szaja był dzisiaj w dobrym humorze, nie chciał rozmawiać o interesach, a zaczął żartować z niektórych.

— Kipman, ty masz brzuch jakbyś tam schował sztukę perkalu.

— Dlaczego ja miałbym schować sztukę perkalu w brzuch, ja jestem chory, ja zaraz muszę jechać do Karlsbadu.

I tak sobie rozmawiali dalej milionerzy łódzcy, a salon wrzał coraz silniejszem życiem, bo co chwila ktoś przybywał.

Endelmanowa robiła honory domu z wielką wprawą i godnością, mąż jej pomagał energicznie, bo co chwila słychać było jego przenikliwe: co?

Szum jedwabnych sukien, szept rozmów i zapachy perfum i kwiatów zapełniały zwolna ten olbrzymi salon, jeden z najwspanialszych w Łodzi.

Towarzystwo dzieliło się wciąż na grupy, które niknęły prawie w ogromie salonu, w masie mebli porozstawianych i w kilku bocznych buduarach.

Salon był narożnikowy z oknami na ogrody, po za którymi niby kije sterczały kominy fabryk.

Żółte jedwabne story nie przepuszczały słońca do wnętrza, rozsiewały złotawy półmrok, w którym niewyraźnemi zarysami błyszczały ze ścian ramy obrazów, bronzowe ozdoby mebli i lśniąca jedwabna materya, obciągająca ściany, pohaftowana w blado-zielone gałązki i kwiatki, o bardzo delikatnym rysunku; blado-zielone lamperye zarzucone złotymi haftami kwiatów trzymały niby w ramie ściany i stanowiły otoczkę dla sufitu, na którym był rozpięty rodzaj plafonu, prześliczne malowidło, przedstawiające scenę à la Watteau: łąka, strzępiaste drzewa, strumyk wijący się srebrną wstęgą przez murawy pełne kwiatów, wśród których pasły się baranki z niebieskiemi wstążeczkami na białych runach karków, a gromada pasterzy i pasterek w perukach, w krótkich kostyumach tańczyła kadryla przy dźwiękach forminigi, na której wygrywał ryży faun.

W narożniku salonu wznosiła swoje bronzowe kształty wdzięczna Dyana z Fontainebleau, wśród róż białych i purpurowych, które delikatnemi pędami pięły się na marmurowy postument i plamiły barwami popielato-zielonawy ton bronzu. Na tem tle siedział Mendelsohn i gromada fabrykantów.

Kilka garniturów w najczystszym stylu Ludwika XIV, białych ze złotem, z pokryciami malowanemi lub haftowanemi w blado-zielone barwy stało pod ścianami, pod szeregiem obrazów przeważnie bardzo cennych, bo Endelmanowie mieli całą galeryę zbieraną nietyle ze znawstwem ile z namiętnością; prócz tych mebli stało jeszcze dosyć w innych stylach, było pełno stolików inkrustowanych, obijanych materyami, chińskich fotelików ze złoconego bambusu z wybiciami z jaskrawych jedwabiów, żardinierek złoconych, pełnych kwiatów; na marmurowym stylowym kominku płonął wielki ogień i rzucał krwawo złoty brzask na kilka młodych panien, pomiędzy któremi siedziały Róża i Mela.

Endelmanowa wspaniała w swej toalecie z ciemno-wiśniowego aksamitu, ubranej podług panującej mody imitacyami drogich kamieni przy gorsie bardzo wydatnym, zbliżyła się do Róży.

— Jeśli się nie bawicie, to wam przyślę Bernarda.

— Może ma pani kogo zabawniejszego.

— Znudził już panią?

— Na codzień dobry, ale przy dzisiejszej uroczystości wolałabym jaką zmianę.

— Przyprowadzę wam Kesslera albo Borowieckiego.

— Jest i pan Borowiecki? — zagadnęła ciekawie, bo widziała przed chwilą Likiertową.

— Cała Łódź jest u nas! — powiedziała z zadowoleniem i na jej odwiniętych ustach podobnych do wydeptanych mocno stopni, wykwitł uśmiech, z którym odeszła wspaniałym, majestatycznym krokiem, w aureoli ufryzowanych szpakowatych włosów, spiętych brylantowemi szpilkami; duża rozlana twarz o cienkim zgrabnym nosie i małych czarnych oczkach mocno podkreślonych jaśniała dumą.

Rozmawiała ze wszystkimi, była wszędzie, ale co pewien czas spoglądała na wielkie sztalugi pokryte zasłoną i otoczone wieńcem laurowym, które stały pod jednem z okien i na wszystkie zapytania, co się tam kryje, odpowiadała tajemniczo.

— Niespodzianka! cud! Panie Endelman — wołała podniesionym głosem na męża, który śpiesznie przybiegał na to wezwanie i z ręką przy uchu słuchał rozkazów żony i śpieszył je natychmiast wykonywać.

W bufecie, urządzonym w jednym z bocznych pokojów, było kilkunastu wyfraczonych mężczyzn, pomiędzy którymi stał Borowiecki z Trawińskim i ze starym Müllerem, który więcej czerwony niż zwykle, gadał głośno i pogardliwie pluł na posadzkę, wymyślał na żydów, bo go podrażnił przepych mieszkania Endelmanów i ich wielkopańskie maniery. Borowiecki kręcił wąsy i uśmiechał się tępo, a Trawiński patrzył na żonę, która pierwszy raz dzisiaj występowała w Łodzi na tak wielkiem zebraniu, siedziała wpośród gromady kobiet i gasiła wszystkie swoją arystokratyczną urodą i wykwintną prostotą stroju.

Musiała się nudzić wśród tego banalnego szczebiotu kobiet, bo odpowiadała krótko i wodziła oczami po obrazach i dziełach sztuki rozrzuconych po salonie; wał jedwabiów, koronek, aksamitów, obrzucony masą drogich kamieni, błyszczący wszystkimi kolorami tęczy, po nad którymi wznosiły się jakby

154

nasadzone główki kobiet, tworzył dla niej wspaniałą ramę, z której jej biała suknia zapięta pod szyję i ściśnięta w stanie złotym paskiem, mocno występowała.

— Kto to ta śliczna kobieta? — zapytał Grosglick.

— Moja żona, panie.

— A, to panu winszuję, to anioł, to cztery razy anioł nie kobieta! — wykrzyknął bankier i zmusił Trawińskiego, że musiał iść go przedstawić.

— Panie Borowiecki, pan wielu pań nie zna? — pytał Bernard.

— A dosyć, może pan mnie przedstawi?

— To moja dzisiejsza funkcya.

Wziął Borowieckiego pod ramię i weszli do salonu, gdzie już jakiś długowłosy mistrz próbował fortepianu, przed chwilą wtoczonego z jednego z buduarów.

— Będzie i muzyka?

— Spytaj się pan czego nie będzie, na to łatwiej odpowiem. Pan po raz pierwszy na przyjęciu bratowej?

— Tak, jakoś nigdy przedtem nie mogłem się wybrać.

— A, to pana żałuję.

— Dlaczego, że wcześniej nie byłem?

— Tak, bo miałbyś pan te nudy już za sobą — drwił lekko Bernard.

— O, przeciwnie...

— Uwaga, zaczynamy! Milion okrągły! — szepnął, przedstawiając go Müllerównie.

— O, my się znamy dobrze! — zawołała Mada z radością, wyciągając rękę.

— Powiedzcie sobie państwo co przyjemnego, a ja wrócę za chwilę po pana.

— Ja już usłyszałem przed chwilą — szepnął Borowiecki, stając przed nią.

— To się liczy — zawołała naiwnie.

— I liczy i dobrze pamięta.

— Ach, jaki pan dobry! — wykrzyknęła i szybko urwała, przysłaniając twarz wachlarzem.

Obrzucił ją spojrzeniem, pod którem rozczerwieniła się cała. Wyglądała dzisiaj bardzo ładnie w różowej jedwabnej sukni, upiętej białemi konwaliami; żółte jak marchew włosy, spięte w grecki węzeł, odsłaniały biały kark, pokryty niby puszkiem złotawym centkami piegów, które, gdy się rumieniła, zabiegały krwią; złote obrączki rzęs otaczające jej błękitne porcelanowe oczy opadły na źrenice i nieśmiały się podnieść na niego.

— Bawi się pani dobrze? — zapytał poważnie, aby ją wyprowadzić z zakłopotania.

— Nie... tak... proszę, niech pan usiądzie przy mnie.

— Mama jest tutaj?

— A, nie; mama nie lubi takich zebrań, bo, widzi pan, mama się musi krępować, a głównie to mama nie chce z żydówkami razem bywać — skończyła cicho, uśmiechając się za wachlarzem ze strusich piór.

— A pani?

— Mnie wszystko jedno, tylko że się ogromnie nudziłam z początku.

— A teraz?

— A teraz już nie. Jak tylko pana zobaczyłam, poczułam się swobodniejszą.

— Dziękuję pani.

Uśmiechnął się.

— Czy powiedziałem co niewłaściwego? To już nic nie będę mówić, ani ust nie otworzę.

— Przeciwko temu protestuję bardzo gorąco i energicznie.

— A nie, nie będę mówić, bo co powiem to albo głupstwo, albo śmieszność.

— Ani jedno, ani drugie, słucham pana nietylko uważnie ale i z przyjemnością prawdziwą.

— Chodźmy dokończyć pańszczyznę! — zawołał Bernard, powracając.

Borowiecki się skłonił i odeszli, przeprowadzani wzrokiem Mady, która nie śmiała go prosić, aby powrócił do niej.

— Dwieście tysięcy w wysortowanych towarach, albo w niepewnych wekslach — szeptał znowu Bernard, przedstawiając go brzydkiej, czarnej prawie od piegów pannie, której głowa, twarz i chudy biust zasypane były pudrem i brylantami.

— Czy ma zęby własne — nie ręczę, ale za brylanty odpowiadam.

— Pan jesteś nieporównanym ciceronem.

— Znana rzecz w Łodzi. Zaraz pana do ruin doprowadzę. Pięćdziesiąt tysięcy bares geld na stół — ale papa może się raz jeszcze spalić, to posag się zkwadratuje!

Niemłoda, blada panna, o anemicznem spojrzeniu, zielonawej twarzy i sukni, uśmiechnęła się jakimś bolesnawym uśmiechem, odsłaniając długie rzadkie zęby i sine dziąsła.

Borowiecki się skłonił i spiesznie odszedł, bo niemiłe, wprost przykre wrażenie zrobiła na nim ta zgaszona twarz, podobna do zatrzymanego zegaru ze starej zakurzonej i obtłuczonej porcelany saskiej.

— Sto tysięcy, kaprysów za dwieście, a rozumu za trzy grosze — szeptał, przedstawiając go Feli, przyjaciółce Róży, która cała była w ruchu, bo włosy się jej trzęsły, oczy biegały, poruszała nogami, ramionami, ustami, brwiami i wybuchała co chwila wesołym dziecinnym śmiechem i była taka wdzięczna, uśmiechnięta, rozbawiona, tak prześlicznie składała rączki, takim naiwnym głosikiem szczebiotała, tak się słodko wdzięczyła, że Borowiecki szepnął:

— Śliczne dziecko!

— Tak, tylko w tem ślicznem dziewczątku siedzi przyszła Messalina!

Borowiecki nie mógł zaprotestować, bo się zbliżali do Róży.

— Róża Mendelsohn! Nazwisko samo mówi: ile! ta druga, popielata, to Mela Grünspan, posagu nie wymienię w cyfrach, ale mogę pana objaśnić, że to najlepsza i najrozumniejsza panna w Łodzi — szepnął i przedstawiał go przyjaciółkom, które ciekawie mu się przyglądały.

— Za chudy! — szepnęła Róża z taką miną, że Mela nie mogła się powstrzymać od śmiechu.

A Bernard przedstawił go jeszcze kilkunastu kobietom starym i młodym i wszędzie go odpowiednio informował, a skończywszy pracę puścił wolno na środku salonu.

Borowiecki stanął przy ścianie i ciekawie się przyglądał zebranym. Nawprost niego były drzwi osłonięte zielono-złotemi portyerami, prowadzące do budaru, w którym siedziała samotnie Likiertowa i patrzyła na niego, nie zauważył na razie tego wzroku, bo go zajmowały kolorowe grupy kobiet, wśród mebli, kwiatów i zieloności, skrzące się drogimi kamieniami jak wystawy sklepowe złotników i grupy czarnych fraków porozrzucane na tle ścian i na tle tego przepychu barw strojów kobiecych, jak czarne brzydkie kraby na tle gobelinu. Kilka starszych pań, uginających się prawie pod masą koronek, złota i brylantów, siedziało obok niego i rozmawiało tak głośno, że się odsunął nieco.

— Prawda, że to wspaniałe, możnaby z tego obraz namalować — zagadnęła przechodząca Endelmanowa, pociągając go za sobą.

— Nieporównane!

— Zabieram pana, bo ktoś chce pana poznać, tylko uprzedzam, że ten ktoś bardzo piękny i bardzo niebezpieczny.

— Tem gorzej dla mnie — szepnął tak skromnie, że Endelmanowa roześmiała się i uderzając go wachlarzem po ręku, szepnęła słodko:

— Z pana jest człowiek niebezpieczny.

— Dla samego siebie najbardziej — odpowiedział zupełnie seryo i wszedł za nią do maleńkiego, po chińsku urządzonego buduaru.

Przedstawiła go słynnej piękności łódzkiej, siedzącej niedbale na żółtej chińskiej sofie, z filiżanką herbaty w ręku.

— Musi mi pan wybaczyć śmiałość chociażby dla odwagi przyznania się, że dawno pragnęłam poznać pana.

— Doprawdy, ale nie godzien jestem tego zaszczytu — mówił znużony i znudzony, oglądając się na salon, czy nie nadchodzi jaki wybawca.

— Mam jednak do pana pewien żal!

— Czy nie do zapomnienia? — zapytał z uśmiechem, śledząc jej żywe ruchy.

— Z pewnością zapomnę, jeśli pan okaże skruchę odpowiednią.

— Chociaż nie wiem za co, żałuję jednak szczerze.

— Żal mój pochodzi stąd, że mi pan męża oczarował.

— Czy narzekał, że bawił się wtedy źle z nami.

— Przeciwnie, dowodził bowiem, że pierwszy raz w życiu bawił się tak dobrze.

— Więc zamiast żalu powinna pani zapłacić mi wdzięcznością i to podwójną.

— Dlaczego podwójną?

— Że się bawił dobrze i swoją obecnością nie popsuł pani przejażdżki do Pabianic — dodał z naciskiem i bystro patrzył w jej oczy i brwi napięte niepokojem.

Roześmiała się sucho i zaczęła poprawiać wspaniały naszyjnik z pereł, osadzonych w brylanty, który otaczał jej marmurową, prześlicznie uformowaną szyję. W tym ruchu rękawiczki, dochodząc aż do ramion, zsunęły się nieco i odsłoniły klasycznie piękne ręce; oddychała tak szybko, że do połowy tylko przysłonięte piersi wznosiły się i opadały.

Była istotnie bardzo piękną, ale tą suchą, klasyczną, zimną pięknością; szaro-stalowe bez połysku oczy patrzyły jak zamarznięta szyba pod przyczernionemi mocno brwiami, patrzyła długo na Karola i w końcu szepnęła:

— Dlaczego Lucy nie przyszła?

I lekka ironia zamigotała w jej oczach.

— Nie wiem, bo nie wiem kogo pani ma na myśli — rzekł spokojnie na pozór.

— Pani Zukierowa.

— Nie wiedziałem, że pani Zukier ma takie imię.

— Dawno się pan z nią widział?

— Muszę rozumieć pytanie, abym mógł na nie odpowiedzieć.

— Ach, pan nie rozumie! — powiedziała przeciągle z uśmiechem i błysnęła rzędem wspaniałych zębów z po za małych bardzo i wyciętych w łuk amora ust.

— Pani mnie indaguje? — zapytał dosyć porywczo, bo go irytowało jej spojrzenie i ta chętka udręczania, jaka się przewijała w jej twarzy. Ściągnęła brwi lekko i patrzyła się w niego spojrzeniem Junony, do której była bardzo podobną.

— Nie, panie, ja pytam tylko o Lucy, o naszą serdeczną przyjaciółkę, bo i ja ją kocham nie mniej, może tylko trochę inaczej — dodała łagodnie.

— Muszę pani wierzyć, że pani Z. jest godną kochania.

— I jest godną niezapierania się tej miłości, panie Borowiecki. Żyjemy ze sobą jak dwie siostry i nie ukrywamy przed sobą nic — powiedziała z naciskiem.

— Więc? — zapytał stłumionym przez gniew głosem, bo zalała go złość, że Lucy wypaplała przed tą klasyczną lalką ich tajemnice.

— Więc trzeba mi ufać i starać się zasłużyć na moją przyjaźń, która nieraz może być bardzo pomocna.

— Dobrze. Zaczynam od tej chwili.

Przesiadł się na sofę i pocałował ją w obnażone ramię, bo była wygorsowaną pod pachy i tylko paski naszywane drogimi kamieniami trzymały suknię na ramionach.

— Tą drogą nie idzie się do wiernej, siostrzanej przyjaźni! — szepnęła, odsuwając się nieco, z uśmiechem.

— Ale przyjaźń nie powinna mieć tak cudownych ramion, ani być tak piękną.

— Ani nie powinna zdradzać takich gwałtownych, ludożerczych instynktów — powiedziała, wstając i rozprostowując swoje rozwinięte doskonale kształty, poprawiła troskliwie kunsztownie ufryzowane w wałki na skroniach blond-włosy i rzekła, widząc, że i on podniósł się:

— Pan zostanie na chwilę, byliśmy ze sobą akurat tak długo, że mogą pana posądzić o miłość do mnie.

— Czyżby się pani gniewała za taką miłość?

— A Lucy, panie Karolu! Dobrzem powiedziała, że pan jest ludożercą.

— A raczej pięknożercą.

— Przyjmuję w czwartki, proszę przyjść trochę wcześniej!...

— Zobaczymy się jeszcze dzisiaj?

— Nie, bo ja zaraz wychodzę, opuściłam chore dziecko dla pana...

— Szkoda, że nie mogę wyrazić swojej wdzięczności tak, jak chciałbym! — zawołał z uśmiechem, ogarniając spojrzeniem jej gors wspaniały i szyję.

Zakryła się wachlarzem, skinęła mu głową, i poszła, pokrywając uśmiechem pewne zakłopotanie.

— Panie Borowiecki, pani Trawińska o pana się dopomina! — zawołał

Bernard. — Gdzież piękna dyrektorowa?

— Poszła siać oczami śmierć i zniszczenie — odrzekł.

— Nudna baba!

— Czy pan bywa na jej czwartkach?

— Cóż-bym tam robił! Bywają tylko jej wielbiciele i kochankowie: przeszli, obecni i przyszli... Czekamy na pana!

Borowiecki czuł się tak znudzonym, że zamiast iść do Trawińskiej, chciał bokiem nieznacznie, przesunąć się do drzwi głównych i wyjść, ale, przechodząc obok portyer sąsiedniego buduaru spotkał się oko w oko z Likiertową, swoją dawną miłością.

Cofnęła się z powrotem, a on, ciągnięty nieprzeparcie jej spojrzeniem, poszedł w ślad za nią.

Nie mówili ze sobą już od roku, rozeszli się nagle, bez jednego słowa wyjaśnień; spotykali się czasami na ulicy, w teatrze, witali się zdaleka, jak obcy sobie zupełnie, a jednak często stawała przed nim jej twarz dumna i smutna, jak wyrzut cichy i bolesny.

Kilkakrotnie chciał mówić z nią, ale zawsze brakło mu odwagi, bo go trapiło to, że nie miał jej co powiedzieć, nie kochał jej. A teraz to niespodziewane spotkanie oszołomiło i przeniknęło bolesną męką.

— Dawno pana nie widziałam — powiedziała spokojnie.

— Emma! Emma! — wyszeptał bezwiednie, wpatrując się w jej bladą twarz.

— Proszę państwa, w tej chwili rozpoczyna się koncert! — zawołała Endelmanowa, obrzucając ich spojrzeniem.

Jakoż zaraz rozległ się akompaniament fortepianu i czysty, dźwięczny sopran zalał melodyą piosenki salon.

Wrzawa umilkła i wszystkich oczy utonęły w śpiewaczce.

Ale oni nic nie słyszeli prócz niespokojnego, trwożliwego bicia serc własnych.

Emma usiadła na nizkim, wspartym na smokach foteliku, osłoniętym od kominka ekranem, przez który złoty brzask ognia przeciekał i zabarwiał różem jej bladą, o liliowym tonie twarz, bardzo smutną twarz starzejącej się piękności.

Borowiecki stanął z boku i patrzył się z pod spuszczonych nieco powiek na jej twarz jeszcze bardzo piękną, ale już poznaczoną pazurami czasu; na skroniach zapadniętych rozwijała się cała sieć drobnych zmarszczek i zbiegała pod oczami, pod królewskiemi oczami, których czarne źrenice, otoczone błękitnawemi białkami, jak u dziecka, świeciły ostrym blaskiem z pod ciężkich, długich powiek, porysowanych siatką sinych i cienkich jak włosy żyłek.

Oczy były podkreślone również sinemi plamami, które przebijały się z pod delikatnej warstwy bielidła.

Czoło wysokie i bardzo piękne było odsłonięte, bo miała czarne włosy, przeświecające srebrnemi nitkami, zaczesane na uszy, w których wisiały ogromne dwa brylanty.

Mocno purpurowe usta, bardzo wydatne, miały wyraz cierpienia, opuszczały się kątami ku silnie zarysowanym szczękom. A w całej twarzy i głowie lekko pochylonej czuć było znękanie, jakie bywa po długiej i bolesnej chorobie, bo nawet te jedynie młode usta wyglądały jak więdnący kwiat granatu — i miała w swej twarzy jakąś cierpką, melancholijną słodycz kobiet wyczerpanych miłością.

Jej delikatne rysy, odbijające natychmiast każde uczucie, jakie przewijało się przez serce i mózg, ściągały się nerwowo i drgały samymi odruchami wrażeń.

Była ubrana w ciemno-fioletową suknię, przybraną przy odsłoniętym biuście mocno-żółtemi koronkami, naszywanemi rubinami i ametystami; figurę miała tak zgrabną i wysmukłą, że można ją było wziąć za młodą dziewczynę, gdyby nie pewna sztywność pleców i opadnięcie ramion.

Siedziała, wachlując się lekko, nie patrzyła na niego, nie patrzyła na nikogo, chociaż jej promienne spojrzenia obejmowały cały salon, bo czuła jego oczy na swej twarzy i to spojrzenie, które paliło, przenikało jej rozgoryczone i smutne serce zarzewiem dziwnie palącego bólu.

Stał przy niej tak blizko, że słyszała jego oddech i skrzyp gorsu, gdy się pochylał, widziała jego rękę, którą się podpierał o żardinierkę, mogła podnieść oczy i nasycać się tym tak bardzo kochanym, tak bardzo wyczekiwanym, ale nie zrobiła tego, siedziała nieporuszenie.

Wiedział, że ona jest z tych kobiet, które raz tylko kochają, że to jedna z tych marzycielskich bluszczowych dusz, spragnionych idealnego życia, głuchych i ślepych na zwykłą codzienność, a pełnych namiętnych żądz kochania i oddawania się na wieczność całą ukochanemu, a równocześnie pełnych dumy i poczucia własnej godności.

To go właśnie irytowało najwięcej, bo wolał stosunek z kobietami pospolitemi, którym pod wykwintną zewnętrznością biją zwykłe serca samic lub sprzętów gospodarskich. Takie nie robią tragedyi z miłostki przelotnej, kończą ją na łzach, na bezsenności, na drugim wreszcie kochanku, albo powracają do przerwanych chwilowo funkcyi gospodarskich i zostają znowu tem, czem były przedtem, t. j. *niczem*.

— Co ja jej powiem? — myślał znowu.

— Bardzo ładnie śpiewa, prawda?

Przerwała milczenie, nie patrząc na niego.

— Tak, tak! — odpowiedział prędko, goniąc wzrokiem śpiewaczkę, którą po skończeniu piosnki, otoczył tłum mężczyzn i odprowadzał do bufetu.

Fortepian zamilkł i gwar z większą siłą niż przedtem wionął po salonie.

Lokaje roznosili lody, konfitury, ciastka, cukierki i szampańskie, które co chwila hukało korkami.

— Czy pan już puścił w ruch swoją fabrykę?

— Nie jeszcze, dopiero koło jesieni to zrobię — odpowiedział zdumiony, bo był przygotowany na inne zupełne zapytanie.

Spojrzeli sobie w oczy, zajrzeli aż do głębi dusz.

Emma opuściła pierwsza, bo źrenice jej zaszkliły się łzami i rzekła cicho:

— Z całej duszy życzę panu szczęścia we... wszystkiem... a chyba... pan... wierzy... że mu szczerze... życzę...

— Jak nikomu.

— I zawsze jednakowo... bez zmiany...

Głęboki żal zadrgał w jej głosie.

— Dziękuję...

Pochylił głowę.

— Żegnam pana — powiedziała, powstając, ale takim tonem, że zadrżał i pod wpływem jakiejś nagłej obawy czy strachu zaczął szeptać gorączkowo:

— Emma, nie odchodź tak! Muszę się z tobą widzieć, jeśli nie zapomniałaś o mnie zupełnie, jeśli mnie nie masz za ostatniego nędznika, to pozwól mi przyjść do siebie, muszę z tobą mówić, chcę ci powiedzieć... odpowiedz mi chociaż słówko, błagam cię.

— Patrzą na nas! Żegnam pana. Nie mam panu nic do powiedzenia, przeszłość tak zamarła w mojem sercu, że jej już nie pamiętam, a jeśli chwilami wspominam, to ze wstydem.

Powlekła przyćmionem łzami spojrzeniem po jego pobladłej twarzy i odeszła.

Te ostatnie słowa były nieprawdą, ale włożyła w nie całą swoją zemstę, której teraz idąc wolno przez salon tak bardzo żałowała, że miała nieprzepartą chęć powrotu do niego i rzucenia mu się do nóg, błagania o przebaczenie — ale nie powróciła, szła wolno, uśmiechając się do znajomych i zamieniając słowa i spojrzenia z nimi, a nie widząc prawie nikogo.

Przyjechała do Endelmanów umyślnie dla Karola, zdecydowała się na ten krok po długich miesiącach cierpień, po strasznych szamotaniach z tęsknotą i z miłością, które ją całą przepalały.

Chciała go widzieć i mówić z nim, bo na dnie jej dumnego serca, pod rumowiskami cierpień i zawodów, tlił się ostatni płomyk nadziei, że on ją kocha jeszcze, że tylko jakieś niewytłumaczone przyczyny rozdzieliły ich chwilowo, po których wyjaśnieniu i usunięciu...

A teraz wracała jak grób, w którym ostatnie ślady życia zgniły i rozpadły się w strzępy pokryte wielką, martwą cichością nocy wiecznej.

Borowiecki poszedł pomiędzy ludzi do bufetu aby się orzeźwić, bo połknął jej słowa ostatnie, jak wilk połykający zamrożoną w tłuszczu sprężynę, która teraz rozprężała się zwolna i darła mu wnętrzności ostrym, przenikliwym bólem.

Byłby wszystko zniósł i łzy i rozpacz i wyrzuty, ale tej pogardy, jaką go spoliczkowała, znieść nie mógł, a znieść musiał, bo Endelmanowa go zabrała, aby mu pokazywać obrazy i zbiory dzieł sztuki, nagromadzone w kilku pokojach dosyć bezładnie, ale musiała go zaraz odstąpić Grosglückowi, który miał do niego jakiś interes.

Po śpiewach, towarzystwo znowu się rozsypało.

Szaja otoczony swoim dworem, przeniósł się do bufetu, a w salonie panowała teraz Trawińska, otoczona gronem młodych kobiet, pomiędzy któremi były Mela i Róża.

Endelmanowa co chwila podchodziła do kogoś i szeptała tryumfująco.

— Cała Łódź jest u nas dzisiaj! Prawda, że się dobrze bawią?

— Cudownie! — odpowiadano, ziewając ukradkiem, bo się istotnie nikt dobrze nie bawił.

— Panie Endelman! — wołała na męża, śpiesznie podbiegającego krokiem baletowym, co przy jego cienkich nóżkach i dużym brzuchu, robiło śmieszne wrażenie. — Panie Endelman, do buduaru chińskiego każ pan zanieść lodów!

— Zaraz każę zanieść lodów, co? — odpowiadał, osłaniając dłonią ucho.

— I szampańskiego dla panów.

— Zaraz i szampańskiego dla panów.

— Prawda, że się dobrze bawią? — zapytała go po cichu.

— Co? Ślicznie, bardzo ślicznie, wypili prawie wszystko szampańskie.

Rozeszli się, bo Endelman zaglądał co chwila do bufetu, aby tam gospodarzyć i z pewną wyniosłą przykrością stwierdzać, że goście pomijali inne wina a pili tylko szampańskie.

— Te chamy piją szampańskie jakby to było Münchenbier, co? — szepnął do Bernarda.

— Masz przecież jeszcze dosyć zapasów.

— Mam wino, ale oni nie mają wychowania, żeby tak pić, jakby to nic nie kosztowało!

— Paradny jesteś, muszę to w Łodzi opowiedzieć.

— Co? no, nie bądź głupi Bernard.

Ale Bernard nie słuchał i ze śmiechem opowiadał Róży, przy której usiadł.

— Panowie, damy się nudzą same! — wołał Endelman do młodzieży, zgromadzonej w bufecie, aby ją odciągnąć od picia, nikt się jednak nie ruszył.

Bernard sam jeden bawił panie, siedział na wprost Trawińskiej i rozmawiał z nią, wyrzucając co chwila takie zabawne paradoksy, że czerwona głowa Róży pochylała się aż ku kolanom, żeby stłumić śmiech, a Trawińska śmiała się swobodnie i z subtelnie pobłażliwym śmiechem z jego błazeństw, a szukała oczami męża, który teraz rozmawiał z Borowieckim pod Dyaną, tak żywo, że głosy ich chwilami słyszała.

Reszta towarzystwa nudziła się jak mogła.

Mada chodziła nieco senna i udawała, że się przygląda obrazom, a przysuwała się coraz bliżej do Borowieckiego.

Starsze panie drzemały w fotelikach lub skupione po buduarach opowiadały sobie nowiny, młodsze słuchały rozmowy Trawińskiej z Bernardem, i spoglądały ciężkim żałosnym wzrokiem w stronę bufetu, skąd huczały podniecane szampanem głosy mężów i ojców.

Zwolna nuda rozlewała się po salonie.

Patrzano na siebie obojętnie i jakby wrogo, jakby jedni drugim przypisując winę tego wspólnego nudzenia się.

Obejrzano stroje, otaksowano klejnoty, jakimi panie i panny były literalnie obładowane, obgadano i salon i gospodarzy i przyjęcie i samych siebie, a teraz nie było już co robić więcej.

Nic tutaj zebranych nie łączyło, nie mieli nic wspólnego, zebrali się razem, bo pewien ton łódzkiego życia nakazywał bywać u Endelmanów, jak nakazywał zachwycać się ich galeryą obrazów i ich zbiorami dzieł sztuki, jak nakazywał czasem bywać w teatrze, jak również nakazywał od czasu do czasu dać coś na biednych, narzekać na brak życia towarzyskiego w Łodzi, wyjeżdżać za granicę i t. d.

Naginali się z trudem do pewnych form przyjętych w świecie, a które były im obce i obojętne.

Właśnie prawie o tem samem rozmawiał Bernard.

— Pan Łodzi nie kocha? — przerwała mu Trawińska, aby skrócić zbyt długą tyradę.

— Nie, ale żyć bez niej nie mógłbym, bo nigdzie bardziej się nie nudziłem i nigdzie więcej nie spostrzegłem śmieszności.

— A, pan się zajmuje zbieraniem pewnych śmieszności.

— Potępiła pani uśmiechem moją zabawę.

— Nie zupełnie, radabym usłyszeć o celu tego zbierania.

— Myślałem, że pani będzie rada co usłyszeć z mego zbioru.

— Omylił się pan w przypuszczeniu, nie jestem ciekawa.

— Niczego? — zapytał trochę drwiąco.

— Przynajmniej bliźnich swoich.

— Jeśli ci są nudni, ach jak bardzo nudni! — szepnęła Toni żałośnie.

— Nawet kobiety panią nie obchodzą?

— Obchodzą mnie tyle tylko, ile wszyscy ludzie.

— A gdybym chciał opowiedzieć coś bardzo ciekawego, naprzykład o pani dyrektorowej Smolińskiej, która w tej chwili wychodzi? — zapytał cicho.

— O nieobecnych tak samo jak o umarłych nie mówię nigdy.

— Może pani ma racyę, bo jedni i drudzy bywają nudni.

— A najbardziej ci pozujący na znudzonych — zawołała z naciskiem Róża, patrząc na niego ironicznie.

— Dobrze. Mówmy o obrazach, czy to nie właściwy temat dla pani? — zawołał podrażniony.

— To już lepiej o literaturze — podjęła Toni gorąco, która była słynną zjadaczką romansów.

— Pan czytał Bourgeta „La Terre Promise"? — zapytała nieśmiało, milcząca cały czas, ta zakurzona, z twarzą podobną do zatrzymanego zegara.

— Nie czytuję literatury jarmarcznej; w dzieciństwie czytałem „Historyę o Magielonie", „Różę z Tannenbergu" i podobne arcydzieła, to mi wystarcza na resztę żywota.

— Za ostro pan sądzi Bourgeta — odezwała się Mela.

— Być może, że ostro, ale sprawiedliwie.

— Dziękuję pani za poparcie — skłonił głową przed Trawińską. — Czytałem jakąś książkę tego niby wielkiego pisarza, niby psychologa, niby moralisty, czytałem dosyć pilnie, bo zmusił mnie do tego rozgłos, jakim się on cieszy u nas, no i wydał mi się starcem, lubieżnym, opowiadającym w tonie podniosłym, a z cynicznym uśmieszkiem, szkaradne historyjki.

— Może zaczniemy teraz mówić o kobietach, czy to nie właściwy temat dla panów? — zaczęła Trawińska złośliwie.

— Ha, to mówmy o tak nazywanej płci pięknej, kiedy już nie mamy zabawniejszego tematu.

Rozkrzyżował komicznie ręce, ale był zły na Ninę.

— Ostrożnie, bo pan nas obrażać zaczyna.

— Anioły ziemskie obrażać się nie powinny, że jednak ja mało mogę mówić o aniołach, bo ten rodzaj nie wiele jest znany w Łodzi, odejdę i przyprowadzę kogoś, który w tej specyalności jest „au courant".

Powiedział dosyć twardo, podniósł się i zaraz przyprowadził Kesslera, młodego, chudego Niemca, o żółtych włosach, niebieskich wyłupiastych oczach i wielkich mocno wysuniętych szczękach, obrośniętych również żółtym zarostem.

— Robert Kessler! — zarekomendował, posadził na swojem miejscu i odszedł do grupy mężczyzn, którzy pod przewodnictwem Endelmana oglądali obrazy w długim, stanowiącym właściwą galeryę pokoju.

— Panie Grosglück, patrz pan na tę Madonnę, to jest z Drezna Madonna.

— Śliczny obraz! — mówił przeciągle stary Liberman i włożywszy ręce w kieszenie, wypiął brzuch, pochylił głowę na piersi i przypatrywał się ramom obrazu.

— To jest obraz medalowany, patrz pan tu stoi: „Medaille d'or", to jest obraz masiw i kosztuje grube pieniądze, co?

— Ile? — rzucił cicho Grosglick, gładząc wskazującym palcem lewej ręki, na którym błyszczał krwawnik oprawny w złoto, twarde czarne bokobrody, które mu oblepiały okrągłą twarz niby kotlety z kostką; wąsy i brodę miał wygolone starannie.

Podnosił brodę tak wysoko, że dwie fałdy skóry na grubym czerwonym karku zakrywały mu kołnierzyk i czyniły go podobnym do krótkiej wypasionej świni, usiłującej daremnie ściągnąć z płota wiszącą bieliznę; prawą rękę trzymał w kieszeni białej kamizelki.

— Ile? — powtórzył cicho, bo zawsze mówił cicho i z wielką powagą podniósł brwi, które ostrymi półkolami rysowały się na jego wypukłem czole i stanowiły mocny kontrast swoją czarnością z siwymi włosami i różową cerą twarzy.

— Nie pamiętam, bo tem się zajmuje mój sekretarz — odpowiedział niedbale Endelman.

— Patrz pan na ten obraz rodzajowy, to żywe prawie, to się rusza.

— Bardzo ładne farby! — mruknął któryś.

— I jeszcze ładniejszy kapitał, co?

— Ja, ja! same ramy do taki landszaft kosztuje drogo — mówił z powagą gruby Knaabe, ze znawstwem stukając cygarniczką w bronzowe ramy.

— Przecież pana stać nawet i na złote, panie Knaabe; bo kogo stać na kapelusz, tego musi być stać i na głowę — zaśmiał się Grosglick, który zawsze prawie popierał swoje wywody porównaniami.

— To jest genialne powiedzenie, panie Grosglick — zawołał Bernard, tłumiąc śmiech.

— Mnie stać i na to — szepnął skromnie bankier.

— Proszę panów, jeszcze jedna Madonna, to jest kopia z Cimabuego, ale lepsza od oryginału, ja panu daję słowo, że lepsza, bo ona kosztuje całe tysiąc rubli, co? — zawołał, zobaczywszy wątpiący uśmiech na ustach bankiera.

— Zobaczmy, ja bardzo lubię Madonny. Ja swojej Mery kupiłem Murrilowską Madonnę, jej to sprawia przyjemność mieć w swoim pokoju taki obraz, to czemu ja nie miałem kupić?

Obejrzeli w ten sposób kilkadziesiąt obrazów i stanęli przed wielkiem mitologicznem malowidłem, zajmującem pół ściany i przedstawiającem Wejście do Hadesu.

— To duża sztuka — wykrzyknął z podziwem Knaabe.

Endelman zaczął objaśniać treść obrazów, ale mu żywo przerwał Grosglick.

— To jest zwykły grabarz, a to jest głupi obraz, po co malować takie smutne rzeczy! Jak zobaczę pogrzeb, to ja się później muszę leczyć, bo mnie przez parę dni boli w sercu. Kto ma umrzeć to się nie utopi!

— Drugi numer koncertu, proszę panów do salonu! — zapraszała Endelmanowa.

— Powinszować państwu takiej galeryi, powinszować! — wołał bankier.

— Co oni będą wiprawiać w salonie?

— Służę panu programem, tam jest wydrukowane.

Bernard podał mu długi pasek surowego jedwabiu, ozdobiony ręcznemi malowidłami, na którym był po francusku wypisany program.

Wrócili do salonu, gdy się już przyciszyło, bo wynajęta para popisywała się jakimś dyalogiem francuskim.

Mężczyźni skupieni przy drzwiach od bufetu, słuchali ze znudzonemi twarzami i powoli cofali się do porzuconych szklanek i kieliszków; kobiety natomiast słuchały z chciwością i pożerały oczami parę deklamatorów, udających młodych naiwnych kochanków, którym się zdarzył wypadek, że na przejeżdżających napadli w górach zbójcy, zabrali i rozdzielili.

Spotkali się właśnie i opowiadali swoje przygody z takim naiwnym cynizmem, z takiem eleganckiem wyuzdaniem, że panie trzęsły się ze śmiechu i co chwila biły entuzyastyczne brawa.

— Ah, mon Dieu, mon Dieu! Très joli, très joli! — wykrzykiwała głośno z zachwytu uklejnotowana jak sklep jubilerski pani Cohn, żona jednego z fabrykantów i jej małe, zarosłe tłuszczem oczka tryskały łzami zadowolenia i tak się bawiła doskonale, że trzęsły się jej tłuste, nalane policzki i ramiona podobne do wałów obwiniętych w czarny jedwab.

— Co oni cię kosztują, Endelman? — zapytał cicho Grosglick.

— Sto rubli i kolacyę, ale to warto tysiąc, bo się goście dobrze bawią.

— To jest dobry pomysł, na imieniny żony muszę ich zamówić.

— Zamów pan zaraz, to ustąpią dobry rabat — szepnął mu Bernard przez ramię i przesunął się do Meli, siedzącej po za wszystkimi samotnie, bo Róża siadła w pierwszym rzędzie, aby nie stracić i słowa z dyalogu.

— Budzę cię, Mela! O czem marzysz?

— W tej chwili myślałam o tobie — szepnęła cicho, podnosząc na niego swoje szare oczy.

— Nic, myślałaś o Wysockim! syknął i gniewnie obrywał hyacynty rozkwitłe, stojące na stoliczku, obok którego usiadł.

Patrzyła na niego zdumionemi i jakby wylękłemi oczami.

— Mogłam tak samo myśleć o L. Landau, o którym ze znajomych, jakich nazwiska mogłeś wymienić z równą domyślnością, jeśli nie uwierzyłeś moim słowom.

— Przepraszam cię, Mela, zrobiłem ci przykrość?

— Tak, bo wiesz, że nigdy nie mówię tego, czego nie myślę.

— Daj mi rękę.

Wysunęła mu dłoń obciśniętą w białą rękawiczkę z szarem wyszyciem.

Odpiął guziczki i pocałował ją w dłoń dosyć mocno.

— Skoro Wysockiemu wolno, wolno i mnie! — tłómaczył, gdy mu dosyć ostro wyrwała rękę. — Ale, a propos Landaua. Mówili mi na mieście, że wychodzisz za niego, czy to prawda?

— A coś odpowiadał tym, którzy ci mówili o mojem małżeństwie?

— Że to pogłoska, która się nigdy nie sprawdzi.

— Dziękuję, bo się istotnie nie sprawdzi. Daję ci słowo, że za niego nie wyjdę — dodała silniej, widząc niedowierzanie w jego oczach.

Po jego chudej nerwowej twarzy przeleciał błysk zadowolenia.

— Wierzę ci, ja ani chwili nie przypuszczałem, żebyś mogła iść za niego. Ty i taki kantorowicz ordynarny, przecież to zwykły macher bez wychowania, brudny żydziak. Wolałbym już w ostatnim razie Wysockiego dla ciebie.

Błysnęła oczami, lekki rumieniec mgłą różu powlókł jej twarz, spuściła powieki pod jego badawczym wzrokiem i poprawiając bransoletkę, szepnęła:

— Nie bardzo lubisz Wysockiego?

— Cenię go jako człowieka, bo jest prawym i dosyć rozumnym, ale nie cierpię go jako twojego wielbiciela.

— Mówisz, aby mówić, bo dobrze wiesz, że nikt nie jest mniej moim wielbicielem od niego — powiedziała niby szczerze, bo chciała wyciągnąć z Bernarda, jeśli wiedział, jakie szczegóły o Wysockim.

Przypuszczała bowiem, że jeśli się przyjaźnią, to i zwierzać się muszą przed sobą.

— Wiem co mówię. On jeszcze z tej miłości nie zdaje sobie sprawy, ale już cię kocha.

— Cóż z tego, kiedy on katolik! — zawołała bezwiednie, zdradzając się ze swojej tajemnicy.

— A, tak rzeczy stoją! Winszuję ci, winszuję! — szeptał wolno i zjadliwy żrący uśmiech okolił mu cienkie usta.

Rozgarnął niedbałym ruchem czarne kędzierzawe włosy, pokręcił małe wąsiki i powstał; na jego delikatną wybitnie semicką twarz padł jakiś cień rozdrażnienia, czy też gniewu.

Nozdrza mu drżały ze wzruszenia tłumionego, a czarne, o oliwkowym odcieniu oczy biegały niespokojnie po jej twarzy.

Wykręcił się i odchodził bez słowa.

— Bernard! — zawołała za nim prędko.

— Zaraz powrócę — powiedział, odwracając do niej twarz już spokojną, przez którą wił się tylko zwykły pogardliwy uśmiech.

Mela nie zwracała uwagi na jego rozdrażnienie, bo to co powiedział, zatopiło jej serce w dziwnie rozkosznem cieple.

Siedziała z przymkniętemi oczami i wciągając silną woń hyacyntów, szeptała, upojona wielką radością i szczęściem:

— Więc to jest prawda?

Ale jej radość przerwały grzmiące brawa, jakiemi ogólnie zasypywano dyalogistów, gdy skończyli.

— Très joli, mon cher Bernard! — wykrzykiwała jeszcze Cohnowa, wycierając załzawione oczy i mokrą od tłuszczów twarz, do Bernarda, który przechodził obok niej.

— Ona mówi francuzczyzną krowy hiszpańskiej — szepnął do Trawińskiej, która szukała oczami męża.

Uśmiechnęła się tylko w odpowiedzi.

— Może państwo zechcą nie opuszczać swoich miejsc, co? — mówił podniesionym głosem Endelman.

Jakoż i zaraz lokaje wynieśli pod okno sztalugi i ustawili je w świetle, a na znak Endelmanowej odkryli zasłonę.

— Proszę państwa do obrazu! do nowego arcydzieła! proszę oglądać! Panie Endelman, każ pan podnieść story.

Skupili się wprost płótna uwieńczonego wieńcem laurowym, z którego wychylała się scena morska Kraya; kilka nimf odpoczywało na skale, wynurzającej się z pod błękitnych cichych wód jakiejś południowej zatoki.

Magnoliowe drzewa pokryte kwiatem, podobne do stożkowych bukietów, kładły różowy ton na szafiry wód, które z jakąś pieszczotą marszczyły się i biły w zielone skaliste brzegi.

Kilka mew zataczało kręgi nad nimfami, a z boku, z lasu laurów o błyszczącej zieleni jasnej, z drzew migdałowych i magnolii wychylały się wielkie ciała Centaurów, pokryte rudym włosem, z twarzami błyszczącemi żądzą.

Nad całym krajobrazem leżała wielka słodka cisza upalnego dnia, przesycona zapachami kwiatów, szmerem morza i barwami turkusowego nieba, które się rozlewało w wielką roztocz i w głębi obrazu łączyło się w jeden ton z morzem.

— Czemu one bez ubrania?

— Bo im gorąco.

— Jak pan chcesz, panie Grosglick, żeby się one kąpały!

— To scena mitologiczna, panie Grosglick.

— To jest przedewszystkiem goła scena.

— Cudowny obraz, zachwycający! — wołały panie.

— Nu, a gdzie tu leży ich ubranie, dlaczego tu ubranie nienamalowane, ten malarz to musi być fuszer.

— To są przecież Nimfy, panie Cohn.

— Cohn, ty się tak znasz na Nimfach jak... Nimfy na tobie — zawołał Grosglick.

— Panie Cohn, żeby Kray był fuszer, to jego obraz nie byłby u mnie, pan wie? — rzekła wyniośle z politowaniem Endelmanowa.

— Mój mąż się nie zna na tem, on się zna na barchanie — tłómaczyła Cohnowa tak gorąco, że kilka osób wybuchnęło śmiechem.

Jakie to śliczne! Jakie to morze prawdziwe, zupełnie takie same jakie było przy naszej willi w Genui. Myśmy byli w przeszłym roku w Genui.

— W Biarritz też jest dużo wody, ale ja nie lubię patrzeć, bo mnie się zaraz niedobrze robi.

— Ale niechaj państwo uważają, że to morze prawie słychać, o! a te kwiaty są tak ładne, jakby były robione i pachną prawdziwie — szeptała Endelmanowa, usilnie zwracając uwagę zebranych na obraz, bo zaczynali już odchodzić.

— Farbę czuć — zawołał Knaabe, pochylając się do obrazu.

— Ale, bo widzicie państwo, kazałam obraz powerniksować.

— Przez to barwy straciły na świeżości i poczerniały, a potem warstwa werniksu błyszczy się tak, że trudno przez to co zobaczyć — tłómaczyła jej

Trawińska po cichu, bo sama dosyć odczuwała malarstwo.

— Ja lubię, żeby był glanc! Mnie jest wszystko jedno; landszaft, scena rodzajowa, mitologiczna czy historyczna, ja wszystko kupuję, bo my możemy sobie na to pozwolić, ale ja lubię, żeby moje obrazy miały glanc! To porządniej wygląda — tłómaczyła się głośno i tak szczerze, że Nina musiała przysłonić twarz wachlarzem, żeby nie parsknąć śmiechem.

— Bernard, czy ja nie mam racyi?

— Zupełną, bo się nadaje większą wartość obrazowi. Któż trzyma rondle w kuchni niewyczyszczone i bez glancu?

— Mon cheri, ty się śmiejesz ze mnie, a ja się i tak przyznaję, że lubię, aby wszystko wyglądało porządnie, nowo...

— Wiem, bo dla tego kazałaś poczyścić pomadką stare zbroje i chińskie bronzowe figurki.

Róża roześmiała się z tych objaśnień i żeby zatrzeć ten śmiech, zawołała:

— Idę ojca przyprowadzić do obrazu.

I poszła zaraz do bufetu, gdzie Szaja siedział z Müllerem i prosiła go żeby szedł.

— Po co mi taka ekspozycya! Mnie tu jest dobrze z panem Müllerem. Ja morze znam, co to jest za wielkie widowisko? Trochę większa sadzawka od mojej, jaką kazałem wykopać w moich dobrach. Kipman, ja cię kiedy zaproszę do moich majątków ziemskich! — zwrócił się do starego przyjaciela, który siedział przy bufecie.

— Jakże się panu wydała moja bratowa? — pytał Bernard Borowieckiego.

— Bądź co bądź wyjątkowa kobieta. Kupuje obrazy, zbiera galerye.

— Aby się nią chwalić. Ta galerya wynosi ją we własnem mniemaniu po nad tę ordynarną, ciemną masę milionów. To kwestya nie potrzeby, zamiłowania, sztuki, a wprost ambicyi.

— Mniejsza o powody, bo czy są takie lub inne, zgromadziły zawsze dosyć pokaźną liczbę dzieł istotnie wartościowych.

— Ach, bratowa ma swój system. Jeśli się jej jaki obraz podoba, to długo chodzi koło niego, wypytuje się znawców o jego wartość, targuje go wytrwale dopiero wtedy, gdy już wie, że kupiwszy go, nic na nim stracić nie może.

— Przyjdzie pan do hotelu? Kurowski ma być dzisiaj.

— Przyjdę, bo nie widziałem go ze dwa miesiące.

— Może mnie pan usprawiedliwi przed braterstwem, ale wyjść zaraz muszę.
Uścisnął mu rękę i wyszedł niepostrzeżony.

Mrok już zalewał miasto, zapalano latarnie i wystawy sklepów, gdy się znalazł na Piotrkowskiej.

Odetchnął z pewną ulgą na powietrzu.

Nie opuścił salonu Endelmanów zaraz po wyjściu Likiertowej, żeby nie zwrócono na to uwagi i nie zrobiono nowych plotek, które i tak dosyć szarpały imię Emmy.

Nudził się piekielnie, bo ani go nie obchodziło towarzystwo, ani produkcye koncertantów, ani obraz nowy.

Był jeszcze ogłuszony tą dziwną rozmową z Emmą i jej ostatniemi słowami.

Nie mógł zrozumieć własnego stanu, bo nigdy przedtem nie czuł się tak bardzo zdenerwowanym i dotkniętym.

— Pogardza i nienawidzi! — myślał i bolała go ta pogarda i nienawiść coraz silniej.

XII.

Pod drzwiami mieszkania, na trotuarze, czekała na niego kobieta z czworgiem dzieci, ta sama, która wciąż się starała o wynagrodzenie za śmierć męża.

— Wielmożny Panie! a to z pokorną prośbą przyszłam — błagała, rzucając mu się do nóg.

— Czego chcecie? — zapytał ostro.

— A to wedle tego, co wielmożny pan mi obiecali, że fabryka zapłaci mi za to, co maszyna mojego rozerwała.

— A, to Michalakowa? — zapytał łagodniej, patrząc na jej czerwone oczy i twarz wynędzniałą i siną, przejedzoną przez nędzę.

— Michalakowa, jużci ta sama, co już ode żniw...

— Mają wam zapłacić dwieście rubli. Trzeba wam iść do pana Bauera, bo on wam zapłaci i tam u niego jest cała sprawa.

— Byłam jako i dzisia u tego Niemca, ale ten zapowietrzony kazał me ze schodów ściepnąć i pedział przez lokaja, że me wsadzi do kryminału kiej go będę nachodziła jak un ma swoje święto. Ażebyś zmarniał psubracie za moje sieroctwo i poniewierkę.

— W poniedziałek przyjdźcie do kantoru pana Bucholca, to wam wypłacą. Zaczekajcie jeszcze ten dzień.

— Adyć ja czekam, wielmożny Panie: lato zeszło, kopania zeszły, twarda zima zeszła i wiosna nadchodzi, a ja czekam, wielmożny Panie. Bieda me z dzieciamy źre kiej ten zły zwirz, a znikąd poratowania nima, jaże mi już mocy i pomyślunku brakuje do ścierpienia. A jak me wielmożny Pan, nasz dziedzic i ociec kochany nie poratuje, to już pewnikiem zmarniejemy.

Zaczęła płakać cicho i z rozpaczliwą bezradnością patrzyła mu w oczy.

— Przyjdźcie w poniedziałek, jak wam powiedziałem — szepnął i wszedł do mieszkania, polecając Mateuszowi zanieść tej kobiecie rubla.

— To ona jeszcze jest? Wyrzuciłem ją z sieni już trzy razy, a ta jak suka wraca podedrzwi i skomle ze swojemi szczeniętami. Nima co, ino ją trzeba sprać.

— Dasz jej pieniądze i ani ją tkniesz palcem, słyszysz! — krzyknął podrażniony, wchodząc do pokoju.

Maks z fajką w zębach leżał na otomanie, a Murray, ubrany czarno z bardzo wzruszoną twarzą siedział przy nim i słodko patrzył w dno kapelusza, który trzymał w ręku.

Szczęka latała mu szybciej niż zwykle, bo przeżuwał ustawicznie i podrzucał garbem tak często, że pół surduta wjechało mu aż na kark.

Karol kiwnął im tylko głową i poszedł do swojego pokoju.

Uporządkował papiery na biurku, poprawiał kwiaty w wazonach, przyglądał się długo fotografii Anki, otworzył list czekający na niego ale nie czytał, odłożył i zaczął chodzić, przysiadać na wszystkich krzesłach, wyglądać przez okno.

Był jak człowiek ugodzony w samo serce, który nie może zdać sobie sprawy z własnego stanu i chwieje się na wszystkie strony, bezwiednie poszukując równowagi i zaczepienia się myślą o co bądź.

Nie mógł się pozbyć tej gryzącej pamięci słów Emmy.

Usiadł wreszcie przed oknem i zapatrzył się bezmyślnie w resztki dnia, jakie gasły z ostatniemi zorzami nad miastem.

Mętna, brudna szarość zalewała pokój i przynosiła ze sobą nudę i zniechęcenie, jakie zaczynał teraz uczuwać.

Nie dał zapalać lamp, siedział w ciemności i słuchał gwarów usypiających ulicy.

Głos Maksa rzadko się rozlegał, a natomiast coraz wyraźniej słyszał przyduszony, głuchy szept Anglika, który mówił:

— Co pan chce! Pies się przyzwyczaja do własnej budy. Wie pan, jak idę do Smolińskich, to mnie ogarnia takie dziwne ciepło, taki spokój, tak mi tam dobrze, jasno, wesoło, że potem ze strachem myślę, że przecież muszę powrócić do siebie, do pustych ścian, do ciemnego, zimnego mieszkania. Już mi tak zbrzydło kawalerstwo, że dzisiaj właśnie postanowiłem...

— Oświadczyć się... a który to raz z rzędu — mruczał Maks.

— Tak, oświadczę się i zaraz po Wielkiej nocy ślub. W czerwcu wezmę urlop i zawiozę żonę do Anglii, do rodziny. Ach, jaka ona była dzisiaj śliczna w kościele! — zawołał.

— Któż to, ta ona, wybrana?

— Dowiesz się pan jutro.

— Niemka, żydówka, Polka? — badał Maks zaciekawiony.

— Polka.

— Jeśli katoliczka, to nie pójdzie za pana, bo one się swojej religii trzymają z uporem pijanych.

— Nic nie szkodzi, bo ja się panu przyznam po cichu, że zaraz skoro tylko zostanę narzeczonym, przejdę na katolicyzm. Mnie jest wszystko jedno, bo i tak moją religią jest miłość.

— Jak teraz to tylko żona.

— Tylko żonę można kochać i szanować, tylko żony godne są uwielbienia.

— Immer langsam voran, langsam! jeszcześ pan nie był żonatym, spróbuj pan pierwej.

Borowiecki przerwał im rozmowę.

— Maks, przyjdziesz do Kurowskiego?

— Przyjdę. A ty już wychodzisz?

— Tak, do widzenia Murray.

— Pójdę razem z panem.

Obciągnął szybko surdut, pożegnał się i zaraz wyszli.

W tej stronie Piotrkowskiej, pomiędzy rynkiem Geyera a Ewangelicką, dosyć pusto było na trotuarach i cicho.

Niskie, parterowe domy patrzyły na ulicę oświetlonemi oknami, przez które widać było doskonale wnętrze mieszkań.

Borowiecki milczał, a Murray ciekawie zaglądał przez okna i co chwila przystawał.

— Spojrzyj pan, jak to ładnie wygląda! — zawołał, przystając przy jednem, przez które lekko przysłonięte, widać było duży pokój; stół na środku oświetlony wiszącą lampą, obsiadła rodzina.

Czerwony papa, obwiązany serwetką, nalewał z dymiącej wazy zupę na talerze dzieci, które łakomemi oczami mierzyły ruchy ojca.

Matka, tęga Niemka o jasnej, uśmiechniętej twarzy, obwiązana niebieskim fartuchem, rozstawiała talerze przed starą siwą kobietą i starym mężczyzną, który wytrząsał fajkę do popielniczki i opowiadał coś głośno.

— Im musi być bardzo dobrze — szepnął Murray, zazdrośnie obejmując oczami tą zwykłą scenę.

— Tak, jest im ciepło, mają apetyt i obiad na stole — szepnął niechętnie Karol i przyśpieszył tak kroku, że Anglik pozostał w tyle i wlókł się wolno, przyglądając się wszystkim oświetlonym oknom.

Był chory na silną nostalgię rodziny i miłości.

Borowiecki zmięszał się z tłumem robotników, wylewających się z bocznych ulic i napełniających trotuary Piotrkowskiej i płynął z nimi bezmyślnie.

Do Kurowskiego było jeszcze za wcześnie, do knajpy żadnej ochoty nie czuł, z domu wypędziła go nuda, więc się wlókł ulicą, nie wiedząc co zrobić ze sobą i z kilku godzinami czasu.

Skręcił w ulicę Benedykta i wszedł na Spacerową jako cichszą i bardziej ciemną. Chodził z jednego końca alei w drugi i zawracał.

Chodził wprost po to, aby się zmęczyć, aby fizycznym wysiłkiem przyciszyć te dziwne głosy jakby sumienia, które się budziły w nim i rozdrażniały go coraz boleśniej i przechodziły następnie w głuchy jeszcze, nieuświadomiony żal Emmy.

Zaczynał na nowo rozmyślać nad tym stosunkiem, zerwanym tak brutalnie i nieludzko i który ona dzisiaj przekreśliła pogardą pełną nienawiści.

Nie był młodzieńcem niedoświadczonym, ani niesentymentalnym, nie był zbyt skorym do odczuwania niedoli ludzkiej, a pomimo to gryzła go świadomość, że wyrządził wielką krzywdę.

A po za tem, kiedy sobie przypominał jej dawne pocałunki, jej miłość i szlachetność, to wszystko, czego pamięć wobec niej, tam u Endelmanów nie potrafiła przyspieszyć krążenia krwi — teraz, w takiem zdenerwowaniu przepalało go jakiemś upartem, mocnem pragnieniem.

Zapragnął znowu jej miłości.

Nie mógł znieść spokojnie tej myśli, że się rozstali na zawsze, że nigdy już nie ucałuje jej ust, nie zobaczy tej dumnej głowy w swoich ramionach.

Tak go oszałamiała ta myśl, że kilkakrotnie szedł już ku jej domowi i z denerwującym biciem serca myślał o okrzyku, z jakim go przywita. Pamiętał dawne czasy.

Ale nie poszedł, wracał znowu na ulicę.

Byłby się musiał usprawiedliwiać, a usprawiedliwiać się nie miał czem.

A potem gryzł go jakiś wstyd, bo dobrze pamiętał przysięgi i te zapewnienia wiecznej miłości, jakie jej składał tak niedawno jeszcze...

Wstyd było mu również tego rozmazgajenia, jakie czuł w tej chwili.

Wziął się przecież w garść rozumu i zimnego handlowego rozsądku, popełniał wiele rzeczy złych umyślnie, zasklepiał się w sobie umyślnie i opancerzał serce egoistycznymi sofizmatami.

Wyrzucał stale z budżetu swojego życia wszystko, co tylko nosiło ślad jakikolwiek uczucia, porywu bezwiednego, interesu ogólniejszej natury — wszystko, co mogło przeszkodzić mu do zrobienia majątku i do spokojnego nasycania się życiem.

Spekulował na zimno, uwodził kobiety na zimno, bo wypadały mu taniej niż płatne kochanki, żenił się prawie na zimno, wszystko obliczał i tak się trenował dobrze, że chwilami czuł, że jest nowym, innym człowiekiem, że wyniesione z domu, ze szkół, ze społeczeństwa popędy, apiracye i wierzenia — zagasły w nim zupełnie.

Zdawało mu się tylko, bo przyszło coś, taka choćby pogarda kobiety kiedyś kochanej, takie jedno nic, które swoją potęgą niewytłómaczoną skojarzeń zbudziło w nim na nowo tak starannie pogrzebane światy.

Patrzał teraz z trwogą, że jednak nie zdołał utopić całej duszy w interesach, w fabryce, w takiej ściśle egoistycznej egzystencyi, że duszę ma pełną tych mar, które się zbudziły i potężniejsze niż dawniej dopominały się o swoje prawa.

Jakby pierwsza młodość się w nim zbudziła z pod popiołów tego mechanicznego łódzkiego życia, młodość ze wszystkiemi wierzeniami i złudzeniami. Poczuł jakiś mocny głód wrażeń.

Samotność mu zaciężyła.

Poszedł spiesznie do kolonii, ale tam prócz służącej nie zastał nikogo.

Służąca go zapewniała, że panie zaraz przyjdą, ponieważ niedługo zaczną się schodzić zwykli niedzielni goście.

— A gdzie panna Kama?

— W salonie. Niedawno słyszałam Picola, to tam być musi i panna Kama.

Jakoż znalazł Kamę, śpiącą na kozetce. Picolo zawarczał cicho na intruza, ale poznawszy go, schował biały kudłaty łeb w jej włosy i zamilkł.

Kama spała na wznak, z rękami pod głową. Przez otwarte drzwi z przedpokoju oblewało ją światło i złociło jej dziecinną, zarumienioną twarzyczkę, otoczoną pierścionkami czarnych włosów pozakręcanych w białe szpilki.

Wyszedł po cichu, aby jej nie zbudzić.

— Nie mam nawet gdzie pójść — myślał, bo chociaż pamiętał, że obiecał być dzisiaj o zmroku u Lucy, nie poszedł.

Teraz gdy miał tak rozmiękczoną duszę melancholijnemi przypomnieniami Emmy i tak pełną przeróżnych drgań, Lucy była mu wyrzutem sumienia.

Gniewała go swoją ordynarnością i głupotą. Nie mógł się w niej teraz dopatrzeć ani jednej z tych zalet, jakie jeszcze wczoraj widział.

I na pewno, gdyby mógł mówić o niej w tej chwili, toby ją odsądził od wszystkiego, aby tym sposobem usprawiedliwić się przed sobą i uspokoić nieco roztrzęsione nerwy.

Nie namyślając się już poszedł do hotelu, do Kurowskiego, z którym się kilka tygodni nie widział.

— Pan Kurowski? — zapytał na pierwszem piętrze posługacza.

— Zaraz się dowiem czy wstał.

Powrócił za chwilę prosząc za sobą.

— Karol? — zapytał silny, dźwięczny głos z drugiego pokoju.

— Tak, śpisz jeszcze?

— Nie zupełnie. Bądź łaskaw przejść do saloniku, za dwie minuty przyjdę.

Borowiecki czekał dosyć niecierpliwie, spacerując po niewielkim, bardzo wykwintnie umeblowanym saloniku.

Kurowski, prócz mieszkania przy swojej fabryce, w jednej z podmiejskich wsi, miał w tym hotelu drugie, łódzkie mieszkanie, do „dyskretnych funkcyj", jak mówił.

Przyjeżdżał co sobotę i zwykle wieczorem przyjmował grono dobrych znajomych, pił z nimi, gadał i grywał w karty; przez niedzielę całą spał i wieczorem jechał do domu, znikając na cały tydzień.

Życie podobne prowadził od lat kilku.

Nie miał zupełnie przyjaciół, chociaż z blizkimi, których przyjmował, był na ty.

Był to dziwny egzemplarz wykolejonego, który przywarł do powierzchni tej „Ziemi obiecanej", zaaklimatyzował się o tyle, że robił pieniądze i zerwał ze światem, z którego wyszedł.

Niewiele wiedziano o nim.

Przed dziesięciu laty zjawił się na bruku łódzkim z resztkami wielkiej fortuny, którą stracił podobno z dobrym humorem. Założył fabrykę z jakimś aferzystą ciemnego gatunku i po roku wyszedł z niej bez grosza. Potem usiłował sam coś robić, również bez powodzenia. A potem „uczył się pracować", jak określał swój kilkoletni ciężki żywot, spędzony na podrzędnem stanowisku w fabryce Bucholca.

Założył w końcu znowu do spółki jakąś fabryczkę przetworów chemicznych, bo kończył kiedyś podobny wydział w Niemczech i już nie zbankrutował, przeciwnie, pozostał sam, a spólnik, jakiś eks-obywatel wyjechał do Warszawy starać się o miejsce przy tramwajach.

Fabryka rozwijała się z tym szalonym, amerykańskim pośpiechem, jaki tylko w Łodzi widzieć można, popychana jego energią i niesłychanie wytrwałą, rozumną administracyą i gruntowną fachowością.

Nie zbankrutował, nie spalił się ani razu, nie oszukiwał, a szedł prędko do majątku, Postanowił go zdobyć i zdobywał szaloną pracą i wytrwałością.

Po za tem był to dziwny człowiek.

Arystokrata do głębi, nienawidzący arystokracyi; konserwatysta, fanatycznie wierzący w postępy wiedzy; wolnomyślny, a zajadły wielbiciel absolutyzmu; katolik szczery, szczerzej jeszcze drwiący z wszelkich religii, wykwintny sybaryta nie cierpiący wszelkiego trudu, a równocześnie pracownik namiętny.

Drwił z wszystkich i ze wszystkiego, a miał współczujące serce dla każdej niedoli i wielki pobłażający rozum.

Była to paradoksalna sprzeczność, pokrywająca bardzo jednolitą, oryginalną jednostkę.

— Kurowski to jest polnische Misch-Masch! — określił kiedyś Bucholc, który go bardzo poważał.

Borowiecki przystanął, bo zdawało mu się, że słyszy jakby głos kobiecy i szelest sukien w pokoju Kurowskiego, ale przycichło zaraz i on sam wszedł.

Był jakiś niespokojny, przywitał się i usiadł przy stole z pewną niecierpliwością.

— Przyjdzie kto dzisiaj? — zapytał, podnosząc na Karola orzechowe wielkie oczy.

— O ile wiem, to będą wszyscy. Nie widzieliśmy się całe trzy tygodnie.

— I tęskniliście, co? — rzucił niedbale.

Uśmiech przeleciał po jego twarzy.

— Chociażby dla tego, abyś mógł wątpić.

— Nie wątpię, bo musiałbym i wam to królewskie dostojeństwo myśli czasem przeznaczać.

— A nie chcesz?

— Nie mogę jakoś. Pominmy to, jesteś jakiś niewyraźny, masz wyraz twarzy zdradzonego po raz pierwszy męża.

— Czemuż nie wyraz chorego na niestrawność? — wykrzyknął Karol, dotknięty pewną prawdą, zamkniętą w tem określeniu.

— Jak chcesz! Czy oni na pewno przyjdą? — zapytał, spoglądając na zegarek i ironicznie złośliwe spojrzenie rzucił na kotarę, przysłaniającą drzwi sypialni, po za którą rozległ się bardzo delikatny szmer.

— Maks, Endelman i Kessler będą z pewnością, bo Maks się wyspał, a tamci dwaj wynudzili się porządnie na dzisiejszem przyjęciu Endelmanów.

— Dostałem zaproszenie! No i cóż, dużo było złotych cieląt?

— Doskonałe określenie, Bernard informował mnie szczegółowo o ich posagach, no i oglądaliśmy je po kolei, ale to wcale nie zajmujące widowisko, nie.

Trząsł głową melancholijnie, bo twarz Emmy stanęła przed nim i przypomniały mu się jej słowa.

— Trawińscy być mieli, bo on wczoraj był u mnie i mówił.

— A byli. On się nudził w tem żydowsko-niemieckim morzu, a ona robiła sensacyę swoją urodą i wykwintem. Była także i Smolińska.

— Była? To wypadek dnia. Jakże znajdujesz tą antyczną piękność?

— Że jest bardziej antyczną niż piękną.

— Masz racyę, jej uroda ma więcej sławy niż piękności. Obmówili ją za odległej młodości, że jest piękną i ta plotka kursuje z jednaką siłą przez szereg pokoleń.

Borowiecki skrzywił się tylko do uśmiechu i zamilkli.

— A jednak tobie coś jest?

— Dlaczego przez całe trzy tygodnie nie byłeś w Łodzi? — zapytał, nie odpowiadając na pytanie.

— A, dlaczego? — zaczął podrzucać nóż i chwytać ze zręcznością żonglera. — Dlaczego? oto dla tego — obrócił się do niego ramieniem i pokazał lewą rękę na temblaku.

— Wypadek?

— Tak, dwa cale stali.

— Kiedy? — zapytał prędko jakby z niedowierzaniem.

— Dwa tygodnie temu — odpowiedział ciszej i jego brwi czarne napięły się niby łuki nad oczami, świecącemi twardo i surowo.

Teraz dopiero Borowiecki spostrzegł jakąś chorobliwą zielonawą bladość jego twarzy i wpadnięte oczy.

— Kobieta? — rzucił więcej do siebie niż do niego.

— Nie znam ani jednej takiej, za którąbym poświęcił paznogieć! — powiedział prędko i zaczął niespokojnie gładzić czarne, mocno przerzedzone włosy i brodę również kruczo czarną, która mu zakrywała kołnierzyk i pół gorsu.

— Bo takich nie ma! Zupełnie nie ma! — zaczął gorąco Karol. — Są albo samice głupie, albo płaczliwe sentymentalne gęsi; człowieka, zupełnego człowieka pomiędzy niemi nie znalazłem.

Chciał za obecny swój nastrój mścić się na ogóle kobiet, ale Kurowski mu przerwał.

— Bo nie człowieczeństwa szukałeś w swoich kochankach — tylko miłości. Nie masz głosu w tej sprawie dotąd, dopóki nie przestaniesz pleść o nieczłowieczeństwie kobiet, dopóki nie przestaniesz traktować je jako zabawki, jako żer; dopóki patrzysz na kobiety przez pryzmat apetytu — tylko apetytu.

— Ciekawym kto patrzy z nas na młode, piękne kobiety inaczej?

— A nie wiem, bo ja to nie — odpowiedział niedbale.

— A mnie z takiego samego powodu odbierasz prawo sądzenia? — pytał podrażniony.

— A ty mi zabraniasz mówienia chociażby pozornych sprzeczności?

Zaczął się śmiać.

— W takim razie po cóż się bawimy pustemi słowami!

— O tem właśnie myślę od początku, a ty dopiero po czterdziestu minutach przyszedłeś do tego samego.

— Bądź zdrów! — rzekł zirytowany Karol i szedł ku drzwiom, ale mu Kurowski zastąpił drogę bardzo żywo.

— Nie dziwacz, jesteś zirytowany na ludzi, a chcesz się odbijać na mnie. Zostań. Chciałbym, żeby nikt więcej dzisiaj nie przyszedł — dokończył.

— Karol został; usiadł w fotelu i tępym wzrokiem zapatrzył się w światło kilkunastu świec, pozapalanych w wielkich srebrnych kandelabrach, bo Kurowski nie cierpiał w mieszkaniu gazu, nafty i elektryczności.

— Odwołaj, że dzisiaj nie przyjmujesz nikogo, ja zaraz wyjdę.

— Ba, odwołać muszę, ale chce mi się jednocześnie widzieć i tego łódzkiego Hamlecika, Bernarda, który nietylko karykaturuje naśladownictwem moje słowa i definicye, ale i kolor moich skarpetek. Chciałbym również zobaczyć to mięso — Maksa i tego wilka niemieckiego — Kesslera, nie mówię już o reszcie. Brakowało mi was przez ten czas.

— Nie miał cię kto bawić w chorobie?

— Istotnie, przyznam ci szczerze, że wy bywacie nieraz wysoce zabawni.

— Dobrze wiedzieć o tem, muszę ci w imieniu wszystkich podziękować za szczerość.

— A, trudno nie być szczerym — zawołał takim akcentem żartobliwym, że obaj spojrzawszy sobie w oczy uśmiechnęli się i zamilkli.

Kurowski poszedł do drugiego pokoju i powrócił za chwilę.

Karol spoglądał na niego, i czuł jakąś niezwykłą potrzebę mówienia, wypowiedzenia się nawet choćby półsłówkami, a milczał, bo wobec jego zimnej twarzy i gryzącego ironią spojrzenia, zamykał się w sobie i cofał pospiesznie w głąb i siłą powstrzymywał wyrazy cisnące się na usta.

— Cóż twoja fabryka? — zapytał po pewnym czasie Kurowski.

— Sprawy stoją tak, jak ci objaśniałem w ostatnim liście. Za tydzień Moryc przyjedzie to się zabierzemy do roboty.

— Zapomniałem ci powiedzieć, że widziałem pannę Ankę w Warszawie.

— Nie wiedziałem nawet, że miała tam być.

— Po cóż się opowiadać miała! Chcesz, żeby się dla panien świat kończył na narzeczonych?

— Zdawało mi się, że powinien się kończyć na narzeczonych właśnie.

— Jeśli nie mają kochanków. A dlaczegóż to ty na tem nie poprzestajesz?

— Zabawne pytanie? Jesteś wyznawcą idei Bjersterna-Biörnsona. Wątpię, czy się to podoba twojej kochance.

— Aaa! — zaczął ziewać — mówimy o rzeczach, które mnie nic a nic nie obchodzą.

— Dzisiaj.

— Może i przez jutro jeszcze — zakończył niedbale dzwoniąc na garsona, któremu polecił nie puszczać dzisiaj nikogo do siebie i przynieść kolacyjną kartę.

Karol przeciągał się ociężale i położył głowę na grzbiecie fotelu.

— Może kazać wnieść łóżko, co?

— Dziękuję ci, pójdę zaraz do domu. Jestem strasznie znużony i taka wstrętna apatya obwinęła mnie, że się czuję coraz bezsilniejszym.

— Każ się własnemu lokajowi wypoliczkować, to cię orzeźwi; jest to środek radykalny, bo apatya jest najstraszniejszym wrogiem życia.

— Nie odpisałeś mi, czy dajesz kredyt lub nie?

— Daję. Proszę cię, czemuś nie zameldował lokajowi, że przychodzisz z interesem, byłbym ci powiedział, że interesy załatwiam w kantorze, a tutaj przyjmuję tylko przyjaciół.

— Przepraszam cię, zapytałem się prawie bezwiednie. Nie dziw się temu, że jestem pochłonięty tą swoją fabryką. Chciałbym ją widzieć jak najprędzej w ruchu.

— Tak mocno pragniesz pieniędzy?

— Nie tyle co niezależności.

— Niezależność mają tylko nędzarze, bo już nawet i miliarderzy są jej pozbawieni. Człowiek posiadający rubla jest już niewolnikiem tegoż rubla.

— Paradoks.

— Rozważ, a przekonasz się.

— Być może, ale w każdym razie wolę być zależnym na sposób Bucholca, od własnych milionów, niż od pierwszego lepszego zbogaconego parobka.

— To inna kwestya, bardziej praktyczna, ale patrząc szerzej, to zobaczymy, że ta niezależność jest złudzeniem absolutnem w ogólności, a niezależność poszczególna, niezależność ludzi bogatych jest niewolą. Przecież taki Knoll, Bucholc, Szaja, Müller i stu innych, to najbardziej nędzni niewolnicy własnych fabryk, najmniej samodzielne mechanizmy, nic więcej! Znasz przecie życie fabrykantów i życie fabryk, to wiesz tak dobrze o tem jak ja. Pomyśl, co za dziwna kombinacya rozwija się dzisiaj w świecie: człowiek ujarzmił potęgi przyrody, odkrył masę sił — i poszedł w pęta właśnie tych samych potęg. Człowiek stworzył maszynę, a maszyna człowieka zrobiła swoim niewolnikiem; maszyna będzie się rozrastać i potężnieć do nieskończoności i również wzrastać i potężnieć będzie niewola ludzka. Voila! Zwycięstwo kosztuje zawsze więcej niż przegrana! — Rozważ.

— Nie, bo musiałbym dojść do innych zupełnie wniosków.

— Ja mam gotowe, mogę ci je rozsnuć natychmiast, również będą logiczne.

— Dziwi mnie tylko, że sam tak ochotnie poszedłeś w niewolę swojej fabryki.

— Skąd wiesz, że ochotnie? czemu nie przypuszczasz konieczności, żelaznej konieczności, musu ohydnego!

Mówił prędko i ze złością, którą mu przyniosły te bolesne jakieś przypomnienia.

— Jesteś niekonsekwentny. Gdybym tak myślał i miał podobny do twojego kąt patrzenia na świat, to nie robiłbym nic, bo i po co?

— Żeby mieć pieniądze, dużo pieniędzy, tyle ile mi potrzeba mieć, to pierwsza przyczyna, a druga jest ta, żeby rozmaite chamy niemieckie nie mogły powiedzieć: „Jedźcie do Monaco". A potem chcę na tym gruncie szachrajstw zaszczepić nieco cnoty — zakończył szyderczo.

— Aby ją tem lepiej sprzedawać?

— Cóż warta jest cnota, której dobrze sprzedać nie można?

— Tyś się ze swoją nie bardzo drożył — rzucił Karol, przypomniawszy sobie ostatniego jego spólnika, który ze spółki nie wyniósł ani grosza, pomimo, że włożył w nią wiele.

— To podłe oszczerstwo! — krzyknął Kurowski, gwałtownie uderzając krzesłem o podłogę.

Oczy mu rozbłysły potężnym płomieniem, a twarz zadrgała gwałtownie ze wzruszenia, ale się wnet opanował, usiadł z powrotem, zapalił papierosa, pociągnął kilka razy, rzucił go i wyciągając rękę rzekł cicho:

— Przepraszam cię bardzo, jeślim cię dotknął.

— Wierzyłem trochę plotkom, bo sądziłem cię po łódzku, ale teraz wierzę tobie i nie gniewam się zupełnie, rozumiem, że mogło cię moje przypuszczenie zaboleć.

— Nie okpiłem, bo sposobność nie była po temu i nie miałem kogo — powiedział, ale pod tym cynizmem czuć było jeszcze wzburzenie wielkie.

Kazał sobie przynieść butelkę wina i pił szklanka po szklance.

— Szkoda, że nie żyłem sto lat temu — zaczął niezwykłym toncm.

— Dlaczego?

— Byłbym się lepiej bawił na świecie. Sto lat temu było jeszcze dobrze. Istniały jeszcze potężne instynkty i potężne namiętności, jeśli byli zbrodniarze, to takiej miary jak Danton, Robespiere i Napoleon, jeśli byli zdrajcy, to tacy, którzy sprzedawali całe ludy, jeśli złodzieje, to tacy, którzy kradli państwa. A dzisiaj co? kieszonkowe złodziejstwo i żgnięcie scyzorykiem w brzuch!

— I nie potrzebowałbyś w tamtej epoce fabrykować swoich chemikaliów.

— Miałbym robotę inną, pomagałbym Robespierrom ścinać łby Żyrondzie i Dantonom, a Barrasom ścinać Robespierrów, żeby pozostałych kazać zatłuc kijami i wyrzucić psom.

— A w końcu? — zapytał Karol, niespokojnie patrząc na niego, bo mówił z zamkniętemi oczami i wyglądał na niezupełnie przytomnego.

— A w końcu pani Liberté, Fraternité, Egalité plunąłbym w oczy, bo jest nonsensem i śmierdzi, a poszedłbym pomagać Wielkiemu oczyszczać świat z hołoty.

Karol zaczął się śmiać, biorąc jednocześnie kapelusz.

— Dobranoc ci.

— Już idziesz? Dopiero siedzisz godzinę i pół.

— Liczyłeś tak ściśle?

— Ze strachem, żeby nie było więcej. No, dość tych głupstw. W przyszłą sobotę czekam cię, czekam was wszystkich.

— Mam zamiar być wtedy u narzeczonej.

— Poślij zastępcę, a sam pojedziesz w niedzielę. Liczę na ciebie z pewnością.

Karol szedł Piotrkowską, ale czuł się jeszcze więcej zdenerwowanym i znużonym niż przedtem.

Zyskał tylko to, że pozbył się tych jakichś ciemnych niepokojów i wyrzutów sumienia.

Jakieś resztki niedawnego nastroju miał jeszcze w duszy, ale co chwila zapominał o sobie, bo mu w mózgu dźwięczały paradoksalne wywody Kurowskiego, które również prędko przeżuł.

Wracał do równowagi, bo zachciało mu się gwałtownie jeść. Więc wstąpił po drodze do Victorii.

W restauracyi było prawie pusto z powodu przedstawienia w teatrze, które się niedawno zaczęło.

Garsoni drzemali w ciemnej sali od ulicy, a po dwóch pierwszych, oświetlonych, łaził Bum-Bum, poprawiał binokle obu rękami, trzaskał w palce i przystawał co chwila, wpatrując się w światła wysadzonemi, martwemi oczami.

Przy bufecie stał wysoki, tęgi mężczyzna z bardzo małą spiczastą głową, pokrytą czarnym mchem włosów, maleńkie czarne punkciki, które stanowiły głęboko obsadzone oczy, świeciły mu z czerwonej twarzy, przeciętej tak szerokiemi ustami o wywiniętych wargach, że były podobne do nalepionych sinych wałków waty.

Pochylił się nad bufetem, oblizywał świecące usta, wysysał co chwila wąsy, wycierał serwetką spiczastą czarną bródkę i szeptał do stojącego przy nim nizkiego grubasa, który połykał prawie jakiś butersznit, ruszając przy tem wąsami, nosem, brwiami i wytrzeszczając zapłynięte tłuszczem oczy.

— Mój paneczku kochany, a możeby tak koniaczek jeszcze raz, co? Niech-no pani strzyknie, a potem tak kawiorku, befsztyczek po tataraku, co? Oby nam się dobrze działo!

Stuknęli się i wypili.

— Mój paneczku kochany, a tak przepowiedzieć sobie jeszcze do trzeciego razu, co?

Karol przeszedł do pokoju od podwórza i nim mu podali jeść, przeglądać zaczął ostatnie gazety.

Przyszedł zaraz za nim Bum-Bum, szedł zygzakowato, nogi mu ostro wyskakiwały i drgały tabetycznie, a binokle co chwila opadały na piersi.

— Dobry wieczór! Z dyrektora rzadki gość! — bełkotał jakoś niewyraźnie i rybie martwe oczy nastawiał na niego.

— Mieszkam daleko — odpowiedział krótko, przysłaniając się gazetą, aby się go prędzej pozbyć. — Co to? — zapytał prędko, odsuwając się mimowolnie, bo Bum-Bum nachylił się nad nim.

— A, niebieskie nitki ma dyrektor na ramionach i plecach, o!

Zaczął z niego ściągać ruchem takim, jakby te nici były nieskończonej długości.

Borowiecki przejrzał się w lustrze, ale nie zobaczył nic.

— Wszyscy dzisiaj tak jakoś oplątani... — bełkotał Bum-Bum. — Ma pan jeszcze na plecach!

I znowu snuł z niego te urojone jakieś nici, motał je w rękach, rzucał na podłogę i snuł dalej, poruszając się automatycznie, zapatrzony wzrokiem, który nic nie widział, w te zwoje błękitnych włókien, jakiemi był osnuty Borowiecki, który zniecierpliwiony zadzwonił na garsona, wskazując głową Bum-Buma.

Garson ujął go pod ramię i odprowadził.

Bum-Bum nie stawiał oporu, szedł jak senny, tylko zaczął z niego zdejmować nici całemi garściami i rzucać na ziemię.

Na Borowieckim zrobiła ta scena tak przykre wrażenie, że z pośpiechem zjadł i wyniósł się; w bufecie Bum-Buma już nie zastał, był tylko ten wysoki, siedział przy stole, głośno mlaskał językiem i z kawałkiem befsztyku w zębach gadał.

— Ręka rękę... tego, uważa paneczek kochany! O ile się da... o tyle się zrobi.

Gruby nie odpowiadał, bo miał usta zapchane mięsem, tylko jeszcze szybciej poruszał twarzą.

Na rogu pasażu Meyera pod latarnią Borowiecki znowu spostrzegł Bum-Buma, szedł wolno i snuł dalej tę urojoną przędzę, snuł z latarń, z przechodniów, z domów; z powietrza łapał nad głową, bo mu się zdawało, że cała ulica jest zasnuta niby pajęczyną, więc ją rwał, ściągał i jakby się przedzierał przez nią.

— „Delirium tremens" — szepnął Karol z politowaniem i pojechał do domu; obiecywał sobie, że zaraz pójdzie spać i wyśpi się za wszystkie czasy.

Mateusz grał na harmonijce, a w ciemnej, długiej sieni kilka sług z domów sąsiednich walcowało z zapałem.

Przerwał im tę zabawę, zabierając Mateusza do mieszkania.

Maksa Bauma już nie było, pozostał tylko po nim szumiący jeszcze samowar.

Kazał posłać łóżko, zapowiadając, żeby w sieni było cicho, bo zaraz po herbacie pójdzie spać.

Nie poszedł jednak, bo gdy go owionęła cisza mieszkania, wtedy go schwycił taki ostry spazm nudy, że nie wiedział, co ma z sobą zrobić.

Rozebrał się, ale spać nie poszedł, zaczął przeglądać jakieś papiery i rzucił je z niechęcią na stół, zajrzał do Maksa pokoju, — ciemny był i wionął pustką.

Popatrzył na ulicę cichą i usypiającą już po świątecznym ruchu.

W całym domu panowała cisza przygnębiająca, a z każdego kąta mieszkania wyłaziła nuda i pustka.

Nie mógł już dłużej wytrzymać w tej samotności, pośpiesznie się ubrał i nie pamiętając już ani o niedawnych zgryzotach z powodu Emmy i postanowieniach życia inaczej, pojechał do Lucy.

XIII.

Po południu na drugi dzień Borowiecki rzeźwy, wyświeżony, spokojny zupełnie po wczorajszej burzy, która przeszła, nie zostawiając w nim innego śladu, nad drwiący uśmiech z samego siebie, podobny jasnością i humorem do tego dnia niedzielnego, jaki zatopił Łódź w słonecznych blaskach, cieple i radości nadchodzącej wiosny, wybierał się z wizytą do Müllerów.

Szykował się do niej tak starannie, że Maks mruknął niechętnie.

— Komedyowy amant!

Ale Maks nie był dzisiaj w dobrym humorze.

Przyszedł do domu późno, wstał jeszcze później, bo o drugiej po południu i łaził po mieszkaniu w pantoflach, zaglądał we wszystkie kąty, próbował się ubierać, ale wszystko mu było niedogodnem, więc zarzucił cały pokój bielizną i garderobą, kopiąc je ze złości i wymyślając co chwila na Mateusza, to na praczkę, że mu przypaliła kołnierzyki, to znowu zaczął irytować się na szewca, który mu reperował kamaszki i pozostawiał w środku ostre końce szpilek; tak zapewniał o tem Mateusza, który się zaklinał na wszystkie świętości mu znane, że to nie prawda, że kamaszki w środku są gładkie jak aksamit.

— Ani kruszyny niema, ani tylego ździebdzia!

— Małpa zielona jesteś, mnie najwyraźniej kole, a ten gada, że nic niema!

— Wsadziłem palec, nic nie czuję, potem całą rękę i tyż niema.

— To ozorem pomacaj, to odczujesz, tak samo jak ja nogą! — krzyczał, wyrywając mu but.

— Hale, ja ta nimam ozora w tem samem miejscu co pan — rzekł z gniewem famulus i wyniósł się, trzaskając drzwiami.

Maks poszedł do okna i tam pod światło skrobał w bucie pogrzebaczem.

— Po czem ty masz taki katzenjamer złości? — zagadnął go Borowiecki, wciągając rękawiczki.

— Po czem? Już mnie dyabli biorą ze wszystkiego. Wczoraj zmarnowałem sobie wieczór przez Kurowskiego. Był, a nie przyjmował u siebie, bo przyjmował jakąś... małpę! Poszedłem do domu już zły, a tam przy kolacyi uraczyłem się na dobre! Niech jasne pioruny spalą wszystkie buty i wszystkich szewców!

Trzasnął kamaszkiem o podłogę, pogrzebacz rzucił pod piec i zaczął się szybko rozbierać.

— Co robisz?

— Idę spać — powiedział ponuro. — Niech dyabli wszystko wezmą, tu buta włożyć nie mogę bo kłuje, ta klempa popaliła mi kołnierzyki, w domu piekło, tego już za wiele. Mateusz! — ryknął pełną piersią. — Jakby kto do mnie przychodził, to mnie dzisiaj nie było i niema, słyszysz?

— To się wie, a jakby ta... jak się nazywa, panna Antka przyszła?

— To ją wyrzuć, a jak mnie obudzisz, to ci łeb przekręcę na drugą stronę i taką watę ci z pyska zrobię, że cię rodzona kochanka nie pozna. Telefon zaknebluj, przynieś samowar i wszystkie dzienniki.

— Cóż się u was stało? — zapytał Karol, zupełnie nie zdziwiony jego sposobem przepędzania świąt i niedziel, bo się to zdarzało zbyt często.

— Co? Od jutra zmniejszamy dzień roboczy o dwadzieścia pięć procent. Sezon zupełnie martwy, nic się nie sprzedaje, magazyn zawalony, weksli nie płacą, a w dodatku ojciec zamiast dawno zmniejszyć ilość godzin roboczych, lub oddalić z połowę robotników, płacze, że ci biedacy nie będą mieli co jeść i żyruje rozmaitym łajdakom weksle. Za rok sam nie będzie miał co jeść. Niech sobie zdycha jeśli mu się tak podoba, ale po co ja mam na tem cierpieć!

— Połowa fabryk zmniejsza płacę, oddala robotników i ogranicza produkcyę. Słyszałem wczoraj u Endelmanów, rozprawiano dosyć szeroko.

— Niech ich dyabli wezmą wszystkich razem, co mnie to obchodzi, ja tylko nie chcę, żeby mnie wzięli i żebym spokojnie mógł spać!

Wsunął się pod kołdrę, wykręcił twarzą do ściany i sapał głośno z irytacyi.

— Ojciec musi być bardzo zmartwiony, żal mi go bardzo.

— Nie gadaj mi o nim, bom taki zły, że oddałbym go każdemu za darmo! — zawołał, siadając gwałtownie na łóżku. — Stary niedołęga! robi sam jak ostatni robotnik, zamęcza się, odmawia sobie nawet tego, że w tym roku nie pojedzie do Ems, chociaż doktór radził mu jechać i nawet nakazywał; robi bokami tak, że mu już wszystkie warsztaty staną nie długo, a tu wczoraj przyjeżdża mąż Berty, ten miły Fryc Wehr i jak zaczął go podchodzić, tak stary wyciągnął prawie ostatnie pieniądze i dał łajdakowi, a potem matce mówi, że się czuje tak dobrze, iż już nie pojedzie do wód. Już nie wiem co się stanie z nami, bo straciłem nadzieję uratowania firmy. Dorobił się tyle na swojej uczciwości, że po czterdziestu latach roboty, jak teraz umrze, to będę go musiał pochować za swoje pieniądze.

— Zawcześnie o tem mówisz, będzie się jeszcze trzymał długo.

— Fabryka nie wytrzyma roku, musi zdechnąć, bo paszy zbraknie, a jak fabryka klapnie, to stary jej nie przeżyje! Zdechnie z nią razem, ja go znam dobrze. A kto się uparł ręczną fabryką wytrzymać konkurencyę z parą, tego można odrazu posłać do domu waryatów.

— Rzeczywiście, jest to maniactwo tak dziwne, że aż śmieszne.

— To jest śmieszne, dla obcych, ale dla nas to maniactwo jest tragiczne, a szczególniej teraz, kiedy cała Łódź się trzęsie, kiedy mocne nawet firmy kładą się jak zboże, kiedy bankructwami całe miasto śmierdzi, kiedy już nie wiadomo komu dać kredyt, a komu nie dać, bo wszyscy zarywają. Jak ty myślisz, czem my od paru lat żyjemy? już nie kołdrami ani kapami, bo te już naśladuje Zukier i sprzedaje o pięćdziesiąt procent taniej, żyjemy temi czerwonemi płóciankami, żyjemy czerwonym kolorem, którego jeszcze dzisiaj nikt nie potrafi naśladować. Tylko ten towar idzie jako tako, ale on jest taki drogi, że gdyby szedł najlepiej, żeby się sprzedawało wszystko, co tylko zrobić można, to się zarobi na tem dziesięć procent. Ja mam już tak dosyć tego kramarstwa, że jak ty prędko nie zajmiesz się fabryką, to sam, chociaż nic nie mam, założę i plunę na wszystko. Zbankrutuję, to zbankrutuję, ale będę przynajmniej coś robił!

Położył się znowu, okręcił kołdrą po uszy i milczał.

— Sezon jest zły, bankructwa są na porządku dziennym, ogólnie zmniejszają produkcyę wszyscy, z wyjątkiem trzech, może czterech wielkich fabryk, które mają za co przebyć kryzys; jest nawet źle, ale już są widoki poprawienia się interesów. Ostatnie urzędowe zawiadomienia głoszą, że w całej Rosyi oziminy jesienią doskonałe, zimę przetrzymały świetnie i zapowiadają się doskonale. Jeśli wiosna nie zawiedzie, jeśli urodzaje będą dobre przez dwa lub trzy lata, a ceny na zboże nie spadną w tym czasie, czego się nawet nie przewiduje z powodu wyczerpania zapasów u nas i zagranicą i z powodu nieurodzajów indyjsko-amerykańskich, to nasz rynek koło jesieni zacznie się ożywiać. Jest jeszcze jedna przyczyna dlaczego musi być lepiej w przemyśle tkackim; oto rozpoczęcie olbrzymich państwowych robót, które pochłoną setki milionów i zajmą dziesiątki tysięcy rąk obecnie bezczynnych! Słyszysz, Maks!

— Słyszę, ale powiem waszem przysłowiem: Patyczki stróżą, a ptaszki jeszcze w lesie.

Karol nic się na to nie odezwał, tylko włożył palto i pojechał do Müllerów.

Na Piotrowskiej spostrzegł Kozłowskiego, który po całych dniach włóczył się po mieście.

Stał jak zwykle w baletowem pas, z cylindrem na tyle głowy, który co chwila zsuwał na czoło gałką laski i odsuwał, rozmawiał z dyrektorem teatru, który w baraniej siwej czapce, z jasnym zawiesistym wąsem i orlim nosem, miał minę atamana koszowego.

Odkłonił im się spiesznie i nie zważając na znaki Kozłowskiego, chcącego zatrzymać dorożkę, pojechał dalej.

Müllerowie mieszkali za gmachami swojej fabryki, oddzielonej ogrodami od mieszkania, wychodzącego na inną ulicę.

Ulica była mało zabudowana i zaraz prawie za ich domem wychodziła w pola, ale pomimo to była już uregulowaną, miała bruk, trotuary i gazowe oświetlenie z tego powodu, że kilku fabrykantów miało tutaj swoje mieszkania.

W oknie niskiego parterowego domu, przyciśniętego bokiem do piętrowego pałacyku, zażółciła się na chwilę pomiędzy masą kwiatów twarz Mady i zniknęła.

W przedpokoju zastał Müllerową, która mu otwierała drzwi i nieomal chciała pomagać przy zdejmowaniu palta.

Była tak zakłopotana i onieśmielona, że tylko ruchem ręki zaprosiła go do pokoju.

— Mąż w kantorze, a Mada zaraz przyjdzie, niech pan siada! — zaczęła, przysuwając mu fotel, na który położyła jedwabną czerwoną poduszkę.

Zaczął rozmawiać, ale pomimo, że mówił o najbanalniejszych rzeczach, o pogodzie, wiośnie, a nawet o drożyznie na targach, Müllerowa nie dała się wywieść z cierpliwego milczenia.

— Ja, ja! — odpowiadała, wygładzając niebieski fartuch jakim była okręconą, i podnosiła na niego blade, wypełzłe przy ognisku kuchennem oczy, poruszające się ciężko w pomarszczonej, martwej twarzy.

Miała na sobie jakiś barchanowy w kratkę kaftan i chustkę wełnianą na głowie, zawiązaną pod brodą.

Wyglądała jak stara kucharka, bo nawet jakiś zapach rosołów i frytur otaczał

182

ją i rozlewał się po pokoju.

Najlepiej się przeto czuła w kuchni z pończochą w ręku, która teraz wyglądała z kieszeni fartucha.

— Jakże pani zdrowie? — zapytał w końcu z rozpaczą.

— Dobrze, bardzo dobrze — odpowiadała złą polszczyzną i spoglądała niecierpliwie na drzwi, któremi miała wejść Mada.

— A pana żona i dziecka? — zapytała po długim namyśle.

— Jestem jeszcze kawalerem, łaskawa pani.

— Ja, ja! i mój Wilhelm jeszcze kawaler. Pan zna moja Wilhelma?

— Mam przyjemność go znać. Czy już wyjechał?

— Ja, do Berlina — odpowiedziała z westchnieniem i byłaby się powoli może rozgadała, ale Mada weszła i tak promieniejąca zadowoleniem, że stara popatrzyła na nią, obciągnęła jej stanik i wyszła.

— Widzi pani, że czasami umiem dotrzymać słowa.

Podał jej długi spis książek, jaki mu zrobił Horn, który z literaturą był w bliższych stosunkach.

— A było panu bardzo trudno? — zagadnęła akcentując słowa na ostatnich literach.

— Było mi bardzo łatwo, ponieważ pani sobie tego życzyła.

— Pan nie kłamie? — zapytała naiwnie.

— Nie, nie! — odpowiedział z uśmiechem. — Pani myśli, że mężczyźni zawsze kłamią!

— Ja nie wiem, tylko Wilhelm to zawsze kłamie. Ja mu nic a nic nie wierzę.

— Ale mnie pani wierzyć będzie?

Zaczynał się bawić tą rozmową.

— A, jak pan nigdy nie skłamie, to będę wierzyć.

— Obiecuję pani to solennie.

— Dobrze. Wie pan, a tamte książki ciocia mi przywiozła i już czytam.

— Bardzo panią zajmują?

— Takie są tam ładne, wzruszające kawałki, że płakałyśmy razem z mamą. Ojciec się z nas śmiał, ale musiałam mu wczoraj czytać cały wieczór.

— Późno pani powróciła od państwa Endelmanów?

— Już było ciemno. Widziałam jak pan wychodził z salonu.

— Musiałem wcześniej wyjść i bardzo żałowałem tego.

— Bardzo ładnie jest u Endelmanów i tak wspaniale przyjmowali.

— Żałowałem, że nie mogłem porozmawiać dłużej z panią.

— Ale ja za to mówiłam o panu z panią Trawińską.

— I bardzo mnie panie obmawiały?

— O nie, nie! To tylko panowie nas obmawiają.

— Przekonała się pani o tem?

— Zawsze, jak Wilhelm powraca z wizyt i wieczorów, to przychodzi do mnie opowiadać i wykpiwać ze wszystkich kobiet.

— I myśli pani, że wszyscy mężczyźni tak robią?

— Jak pan powie, że nie wszyscy, to ja panu będę wierzyć! — zawołała prędko, rumieniąc się gwałtownie.

— Zapewniam panią, że nie wszyscy.

I tak dalej toczyła się rozmowa w tonie naiwnego szczebiotu o niczem, aż go znudziła i zaczął oglądać kwiaty, bardzo starannie hodowane i przysłaniające szyby okien.

Chwalił je gorąco.

— Powiem Gotliebowi, to jemu będzie przyjemnie.

— Któż to taki?

— Nasz ogrodnik. Pan Störch nie lubi kwiatów i powiada, że jakby w tych doniczkach posadził kartofle, to byłoby więcej pożytku, ale pan Störch jest głupi, prawda?

— Pewnie, że tak jest, skoro pani mówi.

Bawił się coraz lepiej, a później gdy się ośmieliła więcej i rumieńce coraz mniej ją kłopotały swoją czerwonością, rozmawiała tak rezolutnie, że spoglądał na nią z pewnem zdziwieniem.

Brakowało jej znajomości wielu form towarzyskich, bo ojciec był za świeżem milionerem i wychowywała się pomiędzy kuchnią a fabryką, w prostem otoczeniu webrów, robotników i takich samych dorobkiewiczowskich rodzin jak oni, ale zdradzała dużą żywość umysłu i wiele rozsądku życiowego.

Obłuda życia towarzyskiego nie starła z niej szczerości, którą nieraz wydawała się śmiesznie dziecinna, ale porywała swoją prostotą.

Skończyła nawet jakąś pensyę w Saksonii, skąd Müller przybył przed laty jako zwykły tkacz do tej ziemi, która istotnie stała się dlań „Ziemią Obiecaną”.

Miała nawet pewne pojęcie o wartości pieniędzy, bo w rozmowie powiedziała o wspólnej ich znajomej.

— Pan wie, że Mania Gotfryd zerwała z narzeczonym?

— Nie, czy panią to oburza?

— Dziwi mnie tylko, bo ani nie jest piękną, ani nie ma posagu i już z drugim zrywa.

— Może woli czekać na bogatego młodego fabrykanta.

— Przecież i ten jej narzeczony mógł się dorobić. Mój ojciec jak się żenił, nie miał ani talara, a teraz przecież jest bogaty.

— A może panna Gotfryd chce zostać starą panną?

— A którażby chciała zostać starą panną dobrowolnie! — wykrzyknęła gorąco.

— Jest pani tego pewną?

— Jabym nigdy nie została. Mnie zawsze bardzo żal starych panien, one są tak samotne i takie biedne.

— Bo pani dobra.

— A potem ludzie się z nich śmieją. Gdybym mogła, toby wszystkie kobiety na świecie miały mężów i dzieci i...

Zatrzymała się, patrząc, czy Borowiecki się nie śmieje, ale on stłumił uśmiech i spoglądając na jej złote rzęsy i twarz mocno zaczerwienioną, powiedział poważnie.

— Dobrzeby pani zrobiła.

— I pan nie śmieje się ze mnie? — pytała podejrzliwie.

— Podziwiam pani dobre serce.

— Papa idzie — zawołała, odsuwając się nieco od niego.

Müller istotnie wyszedł z drzwi prowadzących do pałacu, był w pantoflach klapiących drewnianemi podeszwami i w barchanowym podwatowanym i mocno zatłuszczonym kaftanie.

Wyglądał jak karczmarz z wypasioną czerwoną twarzą, pozbawioną zupełnie zarostu i świecącą się tłuszczem, tylko zamiast porcelanowej fajki miał w ustach cygaro, które przerzucał językiem z jednego kąta ust w drugi.

— A czemu, Mada, ja nie wiedziałem, że jest pan Borowiecki — zawołał po przywitaniu się.

— Mama nie chciała przerywać ojcu roboty.

— Widzi pan, ja mam duży kłopot.

Wyjął cygaro i poszedł splunąć pod piec do kroszuarki.

— Pan nie zmniejsza produkcyi?

— Muszę mniej robić, bo tyle gotowego towaru, a mało co się sprzedaje. Sezon przepadł zupełnie. Kupcy są, ale ci wszyscy tylko bankrutują i zarywają. W tym roku dosyć straciłem na nich. Co robić, trzeba czekać na lepsze czasy.

— No, pan się sezonu nawet najgorszego nie obawia — zauważył z uśmiechem.

— Ja! ale co się straci dzisiaj, tego już i najlepszy sezon nie powróci. U Bucholca nie zmniejszają dnia?

— Przeciwnie, bo w oddziale białym będą robić wieczorem.

— On ma zawsze glück. On ciągle chory.

— Niby zdrowszy, bo już próbuje wychodzić.

— Ale poco ty, Mada, trzymasz tutaj pana, przecież mamy pałac dla gości.

— Może pan pozwoli dalej? — szepnęła.

— Pójdźmy, pokażę panu moją chałupę.

— O której cuda opowiadają w Łodzi.

— Zobaczysz pan; kosztuje mnie całe sto sześćdziesiąt tysięcy rubli, ale wszystko nowe. Ja nie kupuję starych gratów, jak Endelmanowie, mnie stać na nowe.

Obciągnął na dość wydatnym brzuchu kaftan i wydął pogardliwie usta na wspomnienie starych, bardzo cennych mebli Endelmanów.

Szli wązkimi schodami, jakie prowadziły ze starego domu na pierwsze piętro pałacu, bo cały jego parter zajmował kantor główny fabryki.

Mada biegła naprzód i otworzyła wielkie drzwi, u których klamki schowane były w barchanowe futerały.

— Dobrze, że pan przyszedł — gadał Müller, sapiąc i przerzucając ustawicznie cygaro w ustach.

— Dawno pragnąłem, ale nigdy mi czas nie pozwalał.

— Ja wiem, ja wiem! — zawołał klepiąc go w łopatkę.

— U nas nudno, to się pan bał przyjść — szczebiotała Mada, wprowadzając ich do pałacu.

— Niech pan siądzie na tej ładnej kanapie — zapraszał Müller.

Mieszkanie tonęło w półzmroku, ale Mada popodnosiła story do góry i jaskrawe światło dnia zalało szereg pokojów umeblowanych z przepychem.

— A może pan zapali dobre cygaro?

— Nigdy nie odmawiam.

— Sprobuj pan tych, mocne, po siedmdziesiąt pięć kopiejek sztuka!

Wyciągnął z kieszeni spodni mocno zatłuszczonych i powypychanych garść zmiętych i pokrzywionych cygar.

— A te słabsze, po rublu, sprobuj pan! — dodał, wyciągając z drugiej kieszeni jeszcze silniej zmiętoszone, rzucił je na stolik, wałkował brudnemi rękami, żeby się poprostowały, ugryzał końce i podawał.

— Sprobuję mocniejszych.

Zapalił nie bez obrzydzenia.

— Fein, co? — pytał, rozkraczając się na środku pokoju z rękami w kieszeniach.

— Doskonałe, ale to, które pan pali ma inny jakiś zapach.

— Moje kosztują po pięć fenigów, ja bardzo dużo palę i przyzwyczaiłem się do nich — usprawiedliwiał się. — Chce pan obejrzeć mieszkanie.

— Z całą przyjemnością. Maks Baum dużo mi o nim opowiadał.

— Pan Maks jest pana wielkim przyjacielem — wtrąciła Mada.

— To mądry chłopak, ale jego ojciec to ma coś... w głowie. Zobacz pan dobrze, oglądaj pan wszystko, to nie żadna tandeta używana, to wszystko na obstalunek robione w Berlinie.

— Wszystko pan sprowadzał z za granicy?

— Wszystko, bo Hüberman powiedział, że tutaj u was nic nie dostanie porządnego.

Karol zamilkł i oglądał dość pobieżnie garnitury mebli, ciężkie portyery z jedwabiów i aksamitów, dywany, obrazy, a raczej wspaniałe ramy, bo na to zwracał uwagę Müller, kandelabry kosztowne a niesmaczne, piece pękate z niemieckiej majoliki, specyalne do jednego z damskich pokoików sprowadzone zwierciadła w ramach z saskiej porcelany.

Mada go objaśniała szczegółowo o każdym sprzęcie, była bardzo zadowolona z jego obecności i co chwila podnosiła swoje jasne porcelanowe oczy i przykrywała je spiesznie złotawą strzechą rzęs, bo Karol częste spojrzenia zatrzymywał na jej białej twarzy, pokrytej drobniutkimi punkcikami piegów, które ją obsypywały niby puchem brzoskwiniowym, ale nie zaniedbywał przytem wykrzykiwać głośno:

— Wspaniałe, wspaniałe!

Mieszkanie było istotnie urządzone z dorobkiewiczowską wspaniałością.

Było w niem wszystko, co można kupić za pieniądze, ale nie było w niem życia ani gustu.

Był gabinet do pracy bardzo paradnie urządzony, w którym nikt nie pracował; była łazienka wyłożona majoliką białą w niebieski deseń z wanną marmurową, do której się schodziło po kilku stopniach pokrytych szkarłatem, sufit był ozdobiony malowidłami w stylu pompejańskim, ale czuć było, że tutaj się nikt jeszcze nie kąpał.

Pod wieżyczką, która wyskakiwała nad dach pałacyku niby gruby wańtuch wełny, był pokój urządzony po maurytańsku; okna, ściany i odrzwia pstrzyły się w jaskrawe ordynarne figlasy rysunkowe, udające styl maurytański, długie, a nizkie sofy pokrywały meblowe barchany w tymże stylu; pokój był karykaturalny i ordynarny krzykliwością barw, w jakie upstrzono ściany i okna, a w którym również nikt i nigdy nie siadał pod maurytańską kopułą, świecącą jak stary przepalony rondel ceglasto-miedzianemi malowaniami.

— To jest po hiszpańsku — objaśniał Müller.

— Po maurytańsku, ojciec się omylił — poprawiała Mada.

— Pan sam urządzał?

— Ja sam płaciłem, a Hüberman urządzał.

— Panu się podoba ten pokój? — pytała Mada.

— Bardzo, jest śliczny i oryginalny.

Kłamał z uśmiechem.

— On jest bardzo drogi! Hüberman doliczył mi za niego całe dwa tysiące rubli. Ja nie lubię głupstw, lubię tylko solidne rzeczy, ale jak mi zaczął gadać, że w każdym porządnym pałacu musi być pokój urządzony po chińsku lub po japońsku, a że i Mada chciała, to on zrobił po maurytańsku dla oryginalności. Mnie to nic nie szkodzi, niech sobie będzie po jakiemu chce, ja i tak w tem nie będę mieszkał.

— To państwo nie mieszkają w pałacu?

— Panie Borowiecki, żebym ja mieszkał w pałacu, toby się ze mnie tak śmieli, jak się śmieją z Meyera i Endelmana. Po co mi to, kiedy wygodniej w starej chałupie.

— Ale szkoda trzymać pustką.

— Niech stoi. Wszyscy stawiają pałace i ja kazałem postawić, mają salony i ja mam salony, mają powozy i konie i ja mam powozy i konie. Kosztuje drogo, niech kosztuje i niech sobie stoi, niech ludzie wiedzą, że Müller może mieć pałace, a woli mieszkać w starym domu.

Poszli dalej oglądać.

W środku mieszkania, z oknem na alejkę prowadzącą do fabryki, był długi wązki pokój obity ciemną materyą.

Pod ścianami stały nizkie sofy pokryte czerwoną w złote kwiaty skórą, z tyłami sięgającymi do pół wysokości ścian i poprzegradzanymi na pojedyncze siedzenia jak w coupé drugiej klasy.

Wązkie zwierciadła wpuszczone w mur patrzyły mrocznie z nad sof i marmurowych konsol obwiedzionych bronzowemi galeryjkami.

Był to pokój do palenia, jak objaśniała Mada, ale znać było po niepokalanej nowości sof i stolików nizkich symetrycznie przed niemi rozstawionych, że tutaj nikt jeszcze nie palił.

Potem oglądali ogromny salon oświetlony czterema oknami, zupełnie biały, ze stiukowym sufitem gęsto złoconym, zapchany meblami, przeładowany masą obrazów, kandelabrów, kolumn, kanapek i krzeseł, które w wyciągniętych szeregach, owinięte w białe pokrowce, stały pod ścianami; znać było, że nikt tutaj się jeszcze nie bawił i nikt nie siadał na tych meblach.

Były jeszcze maleńkie gabineciki, wyzłocone i ozdobione jak bombonierki, pełne gracików, pustych żardynierek, paradnych marmurowych kominków, na których się wdzięczyły porcelanowe statuetki.

Był i pokój jadalny połączony windą z kuchnią, cały wyłożony mahoniowymi kwadratami, ujętymi w cienkie jak ostrza bronzowe listwy, ze stołem ciężkim w pośrodku, z kredensami w stylu Empire, które Müller kolejno otwierał i pokazywał ich wnętrza zapchane porcelaną i zastawami stołowemi, których nikt nie używał.

Była i biblioteka, bo budowniczy i tapicer o niczem nie zapomnieli; mały pokoik obstawiony szafkami z białego dębu, w stylu staro-niemieckim, w którem się złociły przez szyby szaf grzbiety dzieł wszystkich wielkich pisarzów świata, a których tutaj nikt nie czytał, ale i nikt nie znał ich imion.

A na zakończenie poszli do sypialni; na środku stały dwa olbrzymie łoża, zasłane jedwabną niebieską pościelą i przysłonięte takiemiż kotarami, niebieski również dywan zaścielał całą posadzkę i niebieskie obicie miały ściany.

W rogu stała wielka marmurowa umywalnia dwuosobowa, tak wielka, że możnaby w niej pławić konie, połączona rurami z fabryką, która dostarczała wody ciepłej.

Nikt nie sypiał w tej sypialni.

— Wspaniały pokój do spania! — szepnął Karol.

— To Mady jak pójdzie zamąż. Chodźmy do pokoju Mady.

Ale Mada zaczęła protestować, że jeszcze w nim nie sprzątnięto.

— Głupia jesteś — mruknął i wprowadził Karola do bardzo jasnego pokoju, wybitego biało-różową materyą.

Maleńkie mebelki stały w wielkim nieładzie na jasnym dywanie.

— Doskonałe miejsce do pisywania liścików — powiedział Karol, przypatrując się maleńkiemu biurku, na którem w wielkim porządku ułożone leżały pudełka z papierem i przybory do pisania.

— Cóż z tego, kiedy zupełnie nie mam do kogo pisywać. A tyle razy chciałam bardzo pisać list — mówiła ze szczerą przykrością i zaczęła cmokać na dwa kanarki rozbijające się w mosiężnej klatce, stojącej na parapecie okna.

— Słuchają pani?

— O, słuchają. Wilhelm przychodził, gwizdał im ciągle i ponauczał śpiewać.

— Ma pani pokój jak Göthowska Gretchen.

Nie wiedziała co na to odpowiedzieć, ale zarumieniła się po włosy.

Powracając na dół, Karol raz jeszcze przyglądał się tym licznym pokojom, które stały w ciszy pustki i sztywności.

Były tak wspaniałe, tak czyste, świeże, nowe, że robiły wrażenie wystawy tapicerskiej, urządzonej bardzo bogato, ale zupełnie bez gustu.

Prócz Mady nikt nie mieszkał w pałacu, stał na pokaz gościom i dla tego, żeby Müller mógł powiedzieć: mam pałac.

Na dole w małym pokoiku, przylegającym do kuchni i który służył za jadalnię całej rodzinie, Müllerowa podała kawę.

Karol wymawiał się brakiem czasu, ale Müller odebrał mu kapelusz, wziął go wpół i posadził na krześle.

Pozostał, bo Mada tak wymownie prosiła go oczami, że nie chciał jej robić przykrości tylko się spieszył, gdyż miał jeszcze być dzisiaj u Bucholca.

Prosił też Müllera o protekcyę do Szai dla Horna.

Fabrykant przyrzekł uroczyście, że jutro osobiście się tam uda i ręczył nawet za skutek, bo żył z Szają w blizkich stosunkach.

Müllerowa w milczeniu podsuwała różne ciastka swojej roboty i kilka razy poprawiała Madzie włosy, które się wysuwały złotymi kosmykami na czoło, bo dziewczyna tak była uradowana i podniecona, że ciągle się śmiała i na nic nie zważała.

Nie umiała nawet ukryć tego, że się jej Karol bardzo podobał, mówiła mu to kilkakrotnie w różny sposób.

Müller był również rad, brał go wpół, klepał po kolanie i szeroko opowiadał o swojej fabryce.

Karol jak mógł udawał zajęcie tem, co mu mówiono, słuchał cierpliwie, odpowiadał, ale w głębi nudził się i męczył tym przymusem i banalnością tematów, jakie Müller podnosił.

Dom cały miał wybitne cechy małego mieszczaństwa w obyczajach i poglądach, pachniał porządkiem i tą czysto niemiecką wołową pracowitością.

Wyjątkowi byli tylko na tym punkcie, że nie popsuły ich miliony i mieli wymagania i instynkty robotników.

— Jak pan będzie naszym sąsiadem, to musi pan bywać częściej u nas.

— A pan będzie blizko mieszkał? — zawołała Mada rozpromieniona.

— Tak. Widzi pani ten długi rząd okien za fabryką Trawińskiego? — pokazywał oknem.

— To stara fabryka Meisnera!

— Ja ją kupiłem.

— To pan będzie blizko! — zawołała radośnie i umilkła nagle zachmurzona, siedziała już cicho do samego odejścia Karola, tylko prosiła go, aby przyszedł znowu.

Obiecał to solennie i tak ścisnął jej rękę na pożegnanie, że oblała się rumieńcem i długo oknem wyglądała za nim.

Borowiecki szedł już prosto do Bucholca, ale szedł wolno, bo go obciążyła ta serdeczność Müllera i jeszcze większa Mady.

Uśmiechał się do jakiegoś obrazu, który w coraz pełniejszych formach wyłaniał mu się z mózgu.

Czuł, że Müller dałby mu córkę bez żadnego wahania.

Roześmiał się prawie głośno, bo przypomniał sobie tego grubego czerwonego niemca, w barchanowym kaftanie, w zatłuszczonych spodniach i w starych pantoflach, na tle salonów.

Był śmiesznym, ale co go to obchodziło.

— Mada ma dużo naturalnego wdzięku i okrągły milion w dodatku! Do licha mruknął. — A jednak! — myślał i zaczął stawiać pewne przypuszczenia i kombinacye, ale rychło się ich pozbył, bo przypomniał sobie Ankę i list jej, jaki rano odebrał i którego jeszcze nie przeczytał.

— Zawsze coś staje w poprzek, zawsze człowiek jest niewolnikiem! — szepnął wchodząc do kantoru Bucholca.

Bucholc po ostatnim ataku prędko uczuł polepszenie i już nietylko przesiadywał w kantorze jak dawniej, ale zaczynał wychodzić do fabryki i łaził po niej z pomocą kija lub którego z robotników.

Z Borowieckim był na dobrej stopie, pomimo, że ten wymówił mu miejsce i że kłócili się po kilka razy dziennie.

Ufał mu we wszystkiem i potrzebował go teraz, nim Knoll powróci, bo zięć na wezwanie do powrotu z powodu choroby teścia, odpowiedział telegraficznie, że gdyby stary umarł to przyjedzie, a inaczej nie myśli sobie psuć interesów.

Bucholc przeglądał wielką księgę, którą mu August podtrzymywał i tylko spojrzał na wchodzącego, kiwnął mu głową i dalej sprawdzał pozycye budżetu.

Karol w milczeniu zabrał się do klasyfikowania korespondencyi, a później rozpatrywał plany i kosztorysy nowych urządzeń w farbiarni, jakie sam zaprojektował; robota była pilna, bo na nowych maszynach, miał się drukować towar już na następny sezon zimowy.

Wieczór robił się prędko i przez okna kantoru park czerniał coraz bardziej i zaczynał szumieć nagiemi drzewami, które kołysane wiatrem zaglądały do okien, trzęsły się chwilę w świetle i cofały.

Robota szła mu niesporo, bo co chwila przypominał się Müller, odkładał wtedy sztywne karty pełne rysunków, cyfr i notat i zapadał w zadumę.

Cisza zupełna panowała w kantorze, wiatr tylko się wzmagał na dworze, harcował po drzewach, tłukł niemi o ściany i okna i dudnił głucho po blaszanych dachach.

Elektryczne światło drgało i ślizgało się po czarnych szafach, w których stały uszeregowane olbrzymie księgi, mające na grzbietach białe cyfry lat, z jakich pochodziły.

Bucholc oderwał oczy od księgi i zasłuchał się w dalekich tonach harmonijki, jakie płynęły z wiatrem gdzieś od domów familijnych.

Usta mu drgały nerwowo, okrągłe jastrzębie oczy, bardziej czerwone niż zwykle, powlekły się jakby smętkiem, słuchał długo, a w końcu rzekł cicho:

— Nudno tutaj, prawda?

— Jak w kantorze.

— Mam dziwną chęć usłyszenia muzyki tylko głośnej bardzo, gwaru wielkiego: a nawet chciałbym widzieć dużo ludzi.

— Zdążyłby pan prezes jeszcze do teatru. Dopiero dziewiąta.

Bucholc nic nie odpowiedział, położył głowę na grzbiecie fotelu i zapatrzył się przed siebie i zwolna zaczęło mu twarz powlekać jakieś ostre zniechęcenie i nuda.

— Jak się pan prezes czuje dzisiaj? — spytał Karol po chwili.

— A dobrze, dobrze! — odpowiedział stłumionym głosem i ostry gorzki uśmiech okolił mu sine usta.

Nie, nie było mu dobrze; serce wprawdzie biło spokojnie i normalnie, bóle nóg przeszły, mógł się dosyć swobodnie poruszać, ale czuł, że nie jest mu dobrze.

Czuł dziwną ociężałość w sobie, nie mógł myśleć, bo co chwila rwała mu się przędza świadomości i zapadał w głuchy stan apatyi; nudziła go robota, cyfry, zyski i straty, wszystko stawało mu się zupełnie obojętnem dzisiaj.

A głęboko pod linią świadomości, po przez tę szarą ciężką mgłę nudy wyrywały się błyski pragnień nieokreślonych, zachcenia tak mgnieniowe, że w drodze do uświadomienia przepadały i zalewały mu mózg mrokiem, a serce smutkiem zniechęcenia.

— Strasznie pusto w całym domu — powiedział cicho i rozglądał się po kantorze, po tych szafach, po oknach, patrzył na Augusta, który oparty grzbietem o framugę drzwi wyprostował się nagle i czekał rozkazu.

Przypatrywał się wszystkiemu dziwnie badawczym wzrokiem, jakby oglądał po raz pierwszy i opadł w fotel bezwładnie, zwiesił głowę na piersi i dyszał ciężko, bo mu duszę ścisnął jakiś mocny, bardzo bolesny spazm strachu niewytłumaczonego, czepiał się jeszcze oczami czarnych punktów cyfr na białej karcie książki, błyszczenia światła na bronzowym wielkim kałamarzu, to wieszał się jakby na tym coraz słabiej dźwięczącym odgłosie harmonijki, na szumie parku i na dalekim, głuchym odgłosie turkotów ulicznych, ale dusza ześlizgiwała się bezwładnie z tych krawędzi i zapadała w ciemnię pełną strasznej ciszy.

Przed dziesiątą Karol skończył robotę i podał papiery, tłumacząc obszernie każdą pozycyę.

— Dobrze, dobrze! — mówił od czasu do czasu Bucholc, nic prawie nie słysząc.

Nic go to nie obchodziło, bo coraz głębiej czuł tę pustkę i osamotnienie w jakiem żył, coraz mocniejszem kołem zaciskało mu duszę zniechęcenie i niemoc.

— Po co ja się tem zajmuję. Kosztuje tyle czy tyle, to kwestya kasyera — powiedział niechętnie.

Borowiecki zabierał się do wyjścia.

— Idziesz pan już?

— Skończyłem robotę na dzisiaj. Dobranoc panu.

Uścisnął mu rękę i wyszedł, a Bucholc nie mógł się zdobyć na prośbę, aby pozostał, bo w ostatniej chwili wstyd mu się zrobiło tej dziecinnej słabości. Słuchał słabnących w oddali jego kroków i byłby bardzo wiele dał, gdyby Borowiecki powrócił.

— August, pójdźmy na górę — szepnął, podnosząc się z miejsca i poszedł bez pomocy lokaja, który gasił światła i zamykał drzwi.

Drugi lokaj czuwający w przedpokoju szedł przed nim ze świecą, a Bucholc wolno włókł się przez olbrzymie, ciche i puste mieszkanie.

Tak mu się dziwnie pustem wydawało dzisiaj, tak mu ciężyła ta samotność, że poszedł zajrzeć do żony, ale żona spała zakopana w betach, że tylko kawałek jej żółtej woskowej twarzy widać było na poduszce, nie obudziła się na odgłos jego wejścia, tylko papuga przebudzona blaskiem światła, zeskoczyła z klatki i uwieszona pazurami na firance, zakrzyczała żałośnie:

— Kundel, Kundel!

Cofnął się zawiedziony i poszedł prosto do siebie.

— August! — zawołał półgłosem.

Lokaj stanął w oczekującej postawie, ale mu Bucholc nic nie powiedział, siedział w fotelu przed piecem, poruszał nieodstępnym kijem dogasający ogień i z dziwną, po raz pierwszy odczuwaną obawą myślał, że musi zostać sam.

— Pozamykaj okiennice — rzekł w końcu i sam sprawdzał, czy dobrze zamknięte są żelazne wewnętrzne okiennice, rozebrał się, położył i próbował czytać, ale oczy miały ciężar ołowiu, nie mógł niemi poruszać.

— Czy mogę już iść? — zapytał szeptem lokaj.

— Idź, idź! — odpowiedział gniewnie, a gdy August już dochodził do drzwi, zawołał:

— August!

Lokaj zawrócił i stał czekając, wtedy Bucholc zaczął się go pytać powoli o żonę i o dzieci, a pytał tak łaskawie, że August odsunął się na bezpieczną odległość od jego kija i odpowiadał nieśmiało, zaniepokojony tą niesłychaną dobrocią.

Bucholcowi szło o to, aby go zatrzymać jak najdłużej w pokoju, a nie mógł powiedzieć mu prosto w oczy aby został.

Ta dziwna rozmowa prędko go zmęczyła i w końcu skinął, żeby sobie szedł spać.

Pozostał sam i te obawy samotności, te jakieś dziwne, ciemne trwogi zaczęły mu przenikać duszę coraz ostrzejszemi włóknami.

Nasłuchiwał pilnie odgłosów z ulicy, ale ulica spała, a słabsze echa nie były w stanie przedrzeć się przez żelazne obite wojłokiem okiennice.

Uniósł się na łokciu i z zapartym oddechem, kurczowo ściskając rewolwer słuchał długo, bo mu się wydało, że słyszy coraz bliższy i wyraźniejszy odgłos kroków przez puste pokoje.

Nikt jednak nie szedł, tylko odgłos bijącego zegaru doszedł go jękliwym dźwiękiem z któregoś z pokojów.

To mu się wydawać znowu poczynało, że ciężka aksamitna portyera, zasłaniająca drzwi, wydyma się tak dziwnie, jakby się za nią krył człowiek.

Uśmiechnął się z własnego złudzenia i znowu leżał spokojnie, przytłumiwszy światło.

Nie mógł jednak zasnąć.

Godziny płynęły tak strasznie wolno, że wydawały mu się nieskończonością.

I nie uspakajał się zupełnie, a nawet to zdenerwowanie i te wszystkie obawy wzrastały stopniowo i zwolna zamieniały się w jedną obawę śmierci.

Zdawało mu się, że zaraz umrze i tak jasno to zobaczył, tak nim ta straszna myśl zatrzęsła, tak go oszołomiła, że zerwał się z łóżka, jakby chciał uciekać, trząsł się cały z trwogi, i zaczął gwałtownie dzwonić na dyżurnego lokaja, śpiącego na dole.

— Idź prędko, niech tutaj zaraz przyjdzie doktór — wołał sinemi ustami.

A gdy po pewnym czasie przyszedł Hamerstein, rzekł mu:

— Mnie coś jest! Obejrzyj-no mnie i zaradź.

— Nic nie widzę — odpowiadał zaspany doktór, obejrzawszy go dosyć starannie.

Bucholc zaczął mu opowiadać swój stan.

— Jak się pan prezes wyśpi, to i wszystko przejdzie.

— Głupiś! — odparł mu porywczo Bucholc, ale wielką dozę chloralu zażył i wkrótce zaraz zasnął.

Borowiecki zmęczony nadprogramową pracą, pojechał do miasta na herbatę.

U Roszkowskiego pusto było już w tej godzinie, tylko w ostatnim pokoju cukierni za lustrem siedziało trzech mężczyzn: Wysocki, Dawid Halpern i Myszkowski, inżynier z fabryki barona Meyera.

Przysiadł się do nich, bo znał dwóch ostatnich, a z Wysockim zaraz go poznajomili.

Dawid Halpern, pochylony nad stolikiem, bił w niego chudemi rękami i prawie krzyczał:

— Pan, panie Myszkowski, nie wie, co daje ta praca w Łodzi, bo pan wiedzieć nie chce, ale ja pana zaraz przekonam, ja panu pokażę rezultaty!

Wyjął z pugilaresu kilka wycinków z „Kuryera" i podsuwając mu pod oczy czytał:

— Słuchaj pan: „Od dnia 22 do 28 wywieziono z Łodzi: wyrobów żelaznych 1.791 pudów, przędzy 11.614 pudów, wyrobów bawełnianych 22.852 pudów, wyrobów wełnianych 10.309 pudów". To panu nic nie mówi, to się samo zrobiło! A ja panu pokażę, co przez ten tydzień robiono w Łodzi.

— Nie nudź pan swoją statystyką. Chłopiec kawy trzy! Pan Borowiecki napije się z nami?

— Ja tylko parę cyfr panu przeczytam, słuchajcie panowie, bo to tyle warto, co biblia, a może i trochę więcej: „Przywóz następujący: wełny 11.719 pudów, przędzy 12.333, żelaza 7.303, maszyn 4.618, smarów 8.771, mąki 36.117, zboża 8.794, owsa 18.685, drzewa razem 36.850, bawełny surowej 120.682, węgla kamiennego 1,032.360 pudów". Takie cyfry głośno dzwonią, to jest ładny papier taki wykaz; Łódź musi mieć dobry brzuch, żeby to wszystko przetrawić, to trzeba trochę pracować, a pan mówi, że tylko głupi pracują.

— I bydło, pędzone batem — mówił spokojnie Myszkowski, popijając kawę.

— Aj, aj, co pan wygaduje! Jakim batem, gdzie bat! Ludzie muszą robić, no powiedz pan, coby robił taki prosty cham, żeby on nie musiał robić! On zgniłby z próżniactwa i zdechłby z głodu.

— Daj pan pokój! Pan się zachwycaj pracowitością Łodzi, wysławiaj pan dalej swoje cudowne miasteczko, całuj pan po rękach każdego, który tylko zechce zostać milionerem i gadaj pan, że ci milionerzy mają dla tego miliony, że najwięcej pracowali.

— Bo oni dla tego właśnie mają, skądby inaczej je wzięli! — krzyczał zaperzony.

— Bo są głupsi od swoich robotników i dla tego mają pieniądze.

— Ja już nic pana nie rozumiem. Jak pana szanuję, panie Myszkowski, ja nic nie rozumiem co pan mówi. Ja dotychczas wiedziałem, że jak kto pracuje to ma, a jak kto pracuje i jest mądry to ma jeszcze więcej, a jak kto jest bardzo mądry i bardzo pracuje, to robi miliony! — krzyczał głośno Halpern.

— O co panom idzie? — zapytał Borowiecki, nie mogąc się połapać.

— Ja twierdzę, że wszyscy milionerzy, wszyscy pracujący całym wysiłkiem swoich i cudzych mięśni i władz — są głupcami, są kretynami. Pan Dawid Halpern dowodzi przeciwnie. Wygaduje bajeczne brednie na cześć pracy i stawia na ołtarzu bydlęta, gnijące na podściółce z pieniędzy i każe mi ich podziwiać.

— A prawda musi być w pośrodku! — wtrącił milczący dotychczas Wysocki.

— Idź pan do nieba z tą swoją średnią prawdą. Jest się bydlęciem zupełnem, albo człowiekiem, przejść niema w naturze, chyba we łbach zidyociałych ideologów.

— Panie Myszkowski, ja muszę pana przekonać, że fabrykant, że człowiek, który chce zrobić miliony, robi więcej sto razy, niż robotnik i że jego trzeba szanować.

— Daj mi pan spokój z głupcami, którzy się zapracowują na to, aby zrobić pieniądze, mów mi pan lepiej o wszelkich boskich stworzeniach, które pracują tyle tylko, żeby wyżyć, one mają rozum.

— Panie Myszkowski, żebyś pan miał miliony, tobyś pan inaczej mówił.

— Szanuję pana, ale mogę panu powiedzieć głupstwo, jak pan będziesz gadał rzeczy, których pan nie rozumie. Miałem dosyć pieniędzy i puściłem je, ot tak! — dmuchnął dymem w oczy Halpernowi.

— Spytaj się pan Kurowskiego, myśmy razem je puszczali. Ja dbam o pieniądze tyle, co o deszcz wczorajszy. Pan mnie masz, panie Halpern, za głupca! Nie, panie Dawidzie, ja dla tego, żeby zarobić rubla więcej niż potrzeba, nie wstanę pięć minut wcześniej niż mi się chce, a dla tego, żeby zrobić nawet miliardy — nie poświęcę przyjemności pełnego człowieczego życia, nie wyrzeknę się patrzenia na słońce, spacerów po powietrzu, swobodnego oddychania, myślenia nad trochę większemi rzeczami niż miliardy, kochania itd. itd.

Ja nie będę robił, robił, robił! bo ja chcę żyć, żyć, żyć! Nie jestem bydlęciem pociągowem, ani maszyną, jestem człowiekiem. Tylko głupiec chce pieniędzy i dla zrobienia milionów poświęca wszystko, życie, i miłość, i prawdę, i filozofię, i wszystkie skarby człowieczeństwa, a gdy się już tak nasyci, że może pluć milionami, cóż wtedy?

Zdycha na materacu wypchanym tytułami własności. Wielka pociecha, zupełnie tej samej wartości, jak gdyby zdychał na gołej ziemi. A gdyby go później spytano, jak żył? powiedziałby: Robiłem. Po co? Zrobiłem miliony! Na co? No, żeby mieć miliony, żeby ludzie podziwiali, żeby jeździć powozem i imponować głupcom i żeby zdechnąć w połowie życia, zdechnąć z wycieńczenia pracą, ale na milionach! Tfu, z taką głupotą.

— Porusza pan ważną kwestyę, o której możnaby wiele mówić.

— To sobie mówcie, ja idę do domu, ale podejmuję się kiedyindziej w stosownej chwili, przekonać pana, panie Borowiecki, że wam wszystkim zaszczepili strasznego baccilusa pracy, który toczy cały organizm ludzkości i myślę, że jeśli się nie opamiętają, to ludzkość prędzej zginie, niż to przewidują geologowie.

Szli pustym trotuarem w górę ulicy.

Wysocki po długiem milczeniu zabrał głos i zaczął namiętnie dowodzić, że złe nie tkwi w tem, że wszyscy pracują za wiele, a w tem, że nie wszyscy pracują.

Myszkowski nic nie odpowiedział, bo zaraz się z nimi pożegnał i poszedł do domu.

Borowiecki sennym wzrokiem patrzał w uśpioną cichą ulicę.

Halpern podchwycił to spojrzenie i zaczął:

— Pan się przypatruje miastu! Pan sprawdza, że Myszkowski racyi nie ma, bo jakby robili jak on chce, toby tutaj nie stały te domy, te pałace, te fabryki, te składy, tu nie byłoby Łodzi! Byłby ładny kawałek lasu, gdzieby sobie mogli obywatele wyprawiać polowania na dzikie świnie!

— Nam nic nie szkodziłoby to, panie Dawidzie.

— Panu może nie, panu Wysockiemu to nie wiem, ale dla mnie potrzebną jest Łódź, mnie potrzeba fabryk, wielkiego miasta i wielkiego handlu! Co ja robiłbym na wsi? co ja robiłbym z chłopami — wykrzyknął.

— Byłbyś pan pachciarzem — rzekł zimno Borowiecki, oglądając się za dorożką.

— I pomiędzy nimi jest taka konkurencya, że z głodu umierają.

— Tylko ci, co nie umieją oszukiwać chłopów i obywateli.

— To jest gadanie? to jest tylko antisemickie gadanie, w które pan nie wierzy, bo pan dobrze wie, że płotkę zjada duży kiełbik, kiełbika zjada okoń, a okonia zjada szczupak, a szczupaka? Szczupaka zjada człowiek! A człowieka zjadają drudzy ludzie, jedzą go bankructwa, jedzą choroby, jedzą zmartwienia, aż go w końcu zjada śmierć. To wszystko jest w porządku i jest bardzo ładnie na świecie, bo z tego robi się ruch.

— Pan masz talmudyczną filozofię, panie Dawidzie.

— To jest filozofia patrzenia, a ja na świat patrzę bardzo dawno, panie Wysocki. Panie dyrektorze, co pan myśli o Myszkowskim? — zapytał, przytrzymując go za rękę, bo Karol zaczął się z nim żegnać.

— Bardzo dobry człowiek, bardzo! — szepnął wymijająco.

— On jest genialny człowiek! on ma w głowie miliony i nie chce ich stamtąd wyciągnąć. Pan wie, że on zrobił nowe odkrycie u Meyera? Nowy sposób blichowania białego towaru. Meyer zarabia na tem pięćdziesiąt procent, a co pan myśli ma z tego Myszkowski? On nic nie ma! Jemu za ten wynalazek, który wart milion, dali dwa tysiące rubli pensyi rocznej, on wziął i jeszcze chodzi do fabryki i pracuje w laboratoryum! Ja go bardzo szanuję, ale żeby nie chcieć majątku, żeby się śmiać z tego, że drudzy robią pieniądze, tego nic nie rozumiem, to jest trochę ciemne.

Stuknął się w czoło.

— Dobranoc panom — rzekł Karol.

— Miałem do pana interes i załatwię go w kilku słowach — zaczął Wysocki. — Nie znając pana, miałem jednak być u niego z prośbą za jednym człowiekiem.

— Szuka pan zajęcia dla kogo?

— Tak, znam jednego biedaka, który od dwóch lat napróżno poszukuje pracy.

— Specyalista?

— Eks-obywatel ziemski, ale człowiek uczciwości nieposzlakowanej.

— To razem tyle kwalifikacyj, że może szukać miejsca jeszcze drugie dwa lata z takim samym skutkiem.

— Bardzo biedny i bardzo obarczony rodziną, umierają wprost z głodu.

— Nie wyjątkowy wcale, bo takich nie brakuje w Łodzi.

— Możeby pan pomógł. Jakiekolwiek miejsce, jakkolwiek płatne, najprostsze, byłoby dla niego prawdziwem dobrodziejstwem. Niechaj mi pan daruje, że prawie nieznajomy i zaraz z prośbą się udaję.

— Nie w tem środek kwestyi, tylko że nie wiem, co panu odpowiedzieć. Miejsc lepiej płatnych niema nigdy wolnych, ponieważ na każdą opróżnioną posadę zgłasza się dwudziestu kandydatów i to przeważnie samych specyalistów.

— Mnie chodzi o najzwyklejszą pracę, więc jeśli pan może...

Borowiecki dał mu swój bilet wizytowy.

— Niechaj ten protegowany pański przyjdzie do mnie z tym biletem jutro po południu do fabryki. Miejscami nie rozporządzam, ale będę się starał coś zrobić dla niego, tylko, że panu nie ręczę za skutek.

Rozeszli się zaraz w różne strony.

XIV.

Dawid Halpern szedł wolno Piotrkowską, rozmyślał o Myszkowskim i przypatrywał się miastu, które kochał całą swoją entuzyastyczną duszą.

Nie chciał pamiętać, że to miasto zabrało mu wszystko, co kiedyś posiadał po ojcu, że od lat wielu żyje z dnia na dzień, że wciąż zmieniać musi sposoby zarobkowania, że wciąż jest tylko na drodze do majątku, który mu się wiecznie wyślizgiwał z rąk, co sobie tłumaczył brakiem szczęścia, ale pomimo tego wytrwale zakładał kantory, to sklepy, to zostawał agentem i zawsze kończył bankructwem, ale nie tracił nadziei, szedł jednako przez życie, zapatrzony w Łódź i w jej potęgę, oszołomiony jej wielkością, zahypnotyzowany milionami, jakie się przewalały dookoła niego.

Nie miał dzieci, miał tylko żonę, na którą pracował, aby mogła corocznie jeździć do Franzensbadu leczyć się, sam zaś od wielu lat nie wychylał się za Łódź, nie dbał co jada, jak mieszka, w czem chodzi, sam nic nie miał, ale był szczęśliwym, że miasto posiada coraz więcej, że mógł widzieć ten ruch szalony, przewalanie się towarów, huk maszyn pracujących, zgiełk na ulicach, zapchane składy, nowe ulice, milionerów, fabryki, wszystko co składało się na ten kolos, który spał teraz pod cichem ciemnem niebem, przez które płynął księżyc.

Kochał Łódź, jak kochał fabrykantów i robotników i jak kochał nawet prostych chłopów, tłumnie ściągających na każdą wiosnę, bo większa ich liczba na ulicach mówiła, że znowu przybędzie miastu fabryk i domów i ruchu.

Kochał Łódź.

A co go obchodziło, że ta Łódź była brudna, źle oświetlona, źle zabrukowana, źle zabudowana, że domu waliły się corocznie na głowy mieszkańców, że w bocznych ulicach w biały dzień zarzynali się ludzie scyzorykami!

O takich głupstwach nie myślał, jak i nie myślał o tem, że tutaj tysiące ludzi marło z głodu, że tysiące ludzi gniło w nędzy, że tysiące ludzi walczyło całym wysiłkiem o nędzny byt i że ta walka cicha i straszna przez swoją ustawiczność, walka prowadzona nawet bez nadziei zwycięstwa, zżerała więcej ludzi rocznie niźli najgroźniejsze epidemie.

— „Z tego robi się ruch" — tłumaczył, ciesząc się, że miasto wzrastało z szalonym pośpiechem, że mógł podziwiać olbrzymie cyfry „wywozu i przywozu", a ogólna cyfra obrotów wzrastała corocznie o całe dziesiątki milionów.

Jego sucha semicka dusza tonęła w tych cyfrach i lubowała się ich zwiększaniem.

Z dumą spoglądał na nowych milionerów i czcił ich całą duszą; z zachwytem niekłamanym podziwiał z trotuarów przepych zaprzęgów i mieszkań; z entuzyazmem rozgłaszał po mieście cyfry sum, jakie różni królikowie bawełniani i półwełniani wyrzucali na przyozdobienie swoich pałaców i legowisk.

Takim był Dawid Halpern, który teraz szedł na ulicę Średnią do mieszkania i rozmyślał o Myszkowskim.

Dla niego, czciciela pieniędzy, Myszkowski był zupełnie niezrozumiałym.

Nie mógł pojąć, jak można nie brać milionów, skoro same włażą do kieszeni.

Z podobnemi myślami otworzył cicho drzwi na trzeciem piętrze jakiegoś wielkiego domu, ale nim wszedł, usłyszał przyciszone tony muzyki, płynące z głębi ciemnego korytarza. Wszedł do mieszkania.

Żona już spała, a że mu się zachciało jeść, przeszukał szafkę i z kawałkiem cukru, bo nic więcej nie znalazł, poszedł cicho do kuchenki zrobić sobie herbaty.

Samowar był już zimny, nalał jednak herbaty w filiżankę i przegryzając cukrem pił, spacerując w malutkim przedpokoju, żeby nie budzić żony i słyszeć trochę tej muzyki sączącej się przez drzwi.

Znudziło mu się dość prędko to spacerowanie, bo z filiżanką w ręku przeszedł korytarz i zapukał bardzo delikatnie do drzwi, za któremi grano.

— Herein! — odezwał się głos ze środka.

Wszedł śmiało, kiwnął życzliwie głową grającym i usiadł pod piecem, popijał herbatę małymi łykami i słuchał muzyki z nabożnem skupieniem.

Horn grał na flecie, Malinowski na wiolonczeli, Szulc na klarnecie, a na skrzypcach Blumenfeld, który prowadził całą drużynę. Drugie skrzypce prowadził Stach Wilczek.

Józio Jaskólski siedział w drugim pokoju przy stoliku i list jakiś przepisywał.

Prócz Horna wszyscy byli kolegami ze szkoły i zbierali się po dwa razy na tydzień, aby wspólnie grywać.

Muzyką bronili się bezwiednie przed stępieniem, jakie dawała codzienna, ciężka praca, bo pracowali jako technicy, majstrowie lub praktykanci po fabrykach lub kantorach.

Horn jako najzamożniejszy, bo był tylko w Łodzi na praktyce i miał bogatego ojca, gromadził ich w swojem mieszkaniu i pokupował instrumenta, ale duszą tych biesiad muzycznych był Blumenfeld, muzyk z powołania i wykształcenia, bo skończył konserwatoryum, ale że muzyka nie dawała mu w Łodzi utrzymania, więc tymczasem pracował w kantorze Grosglicka jako buchalter.

Józio Jaskólski był pomiędzy nimi najmłodszym, grać nie umiał, ale żył z nimi blisko i często przychodził, bo namiętnie lubił słuchać ich opowiadań o różnych awanturach miłosnych. Marzył bowiem o miłości z całą pasyą osiemnastoletniego chłopaka, surowo wychowanego.

Tamci grali, a on przepisywał sobie list miłosny, jaki mu dał do przeczytania Malinowski, który z powodu swojej urody dosyć ich otrzymywał.

List był pisany nieortograficznie, ale tak namiętnie, że Józio czerwienił się co chwila i zamglonemi oczyma wpatrywał się w te szeregi koszlawych i niezgrabnych liter.

Upajał się tymi wybuchami dzikiej czułości i równocześnie gryzło go straszne pragnienie, żeby go kto tak kochał, a raczej żeby otrzymywał podobne listy.

Muzyka skończyła się wreszcie, bo posługaczka wniosła samowar. Horn pomagał nakrywać stół i sam rozstawiał szklanki.

— Wilczek, trzy razy pan sfałszowałeś. Wziąłeś pan C zamiast D, potem jechałeś pan o jedną oktawę niżej — zaczął Blumenfeld.

— Nic nie szkodzi, bo was dogoniłem prędko — śmiał się Wilczek, chodząc po pokoju, zacierał ręce, a potem bardzo uperfumowaną chustką obcierał sobie tłustą, okrągłą twarz, pokrytą rzadkim, niezdecydowanego koloru zarostem.

— Pachniecie jak cały skład perfum! — szepnął Horn.

— Mam perfumy w komis! — usprawiedliwiał się.

— Czem wy już nie handlujecie? — śmiał się Szulc, który pomimo swojej baryłkowatości, raźno się uwijał, nalewając herbatę dla wszystkich.

— Choćby waszem mięsem, Szulc.

— To nie dowcip! — szepnął Blumenfeld, siadając przy stole i rozgarniał chudą, nerwową ręką jasnozłociste włosy, które jakby aureolą otaczały jego wysokie, bardzo ładne czoło i długą, cierpiącą twarz o gorzkim uśmiechu.

— Panie Halpern, może pan z nami siądzie — zapraszał Horn.

— A dobrze, napiję się gorącej herbaty. Panowie gracie coraz lepiej, ten kawałek, co to podobny do tego, jakby kto bardzo płakał, to mi zrobił takie wrażenie, że siedzieć nie mogłem. Śliczny koncert.

— Panie Józefie, herbata czeka na pana! — wołał Horn.

Józio rozczerwieniony jeszcze przyszedł, siadając na końcu, ażeby ukryć wzburzenie i pomieszanie, jakie w nim sprawił ten list.

Pił herbatę prędko, parzył się ciągle i milczał, powtarzając w myśli ogniste frazesy a chwilami spoglądał z podziwem na Malinowskiego, że siedzi tak spokojnie i pije herbatę.

— Pijcie wódkę, a nie oglądajcie zegarka, gdzież wam się spieszy, Wilczek?

— Idziecie na dyżur?

Bo Wilczek pracował w magazynach kolejowych.

— A nie, z biurem już dzisiaj pożegnałem się na zawsze.

— Co, co? Wygraliście na loteryi?

— Żenicie się może z Mendelsohnówną?

— Dajecie może drapaka z kasą kolejową do Ameryki?

Wołali chórem.

— Nic z tego, bo mam coś lepszego, interes cudowny, który mnie musi postawić, zobaczycie, że stanę odrazu na czterech nogach.

— Ty zawsze byłeś czworonogiem! — odezwał się Malinowski i spojrzał na niego zielonemi oczami, w których była pogarda i niechęć.

— Ale nigdy nie byłem waryatem, nie zajmowałem się wynalazkami, niemożliwymi do urzeczywistnienia.

— Co ty wiesz, co ty możesz wiedzieć prócz tego, żeby okpiwać na kupnie i na sprzedaży, ty jesteś prosty, ordynarny handeles. Wiedzże o tem, że waryactwa ludzi genialnych więcej przyniosły dobrego światu, niźli praktyczna głupota, podobnych tobie, umiejąca tanio kupić i drogo sprzedać. Słyszysz, Wilczek?

— Słyszę i będę o tem pamiętał, gdy zażądasz nowych kredytów.

— A propos, sprowadź mi dwadzieścia funtów drutu miedzianego, takiego, jaki był ostatnio — rzucił spokojnie Malinowski.

Wilczek pomimo gniewu zanotował obstalunek w notesie.

— Dajcież spokój z kłótniami i interesami.

— Jedno drugiemu nie przeszkadza — szepnął Wilczek i chodził po pokoju, zacierał ręce nerwowo, oblizywał duże, wywinięte usta i często poprawiał włosy, rozczesane przez całą głowę i tworzące mu grzywkę nad nizkiem brzydko pomarszczonem czołem.

Malinowski powlókł za nim oczami i szepnął:

— Wyglądasz jak stara pokojówka!

— Co wam to przeszkadza!

— Irytuje mnie widok takiego mebla, przeszkadza patrzeć swobodnie.

— To patrzcie się w samowar, albo w koniec własnego nosa, macie przecież na co.

— Kiedy kufa mi właśnie przeszkadza patrzeć na samowar.

— Malinowski! — syknął Wilczek z uśmiechem i jego małe niebieskie oczki głęboko schowane zamigotały gniewem, zaczął szarpać wielki złoty łańcuszek od zegarka.

— Wilczek! — uśmiechnął się słodko i słodko patrzył na Stacha.

— Wam niedługo trzeba włożyć kagańce, bo się kiedy jeszcze pogryziecie.

— Powiem wam wspaniałą rzecz, tylko nie przeszkadzajcie — zawołał Szulc, znowu nalewając wszystkim herbatę. — Mówił mi dzisiaj Reck, który przyjechał z Sosnowca od Dülmana.

— Ciekaw jestem, co można jeszcze nowego powiedzieć o tem bydlęciu.

— Zaraz się dowiesz. Miesiąc temu, bawił w Sosnowcu przejazdem jakiś hrabia. Dülman, dawny handlarz świń, dawny oberkelner z Katowic i dawna kanalia, zaprosił hrabiego do siebie, ale mało, że go zaprosił, kazał na jego przyjęcie wystawić bramę tryumfalną, wyprawiał wspaniałe obiady specjalnymi pociągami sprowadzone z Berlina, sam mu buty ściągał, bo chciał przez pośrednictwo tego hrabiego dostać jakiś pruski order. Hrabia spał w jego pałacu przez całe trzy dni i odjechał do Vaterlandu. Po jego wyjeździe w parę dni, Dülman przysyła po Recka, który jest technikiem w jego fabryce, w oddziale stolarskim. A gdy Reck przyszedł, Dülman każe mu zrobić rysunek wspaniałej skrzyni, jak można najozdobniejszej. Reck zrobił coś w rodzaju olbrzymiej trumny i podług jego rysunku wykonano tę skrzynię w Berlinie i przywieziono do Dülmana. Otóż ten idiota, wobec całej rodziny i dyrektorów swoich ustawił skrzynię na honorowem miejscu w salonie, a do skrzyni wstawił łóżko z całą pościelą i ze wszystkiem, czego używał ów hrabia, skrzynię zamknął na klucz, a na niej przybito bronzową blachę z takim napisem niemieckim: „W tej skrzyni stoi łóżko, a na łóżku leży pościel, a w tej pościeli, na tem łóżku dnia X roku 18.. raczył spać trzy razy jaśnie wielmożny Graf Wilhelm Johann Somerst-Somerstein".

— Ależ to farsa, to niemożliwe!

Zaczęli oponować.

— Ja Reckowi wierzę, on nigdy nie kłamie.

— Ależ to byłaby głupota potworna!

— Co chcecie, takiego eks-świniarza olśniła łaskawość grafa.

— To jest możebne, a bo to w Łodzi mało jest podobnych śmieszności pomiędzy milionerami! Przecież wszyscy znają szczegóły pojedynku Stanisława Mendelsohna z tym inżynierem Myszkowskim.

— A Knaabe to nie śmieszny? A stary Lehr, który jak siedzi w restauracyi, a kto zawoła głośno: Kelner! to się bezwiednie zrywa z krzesła, bo był przecież kiedyś kelnerem, a Zuker jeszcze mojej matce przynosił do domu resztki do sprzedania. Lehr naprzykład umie się tylko podpisywać, a przyjmuje interesantów w swoim gabinecie z książką w ręku, a którą mu zawsze lokaj daje otworzoną, bo były wypadki, że Lehr trzymał ją przy gościu do góry nogami.

— Każdemu wolno robić co mu się podoba, nie widzę potrzeby wyśmiewania się.

— Ale i każdemu wolno się z tego śmiać, co jest głupie.

— Ty, Wilczek, bronisz swojej sprawy, bo i z ciebie się śmieją, z twojej grzywki, z perfumowania i z twoich łańcuszków i pierścionków, z twojego szyku.

— Głupcy śmieją się ze wszystkiego. Ten się śmieje najlepiej, kto się ostatni śmieje.

— Czyli jak zrobisz miliony, obiecujesz śmiać się z nas wszystkich.

— Bo jesteście godni śmiechu.

Halpern, uścisnął im ręce i wyszedł, nie lubił bowiem, żeby młodzież ośmielała się przekpiwać z fabrykantów.

— Dla czego? powiedzcie-no wyraźnie Wilczek.

— Bo wy się nie śmiejecie szczerze, wy drwicie ze złości, że nic nie macie, a oni mają miliony.

— Nowe rzeczy gada! Myślałem, że powiecie co nowego, a jeśli chcecie mówić tak dalej, to już lepiej przestańcie.

— Bądźcie-no cicho na chwilę, jest ważna sprawa — podniósł głos Malinowski. — Józio Jaskólski potrzebuje stu rubli na jutro wieczór i prosi nas wszystkich o pożyczenie tej sumy, będzie oddawał po dziesięć rubli miesięcznie. Pieniądze te są dla niego kwestyą życia i śmierci, więc ja jeszcze od siebie proszę was wszystkich o koleżeńską pomoc. Za całą sumę ręczę.

— Dasz ewikcyę na swoim wynalazku.

— Wilczek! — krzyknął rozdrażniony uderzając pięścią w stół. — Zróbmy składkę pożyczkową panowie — dodał łagodniej, kładąc na stole jedyne pięć rubli, jakie miał. Szulc położył drugie pięć, Blumenfeld dziesięć.

— Co będzie brakować dołożę, bo chociaż dzisiaj nie mam, ale mogę pożyczyć jutro — mówi Horn. — No, Wilczek, dajcie no ze dwadzieścia rubli.

— Słowo honoru, że niemam trzech rubli nawet przy sobie, załóżcie za mnie pięć rubli.

— Dowcipnie kombinujecie — szepnął Horn.

— Na niego nie liczcie. Musicie Horn pożyczyć ośmdziesiąt rubli, bo jest dwadzieścia, ale koniecznie przed szóstą wieczorem jutro.

— Z pewnością, niech pan przyjdzie do mnie, panie Józefie.

Józio ze łzami rozrzewnienia dziękował wszystkim, prócz Wilczkowi, który pogardliwie się uśmiechał i chodził coraz prędzej po pokoju. Miał pieniądze, ale nigdy nikomu nie pożyczał.

— Na co ci potrzeba aż stu rubli? — zapytał Józia.

— Kiedy nic nie dajesz, to niepotrzebnie się wypytujesz.

— Pozdrów mamę odemnie.

Józio nic się na to nie odezwał, miał do niego wielki żal, bo dobrze pamiętał, ile ten sam Wilczek zawdzięczał im, a potem spieszno mu było lecieć z radosną nowiną do domu, bo tych pieniędzy potrzebował dla matki, której jakiś piekarz oddawał w zarząd sklepik, ale pod warunkiem złożenia storublowej kaucyi.

Było to niejakie zabezpieczenie od głodowej śmierci całej rodziny, bo mieszkanie mieli mieć darmo i pewien procent określony od sprzedaży. Józio wyszedł pośpiesznie, ale ze schodów wrócił i szepnął do Malinowskiego.

— Adaś pożycz mi na parę dni tego listu, ja ci go nie zniszczę.

— Możesz go sobie wziąć na własność, nic mi po nim.

Józio go ucałował i pobiegł.

Zamilkli na chwilę.

Blumenfeld nastrajał skrzypce, Horn pił herbatę, Szulc patrzył na Malinowskiego, który z tym swoim wiecznym uśmiechem wpatrywał się w formuły algebraiczne, jakie kreślił ołówkiem na serwecie, a Wilczek wciąż spacerował i rozmyślał o jutrzejszym interesie, jaki miał go postawić na cztery nogi, a w przerwach wodził po towarzyszach ironicznym, niedbałym wzrokiem, w którym było wiele politowania, a jeszcze więcej lekceważenia, a czasami przysiadał z sykiem i zdejmował kamasz na chwilę, bo był obuty w lakierki bardzo eleganckie, ale tak ciasne, że czuł je coraz mocniej.

Był ubrany z wielką a przesadną elegancyą kantorowicza.

— Szulc, odkryłem bezwiednie tajemnicę waszego młodego Kesslera! — zaczął nakładając znowu but i spacerując po pokoju.

— Wy macie specyalną zdolność śledczą.

— Bo dobrze patrzę.

— Czasem się opłaca taki dobry wzrok!

— Malinowski! — zawołał, siadając, bo kamasz palił go jeszcze więcej.

— Nie przerywajcie sobie popisów własnego sprytu i przenikliwości, będziemy słuchać cierpliwie i może buciki trochę zmiękną — szydził Adam.

— Spotkałem wczoraj rano na Wschodniej bardzo ładną dziewczynę, poszedłem za nią, żeby się jej przyjrzeć lepiej, bo znałem skądsiś jej twarz. Weszła do jednego z domów na Dzielnej i zniknęła mi w podwórzu. Trochę strapiony szukam stróża, aby się od niego dowiedzieć, gdy natykam się na młodego Kesslera, wchodzącego do bramy. Wydało mi się to podejrzanem, bo przecież wiadomo, że Kessler wciąż się włóczy za dziewczynami. Zaczekałem przed domem i po kilkunastu minutach doczekałem się, że wyszedł, ale nie sam, wyszedł z tą dziewczyną, tylko tak ubraną wspaniale, że z trudem ją poznałem. Wsiedli do powozu czekającego o kilka domów dalej i pojechali w kierunku kolei. Tę dziewczynę Malinowski musisz znać?

— Skądże takie przypuszczenie? — zapytał spokojnie napozór.

Widziałem cię z nią przeszłej niedzieli, wyszedłeś z domów familijnych Kesslera i prowadziłeś ją nawet pod rękę.

— To nieprawda! to nie mogła być... — zawołał gwałtownie, połykając jakieś imię.

— Jestem najpewniejszy, że to ona. Brunetka, bardzo żywa i bardzo ładna.

— Dajmy pokój, co mnie to obchodzi — szepnął niedbale i czuł, że mu jakaś ręka wsunęła się do wnętrzności i szarpie je strasznie.

Z tego jednego szczegółu poznał, że to była Zośka, jego siostra.

Nie, nie mógł w to uwierzyć, siedział w milczeniu i chciał iść, lecieć do domu, ale się nie ruszył, nie podniósł nawet oczu na towarzyszów, bo się bał spotkać z ich wzrokiem, żeby mu nie wyczytali tajemnicy.

Ochłonąwszy nieco, najspokojniej ubrał się i wyszedł nie czekając na kolegów.
Pobiegł do rodziców, mieszkających w domach familijnych Kesslera.
Wielkie trzypiętrowe czworoboki, podobne do koszar, w których się
gnieździło kilkaset osób, stały ciemne i ciche, tylko w jednem oknie błyskało
światło. Dom spał zupełnie, bo nawet na korytarzach, którymi biegł
Malinowski, było ciemno i pusto, a tylko jego kroki huczały po całym domu.
W mieszkaniu zastał matkę i młodszego brata, który siedział w kuchence i
okręcony w chustkę, zatykając uszy rękami, kiwał się i monotonnym głosem
wbijał sobie w pamięć jutrzejszą lekcję.
— Dawno ojciec poszedł do fabryki? — zapytał, szukając oczami Zośki w
drugim pokoju.
Matka nie odezwała się, klęczała przed złocistym obrazem Częstochowskiej,
który stał na komodzie w oświetleniu purpurowej lampki, modliła się
półgłosem szybko przesuwając ziarnka wielkiego różańca.
— A gdzie Zośka? — zapytał, znowu drżąc z niecierpliwości.
„i błogosławiony owoc żywota Twojego Jezus. Amen!"
— Ojciec poszedł już dawno. Zośka jeszcze wczoraj pojechała do ciotki Olesi.
Ciągnęła dalej przerwany pacierz.
Adam nie wiedział, co robić; chciał matce powiedzieć o swoich podejrzeniach,
ale zobaczywszy ją w takiem nabożnem skupieniu, tak rozmodloną, nie śmiał.
Żal mu było zamącać tego spokoju, jaki panował w mrocznem, cichem
mieszkaniu.
Siedział czas jakiś, patrząc na starą, zmęczoną twarz matki, na jej siwe włosy
pokryte krwawym refleksem lampki, to na dwie doniczki kwitnących
hyacyntów, postawionych z boku obrazu, które roztaczały po pokoju duszący
zapach.
— Rivus — strumień, Terra — ziemia, Mensa — stół, nautilus — marynarz;
powtarzał z monotonnym uporem brat, kołysząc zawzięcie nogami.
— Naprawdę Zośka pojechała do ciotki? — zapytał ciszej.
— Mówiłam ci. Herbata jeszcze będzie gorąca, Józiek niedawno wodę
przynosił z fabryki, jeśli chcesz, to ci zrobię herbaty, co?
Nic nie odpowiedział, wyszedł spiesznie, nie zwracając uwagi na wołania
matki, aby powrócił; poszedł do fabryki Kesslera, gdzie ojciec pracował jako
mechanik przy głównym motorze.
Szwajcar przepuścił go bez trudności na wielki ciemny dziedziniec,
obstawiony z trzech stron olbrzymimi gmachami, które połyskiwały setkami
okien i wrzały nieustannym głuchym hukiem maszyn pracujących, bo oddziały
tkackie i przędzalniane z powodu nawału roboty szły już od miesiąca dniem i
nocą.
Z czwartej strony, zamykającej ten długi czworobok przed olbrzymim
kominem, stał wysoki trzypiętrowy budynek, podobny do wieży, przez którego
słabo oświetlone okna majaczyło w szalonym ruchu olbrzymie koło
rozpędowe.
Przeszedł obok nizkich, bezczynnych teraz pawilonów, gdzie były farbiarnie
włóczki i mydlarnia, bo z olejów otrzymywanych przy odtłuszczaniu wełny
prócz potażu robiono i szare mydło; szedł obok pieców zdaleka już

czerwieniejących się wielkiemi ogniskami, które rzucały krwawe smugi światła na kupy węgla leżące niedaleko.

Kilku półnagich, czarnych od pyłu ludzi zwoziło nieustannie węgiel wózkami, a kilku innych wrzucało go do palenisk i wszedł do wieży.

Na razie nie spostrzegł nic w półmroku, w którym główne koło, niby jakiś gad potworny, skręcony w kłębek, z szybkością szaloną rozpryskując stalowymi błyskami, wypryskiwało z ziemi, gdzie było do połowy zanurzone, rzucało się w górę z szaleństwem, jakby chcąc rozbić te więżące je mury i uciec, zapadało z wściekłym świstem, wyrywało się znowu, i biegło bezustannie i z taką szybkością, że nie można było uchwycić jego kształtu, widać było tylko drżącą mgłę błysków, odpryśniętych od stalowej polerowanej powierzchni, która srebrnawą aureolą pędziła za kołem i przepełniała ciemną wieżę miliardami ostrych skier.

Kilka olejnych lampek przyczepionych do ścian, drżącymi płomykami oświetlało tłoki, które niby stalowe, grube jak drzewa ręce pracowały również nieustannie z jednostajnym, przeszywającym świstem, jakby usiłowały z nadaremną wściekłością pochwycić to koło już oburącz trzymane i wiecznie się wymykające.

Stary Malinowski chodził z oliwiarką w ręku dokoła mosiężnej baryerki, otaczającej maszynę i co pewien czas sprawdzał na manometrze ilość produkowanej siły.

Spostrzegł syna, ale obszedł maszynę, powycierał jej pewne części, zbadał wzrokiem funkcyonowanie i dopiero przyszedł; nabił fajkę tytuniem, zapalił i spojrzał pytająco na syna.

— Przyszedłem ojcu powiedzieć, że Zośka prawdopodobnie jest kochanką Kesslera.

— Głupiś! Widziałeś?

Malinowski zaczął mu opowiadać co słyszał od Wilhelma, ale mówił szeptem, gdyż w tym roztrzęsionym, piekielnym szumie i głos armaty zginąłby bez echa.

Stary słuchał uważnie, jego bure oczy podobne do stalowych błysków koła, które wznosiło się i zapadało bezustannie, poczynały świecić i drgać.

— Dowiedz się wszystkiego, wszystkiego — szeptał, nachylając ku niemu suchą, szarawą twarz o ostrych jakby z kamienia ciosanych rysach.

— Ja się dowiem, ale jeśli tak jest, to już mu się na zawsze odechce uwodzić swoje robotnice, na zawsze — dodał z naciskiem i jego zielone, słodkie oczy strzeliły ogniem zawziętości, a słodkie karminowe usta posiniały, odsłaniając długie i ostre jak u wilka zęby.

— Suka! — rzucił stary przez zęby zaciśnięte, przypychając palcem tytuń.

— Co ojciec o tem myśli? — mamie nie mówiłem jeszcze nic.

— Sam jej powiem. Dowiedz się tylko dobrze, to już się z Kesslerem załatwię.

Poszedł do maszyny i powrócił po chwili.

— Czemu nie byłeś u mnie cały tydzień? — zapytał miękko, z wielką miłością w głosie.

— Robiłem koło swojej maszyny.

Stary spojrzał na niego z pod oka, ale się nic nie odezwał, chociaż nienawidził całą duszą tę maszynę, którą od roku już stwarzał Adam, nie żałując czasu ani pieniędzy.

— Późno, idź spać Adaś. Dobrze żeś powiedział. Przekonaj się zupełnie i powiedz mi, w domu nie mów nic. Jeśli jest jak przypuszczasz, to ja sam się z nimi załatwię. Kessler ma miliony, ale radę mu dam.

Mówił z chłodnym, prawie okrutnym spokojem, tak samo, jak kiedyś w Zabałkajskim kraju, gdy chodziło o zakład na szarego niedźwiedzia z toporem w ręku.

Ścisnęli sobie mocno ręce i popatrzyli w oczy.

Stary znowu zaczął chodzić dookoła maszyny, naoliwiać, czyścić, patrzeć na monometr, a chwilami opierał się grzbietem o trzęsącą się ścianę i zapatrzony w ten wir błysków, drgań, cieniów i świstów, pokrywający szalony ruch koła, szeptał jakby z żałością:

— Zośka!

Adam powrócił do mieszkania z pewną ulgą w duszy.

Horn już spał, więc przymknął drzwi od jego pokoju i zabrał się do rozbierania tej maszyny, która mu wypijała życie, bo robił ją od roku i nigdy skończyć nie mógł.

Miała to być maszyna dynamo-elektryczna o tak prostej konstrukcyi i tak tanim motorze, że zrobiłaby przewrót w świecie, gdyby się tylko udała, gdyby go tylko nie zawodziły ciągle obliczenia, gdyby mu ciągle coś nie stawało na przeszkodzie.

Był ciągle blizkim zwycięstwa, codziennie sobie obiecywał, że to już jutro zwycięży, a te jutra tworzyły długie miesiące i zwycięstwa nie było.

Siedział tak długo, że nad ranem Horn się obudził i zobaczywszy światło zawołał:

— Adam, idźcie spać.

— Zaraz — mruknął i rzeczywiście zgasił światło i położył się do łóżka.

Świt szary zaczął zaglądać oknem i napełniać pokój tem dziwnem światłem, w którem ludzie i rzeczy mają wygląd trupów, a świat wygląda jak pustka.

Adam patrzył w okno, w gwiazdy, które bladły coraz bardziej i kolejno zapadały w jasności zalewającej świat. Spać nie mógł, po kilka razy wstawał i sprawdzał obliczenia lub głowę wychylał przez lufcik na surowy powiew poranku i ślizgał się po tysiącach czarnych, lśniących dachach, zaledwie słabo wyłaniających się z mroku.

Miasto spało w zupełnej, absolutnej ciszy, nie zmąconej najmniejszym dźwiękiem.

Setki kominów, niby las kolumn czarnych chwaliło się w tych ruchomych mgłach, co wstawały z pól rozmiękłych i zwolna niby białawym obłokiem zwłóczyły się na miasto i darły się o ostre szczyty.

Położył się raz jeszcze, ale teraz znowu przeszkodziły mu spać myśli o Zośce i ten chór gwizdań, jaki wkrótce zaczął się rozlegać nad cichem miastem.

Gwizdawki piały przenikliwie i ze wszystkich stron z południa i z północy, ze wschodu i zachodu miasta zrywały się ryki metalowych gardzieli, łączyły w jeden chór, rozdzielały na pojedyńcze tony, a darły zgrzytem powietrza.

Horn, który od czasu zerwania z Bucholcem nic nie robił i czekał na rezultat starań, jakie czynił Borowiecki, aby go umieścić u Szai, wstał dzisiaj tak późno, że nim wypił herbatę, czas było już iść na obiad, a nim zaszedł do kolonii gdzie się stołował, już tam byli wszyscy po obiedzie i nie zastał Borowieckiego, z którym się chciał zobaczyć.

Kama zajęta była fryzowaniem piór, a kilka pań i panien szyło w stołowym pokoju, przemienionym na pracownię.

— Pan z pewnością jest chory, ja to widzę — wykrzyknęła Kama, bo miał ze znużenia i bezczynności bardzo nieszczęśliwą minę.

— Dobrze Kama widzi, bo jestem chory rzeczywiście.

— Ja wiem, wczoraj pan u nas nie był, bo poleciał pan na łobuzerkę.

— Graliśmy cały wieczór w domu.

— A nie prawda, był pan na bibce, bo ma pan oczy podsiniałe, o! — zaczęła paluszkiem wodzić mu pod oczami.

— Pewnie umrę, Kama, pewnie umrę — mówił, robiąc tragiczną minę.

— Tak nie trzeba mówić, ciociu, no, ja nie chcę, zawołała, bo zamknął oczy, głowę przechylił na poręcz krzesła i udawał trupa.

Kama uderzyła go piórem po twarzy i udawała mocno rozgniewaną, bo połowa jej wichrowatych włosów opadła na czoło i zasłoniła oczy.

Horn po obiedzie siedział w milczeniu i umyślnie nie zwracał uwagi na jej minki, jakie stroiła do niego, udawał obojętnego, a w istocie był znudzonym i leniwie przypatrywał się szeregowi portretów familijnych, tym wielkim głowom szlachciców z XVIII wieku, które z pod wygolonych czupryn zdawały się patrzeć surowo, groźnie prawie na setki dachów i kominów fabrycznych, roztaczających się za oknem, to na te znękane, blade, wycieńczone nadmierną pracą bezbarwne twarze prawnuczek, zajętych pracą ciężką na chleb powszedni.

— Czy mam prosić, aby pan raczył przemówić do nas słówko?

— Kiedy mi się nie chce mówić.

— Ale pan nie chory, prawda? — zapytała cichutko, z niepokojem patrząc mu w oczy. — A może pan nie ma pieniędzy? — dodała prędko.

— Nie mam i jestem bardzo biedna sierota — żartował.

— Ja panu pożyczę, naprawdę panu pożyczę! Oho, mam czterdzieści rubli.

Ujęła go za rękę i wyprowadziła do saloniku, gdzie biały Picolo zaczął zaraz szczekać na nią i ciągnąć za sukienkę.

— Naprawdę panu pożyczę — zaczęła nieśmiało. — Mój złoty panie, mój drogi, mój kochany — szczebiotała, wspinając się przed nim na palce i gładząc go po twarzy — niech pan pożyczy odemnie. To są moje własne pieniądze, ja sobie uskładałam na kostyum letni, ale to mi pan jeszcze na czas odda, no! — błagała go prawie, z wielką serdecznością.

— Dziękuję, Kama, bardzo dziękuję, ale pieniędzy mi nie potrzeba, mam!

— Nie prawda. Proszę pokazać pugilares.

A gdy się wzbraniał, wyciągnęła mu szybko pugilares z kieszeni i zaczęła w nim przewracać, ale jeszcze szybciej spostrzegła w nim swoją fotografię.

Patrzyła na niego długo i słodko, rumieniec zwolna powlókł jej szyję i twarz, oddała mu pugilares i szepnęła bardzo cicho:

— Ja pana kocham za to, kocham! Ale fotografię wziął pan z cioci albumu, aha!

— Kupiłem u fotografa.

— Nieprawda!

— Kiedy pani nie wierzy, to wychodzę.

Dopędziła go przy drzwiach i zastąpiła mu drogę.

— Ale pan nikomu nie pokazuje tej fotografii?

— Nikomu.

— I zawsze pan ją nosi przy sobie?

— Zawsze, ale nigdy na nią nie patrzę, nigdy.

— A nieprawda! — wykrzyknęła energicznie. — Weźmie pan pieniądze?

— Czasem tylko patrzę, ot tyle, o!

Ujął jej obie rączki i obie gorąco obcałowywał.

Wyrwała się zaraz, uciekła do drzwi saloniku, rozczerwieniona i zadyszana wołała:

— Pan jest taki mocny jak niedźwiedź! nie cierpię pana, nienawidzę.

— I ja Kamy niecierpię i nienawidzę — wołał wychodząc.

— Aha!

Usłyszał wątpiący głos za sobą i chociaż go nienawidziła, pobiegła do salonu i lufcikiem patrzyła jak wyszedł z bramy i szedł środkiem Spacerowej, posłała mu kilka pocałunków na palcach, i na wyścigi z Picolem pobiegła do przerwanej roboty.

Horn kilka godzin chodził po znajomych, zanim zdołał pożyczyć potrzebnych mu pieniędzy dla Józia Jaskólskiego, a potem poszedł do Borowieckiego.

Prawie już przed samą fabryką dopędził go Sierpiński, znajomy z kolonii.

Szlachcic był ubrany w długie do kolan buty, w bronzową czamarę, suto ozdobioną czarnemi potrzebami i z fantazyą trzymał na siwej głowie granatową maciejówkę, zamaszyście wywijając okutym kijem.

— O tej godzinie na ulicy, a fabryka? — zawołał zdumiony Horn.

— Fabryka nie ucieknie, panie dobrodzieju, nie zając.

— Gdzież pan się wybrałeś?

— A bo uważasz pan słońce tak przygrzewa od rana, tak wiosną pachnie, że mnie rozebrało na amen, nie mogłem już wytrzymać w fabryce, jakoś się tam wykpiłem od południa i macham sobie panie dobrodzieju, trochę za miasteczko, w polu zobaczyć, jak tam tego i owego oziminki wyszły z pod śniegu. Uważa pan dobrodzieju jakie to już dyabelskie ciepłe słońce, toby człowiek łykał z radości tego i owego.

— A cóż pana obchodzą wszystkie oziminy razem!

— Jakto nie obchodzą! No tak, tak, ja już nie sieję, nie orzę, tak, jużci jestem fabrycznym parobkiem, służę u żyda, ale widzi pan — obejrzał się i po cichu szepnął mu do ucha — mnie już ta Łódź gardłem wyłazi, to wszystko razem, tego i owego, świństwo i psiakrew panie dobrodziejski! — Zaklął raz jeszcze bardzo energicznie, podał mu rękę i śpiesznie poszedł stukając laską po trotuarze.

XV.

Horn prędko się rozmówił z Borowieckim, bo ten nie miał żadnych nowych wieści i wychodząc spotkał się z Jaskólskim, który szedł do Borowieckiego na skutek wczorajszej rozmowy z Wysockim.

Jaskólski był dzisiaj bardziej jeszcze zalękniony i niedołężny.

Wyprostowywał się chwilami, gładził wąsy, chrząkał, ale mimo to, odwagi mu nie przybywało, czekał w małej poczekalni przy farbiarni i miał już kilka razy szczerą chęć umknięcia, ale na wspomnienie żony i dzieci, na wspomnienie tylokrotnych, nadaremnych wyczekiwań po rozmaitych kantorach i przedpokojach fabrykantów, siadał z powrotem i czekał z rezygnacyą.

— Pan jest Jaskólski? — zapytał Karol, wchodząc.

— Tak, mam zaszczyt się przedstawić panu dyrektorowi, jestem Jaskólski! Mówił wolno te sakramentalną formułę, powtarzaną już wielokrotnie.

— Nie o taki zaszczyt chodzi. Pan Wysocki mówił, że pan potrzebuje miejsca.

— Tak — odrzekł krótko, mnąc wytarty kapelusz w ręku i ze strachem czekając, że znowu usłyszy, że miejsca niema.

— Co pan umie, gdzie pan pracował?

— U siebie.

— Miałeś pan interes jaki?

— Miałem majątek ziemski, straciło się i teraz z powodu chwilowej potrzeby, tylko chwilowej — upewniał z rumieńcem wstydu — bo właśnie jesteśmy w procesie, który musi wypaść na naszą korzyść. Sprawa bardzo prosta, bo po moim stryjecznym bracie, zmarłym bezpotomnie...

— Nie mam panie, czasu na genealogię. Byłeś pan obywatelem ziemskim, to znaczy, że pan nic nie umiesz. Chciałbym panu pomódz, a że na pańskie szczęście od kilku dni jest w magazynach miejsce, więc jeśli pan chce przyjąć.

— Z wdzięcznością, z podziękowaniem, bo istotnie jesteśmy trochę w kłopotach, nie potrafię nigdy się odwdzięczyć panu dyrektorowi. Wolno wiedzieć jakie to miejsce?

— Stróża magazynowego! Dwadzieścia rubli pensyi, zajęcie w godzinach fabrycznych.

— Żegnam pana! — rzekł twardo Jaskólski i odwrócił się do wyjścia.

— Co się panu stało? — zawołał zdumiony.

— Ja jestem szlachcic panie, a pańska propozycya jest niegodna. Zdechnąć z głodu Jaskólski może, ale stróżem u szwabów być mu nie wolno — szepnął wyniośle.

— A zdychaj-że pan ze swojem szlachectwem jak najprędzej, nie będziesz pan przynajmniej miejsca zajmować drugim! — krzyknął zirytowany Borowiecki wychodząc.

Jaskólski w wielkicm rozdrażnicniu wyszcdł na ulicę, czas jakiś szcdł wyprostowany, dumny, z nabiegłemi krwią policzkami, pełen obrażonej godności, ale gdy go owionęło powietrze, gdy znowu się zobaczył na ulicy, pod gołem niebem, potrącany przez szybko pędzących przechodniów, pod kołami tych nieskończonych platform, naładowanych towarem, opadł z westchnieniem, opuścił ramiona bezwiednie, stanął nad trotuarem i zaczął szukać w dziurawych kieszeniach chustki...

Oparł się o jakiś parkan i bezsilnym, ogłupiałym wzrokiem patrzył na morze domów, na setki kominów bijących brudnymi kłębami dymów, na fabryki huczące, pospieszną pracą, na ruch, jaki wrzał dookoła, na te wiecznie czynną, twórczą i potężną, energię ludzką, uprzedmiotowaną w tem mieście, a potem na te spokojne obszary błękitu, przez które szło słońce.

Szukał znowu chustki, nie mogąc już trafić do kieszeni, bo go schwycił za serce kurcz najstraszniejszego z bólów — bezsilności.

Miał szaloną ochotę przykucnąć przy tym parkanie, oprzeć głowę na kamieniu i umrzeć, niechby się już raz skończyło to straszne mocowanie z życiem, niechby już raz nie wracać do tej zdychającej z głodu rodziny, niechby już raz nie czuć własnej bezsilności.

Nie, już nie szukał chustki, zakrył podartym rękawem twarz i zapłakał.

Borowiecki powrócił do swego laboratoryum przy „kuchni" i zastawszy Murraya, siedzącego na rogu stołu, opowiedział mu o Jaskólskim.

— Pierwszy raz spotykam podobnego człowieka! Daję mu pracę, a przez nią możność wegetowania, a ten z oburzeniem powiada: Szlachcic jestem i stróżem u szwaba nie będę; raczej zdechnę z głodu! Dalibóg, że byłoby lepiej, aby tego rodzaju szlachetczyzna wyzdychała jak najprędzej.

— Już kończą drukować „bambus" — meldował robotnik.

— Zaraz przyjdę! Wstydzą się roboty, a nie wstydzą się zwykłej żebraniny, tego już zaczynam nie rozumieć. Co wam jest? — zapytał prędko, bo Murray nie słuchał, tylko jakimś wyblakłym, przepłakanym wzrokiem patrzył w okno.

— Nic, jestem jak zwykle — odpowiedział niechętnie.

— Macie taką smutną twarz.

— Nie mam znowu specyalnego powodu do radości! Ale, może kupicie meble odemnie? — wyrzucił prędko, unikając jego wzroku.

— Meble sprzedajecie?

— Tak, tak... Chcę się pozbyć tych gratów, tanio sprzedam, weźmiecie?

— Pomówimy o tem później, ale jeśli do tego kroku zmusza was jaka gwałtowna potrzeba, to możebym wam co poradził, bądźcie szczerzy ze mną.

— Nie, pieniędzy mi nie potrzeba, ale i meble mi na nic.

Karol popatrzył na niego i po dłuższym przestanku rzekł ze współczuciem:

— Znowu nic z waszego małżeństwa?

— A nic, a nic! — zaczął szybko chodzić, aby pokryć wzburzenie, jakie nim trzęsło.

Szczęka mu drgała spazmatycznie, przystawał chwilami, oddychał głębiej, wodził martwym wzrokiem po obojętnej twarzy Karola, obciągał kurtkę z garbu, wycierał spocone ręce i znowu biegał, zakreślając wielkie koło dookoła stołu.

Karol się nie odzywał, zatopiony w robocie, tylko gdy Murray pobiegł do „kuchni", rzucił za nim pogardliwem spojrzeniem i mruknął:

— Małpa sentymentalna!

— Ja dopiero wczoraj zobaczyłem, że małżeństwo, to gorzka satyra na miłość i godność ludzką — zaczął Murray, powróciwszy do przerwanej przechadzki.

— Jak dla kogo!

— Ja wczoraj dopiero zobaczyłem, że to jest najbardziej niemoralna instytucya! o tak, małżeństwo to stek kłamstw brudnych, podłości, obłudy najnikczemniejszej, fałszu! nie zaprzeczycie mi tego, co? — zaczął się rozpalać nienawiścią.

— Nie będę przeczył, ani twierdził, bo mnie to nie obchodzi.

— Ale ja wam mówię, że tak jest! Wczoraj byłem w jednym domu na herbacie, byli tam także ci idealni małżonkowie Kaczyńscy. Ciągle siedzieli przy sobie i trzymali się za ręce. Wstrętny zwyczaj, żeby się ciągle o siebie ocierać. Wciąż tylko szeptali ze sobą i tak się patrzyli na siebie łakomie, że aż to było głupie i nieprzyzwoite. Irytowali mnie cały wieczór, bo nie wierzyłem w ich szczerość, podejrzewałem nędzną blagę, jakoż się zaraz przekonałem, bo po herbacie wyszedłem do sąsiedniego pokoju i usiadłem pod oknem ochłodzić się nieco. Kaczyńscy przyszli wkrótce, nie spostrzegli mnie i zaczęli najordynarniej się kłócić. Nie wiem o co szło, ale słyszałem jak ta idealna, boska, podobna do świętej Kaczyńska, wymyślała mu z ekspresyą ostatniej ulicznicy, a na dokończenie uderzyła go w twarz, wtedy on, ten wzór małżonków chwycił jej ręce w jedną, trzasnął ją kilka razy w twarz i uderzył całą siłą o piec że aż upadła na ziemię. Nie zemdlała, ale dostała spazmów, zbiegł się cały dom na ratunek, a wtedy on klęczał przed nią, całował ją po rękach i najsłodszemi imionami nazywał i niemal płakał z rozpaczy, że ona cierpi! Wstrętna i podła farsa!

— Opowiadacie fakt wyjątkowy. Ale to zdumiewające bądź co bądź!

— O, to nie wyjątkowy fakt, tak żyje dziewięć dziesiątych małżeństw i inaczej być nie może, dopóki ludzi będzie łączył dobór handlowy, dopóki prawo skuwać będzie ludzi nierozerwalnemi pętami i dopóki panny będą z małżeństwa robić przedsiębiorstwo zyskownego utrzymania.

— A ta cała nienawiść wasza powstała tylko z osobistego zawodu, co?

— Zawszem tak czuł, bo dawnom już przejrzał.

— Dlaczegóż się nie żenicie? — zapytał Borowiecki.

Murray się zmięszał, milczał chwilę, przykładając rozpalone czoło do zimnych blach podręcznej maszyny drukarskiej, stojącej przy stole.

— Mam za wielki garb, a za mało pieniędzy. Gdybym był ślepy, głupi, rakowaty, a był choćby Bucholcem, to każda z waszych polek na kolanach przysięgałaby mi miłość do śmierci! — szepnął nienawistnie.

— Ach, więc to polka dała wam kosza? — mruknął złośliwie.

— A tak, polka, to uosobienie głupoty, fałszu, kaprysów, złych instynktów, to...

— Macie bogaty słownik synonimów — przerwał mu ironicznie.

— Ja pana nie proszę o uwagi — syknął, wyszczerzając swoje kły rzadkie.

— Ja znowu nie błagam o zwierzenia.

— Pan prezes prosi pana! — zawołał robotnik, wsadzając głowę do laboratoryum.

Karol poszedł do Bucholca.

Murrayowi zrobiło się nieco przykro, wstydził się własnej porywczości, ale pomimo to, gorycz zawodu, przesycała go głuchą nienawiścią do całego świata, a w szczególności do kobiet, bo w oddziale farb suchych, których tarciem zajętych było kilka kobiet, usłyszawszy głośne rozmowy i śmiechy, wywarł na nich złość swoją; wybił jedną, a pozostałe wypędził natychmiast z roboty, a potem łaził po fabryce i szukał tylko okazyi, aby krzyczeć, zapisywać na kary i wyrzucać.

Bucholc siedział w drukarni i witając się rzekł do Karola:

— Knoll przyjeżdża w sobotę. Niech pan przyjdzie do mnie wieczorem, na górę.

— Dobrze; ale po co prezes wychodzi z domu, takie spacery mogą być szkodliwe.

— Nie mogę już wysiedzieć w domu. Nudzi mnie wszystko, potrzebuję ruchu.

— A to czemuż pan prezes nie pójdzie gdzie na spacer?

— Jeździłem dzisiaj, nudzi mnie to więcej jeszcze. Cóż słychać?

— Robi się jak zwykle.

— A dobrze. Dlaczegóż tak dzisiaj cicho idzie fabryka? — szepnął, nasłuchując ze zdziwieniem.

— Ależ, idzie jak zwykle! — odpowiedział i poszedł do dalszych sal.

Bucholc chwilę łowił uchem ogłuszający, monotonny łoskot maszyn, rozlegający się potężnym szumem, ale słyszał niewiele, bo nie mógł zupełnie skupić uwagi a że przytem zaczynało mu być i duszno i gorąco w drukarni, wyszedł przed fabrykę i usiadł na wystającej cembrowinie sadzawki, do której spływała woda skroplona z pary zużytej.

Przymykał oczy i wodził niemi po konturach swoich fabryk, rozrzuconych dookoła olbrzymiego dziedzińca, po bronzowych sznurach wagonów, ładownych węglem i materyałami, które wchodziły w dziedziniec, pod magazyny; po lśniących w słońcu dachach, po kominach wyrzucających kłęby zaróżowionych przez słońce dymów, po nikłych sylwetkach robotników, snujących się pod magazynami i pchających wagony.

Oddychał z trudnością tem przesłonecznionem, a pełnem dymów i miału węglowego powietrzem.

Zakaszlał się silnie, ale nie poszedł do domu, bo go opanowywała jakaś przyjemna bezwładność.

Słońce świeciło całą wiośnianą potęgą, a wiatr miękki zawiewał od przeszklonych wodą pól; na nagich jeszcze topolach, stojących przy parkanie, zamykającym z jednej strony dziedziniec fabryczny, biły się z krzykiem stada wróbli i ćwierkały radośnie jakby do wiosny nadchodzącej, która ukazywała już słoneczną twarz z po za wielkich białych chmur, które niby kłęby wełny najbielszej leżały cicho na olbrzymiej tafli błękitu, rozpiętej nad miastem zadymionem, pełnem łoskotu fabryk, a ciszy na pustych ulicach.

Fabryki grały nieustannym rytmem pracy.

Bucholc podniósł się wreszcie i poszedł do domu, ale z takiem uczuciem bezsilności wobec tych olbrzymich gmachów, wobec tych maszyn potężnych, wobec sił tego kolosalnego życia fabryki, że wlókł się ledwie i jeszcze z parku spoglądał z zawiścią bezwiedną na czerwone, olbrzymie gmachy błyskające oknami.

Nie wracało mu jednak zdrowie pomimo cudownych środków Hamersteina, codziennie czuł się gorzej, mało sypiał i noce przepędzał nieraz na fotelu, obawiając się iść do łóżka, bo coraz częściej myślał, że skoro się położy umrzeć musi, coraz częściej, obawa śmierci ściskała go strasznym spazmem głuchej męki, coraz częściej bał się nocy i samotności ale nie chciał się jeszcze przyznać do tego nawet przed samym sobą i walczył całą potężną swoją wolą z niemocą.

Apatya bezmyślna i ciężka przenikała go coraz silniej.

Nie chciał się już niczem zajmować, nudziło go wszystko i wszystko przestało nawet interesować.

Siedział godzinami bez ruchu w kantorze, gdzie Borowiecki załatwiał wszystkie sprawy i bezmyślnym wzrokiem tonął w drganiach drzew chwiejących się za oknem i zapominał gdzie jest, na co patrzy; to znowu budził się, odzyskiwał świadomość i wtedy wlókł się do fabryki, zbliżał się do ludzi, pragnął ruchu dookoła, ludzi, życia, którego się czepiał bezwiednie, z rozpaczą topielca, czepiającego się oślizgłych a stromych brzegów.

W sobotę, w dzień zapowiedzianego przyjazdu Knolla, czuł się jeszcze gorzej, ale pomimo to po południu poszedł do fabryki.

Trawiła go gorączka i taka niecierpliwość, że nie mógł minuty wytrzymać w jednem miejscu, szedł z pawilonu do pawilonu, z sali do sali, z piętra na piętro i chciał iść i iść naprzód, wszystko widzieć, a jednocześnie od wszystkiego uciekać, bo denerwowały go maszyny, a te niezliczone włókna transmisyi i pasów, co się przewijały dookoła z jękliwym świstem, przejmowały go bólem.

Poszedł do tkalni i przechodził pomiędzy warsztatami, które drgały spazmatycznie jak zwierzęta usiłujące się zerwać z łańcuchów.

Olbrzymie sale przepełniał taki krzyk warsztatów, szczęki, warczenia, huki, że przechodził spiesznie i przywartemi, czerwonemi oczami ślizgał się po robotnikach pochylonych, przykutych oczami do warsztatów, ogłuchłych i oślepłych na wszystko, co się obok nich działo.

Kurz bawełniany powlekał drgającą szarawą mgłą czarne, roztrzęsione kontury maszyn i nieruchome prawie sylwetki ludzi i skrzył się w smugach słońca pod długim szeregiem okien.

Nie, nieczuł się tutaj dobrze; ten monotonny ciągły krzyk żelaza, zmuszanego do pracy, ten nadmiar sił, poruszających warsztaty, trzęsących ścianami, wyjących jakby w męce gwałtu i oporu, rozdrażniał go.

Przechodził przez nizkie pawilony, apretury, ale tam znowu wyziewy sody, krochmalu, potażu, szarego mydła, wygryzały mu oczy, a te maszyny, podobne do krokodylów, wymiotujących nieustannie nieskończonemi wstęgami różnokolorowych materyałów — przejmowały go obrzydzeniem.

Szedł dalej i w jakimś korytarzu wyjrzał na dziedziniec, wagony pełne bel bawełny podsuwano pod magazyny, przed drugimi magazynami ładowano gotowy towar, a na wprost okna, dyszała maszyna, ciągnąca węglarki puste.

Gonił wzrokiem, aż mu zniknęła gdzieś za fabryką, pod lasem, a potem z uwagą przypatrywał się obłokowi czarnego pyłu, w którym migotały sylwetki robotników zrzucających węgiel z wagonów na sterty czworokątne.

— Co mnie to obchodzi! — myślał z niesmakiem i oparł się o parapet, aby nieco odpocząć, bo czuł się tak ociężałym, iż ruszać się nie mógł i brakowało mu coraz częściej oddechu, chwilami chwiało się z nim wszystko dookoła i z takim dziwnym szumem, że oderwał się, znalazł siły i poszedł spiesznie gnany trwogą.

Dopiero widok ludzi przy pakowaniu towarów uspokoił go znacznie.

Kilkadziesiąt kobiet pracowało w tej wielkiej sali, która cały środek aż pod sufit miała zawalony towarem niby zwojami blach różnokolorowych.

Gwarne rozmowy, śmiechy i żarty brzmiały wesoło w powietrzu, ale gdy

Bucholc wszedł, sala ogłuchła prawie. Głosy wszystkie zamilkły, uśmiechy zamarły, spojrzenia sposępniały, a twarze powlokły się surowością i niepokojem.

Słychać było tylko monotonne trzaskanie maszyn, odmierzających towar i nawijających go na deski, głuchy stęk rzucanych sztuk na wózki, które je z dudnieniem przewoziły do sąsiedniego składu i ostry szelest załamywanych przy opakowywaniu papierów.

Bucholc wolno przesuwał się obok stołów, przyglądając się z uporem rzędom głów brzydkich, bladych, anemicznych, zbezkształconych ciężką codzienną pracą, ale żadna nie podniosła się do niego, łapał tylko spojrzenia, rzucane z pod czoła, spojrzenia niechętne lub pełne obawy.

— Dlaczego one się mnie boją? — myślał, usłyszawszy za sobą, gdy wyszedł, że sala buchnęła dawną wrzawą głosów.

Szedł coraz wolniej i z taką trudnością, że postanowił już powrócić do pałacu, pominął blichy i przez magazyny gotowego towaru skrócał sobie drogę do wyjścia.

Składy były w specjalnym budynku jednopiętrowym z kamienia i żelaza, z oknami małemi i tak zakratowanemi, że półzmrok panował w olbrzymiej sali, zajmującej całe piętro i zapakowanej pod sufit stertami sztuk opakowanych, pomiędzy któremi wiły się głębokie uliczki niby kanały, biegnące wskróś olbrzymiej masy towarów.

Półzmrok i głęboka cisza panująca w składach rozlewały jakiś uroczysty nastrój powagi, czasami tylko na głównej uliczce przesunął się wózek wiozący nową partyę i niknął w bocznych przejściach bez śladu i bez echa, albo jakiś głośniejszy huk fabryki uderzył w zasnute pajęczyną i pyłem bawełnianym szyby i konał rychło w głębokich, sinych uliczkach.

Bucholcowi brakło już sił iść, usiadł bliżej okna na rozrzuconych sztukach perkalu i myślał, że odpocząwszy, pójdzie zaraz dalej, ale gdy chciał się podnieść, nogi pod nim ugięły się i opadł ciężko z powrotem.

Poczuł się strasznie niedobrze.

Chciał krzyknąć, aby zawołać kogo na pomoc, ale nie miał sił, nie mógł wydobyć głosu, z trudem jeszcze podnosił powieki i czerwonemi, pełnemi przerażenia oczami wodził błędnie po tych milczących, olbrzymich czworobokach, stojących dookoła w jakiejś groźnej powadze zadumy kamiennej.

I chwycił go wtedy za gardło okropny dziki strach, że oszalały, rzucił się do najbliższego okienka, uwiesił się, chciał wołać pomocy, ale tylko drgał spazmatycznie i bełkotał, wodząc błagalnym, rozpaczliwym wzrokiem po robotnikach, ładujących wagony na dziedzińcu.

Nikt nie przychodził na ratunek; fabryka szumiała głucho jak morze wiecznie burzliwe, a jemu brakło sił, ręce się ześlizgnęły z krat, upadł na materyały, ale raz jeszcze się zerwał strasznym wysiłkiem i potykając się o te sterty towarów, które ze wszystkich stron zdawały mu się zastępować drogę, upadł powtórnie i już nie mógł się podnieść, czołgał się tylko, chwytał powietrze, czepiał się sztywniejącymi już palcami czworoboków, darł żelazną podłogę, aż jakby żgnięty nożem w samo serce, porwał się na nogi, zachwycił powietrza, buchnął krótkim, okropnym rykiem i zwalił się bezwładnie na ziemię.

Usłyszano ten krzyk i wkrótce robotnicy zbiegli się i otoczyli go bezradni, wystraszeni, nie ośmielając się nawet dotknąć drgającego jeszcze trupa.

A on leżał wyprężony, z czerwonemi, wysadzonemi z orbit oczami w sinej i pokrzywionej twarzy i z szeroko otworzonemi szczękami, z tym ostatnim, śmiertelnym krzykiem — posępny jak te czworoboki towarów, bezwładny, jak te miliony, wśród których skonał, tylko ten wstrząsający, skamieniały na ustach krzyk istności zdławionej, zdawał się huczeć w mrocznej sali, pod żelaznym sufitem, w wązkich uliczkach, wskroś gór towaru, wskroś murów przenikał i łączył się z potężną falą życia, jakiem wrzało miasto i huczały fabryki.

XVI.

Dwa wypadki zaalarmowały Łódź: śmierć Bucholca i podskoczenie cen bawełny do niebywałej przedtem ceny.

Bucholc umarł! Ta wiadomość rozlała się lotem błyskawicy po Łodzi, wywołując głębokie wrażenie.

Nie chciano wierzyć w tę śmierć, potrząsano głowami z niedowierzaniem.

Nie, to nie może być.

Nieprawda, zaprzeczali niektórzy stanowczo.

Bucholc umarł?

Ten Bucholc, który zawsze był, o którym od lat pięćdziesięciu mówiono, którego każdym krokiem się zajmowano, który niepodzielnie panował nad Łodzią; ten Bucholc, którego bogactwa olśniewały wszystkich, ten mocarz, ta dusza Łodzi i jej duma! ten przeklinany i podziwiany — umarł!

Jakieś zdumienie opanowywało masy, które nie mogły się pogodzić z tym prostym faktem śmierci.

Po kantorach, warsztatach i fabrykach zaczęło się zaraz wysnuwać tysiące legend o jego życiu, o jego milionach i o jego szczęściu; ciemne masy robotnicze nie rozumiały jego woli żelaznej i bezwzględnej, którą naginał dowolnie wszystko i wszystkich, jego genialności w swoim rodzaju; masy widziały tylko skutek — olbrzymie bogactwa, które wzrosły w ich oczach, przy nich, gdy oni jak dawniej nie posiadali nic.

Niestworzone rzeczy wygadywano na niego.

Jedni twierdzili, że miał fabrykę fałszywych pieniędzy, jeszcze ciemniejsi, niedawno przedzierzgnięci z bezrolnych chłopów na robotników, przysięgali, że diabeł mu pomagał, byli i tacy, którzy gotowi byli przysięgać, że widziano rogi na jego głowie, iż sam był dyabłem, ale wszyscy jednozgodnie nie mogli uwierzyć w śmierć zwykłą, taką, jaka brała każdego z nich.

Wieść jednak była prawdziwą.

Kto chciał, mógł iść się przekonać do pałacu Bucholca, do wielkiego przedsionka, zamienionego na pogrzebową kaplicę, obitą czarnym suknem skropionym srebrnymi łzami, gdzie Bucholc leżał na niskim katafalku wśród palm, kwiatów, wielkich świec woskowych, których światła chwiały się od brzmień ponurych psalmodyi, ustawicznie śpiewanych przez liczny kler.

Oczekiwał na dzień pogrzebu, a tymczasem był pastwą ciekawych, płynących tłumami, aby zobaczyć, jak wygląda ten legendowy Bucholc, ten pan życia dziesiątek tysięcy ludzi, ten milioner!

Ludzie z trwogą i w cichości smutku dziwnego stawali wobec martwego mocarza, który leżał spokojnie, ze skamieniałą siną twarzą w srebrzystej trumnie, zaciskając w rękach czarny krzyżyk.

Leżał twarzą wprost drzwi otwartych na rozcież i zdawał się patrzeć zapadniętymi oczami przez poczerniałe powieki na park, na mury fabryk, na kominy buchające kłębami dymów, na swoje królestwo dawne, na cały ten świat, wyciągnięty własną wolą z nicości, który teraz żył pełnią sił wszystkich, bo słychać było łoskot maszyn, świsty i sapania pociągów zwożących i wywożących, całą gammę olbrzymiej produkcyi, splatanej z wysiłków myśli i materyi ujarzmionej, jaka huczała w ogromnych gmachach fabrycznych.

Dwie potęgi stały wobec siebie — człowiek umarły i żywa fabryka.

Twórca i ujarzmiciel potęg przyrody został ich niewolnikiem, a z niewolnika łachmanem wyżętym do ostatniej kropli krwi przez te same potęgi.

Knoll przyjechawszy w sobotę, jak zapowiadał Bucholc, zastał już trupa.

Kazał zająć się pogrzebem jednemu ze swoich ludzi, a sam zanurzył się w pozostawionych interesach.

W pałacu zapanowała atmosfera smutku.

Całe piętro zajmowane przez nieboszczyka opustoszało zupełnie.

Bucholcowa siedziała jak zwykle po dniach całych z pończochą w ręku, tylko częściej niż zwykle myliła się, gubiła oczka i pruła robotę i częściej zapadała w tępą zadumę i częściej patrzyła przez okno, a nawet chwilami jej wybladłe, zagasłe oczy napełniały się blaskiem łez i wtedy cicho przesuwała się przez puste pokoje, schodziła na dół i z trwogą i ze zdumieniem przyglądała się martwej twarzy męża — powracała jeszcze cichsza, jeszcze silniej onieprzytomniona samotnością i szukała pociechy i zapomnienia w modlitwach, powtarzanych za pokojówką, która jej czytywać musiała.

W godzinach śniadań i obiadów, przez siłę długoletnich nawyknień, poprawiała tualetę i oczekiwała na męża — nie przychodził jednak; wracała do modlitw i pończochy, z trwogą nasłuchując ponurych lamentacyi, płynących z dołu albo głosu papugi, która chodziła po mieszkaniu niespokojna, zdenerwowana i ochrypniętym głosem, czepiając się portyer i mebli — wołała:

— Kundell, kundell!

W tydzień dopiero odbył się pogrzeb; pogrzeb, jakiego Łódź nigdy przedtem nie widziała.

Wszystkie wielkie fabryki stanęły dnia tego i cały ich personal miał polecone pójść za trumną Bucholca.

Piotrkowska ulica na przestrzeni wiorst kilku literalnie była zapchana ludźmi; cała ta ludzka, czarna fala niosła na grzbiecie swoim, w obramowaniu złotych sznurów, świec zapalonych, wielki pogrzebowy rydwan, pod którego baldachimem, osnutym wieńcami palm, leżała srebrna trumna zarzucona kwiatami.

Przed karawanem, na tle szarych ścian ulicy i błękitnego nieba, trzepotały się niby ptactwo różnokolorowe, spowite mgłami krepy, chorągwie bractw kościelnych, stowarzyszeń wszystkich.

Długi szereg księży, chóry śpiewaków i zjednoczone orkiestry fabryczne śpiewały posępny hymn śmierci, płynący przejmującymi rytmami smutku nad rozkołysanem morzem głów, ku balkonom i oknom zapchanym widzami, ku słońcu wiszącemu w bezdniach błękitu.

Orszak posuwał się noga za nogą z powodu nadzwyczajnej ciżby, zwiększanej ustawicznie przypływami z ulic bocznych.

Zaraz za trumną postępowała rodzina, a za nią główna administracya i zarządy licznych majątków ziemskich, a potem szły głębokie falangi robotników, ustawione oddziałami fabrycznymi i płciami, bo mężczyzni i kobiety szli osobno, szły tkalnie, przędzalnie, apretury, farbiarnie, drukarnie, wykończalnie, magazyny i t. d. ze swoimi dyrektorami, technikami i majstrami na czele.

A resztę, tłum kilkudziesięciotysięczny, stanowili robotnicy innych fabryk i cały prawie komplet łódzkich fabrykantów.

— To się nigdy nie skończy! — szeptał często Szaja Mendelsohn do syna i towarzyszy, z którymi jechał w karecie za pogrzebem i z pod ściągniętych brwi patrzył niespokojnie na baldachim, chwiejący się nad głowami tłumów, opuszczał na chwilę głowę, skubał nerwowo brodę i znowu wpijał rozgorączkowane oczy w trumnę, gdzie leżał jego nieprzyjaciel i konkurent.

Nie cieszył się tą śmiercią, chociaż tyle razy mu jej życzył całą swoją fanatyczną nienawiścią, nie radował się tem, że nareszcie został sam w Łodzi panować niepodzielnie, bo Bucholc umarł, ale zostały jego fabryki, a przytem jakiś żal, współczucie prawie poplątane z delikatnemi włóknami obaw wiło mu się w duszy.

Poczuł jakąś dziwną pustkę dookoła, bo razem z Bucholcem umarły i w nim wszelkie dawne zawiści, hodowane tak długo i podsycane ciągłą walką konkurencyjną.

Nie miał kogo nienawidzieć!

Patrzył z pewnem zdumieniem w głąb siebie i nie rozumiał tego stanu, nie mógł zdać sobie sprawy z niego.

— To Bucholc! — myślał, patrząc na trumnę z przykrością głęboką i niepokojem.

— Mendelsohn, ty wiesz, co się dzieje z bawełną?

— Co mnie to obchodzi, mów Kipman o tem do Stanisława.

— Ale warto przeczytać urzędową gazetę nalegał.

Ja jestem trochę niezdrowy dzisiaj, trochę smutny, a ty mi gadasz o bawełnie.

— Co to jest smutny! Bucholc był starszy od ciebie to i umarł, a ty żyć będziesz jeszcze długo.

— Daj spokój, Kipman, mówisz o przykrych rzeczach — szepnął niechętnie i utonął oczami w ruchomej masie głów, zalewających całą ulicę.

— Stanisław, gdzie jest Róża?

— Jedzie z Grünspanami, zaraz za naszą karetą.

Szaja wychylił się oknem, aby zobaczyć córkę, uśmiechnął się do niej i cofnął spiesznie, zapadając w długie milczenie, którego nie śmieli przerywać towarzysze.

Róża jechała z Melą, Wysockim i starym Grünspanem w otwartem landzie, zaprzężonem w dwa kare, wspaniałe konie.

Panny robiły po cichu uwagi nad tłumem, a Grünspan rozmawiał o rynku bawełnianym z Wysockim, który odpowiadał monosylabami, bo był zajęty bardziej patrzeniem na Melę, bardzo dobrze dzisiaj wyglądającą i rozpromienioną.

— To jest za wiele na raz jeden: cło wyższe, taryfy wyższe od surowej bawełny i taryfy jeszcze wyższe od gotowego towaru wywożonego do Cesarstwa. Ja panu mówię, że to jest razem taki bal dla nas wszystkich, że może się po nim pół Łodzi położyć na fest. Tfy, żebym ja w złą godzinę nie wymówił — splunął ze złością.

— Podobno bawełna już poszła w górę?

— Co to poszła! ona skacze jak lokomotywa, ona idzie jak balon, bo jej to nic nie szkodzi, ale Łódź może sobie nadkręcić karku.

— Nie rozumiem przyczyny tego wszystkiego — mówił Wysocki, starając się jednocześnie słyszeć rozmowę panien.

— Pan nie rozumie?... To jest proste, to jest takie proste, jakby zwyczajny rabuśnik wziął pana za kołnierz i powiedział: dawaj pieniądze, bo mnie się robić nie chce i nie mam. To jest ordynarny geszeft! Jak się pan ma, panie Cohn — zawołał do Leona Cohn, wyciągając do niego z powozu rękę.

Cohn oddał uścisk i przeszedł dalej z całą grupą młodzieży.

— Panie Halpern, słuchaj pan co powiem. Bucholc zrobił pierwszą plajtę i ta mu się nie udała!... ale on się jeszcze wprawi! ha, ha, ha! — śmiał się z własnego dowcipu.

— Panie Cohn, śmierć, to nie jest wesoła operacya! — odpowiedział melancholijnie Halpern, bo nie był dzisiaj dobrze usposobiony, szedł ze wszystkimi i milczał uparcie, wzdychał i tak się pochylał, że przydeptywał sobie przód surduta, drżał z wielkiego zdenerwowania i gubił często swój parasol nieodstępny, podnosił go machinalnie, obcierał poły i w zamyśleniu przyglądał się twarzom milionerów, zebranych na pogrzebie. Dopiero kiedy orszak rozlewał się w Nowym Rynku i skręcał w Konstantynowską, szepnął do Myszkowskiego idącego obok.

— Bucholc nie żyje! pan wie?... Miał fabryki, miał miliony, był całym hrabią i nie żyje! A ja nie mam nic i jeszcze na jutro mam protestowane weksle, ale ja żyję! Pan Bóg jest dobry, Pan Bóg jest bardzo dobry!

Wielka, bezgraniczna wdzięczność zadrgała mu w głosie i smutna dotychczas twarz zajaśniała głębokiem rozradowaniem, całą rozkoszą świadomą istnienia własnego.

— O jednego błazna mniej i o jednego za dużo! — odpowiedział Myszkowski, pozostając w tyle, aby się złączyć z Kozłowskim, który jak zwykle w cylindrze na czubku głowy, z gałką laski przy ustach, w majtkach zawiniętych po kostki maszerował wzdłuż wolno ciągnących się powozów i robił staranny przegląd wszystkich kobiet.

— Wiesz Myszkowski, że ta ruda Mendelsohnówna ma sznyt, ma jakiegoś dyabła w ślepiach.

— Co mnie to obchodzi, chodź, pójdziemy na piwo, bo mi już w gardle zaschło od tej parady milionerskiej.

— Pójdę na cmentarz, bo widzisz, zobaczyłem tu w jednej karecie coś cacanego. Spojrzałem raz — ona patrzy; spojrzałem drugi — patrzy.

— No i spojrzałeś trzeci raz, a ona także patrzy.

— Ba, ale jak patrzała, ma oczy tak smolne, żem się do nich przylepił.

— Bądź zdrów i niech cię od nich nie odlepią kijem czasami, bo widzisz, tutaj w Łodzi nie znają się na oczkowaniu.

Opuścił go i znowu przysunął się do znajomych, upatrując ponurym wzrokiem, ktoby tu chciał z nim iść na piwo.

— Pan słyszałeś o bawełnie, panie Cohn?

— Ja na tem potrzebuję trochę zarobić, panie Horn.

— Czy to prawda, że Bucholc zostawił wielkie zapisy na cele publiczne?

— Śmiej się pan z tego, Bucholc nie był głupi!

— Welt, jak się masz? — wołał Kurowski, spostrzegłszy Moryca.

— Tak się mam, jak dzisiaj bawełna.

— To znaczy, że dobrze!

— Brylantowo — akcentował dobitnie Moryc Welt, witając się ze znajomymi.

— Kiedyś przyjechał?

— Wczoraj w nocy.

— Czytałeś ogłoszenie o taryfach?

— Od trzech tygodni umiem je na pamięć, od trzech tygodni.

— Nie blaguj, bo przed dwoma dniami dopiero ogłoszono.

— Zostaję przy swojem.

— Cicho! — zawołał ktoś z boku, bo Moryc podnosił głos zbyt mocno.

Umilkli na chwilę, śpiew księży wzniósł się jakby zapytaniem, na które odpowiadał chór śpiewaków i orkiestry, których potężne głosy ściśnięte wysokimi murami huczały głęboko.

— Jakto, wiedziałeś i nie skorzystałeś?

— Nie skorzystałem? Za kogóż mnie masz? Spytaj się ile mamy z Borowieckim bawełny w składach, ile już na stacyi, a ile jeszcze przyjdzie z Hamburga w tych dniach, to ci odpowiem grubą sumą pudów.

— Jesteś za sprytny Moryc, możesz się nie dochować.

— Dochowam się, bo potrzebuję zarobić na taki pogrzeb jak ma Bucholc.

— Ale gdzież się podział Borowiecki?

— Nie wiem, był przy nas jak wchodziliśmy w Rynek.

Moryc Welt obejrzał się dookoła, ale nie spostrzegł nigdzie, bo Borowiecki pozostał przy karecie Lucy, zatrzymanej wraz z innemi na Rynku, bo w wązkiej uliczce tłum nie mógł się pomieścić odrazu.

— Karl, nachyl się lepiej, bliżej! — szeptała Lucy.

— Tak dobrze? — pytał również szeptem Karol, wsadzając pół głowy w okno karety.

— A czy tak dobrze? — szeptała, całując go silnie w ucho.

— Bardzo!...

Cofnął głowę i stał oparty ramieniem o drzwiczki karety.

— Czemu oni nie ruszają? — jęczała z głębi karety ciotka, towarzysząca Lucy.

— Muszę już panią pożegnać.

— Jeszcze chwilę, proszę o rękę.

Rzucił oczami na sznur powozów stojących w jednej linii i podał ją nieznacznie, zasłaniając sobą ten ruch.

Podniosła ją szybko do ust, ucałowała mocno i pogłaskała sobie brodę i szyję jego palcami.

— Waryatka! — szepnął, odsuwając się od okna na dozwoloną względami towarzyskimi odległość.

— Kocham cię, Karl! Przyjdź dzisiaj koniecznie, chcę ci coś powiedzieć bardzo ważnego! — szeptała cicho i purpurowe usta płonęły jej i wysuwały się do pocałunków, a oczy błyszczały promiennie.

— Do widzenia paniom! — wyrzekł głośno.

— Mąż mój przyjeżdża jutro, może pan o nas nie zapomni! Przyjdź!

— Przyjdę! — rzucił szeptem, kłaniając się z powagą.

Odnalazł przyjaciół i zwrócił się zaraz do Moryca.

— Możebyśmy pojechali zaraz z cmentarza na kolej, co?

— Bawełna przyszła rano! Masz pieniądze?

— Mam, chcę zaraz wykupić.

— Kiedyż uwalniasz się od Knolla?

— Jestem już wolny zupełnie. Jutro pójdziemy szczegółowo obejrzeć budynki.

— Dobrze, bo na jutro zamówiłem majstra, za kilka dni będzie można już wziąć się do murowania.

— Gdzie Maks?

— Matka mu bardzo chora, obawiam się, że znowu będziemy mieli pogrzeb.

— Śmierć ma jednak swoje dobre strony — zauważył Kurowski.

— Chyba tylko bezmyślność, z jaką zamiata mechanicznie potrzebnych i niepotrzebnych.

— Co to dzisiaj ludzi odpoczywa za darmo.

— Mylisz się, Knoll zapowiedział, aby z list płacy wykreślono im połowę dnia. Uznał, że mogą wypoczywać z wdzięczności dla zmarłego.

— Odbiją sobie część kosztów pogrzebowych. Muszę to samo polecić testamentowo swoim spadkobiercom. Cóż Myszkowski tak dumacie?

— Że jest głupio.

— Nie martwcie się, bo i bez was było tak samo. Umarł, cóż robić! „Ząb śmierci dotknął go palcem swoim, jak mówi Eklezyasta". Śmierć to jest „passives genie".

— Nie o to mi chodzi, Bucholc jest już ausgespilt! — pociągnął ręką po gardle — a mnie się chce iść na piwo i nie mam z kim.

— Nie pójdziecie i ze mną, bo ja zaraz jadę do domu.

— Może jeszcze kogo znajdę.

Rozeszli się w różne strony, a i orszak wchodził w długą uliczkę, wysadzoną topolami, wiodącą do cmentarza.

Uliczka była nie brukowana i pokryta grubą warstwą czarnego błota, które rozbijane tysiącami nóg, ochlapywało wszystkich i wszystko i powstrzymało z połowę ludzi, zawracających przed niem do miasta.

Rzędy nagich jeszcze topoli, obłamanych przez wiatry, poodzieranych z kory, pół-żywych od trujących ścieków, jakie płynęły głębokim rowem od fabryk, stały wyciągniętą linią kalek ohydnych, trzęsących smutnie resztkami gałęzi i resztkami życia, jakby wygrażały za swoją nędzę temu wspaniałemu orszakowi, który od czasu do czasu wybuchał ogromnym chórem głosów, rozlewających się w szerokiej przestrzeni pól czarnych, przeszklonych wodą, naznaczonych grupami nagich drzew, małymi domkami, kominami cegielni i konturami kilku wiatraków, które niby potworne motyle, nadziane na szpilkę, migotały się czarnemi skrzydłami na błękitnem tle przestrzeni.

Orszak zwolna wypływał z miasta, rozwłóczył się po błotnistej drodze, wzdłuż pokrzywionych, nędznych domostw i zwolna tonął ciężką falą głów w bramach cmentarza i rozlewał się wśród grobów i ulicach — tylko w głębi, po za murami, pomiędzy gąszczem drzew bezlistnych i krzyżów czarnych, zaczęły błyskać barwy chorągwi, światła świec i długie szeregi ludzi po nad którymi chwiała się srebrna trumna Bucholca, niesiona na ramionach.

Zapanowała cisza, śpiewy pomilkły, głosy przycichły, dźwięki muzyk przygłuchły, tylko było słychać ciężki tupot nóg i suchy chrzęst drzew rozkołysanych. Dzwony biły głucho — mocno — żałobnie.

Przy trumnie zaczęła się ostatnia komedya śmierci — jakiś mowca stanąwszy na podwyższeniu, patetycznie przypominał cnoty i zasługi zmarłego; drugi mowca rozbolałym, przełzawionym głosem żegnał zmarłego i płakał nad ludzkością osieroconą; trzeci mowca zwracał się do trumny w imieniu rodziny, w imieniu przyjaciół niepocieszonych; czwarty, mówił w imieniu tych rzesz wynędzniałych stojących dookoła — w imieniu tych pracowników spędzonych tutaj groźbą — dla których zmarły miał być ojcem, przyjacielem, dobroczyńcą.

Głuchy pomruk przeleciał nad tłumami, tysiące westchnień się zerwało, tysiące spojrzeń zamigotało krwawych, morze głów zakołysało się jak fala.

Wreszcie skończyła się ceremonia, trumna spoczęła we wspaniałym grobowcu, na podwyższeniu podobnem do tronu, z którego, przez złocone kraty drzwi, widać było miasto spowinięte w mgły i dymy, huczące tysiącami fabryk potężny hymn życia.

Robotnicze falangi podchodziły kolejno do tego tronu, i na marmurowych stopniach, składały wieńce — ostatni hołd poddańczy, i rozpraszały się zwolna, aż w końcu pozostał sam jeden w srebrnej trumnie i pod stosami wieńców zmarły król Łódzki.

Tylko Stach Wilczek nie czekał końca i gdy usłyszał dzwony szepnął:

— Wesoła parada — mieć tyle milionów i zdychać! — Splunął ze złości i wyszedł z Józiem Jaskólskim, który szedł w milczeniu i wzdychał.

— Czegóż się mazgaisz!

— Smutno mi! — szepnął Józio, wzdrygnął się i obtulił szczelniej w mizerny paltocik przerobiony z uczniowskiego szynelu.

— Józio, puść kantor Bauma, ja potrzebuję człowieka zaufanego, wziąłbym cię, wyrobiłbyś się przy mnie.

— Nie mogę, muszę pozostać u Bauma.

— Ależ on lada dzień się „położy", nie bądź głupi, dam ci pięć rubli więcej miesięcznie.

— Nie mogę, nie wypada mi opuszczać teraz Bauma, kiedy tak źle stoi i kiedy zostałem prawie sam jeden w kantorze.

— Głupiś! Żebym był tak sentymentalnym, to chodziłbym jak i ty bez butów i całe życie parobkowałbym wszystkim! Obrzucił go pogardliwem spojrzeniem i pożegnał na Piotrkowskiej.

— Hołota! Pognają wszyscy po fabrykach! pomyślał o towarzyszach z politowaniem.

On dzisiaj już wiedział, że nie zgnije na marnej posadzie, że nie będzie tylko parobkiem cudzym, kółkiem w mechanizmie.

Szedł wolno i rozkoszował się poczuciem własnej siły, wyższości i rozumu, tem co już zrobił i tem co zrobić jeszcze zamierzał.

Dzisiejszy dzień liczył do najlepszych w swojem życiu i przełomowych — bo dzisiaj zrobił pierwszy wielki interes, który musiał go postawić na nogi.

Kupił kilka morgów gruntu, z dwóch stron otaczającego fabrykę Grünspana, kupił cichaczem i był pewnym wielkiego zarobku, gdyż z pewnością wiedział, że Grünspan ma rozszerzać swoje fabryki i musi od niego kupić place, po cenie jaką tylko naznaczyć zechce.

Uśmiechnął się z głębokiego zadowolenia!

Istotnie interes przedstawiał się świetnie, obliczenia zawieść nie mogły.

Grunta były dawno do sprzedania i Grünspan przez całe lata je targował, dorzucając corocznie po kilkadziesiąt rubli, nie spiesząc się i będąc pewnym, że go nikt podkupić nie może.

Wilczek zwęszył interes, oplątał dotychczasowego posiadacza całą siecią podstępów, uprzejmości, pożyczek gwałtem wściskanych — aż w końcu stał się właścicielem.

Dzisiaj rano został już prawym posiadaczem ziemi.

Wyobrażał sobie wściekłość Grünspana i bawił się tem doskonale.

Podnosił głowę coraz wyżej i coraz dumniej, a coraz drapieżniej spoglądał na miasto, na wypakowane towarami składy, na fabryki — jego nienasycona chłopska chciwość, budziła się coraz potężniej na widok bogactw.

Postanowił je zdobyć i był już pewnym, że zdobędzie.

Mniejsza o sposoby i środki — wszystkie były dobre jeśli prowadziły do celu, do pieniędzy.

Stach Wilczek liczył się tylko z kodeksem, z policyą.

Na resztę uśmiechał się wzgardliwie i z politowaniem.

Opinia, etyka, uczciwość! Kto się z tem w Łodzi liczył! Komu tutaj podobne głupstwa mogły przychodzić do głowy! Co to wreszcie jest ta uczciwość! Czy był uczciwym Bucholc? Któż się o to pytał! Pytano się tylko ile zostawił milionów!

Więc miliony, czuć je w swoim ręku, otoczyć się nimi, panować nad nimi.

Rozmyślał skręcając ku stacyi, i duszę mu przepełniło szalone, dochodzące do bólu pragnienie pieniędzy, użycia, panowania.

Jak pies zgłodniały patrzy na mięso — tak on łakomie patrzył na fabryki, domy, zbytek bogaczy, piękne kobiety, pałace.

Miał szalony apetyt użycia, który obiecywał sobie zaspokoić.

Był głodnym od wieków i przez tyle pokoleń poniewieranym, tratowanym przez mocniejszych, odpychanym od stołu życia, przepracowanym, łaknącym — teraz przyszła kolej na niego, podnosił głowę, wyciągał chciwie ręce, chwytał zdobycz i nasycał głód odwieczny.

— Odbiję sobie wszystko i za wszystko! — Myślał i z nienawiścią przypominał sobie lata dzieciństwa, pasanie krów, posługi jakie czynił w klasztorze, kije jakie odbierał, nędzę całej rodziny, upokorzenia jakie znosił w gimnazyum, upokorzenia jakie odbierał razem z pomocą od swoich dobroczyńców, upokorzenia jakie znosiła cała rodzina.

— Odbiję sobie wszystko! — mruknął z szaloną zawziętością w sercu.

Ale tymczasem dopiero zdobywał środki, handlował czem mógł, zarabiał na czem się tylko dało.

Zarządzał składami Grosglücka, a prócz tego handlował węglem na własną rękę, handlował drzewem, handlował resztkami bawełnianemi, handlował jajami, które sprowadzał za pośrednictwem rodziny, brał w końcu różne artykuły — próbował wszystkiego.

Mówiono, że kupuje „czerwony towar" t. j. wyniesiony z podpalonych fabryk, mówiono, że trudni się lichwą, że z Grosglückiem do spółki robi jakieś bardzo ciemne interesa — tak mówiono.

Wiedział co o nim mówią i uśmiechał się pogardliwie.

— Mocno mnie to obchodzi! — szepnął myśląc o tem, skręcił na boczną uliczkę ciągnącą się wśród parkanów, po za którymi wznosiły się szeregi składów drzewa budulcowego, cementu, żelastwa, wapna i węgli. Ulica była niebrukowana bez trotuarów i stanowiła jedno głębokie morze błota, przez które przekopywało się setki wozów ciężko naładowanych.

Składy węgla rozciągały się po lewej stronie ulicy, u podnóża wysokiego nasypu kolejowego, na którym tłoczyło się tysiące towarowych wagonów nakrytych chmurą czarnego pyłu, jaki się wznosił z wyładowywanego węgla.

Wilczek mieszkał przy składzie, w ohydnej budzie zbitej z desek i obryzganej po płaski dach czarnem błotem, która służyła za kantor.

Przebrał się spiesznie, wciągnął długie buty, i zabrał się do roboty...

Ale nie mógł robić spokojnie, czuł się zdenerwowanym, roztrzęsła mu nerwy radość dzisiejszego kupna, to znowu przypomnienia pogrzebu lub huk głuchy sztosujących na nasypie wagonów tak go draźnił, że odrzucił pióro i zaczął spacerować po kantorze, wyglądając raz po raz okienkiem na zapchane pryzmami węgla i wozami składy.

Wozy co chwila wjeżdżały na wagę z takim turkotem, aż cała buda się trzęsła; ogromny zgiełk splątanych głosów ludzkich, turkotów, kwików końskich, gruchotu wyrzucanych z wagonów węgli, świstów maszyn, bił przez otwarte drzwi i rozlewał się po brudnej, odrapanej izbie, po której Wilczek spacerował w zadumie.

— Tam jakieś panowie czekają przy wagonach! — zameldował robotnik.

Na nasypie kolejowym czekał Borowiecki i Moryc.

Wilczek wyczekująco wyciągnął rękę do przywitania. Moryc mu uścisnął dłoń a Borowiecki udał, że niewidzi.

— Potrzebujemy natychmiast platform przewozowych!

— Ile? pod co? skąd? — zapytał krótko, podrażniony zachowaniem Karola.

— Jak najwięcej, bawełna, kolej, do mnie — odpowiedział Moryc.

Szybko załatwili interes i rozstali się.

— Szlachcic! — mruknął Wilczek ze złością, bo na pożegnanie, Borowiecki wsadził ręce w kieszenie i kiwnął mu głową bardzo łaskawie.

Nie mógł zapomnieć tej obrazy, jego mściwe serce zanotowało sobie jeszcze to jedno upokorzenie, tem boleśniejsze, że niezasłużone.

Ale nie było czasu na rozczuwanie krzywdy, bo z powodu kończącego się dnia ruch w składach zapanował szalony.

Co chwila maszyny parowe podciągały sznury ładowanych wagonów, krzyżowały się, wyciągały puste, buchały kłębami dymów i ze świstem, hukiem, szczękiem sztosowań przewijały się wskróś dymów i pyłów, lub odczepione od pociągów leciały z dzikim krzykiem do remiz.

A niżej, ze składów nakrytych czarną kurzawą biło tysiące splątanych gorączkowych głosów, konie kwiczały dziko, świsty batów, krzyki woźniców, turkoty ulic i głuchy, potężny szum miasta stojącego dokoła nakrytego dymami.

Wilczek uwijał się gorączkowo, biegał do kantoru, do kup węgla, na nasyp, do ludzi wywożących, na stacyę; przemykał się pomiędzy wozami, człapał po błocie, zmęczył się w końcu śmiertelnie i aby odpocząć usiadł na brzegu jednego z pustych wagonów.

Mrok się już robił — pozachodnie zorze rozlały się po niebie strugami purpury i okrwawiały cynkowe, błyszczące dachy, po których staczały się kłęby rudych dymów; noc gęstniała, szarość ponura zmącona zalewała ulice, pełzała po murach, czaiła się po zaułkach, zacierała kontury, gasiła barwy, wypijała resztki dnia, okręcała miasto brudnymi łachmanami zmroku z którego zaczęły zwolna wybłyskiwać światła.

Noc zapadła, miasto pokryło się łunami, szumy się podniosły, łoskoty stały się wyraźniejsze, turkoty się wzmogły, krzyki spotężniały — aż w końcu wszystkie dźwięki zlały się w przeogromny, dziki chór, śpiewany głosami maszyn i ludzi, od którego drżało powietrze i trzęsła się ziemia!

Łódź pracowała nocną, gorączkową pracą.

— Resztki szlacheckie! wezmą was dyabli niedługo! — mruknął Wilczek, który jeszcze nie mógł zapomnieć Borowieckiego, splunął pogardliwie, podparł brodę rękami i zapatrzył się w niebo.

Zbudził go dopiero głos lecący z opustoszałej ulicy.

„A na rynku Gajera"

„Znalazła se frajera"

„ta ra ra bumdera!"

Śpiewał jakiś głos i zniknął w oddaleniu i nocy.

Wilczek zeszedł do kantoru, pozałatwiał resztę spraw, wyprawił ostatnie wozy.

Kazał pozamykać wszystko, zjadł kolacyę jaką mu przygotował robotnik i poszedł na miasto.

Lubił włóczyć się bez celu, przyglądać się ludziom, fabrykom, węszyć po mieście, lubił oddychać tem rozdrganem, przesyconem węglem i zapachami farb powietrzem. Olśniewała go potęga miasta, olbrzymie bogactwa nagromadzone w składach i fabrykach zapalały mu w oczach płomienie chciwości, rozpalały dusze marzeniami strasznemi, przepełniały coraz potężniejszą żądzą panowania, i użycia; ten szalony wir życia, ta struga złota jaka przepływała przez miasto upajały go swoją potęgą, hipnotyzowały, przejmowały drżeniem żądzy nieopowiedzianej, dawały siły do walki, do zwyciężania, do grabieży.

Kochał te „ziemię obiecaną" jak kocha zwierzę drapieżne głuche puszcze pełne łupów. Uwielbiał te „ziemię obiecaną" płynącą złotem i krwią, pożądał jej, pragnął, wyciągał do niej ramiona chciwe i krzyczał głosem zwycięstwa — głosem — głodu — Moja! Moja! I już chwilami czuł, że ją posiadł na zawsze, i, że nie puści zodbyczy, póki nie wyssie złota wszystkiego.

KONIEC TOMU PIERWSZEGO.

I.

— A teraz go w grzbiet, a teraz z drugiej strony, a teraz w głowę. Ot i jeszcze raz, i jeszcze jeden razik, dobrodzieju mój kochany.

— Walisz ksiądz kartami jak cepem — szepnął z goryczą stary Borowiecki.

— To mi przypomina jedno zajście. Było to u Migurskich w Sieradzkiem...

— Cepem nie cepem — przerwał ksiądz, przymrużając z lubością oczy — a ślicznymi atucikami, dobrodzieju mój kochany. Chowam ja jeszcze damusię, żeby grzmotnąć twojego królika, Zajączkowski.

— To się pokaże! Ale ksiądz ma paskudny zwyczaj przerywania; ust otworzyć nie można, bo ksiądz zaraz przerywasz. Oto, jak rzekłem, u Migurskich...

— U Migurskich, czy nie u Migurskich, ale to już słyszeliśmy, dobrodzieju mój kochany, ze sto razy, nie prawda, panie Adamie? — zwrócił się do starego.

— E, co mi tu ksiądz będziesz uwagi ciągle robił. A jak Pana Boga kocham, czego za wiele, tego i zanadto. Myślałbyś ksiądz lepiej o nabożeństwie, a nie o tem, czy kto co mówił lub nie mówił.

Rzucił karty na stół i porwał się zirytowany.

— Tomek, huncwocie jeden, a zakładaj konia — huknął potężnym basem przez okno na podwórze.

Szarpał mocno wyczernione wąsy i sapał zapalczywie.

— No widzicie go! Smyk jeden, ja mu po ludzku zwracam uwagę, a ten zaraz na mnie, jak na swojego parobka: huru buru! Jasiek, bo mi fajeczka zgasła.

— No, sąsiedzie, bo pan Baum rozdaje karty.

— Nie będę grał. Jadę do domu. Już mam dosyć jegomościnych kazań. Wczoraj u Zawadzkich opowiadam o konjunkturach politycznych, a ksiądz mi zaprzecza publicznie i wydrwiwa — burczał szlachcic, przemierzając wielkimi krokami pokój.

— A boś jegomość, dobrodzieju mój kochany, gadał rzetelne głupstwa. Jasiek, a ty smyku jeden, dajno ogieńka, bo mi fajeczka zgasła.

— Ja gadałem głupstwa! — wykrzyknął Zajączkowski, przyskakując z pasyą do księdza.

— A głupstwo — odszepnął ksiądz, pykając z długiej fajki, którą mu mały chłopak zapalał, przyklęknąwszy na podłodze.

— A, Panie Jezu Chryste, zmiłuj się nad nami — zawołał ze zgrozą Zajączkowski, rozkrzyżowując ręce.

— Ksiądz dobrodziej jest na ręku — rzekł Maks Baum, podsuwając mu karty.

— Siedm pik — zawołał ksiądz. — Zajączkowski, jesteś na ręku.

— Idę na ciemno — zawołał szlachcic i siadł spiesznie do stolika, ale nie zapomniał jeszcze urazy do księdza, bo rozejrzawszy się w kartach, mówić zaczął:

— I jak tu może być co, jak tu ogół może mieć jasne pojęcie o polityce, kiedy jego naturalni przewodnicy są tak ciemni.

— Osiem trefli, bez atu — licytował ksiądz.

— Przejdę się. Dobrze, zaraz ksiądz zobaczysz co będzie za gra. Bo jak ksiądz niemasz żołędzi, to księdza mocno zaswędzi.

— Zaswędzi nie zaswędzi, ale jak ci pan Baum wyciągnie te żołędziki, jak cię asikiem wytnie, to kichniesz. A co, syneczku, a co, a nie chwal się, a nie mów amen przed in saecula saeculorum, dobrodzieju mój kochany, ha, ha ha! — śmiał się na całe gardło z miny Zajączkowskiego i tak był rad, że trzepał cybuchem po sutannie i poklepywał Maksa obok siedzącego. — Górą miasteczko Łódź, górą fabrykanciki. A niechże ci, dobrodzieju mój kochany Pan Bóg bliźniateczki da za to, żeś tak Zajączka oporządził. Poleżysz bez nóżki, poleżysz. Jasiek a daj-no smyku ogieńka, bo mi fajeczka zagasła.

— Ksiądz jak poganin jaki, tak się z cudzych nieszczęść cieszysz.

— Już tam temu daj spokój, a co leżysz to leżysz. Cały rok nas obłupiał ze skóry, to niechże teraz grosiki zapłaci.

— Po dwadzieścia groszy na tydzień wygrywałem. Po dwadzieścia groszy, słowo honoru panu daję! — szepnął Zajączkowski przez stół do Maksa.

— „Poszły panny na rydze! na rydze! na rydze!" — zaczął nucić stary Borowiecki, przytupując do taktu w stopień fotela, na którym siedział i jeździł, bo był w połowie sparaliżowany.

Cisza na chwilę zapanowała w pokoju.

Cztery świece stojące po rogach stolika jasno oświetlały zielone pole walki i twarze walczących.

Zajączkowski milczał, był zły na księdza, z którym od lat dwudziestu kłócił się przynajmniej dwa razy na tydzień.

Muskał wyczernione wąsy i rzucał groźne spojrzenia z pod ogromnych krzaczastych brwi na Maksa, który go „kładł bez trzech" a czasami trzaskał się ze złością w łysinę, po której muchy spacerowały.

Ksiądz wychudłą, ascetyczną i dobrotliwą twarz pochylał nad stołem, czasem pykał z fajki i okrywał się dymem, a wtedy zapuszczał ostre spojrzenie czarnych, bardzo żywych oczów w karty przeciwnika, z czego zresztą nigdy nie korzystał.

Maks ze skupioną twarzą grał bardzo uważnie, bo przeciwnicy byli mistrzami w preferansie, i, w przerwach leciał oczami po oknach, któremi księżyc zaglądał i do dalszych pokojów, skąd go dochodziły głosy Anki i Karola.

Pan Adam zaś ciągle nucił, wybijał takt, szarpał bujną, choć przerzedzoną czuprynę i przy każdej nowej grze wołał:

— Śliczny kolor, długi kolor. Dam ja wam teraz basałyki. Król z damą, a dwór za nią. Zacznicmy bić do ataku.

„Hej mazury, bijcież zgóry, a kosami osękami ta ra ra ta, ta! Szlusuj z prawego! — komenderował energicznie i z rozpłomienioną twarzą, ruchem jakby się rzucał do ataku, bił kartami w stół.

— A tobyś jegomość grał po ludzku. A te twoje przyśpiewki to tylko rozpusta żołnierska i nic więcej dobrodzieju mój kochany. Jasiek a daj-no ogieńka, bo mi fajeczka zgasła.

— To szlusuj, przypomina mi bardzo ciekawe zajście, jakie miało miejsce...

— U Migurskich w Sieradzkiem, słyszeliśmy już i to, słyszeli, dobrodzieju mój kochany.

Zajączkowski spojrzał groźnie na uśmiechniętą twarz księdza, ale nie rzekł nic, tylko odwrócił się do niego bokiem i grał dalej.

Maks raz jeszcze rozdał karty i po licytacyi poszedł do Karola.

— Jasiek, a otwórz-no okienko, bo tam ptaszeczki boże tak śpiewają.

Chłopak otworzył okno na ogród i pokój zalały chóry słowiczych głosów i fale zapachów bzów kwitnących pod oknami.

W pokoju, do którego poszedł Maks, nie było lamp, natomiast świecił księżyc sunący po tafli ciemnego szafiru niebios.

Okna były otwarte i wpływał niemi czerwcowy, rozśpiewany wieczór

Siedzieli w milczeniu.

— Ładna kolekcya mamutów — szepnął Karol do Maksa, bo w pokoju gry znowu wybuchła burza i Zajączkowski krzyczał przez okno, żeby mu konie zakładali natychmiast, a pan Adam śpiewał na całe gardło:

— „A choć chłodno i głodno, żyje sobie swobodno!"

— Często grywają ze sobą?

— Co tydzień i przynajmniej dwa razy na tydzień się kłócą i rozjeżdżają bez pożegnania, co im zresztą wcale nie przeszkadza żyć w wielkiej przyjaźni.

— Pani ich godzić musi nieraz?

— O nie, bo raz spróbowałam, a ksiądz zaperzony krzyknął na mnie: „Niech jegomościanka pilnuje udojów!" Zresztą, oni nie mogliby żyć bez siebie, a będąc ze sobą, nie mogliby się nie kłócić.

— Ale co twój ojciec w Łodzi pocznie bez nich? — zwrócił się Maks do Karola.

— A bo ja wiem, również wogóle nie wiem, po co ojcu chce się do Łodzi?

— Pan nie wie?... — szepnęła Anka zdziwionym głosem i byłaby coś mówiła więcej, ale dzwonek zadźwięczał u furtki.

Wyszła i powróciła z depeszą dla Karola.

Karol apatycznie wziął, ale nie doczytał do końca, tylko zmiął ze złością i schował do kieszeni.

— Może zła wiadomość? — zapytała trwożnie Anka stojąc przed nim.

— Nie, tylko głupia!

Machnął ręką, zniecierpliwiony jej współczującem spojrzeniem i ciekawością.

Poszedł do pokoju grających i czytał po raz drugi.

Depesza była od Lucy.

— Bardzo się pan nudzi u nas?

— Ani słowa nie odpowiem na podobną insynuacyę. Wie pani, jestem zdumiony życiem państwa. Nie przypuszczałem, żeby mogło gdzieś istnieć życie dziwnie spokojne, dziwnie proste i takie jakieś wyższe. Dopiero u państwa poznałem, że ja nie znałem Polaków, dopiero teraz rozumiem wiele właściwości Karola. Szkoda, że się państwo wyprowadzają do Łodzi.

— Dlaczego?

— Bo nie będę mógł już tutaj nigdy przyjechać.

— A w Łodzi pan nie zechce nas odwiedzać? — zapytała ciszej i nie wiedziała, dlaczego serce jej zabiło silniej, jakby obawą, że może on nie zechce.

— Dziękuję pani bardzo, uważam to już za zaproszenie, można?

— A można, ale za to pozna mnie pan ze swoją matką.

— Kiedy pani tylko rozkaże.

— Zostawię pana samego, bo muszę pomagać do podania kolacyi.

Pobiegła do drugiego pokoju, w którym Jagusia już nakrywała.

Maks spacerował wzdłuż pokoju, ale dlatego, żeby przechodząc obok drzwi otwartych spojrzeć na Ankę.

Patrzył z podziwem na jej wysmukłą, doskonale uformowaną figurę, gdy się pochylała nad stołem; na jej twarz o niezbyt regularnych rysach, ale pełną dziwnego wdzięku i ciepła, zakończoną szerokiem czołem o gładko rozczesanych pośrodku włosach kasztanowatych.

Szaro błękitnawe oczy patrzyły z pod zupełnie czarnych brwi jasno, spokojnie, ale z pewną surowością.

Maks przypatrywał się jej z wielkiem zajęciem i tak mu się bardzo podobała, że poczuł prawie niechęć do Karola, gdy tamten przyszedł.

— Jutro wieczorem jechać do Łodzi muszę — powiedział szorstko.

— Po co ci tak pilno. Trzy święta mają robotnicy, to i my użyjmy odpowiednio Zielonych Świątek.

— Jeśli czujesz się tutaj dobrze, — zostań, ale ja muszę wyjechać.

— Pojedziemy razem — mruknął Maks, siadając na parapecie okna.

Było mu tutaj tak dobrze, że się zdumiewał nad sobą, a ten chce go stąd zabierać.

Patrzył z gniewem i żalem na Karola.

— Mam bardzo pilne interesa i mam dosyć wsi, za wiele nawet — mówił i chodził wzburzony, zaglądał do pokoju grających, zamieniał po kilka obojętnych słów z Anką, ale rozdenerwowania i niepokoju, który był nudą zarazem, stłumić nie umiał.

A do tego przybył jeszcze ten telegram Lucy, o której myślał z trwogą, bo mu zapowiadała w najbardziej stanowczych słowach, że jeśli się we wtorek nie pokaże, to ona potrafi go znaleźć i u narzeczonej, niechaj się co chce stanie potem.

Wiedział, że Lucy dotrzymuje słowa swoim namiętnościom, więc jechać musiał.

Tak mu ciężył ten stosunek, tak znienawidził już i jej piękność i te węzy miłości, że mu życie brzydło.

A potem Anka.

Czuł, że mu jest najzupełniej obojętną, że zaczyna chwilami nienawidzieć, gdy spotykał się z jej jasnym, ufającym wzrokiem.

A musiał udawać miłość, musiał zmiękczać ton głosu wtedy, gdy mu się kląć chciało, musiał być uprzejmym, uśmiechniętym, przcwidującym, słodkim, jak przystało na narzeczonego.

Ta rola była mu wstrętna nad wyraz, a grać ją musiał dla ojca; grał ją i dla niej i dla siebie już, bo użyciem posagowych pieniędzy Anki związał się na zawsze.

— Ożenię się prędko i wszystko się skończy — myślał. — Przecież tyle małżeństw zawiera się bez miłości! — kończył apatycznie, ale równocześnie jego dumna ambicya pożerała mu duszę.

Burzyło się w nim wszystko na myśl, że przez to małżeństwo zejdzie do roli pionków, że jeśli zechce co mieć, to musi pracować lata całe, musi wyciskać maszyny, ludzi, wszystko, żeby coś wycisnąć dla siebie — i to teraz!

Teraz, gdy mu stary Müller dosyć wyraźnie powiedział, że mu odda Madę i zarząd fabryki, odrazu milionową fortunę, odrazu wielkie interesy i możność robienia jeszcze większych.

Od pewnego czasu czuł wstręt do małych interesów, czuł wstręt do tej własnej fabryki, jaką od wiosny budował, do tych oszczędności groszowych, których rezultatem były setki rubli zaledwie.

Tyle lat chodził w kieracie pracy, ciągłej walki i twardego zdobywania każdego rubla, tyle lat tłumił w sobie najrozmaitsze zachcianki pragnienia, których nie mógł zaspokoić, tyle lat był głodnym szerokiego, niezależnego życia — i teraz, kiedy to wszystko mógł mieć, żeniąc się z Madą — musiał się ożenić z Anką i przez to musiał wrócić do jarzma mierności...

Buntował się przeciwko tej konieczności wszystkiemi siłami.

I gdy Anka przyszła prosić na kolacyę, spojrzał na nią gniewnie i nic nie odpowiedziawszy na jej zapytanie, poszedł przysunąć ojca z fotelem do jadalnego pokoju.

Kolacya była bardzo ożywiona, bo ksiądz z Zajączkowskim kłócili się o politykę, pomagał im pan Adam i Karol, który drwił niemiłosiernie z Zajączkowskiego i z jego konjuktur politycznych, drwił z optymizmu księdza i ze złością zrobił uwagę ojcu, że spraw dzisiejszej polityki nie rozstrzygają armaty, a rozum stanu.

— Ta, ta, ta! — przedrzeźniał stary z gniewem. — Ty mi tego nie mów, bo ja cię zawsze przekonam, że ten miał racyę, kto miał armat więcej i wojska. Rozum państw — to wielkie armie, gotowe do wyruszenia w pole, to ich dusza, która rządzi.

— Nie, panie Adamie, duszą państw jest sprawiedliwość jaką się rządzą.

— Państwami kieruje żołądek i jego wymagania — zawołał Karol umyślnie, aby sprawić przykrość księdzu, który się rzucił na te słowa i zaczął dowodzić, że wszystko wypływa z woli Bożej i że ta wola jest sprawiedliwością, i że na tem stoi wszystko.

Karol już nie odpowiadał, bo go znudziły te bezpłodne rozumowania, ale gdy ksiądz, ojciec i Zajączkowski zaczęli mu dowodzić, że wszystko się dzieje za wolą Boga, nie mógł już wytrzymać i zawołał z gniewem:

— Tłómaczycie panowie sobie świat przy pomocy katechizmu; nie przeczę, że to łatwe, a miejscami dowcipne nawet.

— Bluźnisz, dobrodzieju mój kochany, bluźnisz i obrażasz nas. Jasiek, smyku jeden, daj-no ogieńka, bo mi fajeczka zgasła! — wołał drżącym z oburzenia głosem i fajka latała mu w ręku ze wzruszenia.

Pykał, ale że nie mógł dociągnąć się dymu bo chłopak nie mógł zapalić, trzasnął go cybuchem przez plecy i znowu zaczął przekonywać, ale teraz już z całą pasyą.

— Nie będzie pani żal opuszczać tego raju, jaki sobie pani stworzyła w Kurowie — mówił cicho Maks do Anki, bo oboje nie mieszali się do rozmowy ogólnej.

Maksa nic nie obchodziły poruszane kwestye, a Anka była smutna.

Karol był taki inny przez te kilka dni, tak jej prawie unikał, że dziewczynę zaczął trapić głuchy niepokój, przeczuwanie jakiegoś nieszczęścia, więc teraz nie odpowiedziała Maksowi, tylko pochylając się nad stołem, zapytała cicho, nie podnosząc oczów.

— Nie wie pan, czy Karola nie spotkało co złego?

— Nie. Czy pani co zauważyła?

— Tak mi się zdawało. Prawda, zapomniałam, że musi mieć dosyć kłopotów z fabryką, prawda... — dodała ciszej jakby dla siebie, jakby dla stłumienia podejrzeń i niepokojów.

Podniosła głowę i oczami pełnej troski serdecznej ogarnęła jego twarz schmurzoną i gryzące spojrzenia, jakie rzucał na księdza.

— A co państwo robią z ziemią?

— Dziadek chciał sprzedać, ale pan Karol opiera się temu, za co jestem mu bardzo wdzięczną, bo tak się zżyłam z tym domem, że nie mogłabym bez przykrości pomyśleć, że to już nie nasze. Prawie wszystkie drzewa w ogrodzie, wszystkie żywopłoty sadziła albo matka pana Karola albo ja. Więc niech pan pomyśli, jakby to było ciężko rozstawać się z tem na zawsze.

— No, przecież można gdzieindziej kupić ładniejszą posiadłość.

— Tak, można, ale ona nie będzie Kurowem — odpowiedziała dotknięta, że nie rozumiał i nie odczuwał jej przywiązania do tego kawałka ziemi, na którym się wychowała.

Umilkli, bo kłótnia zawrzała znowu pomiędzy Zajączkowskim i księdzem, który zirytowany bił cybuchem w podłogę i zawołał:

— Dobrodzieju mój kochany, ja ci tylko powiem, że ty jesteś Zajączkowski, herbu barania skórka. Jasiek, ognia.

— A, Panie Jezu Chryste, co ten ksiądz wygaduje. Tomek, huncwocie jeden, a zakładaj konie — ryknął do kuchni, gdzie jego stangret jadł kolacyę i nie żegnając się wybiegł, ubrał się w ganku i poleciał, ale powrócił za chwilę, bo zapomniał czapki, której szukał po wszystkich pokojach, a znalazłszy ją, przybiegł do stołowego pokoju, huknął pięścią w stół i zawołał wściekle:

— Jegomość podziękuj Bogu, ze cię ochrania sukienka kapłańska, bo inaczej jabym jegomościa nauczył, co to jest mówić: Zajączkowski herbu barania skórka, jabym nauczył — krzyczał, bijąc raz po raz w stół.

— Nie wylewaj waść herbaty, dobrodzieju mój kochany — rzekł spokojnie ksiądz Szymon.

— Usiądźcie-no, o co tu się gniewać, no siadajcież sąsiedzie — zapraszał pan Adam.

— Nie usiądę! Noga moja tutaj więcej nie postoi, gdzie mnie obrażają.

— Nie wylewaj waść herbaty i jedź z Bogiem — szeptał ksiądz, unosząc swoją szklankę, która tańczyła po stole, wstrząsanym uderzeniami pięści.

— Jezuita, jak Boga jedynego kocham! — wrzasnął Zajączkowski, huknął raz jeszcze w stół i poleciał.

Na podwórzu, a potem i na drodze jeszcze słychać było jego głos łączący się z turkotem bryczki, którą odjeżdżał.

— Rozgrzana pała, o! Słyszane to rzeczy, żeby się o byle słowo tak obrażać!

— A bo mu też ksiądz dojechałeś do żywego mięsa.

— To czemu gada głupstwa.

— Każdemu wolno mieć swoje zdania.

— Pod warunkiem, żeby było poparciem naszego — odezwał się ironicznie

Karol.

— Dobrodzieju mój kochany, a to ten smyk naprawdę odjechał. Jasiek, kanalio, daj-no ogieńka — zawołał oburzony i poszedł do ganku wyglądać za Zajączkowskim. — No widzicie, co to za awanturnik. Nakrzyczał, nawymyślał mi i pojechała sobie bestia.

— Wróci, przecież to nie pierwszy i nie ostatni raz — odezwała się Anka.

— Hm, wróci? jużcić, ze wróci, ale zawsze, co sobie o nas pomyśli pan Baum.

— Pomyśli, ze panowie dobrze śpicie, dobrze się odżywiacie i dużo macie czasu, skoro go zużywacie na takie dziecinne kłótnie — szepnął ironicznie Karol.

Ksiądz popatrzył na niego groźnie, ale oczy mu się rychło rozjaśniły, wytrząsnął popiół z fajki, nabił w nią tytoniu i podstawiając do zapalenia Jaśkowi, szepnął:

— Drażnią cię kły, dobrodzieju mój kochany, to na pluche...

Pożegnał się wkrótce i poszedł do domu.

Milczenie długie zapanowało.

Stary drzemał na swoim fotelu.

Anka ze służącą sprzątała ze stołu, a Karol zatopił się w głębokim fotelu i palił papierosa, spoglądając z ironią na Maksa, który biegał błyszczącemi oczami za każdym ruchem Anki.

Zaraz się też rozeszli spać.

Maks miał łóżko w saloniku od ogrodu.

Noc była cudowna, słowiki rozśpiewywały się coraz teskniej, aż im zaczęły odpowiadać nadrzecznych gąszczów kosy i polał się wtedy nieporównanie piękny deszcz dźwięków, który się rozlewał w tej cichej, czarownej nocy czerwcowej, pełnej ciepła bijącego z rozgrzanej ziemi, gwiazd na niebie i zapachu bzów których były pełne klomby, stojące przed oknami.

Maks nie mógł spać.

Otworzył okno i patrzył w okręcony mgłami świat.

Myślał o Ance, gdy naraz usłyszał przyciszony jej głos.

Wychylił się oknem i zobaczył ją siedzącą w oknie swego pokoju, w oficynie przystawionej do dworu pod kątem prostym.

— Czemu mi nie chcesz powiedzieć, co cię męczy? — prosił głos zwrócony do okna naprzeciw.

— Nic mnie nie męczy, jestem zdenerwowany — odpowiedział głos drugi.

— Zostań dni kilka, to się trochę uspokoisz.

Niewyraźne mruknięcie było odpowiedzią. Potem głos pierwszy mówić począł tak cicho, że Maks nic słyszeć nie mógł, natomiast usłyszał chór żab rechoczący gdzieś w łąkach i turkot wozów jadących szosą i głosy ptaków śpiewających coraz głośniej.

Księżyc świecił tak jasno, że powłóczył warstwą srebrnawą mokre od rosy liście a mgły czynił podobne do zwojów srebrnej gazy.

— Jesteś romantyczka — rozległ się znowu głos męski z akcentem gniewu.

— Czy dla tego, że cię kocham? Czy dla tego, że każdą twoją troskę biorę w serce tak mocno, mocniej niż swoje własne, że chciałabym abyś był zupełnie szczęśliwym?

— Nie, nie dla tego, ale dla tego, że bez względu na możliwy katar, chce ci się zemną mówić przez okno, prawda, że to i przy księżycu i przy śpiewie słowika.

— Dobranoc.

— Dobranoc pani.

— Okno trzasnęło i biała firanka zasłoniła wnętrze pokoju, rozświecone teraz.

Karol nie odszedł, bo rozległ się trzask zapałki i cienka struga sinego dymu wypłynęła z pokoju i darła się o słomiany okap dachu, palił papierosa.

Maks również zapalił ale po cichu, żeby nie zauważono, iż słucha.

Był bardzo ciekawym, czy Anka wróci jeszcze i co mówić będą.

Gniew Maksa na Karola rósł co chwila.

Ale okno Anki wciąż było zamknięte, dostrzegł tylko, że za firanką cień jej się ukazywał co chwila i przystawał przy oknie, byłby może nawet usłyszał szelest jej kroków, ale słowiki przeszkadzały i wiatr, który wstał gdzieś z łąk i bagnisk, przyczołgał się po zbożach, co stały czarną ścianą, wdarł się pomiędzy drzewa i zaczął szumieć i trząść bzami i dmuchał w słomiane poszycie domu i owiewał mu twarz wilgotnym, przesyconym zapachem zbóż i ciepła oddechem.

— Jutro będzie Karczmarek, ten co chce kupić od nas — odezwał się znowu głos.

Maks zapatrzył się tak w ogród, że nie widział otwierania okna.

— Przecież ojciec nie sprzeda.

— Ale tobie może potrzebne te pieniądze.

— Tak, potrzeba mi milion — zaszemrał głos drwiący.

— Karczmarek chce wydzierżawić chociażby, potrzebuje majątku dla zięcia.

— To się jutro umówimy.

— Cugowe konie weźmiesz do Łodzi, czy sprzedasz?

— A pocóżbym brał stare klaki.

— Ale dziadek się do nich tak przyzwyczaił — mówił smutnie sopran.

— To się odzwyczai. Dzieciństwa zawsze ci się trzymają. To może i przeflancować pół ogrodu do Łodzi, możebyś chciała zabrać i krówki swoje i kureczki i gąski i prosiaczki — byłby cały komplet.

— Jeśli sądzisz, że drwiny powstrzymują mnie od zabrania tego, bez czego obyćbym się nie mogła, to się mylisz.

— Nie zapomnij-że zabrać i portretów rodzinnych. Senatorom rzeczypospolitej musi być tęskno tam na strychu, do znalezienia się w Łodzi — brzmiał szyderczy głos.

Sopran nic nie odpowiedział.

Słychać było jakby bardzo ciche łkanie, ale tak ciche, że wydawało się Maksowi, jakby bełkotem strumienia płynącego za ogrodem.

— Anka, przebacz mi! Nie chciałem robić ci przykrości. Taki jestem zdenerwowany. Przebacz mi, Anka, nie płacz.

Maks ujrzał, że Karol wyskoczył do ogrodu, no i to również zobaczył, że dwa białe ramiona wyciągnęły się do niego z okna i że ich głowy bardzo blizko były siebie.

Nie patrzył i nie słuchał więcej.

Zamknął okno i położył się spać, ale sen nie nie przychodził; przewracał się na wszystkie strony, klął, palił papierosy, ale zasnąć nie mógł, bo słowiki tak głośno śpiewały w bzach i ciągle mu się wydawało, że słyszy głosy Anki i Karola.

— Co oni mogą sobie opowiadać tak długo? — myślał irytując się coraz bardziej i aby się przekonać, czy są jeszcze, wstał.

Karol stał pod oknem Anki, ale rozmawiali tak cicho, że nic słychać nie było.

— Spać nawet nie można od tych amorów — mruknął ze złością i zatrzasnął okno z hukiem.

Nie usnął jednak, nie dała mu spać ta noc czerwcowa, kipiąca potężnem życiem wiosny.

Księżyc wisiał wprost okien, napełniał pokój niebieskawym pyłem i rozlewał potoki łagodnego światła na uśpione miasteczko, na puste uliczki, i na szerokie pola, pokryte lekko falującemi zbożami, nad któremi rozwłóczyły się szkliste mgły i wisiały spokojnie; z łąk i oparzelisk podnosiły się białawe opary niby dymy z kadzielnic i biły kłębami ku granatowym przestrzeniom; a z mgieł, ze zbóż sennie szumiących, operlonych rosą wznosił się coraz potężniej chrzęst świerczyków polnych, płynący przytłumionym i rozdrganym na miliony dźwięków rytmem bezustannie rozbrzmiewającym w powietrzu; odpowiadały im chóry żab, które podnosiły z bagnisk rechot i wołały ostro; rade, rade, rade!

Milkły po chwili, aby dać głos innym chórom usadowionym na dalszych błotach, po stawach zarośniętych, przebłyskujących lustrami wody, przez które wlokły się promienie księżyca niby ostrza złote; po brzegach strumieni obrośniętych pochylonymi pod ciężarem rosy tatarakami, po rowach pełnych żółtych kaczeńców i niebieskich niezapominajek, nad którymi stały popróchniałe wierzby o wielkich głowach, pokrytych niby włosem gęstymi, młodymi pędami.

Ze wszystkich stron zrywały się hymny śpiewane z upojeniem w tę noc wiosenną, pełną czaru nieopowiedzianego, krzyków głębokich, śpiewów, drgań ledwie odczutych i miłości.

Słowiki śpiewały w każdej kępie bzów i odpowiadały im tysiączne głosy ptactwa, klekot bocianów zrywający się czasami z wielkiego modrzewiu, stojącego w szczycie dworu, krzyki jękliwe czajek na moczarach, słodki szczebiot jaskółek po gniazdach, chrzęsty zbóż, huczenie chrabąszczów goniących się po drzewach, ryki krów po oborach i rżenie dalekie koni pozostawionych na noc po pastwiskach.

A chwilami milknął świat i robiła się cisza tak głucha a przeogromna, że słychać było kapanie rosy spływającej z liścia na liść i bełkot rzeczułki za dworem i jakby głęboki oddech ziemi.

Ale po tej chwilowej ciszy — wszystkie głosy zerwały się w tem mocniejszym chórze, wszystkie drzewa, trawy i stworzenia śpiewały przejmujący hymn miłości i jakby wyciągały do siebie gałęzie, kwiaty, ramiona i oddawały się sobie z pożerającem uniesieniem.

Cała ziemia we wszystkich głosach śpiewów, bełkotów i szumów, we wszystkich tętnach roślin i tworów, we wszystkich skrzeniach blasków i promieniowań, we wszystkich zapachach przenikających powietrze — skłębiała się w przeogromny, nabrzmiały żądzą miłości wir, który jakby porwany rozszaleniem tej wiosennej nocy i pożerającą tęsknotą wieczności, rzucał się na oślep w objęcia bezdni zewsząd rozwartej, ciemnej, błyszczącej zimną rosą gwiazd i miliardami słońc i planet, głuchej, tajemniczej, strasznej.

Nie, Maks usnąć nie mógł.

Słowik, który śpiewał pod oknem, tak go rozdrażnił, że chciał go spłoszyć — ale ptak nie słyszał, siedział na kołyszącej się pod nim gałązce i śpiewał cudowne trele, lał całe potoki dźwięków, rozsypywał tony jak perły, które spływały na ogród, na kwiaty, niby kaskada rozsiewająca czar niewysłowiony. Samiczka gdzieś z głębi drzewa odpowiadała mu sennem i apatycznem ćwierkaniem.

— Ażeby cię dyabli wzięli z twoim piskiem! — zawołał zirytowany i rzucił kamaszem w krzak, ptak zfrunął na inny krzew, a gdy Maks zamknął okno i powrócił do łóżka, słowik powrócił na dawne miejsce i śpiewał dalej, co Maksa tak rozgniewało, że odwrócił się do ściany, głowę okręcił w kołdrę i zasnął dopiero nad ranem.

Prócz pana Adama nikt dobrze nie spał tej nocy we dworze kurowskim.

Szczególniej Anka, której ta długa rozmowa z Karolem nie uspokoiła, a przeciwnie, zaczęła budzić w niej jeszcze ciemne podejrzenia, że coś przed nią ukrywa — ale ani przez mgnienie nie przypuszczała, że ukrywał obojętność, że już z trudem i wysiłkiem udawał miłość.

Nie podejrzywała go, bo sama kochała całą potęgą namiętnego, dwudziestoletniego serca.

A potem i dla tego spać nie mogła, że marzyła — marzyła o tem łódzkiem życiu, o przyszłości niedalekiej, o tem, że za miesiąc opuścić musi Kurów, gdzie tyle lat przemieszkała.

— Co ja w Łodzi będę robić? — snuło się jej uporczywie w myśli, ale rano przerwały jej te majaczenia na pół senne hałasy podwórza, wypędzanie krów na pastwisko i krzyki gęsi.

Wstała zaraz.

Pan Adam już jeździł na swoim wózko-fotelu, popychany przez wyrostka; jeździł po podwórzu, zaglądał do obór, krzyczał na pastucha, pogwizdywał na gołębie, które całą bandą opadły z gołębnika na niego, siadały na ramionach, wisiały na poręczach, trzepały się nad nim rozgruchaną, hałaśliwą chmurą i wydzierały sobie groch, jaki im sam codziennie rozsypywał.

— Waluś, stać w szeregach! Razem do ataku! „Jeden ruchu, drugi ruchu" tra la la la — podśpiewywał i komenderował śnieżnej rozgruchanej hołocie, która ze wszystkich stron zlatywała się do niego.

„Miała babuleńka kozła rogatego. Tych bych, tych bych, kozła rogatego".

— Waluś, do ogrodu! komenderował ostro, oganiając się od gołębi kapeluszem, bo leciały za nim i opadały na wózek. — A ruszaj-no się bestyo!

— Adyć się rucham! — odpowiadał sennie wyrostek, wtaczając wózek do ogrodu, pomiędzy szereg jabłoni pokrytych kwiatem tak gęstym, że na tle trawników stały podobne do olbrzymich stożkowych bukietów, owianych różowym pyłem i chmarą rozbrzęczonych pszczół, co jak rdzawe kule przelatywały z kwiatu na kwiat.

Wilgi śpiewały na wiśniach, a bocian stał w gnieździe, przewracał szyję aż na grzbiet i klekotał zawzięcie.

— Waluś, a jabłuszka będą, co?

— Jużcić, że być będą.

— A ruszaj-no żwawo.

— Adyć się rucham!

— A gruszeczki będą, co?

— A będą, co nimają być.

— A oberwiesz bestyo, co?

— Ja tam nie obrywam — burknął chłopak, nierad z przypomnienia.

— A przeszłego roku, kto to zjadł „panny", he?

— Franciszków Michał a nie ja!

— Wiem, wiem, bo dostałbyś tak, że niech cię ręka Boska broni! „Miała babuleńka kozła rogatego." Kosiu, kosiu! — zawołał i zaczął gwizdać na kosa, siedzącego w klatce na zewnątrz okna.

Kos wyjął głowę z pod skrzydła, otrzepał się, nasłuchiwał chwilę to jednem, to drugiem uchem, skoczył na wyższy pręcik i wesoło odgwizdywał swojemu panu, ale umilkł zaraz, bo się rozlewał w powietrzu świegotliwy, dźwięczny głos sygnaturki z klasztoru, którego wieże i szereg okien widać było z ogrodu nad płaskimi dachami miasteczka.

— Waluś, do klasztoru! odwiedzimy księdza Liberata, a żwawo bestyo.

— Adyć się rucham, jaże mi kulasy stergły.

Pojechali ścieżką, biegnącą z ogrodu nad rzeką, pomiędzy łąkami, z nad których zwłóczyły się resztki mgieł, niby poszarpane strzępy muślinów, wskroś których migotały fantastyczne skręty jaskółek, świergocących w szalonym locie.

Drugi bocian chodził z wielką powagą po łąkach i raz po raz zanurzał ostry dziób w zielonej trawie, wyciągał żabę, podnosił szyję do góry i połykał z namaszczeniem.

Rzeczka płynęła bystro wązkim pasem błękitu, po którym rozpryskiwały się co chwila srebrne łuski drobnych fal i obmywały długie linie żabieńców i niezapominajek, co żółtemi i błękitnemi oczami patrzyły w wodę, na korowody płowych kiełbików, goniących się na mieliznach, na wązkie zielonawe grzbiety i ostre głowy szczupaków, przyczajonych pod liśćmi grzybieni, co jak zielone ręce leżały na wodzie, na tych łupieżców cichej rzeczki, którzy, niby kule, leciały wskroś rybiego tłumu, połykały w przelocie kiełbia lub płotkę i nim gromada zdążyła się rozbiedz, znikali w gąszczach brzegów, pomiędzy czerwonawemi liśćmi pomórników, pod cieniem rozkwitłej czeremchy, duszonej przez ramiona dzikiego chmielu, które drgały na wartkim prądzie niby rozsypane zielone warkocze.

Potem jechali tyłami miasteczka, ścieżką biegnącą przez zagony ogrodów warzywnych i sadów, pełnych kwitnących drzew i zapachów cebuli, gdzie na miedzach pasły się brodate kozy, a na krzewach zielonego agrestu, na połamanych płotach wietrzyła się pościel.

Przejechali ogród, jaki się rozciągał tuż za murami otaczającymi klasztor i Waluś pchał wózek do wnętrza klasztoru, na korytarz.

W klasztorze pusto było i cicho.

Oknami wdzierał się wiatr i zaglądały zielone gałęzie krzewów, bo w pośrodku murów był niewielki ogródek.

Kilka drzew orzechowych pięło się do słońca i zaglądało do cel pierwszego i drugiego piętra, a resztę ogródka zajmowały trawy i chwasty, na tle których migotały białe, smutne główki narcyzów.

— Niech będzie pochwalony! — zawołał pan Adam, przystając przy jednem z okien.

— Na wieki wieków! — odpowiedział Liberat, który w swoim biało-czarnym habicie dominikańskim, chudy, zgarbiony, wlókł się nad ścianą.

Podniósł wybladłe i jakby nieprzytomne oczy, patrzył długo, nim poznał, kto do niego zagadał.

— Jakże zdrowie? Bo wczoraj mówił ksiądz Szymon, że ojciec zdrowszy.

— Nie, nie... niezdrowszy — szeptał ksiądz blademi ustami.

Jego szara wyschnięta twarz, podobna w tonie do tych otaczających murów, rozjaśniła się jakby uśmiechem.

— Może ojciec będzie łaskaw przyjść dzisiaj do nas na obiad?

— Nie, nie! Nic już jeść nie mogę, żyję oczekiwaniem, bo dziś lub jutro umrę...

— Co też ksiądz mówi — zaprotestował energicznie pan Adam, ale ksiądz Liberat uśmiechnął się i głaszcząc się po twarzy gałązką bzu kwitnącego, odetchnął tym zapachem i szepnął głucho:

— Śmierć już stoi przy mnie! Śmierć już jest we mnie! — powtórzył mocniej, aż się pan Adam cofnął nieco, a Waluś przeżegnał się ze strachu.

— Był u mnie dzisiaj w nocy przeor — dodał cicho.

— Jezus Marya! Przywidzenie, mój ojcze i nic więcej. Przeor, toż on umarł z pietnaście lat temu.

— Był. Widziałem go! Modliłem się na chórze i kiedym schodził do celi, zobaczyłem jak szedł przedemną korytarzem, do każdej celi pukał i z każdej celi, odpowiadał mu głos jakiś, a on szedł dalej jakby zwołując wszystkich. Zniknął mi na zakręcie, a gdym się już położył, usłyszałem pukanie. Podniosłem się i otworzyłem drzwi: stał na środku korytarza, rękę podniósł do góry, patrzył na mnie długo i powiedział:

— Pójdź! Poszedłem za nim, wiódł mnie przez wszystkie korytarze, a ze wszystkich cel wychodzili ojcowie i szliśmy razem do refektarza, tam już było pełno i ciągle wchodzili nowi, wszyscy jacy byli od samego początku naszego klasztoru. Jakiś bardzo stary ojciec odczytywał z wielkiej księgi nazwisko, wywoływał po kolei, po kolei podchodzili do niego, a on wtedy kartę z nazwiskiem wydzierał i rzucał w powietrze, zapalała się i kula ognista wypływała oknami w świat, a każdy wyczytany znikał. Zostałem tylko sam, a on przeczytał moje imię: Ojciec Liberat.

— Pójdź! — szepnął mi przeor.

— Ostatni! zawołał czytający i wolno wydzierał moją kartę, tak wolno, że czułem, iż mi wydziera życie. Ostatni! powiedział przeor, popatrzył na klasztor, na mnie, pocałował mnie w czoło i szepnął: „Pójdź!"

— Idę o panie! kiedy mnie wołasz do siebie. Idę!... — szeptał ksiądz zapatrzony w płat błękitu wiszący nad ogródkiem, skrzyżował ręce na piersiach i stał, podobny ze swej siności do posągów.

Jaskółki biegały nad nim jak szalone, wróble ćwierkały po drzewach, nie słyszał nic i nic nie widział, zatopiony w modlitwie i w wizyi tej przeczuwanej śmierci.

Cały zakon wymarł i on ostatni z szeregu niezliczonego, czuł, że umiera.

Pan Adam przynaglał do pośpiechu Walusia, bo chciał jak najprędzej znaleźć się w domu. Ksiądz Liberat przejmował go strachem zawsze, a dzisiaj zatrząsł nim do głębi opowiadaniem tego widzenia nocnego.

Pan Adam oddychał powietrzem pól i kwiatów, patrzył na zieleń i na ludzi, próbował gwizdać i przyśpiewywać, ale głos mu wiązł w gardle, oglądał się za siebie, jakby z obawą, że ujrzy te umarłe korowody zakonne i krzyczał:

— Waluś, a ruszaj-no się bestyo!

— Adyć się rucham.

Na ganku zastał Ankę; siedziała na nizkim stołeczku, otoczona chmarą młodziutkich kurcząt, którym dawała jeść.

Maks stał w drzwiach i z podziwem przypatrywał się sielankowej scenie.

— Gdzie ojciec był?

— U księdza Liberata.

— Zdrowszy?

— Ale, on już zupełnie mente captus, zupełnie. Opowiadał mi niestworzone rzeczy i twierdzi, że dzisiaj lub jutro najdalej umrze.

— Czy to ten ksiądz, który był wczoraj u państwa? — zapytał Maks.

— Nie. Ksiądz Szymon jest naszym proboszczem, a ten zaś, to ostatni z dominikanów, jacy byli w naszym klasztorze. Ojciec Liberat, to człowiek wielkiej nauki i pobożności, ale... chory. Prawie obłąkany. Przez całe tygodnie nieraz nie sypia, nie jada, od ludzi stroni, a tylko modli się rozciągnięty na podłodze dawnego chóru zakonnego i nocami odwiedza puste cele i rozmawia z dawno umarłymi. A przytem wszystkiem...

Nachylił się do Maksa i coś szeptał, ale Anka mu przerwała.

— Tasiuchny, taś, taś, taś! — wołała na stado kacząt, trzepiących się zapamiętale w sadzawce, nie zważając na rozpaczliwe krzyki i bieganinę kury, która je wysiedziała.

Kwoka krzyczała jakby na ratunek, podfruwała na wodę i cofała się z przestrachem.

— Pani codziennie i sama karmi wszystek drób?

— Codziennie.

— Przecież to duża praca!

— Skoro się samo nic nie robi, więc trzeba robić — odpowiedziała wesoło i zwoływała przed ganek coraz nowe stada, które ściągały ze wszystkich kątów podwórza, rzucały się na żer chciwie i napełniały powietrze wesołym krzykiem.

Anka siadła na progu ganku i raz po raz czerpała ze stojących obok niej przetaków to garść kaszy jaglanej, to jęczmienia, to pszenicy i rzucała na ruchliwą, rozkrzyczaną hołotę ptasią, kłębiącą się zapamiętale i bijącą się pomiędzy sobą.

Były kurczątka pokryte żółtym puchem, które różowymi dziobkami, z nadzwyczajną zwinnością wybierały jagły i co chwila biegły do kwoki, raz wraz nawołującej dzieci do nowego żeru, jaki odrywała na ziemi; były indyczki wysmukłe, białe, na zielonych niby z bronzu nóżkach, delikatne, kapryśne, które biegnąc, podnosiły krótkie skrzydełka i krzyczały jękliwie; były kaczęta już w pierzach, ale tak brudne, umazane w błocie, że nie miały barwy, te szły gromadą zbitą i hurmem w milczeniu rzucały się na żer i połykały łapczywie, trzęsąc dziobami w powietrzu, nadziewając się poprostu kaszą; przyszła nakońcu banda gęsiąt z gąsiorem, które kołysały się niezgrabnie, trzęsły obwisłymi brzuchami i gęgały niespokojnie, ale pierwsze rzuciły się na jęczmień i tratowały własne dzieci; ta gromada robiła najwięcej wrzawy, bo co chwila podnosiły dzioby, wyciągały żmijowate szyje i krzykliwie rozmawiały ze sobą, a gęsior szczypał kwoki podskakujące niezgrabnie, gonił za kaczorami, syczał na indyczki i przybiegał do gęsi, głośno ciesząc się ze zwycięstwa.

Potem zrobił się przed gankiem pisk i zamęt, bo wszystko się pomieszało ze sobą i zaczynało się bić.

Stare gęsi syczały na indyczki, które z rozczapierzonemi skrzydłami błyskały groźnie ślepiami i jeszcze groźniej bulgotały, a indor w tęczy rozwachlarzonego ogona, o rozczerwienionych od gniewu koralach, skakał ostrymi pazurami na kaczorów o zielonych, pawich łbach, które chyłkiem uciekały, po drodze porywając jedzenie.

Na domiar złego, gołębie zwabione piskiem ptasim i widokiem pana Adama, krążyły nad domem i jak kule śnieżne spadały w środek stada, gruchały, kręciły się odważnie, kradły ziarna z pod dziobów, uciekały, gonione przez kwoki i od syków gęsich i powracały niestrudzenie, uwijając się zapamiętale.

Anka bawiła się wesoło tą walką, jaka wrzała u jej nóg i wciąż sypała nowe garście ziarn na głowy i skrzydła ptactwa.

— Podobna jest teraz pani do mickiewiczowskiej Zosi.

— Z tą wielką różnicą, że Zosia bawiła się gospodarstwem, karmiła drób dla przyjemności.

— A pani robi to dlaczego?

— Aby dobrze wykarmione sprzedać w Łodzi. Mniej się to panu podoba, co?

— Więcej jeszcze, bo mogę podziwiać pani praktyczność.

— Praktyczność z musu.

— Nigdy prawie ta praktyczność nie powstaje dlaczego innego. Ale pani dziwnie umie łączyć praktyczność z czemś zupełnie innem, z czemś, czego nazwać nie umiem, bo...

Przerwał mu pan Adam, bo zaczął gwizdać przeciągle i natychmiast indory nastroszyły się i zaczęły bulgotać, gęsi krzyczały głośno, a kwoki ogarniały swoje małe, rozstawiając nogi i skrzydła i kwakały zestrachane jakby przed jastrzębiem, gołębie wzbiły się w górę i jak obłąkane uciekały do gołębnika, wpadały do stodół, a nawet kilka uciekło do ganku, a w całej gromadzie podniósł się taki krzyk, pisk, rwetes, tak wszystko uciekało, tratowało się, że pan Adam śmiał się na całe gardło.

— A co, tom zrobił figla! — wołał.

— Cóż to za gęsia idylla? Spać nie mogłem przez nią — zawołał Karol, wchodząc na ganek.

— Wyśpisz się w Łodzi.

— W Łodzi mam co innego do roboty — szepnął niecierpliwie, zimno przywitał Ankę i znudzonym wzrokiem przyglądał się niebieskim dymom, bijącym wielkimi słupami nad miasteczkiem.

— Koniecznie musicie panowie jechać dzisiaj? — zapytała nieśmiało Anka.

— Koniecznie i chociażby zaraz.

— Więc jedźmy, jestem już gotowy — powiedział ostro Maks, zirytowany tem „koniecznie".

— Nie, nie. Pojedziecie panowie po południu, teraz ja nie pozwalam. Pójdziemy do kościoła na sumę, musimy odwiedzić księdza Szymona. Potem zjemy obiad, bo umyślnie prosiłam na niego pana Zajączkowskiego i księdza, a wreszcie musi się pan, panie Karolu, rozmówić z Karczmarkiem, ma być o trzeciej. A przed wieczorem odprowadzimy panów.

— Dobrze, dobrze! — rzucił prędko Karol i poszedł do pokoju jadalnego, bo podano śniadanie, poczem, narzekając na gorąco, wyniósł się do ogrodu i siedział pod kwitnącemi jabłoniami, obsypywany co chwila śniegiem płatków padających za najmniejszym powiewem wiatru.

Pszczoły brzęczały na jabłoniach jak w ulu, a po całym ogrodzie rozpływał się słodki, duszący zapach bzów, jabłoni i głosy wilg śpiewających.

Pan Adam poszedł się przespać, jak zwykle to robił po śniadaniu, bo wstawał o świtaniu; Anka ubierała się do kościoła, a Maks chodził zarośniętemi trawą alejkami, okrążał ze wszystkich stron Karola, czasem się zapuszczał na drugą stronę dworu od rzeki i powracał, a przechodząc obok niego nie mówił nic, unikał nawet jego wzroku i szedł w głąb ogrodu, bo mu się wydało, że tam mignęła jasna sukienka Anki, a przekonawszy się, że to różowieje jabłoń pokryta kwiatami, stanął przy parkanie i patrzył na szeroką roztocz zbóż zielonych, kołyszących się z jednostajnym szmerem, przez które ścieżyną biegnącą od dalekiej wsi, snuł się długi łańcuch czerwono ubranych kobiet i chłopów w białych kapotach, dążących do kościoła; patrzył a nasłuchiwał chciwie, czy się też nie odezwie gdzie głos Anki.

Nie mógł zdać sobie sprawy, co się w nim działo.

— Nie wyspałem się, czy co? — myślał, ściskając sobie głowę rozbolałą. — Do dyabła ze wsią.

Poczuł się tak raptownie zdenerwowanym, że poszedł do Karola.

— Nie moglibyśmy wyjechać wcześniej?

— I ty masz już dosyć?

— Rzeczywiście, że wyleciałem ze wszystkich trybów, czuję się jak kalosz rozdeptany. W nocy spać nie mogłem, teraz nie wiem, co robić ze sobą.

— Połóż się na trawie, oddychaj wonią kwiatów, nasłuchuj szmerów traw, rozkoszuj się śpiewem ptaków, pław się w słońcu, a w interwałach myśl o piwie, albo o czarnej Antce — drwił Karol.

— Daję słowo, że nie wiem, co ze sobą robić. Dwadzieścia razy obejrzałem ogród; no i cóż? widzę, że piękny, że drzewa kwitną, że trawa zielona, ale co to dla mnie za „papier". Byłem na łące — prześliczna. Byłem w stajni, byłem wszędzie, wszystko widziałem, ale mam tego już dosyć. Panna Anka zachwalała mi las — zobaczyłem, że drzewa wielkie, że wilgoć i że niema na czem usiąść.

— Czemuś nie powiedział, byłaby ci kazała tam zanieść kanapkę.

— A przytem jestem niespokojny o matkę i... — urwał i nie dokończył, tylko ze złością rozbijał nogą kretowisko świeżo wytoczone na trawniku.

— Pociesz się, pojedziemy, muszę tylko tę całą przykrą pańszczyznę odbyć przecież przykładnie.

— Pańszczyznę — zapytał zdziwiony Maks. — Narzeczona i ojciec — to pańszczyzna?

— Nie miałem ich na myśli, a tylko tych bałwanów, którzy mają być na obiedzie i wizyty — zacierał gorąco niebacznie powiedziane słowo, ale Maks, jakby na przekór, zaczął go przekonywać, że Zajączkowski jest niesłychanie sympatyczny, ksiądz bardzo rozumny i t. d., aż Karol zdziwiony podniósł na niego oczy.

— Cóż ty za koziołki wyprawiasz? Wczoraj zachwycałeś się wsią, dzisiaj ziewasz i chcesz uciekać do Łodzi; wczoraj tych dwóch nazywałeś ludźmi z operetki, dzisiaj zaś bronisz ich.

— Bo mi się tak podoba! — zawołał rozczerwieniony Maks i ruszył w głąb ogrodu, ale zawrócił natychmiast pośpiesznie, bo Anka z ganku wołała:

— Panowie, czas iść do kościoła.

Zapomniał o zdenerwowaniu, o złości, o nudzie, tylko patrzył na Ankę, która stała na ganku i naciągała długie białe rękawiczki.

Była dzisiaj prześliczną w jasno-kremowej sukni bardzo lekkiej, zarzuconej niesłychanie delikatnym deseniem blado-fiołkowym, pasek i kołnierz miała tak samo blado-fiołkowe, kapelusz wielki, płaski, ubrany niezapominajkami i gazą białą.

Była tak prześliczna, takim dziwnym urokiem młodości, siły i szlachetności promieniały jej szare oczy, że Maks nie wiedział co mówić dalej.

Szedł obok czas jakiś i uspokoiwszy się nieco, obrzucił wzrokiem fabrykanta, jej suknię i szepnął bardzo poważnie:

— To twoja „Brylantyna", Karol! Doskonała w kolorze.

— I świetnie się pierze — dodała Anka, rozśmieszona jego słowami.

Poczuł się dotkniętym jej śmiechem, więc się odsunął nieco i patrzył na szeroką uliczkę miasteczka, przez którą szli do kościoła.

Miasteczko było nędzną osadą, zamieszkałą przeważnie przez żydów tkaczów, bo co okno prawie stał warsztat tkacki, a po sieniach długich, zabłoconych, czarnych, siedziały stare żydówki i zwijały na kołowrotkach przędzę; suchy monotonny turkot warsztatów bił od każdego okna i drżał w cichem, przesłonecznionem powietrzu.

Nędzne sklepiki miały drzwi poprzywierane, jakby broniły się od kłębów kurzawy.

Na środku głównej ulicy czerniały wielkie kałuże nigdy nie wysychającego błota, po których gromadami żerowały kaczki.

Nawprost klasztoru, w rynku, który stanowiła piaszczysta wydma, obstawiona szczytami domów, wspartych na drewnianych kolumnach, było kilka domów świeżo spalonych, z których tylko wśród rumowisk i ścian porozdzieranych sterczały nagie kominy.

Przez porozpadane mury ogrodzenia klasztornego, zarośnięte chwastami i kępami popielatego ligustu i obsadzone wielkiemi brzozami o zwisłych gałęziach i białej korze, widać było odrapany fronton kościoła i wysmukłą dzwonniczkę, ukrytą w rogu cmentarza.

Pod samym murem, w cieniu brzóz stało kilkadziesiąt chłopskich fur i bryczek, nieco dalej, na środku rynku, pod płóciennymi dachami tuliło się kilkanaście straganów, a po za tem pusto było zupełnie, bo słońce prażyło coraz mocniej.

Zostali na cmentarzu, bo z powodu natłoku nie było możebnem dostać się do wnętrza kościoła.

Anka usiadła na schodach prowadzących do zakrystyi i modliła się, Maks zaś i Karol poszli pod brzozy i przysiedli na jakiejś starej ozieleniałej płycie grobowej, których cały szereg tulił się pod murami.

Nabożeństwo było już rozpoczęte. Z wnętrza kościoła przez pootwierane drzwi brzmiały przytłumione dźwięki organów, a czasem wznosił się głos organisty, czasem chór głosów dźwięczał uroczyście, czasem słaby głos księdza przedarł się po tej ruchomej fali głów, jaka parła się od drzwi, biła o kraty presbiteryum i cofała się ze szmerem modłów, westchnień i kaszlań; a czasem przycichało wszystko i wtedy ostre i przenikliwe głosy dzwonków śpiewały spiżem i odpowiadało im wielkie, głębokie westchnienie, wyrwane ze wszystkich piersi, a wszyscy znajdujący się na cmentarzu przyklękali, bili się w piersi i powracali znów pod brzozy i w rumowiska murów gdzie siedzieli.

— Nasze chustki! — szepnął Maks, wskazując na kilka kobiet, które jak maki jaskrzyły się na piasku i słońcu, siedząc z podwiniętemi nogami i przesuwając ziarna różańca.

— Już wypełzłe — odpowiedział z ironią nieco Karol.

— Te wypełzłe to pabianickie; mówię o tych amarantowych z zielonym deseniem, te nigdy nie wypełzną, można wygotować w słońcu i nie wygryzie.

— Wierzę, ale co mnie to obchodzi?

— Dzień dobry panom! — rozległ się przytłumiony głos z boku.

Stach Wilczek, z cylindrem w ręku, elegancki, pachnący, stał przy nich i wyciągał rękę, jak dobry znajomy.

— Co pan robi w Kurowie? — zapytał Maks.

— Przyjechałem na święta do rodziny. To mój rodzic w tej chwili dudli na organach — powiedział z pogardliwą pobłażliwością i bawił się przekręcaniem licznych pierścionków na palcach.

— Długo pan tu zabawi?

— W nocy wyjeżdżam, bo mój żyd nie dał mi dłuższego urlopu.

— A gdzież pan teraz pracuje?

— W kantorze Grossglücka, ale to chwilowo tylko.

— Puścił pan węgiel?

- Nie. Mam kantor na Mikołajewskiej, bo Grosglück swój czarny interes sprzedał Kopelmanowi, a u tego parcha nie chciałem być. Czy panowie macie już dostawę węgli do swojej fabryki? — zapytał ciszej, pochylając się ku Karolowi.

— Jeszcze nie — odpowiedział Maks.

— Jakie pan daje warunki? — zapytał Karol chłodno.

Stach przysiadł na grobie obok niego i szybko zaczął pisać w notesie i obliczać, aż w końcu podsunął papier pod jego oczy.

— Za drogo! Brauman o siedm i pół kopiejki daje taniej na korcu.

— Złodziej i oszust! Da panu za to na wagonie dziesięć korcy mniej — zawołał cicho Stach.

— Pan myślisz, że się tego węgla nie będzie sprawdzać u mnie, czy co?

— Wyważy się nawet więcej, bo przecież Brauman nie napróżno zlewa węgiel wodą przed wysyłką.

— Być może, ale kto mi zaręczy, że pan tego samego nie będziesz robić?

— Dobrze, dam panu po cenie takiej, jaką Brauman deklarował. Nie zarobię prawie nic, ale idzie mi bardzo o tę dostawę. Mówiłem już o tem z panem Weltem, ale mi powiedział, że pan Borowiecki decyduje. Więc jakże? — zapytał uprzejmie, nie zważając na poprzednie słowa Karola i na jego chłodny, pogardliwy ton mowy.

— Przyjdź pan jutro do nas, to się rozmówimy.

— W jakiej mniej więcej ilości będziecie panowie potrzebowali węgla? — pytał Maksa.

Nie usłyszał odpowiedzi.

Umilkli wszyscy, bo przy odgłosie dzwonów bijących poważnie i śpiewów całego ludu procesya wyszła z kościoła i niby długi wąż o czerwonej głowie baldachimu, pod którym szedł ksiądz, wysuwała się z wielkich drzwi i migotała łuską czerwonych, żółtych i białych ubiorów kobiet, popstrzonych czarnemi kapotami chłopów i złotymi płomykami świec zapalonych, pełzała pomiędzy szarymi murami kościoła a zielonym wałem brzezin i okręcała długiem ciałem kościół.

Ogromny chór głosów bił w rozpalone powietrze i rwał się do białawego nieba, aż chmury gołębi zrywały się z wieżyc kościoła, ze zrujnowanych dachów klasztoru i kołowały wysoko.

Procesya wróciła do kościoła, głosy umilkły, tylko liście brzóz szemrały i chwiały się sennie w rozpalonem powietrzu, od zabudowań klasztornych dochodziły gęgania gęsi, a wnętrze kościoła rozbrzmiewało głosami śpiewów, dzwonków i organów.

Upał potęgował się coraz bardziej, słońce lało ogień na gontowe dachy miasteczka i jakby wypijało wszelką moc, taka cisza bezwładna leżała w rozdrganem powietrzu, nad obręczą pól zielonych, ogrodów stojących bez ruchu, łąk zielonych, jakby przysłoniętych opaloną mgłą, i nad lasami, co wstęgą ciemną opasywały miasteczko i żółciły się łysinami piasków i wydm górzystych.

— Nie słyszał pan, czy Neuman położył się? — zapytał Maks Stacha.

— Już.

— Zupełnie?

— Nie, boczkiem tylko, na jakie trzydzieści procent. Panowie tracą?

— Mamy na nim coskolwiek — i machnął niecierpliwie ręką.

— Możebym znalazł kogo, coby pańskie pretensye nabył, ma się rozumieć, jeśli tanio i z dobrym procentem dla mnie.

— Cóż u dyabła, we wszystkiem pan „robi"?

— I w niektórych innych rzeczach! — zawołał głośniej i ze śmiechem Wilczek.

— Pan dobrze zna Kurów? — zagadnął Maks, aby odwrócić rozmowę z interesów, bo Karol niechętnie spoglądał na Wilczka i milczał uparcie.

— Ja się tutaj urodziłem, tutaj pasałem ojcowskie gęsi i bydlątka, tutaj brałem po grzbiecie postronkiem, ksiądz Szymon mógłby o tem obszerniej pomówić. A, pan może nie wierzy, że ja pasałem bydło? — zapytał ironicznie, widząc zakłopotaną minę Maksa.

— Trudno mi w to uwierzyć, patrząc na pana.

— Ha, ha, ha! to mi pochlebia. Pasało się bydlątka, pasało! brało się postroneczkiem po plecach, kalikowało się ojcu na organach, czyściło się ojcom w klasztorze buty, zamiatało się nietylko kościół! różnie bywało. Nie wstydzę się tego zupełnie, bo i co to pomoże, fakt pozostaje faktem, a zresztą, doświadczenie to kapitał umieszczony na procent składany.

Maks nic się nie odezwał, a Karol dość lekceważąco oglądał go ze wszystkich stron i uśmiechał się ironicznie, bo był wyelegantowany przesadnie, a nawet śmiesznie; jasne kratki, lakierki, jedwabna kamizelka biała, jasny krawat z ogromnym brylantem, wykwintna żakietka, cylinder błyszczący, długi złoty łańcuszek od zegarka, złote binokle, których nie używał, kilka kosztownych pierścionków na palcach, którymi bawił się ustawicznie — nie harmonizowały z jego pucułowatą twarzą, pokrytą pryszczami, i małemi oczkami chytrze świecącemi, ani z tem nizkiem, pofałdowanem czołem, nad którem leżały rozczesane na środku dużej płaskiej głowy, włosy nieokreślonego koloru; długi ostry nos i wywinięte tłuste wargi robiły jego twarz podobną do pyska mopsa, którego ucharakteryzowano na bociana.

Nie zważał, że mu nie odpowiadali, uśmiechał się chwilami, patrząc na ich głowy jakimś uśmiechem wyższości i politowania, a gdy po nabożeństwie tłumy zaczęły się wylewać z kościoła i przechodzić obok nich, prostował swoją kwadratową figurę, przysunął się bliżej do Karola i dumnie a chłodno patrzył na szeregi łyczek i łyków kurowskich, na swoich rówieśników i przyjaciół z pastwiska, którzy spoglądali na niego z podziwem i nie śmieli podejść do przywitania.

Przyszła i Anka, przywitał się z nią uniżenie, a gdy go zapraszała na obiad, rozczerwienił się z radości i głośno, bardzo głośno, żeby go słyszeli przechodzący, dziękował:

— Muszę być w domu, bo wszystkie moje siostry się zjechały. Bardzo mi szczerze żal, że muszę się pozbawić takiej przyjemności, ale to już chyba kiedyindziej.

— Idziemy teraz do księdza Szymona — szepnęła Anka.

— Odprowadzę tam państwa, bo i ja muszę go odwiedzić.

Szli wolno przez zatłoczony cmentarz.

Grupy chłopów w cajkowych kapotach i w czapkach ze świecącymi daszkami i kobiet wiejskich w jaskrawych chustkach i wełniakach — kłaniały się im uniżenie, ale przeważająca część tłumu, złożona z robotników fabrycznych, przybyłych na święta do rodzin, stała twardo i wyzywająco patrzyła na „fabrykantów", jak ich nazywano

Ani jeden kapelusz się nie uchylił przed Karolem, chociaż poznawał twarze wielu robotników z dawnego swego oddziału u Bucholca.

Tylko do Anki często podchodziły kobiety, całowały ją po rękach, lub, jak niektóre, podawały tylko rękę i zamieniały po słów kilka.

Karol szedł za nią i oczami roztrącał tłum. Maks ciekawie się przypatrywał, a Wilczek szedł na ostatku i głośno, łaskawie mówił do niektórych.

— Jak się macie? Jak się macie?

Ściskał wyciągające się do niego ręce i zapytywał to o robotę, to o dzieci, to o zdrowie.

Kłaniali mu się prawie wszyscy i patrzyli na niego z życzliwością i z dumą, że przecież oni tego pana znają jeszcze z tych czasów, gdy na tem samem miejscu bijał się z nimi lub pasał bydło i że to ich człowiek.

— Ależ oni wszyscy pana znają — powiedział Maks, gdy weszli do księżego ogrodu.

— Znają. Pana Wilczka całe miasteczko kocha, szczycą się nim — ozwała się Anka.

— Tyle skorzystałem na tej miłości, że moje jasne rękawiczki przez tę przyjaźń brudne i spocone na nic.

To mówiąc ściągnął i ostentacyjnie rzucił je w krzaki.

— Z powrotem je zabierze — zauważył półgłosem Karol.

Wilczek usłyszał uwagę i przygryzł usta ze złości.

Ksiądz Szymon mieszkał w klasztorze na dole, w kilku narożnych pokojach, przerobionych z cel zakonnych, których okna wychodziły na wielki i doskonale utrzymany ogród owocowy.

Duży ganek drewniany, niedawno wystawiony, bo drzewo było jeszcze żółte, prowadził do mieszkania.

Wino zasłaniało całą ścianę i zwieszało się zieloną frendzlą nad oknami, a olbrzymie krzaki bzów stały tak blisko, że wielkie bukiety kwiatów zaglądały do wnętrza mieszkania.

Ksiądz Szymon ledwie co wrócił przez klasztor i przyjmował ich z całą serdecznością w narożnej salce wybielonej wapnem, z pod którego przebijały się przymglone barwy i roztarte kontury dawnych fresków, pokrywających sklepienia.

W salce panował ton fioletowo-zielony od bzów rozkwitłych i od zieleni ogrodu.

Chłód przejęty wilgocią owionął ich na samym wstępie.

— Jak się masz, Stachu? A cóż to smyku nic byłeś wczoraj u mnie, he?

— Nie mogłem, przyjechały moje siostry i ani na krok nie ruszałem się z domu — tłómaczył się Wilczek, całując księdza w rękę.

— Mówił mi twój ojciec. Nie mogłeś go to zastąpić na chórze, he? Stary ledwie nogami włóczy. Jasiek, Jasiek! a daj-no smyku fajeczkę i papierosików dla panów.

— Zapomniałem grać zupełnie, ale jeśli ksiądz pozwoli, to już umyślnie nauczę się jakiej pięknej mszy i wtedy przyjadę ją zagrać.

— A dobrze, dobrze!... Anka, Anusiu! a chodź-że do mnie dziecko, pomagać przyjąć gości. Widzisz ją, myślała, że jej pozwolę próżnować — śmiał się ksiądz, krzątając po pokoju i wysuwając stół na środek.

— Pan dawno zna księdza? — zapytał Wilczka Maks.

— Od dziecka. Pierwsze litery razem z pierwszymi cybuchami wziąłem od księdza i nie zaprzeczam, że było tego dosyć — śmiał się Stach.

— Przesadzasz, dobrodzieju mój kochany, przesadzasz, tych cybuchów nie było wcale za wiele.

— Przyznaję otwarcie, że było ich znacznie mniej, niż mi się należało.

— A widzisz! Sprawiedliwy jesteś dla siebie, to będzie jeszcze z ciebie człowiek, ho, ho, człowieczek niezgorszy! Jasiek! Jasiek! gdzież ten smyk się podział.

A nie mogąc się go doczekać, sam przynosił z drugiego pokoju różne specyały i rozstawiał na stole.

— Moje dzieci, moi dobrodzieje kochani, panie Karolu, panie Baum, Stachu, po kieliszeczku wiśniaczku. Ma sześć lat, słodki jak miód, a co za kolor, to proszę patrzeć — czysty rubin.

Podsunął kieliszek pod światło, w którem istotnie wiśniak mienił się czysto rubinowym fioletem.

— Zagryźcie-no teraz tym placuszkiem z serem, mówię wam, że rozpływa się w ustach. No, jedzcież, bo obrazicie Ankę, ona go robiła sama i przysłała mi.

— Księże Szymonie, przecież zaraz idziemy na obiad.

— Nie masz głosu, dziewczyno, bądź cicho. Widzisz ją, będzie się tu rządzić jak szara gęś. Pijcież panowie.

— Czekamy na księdza dobrodzieja.

— Nie piję, moi dobrodzieje kochani, nie piję. Anusia, wyręcz-no mnie dziewczyno.

Wybiegł i po chwili powrócił z dosyć dużym gąsiorkiem pod pachą, zaginając równocześnie sutannę, która mu się odpinała ustawicznie.

— A teraz na zakończenie napijemy się winka, no, napijemy się i basta. Patrz-no dziewczyno, to poziomkowe, to samo, któreśmy razem trzy lata temu robili. Patrzcie, jaki ma kolor. Czyste słońce o zachodzie, czyste słoneczko, a jaki zapach, o, powąchajcie-no!

I podtykał im pod nos butelkę, która buchała zapachem poziomek.

— Ależ księże! Ksiądz mi tak gości uraczy, że nie będą mogli jeść obiadu.

— Cicho Anka, z Bożą pomocą zjemy i twój obiadek, zjemy! Słuchajcie-no dzieci... a gdybyśmy tak spróbowali wędlinek, co? tak z majowymi grzybkami, he? No, moi dobrodzieje kochani, moje dzieciątka, zróbcie mi tę przyjemność. Nie przyjmę was ananasami, bo nie mam, biedny sługa Chrystusów jestem, ale co mam, to bierzcie. Anka, a proś-że za mną. Stachu, bo cię cybuchem przemierzę, jak będziesz taki niemrawy, ruszaj-że się chłopcze.

— Ale ksiądz ma takie zapasy, że nie powstydziłaby się ich i najlepsza gospodyni.

— A to twoja Anka zrobiła wszystko. No, nie piecz raczków, dziewczyno, nie wstydź się. Nic nie miałem, mój dobrodzieju kochany, ale to nic, niech Stach powie, żyło się czasem na bórg, ale jak mi dziewczyna zaczęła dogadywać: „A sadź ksiądz drzewa owocowe, a prowadź pszczoły, a pilnuj ogrodu, a rób to, a rób tamto, tak i wyterkotała wszystko, bo któż się oprze niewiastce! Ho, ho, Anka to złoto! Żebym ja wam pokazał zakrystyę, co tam bielizny kościelnej, jakie kapy, jakie ornaty, jakie stuły, to i katedralny kościół nie powstydziłby się, a to wszystko ona, własnemi rękami robiła, ona, moje dzieciątko kochane!

Rozczulił się, objął ją za głowę i pocałował w zarumienione czoło.

— Tylko tego nie mogłam zrobić, żeby sobie ksiądz nową sutannę kupił.

— A po co mi to! Cicho dziewczyno! Jasiek, a daj-no ogieńka, bo fajeczka zgasła — zakrzyczał, zarumieniony jak panna i silnie stukał cybuchem w podłogę.

— Siedźcież sobie panowie, a ja idę do domu szykować obiad. Niechże ksiądz długo ich nie trzyma i jaknajprędzej przyprowadzi.

Zaraz poszła.

Wilczek także się pożegnał i poleciał do domu, bo przyszedł po niego młodszy brat.

— To zuch chłopak — szepnął ksiądz po jego wyjściu.

— Doskonała łódzka kanalia.

— Za ostro, panie Karolu. Muszę się przecież ująć za moim wychowankiem. Ja go znam od dziecka. Twarda sztuka, nie da się zjeść w kaszy, dobrodzieju mój kochany. Wola jak stal, przebiegły, sprytny, ale poczciwy, bo swoją rodzinę kocha namiętnie.

— Co mu wcale nie przeszkadza drwić z niej.

— To już natura taka przekorna. Wyśmiewał się kiedyś jeszcze w dzieciństwie z jakiejś biednej chorej kobieciny. Przekropiłem go za to cybuchem i chciałem zmusić, aby ją przeprosił. Gdzietam! Cybuchy przyjął, ale z przeproszeniem ani rusz. Później się dowiedziałem, że chłopak matce ściągnął kaftan i spódnicę i zaniósł babie. Z własnej woli zrobi wszystko, przez mus — nic. Kpi on ze swoich, co jużcić, że nie jest pięknie, ale cóż mu mówić, kiedy wszystkim pomaga. Młodszego brata utrzymuje w gimnazyum, rodzicom pomaga, będzie jeszcze z niego pociecha.

— Dla kryminału — szepnął Karol, którego irytowały te pochwały księżowskie.

- No, to już chodźmy na obiad, bo panna Anna musi się niecierpliwić.

— Chodźmy. Idźcie jegomoście, ja was dogonię, zajrzę tylko do księdza Liberata.

— Nieoceniony ten wasz ksiądz Szymon, nigdym jeszcze podobnego nie spotkał. Ależ to uosobienie poczciwości, dobroci i abnegacyi.

— Bo w Kurowie najlepszy interes robić można na poczciwości, a szczególniej jeszcze wtedy, gdy ta poczciwość obleczona jest w sutannę. Spróbuj żyć tutaj ze szwindlów.

— Mówisz jak Moryc — rzekł niechętnie Maks.

— Chłopaki, dobrodzieje moi kochani, a zaczekajcie-no. A to smyrgacie jak jelonki, gonię i gonię, ażem się zakasał — wołał ksiądz, pędząc za nimi z sutanną w garści, żeby mu nie przeszkadzała.

Poszli razem, ale milczeli.

Ksiądz miał twarz posmutniałą, wzdychaj chwilami i z melancholią spoglądał w przestrzeń.

Widok księdza Liberata omroczył mu duszę smutkiem.

W ganku kurowskiego dworu zastali już Zajączkowskiego, który coś pilno opowiadał panu Adamowi.

— A, jest ten bisurmanin — szepnął ksiądz. — Jak się masz dobrodzieju, mój kochany! a co to, do kościoła nie chodzisz, o swoim proboszczu już zapomniałeś, he?

— Nie zaczynałbyś ksiądz na nowo, bom i tak zły — mruknął szlachcic niechętnie.

— A to ugryź psa w ogon. Widzisz go, będzie mi tu złością parskał jak kot.

— A Panie Jezu Chryste, jeżelim zaczynał, bijże mnie — krzyknął, rozkładając ręce Zajączkowski.

— No cicho, cicho. Daj gęby dobrodzieju mój kochany.

— I chodźcie panowie, bo obiad na stole — zapraszała Anka.

— Nie mogłeś, dobrodzieju, zaczynać od tego, ale z księdza wieczna przekora.
 Ucałowali się i w największej zgodzie siedli przy sobie do obiadu, który ciągnął się w milczeniu, bo Anka posmutniała i goniła oczami spojrzenia Karola, milczącego uparcie, Maks przyglądał się obojgu, pan Adam nawet mówił niewiele, a ksiądz z Zajączkowskim zajęci byli jedzeniem.

— Ostatni to raz jemy obiad w Kurowie w takiem towarzystwie — zauważył stary dość smutno.

— Ale możemy jeszcze jadać w Łodzi w takim samym komplecie. Sądzę, że ksiądz proboszcz, ani pan Zajączkowski nie zapomną o nas — powiedział Karol.

— O, nie, nie, przyjedziemy obaj. Poświęcę ci fabrykę, dobrodzieju mój kochany, bo kto z Bogiem, z tym Bóg, a potem dam wam ślub, a potem przecież nie kto inny będzie wam dzieciąteczko chrzcił, tylko ja. O, Anka uciekła, wstydzi się, a radaby, żeby to jak najprędzej. Anka, Anusiu — wołał rozbawiony.

— Nie wstydź-że mi ksiądz dziewczyny.

— Mój dobrodzieju kochany, panny się takich rzeczy tyle wstydzą, co koziołeczek w kapuście. Jasiek a nałóż-no fajeczkę.

— Panie Karolu, może pan przyjdzie do ganku, bo tam czeka Socha i koniecznie chce się z panem widzieć.

— Socha? Czy to ten protegowany pani, którego umieściłem u Bucholca?

— Tak, przyszedł z żoną.

— Anka, czemu to tak wielkie rumieńce? — zapytał, idąc z nią do ganku.

— Niedobry — szepnęła, odwracając głowę, ale ją objął ramieniem i zapytał szeptem:

— Bardzo niedobry? no, powiedz Anka, bardzo niedobry?

— Bardzo niedobry, bardzo niegodziwy i bardzo...

— I co bardzo? — pytał, przechylając jej głowę i całując w przymknięte oczy.

— I bardzo kochany — szepnęła, wysuwając mu się z objęć i weszła na ganek, przed którym stali Sochowie, ale tak zmienieni, że nie poznał ich na razie.
 Socha zamiast białej kapoty miał czarny surdut, pokapany woskiem na połach, czarne zakrótkie spodnie, wyciągnięte na cholewy, czapkę z daszkiem, gumowy kołnierzyk, który mu zjeżdżał na kark i odsłaniał brudną szyję.
 Zapuścił brodę, która mu niby ostra szczecinowa szczotka pokrywała szczęki i łączyła się przy uszach z krótko obciętymi włosami, wysmarowanymi pomadą.

Z żółtej, pomiętej i zmizerowanej twarzy patrzyły dawne niebieskie, poczciwe oczy.

Pochylił się również po dawnemu do kolan Karola.

— Ledwiem was poznał, wyglądacie jak fabrykant.

— I... ściarachał się ino człowiek między ciarachami i tyla.

— Robicie wciąż u Bucholca?

— A robi, wielmożny derektorze, robi, ino...

— Cicho kobito, ja rzeknę — przerwał jej z powagą. — Powiadali w miasteczku Łodzi kolegi, co wielmożny dziedzic otwiera fabrykę, tośwa z żuną tak wykalkulowali...

— Coby nas wielmożny derektor, a nasz dziedzic kochany wziun do siebie, bo zawżdy...

— Cicho żuno, bo zawżdy milej robić u swojaka. Jo robotę znom i przy parówce i w falbierni i czy w lapryturze, ale jakby dziedzic potrzebował do kuni, to dopraszałbym się łaski pańskiej, bo mi do bydląt ckno.

— Z kuniami się zna, co i wielmożna paninka zaświadczyć może, bo bez tyle...

— Zawrzej gembe — burknął — bo bez tyle roków człowiek się wzwyczaił do kunisków, to mu tera przez nich nijak.

— I nie szpiluje mu fabrykanckie życie, bo bez te fetory...

— Bo bez te fetory, to mam bolenie w piersiach i cięgiem mi odmiata i jak nieraz zamroczy, to jakby me kto cepem zdzielił w łeb. Wielmożny dziedzicu nasz kochany — zawołał rozrzewniony, obejmując go za nogi.

— Sirotyśmy bidne! Niechta i paninka wstawi się za bidnemi — szeptała przez łzy kobieta i całowała ich po rękach i obejmowała za nogi.

— No, dobrze, przyjdźcie na święty Jan, to się rozmówimy. Przyjmę was do koni.

Zaczęli raz jeszcze dziękować z uniesieniem.

— Jak oni się zmienili! — szepnęła Anka, przyglądając się Sochowej, bo kobieta zrzuciła wełniak i cały strój wiejski.

Miała na sobie niebieską bawełnianą suknię, czerwony stanik do figury, przez który jej nieforemny korpus zdawał się przelewać, mosiężna broszka pod szyją, żółta chusteczka na głowie, zawiązana pod brodę i duża ruda parasolka w ręku.

— Trzy czy cztery miesiące i Łódź ich przerobiła na innych ludzi.

— Nie, panie Karolu, Łódź ich tylko przebrała w inną garderobę. Dać im dzisiaj z dziesięć morgów gruntu, to za tydzień najdalej ani śladu w nich nie pozostanie łódzkiego życia.

Wrócili do pokoju stołowego akurat na kłótnię, jaka wybuchnęła pomiędzy księdzem Szymonem a panem Adamem, który bił nogą w stopień fotelu i krzyczał:

— Görgöy zdrajca! zdrajca od paznokcia do łysiny! Łajdak, pieski syn, psubrat.

— A ja ci mówię, dobrodzieju mój kochany, że nie zdrajca, tylko człowiek dalej widzący niż rurę swojej strzelby. On przecież uratował Węgry.

— I sprzedał po judaszowsku.

— Te, te, te! u ciebie rozsądni zawsze są zdrajcami i Judaszami. Co mu pozostawało, jak nie ocalić resztę?

— Bić się do ostatniego tchu, do ostatniego żołnierza.

— Już was nie było, boście przedtem uciekli! Jasiek, a daj-no

Hej z góry, z góry, jadą Mazury,

Puk puk w okieneczko

Otwórz, otwórz panieneczko

Koniom wody daj.

— Prędko pan przyjedzie?

— Nie wiem. Mam tyle roboty z fabryką, że nie wiem, co pierwej robić.

— Mało ma pan dla mnie czasu teraz, bardzo mało... — dodała ciszej i smutniej, ciągnąc dłonią po młodych rdzawych kłosach, co rozkołysane kłaniały się jej do nóg i obrzucały rosą.

— Proszę się spytać Maksa, czy ja dla siebie mam choćby godzinę czasu dziennie. Od piątej rano na nogach do późnej nocy. Jaki z ciebie dzieciak, Anko! no, spojrzyj na mnie.

Spojrzała, ale w oczach miała smutek i usta drżały jej nerwowo.

— Przyjadę za dwa tygodnie, dobrze? — powiedział spiesznie, aby ją pocieszyć.

— Dobrze, dziękuję, ale jeśli ma na tem cierpieć fabryka, to proszę nie przyjeżdżać, potrafię znieść i tęsknotę, przecież to nie po raz pierwszy.

— Ale ostatni, Anka. Ten miesiąc zleci prędko, a potem...

— A potem?

— Potem będziemy już razem; boi się tego moje złote dziecko, co? — szepnął czule.

— Nie, nie! bo przecież to z tobą, z panem — poprawiła się rumieniąc i uśmiechała się tak słodko, że miał ją ochotę pocałować.

Zamilkła i rozmarzonemi, zapatrzonemi w siebie oczami błądziła po zielonej płachcie zbóż, co niby wielki rozlew wody kołysany wiatrem, marszczyło się w płowe koliska, w czarniawe gurby, kładło się nad ziemią, powstawało, leciało w tył do ugorów, odbijało się o nie i znowu z chrzęstem uderzało w dróżkę, jakby chcąc się przelać przez tę tamę i rozlać po długim łanie pszenicy nizkiej jeszcze i tak trzepiącej piórkami błyszczącemi, że cały łan był podobny do wielkiego stawu, migocącego miliardami złotych łuszczek.

— Waluś, ruszaj się bestyo! — zakrzyknął pan Adam, bo dochodzili już do szosy.

— Adyć się rucham, jaże mi mokro.

— To już? — szepnęła Anka, spostrzegłszy konie czekające na szosie.

— Szkoda, że to już, jest tak prędko — powiedział Maks.

— Prawda, jak tu pięknie? patrz-no dobrodzieju mój kochany, jak to Pan Bóg umalował wszystko śliczniutko, o! — wołał ksiądz, wskazując na pola, leżące ku zachodowi.

Słońce czerwone, ogromne, zsuwało się nad lasy po perłowych przestrzeniach i rozsiewało po zbożach czerwonawą mgłę o fioletowych obrzeżach.

Wody stawów leżących niżej w łąkach paliły się jak tarcze miedziane mocno wypolerowane, a zygzakowata linia rzeczki ciągnącej się przez łąki ku wschodowi, odcinała się od traw, jak sina, jedwabna wstęga, poplamiona gdzieniegdzie czerwonawem złotem.

— Bardzo pięknie i żałuję, że nie mamy czasu przyglądać się dłużej.

— Prawda. No, jedźcie z Bogiem! A dajcież-no gęby chłopaki. Panie Maks, panie Baum, a tośmy cię dobrodzieju mój kochany, polubili wszyscy, jak swojego.

— Bardzo mnie to cieszy, bo przyznam się szczerze, że milszego towarzystwa nie spotkałem jeszcze w życiu i serdecznie dziękuję za gościnność i proszę, nie zapominajcie o mnie, Maks Baum!...

— Bardzo solidna firma, daje towar z sześciomiesięcznym kredytem — zawołał Karol ze śmiechem, żegnając się ze wszystkimi.

Maks zamilkł, był taki zły, że Ankę pocałował w obie ręce z dziesięć razy, pana Adama w oba policzki, a księdza w rękę, co tego ostatniego tak rozczuliło, że objął go za szyję, pocałował w głowę i przeżegnał go na drogę.

Ruszyli z miejsca kłusem.

Anka stanęła na kopcu i powiewała za nimi chustką.

Pan Adam śpiewał marsza.

Maks długo przypatrywał się jasnym konturom Anki i gdy zniknęły mu w oddaleniu, usiadł i gniewnie powiedział:

— Ty zawsze musisz mnie ośmieszyć.

— Aby cię otrzeźwić. Nie lubię jak się upijają mojem winem i do tego w moim własnym domu.

Zamilkli obaj.

II.

— Blumenfeld, graliście w niedzielę u Malinowskiego?

— Graliśmy, zaraz powiem — szepnął, wstając do okienka załatwić interesanta.

Stach Wilczek przeciągnął się ociężale i poszedł wyjrzeć na ulicę.

Piotrkowska huczała zwykłym codziennym ruchem, olbrzymie platformy towarowe tak biły kołami w bruk, że w kantorze szczękały ustawicznie szklane ścianki przepierzenia, osłonięte mosiężną siatką i poprzecinane okienkami, do których cisnęli się interesanci.

Przyglądał się bezmyślnie olbrzymim rusztowaniom budującego się domu naprzeciwko, to gęstej masie ludzi, zatłaczającej trotuary i powrócił do swojego stolika ślizgając się oczami po kilkunastu głowach wciśniętych pomiędzy ścianę a szklane przepierzenie i porozgradzanych jeszcze pomiędzy sobą nizkiemi przegrodami.

— Coście grali? — zapytał znowu Blumenfelda, który przegarniał chudą, nerwową ręką jasnozłociste włosy, a niebieskimi oczami śledził żydka, który na środku kantoru obracał się na wszystkie strony.

— Na prawo kasa! — zawołał, wychylając się przez okienko.

— Graliśmy kawałek sonaty Cis-Mol Beethowena. Szło nam tak dobrze jak nigdy. Malinowski był...

— Blumenfeld, konto Eichner et Peretz? — zawołano z drugiego końca kantoru.

— Cztery, siedmnaście, pięć. Zajęte do sześciu tysięcy — odpowiedział szybko, przerzucając skorowidz.

— Potem robiliśmy próbę z tego, com skończył niedawno.

— Co to jest? Polka, walczyk?

— Daj-że spokój z walczykami i polkami. Nie tworzę repertuaru dla katarynek i tanckrenchenów! — zawołał z pewnem oburzeniem.

— Więc cóż? operę? — pytał się ironicznie Stach.

— Nie, nie. Coś, co ma pewne formalne podobieństwo do sonaty, ale nie jest sonatą. Pierwsza część — to wrażenie miasta, które milknie i zwolna usypia. Rozumiesz, wielka cisza przesycona łagodnymi szmerami, które robią skrzypce, a na tem tle flet zaczyna przejmującą pieśń, jakby jęk drzew marznących, ludzi bezdomnych, maszyn spracowanych, zwierząt, które jutro będą zabite.

Zaczął nucić bardzo cicho.

— Blumenfeld, do telefonu wołają.

Przerwał i pobiegł natychmiast, a gdy powrócił nie mógł dokończyć, bo musiał załatwić dwóch interesantów, czekających przed okienkiem.

Potem zapisywał w wielkiej księdze, ale bezwiednie przebierał palcami, wystukując melodye.

— Długoś pisał?

— Blizko rok. Przyjdź w niedzielę, to usłyszysz wszystkie trzy części. Dałbym dwa lata życia, żebym mógł usłyszeć to własne dzieło wykonane przez dobrą orkiestrę, dałbym pół życia — dodał po chwili, oparł się o stół i zasłuchany w siebie, wiódł martwym, cofniętym w tył wzrokiem po głowach kolegów, czerniejących się w otworach okienek.

Wilczek zaczął pisać, a w kantorze zaszemrały rozmowy, leciały dowcipy z okienka do okienka, czasem wybuch śmiechu, który milknął, ilekroć trzasnęły drzwi frontowe, zadzwonił telefon, albo brzęczały szklanki, bo pito herbatę, gotującą się w rogu kantoru nad gazem.

— Sztil, panowie, stary przyjechał! — rozległ się ostrzegający głos.

Umilkli natychmiast wszyscy, spoglądając na Grosglücka, który wysiadł z powozu i stał przed kantorem, rozmawiając z jakimś żydkiem.

— Kugelman, proś dzisiaj o urlop, stary w dobrym humorze, śmieje się — szepnął Stach do sąsiedniego przedziału.

— Mówiłem wczoraj, powiedział, że po bilansie.

— Panie Szteiman, niech pan przypomni dzisiaj o gratyfikacyi.

— Żeby on zdechnął jak ten czarny psa! — zaklął ktoś za kratą.

Zaczęli się śmiać dyskretnie z tego „czarny psa", ale umilkli natychmiast, bo Grusglück wszedł.

Ze wszystkich okienek wychyliły się kłaniające z pokorą głowy i wielka cisza przerywana tylko syczeniem wody na gazie, zapanowała w kantorze.

Woźny odebrał kapelusz i z namaszczeniem ściągnął palto z bankiera, który zatarł ręce i gładząc palcem kruczo czarne bokobrody, odezwał się:

— Wiecie, panowie, straszny wypadek się zrobił.

— Broń Boże, nie panu prezesowi? — ozwał się jakiś głos lękliwy.

— Co się stało?! — zawołali wszyscy, udając zaniepokojenie.

— Co się stało? Stało się wielkie nieszczęście, bardzo wielkie nieszczęście —

powtórzył płaczliwym głosem.

— Straciliśmy co na giełdzie? — zapytał ciszej prokurent firmy, wychodząc z za przepierzenia.

— Spalił się kto niezaasekurowany?

— Umarł kto panu prezesowi?

— Ukradli może te śliczne rysaki amerykańskie.

— Nie mów pan głupich rzeczy, panie Palman — rzekł z powagą.

— Ale co się stało, panie prezesie? bo mnie się już słabo robi — błagał Szteiman.

— No, zleciał!...

— Kto zleciał? Skąd? Gdzie? Kiedy? — leciały strwożone zapytania.

— No, zleciał z pierwszego piętra klucz i wybił sobie zębów... Ha, ha, ha! — śmiał się serdecznie.

— Co za witz, jaki witz! — wołali, zanosząc się od śmiechu, chociaż słyszeli ten głupi dowcip po dziesięć razy na sezon.

— Błazen! — mruknął Stach Wilczek.

— Może sobie pozwolić, stać go i na to! — odpowiedział szeptem Blumenfeld.

Grosglück poszedł do swojego gabinetu, położonego za kantorem od podwórza.

Pokój umeblowany był z wielkim przepychem.

Czerwone obicie ścian ze złotemi lamperyami harmonizowało z mahoniowemi meblami suto ozdobionemi bronzami.

Wielkie weneckie okno, przysłonięte ciężkiemi draperyami, wychodziło na długie podwórze, otoczone olbrzymiemi oficynami i zamknięte czteropiętrowym gmachem fabrycznym.

Grosglück patrzył chwilę na transmisye przerzucone z jednej strony podwórza na drugą i biegnące nieustannie i na długą linię kobiet i mężczyzn tłoczących się do jednych z drzwi, z wielkimi tobołami wełnianych chustek na plecach. Byli to tkacze, którzy brali przędzę z fabryki i tkali chustki u siebie, na ręcznych warsztatach.

Potem otworzył wielką kasę wmurowaną w ścianę, przejrzał jej zawartość, wydobył pliki papierów na biurko pod okno, które przysłonił żółtawym ekranem, usiadł i zadzwonił.

Natychmiast zjawił się prokurent firmy z teką pełną papierów.

— Cóż słychać, panie Szteiman?

— Prawie nic. Palił się w nocy A. Weber.

— Znane. Cóż więcej? — zapytywał, przeglądając kolejno i bardzo uważnie papiery.

— Przepraszam pana prezesa, ale już nie wiem nic więcej — tłómaczył się pokornie.

— Mało pan wiesz — mruknął bankier, odsuwając papiery i naciskając guzik elektryczny dwa razy.

Zjawił się drugi urzędnik, główny inkasent.

— Cóż nowego, panie Szulc?

— Zabili dwóch robotników na Bałutach, jeden miał przecięty cały brzuch.

— Co mi to szkodzi, tego towaru nigdy nie braknie. Co więcej?

— Mówili rano, ze Pinkus Meyersohn chwiać się zaczyna.

— Jemu się chce położyć na dwadzieścia pięć procent. Przynieś pan jego conto.

Szulc spiesznie przyniósł.

Bankier przejrzał uważnie i szepnął ze śmiechem:

— Niech się kładzie zdrów, nam to nie zaszkodzi. Ja od pół roku czułem, że on się męczy, że on ma ochotę usiąść.

— Prawda, sam słyszałem jak pan prezes mówił do Szteimana.

— Ja mam nos, ja zawsze mówię, że lepiej się raz dobrze wyczesać, niż dwadzieścia razy podrapać. Ha, ha, ha! — roześmiał się wesoło, tak mu się podobał własny koncept.

— Cóż więcej?

— Nic, mnie się tylko zdaje, że pan prezes trochę źle wygląda dzisiaj.

— Pan jesteś taki głupi, że ja panu muszę zmniejszyć pensyę! — zawołał zirytowany i zaraz po wyjściu Szulca oglądał twarz bardzo szczegółowo w lustrze, obszczypywał delikatnie pulchne policzki i długo przyglądał się językowi.

— Niewyraźny, muszę się poradzić doktora — myślał, dzwoniąc trzy razy.

Wszedł Blumenfeld z paczką korespondencyj i rachunków.

— Wiktor Hugo umarł wczoraj — rzekł nieśmiało muzyk i zaczął odczytywać głośno jakieś sprawozdanie.

— Dużo zostawił? — zapytał bankier w przerwie, oglądając sobie paznokcie.

— Sześć milionów franków.

— Ładny grosz. W czem?

— W trzyprocentowej rencie francuskiej i w Suezach.

— Doskonały papier. W czem robił?

— W literaturze, bo...

— Co? W literaturze?... — zapytał zdziwiony, podnosząc oczy na niego i gładząc faworyty.

— Tak, bo to był wielki poeta, wielki pisarz.

— Niemiec?

— Francuz.

— Prawda, ja zapomniałem, przecie to jego ta powieść „Ogniem i mieczem". Mnie Mery ładne kawałki z niej czytała.

Blumenfeld nie przeczył, przeczytał listy, wynotował odpowiedzi, pozbierał papiery i chciał odchodzić, ale bankier zatrzymał go skinieniem.

— Pan podobno gra na fortepianie, panie Blumenfeld?

— Skończyłem konserwatoryum w Lipsku i klasę fortepianową u Leszetyckiego w Wiedniu.

— Bardzo mi przyjemnie. Ja bardzo lubię muzykę, a szczególniej te śliczne kawałki, jakie śpiewała Patti w Paryżu. Dobrze pamiętam, o... — i zaczął nucić dyskretnie jakąś uliczną aryetkę operetkową. — Ja mam dobre ucho, nieprawda?

— Istotnie zadziwiające — odpowiedział Blumenfeld, przypatrując się olbrzymim, sinawym uszom bankiera.

— Mnie przyszła myśl, żebyś pan dawał lekcye mojej Mery. Ona dobrze gra i to nie będą lekcye, bo pan usiądzie sobie przy niej i będzie tylko patrzeć, żeby się nie omyliła. Co pan bierzesz za godzinę?

— Daję teraz lekcye u Müllerów, płaci mi trzy ruble.

— Trzy ruble! Ale pan chodzisz na koniec miasta, siedzisz pan w chałupie, no i rozmawiasz pan z Müllerem, a to cham; co to za przyjemność mieć do czynienia z takimi ludźmi. A u mnie pan będziesz siedział w pałacu.

— I tam w pałacu także — szepnął od niechcenia Blumenfeld.

— Mniejsza z tem, zgodzimy się, bo jak Bóg Kubie, tak Kuba Bóg — zakończył.

— Kiedy mam przyjść?

— Przyjdź pan dzisiaj po południu.

— Dobrze, panie prezesie.

— Poproś pan do mnie Szteimana.

— Dobrze, panie prezesie.

Szteiman przyszedł zaraz i z niepokojem czekał rozkazów.

Grosglück wsadził rękę w kieszenie, spacerował po pokoju, gładził długo bokobrody i dopiero w końcu rzekł uroczyście:

— Ja chciałem panu powiedzieć, że mnie denerwuje ten ciągły brzęk szklanek w kantorze i to ciągłe syczenie gazu.

— Panie prezesie, przychodzimy tak wcześnie, że wszyscy śniadania jadają w kantorze.

— Na gazie gotują herbatę. Kto gaz płaci? Ja płacę. Ja płacę gaz na to, żebyście panowie mogli cały dzień pić herbatę! Gdzie tu jest sens! Od dzisiaj będziecie panowie płacili.

— I pan prezes pija przecież...

— Pijam, nawet zaraz się napiję. Antoni, daj mi herbaty — zawołał głośno do przedpokoju, z którego było wyjście do bramy. — Mam myśl. Pijecie herbatę, pijcie i płaćcie za gaz, na tyle ludzi to nie drogo wyjdzie, a mnie dawajcie herbatę w procencie, bo przecież urządzenia gazowe są moje, w moim kantorze i pijacie w godzinach zajęcia.

— Dobrze, powiem kolegom.

— Ja to robię dla panów dobra, no bo teraz to oni się wstydzą pić herbatę, ich gryzie sumienie, że to na moim gazie, a jak każdy zapłaci gaz, to on będzie śmiały, on będzie mi mógł patrzeć prosto w oczy. To jest bardzo moralne, panie Szteiman, bardzo.

— Miałem jeszcze prośbę do pana prezesa w imieniu kolegów.

— Mów pan, ale prędko, mam mało czasu.

— Pan prezes obiecał dać gratyfikacyę przy zamknięciu półrocza.

— A bilans jak stoi?

— Robią go w godzinach pozabiurowych, będzie na czas z pewnością.

— Panie Szteiman — rzekł poufale bankier, wstając. — Usiądź pan trochę, pan jesteś zmęczony.

— Dziękuję panu prezesowi, muszę zaraz iść, bo mam dużo roboty.

— Robota nie gęś, ona się nie wytopi. Siądź pan, ja panu co powiem. Czy oni bardzo czekają na gratyfikacyę?

— Zasłużyli na nią uczciwie.

— To ja wiem, pan mi tego nie potrzebujesz powiadać.

— Przepraszam pana prezesa, bardzo przepraszam — szeptał uniżając się w pokorze i onieśmieleniu.

— Pogadamy po przyjacielsku. Co ja mógłbym im dać?

— To już pan prezes sam zadecyduje.

— Więc przypuśćmy, że dałbym im tysiąc rubli, więcej nie mógłbym, rok zamkniemy z grubą stratą, ja to czuję.

— Mamy dotychczas zdwojony obrót w porównaniu do roku zeszłego.

— Cicho pan bądź, ja mówię, że ze stratą, to inaczej być nie może. Więc weźmy tę okrągłą cyfrę tysiąc rubli. Ile mamy ludzi w kantorze?

— Piętnastu jest nas razem.

— Ile w filii?

— Pięciu.

— To razem dwadzieścia osób. Co każdy może dostać z tych pieniędzy? Jakieś trzydzieści do pięćdziesięciu rubli, bo trzeba odtrącić procent na kary. Teraz ja się pana zapytam, co może komu przyjść z takiej marnej sumy? Co ona może komu pomódz?

— Przy takich małych płacach jak u nas, to i te kilkadziesiąt rubli będą bardzo wielką pomocą.

— Głupi pan jesteś i źle pan liczysz! — zawołał z gniewem i zaczął prędko chodzić po pokoju.

— My pieniądze rzucimy w błoto, panie Szteiman, jak my je rozdamy. Ja panu zaraz powiem, co się z nich zrobi. Pan swoje ulokuje w loteryi, bo pan grasz, ja wiem o tem. Perlman kupi sobie nowy garnitur, żeby się spodobać Weberkom. Blumenfeld kupi sobie różne głupie kawałki muzyczne. Kugelman sprawi żonie wiosenny kapelusz. Szulc pójdzie do szansonistek. Wilczek, no, ten jeden nie zmarnuje, on komu pożyczy na dobry procent. A reszta! Wszyscy stracą co do jednego grosza. I ja mam dawać swoje pieniądze na zmarnowanie, ja tego zrobić nie mogę jako dobry obiwatel! — zawołał, uderzając się w piersi.

Szteiman uśmiechnął się ironicznie.

Bankier spostrzegł to, usiadł przy biurku i zawołał:

— No, zresztą, co to długo gadać, nie chcę dać i nie dam, a za te pieniądze kupię sobie ładny garnitur do stołowego pokoju. Panowie będziecie mieli tę przyjemność mówić na mieście: „Pan Grosglück, nasz szef, ma stołowy garnitur za tysiąc rubli" to dobrze robi! — zawołał, wybuchając drwiącym śmiechem.

Szteiman utkwił w nim blade, jakby wygryzione atramentem oczy o czerwonych obwódkach i długo patrzył, aż się bankier poruszył niespokojnie, przeszedł parę razy gabinet i powiedział:

— No, dam gratyfikacyę, dam, niech wiedzą, że ja umię ocenić pracę.

Zaczął prędko przerzucać w kasie stosy papierów i wyciągnął w końcu paczkę pożółkłych weksli i bacznie je przeglądał.

— Tu jest weksli na tysiąc pięćset rubli, proszę pana.

— Firmy Wasserman i Spółka, to ony akurat warte są cały grosz — mówił Szteiman, oglądając weksle.

— Nic nie wiadomo. Pan wiesz, że firma jest w likwidacyi, że oni mogą jeszcze się podnieść i zapłacą sto za sto.

— Żeby oni chcieli zapłacić pięć za sto, ale nie zapłacą ani grosza.

— Masz pan weksle, ja panu życzę, żebyś pan wycisnął z nich sto pięćdziesiąt za sto, sceduję je zaraz na pana.

— Dziękuję panu prezesowi — szepnął smutnie i cofnął się do wyjścia.

— Zabierz-że pan swoje weksle.

— Papieru nie brakuje w kantorze.

Zabrał jednak weksle i wyszedł.

Bankier wziął się do roboty i przedewszystkiem w książce trzymanej w kasie, przekreślił tytuł „gratyfikacja" i wpisał u dołu cyfrę 1,500 rs. jako wypłaconą.

Uśmiechał się po tej operacyi długo i z lubością gładził faworyty.

Wsunął się wkrótce do gabinetu bardzo elegancki żydek, wysoki, szczupły, w złotych binoklach na garbatym nosie, z bródką rudawą w ostry klin przyciętą, z włosami kręcącymi się jak wełna i przedzielonymi przez całą głowę; z niespokojnemi, biegającemi ustawicznie z przedmiotu na przedmiot oczami oliwkowemi; wywinięte mocno wargi popękane i sinawe obcierał ustawicznie językiem i wykrzywiał lekceważąco.

Był to Klein, kuzyn blizki bankiera i powiernik zaufany.

Wszedł tak cicho, że bankier nie usłyszał, obiegł pokój oczami, rękawiczki rzucił na fotel, kapelusz na krzesło, a sam usiadł niedbale na otomanie.

— Jak się masz stary? — mruknął, zapalając papierosa.

— Ja się mam dobrze, ale ty mnie Bronek przestraszyłeś, kto tak wchodzi po cichu!

— Nic ci nie zaszkodzi!

— Co słychać?

— Dużo słychać, bardzo wiele słychać. Fiszbin już dzisiaj skończył.

— Niech mu będzie na zdrowie! Co to był Fiszbin? To był muzykant, co grał na dziesięciu instrumentach — głową, łokciami, kolanami, rękami i nogami! Co to za interes? jeden dał dziesiątkę zarobić, a drugi wyrzucił go za drzwi!

— Mówią, że w tym tygodniu potrzebuje się spalić Goldberg — szepnął cicho.

— Takie nieszczęście nie zaszkodzi i najbogatszemu.

— Cóż słychać z Motlem?

— Ty o nim nie wspominaj, to łajdak, to złodziej, plajciarz, chce płacić trzydzieści procent!

— I on potrzebuje żyć!

— Ty głupi jesteś, Bronek, ty się nie śmiej, kiedy ja tracę ze trzy tysiące rubli.

— Akurat mu tyle potrzeba, żeby się ożenić, ha, ha, ha!

Zaczął się śmiać i spacerując po gabinecie rzucał ciekawe spojrzenia do wnętrza otwartej kasy.

Grosglück podchwycił te spojrzenia, kasę zamknął i zawołał ironicznie:

— Bronek, ty się patrzysz na kasę, jakby ona była twoja narzeczona! Ja ci daję słowo, że ty się z nią nie ożenisz, ty ją nawet nie pocałujesz, ha, ha, ha!

Roześmiał się serdecznie z miny Kleina, który usiadł obok niego i zaczął mu po cichu coś opowiadać

Grosglück długo słuchał i w końcu rzekł:

— Wiedziałem już o tem. Muszę się z Weltem rozmówić. Panie Blumenfeld, proszę zatelefonować do pana Moryca Welt, że ja go proszę do siebie, że jest bardzo ważny interes! — zawołał przez drzwi do kantoru.

— Bronek, o tem sza! My zjemy Borowieckiego nim się ugotuje!

— Ja ci mówię, że wy go nie zjecie, on ma za sobą...

Nie dokończył, bo wszedł do gabinetu jeden z urzędników.

Był tak pomieszany i zestraszony, że bankier zerwał się z krzesła.

— Panie prezesie, panie prezesie, ten łajdak co on zrobił, ten gałgan Tuszyński, ten!

— Co zrobił? Mów pan ciszej, tutaj nie bóżnica!

— On wczoraj zainkasował czterysta rubli i uciekł. Byłem w jego mieszkaniu, niema nic, zabrał rzeczy i w nocy pojechał! Pojechał do Ameryki.

— Aresztować go, okuć w kajdany, wsadzić do kryminału, wysłać na Sybir! — krzyczał bankier, grożąc pięściami.

— Ja to chciałem zrobić, chciałem już depeszować, chciałem dać znać policyi, ale że to wszystko będzie kosztować, to potrzebowałem upoważnienia od pana prezesa.

— Niech kosztuje, niech ja stracę cały majątek, a tego złodzieja złapać, niech on zgnije w kryminale za moje czterysta rubli!

— To może zaraz pan prezes każe otworzyć conto na tę sprawę.

— Co to będzie kosztować? — zapytał już spokojniej.

— Ja nie wiem, ale zawsze kilkadziesiąt rubli kosztować musi!

— Co, co? Ja mam jeszcze dokładać do tego złodzieja. A niech on zdechnie! Kto go wysłał za inkasem? — zapytał po chwili.

— Ja, ale pan prezes upoważnił mnie do tego — tłómaczył się nieśmiało.

— Pan go wysłałeś — to pan odpowiadasz. Ja nic słuchać nie chcę. Moje czterysta rubli nie mogą przepaść, pan odpowiadasz.

— Panie prezesie, ja jestem biedny człowiek, ja nie jestem nic winien, ja pracuję uczciwie u pana prezesa już dwadzieścia lat. Ja mam ośmioro dzieci! Pan prezes mnie upoważnił do wysyłania tego gałgana po pieniądze — jęczał i błagalnemi spojrzeniami włóczył się u nóg bankiera.

— Pan odpowiadasz za kasę, pan powinieneś znać ludzi, ja raz jeszcze mówię: pieniądze muszą być. Możesz pan sobie iść! — zawołał groźnie, odwrócił się do niego plecami i dopijał herbatę.

Urzędnik postał chwilę, wpatrzony osłupiałemi oczyma w szerokie plecy bankiera i w smugę dymu, jaki się wznosił z cygara, leżącego na kancie biurka, westchnął ciężko i wyszedł.

— On myśli, że ja taki głupi, podzielił się z Tuszyńskim, stare kawały.

— Pan Welt! — zameldował woźny.

— Proś, proś! Bronek, idź za tym bałwanem i powiedz, że jeżeli pieniądze nie znajdą się zaraz, to ja go wsadzę do kryminału. Panie Welt, proszę do mnie! — zawołał ujrzawszy Moryca, rozmawiającego z Wilczkiem w kantorze.

Moryc przywitał się, przejrzał twarz bankiera i rzucił krótko:

— Prezes telefonował po mnie, a ja również się tutaj wybierałem.

— Interes, co? to załatwimy go prędko, bo ja mam z panem pogadać w pewnej bardzo delikatnej sprawie.

— Interes taki: Adler et Comp. potrzebuje wielkiej partyi wełny, zwrócili się do mnie o to. Ja wełnę mam, ale potrzebuję na nią pieniędzy.

— Dam panu pieniędzy, zrobimy do spółki, dobrze?

— A no jak zwykle, zarobimy na tem piętnaście procent.

— Ile panu potrzeba?

— Trzydzieści tysięcy marek, na Lipsk.

— Dobrze, wyślę panu telegraficznie. Kiedy pan pojedzie?

— Dzisiaj w nocy, za tydzień będę z powrotem.

— Interes załatwiony! — zawołał wesoło bankier, odsunął się nieco od biurka, zapalił cygaro i długo przypatrywał się Weltowi, który gryzł gałkę laski, poprawiał binokle i również patrzył badawczo.

— Jakże bawełna poszła? — zapytał pierwszy Grosglück.

— Sprzedaliśmy połowę.

— Wiem, wiem, zarobiliście podobno siedmdziesiąt pięć procent, a cóż z resztą?

— Resztę sami przerobimy.

— Fabryka rośnie?

— Za miesiąc będzie pod dachem, za trzy umontują maszyny, a w październiku puszczamy w ruch.

— Lubię taki pośpiech, to po łódzku, ślicznie! — dodał ciszej i uśmiechał się dyskretnie. — Borowiecki to mądry człowiek, ale...

Zawahał się, uśmiechnął ironicznie i zakrył twarz kłębem dymu.

— Ale?... — podchwycił Moryc ciekawie.

— Ale on lubi za bardzo romanse z mężatkami, to nie wypada na fabrykanta.

— To mu nic nie przeszkadza, a przytem ożeni się nie długo, bo ma już narzeczoną.

— Narzeczona to nie weksel, to zwyczajny rewers, który można nie zapłacić w terminie, za to nie ogłoszą bankructwa, Ja bardzo lubię Borowieckiego, ja go tak lubię, że gdyby on był nasz, to ja dałbym mu moją Mery, ale...

— Ale... — podchwycił znowu Moryc, bo bankier zrobił długą przerwę.

— Ale ja mu muszę zrobić przykrość, co mnie jest tak nieprzyjemne, tak bardzo nieprzyjemne, że muszę pana prosić, abyś mnie przed nim wytłómaczył.

— Cóż takiego? — zapytał Welt niespokojnie.

— Ja mu musiałem cofnąć kredyt — szepnął bankier z bolesną miną i udawał szczerze zmartwionego, mlaskał ustami, gryzł cygaro, wzdychał, a obserwował Moryca, który napróżno usiłował wsadzić binokle i zapanować nad sobą. Wiadomość ta zrobiła na nim piorunujące wrażenie, uspokoił się jednak szybko, pogładził brodę i sucho zawołał:

— Znajdziemy kredyt gdzieindziej.

— Ja wiem, że znajdziecie i dlatego mnie jest bardzo przykro, że z wami nie będę mógł robić interesów.

— Dlaczego? — zapytał prosto Moryc, bo twarz bankiera i jego słowa niedomówione zaniepokoiły go silnie.

— Nie mogę, tak mam kapitały poangażowane, że nie mogę, a przytem, ja się muszę liczyć ze wszystkiem... ja nie mogę się narażać... na straty... na przykrości... — tłómaczył się niejasno, urywał, kręcił, a chciał, aby Moryc pierwszy zapytał go otwarcie.

Ale Moryc Milczał, przeczuwał, że w tem cofnięciu kredytu, musi być jakiś nacisk uboczny na Grosglücka, pytać się nie chciał, aby mu nie dać poznać, jak bardzo go to obchodzi.

Grosglück zaczął spacerować po gabinecie i mówił nieco przyciszonym, przyjacielskim głosem:

— Bo tak mówiąc, pomiędzy nami, po przyjacielsku, panie Maurycy, po co panu spółki z Borowieckim? Czy pan nie możesz sam otworzyć fabryki?

— Nie mam pieniędzy! — rzucił krótko i słuchał uważnie.

— To nie przyczyna, bo pieniądze mają ludzie, a pan masz wielkie zaufanie i wielkie zdolności. Dlaczego ja z panem robię interesy? Dlaczego na jedno słowo daję panu teraz trzydzieści tysięcy marek? bo ja pana znam dobrze i wiem, że na tej ufności zarobię z dziesięć procent.

— Siedm i pół! — poprawił Moryc skwapliwie.

— Mówię tylko dla przykładu. Każdy z panem zechce robić interes i pan możesz prędko stanąć na mur, więc po co panu ryzykować z Borowieckim? On jest mądry, bardzo mądry kolorysta, ale on nie jest macher. Po co on gada po Łodzi, że trzeba uszlachetnić i podnieść produkcyę łódzką! To jest bardzo niemądre gadanie! Co to jest uszlachetnić produkcyę? Co to jest — „czas skończyć z tandetą łódzką!" to jego własne słowa, bardzo głupie słowa! — zawołał mocniej ze złością. — Żeby on myślał jak taniej produkować, gdzie nowe rynki otworzyć dla zbytu, jak podnieść stopę procentową, to byłoby mądre, ale jemu się chce reformować przemysł łódzki! On go nie zreformuje, a może łatwo kark skręcić. Żeby to nie szkodziło nikomu, niktby i słowa nie powiedział. Chcesz ryzykować — ryzykuj! Włazisz na dach — złam sobie ząb. Po co jemu fabryka! Knoll chciał mu dać dwadzieścia tysięcy, a to śliczny grosz, ja tyle może nie zarabiam. Nie chciał, jemu się chce fabryki, jemu się chce „uszlachetniać produkcyę", jemu się chce psuć interesy Szai, Zukerowi, Knollowi, całej bawełnie łódzkiej. A wiesz pan dlaczego? Żeby Polacy mogli powiedzieć: Wy robicie tandetę, szachrujecie, wyzyskujecie robotników, a Borowiecki, a my prowadzimy interes porządnie, uczciwie, solidnie!

— Prezes daleko widzi! — szepnął Moryc ironicznie.

— Pan się nie śmiej, ale ja bardzo daleko widzę. Jak Kurowski zakładał fabrykę przeczułem co z tego będzie i mówiłem Glancmanowi, załóż taką samą, załóż zaraz, bo on cię zje — nie słuchał mnie i dzisiaj co? Stracił wszystko i jest w kantorze Szai, bo Kurowski bierze tylko swoich i tak stanął, że z nim nie może być konkurencyi, a za rok ile zechce brać, tyle będzie brał za swoje farby. Ale to nie o to idzie, idzie o to, że jak się jednemu Polakowi uda, to zaraz całą kupą przychodzą inni. Pan myślisz, że Trawiński nie robi konkurencyi Blachmanowi i Kesslerowi, co? On im psuje interesy. Sam nie zarabia nic, dokłada co rok, ale psuje wszystkim, bo zniża cenę za towar i podnosi płacę majstrów i robotników! On się bawi w filantropię, za którą inni drogo płacą; wczoraj u Kesslerów cała przędzalnia stanęła. Dlaczego? Dla tego, że majstrowie i robotnicy powiedzieli, że robić dotąd nie będą, dopóki im nie zapłacą tak, jak w fabryce Trawińskiego płacą! Ładne położenie dla fabryki, która jest tak skrępowana terminowymi obstalunkami, że na wszystko zgodzić się musiała! Jak Kessler będzie miał w tym roku o dziesięć procent mniej, to musi podziękować za to Trawińskiemu! Tfy, to jest już nietylko świństwo, ale to jest sto razy głupie! A teraz powstaje Borowiecki i także obiecuje „uszlachetnić produkcyę" ha, ha, ha! mnie się bardzo chce śmiać. Jak Borowieckiemu pójdzie, to za dwa lata założy znowu jaki Sosnowski interes do „uszlachetniania", za cztery lata będzie ich ośmiu uszlachetniało i psuło ceny, a za dziesięć to cała Łódź będzie ich!

Moryc zaczął się śmiać z przerażenia bankiera.

— To nie jest śmiech, moje przypuszczenia to nie jest ten wiatr, ja ich znam dobrze, ja wiem, że z nimi nie wytrzymamy konkurencyi, bo oni będą mieli za sobą cały kraj. Dla tego trzeba Borowieckiego zjeść, trzeba wszystkim zrozumieć to położenie i iść ręka w rękę, solidarnie!

— A Niemcy? — zapytał krótko Moryc, poprawiając binokli.

— Z tem się niema co liczyć, ich i tak prędzej czy później dyabli stąd wezmą, ale my zostajemy! o nas tu idzie! Pan mnie rozumie, panie Moryc?

Rozumiem, ale jeśli mój kapitał da mi więcej procentów u Borowieckiego, to ja idę z nim — szepnął cicho, gryząc laskę.

— To jest po kupiecku powiedziane, ale ja panu z góry ręczę, że ten kapitał nie da nic i że pan może stracić wszystko.

— Zobaczymy!

— Ja panu dobrze życzę, powiedziałem to, co myślę, co myśli cała nasza Łódź. Pan sam powiedz, po co im fabryki! Nie mogą oni siedzieć na wsi, trzymać wyścigowe konie, jeździć za granicę, polować, romansować z cudzemi żonami, robić politykę i wielki szyk po świecie! Im się zachciało fabryk i „uszlachetniania produkcyi", im się zdaje, że to angielski koń, co jemu można dać prostą chamską kobyłę za żonę, a ona zaraz urodzi samego lorda! — wołał z politowaniem i zgrozą.

— Żeby oni mogli siedzieć na wsi i bawić się, toby z pewnością nie było w Łodzi ani jednego Polaka.

— Niech przychodzą! jest tyle miejsc... stróżów, woźnych, stangretów, oni takie rzeczy dobrze robią, oni są do tego specyaliści, ale po co im się brać do nieswoich rzeczy, dlaczego oni nam mają psuć interesy?

— Do widzenia, dziękuję prezesowi za zwrócenie uwagi.

— Ja myślę, panie Maurycy, bo te wszystkie nasze, to bidło, parchy, oni tylko patrzą, żeby dzisiaj zrobić geszeft, a w sobotę zjeść dobrą kolacyę i wyspać się pod pierzyną! Co pan zrobisz?

— Zobaczę. Więc Borowiecki niema ani grosza kredytu u pana?

— Ja nie mogłem stracić wszystkich naszych fabrykantów dla niego!

— Zmowa! — szepnął bezwiednie Moryc.

— Jaka zmowa? co pan gadasz, to tylko obrona! Żeby to był kto inny, nie Borowiecki, toby się jego przydeptało nieznacznie i zdechłby prędko, ale pan wiesz, jak on podparł Bucholca, pan wiesz, co to jest za kolorysta! no i to pan wiesz, że w niego wierzą, że on ma stosunki, że on jest znany na rynkach.

— To wszystko prawda, ale jemu może pójść! — zakończył Moryc i wyszedł. W kantorze poszedł za przepierzenie do Stacha.

— Panie Wilczek, stary Grünspan chce z panem pomówić choćby zaraz.

— Mógłbym panu powiedzieć o czem chce mówić ze mną. Może mu pan powiedzieć, że mnie się nie spieszy, ze sprzedaniem placu, bo zakładam gospodarstwo.

— Jak pan chce! — rzucił mu Moryc wychodząc.

— Zmowa! — myślał, idąc Piotrkowską.

Był tak zamyślony, że nie spostrzegł Zygmunta Grünspana, który kiwał na niego z powozu i przyzywał do siebie.

— Moryc, czy ty już nie poznajesz znajomych! — zawołał Zygmunt przystępując do niego.

— Jak się masz i do widzenia, bo czasu nie mam.

— Chciałem ci tylko powiedzieć, żebyś przyszedł w niedzielę, bo Mela przyjeżdża.

— Czy ona jeszcze siedzi we Florencyi?

— Z Różą, to dwie waryatki. Rozie się nie chciało pisać do Szai, to ona cały list telegrafowała, cały list, ze dwieście wierszy!

— Muszą się tam dobrze bawić?

— Róża się nudzi, a w Meli zakochał się jakiś włoski książę i ma za nią przyjechać do Łodzi.

— Po co?

— Chce się z nią żenić. Tak pisała Róża.

— Głupstwo.

— Autentyczny książę! — wykrzyknął Zygmunt rozpinając mundur.

— Taką firmę możesz sobie kupić w każdym hotelu włoskim.

Rozstali się, Morycowi spieszyło się bardzo.

Szedł do fabryki, jak to robił codziennie, bo lubił patrzyć jak mu w oczach wzrastały mury, ale dzisiaj szedł wolno, słowa Grosglücka obciążyły go, rozmyślał nad niemi, pomimo, że horoskopy bankiera wydały mu się przesadzonymi, niemożebnymi prawie do urzeczywistnienia.

Spoglądał na miasto, na długie sznury domów, na setki kominów, co niby pnie sosen czerwieniły się w rozsłonecznionem upalnem powietrzu i wielkimi słupami dymów biły w górę, wsłuchiwał się w gwar miasta, w przygłuszony a nieustanny szum fabryk pracujących w turkot ciężkich platform pełnych towarów, krzyżujących się we wszystkich kierunkach.

Rzucał badawcze spojrzenia na szyldy sklepów niezliczonych, na tablice domów, na tysiące nazwisk powypisywanych na balkonach, ścianach i oknach domów.

„Motel Lipa, Chaskiel Cokolwiek, Ita Aronsohn Józef Reinberg i t. d. i t. d., same nazwiska żydowskie, poprzetykane gdzieniegdzie nazwiskami niemieckiemi.

— Sami nasi! — szepnął jakby z pewną ulgą i lekceważący uśmiech przewijał mu się po ustach i bił z oczów, gdy spostrzegł polskie nazwisko na szyldziku jakiego szewca lub ślusarza.

— Grosglück ma bzika! — myślał, ogarniając spojrzeniem to morze domów, sklepów i fabryk żydowskich. — On ma ładny kawałek choroby — dodał wesoło prawie i już nie myślał o jego obawach spolszczenia Łodzi, bo czuł w tej chwili patrząc na żydowską potęgę miasta, że jej nic i nikt złamać nie potrafi. A szczególniej Polacy! — myślał, oddając ukłon Kozłowskiemu, który w jasnych jedwabiach, w żółtych lakierkach i z gałką laski przy lśniącym cylindrze, który spychał na tył głowy, spacerował po drugiej stronie ulicy i zaglądał w oczy przechodzącym kobietom.

Nie, już nie myślał o obawach bankiera, ale ta zmowa na Borowieckiego skłopotała go mocno.

Był zaangażowany w tym interesie, tylko z tej strony go obchodziła ich fabryka, bo czy Karol straci, nic go to nie obchodziło, ale sam nie lubił nawet ryzykować, a teraz czuł, że jeśli się zmówili na niego, to go ogryzą do ostatniej kosteczki.

— To jest kein geszeft! — myślał i teraz dopiero zobaczył jasno przyczyny najrozmaitszych przeszkód, jakie ich spotykały.

Zrozumiał, dlaczego przedsiębiorca, który miał im prowadzić roboty mularskie — cofnął się. Oni mu zabronili robić!

Kwestyonowano im plany i zwlekano z ich zatwierdzeniem. Ich robota!

Komisya budowlana przerywała im robotę i zmusiła do zgrubienia ścian. Ich denuncyacye!

Niemieckie nadreńskie firmy odmówiły im kredytu na maszyny. To również oni zrobili!

A te wieści fałszywe, złe, głupie, jakie krążyły o Borowieckim po Łodzi, a które źle musiały oddziaływać na ich przyszły kredyt. Któż je rozpuszczał? Ludzie Grosglücka, Szai i Zukiera.

— To jest sto razy kein geszeft! Oni go zjedzą! — myślał coraz posępniej, ale wchodząc w ulicę, na której była ich fabryka, zaczynał już pracować nad sposobami wycofania się z tego interesu.

Szukał przyzwoitych pozorów, bo zrywać zupełnie z Borowieckim nie chciał.

III.

Budynki po fabryce Meisnera, które Borowiecki kupił i przerabiał dla swojej fabryki, stały z boku Konstantynowskiej, na jednej z małych uliczek; była to dzielnica małych fabryczek i samodzielnych warsztatów, teraz już obumarła — zabita przez wielki przemysł.

Uliczki były krzywe, obstawione parterowymi domami o wielkich facyatach, niebrukowane, nędzne i brudne.

Domy powykrzywiały się ze starości i powoli zapadały w grzązką ziemię, jakby przygniatane wielkością gmachów fabryki Müllera i olbrzymimi kominami innych fabryk, które gęstym, kamiennym lasem chwiały się dookoła.

Resztki trotuarów ciągnęły się obok obszarpanych domów, zaglądały w nicktórych głębiej zapadniętych do okien i tworzyły szereg dołów i wybojów, zasypanych śmieciami.

Na środku ulicy leżały miejscami wielkie kałuże nigdy nie wysychającego błota, nad któremi snuły się gromady dzieci, podobnych przez wynędznienie i brud do wielkich stonóg, wylęgłych w tych ruderach; gdzie zaś nie było błota, tam leżała gruba warstwa węglowego miału, który rozbijany kołami wozów, podnosił się i czarnym tumanem wisiał nad uliczkami, oblepiał domostwa i żarł nędzną zieloność drzew anemicznych, pokrzywionych, które poskręcane i narosłe guzami gałęzie wychylały z za parkanów, lub ciągnęły się przed domkami szeregiem połamanych szkieletów.

Monotonny, suchy stukot warsztatów tkackich, trzęsących się szarymi szkieletami za przepalonemi szybami okien, przepełniał powietrze i łączył się z potężnym szumem fabryki Müllera.

Moryc Welt przeszedł szybko umierającą dzielnicę, bo go przejmowała wstrętem nędza rozpadających się domów i denerwował go ten suchotniczy stukot warsztatów i to życie tętniące tak słabo, jakby ostatkami sił.

Lubił gwar potężnych maszyn; huk potwornych organizmów fabrycznych przenikał go słodkiem uczuciem siły i zdrowia, a sam widok wielkich fabryk usposabiał wesoło.

Uśmiechnął się bezwiednie do gmachów Müllera huczących robotą, spojrzał życzliwie na przędzalnię Trawińskiego, stojącą obok i długo ślizgał się oczami po czerwonych, cichych pawilonach fabryki starego Bauma, stojącej na przeciwko, której okna zasnute kurzem i pajęczyną, patrzyły tak martwo, jak umierające oczy.

Za Trawińskim, przedzielony tylko kilkoma pustymi placami, budował Borowiecki, a raczej przebudowywał starą meisnerowską fabrykę, którą kupił za bezcen, bo kilkanaście lat stała bezczynną.

Cały front obstawiony był rusztowaniami, bo nadbudowywano piętro, rusztowania zakreślały również wielki czworobok dziedzińca, a z poza nich czerwieniły się wznoszone pawilony i migotały sylwetki robotników.

— Dzień dobry, panie Dawidzie — zawołał Moryc, spostrzegłszy Halperna, który z parasolem pod pachą, z zadartą do góry głową, stał na środku podwórza i przypatrywał się robocie.

— Dzień dobry! Ładny kawałek fabryki nam przybędzie! A jak się to prędko robi, to aż przyjemność patrzeć. Ja jestem chory, mnie doktór powiedział: „Panie Halpern, pan się lecz, pan nic nie rób". To ja się leczę, ja nic nie robię, tylko sobie chodzę po Łodzi i patrzę jak ona mi rośnie, to jest najlepsze lekarstwo na moją chorobę.

— Jest Borowiecki?

— W przędzalni widziałem go przed chwilą.

Moryc wszedł do nizkiego budynku o powyginanych w długie pryzmy dachach oszklonych, przeznaczonego na przędzalnię.

Bardzo widne sale były literalnie zapchane częściami maszyn, cegłą do podmurówki fundamentów, zwojami papy do krycia dachów, ludźmi i hałasem montowanych maszyn, których długie szkielety, podobne do szkieletów przedpotopowych jaszczurów, ciągnęły się w poprzek sal, pokryte kurzem; zapach świeżego wapna i ostry gryzący zapach asfaltu gotowanego i wylewanego w jednej z sal przesycał powietrze.

— Moryc, przyślij mi Jaskólskiego! — krzyknął Maks Baum.

W niebieskiej bluzie, z fajką w zębach, zasmolony, stał wpośród robotników, ustawiających maszyny i robił razem z nimi.

Jaskólski, którego od początku budowy przyjął Borowiecki do rozmaitych zajęć, nadbiegł z pośpiechem.

— Hej, szlachcic, przysłać czterech tęgich ludzi do windy, a prędko! — krzyknął Baum i dalej składał z monterami maszynę, która miała być podniesiona przez windę i ustawiona na podmurowaniu i gdy mu coś Moryc krzyczał ze środka sali, nie mogąc się bliżej dostać, odkrzyknął mu krótko:

— Nie zawracaj mi głowy, powiesz w niedzielę. Karol jest w podwórzu!

Karol był w podwórzu, przy olbrzymich dołach, w które zsypywano wapno zwożone i lasowano zaraz; tumany białego wapiennego kurzu przysłaniały białe sylwetki robotników i kontury wozów i ludzi.

Borowiecki był prawie biały od pyłu, zjawił się na chwilę, przywitał z Morycem i szepnął mu do ucha:

— Wiesz, nie przysłali farbiarek, wykręcają się brakiem gotowych.

— Nie chcą dać na kredyt, cóż teraz zrobimy?

— Pisałem już do Anglii, będzie trochę później, trochę drożej, ale będzie! Psiakrew te szwaby! — zaklął ze złością.

Moryc Welt nic się nie odezwał, przyglądał mu się uważnie, patrzył również uważnie na całą fabrykę, na robotników, na część maszyn stojących pod grubemi oponami dziedzińcu, pokręcił się po wszystkich kątach, zajrzał raz jeszcze do Maksa, do składu cementu, gdzie Jaskólski rezydował, przypatrywał się wszystkiemu ze zdwojoną uwagą i coraz mniej mu się podobało.

— To ciasto, a nie wapno! — powiedział, przypatrując się murowaniu.

— Niech sobie inni murują na piasek, ja nie chcę, żeby mi się na łeb wszystko zwaliło — odpowiedział Borowiecki.

— Wczoraj obliczałem, że te sklepienia Moniera będą nas kosztowały o dwa tysiące rubli więcej niż zwyczajne.

— Ale warte są co do wytrzymałości o cztery tysiące więcej. W razie wypadku ogień ich nie przepali.

— Dlatego tylko je zaprowadzasz? — zapytał Moryc cicho, wsadzając binokle.

— I dlatego, że jeśli się spali, to przynajmniej jedno piętro, a nie wszystko.

— Pi... czasem to nie jest takie... straszne.

Karol mu nic nie odpowiedział, bo odszedł spiesznie, a Moryc pochodził jeszcze po fabryce i z irytacyą spostrzegał wszędzie, że buduje się porządnie, że buduje się bardzo drogo.

Przeglądał w kantorze listę płac robotników i zwrócił uwagę prowadzącemu roboty na niesłychaną, według niego, wysokość płac, przyczepiał się do wielu rzeczy i wszystko znajdował za dobrem i za drogiem.

— Wiem co robię — odpowiedział mu Karol na uwagi.

— To będzie pałac, nie fabryka, dla nas zresztą taki komfort za drogi!

— To nie jest komfort, to jest trwałość, która taniej kosztuje niż tandeta. Zobacz u Blohmanów, postawili tanio i corocznie muszą poprawiać, bo chce im się wszystko zwalić; nie cierpię żydowszczyzny w niczem, wiesz o tem dobrze.

— Zobaczymy, co to da to Polnische Wirtschaft — szepnął Moryc z ironią.

— Przekonasz się, a tymczasem bądź zdrów Moryc, nie wyspałeś się i nudzisz.

— Trzeba się zabezpieczyć! — pomyślał Welt, wychodząc z fabryki.

Karol poszedł na rusztowania oglądać robotę, biegał na boczny plac, gdzie składano cegłę, uwijał się wśród kup ziemi, pomiędzy dołami z wapnem, pomiędzy stertami cegły, drzewa budulcowego, wśród dziesiątek wozów wjeżdżających i wyjeżdżających; wydawał polecenia Jaskólskiemu, który zadyszany, z wiecznie przestraszoną twarzą, biegał je wypełniać, zajrzał kilka razy do Maksa i krążył ustawicznie po obrębie fabryki, która podbudzana jego energią niestrudzoną, jego obecnością ciągłą, rosła nadzwyczaj szybko.

Nie zważał na kurz, na słońce, które zalewało wszystkich coraz mocniejszym żarem, na zmęczenie nawet, tylko od świtu razem z robotnikami był już na robocie i razem z nimi schodził o zmroku.

Podbudzał go jeszcze do tej pracy Maks, który z wielką przyjemnością pracował przy ustawianiu maszyn z robotnikami i razem z nim szedł wieczorem do knajpy, wypijał niezliczone ilości piwa, sypiał tylko parę godzin i rzucił w kąt wszystkie swoje leniwe przyzwyczajenia.

Od przyjazdu ze wsi stosunki pomiędzy nimi ochłodły nieco z powodu fabryki, która ich absorbowała zupełnie i z powodu tego odezwania się Borowieckiego, gdy wyjeżdżali z Kurowa.

Maks nie mógł tego zapomnieć, tembardziej, że o Ance myślał coraz częściej i że coraz więcej irytował go Borowiecki ciągłemi wizytami u Müllerów.

Widział w tem podwójną grę, która jego prostą naturę oburzała do głębi.

Oddalali się od siebie coraz bardziej, mocą coraz silniej ujawniających się wewnętrznych przeciwieństw, cech rasowych i intelektualnych; Karol myślał chwilami o tem i uśmiechał się z rezygnacyą trochę sztuczną; Maks zaś odczuwał głęboko, zwalał winę na niego i oburzał się bardzo szczerze.

Dwunasta już dochodziła, gdy Borowiecki opuścił fabrykę i poszedł przez długi ogród, ciągnący się z tyłu do drugiej ulicy, gdzie stał wielki parterowy dom, również przebudowywany do gruntu z wielkim pośpiechem, bo za kilka tygodni miała się sprowadzić Anka z panem Adamem.

Mieszkał tymczasowo na facyatce, w jednym pokoju, żeby być bliżej fabryki, przebrał się już, gdy fabryki zaczęły gwizdać na południe.

Przeczytał raz jeszcze list Lucy, która naznaczała mu spotkanie w parku Helenowskim, przy grocie, na czwartą godzinę po południu.

— Mam już tego dosyć — myślał, drąc list na strzępy.

I rzeczywiście miał już tego dosyć; już mu się sprzykrzyły i te schadzki tajemnicze, codziennie gdzieindziej i wybuchy zazdrości i nawet jej wielka miłość nudziła go, bo była mu zupełnie obojętną i zabierała mu wiele czasu tak potrzebnego dla fabryki.

Nieraz, wśród pozornego rozszalenia w jej ramionach, wśród pocałunków i uścisków namiętnych, w takich momentach, w których widział, że nietylko go ubóstwia, nietylko kocha, ale że wprost przepadała w tej miłości, szukał sposobów zerwania i to go irytowało coraz silniej, że ona nie nastręczała mu powodów.

Stołował się u Baumów, ponieważ było blizko od fabryki, ale nie poszedł teraz przez ogród i swoje place, tylko wyszedł na ulicę, na której stał pałac Müllerów, a przechodząc obok domku, w którym mieszkali, zwolnił kroku i włókł oczami po oknach.

Nie zawiódł się, bo jasna twarz Mady błysnęła w jednem oknie, potem wychyliła się w drugiem i ona sama ukazała się w ganku, jaki tworzyło czworokątne wgłębienie w domu.

— Pan już na obiad? — zawołała wesoło, podnosząc na niego swoje porcelanowe niebieskie oczy.

— Już. A pani jeszcze nie po obiedzie?

Wyciągnął do niej rękę.

— Jeszcze. Zaraz panu podam rękę, muszę ją wytrzeć, bo gotowałam obiad sama — wołała ze śmiechem, wycierając ręce o długi niebieski fartuch.

— W saloniku jest teraz kuchnia? — zauważył złośliwie.

— Bo, bo... ja sprzątałam! — powiedziała cicho, oblewając się krwawym rumieńcem obawy, że mógł zauważyć jej oczekiwanie na niego przy oknie.

— Gdzie się pan tak poczernił? — zawołała głośno, aby odzyskać równowagę.

— Ja, poczerniony? Gdzie?

— Pod oczami, o tu! Ja wytrę, dobrze — prosiła nieśmiało.

— Czekam.

Pośliniła róg chusteczki i bardzo starannie wytarła poczernienie.

— Jeszcze tutaj muszę być poczerniony! — wołał, nieco rozbawiony sceną, wskazując na skroń.

— Nie, słowo daję, że nie!

Obejrzała mu starannie twarz.

Pocałował ją w rękę, chciał to samo zrobić z drugą, ale cofnęła się gwałtownie w tył, przysłoniła złotemi rzęsami pociemniałe ze wzruszenia oczy i stała chwilę, bezradnie szarpiąc palcami fartuch.

Karol uśmiechnął się z jej pomieszania.

— Pan się ze mnie śmieje, — szepnęła z przykrością.

— Dobrze, to i ja pójdę.

— Niech pan wieczorem przyjdzie z panem Maksem, to panom upiekę ciastek z jabłkami.

— Maks sam przyjść nie może? — pytał podstępnie.

— Nie, nie, to wolę, żeby pan sam przyszedł — zawołała prędko i czując, że ją oblewa rumieniec, uciekła w głąb domu.

Karol z uśmiechem popatrzył za nią i poszedł na obiad.

U Baumów, od zimy zmieniło się wiele.

Było jeszcze smutniej i posępniej.

Wielkie pawilony fabryczne stały w dziwnej ciszy obumierania, bo zaledwie czwarta część ludzi pracowała.

Po pustym dziedzińcu, zarastającym trawą, łaziły kury i stare psy, których nikt już na dzień nie wiązał i monotonny, słaby stukot warsztatów lał się sennym szmerem od zasnutych pajęczyną i kurzem okien, po za któremi nie trzęsły się warsztaty, nie migotały sylwetki robotników, nie wrzał ruch, a leżała jakaś grobowa cisza i obumieranie.

Nawet ogród, otaczający dom, miał wygląd pustki; wiele drzew poschniętych wyciągało nagie konary ku niebu, a reszta stała zaniedbana, wśród bujnych chwastów, jakie pokryły nieuprawnione i nieobsiane zagoniki.

Dom mieszkalny również robił smutne wrażenie, bo z jednej strony poodpadały tynki, schody prowadzące na werendę pokrzywiły się i weszły w ziemię, a wino pnące się po werendzie uschło niewiadomo dlaczego zaraz po ozielenieniu i wisiało niby żółte, zabrudzone łachmany.

Kwatery kwiatowe przed oknami zarastały bujną trawą i chwastami, z których tylko gdzie niegdzie patrzyły białe oczy narcyzów i żółciły się ostromlecze.

Żwirowane uliczki zarastały trawą i pokrywały się kretowiskami i śmieciem, jakie wiatr nanosił.

W domu było również niewesoło; pokoje stały w ciszy, pełne stęchlizny i opuszczenia.

Kantor był prawie pusty, bo Baum poodprawiał pracujących, zostawiając tylko Józia Jaskólskiego i kilka kobiet w podręcznym składzie towarów.

Fabryka pachniała bankructwem, a cały dom przesiąknięty był zapachem lekarstw, bo Baumowa chorowała od kilku miesięcy.

Berta z dziećmi odjechała do męża, pozostała tylko frau Augusta ze swoimi kotami chodzącymi za nią i z wieczną fluksją w twarzy obwiązanej i stary Baum, który całe dnie przesiadywał samotnie w swoim kantorku na pierwszem piętrze fabryki i Józio jeszcze bardziej onieśmielony niż dawniej.

Borowiecki poszedł prosto do pokoju, w którym leżała Baumowa, aby z nią zamienić słów kilka.

Siedziała na łóżku otoczona stosem poduszek, bezmyślnie wpatrzona martwemi, wypłowiałemi oczami w okno, za którem chwiały się drzewa.

Pończochę trzymała w ręku, chociaż jej nie robiła i uśmiechała się jakimś smutnym, rozdzierającym uśmiechem.

— Dzień dobry — odpowiedziała cicho na przywitanie. — Maks przyszedł? — dodała.

— Jeszcze, ale przyjdzie zaraz.

Zaczął się wypytywać o zdrowie, jak spała tej nocy, jak się czuje itd., bo jej stan przejmował go jakąś dziwną czułością i rozrzewnieniem.

— Dobrze, dobrze! — odpowiadała po niemiecku i jakby się budząc z długiego uśpienia wlekła oczami po pokoju, patrzyła długo na fotografie wnuków i dzieci, wiszące na ścianach, goniła wzrokiem wahadło zegara, potem próbowała robić pończochę, która się wysunęła zaraz z jej rąk wychudłych i bezwładnych.

— Dobrze, dobrze! — powtórzyła bezmyślnie i znowu zapatrzyła się w długie liście akacyi, chwiejące się za oknem.

Nie zwróciła nawet uwagi na frau Augustę, która kilkakrotnie przechodziła przez pokój, poprawiała poduszki i szła dalej, ani na męża, który stanął przy łóżku i długo patrzył przekrwionemi oczami na jej twarz wychudłą, szaro-żółtą.

— Maks! — szepnęła i jej trupia twarz ożywiła się na chwilę na odgłos zbliżających się kroków syna.

Maks wszedł i pocałował ją w rękę.

Przycisnęła mu głowę do piersi i pogłaskała, ale gdy poszedł na obiad, patrzyła znowu w okno.

Obiady bywały krótkie i milczące, bo wszystkim ciężyła ta atmosfera smutku.

Stary Baum zmienił się do niepoznania, wychudł jeszcze bardziej i zgarbił się, twarz mu zczerniała i pocięła się w długie fałdy koło nosa i ust, które wyglądały jakby wycięte w drzewie.

Usiłował rozmawiać, zaczynał pytać, jak im idą roboty przy fabryce, ale zwykle nie kończył, urywał i wpadał w stan zamyślenia, przestawał jeść i patrzył przez okno na mury Müllera, albo się ślizgał oczami po szklanych, błyszczących w słońcu dachach przędzalni Trawińskiego.

I zaraz po obiedzie wychodził do fabryki i obchodził puste sale, przypatrywał się nieczynnym warsztatom, a potem zamknięty w kantorze, patrzył na miasto, na tysiące domów, fabryk, kominów i nasłuchiwał z goryczą nieopowiedzianą ech potężnie wrzącego życia.

Nie bywał już teraz nigdzie, zamknął się w obrębie fabryki i razem z nią umierał.

Bo fabryka była na skonaniu, jak określał Maks.

Pomimo największych wysiłków nic jej nie mogło uratować.

Musiała paść w walce z parowymi olbrzymami, ale Baum jeszcze tego nie widział, a raczej widzieć nie chciał i walczył dalej i postanowił walczyć do końca.

Nie pomogły perswazye Maksa, ani zięciów, ani tej reszty znajomych starych, którzy mu radzili przerobić fabrykę ręczną na parową, a nawet, jak niektórzy, chcieli mu pomódz kredytem lub gotówką.

Nie chciał słuchać o tem.

Prawie nic nie sprzedawał, bo sezon wiosenny był straszny dla całej Łodzi, odprawiał robotników, ograniczał produkcyę, ograniczał własne potrzeby, a w uporze trwał nieugięcie.

Robiła się też dookoła niego pustka głucha, a po Łodzi mówiono głośno, że stary Baum ma bzika i drwiono z niego i zapominano zwolna.

Borowiecki zaraz po obiedzie wyszedł i po wrażeniach tego grobowo nastrojonego domu odetchnął dopiero na Piotrkowskiej.

Do spotkania z Lucy miał czas jeszcze, więc wstąpił do Wysockiego.

Wysocki był bardzo zajęty, bo w poczekalni siedziało kilku chorych; przywitał się z roztargnieniem.

— Przepraszam pana na chwilę, skończę z pacyentem i pójdziemy razem do mamy.

Borowiecki usiadł pod oknem i rozglądał się po małym gabinecie, zapchanym sprzętami i przepełnionym zapachem karbolu i jodoformu.

— Pójdźmy! — zawołał wreszcie Wysocki, wyprawiwszy starego żyda, któremu długo tłómaczył co ma robić.

— Panie doktorze panie doktorze! — zawołał błagalnie żyd, wracając od drzwi.

— Słucham, czego pan jeszcze chcesz?

— Panie doktorze, czy ja się mam bać? — pytał cichym, roztrzęsionym głosem i głowa trzęsła mu się ze wzruszenia.

— Powiedziałem panu, że niema nic groźnego, potrzeba tylko wszystko robić co poleciłem.

— Dziękuję bardzo, wszystko będę robić, ja chcę być zdrowy, bo ja mam interes i żonę mam i dzieci mam i wnuki mam. Ale ja się boję i dlatego bardzo proszę, pana doktora, czy ja się mam bać?

— Powiedziałem już raz panu!

— Ja pamiętam, ale mnie się coś przypomniało. Ja mam córkę, ona też chorowała, ja nie wiem co jej było, nie wiedzieli tego i doktorzy w Łodzi. Ona była bardzo delikatna, bardzo blada jak te ściane, co to ściane, jak czyste wapno; ją bolało w kościach i w skórze i w rękach też. Zawiozłem ją do Warszawy. Doktór powiada: „Ciechocinek!" Dobrze, co będzie kosztować ten

Ciechocinek? „Dwieście rubli". Skąd ja mogę wziąć tyli majątek! Poszedłem do drugiego doktora. On powiedział, że jej trzeba robić takie wygniatanie. Kazał mi wyjść z pokoju. Wyszedłem i trochę sobie słucham, a moje Rojze krzyczy. Nu, ja ojciec jestem, to mnie to przestraszyło, to ja grzecznie mówię przez drzwi: „Panie konsyliarzu, tak nie można!" On mi powiedział, że jestem głupi! Sza, dobrze! Ale jak una znowu zaczęła wykrzykiwać na cały głos, to ja się trochę rozgniewałem i powiadam głośno: „Panie doktorze, tak nie można, ja zawołam policyi, to jest porządna dziewczyna!" To un mnie kazał bardzo grzecznie wyjść za drzwi, co ja przeszkadzam tej gniecionej medycynie. Zaczekałem na schodach, a jak Rojze wyszła to była czerwona jak barchan i mówiła, co ma wielką przyjemnoszcz w kościach. Przez miesiąc to una była zdrowa jak gęś, jej tak dobrze robiła ta gnieciona medycyna, jak się to nazywa, ja nie wiem.

— Masaż, kończ pan prędzej, bo nie mam czasu.

— Panie doktorze, może i mnie potrzeba takiej gniecionej medycyny! Ja zapłacę, ja panu doktorowi zaraz dam rubla, niech pan powie. Do widzenia, ja przepraszam, już idę, już mnie niema — wołał, spiesznie wychodząc, bo Wysocki szedł ku niemu tak groźnie, jakby go miał zamiar wyrzucić za drzwi. Ale zaraz wsunęła się otyła żydówka i już od drzwi jęczała przeciągle:

— Panie konsyliarzu, ja mam zatkanie, ja mam wielkie zatkanie w piersiach.

— Zaraz! Może pan przejdzie do mamy, do saloniku, jak tylko załatwię się z chorymi, przyjdę.

— Ależ to ciekawa kolekcya.

— Bardzo ciekawa, ten co wyszedł, mordował mnie przez godzinę, a w końcu, korzystając z pańskiego wejścia, zapomniał mi zapłacić.

— No, to nie wesołe, ale przypuszczam, że takie wypadki zapomnień bywają nie częste.

— Żydzi zawsze są gotowi zapomnieć, trzeba im przypominać, co nie jest przyjemnem — mówił dosyć smutnie Wysocki, przeprowadzając go do matki. Wysocką znał Borowiecki od czasu przyjazdu ze wsi, bo miał do niej list od Anki i przychodził kilka razy w interesach narzeczonej.

Zastał ją teraz siedzącą w fotelu pod oknem, w jaskrawej smudze światła, jakie wpływało do zaciemnionego pokoju, bo pozostałe okna były przysłonięte roletami i portyerami.

— Bardzo czekałam, bardzo — powiedziała wyciągając do niego długą, wykwintną rękę o cienkich stożkowych palcach.

— Spóźniłem się i pani mi daruje to opóźnienie, bo istotnie wczoraj przyjść nie mogłem. Przywieźli maszyny i musiałem być przy ich wypakowywaniu całe popołudnie.

— No, trudno, ale pan mi daruje prośbę o odwiedziny i zabieranie sobie czasu.

— Jestem na pani rozkazy.

Usiadł przy niej na nizkim taborecie, ale cofnął się w cień, bo słońce zalewało żarem ten pas świetlisty i jej wysmukłą postać i kładło rudawe tony na jej czarne włosy i twarz w oliwkowym odcieniu, jeszcze bardzo piękna, i skrzyło się złotym pyłem w jej wielkich orzechowych oczach.

— Pani się nie obawia słońca — zauważył mimowoli.

— Kocham słońce i lubię się w niem pławić. Czy u Miecia dużo chorych?

— Widziałem kilka osób oczekujących w przedpokoju.

— Żydzi i robotnicy?

— Zdaje mi się.

— Niestety, on innych pacyentów nie ma i co gorsza, że mieć nie chce.

— Przekłada widocznie ilość nad jakość. Pracy więcej, ale rezultat materyalny podobny.

— Nie o to mi idzie, zupełnie mi nie chodzi, czy Miecio zarabia wiele, bo w rezultacie, czy jest tak lub owak — żyjemy z resztek osobistego majątku. Idzie mi tylko o to, żeby się tak wiele nie zajmował, może nieszczęśliwym, ale straszliwie brudnym tłumem tych żydów i rozmaitych nędzarzy, jacy się cisną do niego. Jużci, że powinno się coś robić dla ulżenia cierpień i niedoli nieszczęśliwych, ale czemuż tego nie robią inny doktorzy, z odpowiedniej sfery, z mniejszą wrażliwością, przyzwyczajeni od dzieciństwa do tych łachmanów i brudów.

Wstrząsnęła się nerwowo i po jej pięknej twarzy przeleciał błysk wstrętu i obrzydzenia; podniosła koronkową chusteczkę do nosa, jakby w obronie przed jakim wstrętnym zapachem, który się jej przypomniał.

— Na to niema rady, tem bardziej, że pan Mieczysław kocha swoich pacyentów, to jego utopia — odpowiedział z lekką ironią.

— Na utopie zgoda. Przypuszczam nawet, że każdy wyższy umysł powinien mieć jakąś utopię, jakąś piękną chimerę, któraby mu czyniła znośniejszem to dzisiejsze obrzydliwe życie — rozumiem nawet, że dla takiej chimery można poświęcić życie, ale nie rozumiem, jak można kochać chimerę chodzącą w łachmanach i brudzie!

Zamilkła na chwilę, rozsunęła seledynowy ekran jedwabny, malowany w złote ptaki i krzewy, bo słońce odbite od cynkowych dachów, rzucać poczynało zbyt jaskrawe i ostre promienie.

Siedziała jeszcze chwilę w milczeniu i pochylając głowę ku niemu, cała teraz w dziwnych refleksach zielonawego złota, jakie się przesączało przez ekran, zapytała cicho.

— Zna pan Melanię Grünspan?

Nazwisko wymówiła z subtelnem obrzydzeniem.

— Znam, ale tylko z widzenia, z towarzystw, a osobiście bardzo niewiele.

— Szkoda! — szepnęła, wstając.

Przeszła kilka razy z majestatyczną powagą pokój.

Posłuchała chwilę u drzwi gabinetu synowskiego, skąd dochodził przytłumiony gwar rozmowy.

Patrzyła chwilę na ulicę huczącą olbrzymim ruchem i zalaną upalną pożogą.

Karol z ciekawością śledził jej królewskie ruchy i choć w mroku, jaki zalegał pokój, nie mógł dobrze dojrzeć wyrazu jej twarzy, czuł że jest wzruszoną.

— Pan wie, że ta panna Mela kocha się w Mieciu? — zapytała prosto.

— Pogłoski podobne słyszałem na mieście, ale nie zwracałem na to uwagi.

— To już o tem mówią! Ależ to kompromitujące! — dodała silniej.

— Przepraszam, wyjaśnię. Mówią na mieście, że kochają się oboje. Przewidują małżeństwo.

— Nigdy! Daję panu słowo, że dopóki ja żyję, to się nie stanie! — zawołała przyciszonym, namiętnym głosem. — Mój syn miałby się ożenić z Grünspanówną!

Orzechowe oczy nabrały połysku miedzi, a dumna, piękna twarz rozpaliła się oburzeniem.

— Panna Mela cieszy się w Łodzi opinią bardzo zacnej i rozumnej, a że przytem jest bardzo bogata i zupełnie przystojna, więc...

— Więc nic z tego, bo to tylko żydówka! — szepnęła z mocną, prawie nienawistną pogardą.

— Prawda, to tylko żydówka, ale jeśliby ta żydówka kochała i była nawzajem kochaną przez syna pani, to kwestya jasna i przeciwieństwa wyrównane — mówił dosyć twardo, bo go irytował ten protest i wydawał mu się śmiesznym.

— Mój syn może się kochać nawet i w żydówce, ale nie może myśleć o połączeniu naszej krwi z krwią obcą, z rasą wstrętną i wrogą.

— Pozwolę sobie widzieć wielką przesadę w tem co pani mówi.

— A dlaczegóż pan się żeni z Anką? Czemu pan sobie nie wybrał żony z pośród łódzkich żydówek lub niemek, co?

— Bo mi się żadna z żydówek i niemek nie podobała aż do stopnia małżeństwa, ale gdyby się tak stało, nie wahałbym się ani chwili. Nie mam żadnych kastowych, ani rasowych przesądów i uważam je za przeżytki — powiedział zupełnie seryo.

— Jacy wy ślepi jesteście, jak wy tylko patrzycie oczami zmysłów, jak wy nie dbacie o jutro, o własne przyszłe dzieci, o przyszłe całe pokolenia — zawołała, załamując ręce w grozie, oburzeniu i politowaniu.

— Dlaczego? — zapytał krótko, patrząc na zegarek.

— Dla tego, że możecie wybierać żydówki na matki waszych dzieci dla tego, że nie czujecie wstrętu do nich, że nie widzicie, iż te kobiety są nam obce zupełnie, że nie mają religii, nie mają etyki, nie mają tradycyi obywatelskiego życia, nie mają zwykłej kobiecości, są puste, pyszne, bezduszne handlarki własnych wdzięków, lalki poruszane sprężynami najpierwotniejszych potrzeb, kobiety bez przeszłości i bez ideału.

Borowiecki podniósł się do wyjścia, bo go śmieszyła i oburzała zarazem ta rozmowa.

— Panie Karolu, chciałam się z panem widzieć, aby prosić go o pomoc, o wytłumaczenie Mieciowi tego małżeństwa. Wiem, że pana poważa, a jako naszego kuzyna prędzej może posłucha, pan mnie rozumie i odczuje, że ja nie mogę pomyśleć nawet o tem bez bólu, że jakaś pachciarka, córka nędznego aferzysty mogłaby panować tutaj, wśród pamiątek i wspomnień żywych czterowiekowej przeszłości rodu naszego. Cóżby oni na to powiedzieli! — wykrzyknęła boleśnie, szerokim ruchem wskazując szereg portretów, szereg głów rycerskich i senatorskich, majaczących żółtemi plamami w zmroku.

Borowiecki uśmiechnął się zjadliwie i trącając palcami w starą zbroję zardzewiałą, stojącą pomiędzy oknami, rzekł prędko i dobitnie:

— Trupy. Archeologia ma swoje miejsce w muzeach; w życiu dzisiejszem niema czasu na zajmowanie się upiorami.

— Pan się śmieje! Wy wszyscy się śmiejecie z przeszłości, zaprzedaliście duszę złotemu cielcowi. Tradycye nazywacie trupami, szlachectwo przesądem, a cnotę zabobonem śmiesznym i godnym politowania.

— Nie, tylko rzecz zbyteczna, jak na dzisiaj. Cóż mi pomoże cześć tradycyi do zbytu perkalików! Cóż mi pomogą moi kasztelańscy przodkowie, gdy stawiam fabrykę i muszę szukać kredytu! Dają mi go żydzi, a nie wojewodowie. A cały ten balast rupieci jak tradycya, jest jak cierń w nodze, przeszkadza do szybkiego chodzenia. Człowiek dnia dzisiejszego, który nie chce zostać cudzym parobkiem, musi być wolnym od więzów, przeszłości, szlachectwa i tym podobnych przesądów, to krępuje wolę i obezsila w walce z przeciwnikiem bez skrupułów — bo bez tradycyi; z przeciwnikiem dla tego strasznym, że jest sam sobie przeszłością, teraźniejszością i przyszłością, środkiem i celem.

— Nie, nie! ale dajmy temu spokój. Może pan ma racyę, ale ja swojej nie ustąpię nigdy. Pokażę panu list panny Grünspan do Miecia, pisany z Włoch. Nie jest to niedyskrecya, bo jest tam kilka wierszy do mnie.

List był bardzo długi, pisany równym, kupieckim charakterem i pełen nieco przesadnych zachwytów nad Włochami.

Ale miejscami, gdy mówiła o sobie, o domu i o przyszłem widzeniu się z Wysockim, pełen był tkliwości, tłumionego uczucia i tęsknoty.

— Bardzo ładny list.

— Śmieszny przez przesadę i banalny. Zachwyty brane są z Beadeckera, to jest tylko poza, aby się wydać bardziej interesującą.

Wpadł Wysocki zmęczony, blady, z przekręconym krawatem i z włosami w nieładzie.

Usprawiedliwiał się, że przyjść nie mógł, ale zaraz pobiegł, bo go wzywano telefonem do fabryki do robotnika, któremu maszyna zgniotła rękę.

Borowiecki korzystając z tego również chciał wyjść.

— Zrobi pan to, o co prosiłam — zaczęła, ściskając mu silnie rękę.

— Muszę się pierwej rozpatrzyć w sytuacyi, bo może niema takiego niebezpieczeństwa, jakie pani przewiduje.

— Dałby Bóg, żeby to były tylko przywidzenia. Kiedy pana zobaczę?

— Anka przyjeżdża za dwa tygodnie, to natychmiast ją przyprowadzę pani.

— A może w niedzielę będzie pan u Trawińskich? To jej imieniny.

— Będę z pewnością.

Szła przed nim, aby go wyprowadzić, ale otworzywszy drzwi do poczekalni syna, cofnęła się spiesznie i zadzwoniła gwałtownie na służącą.

— Marysiu, pootwieraj okna, niech trochę wywietrzeje. Wyprowadzę pana innem wyjściem.

I przeprowadziła go przez kilka pokoi przyciemnionych opuszczonemi storami i zapełnionych meblami o staroświeckich kształtach, obwieszonych portretami i obrazami historycznej treści, pełnych wypłowiałych i podartych makat na ścianach, melancholii i klasztornego prawie nastroju.

— Waryatka! — pomyślał znalazłszy się na Piotrkowskiej, ale pomimo to współczuł z nią i zaczynał przyznawać racyę w wielu punktach.

Upał jeszcze się potęgował, nad Łodzią wisiały dymy nakształt szarych baldachimów, przez które słońce przesączało war i zalewało miasto ukropem nie do wytrzymania.

Ludzie wlekli się ociężale trotuarami, konie stały z pospuszczanymi łbami, wozy toczyły się wolniej w sklepach ruch był mniejszy, tylko fabryki huczały z nieustanną potęgą, dysząc setkami kominów i rozlewając po rynsztokach strugi kolorowych odpływów, niby strugi potu ściekającego z przepracowanych organizmów.

Borowieckiemu tak dokuczyło gorąco, że wstąpił na mazagran aby się nieco ochłodzić.

W cukierni było chłodno i pusto, tylko pod werendą płócienną siedział Myszkowski i zaspane, ociężałe spojrzenie podniósł na Borowieckiego.

— Gorąco, co? — rzekł, wysuwając do przywitania spoconą rękę.

— Ba! czekaliśmy zdaje się tego.

— Możebyś pan pojechał ze mną na piwo gdzie za miasto. Samemu się nie chce, a tak we dwóch byłoby raźniej.

— Nie mam czasu, chyba w niedzielę.

— Mam pech. Siedzę tutaj od sześciu godzin i nikogo namówić nie mogę. Był Moryc, wykręcił się interesami, był ten fioł Kozłowski, nie chciała kanalia. Co ja pocznę sam i w taki upał? — jęczał tak komicznie, że Karol się roześmiał.

— Pan się śmiej, a ja się już roztapiam z gorąca i umieram z nudy.

— Czemuż nie pójdziesz pan spać?

— Ba! spałem całe trzydzieści godzin i w końcu znudziło mnie to. Nie mam się nawet z kim kłócić! Idziesz pan już? Przyszlij mi pan kogo, dzisiaj nawet na Leona Cohna się zgodzę, a nawet czem większy parch, tem lepiej, bo może mnie prędzej zirytować.

— Do fabryki pan nie idziesz?

— Po co? Pieniędzy mi jeszcze nie potrzeba, ani kredyt jeszcze nie wyczerpany zupełnie, mogę poczekać! Chłopiec, daj-no te szóste lody! — zawołał i gdy Karol wyszedł, opadł w krzesło i sennym wzrokiem przyglądał się przez bluszczowe ścianki werendy koniom dorożkarskim, oganiającym się energicznie przed muchami.

Borowiecki poszedł spiesznie do Helenowa.

W parku było bardzo cicho i chłodno.

Młode drzewka piły wszystkimi liśćmi słońce i okrywały ruchomymi cieniami białe stoły przy pawilonie restauracyjnym.

Trawniki lśniły się młodą zielenią, jak dywanem poplamionym klombami czerwonych i żółtych tulipanów i obramowany żółtym szlakiem ścieżek i uliczek wyżwirowanych, nad któremi przelatywały jaskółki.

Wzdłuż klatek menażeryi, w których drzemały zmęczone upałem zwierzęta, biegała gromada dzieci i z wybuchami wielkiego zadowolenia drażniła małpy w narożnej klatce, które wrzeszczały i rzucały się po klatkach jak szalone.

Wązkie alejki, oplecione dzikiem winem, tryskały młodą, jasną zielenią i odbijały się w długiej sadzawce, której gładką, atłasową toń perłową darły w ciemne pręgi grzbiety ryb i kaleczyły ostre skrzydła jaskółek.

A w głębi wody pod perłową powierzchnią snuły się niby złote plamy, karpie całemi gromadami.

Karol wszedł w alejkę, aby obejść wodę i cieniem przejść do górnego parku i zobaczył Horna z Kamą, siedzących nad brzegiem wody i osłoniętych winem.

Karmili karpie.

Kama była bez kapelusza, z rozsypanymi po twarzy włosami, zarumieniona i wesoła jak szczygieł, rzucała kawałki bułek i śmiała się głośno, radosnym, dziecinnym śmiechem, krzyczała na ryby wysuwające z żarłocznością na powierzchnię okrągławe pyszczki, straszyła je długą wierzbową rózgą i co chwila zwracała rozradowaną twarzyczkę do Horna, który siedział trochę w głębi oparty plecami o kraty podtrzymujące wino i również wesoło i serdecznie bawił się rybami.

— Cacy dziateczki, cacy! — zawołał Karol, przystając za niemi.

— Ciociu, no! — zakrzyczała bezwiednie i zamilkła, chowając w dłonie rozrumienioną twarz.

— Cóż, karpie jedzą?

— Bardzo! Za całe dziesięć kopiejek zjadły bułek! — zawołała żywo i jeszcze żywiej zaczęła opowiadać różne sceny z nimi.

Opowiadała bezładnie, bo nie mogła ukryć i stłumić pomieszania jakiem ją przejął.

— Opowie mi to wszystko Kama przy cioci, dobrze? Bawcie się dalej, bo ja muszę iść — powiedział złośliwie, widząc jak Kama na wspomnienie cioci pobladła i nagłym ruchem głowy odrzuciła włosy z twarzy.

— Tak, pan myśli, że nie opowiem, otóż opowiem przy cioci wszystko, wszystko...

— Panie Horn, idź pan chociażby jutro do Szai, bo przyjechał i miejsce pan dostanie u niego. Mówił mi już o tem Müller.

— Dziękuję panu serdecznie, bardzo się cieszę...

Ale się nie ucieszył, bo był zakłopotany, że Borowiecki złapał go na takiem dzieciństwie, jak karmienie ryb.

— Snujcie dalej tę sielankę, nie przeszkadzam.

Poszedł, ale dopędziła go Kama, zastąpiła mu drogę i zdyszanym, niespokojnym głosem zaczęła prosić, poprawiając równocześnie pomiętą sukienkę.

— Panie Karolu... mój złoty panie Karolu... niech pan nic cioci nie mówi...

— A cóż miałbym powiedzieć, przecież ciocia pozwoliła iść Kamie na spacer.

— Tak, tak, bo widzi pan, Horn taki nieszczęśliwy... taki biedny... pogniewał się z ojcem, nie ma pieniędzy... więc ja chciałam, żeby się rozerwał trochę... Ciocia mi pozwoliła... ale... ale...

— Nie wiem czego Kama chce? — udawał złośliwie.

— Bo ja nie chcę, żeby się ze mnie później śmiali, a jak pan powie, to wszystkie będą mnie prześladować i ja będę bardzo, ogromnie... strasznie... nieszczęśliwa, tak jak Horn... bo on nie ma miejsca, nie ma pieniędzy i pogniewał się z ojcem.

Mówiła prędko bezładnie i już łzy nabiegały jej do oczów, a usteczka coraz boleśniej się krzywiły i drgały.

Karol czuł, że jeszcze chwilę, a Kama wybuchnie płaczem.

— A jak powiem, to co? — zapytał żartobliwie, odgarniając jej czarną czuprynę za uszy.

— To i ja powiem, że pan był w Helenowie na schadzce, aha! — zawołała radośnie i łzy obeschły natychmiast, a czupryna spadła na czoło.

Zaczęła poruszać różowemi chrapkami jak źrebiec, gdy ma wierzgnąć, oczy rozbłysły, a cała twarz zajaśniała figlarną przekornością.

— Z kimże to ja byłem na schadzce? — zapytał z uśmiechem.

— Nie wiem. Ale jeśli pan o takiej godzinie jest w Helenowie, to przecież nie dla świeżego powietrza.

Zaśmiała się wesoło.

— Kama jest dzieciak wesoły, to już nic cioci nie powiem, że przychodzi do Helenowa pocieszać bardzo nieszczęśliwego Horna.

— Dziękuję. Ja pana kocham, ja pana bardzo kocham! — wykrzyknęła rozradowana.

— Więcej niż Horna, co?

Ale już nic nie odpowiedziała i pobiegła do ryb.

Z drugiej strony stawu, z górnego parku widział jeszcze ich głowy pochylone nad wodą, a czasami dźwięczny śmiech wydzierał się z zielonej ściany wina i drżał nad jasną powierzchnią wód.

Lucy jeszcze nie było.

Zaczął spacerować po wązkich alejach, osłoniętych gąszczem drzew i krzewów, cienistych i pustych zupełnie.

Ptaki sennie ćwierkały w gęstwinach, sennie szemrały liście i senne głosy leciały od miasta.

Płaty czystego nieba widział nad sobą wiszące, lub patrzył na wody błyskające pomiędzy drzewami, albo na czerwone sukienki dziewczynek migające wśród drzew, albo na chrabąszcze łażące z opuszczonemi skrzydłami po liściach.

Usiadł w głównej alei przy zejściu do stawów i przypatrywał się dzieciom, które dziwnie cicho, bawiły się pod okiem bon drzemiących na ławkach.

Drzewa chwiały się nad nim sennie i rozsypywały krople światła migotliwego i barwiły w coraz inne desenie trawniki.

Głuche echa miasta dopływały czasami i nikły, rozlewając się w ciszy parku, czasem ryk zwierząt z menażeryi rozdarł powietrze na chwilę, czasem jakieś głosy rozbitą gammą wpadały w zalane upałem aleje.

Ale rychło ucichało wszystko.

Tylko jaskółki niestrudzenie przelatywały nad parkiem, przecinały aleje wężowymi skrętami, obiegały dzieci, wymijały ludzi i drzewa i wciąż przewijały się w kółko.

Karol ocknął się nagle z sennego rozmarzenia, bo suchy i ostry szelest sukni obudził jego uwagę, podniósł oczy i bezwiednie postąpił naprzód kilka kroków.

Naprost niego szła Likiertowa.

Biało-fioletowa parasolka chwiała się nad nią i obrzucała ciepłym refleksem jej twarz smutną i szeroko otworzone oczy.

Spostrzegli się prawie równocześnie i bezwiednie wyciągnęli ku sobie ręce. Jej blada twarz buchnęła radością, oczy strzeliły płomieniem szczęścia, usta zaszły krwią, rzuciła się naprzód jakby chcąc mu paść w ramiona, ale nagle jakaś chmura przysłoniła słońce i jej cień rzucił na park szarość i pokrył ich dusze jakby brudnym łachmanem; drgnęła nerwowo, wyciągnięta do uścisku ręka opadła martwo, twarz jej zagasła, usta pobladły i zacięły się w bólu, oczy cofnęły się w głąb i rzuciły ponury ton, spojrzała na niego zimno i przeszła szybko, schodząc powoli ze schodów ku stawom.

Postąpił za nią automatycznie kilka kroków z jakiemś uczuciem, które go przeniknęło dziwnem wzruszeniem.

Odwróciła się na mgnienie i obrzuciła go surowem jeszcze, a pełnem już łzawych blasków spojrzeniem i poszła dalej.

Usiadł i bezmyślnie patrzył w to miejsce, skąd przed chwilą świeciły jej oczy, przesunął palcami po powiekach ociężałych nagle i piekących, wstrząsnął się cały, bo te oczy przejęły go strasznem zimnem i nie wiedząc dlaczego, stanął znowu przy schodach i długo patrzył na jej wysmukłą figurę, opłyniętą powietrzem, od której długi cień włókł się po szybie stawu.

Usiadł znowu i siedział bez ruchu i bez myśli, patrzył w głąb własnego serca i coraz boleśniejszy blask wydobywał mu się z pod przymkniętych powiek.

Cień zsunął się ze słońca niby płaszcz nieprzytrzymywany i światło znowu zalało park, w gęstwinach ptaki zawrzały kipiącym gwarem, dzieci zaczęły z krzykiem gonić się po alejach, a drzewa szemrały sennie i jakby dla igraszki rzucały liście, które falistą, miękką linią leciały na trawniki i kładły się cicho na puszystych trawach, a czasem potężne echa miasta wpadały niby kanonada daleka.

Karol patrzył w smugę słońca drżącą na żółtym żwirze, pełną drgań i skrzeń.

— To się nazywa — pogarda! — myślał, widząc jeszcze oczy Emmy i przypominając sobie jej opadnięcie ręki i ten gwałtowny ruch oprzytomnienia.

Chciał się roześmiać, ale ten uśmiech nie wydobył się na zewnątrz i rozlał się w nim goryczą i jakiemś nagłem, ciężkiem znużeniem.

Podniósł się i ociężale poszedł do groty.

Lucy już tam czekała i zobaczywszy go przy sobie, rzuciła mu się na szyję, na nic nie zważając.

— Ostrożnie! pełno ludzi! może kto zobaczyć! — syknął ze złością, oglądając się na wszystkie strony.

— Przepraszam! bardzo przepraszam. Czy dawno czekasz? — zapytała bardzo pokornie.

— Od godziny i miałem już iść, bo nie mam czasu.

— Chodźmy za oranżerye, pod jabłonie, tam nigdy niema nikogo! — prosiła bardzo cicho.

Dał się prowadzić.

Ujęli się głęboko pod ramiona i szli tak przyciśnięci do siebie, że obcierali się biodrami.

Lucy co chwila zaglądała mu w oczy, przyciskała się jeszcze mocniej, i uśmiechała się słodko, nasiąkłemi pragnieniem pocałunków ustami, dyszała żarem południowego słońca i namiętnością spragnionej rozkoszy.

Była dzisiaj kusząco piękną; jakiś lekki denerwujący miękkością fałdów i chrzęstem jedwab bordo obciągał figurę i uwydatniał wspaniałe ramiona, mocno rozwinięte piersi i biodra cudowne.

Z wielkiego kołnierza à la Medicis, obrzeżonego koronkami, wychylała się twarz o gorącym tonie oliwkowym, jaśniejąca pięknością, zdrowiem i młodością, a fiołkowe, cudowne oczy z tła czarnych rzęs i brwi, paliły się takim blaskiem i siłą, że Karol czuł ślady tych spojrzeń namiętnych na twarzy, przejmowały go żarem i zmiękczały te silne postanowienia zerwania; żal mu było stracić nabrzmiałe rozkoszą usta, które tak paliły pocałunkami, żal mu było spojrzeń i oddechów gorących, które mu paliły twarz i tych szeptów namiętnych i uścisków, tej rozkoszy niewyczerpanej jeszcze do dna.

W nagłym porywie namiętności, pod wpływem jeszcze tej goryczy, jaką mu wlało w duszę spotkanie z Likiertową, zaczął ją całować z uniesieniem.

Oddawała mu pocałunki tak długo, mocno i namiętnie, że zbladła śmiertelnie i napół omdlała obsunęła mu się w ramiona.

— Karl, umieram, umieram! — wyszeptała posiniałemi wargami, na których jeszcze jaśniał cały ogrom uniesienia miłosnego.

Oplotła go sobą i po dłuższej chwili odpoczynku szepnęła, rozchylając oczy i oddychając chciwie:

— Kocham cię! Nie całuj mnie, jest mi tak nie dobrze, tak nie dobrze! — skarżyła się cicho.

I gdy się znaleźli za oranżerią, osłonięci od oczów ciekawych nizko zwieszającemi się gałęziami drzew, usiadła na taczkach, stojących pod murem, oparła głowę o jego ramię, bo siadł przy niej i długo milczała.

Trzymał ją wpół i gładził jej twarz pobladłą i kładł lekkie pocałunki na ciężkie, przymknięte powieki z pod których zaczęły się wydobywać łzy.

— Co ci jest? dlaczego płaczesz?

— Nie wiem, nie wiem — odpowiedziała i te łzy coraz obficiej sypały się po twarzy i coraz głębsze łkanie wstrząsało jej piersiami.

Obcierał jej oczy, całował, uspokajał, ale nic nie pomagało, płakała jak dziecko rozżalone i nie mogła się uspokoić.

Chwilami już się uśmiechała, ale nowa fala łez przyciemniała jej fiołkowe oczy i zalewała uśmiech.

Karol zaczął się niepokoić, a później niecierpliwić.

Jego namiętne wzruszenie zginęło bez śladu pod temi łzami, siedział już zimny i zakłopotany do najwyższego stopnia tym atakiem histeryi, czy zdenerwowania zwykłego.

Napróżno się wypytywał, co jej jest.

Nic nie odpowiadała, tylko ukryła twarz na jego piersiach, objęła go ramionami i płakała spazmatycznie.

Wiatr prześlizgiwał się pomiędzy jabłoniami i otrząsał z nich resztę powiędłych, zczerniałych kwiatów, które rdzawymi płatkami leciały na głowy siedzących i na trawniki, chwiał gałęziami nad ich głową, szemrał coś tajemniczo w gęstwinie i poleciał dalej, zostawiając za sobą wielką ciszę i pustkę wśród drzew, których czuby kołysały się ostatnimi ruchami w słońcu.

Wróble zaczęły krzyczeć na dachu oranżeryi, a od miasta zerwał się chór ostrych i wrzaskliwych świstów fabrycznych, głoszących podwieczorek i zalał park dziką kanonadą.

Lucy przestała płakać, obtarła twarz z łez, przejrzała się w maleńkiem kieszonkowem zwierciadełku, poprawiła kapelusz i ozwała się cicho, patrząc na jego twarz schmurzoną:

— Gniewasz się na mnie, Karl?

— Nie, cóż znowu, tylko mnie zaniepokoił twój płacz.

— Daruj mi, widzisz, nie mogłam wytrzymać, nie mogłam... Tyle dni czekałam na ciebie, tyle dni myślałam o tej chwili spotkania się z tobą, tak się cieszyłam... bo mnie jest źle, Karl, mnie jest bardzo źle w domu... Zabierz mnie stamtąd, zabij mnie jeśli chcesz, a nie pozwól mi wracać do nich! — wykrzyknęła silnie, chwytając go za ręce ruchem rozpaczy i wpiła się oczami w jego oczy, żebrząc zmiłowania i ratunku.

— Uspokój się, Lucy, jesteś rozdrażniona, zdenerwowana i nawet nie wiesz, czego żądasz.

— Wiem, Karl, wiem, ja chcę ciebie. Ja tam z nimi nie wytrzymam dłużej, nie wytrzymam! — zawołała namiętnie.

— Cóż ja na to poradzę? — rzekł dosyć niecierpliwie i twardy cień gniewu zamigotał w jego szarych oczach.

Porwała się na te słowa z miejsca i jakby przepaść ujrzała przed sobą, patrzyła długo na niego jakimś wzrokiem osłupienia i trwogi.

— Karl, ty mnie nie kochasz! tyś mnie nigdy nie kochał! — wykrztusiła cicho, trzęsącemi się ustami i czekała z zamarłem sercem jego słów.

— Ale on, pomimo, że już miał na ustach straszną dla niej odpowiedź, powstrzymał się jakby pod wpływem litości i uśmiechając się objął ją wpół i zaczął całować te przerażone, pełne łez oczy, które biły powiekami niby skrzydła motyla konającego i usta drgające w strachu.

— Jesteś dzisiaj bardzo zdenerwowana, bardzo rozdrażniona. Trzeba się uspokoić, Lucy, i nie trzeba takich rzeczy mówić, ani myśleć o nich, bo mnie one bardzo bolą, dobrze Lucy? — szeptał, siląc się na pieszczotliwość głosu.

— Dobrze, Karl, dobrze! Przebacz mi! Ja cię tak strasznie kocham i tak się boję o ciebie, że nie mogłam wytrzymać, chciałam się przekonać.

— A teraz wierzysz mi już i jesteś spokojną, nieprawdaż?

— Wierzę ci, Karl, bo komuż ja będę wierzyć, jeśli nie tobie! — zawołała szczerze i głęboko.

— Czy w domu spotkała cię jaka przykrość?

— Czy jedna! Mam ich tysiąc codziennie, ale dzisiaj przyjechała ciotka z Częstochowy i cały czas tylko wyrzekała, że nie mamy dzieci! Słyszysz, Karl? Cała rodzina się tem martwi i ciągle mi wymawiają, ciągle... On powiedział, że się ze mną rozwiedzie, bo mu wstyd przed swoimi za mnie. Dzisiaj uradzili, że ciotka ma mnie zawieść do Brodów, do jakiegoś cadyka, który ma na to poradzić...

— Zgodziłaś się?

— Oni mogą mnie zmusić!... Nie mogę się przecież opierać, bo się nikt za mną nie ujmie... Muszę... — szeptała cicho, zaciskając zęby w odczuwanej silnie bezbronności i patrzyła w niego błagalnemi oczami, jakby żądając ratunku, ale Karol poruszył się niespokojnie i oglądał zegarek.

— Wiesz, zagrozili mi, że jeśli się nie zgodzę, to dadzą mi rozwód i wywiozą do małego miasteczka! Słyszysz, wywiozą daleko od ciebie i jużbym cię nigdy... nigdy nie zobaczyła...

I jakby w strachu nagłym, oślepiającym, że może go stracić na zawsze, rzuciła mu się w ramiona, oplątywała go sobą, przyciskała się silnie i pełna jakiegoś lęku i miłości pochwyciła jego ręce i okrywała pocałunkami.

— Musimy już iść, bo muzyka w parku grać zaczyna, ludzi będzie więcej i mogliby nas zobaczyć.

— Niech zobaczą, ja cię kocham Karl i przed całym światem mogę śmiało wołać, że kocham. Co mi tam ludzie, gdy ty jesteś przy mnie!

— Musimy jednak zachowywać pozory.

— A cobyś zrobił, gdybym tak pewnego dnia przyszła do ciebie i została na zawsze? — zapytała żywo, przyciskając się do niego miłośnie i twarz jej rozjaśnił potężny płomień szczęścia. — I bylibyśmy razem zawsze, zawsze... zawsze... — powtarzała pieszczotliwie, przeplatając słowa gorącymi pocałunkami.

— Dzieciak jesteś, nie zdajesz sobie sprawy z tego, co mówisz... a to są szalone myśli...

— A czy miłość nie jest także szaleństwem, Karl?

— Jest, jest, ale musimy się już rozejść — mówił prędko, nasłuchując dalekich odgłosów muzyki, przesączającej się przez gęstwinę i mrok opadający.

— Ty mnie nie kochasz, Karl? — zagadnęła żartobliwie, a równocześnie wysunęła usta, aby zaprzeczył pocałunkami.

Ale on spojrzał na nią zimno i ostro i takim ostrym głosem odpowiedział, że zadrżała, puściła jego ramię i szła obok zmieszana, zaniepokojona i smutnym wzrokiem wodziła po gąszczach, w których czaiły się smugi mroku, podarte przez ostre, miedziane połyski zachodzącego słońca.

I chociaż zapewniał ją o swojej miłości, głosem jak mógł najłagodniejszym, chociaż całował na pożegnanie bardzo serdecznie, odeszła strwożona i smutne spojrzenia rzucała z oddali na stojącego pod drzewami.

Muzyka grała jakiegoś melancholijnego walca, który po wielkim obszarze parku rozlewał się słodkim szmerem i poruszał obwisłe w przed zachodniej chwili drzewa i zamykające się kielichy kwiatów.

Alejami snuły się tłumy ludzi, gwar rozmów, śmiechy, chrzęst żwiru pod nogami, jasne stroje kobiet. Sznury drzew, stojących w wielkiej ciszy, owiewały opalowe mroki pełne drgań melodyjnych i smug krwawo zachodzącego słońca, które zsuwało się za lasy i pryskało strumieniami miedzianego światła na Łódź pełną dymów i czarnych sylwetek kominów, na puste pola, roztaczające się za parkiem, pełne drzew samotnych, cegielń, domków nizkich, dróżek piaszczystych i zielonych zbóż, co jak fale kołysały się i biły w miasto z bezsilnym uporem.

Karol poszedł górną aleją po za menażeryę, aby się nie spotkać ze znajomymi, ale zwolnił kroku, bo zobaczył przed sobą Horna z Kamą; szli trzymając się za ręce i cicho nucili jakąś piosenkę, kołysząc w takt głowami, Kama kapelusz trzymała w ręku, włosy wichrzyły się jej na głowie i przeświecały promieniami słońca niby złotemi szpilkami, bo szli pod zachód i stanąwszy na szczycie wzgórza przypatrywali się miastu.

Karol wyminął ich boczną uliczką i spiesznie pojechał do miasta.

— Niech pan wstąpi na herbatę, bo ciocia będzie się gniewać, że puściłam pana — prosiła Kama, gdy ją odprowadził na Spacerową.

— Nie mam czasu, muszę teraz iść szukać Malinowskiego, trzy dni już nie był w domu, jestem o niego bardzo niespokojny.

— No dobrze, a jak go pan znajdzie, to przyjdźcie obaj na herbatę.

— Dobrze!

Uścisnęli sobie ręce po przyjacielsku i rozeszli się.

— Panie Horn! — zawołała za nim Kama z bramy.

Odwrócił się i czekał co powie.

— Ale się pan teraz lepiej czuje, co? Nie jest pan już nieszczęśliwy, co?

— Lepiej, znacznie lepiej i dziękuję za ten spacer całem sercem.

— Trzeba być zdrowym, trzeba nie być nieszczęśliwym i trzeba iść jutro do Szai, dobrze? — mówiła cicho i jakimś matczynym ruchem pogłaskała go po twarzy.

Pocałował ją w końce palców i poszedł do domu, ale szedł wolno i apatycznie, pomimo, że szczerze niepokoiła go długa nieobecność Malinowskiego, z którym mieszkał i z którym zżył się mocno przez te kilka miesięcy oczekiwania na posadę.

Malinowskiego w domu nie było, mieszkanie wionęło pustką i znać było na każdym kroku, że tędy przeszła bieda, a przeszła nie mała, bo Horn pogniewał się z ojcem, który mu wstrzymał pensyę, chcąc tym sposobem zmusić upartego do powrotu.

Ale nie zmusił, bo Horn się zaciął i postanowił iść dalej o własnych siłach, a tymczasem żył pożyczkami, kredytem i sprzedażą stopniową mebli i sprzętów, oraz miłością jaką czuł do Kamy, miłością, która owiewała całą jego przyrodę słodkim tumanem, jak ten wieczór czerwcowy, zapadający na miasto, pełny ciszy głębokiej i gwiazd skrzących się w głębiach strasznych, niby marzeń-błysków, drżących na fali powietrznej jak ona wiecznej i jak ona nigdy nieuchytnej.

Przestał myśleć o sobie, bo postanowił iść na miasto i odszukać przyjaciela.

Malinowski urządzał nieraz takie tajemnicze zniknięcia, po których wracał blady i zdenerwowany, nie mówiąc gdzie był, ale nigdy nie bawił tak długo jak obecnie.

Horn obszedł znajomych, gdzie spodziewał się czegoś dowiedzieć, ale nikt Malinowskiego nie widział od dni kilku; u jego rodziców się nie dowiadywał, bo nie chciał ich niepokoić, a zresztą pozostawiał to na ostatek.

Przyszło mu na myśl dowiedzieć się u Jaskólskich, do których Malinowski bardzo często zaglądał. Jaskólscy mieszkali teraz na jednej z nowopowstających uliczek, pomiędzy linią drogi żelaznej, lasem i fabrykami Scheiblera.

Uliczka była jeszcze na wpół polem, pół śmietnikiem, a pół miastem, bo ciągnęła się porwaną linią wśród zbóż zielonych, wzgórz usypanych z wywożonych z miasta rumowisk i olbrzymich dołów, z których czerpano piasek.

Czteropiętrowe domy z nietynkowanej cegły, ordynarne, ledwie sklejone, czerwieniły się obok małych domków drewnianych i prostych bud skleconych z desek na składy.

U stóp lekkiego wzniesienia, na którem ciągnęła się uliczka, wlókł się kolorowy strumień, zanieczyszczony odpływami z fabryk i zarażający dookoła powietrze strasznymi wyziewami. Stanowił on granicę pomiędzy właściwem miastem a polami i obmywał krętemi liniami długie parkany i kupy wywożonych z miasta śmieci.

Jaskólscy mieszkali pod samym lasem, w drewnianej ruderze o kilkunastu oknach frontu i pełnej przystawek i facyat na skrzywionem piętrze. Teraz mieli się znacznie lepiej, bo on zarabiał pięć rubli tygodniowo przy budowie fabryki Borowieckiego, ona zaś prowadziła sklepik z wiktuałami na rachunek piekarza, za co miała mieszkanie i dziesięć rubli miesięcznie.

Przed sklepikiem Jaskólskich siedział poobwijany w kołdry Antoś i rozmarzonym, tęsknym wzrokiem przypatrywał się sierpowi księżyca, który wyłaniał się z za chmur i osrebrzał blaszane, wilgotne od rosy dachy i kominy miasta.

— Józio jest w domu? — zapytał Horn, ściskając mu wyschniętą, suchotniczą rękę.

— Jest... jest... — szeptał z trudem chory, nie puszczając jego ręki.

— Lepiej ci teraz niż zimą?

— Czy tam się nikt nie dostanie? — zapytał, wskazując rozszerzonemi oczami księżyc.

— Chyba po śmierci... — rzucił Horn, prędko wchodząc do sklepiku.

— Ja czuję... jak tam jest strasznie cicho... — szeptał chory, wzdrygając się całem ciałem i uśmiech okrutnej, nieprzepartej, bolesnej tęsknoty rozjaśnił jego twarz wychudłą.

Zamilkł, opuścił ręce bezwładnie jak łachmany, oparł głowę o drzwi, przy których siedział i utonął całą duszą w tych przerażających głębiach, po których ślizgał się srebrny sierp księżyca.

Józio siedział za sklepem, w małej, ciasnej izdebce, pełnej łóżek i gratów i tak dusznej, że otworzone drzwi i okna nie wiele odświeżały rozpalone powietrze.

— Dawno widziałeś Malinowskiego?

— Ze dwa tygodnie nie był u nas, a nie widziałem go od niedzieli.

— A Zośka dawno była u was?

— Zośka już do nas nie przychodzi. Mama się na nią pogniewała... Maryśka, bo wybijesz szyby! — krzyknął przez okno do małego ogródka, w którym majaczyła się jakaś postać kobieca.

— Co ona tam robi? — zapytał, patrząc na ciemną ścianę lasu stojącego o kilkadziesiąt kroków od domu, tak, że blask lampy padający przez okno długim złotym pasem, połyskiwał na pniach sosen.

— Kopie ziemię, to Maryśka, weberka, pochodzi z naszych stron. Mama odstąpiła jej nasz ogródek i ona zawsze po fabryce przychodzi tutaj gospodarować. Taka głupia, zdaje się jej przez to, że jest na wsi.

Horn nie słuchał, myślał gdzie znaleźć Adama, obleciał bezwiednie oczami pokój i sklepik pełen błyszczących blaszanek od mleka, odetchnął kilka razy dusznem, przesyconem kurzem, dymem i zapachem chleba powietrzem i żegnając się zapytał żartobliwie:

— Cóż, nie dostałeś znowu jakiego miłosnego listu?

— Dostałem... tak...

Zaczerwienił się gwałtownie.

— Bądź zdrów...

— To i ja pójdę.

— Może na schadzkę, co? — zapytał żartobliwie.

— Tak, tak... Ale niech pan tak głośno nie mówi, jeszcze mama usłyszy.

Ubrał się śpiesznie i wyszli na ciemną ulicę.

Ciepły wieczór czerwcowy wyciągnął ludzi z domów i z nor mieszkalnych, siedzieli w czarnych sieniach, na progach, przed domami, w piasku drogi lub w otwartych oknach, przez które widać było nizkie, ciasne izby pełne tapczanów i łóżek, huczące rojem ludzkim jak ule.

Uliczka nie miała latarń, oświetlał ją księżyc i smugi świateł bijących od okien i od pootwieranych szynków i sklepików.

Na środku drogi tarzały się z krzykiem gromady dzieci, a od jednego z dalszych szynków buchał chór pijackiej piosenki i łączył się z dźwiękami harmonijki, rozlewającej z jakiegoś poddasza skoczne tony krakowiaka i z hukiem pociągów, przelatujących niedaleko.

— Gdzież masz to rendez-vous? — zapytał Horn, gdy wyszli na uliczkę i szli ścieżką biegnącą w poprzek szerokiego pola kartofli do miasta.

— Niedaleko, przy kościele.

— Życzę ci powodzenia!

Horn poszedł do rodziców Adama, żeby się dowiedzieć o niego i trafił na wielką burzę.

Matka stała na środku pokoju i krzyczała na cały głos, Zośka płakała spazmatycznie pod piecem, a Adam siedział przy stole z twarzą ukrytą w dłoniach; stojąca na komodzie lampa oświetlała całą scenę.

Horn wszedł, ale natychmiast się cofnął zmieszany.

Adam wybiegł za nim.

— Mój drogi, poczekaj na mnie kilka minut w bramie, proszę cię o to bardzo! — szepnął gorączkowo i wrócił do mieszkania.

Matka krzyczała ostrym, podniesionym głosem:

— Ja raz jeszcze pytam, gdzieś była przez te trzy dni?

— Mówiłam już mamie, byłam na wsi pod Piotrkowem u znajomej.

— Zośka, nie kłam! — rzucił krótko Adam i jego zielone, słodkie oczy zapaliły się gniewem. — Ja wiem, gdzieś była! — dodał ciszej.

— No, gdzie? — zawołała dziewczyna z niepokojem, podnosząc nań zapłakane oczy.

— U Kesslera! — szepnął cicho, ale z taką mocą bólu, że matka rozkrzyżowała ręce, a Zośka zerwała się z krzesła, stała czas jakiś na środku pokoju, wodząc hardym, buntowniczym wzrokiem do koła.

— A więc tak, byłam u Kesslera! jestem jego kochanką, a więc tak! — zawołała ostro i z taką determinacyą w głosie, że matka cofnęła się pod okno, a Adam zerwał się z krzesła, a ona stała chwilę w milczeniu, patrząc na nich hardym wzrokiem, ale po chwili fala zdenerwowania zatrzęsła nią tak silnie, że nogi się pod nią ugięły, upadła na dawne miejsce i wybuchnęła wstrząsającym płaczem.

Matka oprzytomniała, skoczyła do niej, pochwyciła za ręce i przyciągając do lampy zaczęła prędko, gorączkowo mówić:

— Ty jesteś kochanką Kesslera? Ty, moja córka?

Chwyciła się za głowę i zaczęła biegać po pokoju z rykiem strasznego bólu.

— Jezus, Marya! — wołała, załamując ręce w rozpaczy.

Przypadła znowu i trzęsąc nią z całych sił, szeptała ochrypłym, zduszonym przez wzruszenie głosem:

— Więc te wyjazdy do ciotki, te spacery, te chodzenia z przyjaciółkami do teatru, te stroje — to wszystko. A, rozumiem teraz, rozumiem! I ja na wszystko pozwalałam, byłam tak ślepa! Jezus, Marya! A nie karz mnie, Boże przedwieczny za ślepotę, a nie karz mnie, Panie miłosierny za dzieci moich winy, bom ich niewinna! — błagała nieprzytomnym głosem, padając w wielkiej skrusze przed obrazem Matki Boskiej oświeconym oliwną lampką.

Cisza zapadła na chwilę.

Adam ponuro patrzył w lampę, a Zośka stała pod ścianą skulona, złamana, nieszczęśliwa, łzy wielkiemi perłami sypały się z jej oczów i zalewały twarz całą, drgała ustawicznie, wstrząsana łkaniem, włosy się jej rozsypały na ramiona i na czoło, odgarniała je automatycznym ruchem i nie widziała nic już, co się działo dokoła.

Matka podniosła się z kolan, twarz jej blada i obrzękła pełna była surowości nieubłaganej i grozy.

— Zdejm zaraz te aksamity! — zawołała.

A gdy Zośka zawahała się, nie rozumiejąc, matka zaczęła zrywać z niej aksamitny stanik i darła go w kawały.

— To twoja hańba, ty ulicznico! — krzyczała i wpadła w szał niszczycielki, zerwała z niej całą garderobę i porwała ją w strzępy, podeptała z nienawiścią i rzuciła się do komody i wyrzucała z niej i darła wszystko co należało do Zośki, która ogłupiałym wzrokiem przypatrywała się zniszczeniu i szeptała urywanemi słowami:

— On mnie kocha... on obiecał się ze mną ożenić... ja nie mogłam już wytrzymać w fabryce... ja nie chcę umierać w przędzalni... ja nie chcę być weberką całe życie... Mamusiu droga, matuchno moja jedyna przebacz mi, mamusiu miej litość nademną! — krzyknęła gwałtownie, rzucając się do nóg matki. Zerwała się w niej resztka świadomości i mocy panowania nad sobą.

— Możesz iść sobie teraz do Kesslera, ja już córki nie mam — szepnęła matka sucho, otwierając drzwi szeroko i wyrywając się z jej objęć.

Zośka zalana nagłym, oślepiającym strachem, jaki wionął ze słów matczynych i tej czarnej gardzieli kurytarza, jaki ujrzała przed sobą, cofnęła się w tył i runęła do nóg matki z nieludzkim okrzykiem trwogi strasznej; czepiała się jej rąk, jej sukni, jej kolan, czołgała się za nią na kolanach i żebrała nieprzytomnym, przełzawionym głosem litości i przebaczenia.

— Zabij mnie, a nie wypędzaj! Zabijcie mnie ludzie, bo już nie wytrzymam! Adam, bracie mój. Ojcze mój, miejcie litość nademną.

— Wynoś się natychmiast i nie pokazuj się nigdy tutaj, bo cię jak psa wypędzę i oddam policyi! — syczała matka nieubłaganie, skamieniała w gniewie, bo wszystko w niej nagle z wielkiego bólu zamarło, nawet litość.

Adam również nieporuszony słuchał i patrzał, tylko jego zielone oczy straciły ostry połysk gniewu i mroczyły się łzami.

— Precz mi! — krzyknęła ostro raz jeszcze matka.

Wtedy Zośka przystanęła na mgnienie na środku pokoju i rzuciła się z obłąkanym krzykiem w korytarz, aż sąsiedzi zaczęli drzwi otwierać i wychylać głowy, przebiegła cały dom familijny, zbiegła na dół, na podwórze i wcisnęła się w ciemny kąt pod akacye kwitnące, i zemdlała z dzikiego, zwierzęcego strachu.

Adam wybiegł za nią, a przywróciwszy do przytomności, szepnął miękim, braterskim głosem.

— Zośka, chodź do mnie! Ja cię nie opuszczę.

Nic nie odpowiedziała, tylko chciała mu się wyrwać z rąk i uciekać w świat.

Z trudem ją uspokoił, okręcił w jakąś chustkę, którą przyniósł z domu, bo dziewczyna cała była w strzępach, ujął mocno pod rękę i poprowadził do dorożki.

Horn, który czekał w bramie, przyłączył się do nich.

— Tak się stało, że Zośka chwilowo będzie mieszkać u mnie, nie moglibyście sobie poszukać mieszkania na kilka dni.

— Dobrze. Pójdę do Wilczka, on ma duże mieszkanie.

Jechali w milczeniu, tylko przejeżdżając obok pałacu Kesslera, Zośka przycisnęła się silniej do brata i zaczęła cicho płakać.

— Nie płacz, to się wszystko da załagodzić! Nie płacz, matka da się przeprosić, z ojcem sam się rozmówię! — pocieszał ją i całował po zapłakanych oczach i gładził jej włosy roztargane.

Tak odczuła te pocieszania i jego miłość, że objęła go ramionami, ukryła mu twarz na piersiach i jak dziecko skarżyła się cichym, urywanym szeptem na swoją dolę nieszczęśliwą, nie zważając na obecność Horna.

Urządzili jej zaraz mieszkanie z pokoju brata, który się przeniósł do pokoju Horna, zamknęła się w nim i nie chciała wyjść na herbatę, jaką zagotował Horn.

Adam sam jej zaniósł.

Wypiła trochę; rzuciła się na łóżko i zasnęła natychmiast.

Adam zaglądał do niej co chwila, pookrywał ją czem mógł, wytarł chusteczką jej twarz, bo łzy pomimo snu płynęły z pod zamkniętych powiek, potem powrócił i szepnął cichym głosem:

— Domyślacie się, co się stało?

— Nie, nie i proszę was bardzo, nie mówcie mi, bo widzę jak was to boli. Ja zaraz wychodzę.

— Zostańcie jeszcze chwilę. Słyszeliście, musieliście słyszeć co mówili o Zośce?

— Na plotki nigdy nie zwracam uwagi, nigdy ich słuchać nie chcę — rzekł Horn wymijająco.

— To nie plotki, to prawda! — rzekł ostro, wstając z miejsca.

— Więc cóż pocznicie? — zapytał z wielkiem współczuciem.

— Idę w tej chwili do Kesslerów! — szepnął twardo i zielone oczy błysnęły mu takim tonem jak szmelcowana lufa rewolweru, który schował do kieszeni.

— To na nic się nie przyda, z bydlęciem nie można spraw ludzkich załatwiać.

— Spróbuje, a jak mi się nie uda, to...

— To co? — podchwycił spiesznie Horn, przestraszony akcentem groźby, jaki brzmiał w jego głosie.

— To pomówimy inaczej... to się pokaże...

Horn chciał mu tłómaczyć, ale Adam nie chciał słuchać, tylko gdy się rozstawali przed bramą, uścisnął mu silnie rękę i pobiegł do pałacu Kesslera.

Nie zastał i nikt nie umiał go objaśnić, gdzie w tej chwili może być młody Kessler.

Popatrzył z całą nienawiścią na wspaniałe mury pałacu, na błyszczące przy księżycu jego wieżyczki i złocone balkony, na zasłonięte białemi storami okna i poszedł do fabryki do ojca.

Stary Malinowski, jak zwykle, niby żóraw niestrudzony obchodził to olbrzymie koło rozpędowe, które jak ptak potworny rzucało się w mrocznej, roztrzęsionej ruchem wieży, zapadało się w ziemię, wybiegało z cieniów, połyskiwało roziskrzonym, zimnym tumanem stali i okręcało się dookoła z taką szaloną szybkością, że żadnego konturu nie można było pochwycić.

Taki szalony krzyk maszyny huczał w wieży, że stary szeptem zapytał syna:

— Znalazłeś Zośkę?

— Przywiozłem ją dzisiaj wieczorem.

Stary popatrzył nań długo i poszedł znowu obejść maszynę, naoliwił niektóre części, przyglądał się manometrowi, wytarł tłoki, które z sykiem pracowały ociekając oliwą, krzyknął przez tubę do maszynistów pracujących niżej i powróciwszy do syna powiedział zaciśniętem gardłem:

— Kessler!

Zęby mu się wyszczerzyły jakby do kąsania.

— Tak, ale on mój! Niech mu ojciec da spokój — zaczął gorąco Adam.

— Głupiś! Mam z nim ważne sprawy, ani mi się waż go tknąć, słyszysz?

— Słyszę, ale swojego nie odstąpię.

— Ani mi się waż! — zawarczał stary, podnosząc czarne, olbrzymie pięście, jakby do uderzenia. — Gdzie ona teraz?

— Matka ją wypędziła z domu.

Syknął przez zaciśnięte zęby i bure oczy zapadły mu głęboko pod brwi krzaczaste i rzucały tylko cień groźny na twarz szarą i suchą.

Zgarbił się i obchodził powoli to koło, które śpiewało rykiem szalony hymn siły uwięzionej, targającej się z wściekłością pomiędzy trzęsącymi się murami.

Przez małe zakurzone okienka budynku lał się srebrny, księżycowy kurz, w którym niby sine widmo, tańczyło z krzykiem bydlę olbrzymie.

Adam nie mogąc się doczekać więcej słów od ojca, powstał i zmierzał do wyjścia.

Stary wysunął się za nim i już za progiem szepnął:

— Zajmij się tą... przecież to nasza krew...

— Wziąłem ją do siebie.

Pochwycił go i żelaznemi ramionami przycisnął do serca.

Zielone, słodkie oczy syna wpiły się z wielką miłością w bure, rozłzawione oczy ojca, patrzyli w siebie do głębi, na wskroś i rozeszli się bez słowa.

Stary spiesznie obchodził maszynę i zaoliwionymi palcami wycierał oczy.

V.

— Interes prosty, czyste złoto powiadam wam. Kupiłem plac, który musi, uważacie, musi odkupić odemnie Grünspan za taką cenę, jaką wziąć zechcę — tłómaczył nazajutrz rano Stach Wilczek, Hornowi, który spał u niego.

— Dlaczego musi? — zapytał zaspanym głosem Horn.

— Bo mój plac otacza fabrykę jego z dwóch stron; z boku i z tyłu, z drugiego boku leżą place Szai Mendelsona, a od frontu ulica. Grünspan chce powiększyć fabrykę, a niema u siebie miejsca. Ma być dzisiaj u mnie, zobaczycie jaką ma minę. On ten plac targował przez trzy lata i przez trzy lata postępował dotychczasowemu właścicielowi po sto rubli na rok, chciał kupić tanio, czekał, nie spieszyło mu się. Cudem się dowiedziałem, postąpiłem chłopu grubo i po cichutku kupiłem, teraz ja będę czekał, teraz mnie się nie spieszy... ha, ha, ha! — śmiał się wesoło, zacierając ręce, oblizywał wywinięte wargi i mrugał oczami.

— Ileż macie tego placu?

— Całe cztery morgi! Pięćdziesiąt tysięcy rubli jakbym już miał w kieszeni.

— Jeśli się łudzić, to już mocno! — zaśmiał się Horn, nieco dotknięty tą cyfrą.

— Ja się nigdy w interesach nie mylę. Grünspan ma stawiać dwa pawilony, razem około dwóch tysięcy ludzi i pomyśleć, że gdyby je musiał stawiać w innem miejscu, choćby o kilkaset kroków dalej, to koszty budowy, urządzeń i administracyi podniosą mu się w dwójnasób. Pijecie jeszcze herbatę?

— A proszę, jeśli jest gorąca, ale jak na przyszłego milionera, macie dyablo wygryzione filiżanki! — zwrócił uwagę, dzwoniąc łyżeczką w wyszczerbione fajansowe filiżanki.

— To głupstwo, będzie się jeszcze pijało na sewrskich — odpowiedział lekceważąco. Zostawię was samych na parę minut — rzekł, patrząc przez okno i wyszedł do sieni, bo kilka kobiet starych, wynędzniałych, z koszykami na ręku, ukazało się pomiędzy wiśniami na pół uschłemi, jakie stały przed domem.

Horn tymczasem obejrzał się po pokoju, stanowiącym mieszkanie przyszłego milionera.

Była to prosta chłopska izba o wykrzywionych ścianach, wybielonych wapnem; gliniany ubity tok, stanowiący podłogę, pokrywały kawały dywanu barchanowego w jaskrawe czerwone kwiaty; krzywe, małe okienko, przysłonięte brudną firanką, wpuszczało tak mało światła, że cała izba i nędzne, zbierane jakby ze śmietników graty, tonęły w mroku, w którym tylko błyszczał jaskrawo wielki samowar, stojący na zwykłym chłopskim kominie, pod wielkim okapem.

Kilkanaście książek leżało na stole wśród kawałków starego żelaztwa, rzemieni i cewek z próbkami różnokolorowej przędzy bawełnianej.

Horn zaczął przeglądać książki, ale że doszedł go przez szyby rozpłakany głos kobiecy, odłożył i słuchał:

— Pan mi pożyczy dziesięć rubli! Pan wie, że Ruchla Wassermanowa jest uczciwa, jest biedna kobieta. Jak ja dzisiaj nie będę miała pieniędzy, to nie zrobię interesu i nie będę miała z czego żyć cały tydzień.

— Pieniędzy bez fantu nie dam.

— Panie Wilczek! ja oddam, ja panu przysięgnę na wszystkie świętości, że oddam... My jeść nie mamy; moje małe dzieci, mój mąż, moja matka... uny czekają, żeby ja im przyniosła kawałek chleba! A jak pan mi nie pożyczy, to skąd ja im wezmę...

— Niech zdechną, co mi to szkodzi!

— Takie słowo, takie niedobre słowo pan powiedział — jęczała żydówka.

Wilczek usiadł na ławce pod oknem i zaczął przeliczać pieniądze, jakie mu drugie kobiety oddawały.

Po rublu, po dwa, najwyżej po pięć, kładły przed nim miedziakami, po dziesiątce, wyciąganej z węzłów i skrytek.

Liczył uważnie i co chwila wyrzucał jakąś sztukę.

— Gitla, ta dziesiątka na nic, dawać inną!

— Na moje suminie, to dobry piniądz. Ja ją mam od jednej obywatelki, co una zawsze kupuje odemnie pomarańcz! Nu, dlaczego ma być niedobry! un się świeci! — wołała, śliniąc dziesiątkę i wycierając ją fartuchem.

— Dawać prędko inną, bo nie mam czasu!

— Panie Wilczek, pan jest szlachetna osoba, pan mi pożyczy... — prosiła Wassermanowa.

— Pani Sztein, brakuje 15 kop.! — zawołał, zwracając się do małej, starej żydówki z trzęsącą się głową, ubraną w zatłuszczony czepek.

— Brakuje! to nie może być! tam jest całe pięć rubli, ja dobrze liczyłam.

— Dołożyć i basta! Szteinowa zawsze tak mówi i zawsze brakuje, znamy się dobrze.

Szteinowa zaczęła dowodzić, że nie brakuje, co tak zirytowało Wilczka, że zgarnął pieniądze i rzucił je w piasek pod jej nogi.

Szteinowa z wielkim lamentem zbierała je z piasku i układała z powrotem na ławce.

Wassermanowa przysunęła się znowu do Wilczka i dotykając jego łokcia końcami palców, prosiła cichym, rozpłakanym głosem:

— Ja czekam!... ja wiem, co pańska osoba będzie litościwa...

— Bez zastawu nie dam ani rubla — rzekł. — Niech Wassermanowa pożyczy sobie od zięcia!...

— Co pan wspomina tego łajdaka! Pan wie, ja jemu dałam za córką, na stół, żywych pieniędzy całe czterdzieści rubli, to ten gałgan w niecałe pół roku wszystko wydał! Pan słyszy, wszystko wydał! Na co un wydał taki kapitał!

Wilczek nie słuchał narzekań, odbierał należności z procentami za tydzień ubiegły i pożyczał na następny, wpisując nazwiska i cyfry z wielką dokładnością w notes.

Obojętnie słuchał narzekań i z nieukrywaną wcale pogardą traktował ten tłum kobiet wynędzniałych.

Nie wzruszały go ich oczy zaczerwienione, wypalone przez słońce i mrozy; te postacie w łachmanach; te twarze o wyrazie wiecznej troski i głodu, wychylające się z pod peruk i brudnych chustek, ani ten cały chór nędzy, który lamentował w ostrem słońcu, wpośród drzew schnących, zmurszałych, gdzieniegdzie tylko zieleniejących, na trawnikach porosłych chwastem, z którego dziewanny wysmukłe i wielkie łopiany wysuwały blado-zielone liście.

Zaraz za drogą, miasto rozlewało się morzem czerwonych domów, kominów i dachów, po których grało słońce blaskami; huki, turkoty, świsty, napełniały ogródek ciągłą wrzawą i trzęsły drewnianemi, pokrzywionemi ścianami domu Wilczkowego.

Horn ze zdumieniem pełnem żywego współczucia przypatrywał się szeregom tej nędzy, stojącej przed domem i ze wzrastającem oburzeniem słuchał i wtajemniczał się w interesy Wilczka.

Nie mógł już dalej wytrzymać i gdy Wilczek załatwiwszy ostatnią sprawę, powrócił do izby, Horn w milczeniu wziął kapelusz i skierował się do wyjścia.

— Nie chodźcie jeszcze.

— Muszę iść do Szai, a przytem powiem prawdę, że to, co słyszałem i widziałem tutaj przed chwilą, przejęło mnie głęboką odrazą do pana, panie Wilczek... Zechce mnie pan uważać, a ze mną i całe nasze towarzystwo, za zupełnie sobie obce i nieznajome — powiedział ostrym głosem i obrzucając go pogardliwem spojrzeniem, chciał wyjść.

— Nie wypuszczę pana, musi pan wysłuchać tego, co powiem! — zawołał Wilczek spiesznie zagradzając mu sobą drzwi, zponsowiał od gniewu, ale mówił spokojnie.

Horn popatrzył mu prosto w oczy i nie zdejmując kapelusza, usiadł i rzekł sucho:

— Słucham pana!

— Chcę pana tylko objaśnić. Nie jestem lichwiarzem, o co mnie pan prawdopodobnie posądził, a nie jestem dlatego, że ja pracuję u Grosglücka i operuję na jego korzyść i na jego odpowiedzialność. Mówię to panu pierwszemu, bo nigdy przedtem nie potrzebowałem się usprawiedliwiać, ani tłómaczyć z moich czynności.

— Czemuż to pan robi teraz? — nic pana przecież nie zmusza! — nie jestem sędzią śledczym!

— Dlatego to robię, aby nie być sądzonym fałszywie. Możecie mnie liczyć do swoich znajomych lub nie liczyć — to kwestya, uboczna, ale nie chciałbym aby mnie miano za lichwiarza.

— Możesz pan być pewnym, że się nim zajmować nic będzicmy.

— Jak ja, w tej chwili pogardą pana, którą słyszę w głosie.

— Więc pocóż mnie pan zatrzymuje?

— Zatrzymywałem! — rzekł z naciskiem. Powiedziałem na usprawiedliwienie, że jestem tylko człowiekiem Grosglücka i operuję jego pieniędzmi i na jego korzyść! Juści, że nie robię tego za darmo.

— Żaden za największą pensyę nie przyjąłby funkcji obdzierania nędzarzy.

— To się tak powiada w salonikach i przy pannach, bo taki frazes brzmi ładnie i do niczego nie obowiązuje.

— To jest zwykła ludzka uczciwość, a nie frazes, panie Wilczek.

— Można to i tak nazywać, nie będę się sprzeczał o dźwięki. Pan uważa mnie za łajdaka, że pomagam Grosglückowi do obdzierania nędzarzów, tak? Otóż ja pana przekonam, że ten łajdak robi więcej dla tej nędzy, sam, niż wy wszyscy razem inteligenci i różne reszki szlacheckie. Proszę, spojrzyj pan w tę książkę, jest to całoroczny rachunek sum wypożyczanych i procentów, jakie przyniosły za rok ubiegły. Książkę prowadził mój poprzednik, a tutaj jest moja książka, prowadzona od nowego roku. Porównaj pan cyfry pożyczek i dochodów.

Horn bezwiednie prawie rzucił okiem i zobaczył, że suma dochodów w drugiej książce była o połowę mniejszą niż w pierwszej.

— Cóż to znaczy, dlaczego?

— Znaczy to, że o sto pięćdziesiąt procent biorę mniej niż mój poprzednik. Znaczy to, że, jak rachunki mówią, daję z własnej kieszeni nędzarzom od stu do dwustu rubli miesięcznie, bo właśnie te sto pięćdziesiąt procent stanowiły moje wynagrodzenie dodatkowe. Zrzekłem się go i nie szukam w tem chluby.

— Darowuje pan im ich pieniądze, wielka łaska, istotnie!

— Mówisz pan jak człowiek, nie mający pojęcia o interesach.

— Nie, tylko jako człowiek, który nie uważa za bohaterstwo branie zamiast trzystu procent, sto pięćdziesiąt.

— Dobrze, nie mówmy o tem! — zawołał Wilczek i zniechęconym ruchem rzucił książki w głąb kasy ogniotrwałej, stojącej w kącie i zaczął bębnić w stół i patrzał na wiśnie kołyszące się za oknem.

Był bardzo ponury, bo się obawiał, że przez niego ta wieść o operacyach lichwiarskich rozleje się po Łodzi i zamknie mu drzwi w kolonii i w kilku innych znajomych domach.

Horn przypatrywał się uważnie i zapomniał o odejściu, oburzenie ustąpiło miejsca ciekawości z jaką słuchał Wilczka, przedstawiał mu się teraz zupełnie inaczej, biła od niego jakaś siła potężna, której dotychczas nie zauważył, gdyż, co prawda, nigdy na niego nie zwracał szczególniejszej uwagi.

— Ach, ogląda mnie pan, jak człowieka pierwszy raz widzianego.

— Przyznaję się, że pierwszy raz przyglądam się panu uważnie.

— Zadziwiający okaz, co? Cham o brudnych instynktach, zwykły parobek żydowski do wszystkiego; brzydki, marny i niegodziwy! Cóż robić, panie, nie urodziłem się w pałacu, a tylko w zwykłej chałupie; nie jestem piękny, nie jestem przyjemny, nie jestem wasz i dla tego nawet moje cnoty, jeśli je mam, są występkami, no ale i dla tego pożyczacie pieniędzy odemnie — dodał ze śmiechem i jego małe oczki zamigotały ironią.

— Panie, a to Wassermanowa przyszła! — zawołał chłopak przez drzwi.

— Wojtek, niech już wyjeżdżają na kolej, daj ten fracht Antkowi, za pół godziny będę na stacyi. Każ Wassermanowej przyjść.

Wassermanowa przyniosła świeczniki szabasowe i wielki bursztynowy garnitur na zastaw dziesięciu rubli, jakie jej natychmiast wypłacił Wilczek, odliczając z góry rubla procentu za tydzień.

— Pan powie, że to lichwa, co? A gdybym nie dał jej tych pieniędzy, umarłaby z głodu. A takich kobiet, żyjących z wypożyczonych od nas pieniędzy, jest kilkadziesiąt w Łodzi, każda z nich ma dzieci, matki, mężów, którzy się modlą, lub są niedołęgami.

— Czyli, że społeczeństwo powinno wam być wdzięczne za tak niestrudzoną dobroczynność.

— Mogłoby dać nam spokój, kiedy je uszczęśliwiamy bezinteresownie.
Roześmiał się serdecznie i bardzo cynicznie.

— Panie, ten żyd Grünspan idą! — zawołał chłopak przez drzwi.

— Może pan zostanie jeszcze na chwilę, aby być świadkiem bardzo wesołej
sceny.

Horn nie miał czasu protestować, bo w tej chwili wszedł Grünspan.

— Dzień dobry, panie Wilczek, pan ma gości, ja może przeszkadzam! — wołał
już od progu, nie wyjmując cygara z ust i wyciągając rękę do powitania.

— Bardzo proszę, mój przyjaciel, pan Horn — przedstawiał.
Grünspan szybko wyjął cygaro z ust i przenikliwem spojrzeniem obrzucił
Horna.

— Pan pracował u Bucholca? — zapytał dosyć wyniośle. — Pan syn Horn et
Weber w Warszawie? — zapytał po raz drugi, nie otrzymawszy odpowiedzi na
pierwsze.

— Tak.

— Bardzo mi przyjemnie. My z ojcem pańskim robimy interesy.
Wyciągnął rękę i bardzo łaskawie dotknął się końcami palców ręki Horna.

— A ja do pana, panie Wilczek, przyszedłem na spacer, po sąsiedzku.

— Bardzo przyjemne powietrze dzisiaj. Niechże pan siada — zapraszał gorąco
Wilczek, nie mogąc ukryć radości, jaką mu sprawiła wizyta Grünspana.

Grünspan odgarnął delikatnie poły długiego hałata i usiadł, wyciągnął na izbę
nogi obute w długie do kolan buty i podniósł chytrą, wypasioną twarz,
świecącą tłuszczem.

Maleńkie czarne oczki biegały mu ustawicznie po izbie i wybiegały za okno w
ogródek, czepiały się czerwonych murów fabryki, stojących tuż z boku i
powracały badając twarze Horna pobieżnie i Wilczka bardzo niespokojnie.

Okrywał się gęstymi kłębami dymu, chrząkał, poprawiał się na krześle i nie
wiedział od czego zacząć.

Wilczek również milczał, spacerował po izbie, uśmiechał się, oblizywał
łakomie, wywinięte wargi i rzucał porozumiewające spojrzenia na Horna, który
siedział nachmurzony i rozważał słowa i postępowanie Wilczka.

— Przyjemny chłód jest w pańskim domu — zaczął fabrykant, wycierając
kraciastą chustką spoconą twarz.

— Okna przysłonięte przez ogród nie puszczają słońca. Pan widział mój
ogród, panie Grünspan?

— Nie miałem czasu. Kiedy ja miałem oglądać? Człowiek przy tylu interesach
jest uwiązany jak ten kuń do woza.

— A jeśli panowie zechcą, to możebyśmy wyszli na powietrze. Pokazałbym
panom swoje pole i ogród, dobrze?

— Dobrze, bardzo dobrze! — zawołał żywo Grünspan i poszedł przodem.
Obeszli ciasne podwórze, pełne dołów zapełnionych gnojówką, kup nawozu,
starych bali i desek i stosów starego żelaztwa, blach i starych garnków, które
dwóch ludzi ładowało na wielkie wozy.

Z jednej strony podwórza były nędzne szopy kryte słomą i zbite ze
zmurszałych desek, w których stały beczki z cementem, a z drugiej również

nędzne stajnie ciągnęły się pod murem fabryki Grünspana.

— Nie wyścigowe! — zawołał ze śmiechem Wilczek, widząc, że Horn z przykrością patrzy do stajni na nędzne okaleczałe wywłoki końskie, stojące ze zwieszonymi łbami przy żłobach.

— Tu nie jest przyjemny zapach — zauważył fabrykant, pociągając delikatnym nosem powietrze.

Oglądali następnie kawał pustego pola, szczerego piasku, z którego wiatry wywiały wszystką roślinną ziemię, że żółcił się jak posypany ochrą.

Wielkie sterty śmieci wywożonych z miasta, po których grzebały wynędzniałe psy, rozwalały się wzdłuż fabrycznego muru, jaki się ciągnął do połowy długości pola.

— Złoto nie ziemia! Cebula rośnie tutaj jak łby kocie! — zauważył Wilczek ironicznie się uśmiechając.

— No i bardzo ładny krajobraz stąd widać — powiedział Horn, wskazując na linię lasów miejskich, całą w niebieskawo-opalowych mgłach słońca i na płowe fale przeganiające się po żytach, z pośród których wychylały się czerwone szyje kominów fabrycznych.

— Co pan mówi, jaki krajobraz! To są place do sprzedania! — zawołał Grünspan żywo, zirytowany ironią Wilczka.

— Ma pan racyę, ale mój plac jest jeszcze fajniejszy, bo leży tuż przy pańskiej fabryce i prawie w mieście, możnaby założyć na nim śliczny park...

— Załóż pan, to moi robotnicy będą mieli gdzie odpoczywać w święto...

Powrócili przed dom i usiedli na ławce.

Horn pożegnał ich i poszedł, a oni siedzieli jakiś czas w milczeniu i udawali przed sobą, że się rozkoszują powietrzem przesyconem zapachem dymów i wyziewami głębokich rowów, pełnych gryzących odpływów fabrycznych.

Drogą ciągnęły nieprzerwanym łańcuchem wozy z cegłą i podnosiły duszący czerwonawy kurz, który osiadał na liściach wiśni i na trawach, a od fabryki Grünspana biły ustawiczne kłęby czarnych dymów i tłukły się pomiędzy drzewami ogródka i rozpościerały nad nim brudny, szary baldachim, przez który z trudem przesączało się słońce.

— Miałem do pana mały interes — zaczął pierwszy Grünspan.

— Wiem nawet jaki, wspominał mi o tem mój przyjaciel, Moryc Welt.

— Kiedy pan wiesz, to mówmy krótko i prędko — zawołał fabrykant z lekceważeniem.

— Dobrze. Ile pan dajesz za ten plac, który jest panu tak bardzo potrzebny.

— On mi nie jest potrzebny! Jabym go kupił tylko dlatego, żeby te brzydką chałupę zwalić i te drzewa wyciąć, mnie to przeszkadza, bo ja przez nie z mojego mieszkania nie widzę lasu. Ja bardzo lubię las.

— Ha, ha, ha!

— Pan się bardzo przyjemnie śmieje, dobry śmiech to ładny kawałek zdrowia — zauważył Grünspan, hamując niecierpliwość. — Ale ja nie mam czasu, panie Wilczek — dodał, powstając z ławki.

— I ja również czasu nie mam, bo muszę iść na kolej.

— Więc nasz interes?

— No — ileż pan dajesz?

— Ja lubię prędko załatwiać sprawy, dam panu dwa razy tyle za ten śmietnik, coś pan chłopu zapłacił — zawołał prędko, wyciągając rękę do zgody.

— Ja nie mam czasu, panie Grünspan, a pan żartuje sobie ze mnie.

— Dam panu pięć tysięcy rubli, no, gotowe?

— Bardzo panu dziękuje za sąsiedzkie odwiedziny, ale na prawdę jest mi pilno, bo moje wozy pojechały już dosyć dawno na stacyę i czekają na mnie.

— Ja panu powiem ostatnie słowo: dziesięć tysięcy rubli, zaraz, na stół, no jakże, będzie zgoda.

Pochwycił jego rękę i uderzył w nią na zgodę.

— Nie będzie zgody, bo nie mam czasu na zabawę.

— Panie Wilczek, to jest złodziejstwo! — wykrzyknął namiętnie, odskakując parę kroków.

— Panie Grünspan, pan nie jesteś zupełnie zdrowy!

— Bądź pan zdrów.

— Do widzenia! — rzucił Wilczek i z uśmiechem zadowolenia patrzył na fabrykanta, który rozwścieklony rzucił cygaro o ziemię i spiesznie szedł przez ogród, aż mu poły chałata fruwały jak skrzydła i biły o drzewa i zaczepiały się o krzewy agrestu, rosnące przy ścieżce.

— Wrócisz ty jeszcze! — szepnął za nim ironicznie i zatarł z radości ręce.

Wypił herbatę, pochował stosy drobnej monety do kasy, przebrał się w elegancki garnitur, uperfumował, wycisnął sobie przed odrapanem lusterkiem kilka węgrów z twarzy i elegancki, jaśniejący radością poszedł na kolej.

VI.

Wysoki, ujęty w kamienne słupy parkan żelazny, naśladujący gęstwę roślinną, pełną poplątanych łodyg, liści i kwiatów o złoconych płatkach, oddzielał fabrykę Szai Mendelsohna od ulicy. Po za tą doskonale stylizowaną roślinnością, ciągnął się pas trawników, o czarniawej zieleni, na której pstrzyło się jaskrawo kilka klombów rozkwitłych, amarantowych peonii.

Główny korpus fabryki wznosił się w głębi nieco, olbrzymią masą czteropiętrowego budynku z nietynkowanej cegły, zakończonego w rogach, rodzajem średniowiecznych bastyonów, gęsto ublankowanych.

Wielka brama wjazdowa, prawie arcydzieło ślusarszczyzny, umieszczona w parkanie z boku głównego korpusu, prowadziła na wielkie wewnętrzne dziedzińce, pocięte czteropiętrowymi pawilonami w olbrzymią kratę czworokątów, z których środka, niby smukłe topole, wznosiły się czerwone gardziele kominów, rozwłóczących nad tą potężną twierdzą fabryczną szarą oponę dymów.

Przy bramie, z frontem od ulicy, stał główny kantor fabryki.

Horn z pewną nieśmiałością wszedł do poczekalni i zapisawszy nazwisko i rodzaj interesu, jaki miał do Szai, na specyalnym szemacie, podanym przez woźnego, usiadł, oczekując kolei, bo poczekalnia zapchana była interesantami.

Półmrok panował w pokoju pomimo bardzo słonecznego dnia, bo jedyne okno wychodziło na park i było przysłonięte krzewami akacyi, zaglądającej w szyby różowemi oczami kwiatów za każdem poruszeniem wiatru.

Przez otwarte drzwi prowadzące do kantoru, w mętnem, żółtawem świetle gazu, widać było kilkadziesiąt głów pochylonych, a za niemi szereg wązkich okien, wychodzących na posępne czerwone mury fabryki.

Na tle ścian ciemnych, obciągniętych drzewem, stały szeregi czarnych szaf, podobnych do sarkofagów.

Ostry zapach surowej przędzy i chloru przesycał duszne, rozpalone powietrze. Cisza panowała głucha.

Wszyscy poruszali się automatycznie, chodzili na palcach, szeptali półgłosem, tylko potężny, oddalony szum fabryk pracujących wstrząsał murami i chwiał światłami gazu.

Grupa obywateli stała na środku poczekalni, szwargocąc po cichu i nie zwracając uwagi na tłum szary, siedzący na ławach, kryjący się w cieniu szaf, w głębokiej framudze okna, na cały tłum ludzi ze sfer najrozmaitszych, szukający roboty, którzy ilekroć razy otworzyły się drzwi, prowadzące do gabinetu Szai, zrywali się z siedzeń bezwiednie i rozpalonemi gorączką oczekiwania oczami rzucali w głąb gabinetu, gdzie królowały miliony.

Drzwi zamykały się szybko i bez szelestu, a oni znowu opadali na dawne miejsca, bezmyślnie patrząc w okno, na różowe kwiaty akacyi, przez które widać było kontury pałacu Mendelsohna, błyszczące w czerwcowem słońcu złoceniami balustrad, balkonów i weneckiemi oknami.

Co chwila woźny otwierał z gabinetu drzwi i wywoływał jakieś nazwisko, które zrywało się i biegło na wezwanie z gorączką nadziei lub odrywało się z grupy stojących i szło wolno, nie śpiesząc się.

I co chwila z gabinetu wychodził jakiś interesant poważny, jakiś kupiec wielki, których odprowadzano do drzwi z całem uszanowaniem, należnem pieniądzom — i co chwila także wysuwali się z gabinetu nędzarze, którzy nie patrząc na nikogo, bladzi, chwiejnym krokiem uciekali pośpiesznie.

Co chwila również przesuwali się przez poczekalnię różni urzędnicy i oficyaliści fabryczni i niknęli w kantorze.

Przez drzwi gabinetu słychać było niewyraźne szmery rozmów, czasem dzwonki telefonu, a czasem tuż za drzwiami rozległ się chrapliwy głos samego Szai — i wszystko wtedy w kantorze i w poczekalni tak milkło i kamieniało, że słychać było syczenie gazowych świateł i turkot wozów, wjeżdżających w obręb fabryki.

Drzwi gabinetu otworzyły się nagle i wybiegł stamtąd wysoki, o wielkim brzuchu, małej głowie i cienkich, pałąkowatych nogach, Stanisław Mendelsohn, najstarszy syn Szai i główny dyrektor fabryki; pobiegł do kantoru i napadł jakiegoś chudego oficyalistę.

— Ja pana się pytam, co to ma znaczyć! — krzyczał na cały głos, podsuwając pod zalęknioną, jakby zamszem obciągniętą twarz urzędnika, książeczkę paszportową.

— Taki paszport wydał mi urząd dla pana dyrektora, i taki przywiozłem.

— Pan nie masz rozumu! Pan nie masz delikatności! Pan mi umyślnie robisz szykany, przywożąc podobne niedorzeczności! Co! nie czytałeś pan?

— Czytałem; ale jeżeli napisali: Szmul Szajewicz Mendelsohn, z żoną Ruchlą ona-że Regina, to przecież nie w mojej mocy zabronić im tego...

— Pan jesteś skończone bydlę, ja panu to mówię! Jedź pan natychmiast do

Piotrkowa i przywieź mi pan paszport napisany po ludzku. Ja się nie pytam, co to będzie kosztować, mówię tylko, żebym go miał jutro w południe, bo jutro kuryerem wyjeżdżam. Ruszaj pan natychmiast! No, moi panowie, czy nie uważacie tego faktu za oburzający, za śmieszny, wprost za nikczemny: abym ja, doktór filozofii i chemii, ja Stanisław Mendelsohn — był przemianowany na Szmula, a moja żona Regina na Ruchlę! — wołał wzburzony do urzędników. — Szmul Szajewicz Mendelsohn z żoną Ruchlą, ona-że Regina! — powtórzył bezwiednie i wielkimi krokami, kołysząc się jak słoń na cienkich nogach, przebiegał kantor i skarżył się namiętnie przed wszystkimi i każdym z osobna.

Najstarsi potakiwali mu półsłówkami, młodsi — tępym, bezmyślnym wzrokiem wpatrywali się w niego.

Byłby dłużej rozwodził żale na niesprawiedliwość i krzywdę sobie wyrządzoną, ale zadźwięczał ostro dzwonek elektryczny i z gabinetu rozległ się głos Szai, przygłuszony nieco krzykiem czyimś:

— Woźni!

— Niech mnie ruszą tylko palcem, to im tak łby porozbijam jak i tobie, stary złodzieju! Nie ruszę się stąd, dopóki mi nie zapłacicie wszystkiego! — krzyczał pełnym głosem jakiś nizki, kwadratowy człowiek, wywijając metalową linią, schwyconą z biurka.

Drzwi sobą zasłonił i nie dał ani ich zamknąć, ani się wyrzucić woźnym, którzy w pewnem oddaleniu stanęli, nie wiedząc co począć.

— Zawołać policyi! — rozkazał chłodno Szaja, cofając się, bo przez otwarte drzwi kilkanaście par oczów przyglądało się tej scenie.

— Panie Piotrowski — mówił prędko Stanisław, wpadając do gabinetu. — Pan nie krzycz, bo my się tego nie zlękniemy. Dostałeś pan, co się należy, za fuszerki więcej nie płacimy, a jak pan będziesz krzyczał, to mamy środki uspokajające.

— Oddaj mi pan moje piętnaście rubli.

— Jak ci się nie podoba, to zabierz z powrotem rynny i ruszaj pókiś cały.

— Cóż ty mnie będziesz tykał, parchu jeden, ja z tobą ludzi nie okradam, ja jestem uczciwy rzemieślnik. Zgodziliście się czterdzieści rubli, a płacicie dwadzieścia pięć, a jak nie, to mi każecie zabrać robotę. Złodzieje, pijawki.

— Za drzwi z nim i do cyrkułu — krzyknął Stanisław.

Woźni rzucili się nagle na niego i obezwładnili.

Rzucał się i szamotał jak zwierzę oplątane, ale uległ przeważającej sile i już przez poczekalnię szedł spokojnie, tylko na cały głos wymyślał bardzo dobitnie i barwnie.

W gabinecie zapanowało milczenie.

Szaja patrzył przez okno na park zalany słońcem i na trawniki skrzące się jak krwawnikami, kwiatami tulipanów.

Stanisław z rękami w kieszeni chodził i pogwizdywał.

— To było wszystko do ciebie, Stanisław — rzekł stary, siadając przy biurku, stojącem na środku pokoju.

— Być może; ale to go kosztuje piętnaście rubli i ze dwa miesiące kozy.

Uśmiechnął się ironicznie i włożył binokle, bo woźny meldował Horna, na którego nareszcie przyszła kolej.

Horn ukłonił się i w milczeniu wytrzymał przenikliwe spojrzenie Szai.

— Od dzisiaj będziesz pan u nas. Müller dawał mi dobre referencye, dajemy panu miejsce. Pan umie po angielsku?

— Prowadziłem w tym języku korespondencyę w firmie Bucholc.

— Będziesz pan to samo robił z początku u nas, później użyjemy pana do czego innego. Pierwszy miesiąc na próbę... co?

— Ale i owszem, zgadzam się — powiedział szybko, dotknięty tą zapowiedzią całomiesięcznej pracy za darmo.

— Pozostań pan, porozmawiamy trochę, ja znam firmę pańskiego ojca.

Ale rozmowę przerwał im Wysocki, który od kilku miesięcy był u Szai fabrycznym doktorem, wpadł jak zwykle pospiesznie i odrazu przystąpił do interesu.

— Niech doktór siada, bardzo proszę — zaczął stary.

Ale Stanisław uprzedził go i usiadł sam, a więcej krzeseł nie było w gabinecie.

— Ja wezwałem doktora w małej sprawie, ale, co prawda, bardzo poważnej — mówił Stanisław, kładąc głęboko ręce w kieszenie spodni i wyciągając z nich pęk pomiętych recept i długi rachunek. — Przysłali mi dzisiaj rachunek i recepty za ostatni kwartał. A że ja lubię przeglądać wszystko, więc po przejrzeniu rachunków doszedłem do pewnych wniosków, stanowiących właśnie sprawę, dla której pana wezwałem.

— Bardzo jestem ciekawy.

— Rachunek jest pokaźny. Cały tysiąc rubli na kwartał! to mi się wydaje mocno za wiele.

— Jak to mam rozumieć? — zawołał żywo Wysocki, pokręcając wąsów.

— Niech się pan uspokoi, niech pan moje słowa bierze tak, jak powiedziane były, to jest, że rachunek jest zawielki, że wydano zawiele...

— Cóż ja na to poradzę! Robotnicy chorują, wypadki są częste, więc trzeba ich leczyć.

— Na to zgoda; ale kwestya w tem, jak leczyć?

— No jak, to kwestya moja.

— Bezsprzecznie, że to pańska rzecz, dla tego pana trzymamy, ale mnie idzie o sposoby leczenia, o metodę, jakiej się pan trzyma — mówił podniesionym nieco głosem Stanisław, nie patrząc na Wysockiego, tylko obwijał na palcu sznurek od binokli. Wreszcie idzie o to, jakimi środkami pan ich leczy.

— Takimi, jakie są w rozporządzeniu medycyny — odpowiedział dosyć ostro Wysocki.

— Naprzykład, recepta pierwsza z brzegu, zobaczmy, kosztuje rubel dwadzieścia kopiejek, to bardzo drogo, to stanowczo zadrogo na robotnika, który zarabia pięć rubli tygodniowo, my tyle za niego płacić nie możemy.

— Gdybym miał środki również skuteczne a tańsze, tobym użył.

— Więc skoro zadrogie, nie trzeba ich używać wcale.

— To lepiej zupełnie nie leczyć!

— Spokojnie, panie Wysocki, proszę, może pan usiądzie. Porozmawiajmy jako ludzie dobrze wychowani, po dżentelmeńsku. Tu znowu zapisał pan oryginalną wodę Emską. Robotnik wypił jej dwadzieścia butelek, to znaczy dziesięć rubli. Czy uważa pan, że mu pomogła ta woda? — zapytał ironicznie nieco, spacerując po pokoju i bawiąc się binoklami.

— Wyzdrowiał i od miesiąca już chodzi do fabryki.

— Bardzo pocieszające, bardzo, ale czy pan nie przypuszcza, że wyzdrowiałby tak samo bez opijania się wodą Emską, co?

— Wyzdrowiałby, ale na to potrzebowałby dwa razy tyle czasu i wyjazdu na wieś.

— Trzeba mu było gorąco polecić wyjazd na wieś, nie kosztowałby nas dziesięć rubli więcej i również byłby zdrowym.

— Więc o co panu chodzi? — zapytał żywo Wysocki, otrzepując klapy i pokręcając wąsików.

— Przedewszystkiem o to, że sam osobiście nie wierzę w te rozmaite środki apteczne, nie wierzę w medykamenty, nie wierzę w to pchanie w organizmy ludzkie obcych ciał, bo to nas kosztuje za drogo, to ważna rzecz, ale że nikomu nie pomaga, to ważniejsza! Chorego zostawiać naturze, bo natura to mistrzyni, taką zasadą radziłbym się panu kierować w przyszłości przy leczeniu naszych ludzi. Mam na myśli więcej ich dobro niż nasze.

— To wszystko mógł pan powiedzieć bez omówień aż tak dalekich! — szepnął zirytowany doktór.

— A więc panu powtórzę, że my nie możemy się bawić w filantropię.

— Ja zaś, że nie mogę chorych pozostawić tylko zbawczej naturze, że uważam za konieczne pomagać tej naturze, chociażby środkami kosztownymi, że sumienie nie pozwala mi pędzić do roboty, nie wyleczonych jeszcze zupełnie, to mogę od tej chwili opuścić miejsce u panów.

— Ależ doktorze! No, jaki z pana jest człowiek niewyrozumiały. Przecież można o wszystkiem pomówić otwarcie i po przyjacielsku. Pan masz takie zdanie, ja mam drugie. Niechże pan siada, proszę, zapal pan papierosa — mówił Stanisław i odebrał mu kapelusz, posadził prawie na krześle, wetknął w rękę papierosa i podawał zapałki.

— Panie Wysocki, moja córka z panną Grünszpan wracają dzisiaj. Przed chwilą otrzymałem depeszę z Aleksandrowa, chcą żebyś pan na nich czekał na stacyi. — Mówił radosnym głosem Szaja, czytając depeszę.

— Pośpieszyły się panie, bo o ile wiem miały powrócić w niedzielę dopiero.

— Waryatki. — Szepnął Stanisław.

— To jest niespodzianką, bo Mela chce być na imieninach u pani Trawińskiej.

— No, będziesz pan na stacyi?

— Z całą przyjemnością.

— To może pan razem ze mną pojedzie na pociąg o piątej.

— Dobrze. Teraz pójdę do ambulatoryum i powrócę zaraz.

Stanisław odprowadził go do drzwi i ścisnął mu bardzo mocno rękę na pożegnanie.

— Ty mu daj spokój Stanisław, to jest protegowany Róży, ona ma do niego słabość.

— Niech ona ma do niego słabość, niech go przyjmuje, niech z nim jeździ na spacer, jeśli to ją bawi, ale poco my mamy jeszcze dokładać gotówkę do tego.

— No, sza! sza! Zatelefonuj do domu, niech mi przywiozą dzieci, wezmą je na kolej, przejadą się trochę i dam im zabawki.

Woźny zameldował uroczyście jakiegoś pana Starżę Starzewskiego, który wszedł bardzo cicho i przyciskając kapelusz do piersi, kłaniał się bardzo wykwintnie.

Przyjemny uśmiech wił się po jego długiej i suchej twarzy, pozbawionej wąsów, a ozdobionej płowymi faworytami a la książę Józef, płowe, jakby wygotowane oczy podnosił z wyrazem głębokiego zdumienia, płowe i przerzedzone mocno włosy oblepiały mu suchą, szpiczastą głowę, mchem ledwie widocznym; nawet głos miał płowy, bo tak rozlazły i bezdźwięczny, że z trudem można go było słyszeć.

— Jestem Starża Starzewski! Hrabia Henryk pisał już panu prezesowi o mnie...

— Niechże pan siada. A prawda! niema na czem, no to i stojąco załatwimy interes. Mój sąsiad hrabia Henryk pisał i mówił o panu... Co pan rozkaże?

— Pan prezes wie, że Henryk jest moim blizkim kuzynem, jest bowiem ciotecznym bratem mojej matki... — Zawiesił głos, przycisnął odruchowo kapelusz do piersi obu rękami i spojrzał płowemi oczami na Szaję.

— Bardzo mnie cieszy...

— Mój Starżów leży obok majątków kuzyna; jest to złote jabłko, ale... że przyszedł cały szereg lat ciężkich bardzo dla rolnictwa... Pan wie, jaką konkurencyę robi nam Ameryka?... Muszę wtrącić, że Starżów był w posiadaniu naszem lat czerysta.

— Długi zastaw! — mruknął Szaja, ogryzając paznogcie, bo go niecierpliwiło to powolne gadanie, klejone z trudem.

Starża opowiadał dalej o nieszczęściach, o konieczności przebywania na południu przez lat kilka, wtrącał mimowoli szczegóły o domowem życiu i o zdrowiu swojem, przestępował z nogi na nogę, przyciskał kapelusz, mrugał powiekami pozbawionemi rzęs, przytakując sam sobie.

— Więc... jaką pan ma specyalność i jakiego miejsca pan szuka — przerwał mu Stanisław.

— Nie przeszkadzaj panu! Mój syn — przedstawił Szaja Starży, który na ten ostry sposób mówienia podniósł zdumione oczy i wodził niemi po twarzach Stanisława i Horna, stojących pod oknem, ale po przedstawieniu uśmiechnął się anemicznie i z uznaniem skłonił głowę.

— Kształciłem się w Chyrowie w Galicyi...

— U Jezuitów! — szepnął Stanisław ojcu, pochylając się nad biurkiem, aby wziąć papierosa.

— I aczkolwiek program tych szkół jest obszerny, ale tylko ogólny... Potem uczęszczałem na kilka fakultetów, ale że jakoś nie mogłem dobrać sobie specyalności, któraby mnie mogła porwać, więc tak jakoś mi zeszło... — tłómaczył, uśmiechając się dobrodusznie i znowu przeszedł do opowiadań o gospodarstwie, o konieczności, dla której majątek sprzedał, o poszukiwaniu odpowiedniego zajęcia, o hodowli królików i t. d.

— Bardzo żałuję, że nie mogę nic zrobić mojemu kochanemu sąsiadowi hrabiemu Henrykowi, bo nie mamy żadnych odpowiednich dla pańskich zdolności, urodzenia, miejsc w naszej firmie. Wakuje wprawdzie posada buchaltera, jest miejsce technika, ale to wszystko nie dla pana: pensye małe i specyalności, które trzeba znać. A możeby się pan zgłosił za rok, bo będziemy na przyszłą wiosnę powiększali fabrykę, to możeby się jakie miejsce znalazło...

— Doprawdy, żal mi... że... że... A możeby to miejsce buchaltera... Widzi szanowny prezes, ja bardzo potrzebuję... obznajmienia się z buchalteryą... Rozczerwienił się i umilkł.

— Sześćset rubli rocznie i dwanaście godzin dziennie zajęcia. Nie, nigdybym nie pozwolił na takie zapracowywanie się kuzyna mojego kochanego sąsiada, hrabiego Henryka! — mówił prędko Szaja i aby się pozbyć prędzej szlachcica, który przyciskał kurczowo kapelusz do piersi, bełkotał bez związku i ugotowanemi, przerażonemi oczami wodził po twarzach obecnych, wstał i odprowadził go bardzo uprzejmie do drzwi.

— A możeby pan spróbował szczęścia u p. Borowieckiego; on buduje fabrykę i musi potrzebować ludzi... — radził mu życzliwie na pożegnanie, kłaniał się za nim ironicznie i wybuchnął drwiącym śmiechem, siadając na dawnem miejscu.

— Czemu on nie pójdzie do swoich wychowawców?... Mogliby mu dać jakie miejsce w dyplomacyi — drwił Stanisław.

— Pan wiesz, panie Horn, dlaczego my nie dajemy miejsc panom Starżom Starzewskim, a dajemy je panu, bo my jesteśmy demokraci. Taki hrabski kuzyn, to jest wielki arystokratyczny kapcan, to jest ładny kawałek człowieka do obwożenia w powozie, do parady. A w fabryce trzeba robić i jest różnie, a jakby takiemu panu się co stało, niechby on sobie złamał paznogieć z własnej winy ale przy naszej robocie, to zaraz za nim gotowe reklamować wszystkie dwory europejskie. Po co nam taka dyplomatyczna afera! My lubimy ludzi skromnych, ludzi, którzy nie mają hrabiów kuzynów...

Weszły znowu damy, naprzeciw którym postąpił kilka kroków Stanisław, a Szaja podniósł się z krzesła.

Była to Endelmanowa z Trawińską, przychodziły z prośbą o wsparcie na kolonie letnie dla dzieci robotników.

Endelmanowa była szczytna w obrazowaniu nędzy tych tysięcy dzieci, gnijących w suterynach, bez słońca i bez powietrza.

Wachlowała mocno upudrowaną twarz, poprawiała złote bransoletki i włosy misternie nastroszone, a jej usta sine, podobne do stopni wydeptanych, nie zamykały się ani na chwilę nawet.

Trawińska, nadzwyczajnie dzisiaj piękna, wysmukła, jasna, w milczeniu przypatrywała się czerwonym, jastrzębim oczom Szai i jego pałkowatym palcom, przebierającym z niecierpliwością po biuru, albo rzucała spojrzenia na Horna.

— Rojza, a twój Berek dużo daje na biednych? — przerwał Szaja, nie mogąc się doczekać końca.

Imiona wymówił ze złośliwym naciskiem.

— Daje dużo, daje ciągle, tylko on się nie lubi chwalić! — wykrzyknęła zirytowana jego brutalnością.

— Ja znowu lubię, żeby ludzie wiedzieli, co ja daję. Dobrze, ja dam na te kolonie sto rubli. Za sto rubli to dużo świeżego powietrza mogą mieć te dzieci! Panie Horn, może pan przyniesie z kasy, ma pan notę.

— A gdyby pan zechciał dać jakie niepotrzebne resztki bawełniane na bieliznę dla dzieci, byłybyśmy bardzo wdzięczne — zaczęła Trawińska nizkim, niesłychanie melodyjnym głosem.

— Po co im na wieś bielizna? Ja widziałem w moich dobrach chłopskie dzieci, to one chodziły prawie bez ubrania i było im bardzo zdrowo.

— Pan Knoll dał nam pięć sztuk kolorowego towaru.

— Knoll może dać pięćdziesiąt, jak mu się tak spodoba! a ja nie mogę dać więcej nad... sześć... no nad pięć sztuk białego! Stanisław, napisz notę do magazyniera, żeby wydał cztery sztuki... — zawołał prędko i ze złością.

— Dziękujemy panu serdecznie w imię tych biednych dzieci.

— Niema co gadać! Daję sto rubli i cztery sztuki białego towaru, ale proszę pań, niech wyraźnie stoi w pismach, że Szaja Mendelsohn dał na kolonie letnie sto rubli i cztery sztuki towaru. Ja się nie chwalę, ale niech ludzie wiedzą, że ja mam dobre serce...

Endelmanowa znowu zaczęła deklamować patetyczne podziękowanie, a Nina zwróciła się do Horna, który zjawił się z pieniędzmi.

— Posłałam dzisiaj do pana zaproszenie, ale raz jeszcze proszę na jutrzejsze popołudnie do nas. Nie zapomni pan?

— Nie i stawię się z całą przyjemnością.

Damy wyszły, a po chwili Stanisław powiedział do Horna:

— Pan ma śliczne znajomości! Ta pani Trawińska, to całe pudełko cukierków.

— A ta Rojza, to wygląda jak krowa upudrowana; żeby on miał tyle rozumu, co ona gadania, toby mieli dwa razy tyle majątku — zadecydował Szaja, zwracając się do jakiegoś grubego kupca, w marszczonej do koła stanu kapocie i o przebiegłych skośnych oczkach tatara.

Szaja tak był uprzedzająco grzecznym dla niego, że odstąpił mu swój fotel, a Stanisław podsunął mu cygaro i sam podawał ogień.

Po kupcu przesunęła się cała galerya figur.

Horn ledwie doczekał się końca i zaraz po wyjściu ostatniego interesanta, otrzymawszy pozwolenie od Szai na wejście w obręb fabryki, poszedł zobaczyć się z Malinowskim, aby dowiedzieć się o Zośce.

Znalazł go w olbrzymiej przędzalni, przy maszynie naprawianej pośpiesznie, podczas gdy cała sala trzęsła się od pracy.

Delikatny kurz przysłaniał kontury maszyn i zapełniał sale szarawym obłokiem, w którym widmowo majaczyły ludzie i rzeczy.

Słońce zalewało salę przez szklane dachy takim ukropem, że pot strugami spływał z twarzy robotników, gorąco było duszące i przesycone zapachem rozgrzanych smarów i oliwy.

— Od dzisiaj jestem w waszej fabryce — powiedział Horn.

— Tak, a to dobrze! — odpowiedział cicho Adam, pochylając się nad jakąś częścią maszyny, którą przykręcał śrubami ślusarz i już się nie odezwał, bo maszynę szybko zaczęli zestawiać, naoliwiać i próbować, a po chwili złączona z główną transmisyą, zaczęła pracować razem z innemi.

Malinowski jakiś czas przypatrywał się jej ruchom, wstrzymywał na chwilę, oglądał przędzę, jaka się na niej wyciągała i dopiero po takiem sprawdzeniu odszedł długą ulicą pomiędzy maszynami, pociągając za sobą Horna.

— Cóż siostra? widzieliście ją w południe? — zapytał po chwili Horn, do ucha, bo syk przędzalni, drgania, świsty transmisyj i ciężki łomot kół zalewał sale strasznym wrzaskiem, w którym nie słychać było oddzielnych głosów.

— Nie, nie... nie... — szeptał boleśnie.

Weszli do małego pokoiku oszklonego, z którego widać było całą salę poprzecinaną u góry zwojami transmisyj, a u dołu ruchomymi konturami maszyn, przysłoniętych kurzem bawełnianym.

— Co wam jest? — zapytał, zobaczywszy, że Adam zaciął usta i ponuro patrzy na salę.

— Nic... cóż mi ma być?

Pochylił głowę, oparł twarz na szybie i bezmyślnie patrzył na jakieś koło rozszalałe w ruchu i migocące w słońcu niby tarczą rozpylonego srebra.

— Do widzenia. Czy prosto idziecie do domu z fabryki?

— Wiecie, jej już niema! — szepnął, podnosząc twarz na niego.

Była spokojną, ale usta mu drgały w powstrzymywanem łkaniu i zielone słodkie oczy pociemniały.

— Niema? — zawołał odruchowo.

— Tak. Przychodzę z obiadu, stróżka oddaje mi klucz i mówi, że ta panienka, co była u mnie, kazała mi powiedzieć, żeby mnie nie szukał, bo nie znajdzie, słyszycie! Uciekła do Kesslera, uciekła do kochanka! Niech idzie, niech sobie robi, co się jej podoba, nic mnie już nie obchodzi, tylko mi trochę żal... tylko mi trochę żal... — przerwał nagle i wyszedł, bo znowu jakaś maszyna stanęła.

Pobiegł spiesznie do niej, aby ukryć nie tę trochę żalu, ale niepokonany ból, co mu gryzł duszę i wił się po niej jak ostrze.

Horn wyszedł za nim, ale musiał się cofnąć pod ścianę, bo wolną drogą pchano szereg wózków, napchanych rozpakowanemi z żelaznych obręczy belami bawełny, które jak góry śniegu brudnego zwalali przed drapaczami.

Malinowski nie przychodził, a że upał był straszny i ten denerwujący świst transmisyi rozlegał mu się ze wszystkich stron nad uszami, więc już nie czekał, tylko wyszedł.

Dogonił go przy wyjściu Adam i szepnął prosząco, ze łzami w głosie.

— Nie mówcie o tem nikomu.

Uścisnął mu dłoń rozpalonemi rękami i odszedł w gąszcz maszyn, transmisyi i pasów, aby pomiędzy niemi ukryć ból wstydu i żałości.

Horn chciał mu powiedzieć jakie słowo pociechy, ale nie znalazł nic w mózgu, poczuł, że na takie rany czas i milczenie jest najlepszem lekarstwem, że podobnc bóle własną boleścią i łzami się żywlą i przez nie umierają jedynie.

Na dziedzińcu spotkał Wysockiego, wychodzącego z ambulatoryum fabrycznego.

— Będzie doktór w niedzielę u Trawińskich?

— Obowiązkowo będę. Jedyne miejsce w Łodzi, gdzie nietylko plotki się uprawiają.

— No i jedyny salon, gdzie prócz fabrykantów przychodzą i ludzie.

Rozstali się pośpiesznie, bo już powóz Szai stał na ulicy, przed kantorem.

Szaja siedział jeszcze w kantorze i bawił się z wnuczkami, córkami Stanisława, który coś pisał pilnie i tylko od czasu do czasu podnosił głowę i uśmiechał się do dziewczynek, których rudawe główki i różowe twarzyczki tuliły się do szerokiej piersi dziadka.

Szaja bawił się znakomicie, podnosił dzieci do góry, całował je i wybuchał co chwila wesołym śmiechem. Jego czerwone, jastrzębie oczy pełne były czułości i wesela.

— No widzi doktór, co to za umęczenie być dziadkiem! — zawołał wesoło do Wysockiego.

— Śliczne dzieci!

— Prawda? Ja to zawsze mówię.

— Podobne są nieco do panny Róży!

— Z włosów tylko, bo zresztą są znacznie piękniejsze.

— Jedźmy zaraz, pociąg przychodzi za osiem minut.

Bona dyskretnie stojąca pod oknem, zabrała dziewczynki i zaraz pojechali.

Przyjechali jeszcze na czas, bo amerykańskie kłusaki Szai rwały jak wiatr, ale pociąg równocześnie wchodził na stacyę zapchaną ludźmi.

Przed Szają jednak rozstępowali się wszyscy, czapki i kapelusze zrywały się z głów, głosy milkły, a wszystkich spojrzenia obejmowały z ciekawością wyniosłą postać, opiętą w długi, szary surdut. Gładził brodę, kiwał głową znajomym i szedł pomiędzy szpalerem, jaki się utworzył, z miną króla, który raczył łaskawie patrzeć na gęstwę biedną, rozstępującą się przed nim z pośpiechem.

Dziewczynki szły przed nim, podobne ze strojów do różowych motylów.

Z okien wagonów pierwszej klasy Wysocki już zdaleka zobaczył wychylające się głowy Róży i Meli i natychmiast rzucił się do drzwiczek wagonu.

Pierwsza wysiadła Róża, ciągnąc na łańcuszku popielatą, maleńką małpkę, która niezgrabnie podrygiwała i siadała co chwila na peronie.

— Jak się masz Róża! jak się masz! — wołał Szaja i gdy go Róża ucałowała ujął ją pod brodę dwoma palcami, pogładził drugą ręką po twarzy i szepnął wzruszonym głosem:

— Dobrze wyglądasz!... Dobrze żeś już przyjechała.

— Koko do pani! Koko! — wołała Róża na małpkę, która przestraszona tłumem i hałasem zaczęła się gwałtownie rzucać i wyrywać, aż ją musiała wziąć na ręce.

— Czekał pan na nas?... — pytała cicho Mela, gdy już szli wolno przez zatłoczone wyjście, do powozu.

— Czekałem na panią... — nie śmiał jej mówić po imieniu. — Czekałem na panią całe długie dwa miesiące.... — szeptał niezmiernie poruszony jej przyjazdem.

— I ja czekałam dwa miesiące, długie... długie...

Szli obok siebie, więc ręce ich łatwo się spotkały w tłoku, nie mówili już więcej, bo trzeba było wsiadać do powozu.

Wysocki chciał ich pożegnać i uciec, bo widok Meli przyprowadzał go o dziwne zawrotne drżenie.

Poczuł się bardzo szczęśliwym, patrzył na nią przymglonemi radością oczami, serce mu drżało ze wzruszenia, chciał uciec, aby się nie zdradzić, ale panny go nie puściły.

Usiadł na przedniem siedzeniu, wprost Meli i patrzył na jej popielate włosy, wymykające się skrętami z pod wielkiego jasnego kapelusza i na twarz nieco opaloną na kolor złotawego wina, patrzył tak uporczywie i płomiennie, że Mela się mieszała, odwracała głowę, poprawiała kapelusz i tak bardzo czuła się szczęśliwa przez to pomieszanie radosne, że wybuchała wesołym śmiechem z grymasów małpy, przyczepionej do ramion Róży i nie pozwalającej się stamtąd sprowadzić; czasami tylko jej szare wielkie oczy prześlizgiwały się bardzo szybko po twarzy Wysockiego i uciekały zalęknione a rozradowane.

Róża naprzemian całowała dziewczynki, pieściła się z małpką i opowiadała różne przygody z podróży, nie spostrzegając Meli i jej promieniejącej twarzy.

— Niema ciotki! Zgubiłyśmy ciotkę! — wykrzyknęła Róża, zatrzymując powóz, bo w tej chwili dopiero spostrzegła brak ciotki Meli, która im towarzyszyła w podróży.

— Trzeba wrócić na stacyę. Zawracaj! — zawołał Szaja.

— To ja wysiądę i pójdę odszukać ciotkę pani — podchwycił żywo Wysocki i rad z tej okazyi pozostania, wyskoczył natychmiast z powozu.

— Dobrze, ale musi nam pan ciocię przywieźć do domu.

— Przyjdę w niedzielę, panie potrzebują odpoczynku... mógłbym przeszkadzać... — tłómaczył się, spoglądając na Melę prosząco.

— A więc dobrze, kiedy się pan tak gorąco broni, ale w niedzielę o zwykłej godzinie czekamy pana w czarnym gabinecie. Zawiadom pan Bernarda i przyjdźcie razem.

— Bernard wyjechał do Paryża.

— No mniejsza z nim; w ostatnich czasach był już mniej zabawnym.

— Kiedyż pani podobny wyrok wyda na mnie?

— Co do pana, to Mela decyduje...

— Tem gorzej dla mnie...

Nie usłyszał już odpowiedzi, bo konie poderwały z miejsca, ale schwycił takie spojrzenie Meli, które mówiło co innego i przepełniło mu duszę dziwnie przejmującym niepokojem.

Odnalazł ciotkę oczekującą wpośród stosów waliz i pudełek na służbę, odbierającą grubsze bagaże; pomógł jej w czem mógł, a nawet wsadzając do dorożki, pocałował ją w rękę przez roztargnienie, potem długo stał na schodach przed stacyą, zatrzymany głębokiem wrzeniem duszy olśnionej, widzeniem Meli, uściskiem jej rąk ciepłych i przenikliwem spojrzeniem.

A potem, nie zdoławszy jeszcze przerobić w sobie żadnego z uczuć na myśl jasną, pchany bezwiednem pragnieniem samotności poszedł za miasto, jakąś ulicą świeżo wytkniętą w poprzek nie zniwelowanych jeszcze zagonów zbóż, wpośród których budowano domy i fabryki.

— Kocham ją! Tak, kocham ją! — myślał, stając i wpatrując się w szeregi wiatraków stojących na wzgórkach i w to powolne okręcanie się śmig, które jak spracowane ramiona wznosiły się i opadały ciężko na tle nieba jasnego.

Skręcił w pole zasiane owsem, po którym przeganiały się czarniawo-połyskliwe fale i biły w płową ścianę żyta, które z chrzęstem kłaniało mu się do nóg i sypało rdzawe igiełki kwiatów pachnących chlebem, a za żytem leżały wielkie tafle zieleni, na których wnosiły się szare domki o błyszczących w słońcu oknach; skowronki zrywały się z pod nóg i dzwoniły ku bezchmurnemu niebu.

Patrzył na ich trzepoczące skrzydła, aż zginęły mu w przestrzeni i szedł pełen ogromnej radości życia, oddychania, ruchu; z piersią pełną tej samej nieśmiertelnej potęgi, jaka biła z młodych traw, jaka promieniowała w modrych oczach habrów patrzących z puszcz żytnich, w szeleście zbóż, w sykaniu koników, w pieszczącym powiewie wiatru.

Rozrzewnienie nim owładnęło tak silne, że czuł w oczach łzy czułości nieokreślonej, rwał pełne garście kłosów, chłodził nimi usta spieczone i szedł, nie wiedząc, gdzie idzie, aż mu zastąpiła drogę nizka, napół rozwalona chałupa, przed którą w cieniu wielkiej brzozy leżał jakiś człowiek na garści słomy; głowę miał nizko na kraciastej poduszce, oczy utkwił w delikatne obwisłe gałązki, podobne do strug lejącej się zieleni i śpiewał słabym głosem podobnym do brzęczenia komarów:

„Zacznijcie wargi nasze chwalić Pannę świętą,
Zacznijcie opowiadać cześć Jej niepojętą".

Wysocki stanął.

Głos śpiewaka rozchodził się jak szmer wody po kamieniach, rwał się co chwila, wznosił silniej przez mgnienie i znowu zniżał się do szeptu i ginął w ciężkiem rzężącem westchnieniu, po którém człowiek przesuwał w palcach ziarna ogromnego różańca, całował metalowy krzyżyk i patrzył w ścianę żyta, co z szmerem pochylała się ku niemu kłosami, trzęsła się przez chwilę i uciekała w tył, a za nią pochylały się wysokie dziewanny, rosnące przed domem i patrzyły blado-żółtemi oczami za płową falą, owianą mgłą pyłów kwiatowych.

— Co wam jest? — zapytał Wysocki, siadając obok leżącego.

— Nic mi nie jest, panie... nic... ino sobie umieram po ździebku — odpowiadał chory wolno, nie zdziwiony jego obecnością, i podniósł na niego szare smutne oczy, podobne do nieba wiszącego nad nim.

— Na co chorujecie? — zagadnął, poruszony abnegacyą odpowiedzi.

— A na śmierć panie i na to — odgarnął przykrywający go łachman i ukazał obie nogi obcięte po za kolanami, okręcone w brudne szmaty. — Ugryzła mi nogi fabryka do kostek, potem doktorzy ucięli do kolan, ale śmierć i tak szła, to mi ucięli do pasa, ale śmierć i tak idzie, panie... i przyńdzie, o co miłosiernego Pana Jezusa proszę i tej Matki Najświętszej...

Podniósł do ust krzyżyk od różańca.

— I nic was już nie boli?

— A nic, panie, a co ma me boleć? Nogów nimam, mięsa nimam, ręców tyż zabraknie, o! — i pokazał dwie kości obleczone popielatą skórą i zakończone tak wychudzonemi dłońmi, że były podobne do pokrzywionych, suchych gałęzi śliw, stojących pod domem — trochę dechu się tu tłucze po mnie, ale jak tego, da Pan Jezus, zabraknie, to se człowiek odpocznie po chrześcijańsku...

Szeptał ciężko z odpoczynkami, a uśmiech, podobny do błysków dnia konającego, przewijał się po jego chudej twarzy, tak szarej jak ziemia, na której spoczywał.

— Któż was tu pilnuje, kto dogląda? — pytał, coraz bardziej zdumiony.

— Pan Jezus me pilnuje, a żona dogląda... Niema jej bez cały dzień, bo chodzi na fabrykę, do mularzów... Przyndzie wieczorem, to me zwlecze do chałupy, ugotuje jeść.

— Dzieci nie macie?

— Były... — szepnął ciszej i oczy mu pokryła mgła wilgotna. — Czworo... juści, że czworo. Antkowi maszyna urwała głowę... Marysia, Jagna i Wojtek pomarły na zimnice...

Milczał długo, szklanemi oczami patrzał na rozkołysane zboże, co zewsząd otaczało jego chałupę, a w twarzy szarej, kamiennej chłopską obojętnością zadrgał ból, co jak gwoździem żgnął go w serce.

— Ścierwa... — szepnął mocno i podniósł pięść ku miastu, majaczącemu szczytami kominów i dachów nad zbożami.

— Zobaczę te wasze nogi — powiedział prędko Wysocki i zaczął mu odwijać z nóg łachmany, pomimo protestacyi energicznej, bo chłop się przestraszył, ale widząc, że to nic nie pomoże, zamilkł i patrzył dziwnym wzrokiem na niego.

Gangrena była w rozkwicie, ale z powodu strasznego wycieńczenia organizmu, szła bardzo wolno.

Wysocki porwany litością, przyniósł wody z małej studzienki, obmył rany, przepłukał roztworem karbolu, jaki nosił zawsze przy sobie i chciał je okręcać z powrotem, ale szmaty były brudne, przejęte zapiekłą krwią i ropą.

— Nie macie jakich czystych szmat?

Chłop poruszył głową przecząco, nie mógł mówić ze wzruszenia.

Wtedy Wysocki nie namyślając się, zdjął z siebie wszystką bieliznę, podarł ją na pasy i obandażował nimi nogi chorego.

Chłop milczał wciąż, tylko piersi podnosiły mu się coraz wyżej, tylko wielkie łkanie zapychało mu gardło i trzęsło całym kadłubem.

Wysocki skończył opatrunek, ubrał się śpiesznie, postawił kołnierz od palta i wsuwając pieniądze, jakie miał przy sobie w rękę chorego, pochylił się nad nim i szepnął:

— Bądźcie zdrowi, przyjdę do was jutro.

— Jezus mój kochany, Jezus, Jezus! — wybuchnął chłop i rzucił się całym kadłubem z posłania do nóg jego, objął je sobą i przywarł do nich całą wdzięczną, chłopską duszą.

— O mój panie dobry, o mój janiele przenajświętszy... — szeptał przez łzy, przez całą wdzięczność niedoli.

Wysocki ułożył go na posłaniu, zabronił się poruszać, obtarł mu twarz z łez, przygładził ręką jego spocone, rozwichrzone włosy i odszedł śpiesznie, jakby zawstydzony.

Chłop patrzył za nim dotąd, aż mu zniknął wśród zbóż, obejrzał się potem na wszystkie strony, przeżegnał się, nie mogąc zdać sobie sprawy z tego, co się stało i długo ogłupiałym wzrokiem patrzył na rozkołysane żyta, na trzęsące się nad nim gałązki brzeziny, na wróble lecące w całej bandzie, na słońce, które już nizko wisiało nad polami; uniósł nieco głowę i rozpłakanym głosem zaśpiewał:

— „Zacznijcie wargi nasze chwalić Pannę świętą..."

— Już ja teraz jęczał nie będę... jużeś się zmiłował nademną, Jezu... już ja teraz zamrę... zamrę... — powtarzał cicho, ciszej i jak przez mgłę widział fale zbóż, co się nad nim pochylały z chrzęstem, szaro-błękitne niebo, co się zdawało obtulać go i to złote, dobre, kochane słońce, co go całowało ostatnimi promieniami.

Borowiecki, Horn i Maks Baum wchodzili do Trawińskich, którzy po raz pierwszy urządzali uroczyste imieninowe przyjęcie.

Nina wyszła naprzeciw, cała w bieli lekkich jedwabiów, przy których jej przeźroczysta, delikatna cera wydawała się jakby uformowaną z blado-różowych płatków kamelii; zielonawe, pocentkowane złotymi punktami oczy skrzyły się jak brylanty wiszące w jej maleńkich różowych uszach, a wielkie kasztanowate włosy, zaczesane w grecki węzeł, tworzyły niby kask złotawy na tej cudnej głowie, która z profilu przypominała subtelną kameę, rżniętą na bladym sycylijskim koralu.

— Mam dla pana bardzo przyjemną niespodziankę — ozwała się do Karola.

— Tem dla mnie ciekawsza, że pani mówi przyjemna — odpowiedział z ironią, starając się zajrzeć przez jej ramię za portyerę, oddzielającą salon.

— Proszę odgadnąć, a nie patrzeć.

Zasłoniła mu sobą drzwi.

Ale w tej chwili z nad jej ramienia, z wiśniowej kotary wychyliła się uśmiechnięta twarz Anki, a potem i ona cała.

— A teraz, skoro mi się nie udało, pozostawiam państwa samych. Zabieram tylko panów — zwróciła się do Horna i Maksa i odeszła z nimi.

— Kiedyż pani przyjechała?

— Dzisiaj rano, przyszłam do Niny z panią Wysocką.

— Cóż tam słychać w domu, u ojca? — pytał dosyć obojętnie.

— Ojciec nie bardzo zdrów, stracił humor. A wie pan, ksiądz Liberat umarł.

— Czas mu było już oddawna. Stary, waryat! — powiedział z niechęcią.

— Co pan mówi, jak można — zawołała porywczo.

Ale on, żeby załagodzić ostrość słów poprzednich, ujął ją za rękę i podprowadził do okna.

— Widzi pani tamte mury, to moja... to nasza fabryka! — rzekł, wskazując na szklane dachy przędzalni Trawińskiego, z za których wznosiły się mury obstawione wysokiemi rusztowaniami.

— Widziałam już, bo jak tylko przyszłam, Nina zaprowadziła mnie w koniec podwórza i pokazała przez parkan fabrykę pańską i mówiła, że pan tak strasznie pracuje całe dnie... Nie trzeba się przecież zapracowywać... nie trzeba...

— Niestety, ale trzeba, bo choćby dzisiaj, we trzech mieliśmy robotę od świtu z wypłatą robotników.

— Ojciec przysyła panu dwa tysiące rubli, zaraz je panu dam.

Odwróciła się nieco, aby wyciągnąć z za gorsu paczkę banknotów i oddała je Karolowi.

— Skądże ojciec wziął pieniądze? — pytał, chowając banknoty.

— Miał, tylko nic nie mówił, ale skoro pan napisał o swoich kłopotach i o tem, że już musicie używać kredytu, dał mi pieniądze i kazał je panu przywieźć. Daję panu słowo, że tylko dlatego przyjechałam — mówiła cicho, pomieszana bardzo i zarumieniona, bo pieniądze wydobyła na zastaw wszystkich swoich kosztowności i z różnych sprzedaży, o czem wiedział tylko ojciec Karola, ale jego była pewna, że nie zdradzi.

— Nie wiem, jak mam ci Anka dziękować, bo nigdy bardziej w porze nie przyszły.

— Ach, jak to dobrze, jak to dobrze... — szeptała radośnie.

— Ale jakaś ty dobra, że chciałaś sama przyjechać.

— Bo pocztą szłyby dłużej... — powiedziała otwarcie. — A ja nie mogłam znieść tej myśli, że pan się tutaj męczy i kłopocze, przecież to takie proste.

— Proste! być może dla ciebie, bo nikt innyby tego nie zrobił.

— Bo nikt inny pana tak bardzo nie kocha, jak ojciec... i ja... — dokończyła śmiało, patrząc na niego z pod swoich czarnych sobolowych brwi, takim jasnym, prostym i pełnym miłości wzrokiem, że porwał jej ręce i bardzo gorąco i szczerze całował, usiłując ją przyciągnąć do siebie.

— Karol... nie można... wejdzie kto... — broniła się, odchylając twarz zarumienioną i stulając usta drżące ze wzruszenia.

I gdy wchodzili do salonu, pełnego gwaru i ludzi Nina uśmiechnęła się do nich życzliwie, widząc szaro-błękitne oczy Anki rozpłomienione szczęściem i jej twarz pełną radości.

Anka dzisiaj była porywającą; ten fakt, że mogła pomódz ukochanemu i że ten jej „chłopak kochany", był dzisiaj dla niej taki dobry i serdeczny, czynił ją szczęśliwą, pełną radości i tak piękną, że zwracała na siebie ogólną uwagę.

A ona nie mogła wytrzymać na jednem miejscu, chciało się jej iść do ogrodu lub w pole, aby tam śpiewać pełnym głosem pieśń szczęścia i pod wpływem tego pragnienia i przyzwyczajeń wyszła przed dom i dopiero ujrzawszy brukowany dziedziniec, obstawiony czerwonymi gmachami i morze domów, stojące ze wszystkich stron, powróciła do salonu, odszukała Ninę i przyciśnięta do niej ramieniem, spacerowała po salonie.

— Dzieciak z ciebie, Anka, ogromny dzieciak!...

— Bom szczęśliwa dzisiaj... kocham — odpowiedziała porywczo, szukając oczami Karola, rozmawiającego z Madą Müllerówną i z Melą Grünszpan, przy których stał Wysocki.

— Ciszej dzieciaku... usłyszeć mogą... Któż się tak przyznaje głośno do miłości...

— Nie lubię i nie umiem nic ukrywać. Miłości nie potrzeba się wstydzić.

— Wstydzić — nie, ale należy ją przed ludzkiemi oczami chować na samo dno duszy.

— Dlaczego?

— Dlatego, żeby jej nie dotknęły spojrzenia obojętne, złe lub zazdrosne. Ja nie pokazuję ludziom obcym nawet swoich bronzów i obrazów najlepszych, bo się obawiam, że nie odczują całego ich piękna i że mi coś z tego piękna mogą zbrudzić i zabrać ich spojrzenia. A tem bardziej nie pozwoliłabym im zajrzeć do duszy własnej.

— Dlaczego? — zapytała Anka, nie rozumiejąc tej mimozowej iście wrażliwości.

— Bo przecież to nie są ludzie, choćby ta znaczna część moich gości dzisiejszych; to są fabrykanci, kapitaliści, specyaliści różnych działów fabrycznych; ludzie od robienia interesów i pieniędzy — tylko interesów... tylko pieniędzy. Dla nich pojęcia: miłość, dusza... piękno... dobro... i tam dalej, to żaden „papier", to weksel bez żyranta, wystawiony przez mieszkańca Marsa, jak powiedział dzisiaj pan Kurowski.

— A Karol?

— O nim nic ci nie powiem, bo znasz go lepiej. A, mecenasowa sztuk pięknych a tanich ze swoim dworem, muszę iść do niej...

Nina podeszła do Endelmanowej, wkraczającej do salonu z takim uroczystym majestatem, że wszystkich oczy zwóciła na siebie.

Za nią w pewnem oddaleniu szły dwie młode, przystojne panienki, ubrane jednakowo, stanowiące jej dwór przyboczny.

Jedna z nich trzymała chustkę, a druga wachlarz, obie zaś kłaniały się zebranym sztywno-automatycznym ruchem, bacząc pilnie na każdy gest pani, która nawet nie raczyła ich przedstawić gospodyni domu, tylko upadła na fotelik i głośno, wrzaskliwie przykładając do oczów pince-nez na długiej szyldkretowej rączce, zachwycała się pięknością Niny, tłumem osób i salonem, od czasu do czasu zwracając się ruchem monarchini do siedzącego nieco w głębi dworu po wachlarz lub chusteczkę.

— Ona wygląda jak królowa, jak sama Marya... Marya Magdalena.

— Marya Teresa chciał pan powiedzieć — szepnął Kurowski cichu Grosglückowi.

— To wszystko jedno. Jak się masz Endelman, co cię kosztuje taka parada? — pytał bankier Endelmana, który cicho wsunął się za żoną do salonu i również cicho i skromnie witał się ze znajomymi.

— Zdrów jestem, dziękuję ci, Grosglück, co? — odpowiedział, przykładając do ucha zwiniętą w trąbkę dłoń.

— Panie Borowiecki, pan nie wie, kiedy przyjedzie Moryc Welt?

— Ani mówił mi o tem, ani pisał.

— Ja jestem trochę niespokojny, czy się jemu co złego nie stało.

— Nie zginie... — mówił obojętnie Karol.

— Ja wiem, ale ja jemu posłałem przekaz na trzydzieści tysięcy marek, już tydzień minął, a jego niema. Co pan chce, teraz tyle łajdactwa na świecie...

— Do czego to pan zmierza? — zapytał Karol, dotknięty jego tonem.

— Do czego? Że mogli go gdzie okraść, zabić. Trudniej jest o rubla, niż o nieszczęście — zakończył sentencyonalnie, westchnąwszy boleśnie, bo go niepokój o te trzydzieści tysięcy pozbawiał równowagi, a znał za dobrze Moryca, aby się miał niepokoić bez przyczyny.

— Mery, ty się nie daj prosić pani Trawińskiej; ty zagraj ładnie, przecież możesz zagrać ładnie — tłumaczył bankier córce, którą Nina prosiła o zagranie.

Mery, chuda, dziewczyna, o kościstych biodrach, garbatym nosie i niewidocznych prawie ustach, siadła do fortepianu i apatycznie uderzyła w klawisze; z tą sinawą cerą, popstrzoną krostami, z zaczerwienionym nosem i chudemi, długiemi rękami, robiła wrażenie oskubanej, zamrożonej gęsi, okręconej w jasne jedwabie.

— Gdzież tu są te słynne złote jałówki łódzkie? — pytał cicho Horn Karola.

— Masz je pan, tam siedzi Mada Müller, Mela Grünspan i Mery Grosglück.

— A z Polek niema ani jednej? — zapytał ciszej, aby nie mącić brzdąkania Mery.

— Niestety, panie Horn, my zaczynamy już produkować sukna i perkaliki, ale na milionowe córki musimy poczekać z lat dwadzieścia. Zachwycaj się pan tymczasem pięknością Polek — odpowiedział Karol drwiąco i odszedł, przywoływany przez Ankę, siedzącą obok Wysockiej.

Mery grała jakąś sonatę, nieskończenie nudną i długą, która tak podziałała, że po chwilowej ciszy wszyscy w salonie naraz mówić zaczęli, a najgłośniej sam Grosglück, który dowiedziawszy się od starego Endelmana o przejściu Bernarda na protestantyzm, wybuchnął oburzeniem.

— Ja mówiłem, że on źle skończy. On symulował filozofa i człowieka z fin de sieclu, a skończył jak prosty szajgec. Czemu na protestantyzm? Ja myślałem, że on jest subtelniejszy. Mnie nie o to idzie, że przeszedł na inną wiarę, bo czy on będzie katolik, protestant czy mahometanin, to i tak żydem nie przestanie być i dla nas nie jest stracony.

— Pan nie lubi protestantyzmu? — zapytał Kurowski, goniąc orzechowemi oczami za Anką, chodzącą po salonie z Niną.

— Nie lubię i nigdybym na to wyznanie nie przeszedł. Ja jestem człowiek, który kocha i potrzebuje pięknych rzeczy. Jak ja się narobię cały tydzień, to potem w szabas, czy w niedzielę potrzebuję odpocząć, potrzebuję iść do ładnej sali, gdziebym miał ładne obrazy, ładne rzeźby, ładną architekturę, ładne ceremonie i ładny kawałek koncertu. Ja bardzo lubię te ceremonie wasze, w nich jest i piękny kolor i ładny zapach i dzwonienie i światła i śpiewy. A przytem jak ja już muszę słuchać kazania, to niech ono będzie nie nudne, niech ja słucham delikatnego mówienia o wyższych rzeczach, to jest bardzo *nobl* i to dodaje człowiekowi humoru i ochoty do życia! A w kirche co ja mam?... Cztery gołe ściany i tak pusto, jakby cały interes miał się trochę zlikwidować. A do tego przychodzi pastor i mówi. Co pan myślisz, o czem on gada?... Gada o piekle i innych nieprzyjemnych rzeczach. Bądź pan zdrów. Czy ja po to idę do kościoła, żeby się zdenerwować? Ja mam nerwy, ja nie jestem cham, ja nie lubię się gnębić nudnem gadaniem. A przytem, ja lubię wiedzieć z kim mam do czynienia — cóż to za firma protestantyzm?!

— Papież to firma.

Kurowski nic mu nie odpowiedział, bo odszedł i przysiadłszy przy grupie pań, patrzył jakimś dziwnym wzrokiem na Ninę i Ankę, które wziąwszy się pod ręce, szły wolno przez szereg salonów, zatrzymując się przed każdym bukietem konwalii i fiołków, jakie stały wzdłuż sal przed oknami, pochylały się nad kwiatami, wdychając ich woń cudną i szły dalej, same podobne do jasnych, wiośnianych kwiatów.

Czasem tylko Nina dotykała ustami chłodnych liści konwalii i ocierała przymkniętemi powiekami o śnieżne dzwonki lub przesuwała palcami po wygiętych ciałach nimf bronzowych, zaglądających do wnętrza amfor, w których stały kwiaty i znowu szły zatopione w cichej rozmowie, nie zważając, że Endelmanowa z dworem swoim szła za niemi i z pewną zawiścią przyglądała się tym prostym, a bardzo wykwintnym salonom i zobaczywszy na ścianie w wielkich ramach mozaikę, którą Nina sprowadziła jeszcze zimą, stanęła olśniona.

— To jest śliczne! Jaki to ma kolor! jaki to ma glanc! — wykrzykiwała zachwycona, mrużąc oczy, bo słońce oświecało mozaikę i odbijało jaskrawe promienie.

I nagadawszy jeszcze wiele podobnych rzeczy, wyszła krokiem bohaterki prowincyonalnej, w otoczeniu swojego dworu.

— Śmieszna bo śmieszna, ale w gruncie to dobra kobieta. Jest prezeską kilku zakładów dobroczynnych i robi wiele dobrego biednym.

— Bo lubi, żeby ją podziwiali — powiedział Maks Baum, usłyszawszy ostatnie słowa, podchodząc z Kurowskim.

— Bardzo się panowie nudzicie? — zapytała Nina.

— My nie, bo mamy na co patrzeć — szepnął Kurowski, ogarniając obie wzrokiem.

— To znaczy, że są inni, którzy się nudzą, bo nie mają na co patrzeć...

— Są tacy! Niech pani spojrzy prosto przed siebie: tam siedzi panna Müller i panna Grünspan, dwie złote jałówki łódzkie. Mada Müller dusi się w swoich zbyt sztywnych jedwabiach, a że przytem z trwogą myśli, że służąca może przegotować knedle, więc ciągle się poci ze strachu; przez pięć minut, liczyłem uważnie, wypiła cztery szklanki lemoniady! Panna Mela Grünspan wygląda na nadzianą entuzyazmem; umyślnie, trzy razy, pytałem ją o Neapol — i trzy razy, z jednakiem westchnieniem, z jednakiem wywróceniem oczów i jednakowemi superlatywami, wybuchała zachwytem... Jest jak fonograf, w który wstawiono nowy walec, więc za każdem dotknięciem opowiada to samo.

— Ale przytem jest jakaś smutna dzisiaj, chodźmy do nich — powiedziała Nina.

— Bo pani Wysocka uwzięła się dzisiaj na żydówki i co którego z młodzieży złapie, natychmiast zaczyna przestrzegać przed niemi, a mówi tak głośno, żeby panna Mela usłyszeć musiała... — tłómaczył Maks, który szedł przy Ance i niespokojnie wybiegał naprzód oczami, szukając Karola.

— Dużo osób już wyszło! — zauważyła Nina, nie spostrzegając w głównym salonie Grosglücka z córką i kilku innych rodzin żydowskich.

— Mężczyźni nudzili się, a kobietom było pilno iść zdawać relacye z przyjęcia państwa.

— Czyżby się naprawdę nudzili? — zapytała z przykrością Nina.

— Ma się rozumieć, cóż to dla nich za zabawa! Surdutów zdjąć nie można, szampańskiego nie podali, a przytem naspraszała pani tej polskiej roboczej hołoty, tych różnych inżynierów, doktorów, adwokatów i innych specyalistów — i chce pani, aby miliony czuły się dobrze tutaj. Ubliżało im takie towarzystwo, więc się wynieśli i stawiam głowę, że więcej już nie pokażą się u pani.

— Nie miałam zamiaru prosić ich więcej, bo dziś dopiero spostrzegłam, że nawet taka salonowa asymilacya jest niemożliwą, przynajmniej w Łodzi.

— Na całym świecie, na całym świecie. Pan Robert Kessler! który chciał być pani, panno Anko, przedstawionym od godziny... — powiedział ironicznie

Kurowski, przedstawiając nizkiego, krępego człowieka, z głową wciśniętą w ramiona i ozdobioną wielkiemi uszami, co przy śpiczastej, omszonej żółtym włosem czaszce, robiło ją podobną do głowy wielkiego nietoperza; twarz miał jakby ze skóry końskiej, źle wyprawionej i źle naciągniętej; usta podobne do szpary podłużnej i mocno wystające szczęki obrośnięte były czerwonym, krótko przyciętym włosem.

Przywitał się z wielką swobodą i gdy usiedli w salonie, usiadł przy Ance, położył na kolanach swoje ręce węzłowate, obrośnięte czerwonym włosem i wpił się żółtemi, bystremi oczami w twarz Anki z taką natarczywością, że ta, nie mogąc znieść tego spojrzenia, które ją denerwowało i przenikało dziwnym strachem, odeszła śpiesznie, nie zamieniwszy z nim ani jednego słowa.

— Ona jest piękna, ona jest zadziwiająco piękna! — szepnął po dłuższem milczeniu do Horna, który siedział obok niego.

— Pan się znasz przecież na pięknościach. W Łodzi coś wiedzą o tem! — odpowiedział z naciskiem Horn, przyszła mu bowiem na myśl Zośka Malinowska i te całe szeregi ofiar z pośród robotnic, które zmuszał do powolności tyranią i groźbą wydalenia z fabryki.

Kessler nie odpowiedział, spojrzał zimno i odwrócił się pogardliwie od niego do Maksa Bauma, który zdenerwowany, niespokojny, już od godziny chciał uciec z tego salonu — i nie mógł, trzymany na uwięzi obecnością Anki.

W salonie tymczasem zrobiło się bardzo luźno; całe fale przepłynęły, złożyły powinszowania, obejrzały salony i odpłynęły. Zostało tylko kilkanaście osób, samo polskie towarzystwo, czoło miejscowej inteligencyi, które w miarę odpływu milionów — wysuwało się na środek salonu i zajmowało opustoszone miejsca.

Müllerowie tylko pozostali z obcych, bo żyli dość blizko z Trawińskimi, Mela Grünspan i ciotka, która napróżno kilkakrotnie głośno pytała:

— Mela! czy ty nie potrzebujesz już wyjść?

Ale Mela wyjść nie mogła, chociaż podobnie jak Maks, dawno stąd uciec pragnęła, smagana nielitościwymi docinkami Wysockiej. Siedziała cały czas na jednem miejscu tak zdenerwowana, że rozmawiała z Madą, czasem się śmiała, opowiadała o swojej podróży, ale zupełnie nie wiedziała co się z nią dzieje.

Trawiła ją gorączka dziwnie bolesna jakiegoś rezygnowania z dotychczasowych marzeń i nadziei.

Wysocki rozmawiał z nią kilkakrotnie, widziała ciągle jego oczy pełne miłości, słyszała jego głos, który jej cicho opowiadał takie rzeczy, które wczoraj jeszcze przepełniłyby jej duszę szczęściem, ale słyszane dzisiaj, teraz, budziły w niej tem głębszy smutek i ból; bo dzisiaj dopiero, w tym jasnym salonie przeczuła głębokim instynktem kochania, że ona nigdy nie wyjdzie za mąż za Wysockiego, że wyjść nie powinna...

I w chwilach uświadamiań, w chwilach tego bolesnego jasnowidzenia różnic jakie ich dzieliły, martwiała z przerażenia i szklanym wzrokiem wodziła bezprzytomnie po twarzach ludzkich, szukała uśmiechniętych, rozpromienionych spojrzeń Wysockiego, jakby chcąc w nich dopatrzeć zaprzeczenia tych wszystkich myśli, jakie ją przenikały rojem palących włókien, ale Wysocki za bardzo był w niej rozkochany, za bardzo w dobrym humorze i w dobrem, swojem towarzystwie, aby mógł dzisiaj odczuć jej stan wewnętrzny.

 Rozprawiał właśnie z Trawińskim i Kurowskim i kilku młodymi ludźmi rozsnuwając przed nimi gorąco, szerokie altruistyczne poglądy na społeczeństwo i jego potrzeby; otrzepywał odruchowo klapy, pokręcał wąsiki, wyciągał czasem mankiety i rad że ma inteligentnych słuchaczów, że mógł się na chwilę oderwać od spraw fabrycznych i codziennych, bujał z rozkoszą po niebie hypotez i wniosków.

— Dlaczego? Myślała ciężko Mela i niewiedziała jeszcze wyraźnie dlaczego te straszne myśli ją obsiadły i zalewają jej serce goryczą nieopowiedzianą. Czuła tylko jedno wyraźnie, że ten świat jej ukochanego, ci wszyscy Kurowscy, Trawińscy, Borowieccy, te wszystkie nawet sprawy o których mówili, idee jakie ich porywały — ten cały polski świat tak ukochany — jest zupełnie inny, obcy zupełnie jej światu; obcy przez jakąś szerokość uczuciową, nie zamkniętą tylko w kole egoistycznych spraw, w ciasnym obrębie robienia pieniędzy i używania ordynarnego.

— Nie takimi są nasi, moi! Myślała patrząc na delikatną, uduchowioną twarz Trawińskiego, który taki energiczny protest zakładał przeciwko wywodom Wysockiego, że twarz mu pobladła i sieć delikatnych, niebieskich żyłek wystąpiła na skronie, a potem patrzyła na Wysocką, na Ninę i Ankę, siedzące w kole kobiet bardzo wykwintnych, pełnych dziwnego wdzięku, rozmawiających półgłosem i równocześnie widziała oczami duszy swój własny dom, ojca, siostry, szwagra i odczuwała teraz dopiero, przez mimowolne zestawienie, cały obmierzły ton, całą płaskość życia własnej sfery.

I teraz dopiero poczuła, że pomiędzy nimi czułaby się obcą zawsze, inruzem z innego świata, zaledwie znoszonym i może tylko dla posagu, jakiby wniosła mężowi.

— Nigdy, nigdy! — powtarzała sobie dumnie i chciała się podnieść aby wyjść, bo ciotka znowu przysunęła się do niej i swoim przeciągłym, chrapliwym akcentem pytała:

— Mela, ty nie potrzebujesz już iść do domu?

 Podniosła się nawet z krzesła, zbierając w sobie całą moc duszy, aby wyjść stąd, z tego świata i nie powrócić do niego nigdy już więcej.

 Czuła to dobrze, że to wyjście będzie równocześnie pożegnaniem marzeń, snutych przez lata całe, będzie pożegnaniem rojeń wiosennych i miłości, ale wyjść postanowiła.

 Kochała całą duszą Wysockiego, ale przeczuwała już, że musi wyrzec się go i nie widzieć więcej.

— Nigdy, nigdy! — powtarzała zaciśniętemi ustami. Za dobrze pamiętała dolę tych ze swoich znajomych, które wyszły za Polaków, ich upokorzenia nawet wobec własnych dzieci, wyrzucających matkom ich pochodzenie, to koło pogardy wykwintnej lub lekceważenia, jakie ich zawsze otaczało, tę ich obcość we własnych domach, wobec najbliższej rodziny.

— Pani już wychodzi, czemu tak prędko? — pytał Wysocki, zastępując jej drogę.

— Czuję się niedobrze, jestem zmęczona jeszcze po podróży — tłómaczyła się, nie patrząc na niego i całą siłą tłumiąc łkanie, jakie wzbierało w jej sercu i chęć pozostania, jaka ją owładnęła po jego słowach.

— Myślałem, że pani pozostanie do wieczora i potem razem pójdziemy do Róży, że pani mi poświęci cały dzisiejszy wieczór. Ja pani nie widziałem przecież całe dwa miesiące — szeptał cicho, zduszonym przez uczucie głosem.

— Pamiętam... pamiętam... dwa miesiące... — odpowiadała i nagle taki żar rozlał się po jej sercu, żar miłości i cierpienia, że łzy błysnęły w jej szarych oczach i serce zaczęło bić mocno, mocno...

— Będzie teraz nam lepiej, bo pozostali sami swoi...

— Tembardziej iść muszę, abym nie tworzyła sobą dyssonansu — szepnęła z goryczą.

— Mela! — powiedział z wyrzutem i tak miękko, tak serdecznie, że opadły ją siły, że wszystkie postanowienia poprzednie rozwiały się bez śladu, a natomiast serce napełniło się uczuciem szczęścia wielkiego, wielką ciszą miłości.

— Zostaniesz, prawda? — prosił ją gorąco, błagalnie, a gdy mu nie odpowiadała, oglądając się bezradnie w stronę Wysockiej, której ostry wzrok poczuła na sobie, odezwał się do Niny z prośbą:

— Może pani zdoła namówić do pozostania pannę Melanię.

Nina wiedziała wszystko od starej i dosyć wrogo była usposobioną dla Meli, ale teraz, spojrzawszy na jej twarz smutną, odczuła jej cierpienia i wielkie współczucie zadrgało w jej sercu, zaczęła ją gorąco prosić.

Opierała się chwilę, walcząc z własnem sercem i wolą, ale pozostała.

— Po raz ostatni! — przypomniała sobie w duszy, ale ogarnięta miłością, rozkołysana słowami Wysockiego, który na złość matce nie odstępował jej ani na chwilę, oczarowana dobrocią Anki i Niny, które wzięły ją pomiędzy siebie i z wielką serdecznością traktowały, zapominała, że to raz ostatni, przeciwnie, zaczynała myśleć, że to raz pierwszy i że tak będzie zawsze... zawsze...

Przyjęcie dla tego kółka wybranych przeciągnęło się dosyć długo, bo o zmroku podano obiad w wielkiej jadalni, wyłożonej jasnym dębem, która za jedyną ozdobę miała szeroki pas inkrustacyj, biegnący dookoła, w połowie wysokości ścian, po którym rozpinały się pędy wina, obciążone purpurowemi gronami, uwieszone u uszów larw komicznych, wyciętych ze złoconego bukszpanu.

Wielki stół lśnił kryształami zastawy, srebrami, żywymi kwiatami, które tworzyły przez całą długość jeden wielki kwietnik pełen woni i barw; wielkie świeczniki w formie wieloramiennych kaktusów rozlewały łagodne światło świec na twarze siedzących.

Nastrój panował serdeczny, wznoszono liczne toasty, przyjmowane oklaskami, bawiono się tak wyśmienicie, że nawet Müller wzniósł zdrowie Trawińskich i chciał coś mówić, ale że był nieco pijanym, a Mada, siedząca obok Maksa Bauma, nie mogła mu podpowiadać, więc wybełkotał słów kilka i usiadł, obcierając rękawem czerwoną, zatłuszczoną twarz.

— Jabym go wziął do swojej menażerii, to ciekawy okaz — mruknął Kessler, pochylając się do Meli, przy której siedział.

Ale Mela nie słyszała, zajęta rozmową z Wysockim, a zresztą czuła nieprzezwyciężony wstręt do tej nietoperzej głowy i tych żółtych oczów, które ustawicznie wierciły Ankę, siedzącą pomiędzy nim a Borowieckim.

Mada Müller, może jedyna w całem towarzystwie, nie miała dzisiaj humoru. Nie zwracała uwagi na Maksa, usiłującego ją bawić, tylko śledziła Karola i Ankę i widząc jak im jest dobrze ze sobą, zapytała cicho Maksa:

— Czy ta panna, co siedzi przy panu Borowieckim, to jego siostra? bo tak są bardzo podobni do siebie.

— Kuzynka dosyć daleka, ale i narzeczona zarazem — odparł z naciskiem.

— Narzeczona! Nie wiedziałam, że pan Karol ma narzeczoną... nie wiedziałam...

— Już od roku i bardzo się kochają — mówił umyślnie, bo go zirytowała jej niedomyślność i ten zachwyt nieukrywany, z jakim patrzyła i mówiła o Karolu.

Złote rzęsy dziewczyny zatrzepały nagle jak skrzydła i opadły ciężko na błękitne oczy, a bardzo rozrumieniona twarz pokryła się bladością i blade usta zaczęły dziwnie drgać.

Maks ze zdumieniem przypatrywał się tej nagłej zmianie, ale nie miał już czasu obserwować, bo lokaj szepnął mu do ucha po cichu, że ktoś czeka na niego.

— Matka umiera! — powiedział mu prosto Józio Jaskólski, gdy się znalazł w przedpokoju.

— Co? co? co? — powtórzył Maks, nie wierząc sobie, okręcił się dookoła kilka razy bezprzytomnie, zrobił kilkanaście ruchów bezcelowych i znowu spojrzał na Józia, który zapłakany, onieśmielony, drżący, powtórzył mu raz jeszcze wiadomość i pobiegł spiesznie z powrotem.

VIII.

W jadalni nikt prócz Niny nie zauważył wyjścia Maksa.

— Co się stało z panem Baumem? — zapytała Mada Müller.

— Azaliż jestem stróżem swego spólnika, jeśli ten kasyerem nie jest! — odpowiedział żartobliwie Borowiecki, ale był rad, że oczy tego spólnika nie śledziły za Anką i nie kontrolowały jego rozmowy z Madą, która straciła humor, dowiedziawszy się o narzeczeństwie, i bardzo namawiała ojca do wyjścia, ale Müller był dzisiaj w doskonałym humorze, ujął wpół Borowieckiego, posadził przy córce i zawołał rubasznie:

— Głupia Mada, masz kawalera i niech ci się nie śpieszy do domu.

I pozostawił ich przy sobie; siedzieli zakłopotani.

Mada spuściła głowę na piersi i z wielkiem zajęciem wciągała rękawiczki, słuchając brzmienia jego nizkiego głosu, który zawsze przejmował ją rozkosznem drżeniem, a dzisiaj rozbrzmiewał w jej duszy tak smutnie, tak smutnie, że bała się, iż nie wytrzyma i wybuchnie płaczem.

Müller przysiadł się do Niny i co chwila klepał ją po plecach z ukontentowania; nie widząc dookoła rozśmieszonych twarzy ani zakłopotania Trawińskiej, gadał głośno.

— Bardzo mi dobrze u państwa! Ja mam ładny pałac, ale mnie tam siedzieć nie dobrze. Chciałbym mieć taką córkę jak pani.

— A cóż pan ma do zarzucenia pannie Madzie? Ślicznie dzisiaj wygląda.

— Ja, Mada śliczna, ale Mada jest głupia. Ja ją chcę wydać za Polaka, żeby oni mieli takie salony jak państwo i tak samo przyjmowali gości, tobym u nich zawsze siedział. Mnie się to bardzo podoba.

— Będzie to panu trudno w Łodzi, bo tutaj niema takich bogatych, za których zgodziłbyś się pan wydać córkę — szepnął Kurowski siedzący obok Niny.

— Aha, pan Kurowski! Jabym za pana dał Madę, albo i za Borowieckiego, wy jesteście porządne fabrykanty.

— Dziękuję, dziękuję! — szepnął drwiąco Kurowski, ściskając mu rękę. — Ale są lepsi od nas, a nawet już coś słyszałem o zamiarach Kesslera.

— Kessler! Niech on się żeni ze swoją małpą w menażeryi, a nie z moją córką. Pan wie, on jest cham i łajdak! — wybuchnął, ale potem zaczął się śmiać bardzo serdecznie chciał pocałować w szyję Ninę... Był zupełnie pijanym.

— Co pani tak humor popsuło? — zapytał Karol cicho.

Mada nic nie odpowiedziała, tylko przysłaniając chustką drgające od wstrzymywanego płaczu usta i twarz zgorączkowaną, podniosła na niego oczy i długo patrzyła, aż się poruszył niecierpliwie i ponowił zapytanie.

— O, pańska narzeczona szuka pana — szepnęła, wskazując oczami Ankę, rozglądającą się po pokoju.

Podszedł do niej niechętnie.

— Panie Karolu, pani Wysocka już chce iść, może nas pan odprowadzi.

Żegnała się z Madą bardzo ceremonialnie, która ich przeprowadziła oczami przez szereg pokoi.

— Panno Melo, to i my pójdziemy — ozwał się Wysocki i poszedł szukać ciotki, drzemiącej w ciszy salonu, a powracając spotkał się z matką.

— Wychodzimy, idziesz z nami?

— Nie, muszę odprowadzić pannę Grünszpan.

— Czy panny Grünszpan nie może kto inny odprowadzić?

— Nie, panny Grünszpan nie może kto inny odprowadzić — odpowiedział z naciskiem.

Spojrzeli na siebie dosyć niechętnie.

Matki oczy zaświeciły ostro, a w oczach doktora jaśniał wielki spokój i stanowczość.

— Prędko wrócisz? Anka jest u nas, będzie i Borowiecki, może zaczekać z herbatą?

— Nie zdążę, bo muszę jeszcze być u Mendelsohnów.

— Jak chcesz... jak chcesz... — odpowiedziała z trudem, panując nad sobą, ale nie podała mu ręki do pocałowania i wyszła.

Nie zwrócił na to uwagi, tylko pomagał się Meli ubierać.

Zaraz pojechali, bo powóz Meli czekał przed domem.

— Jedziemy do Róży?

— Jedziemy do Róży, jedziemy gdzie tylko pani zechce, jedziemy choćby na koniec świata — zawołał gorąco.

— Słowa lecą dalej niż chęci, a chęci niż możliwość — szepnęła cicho, bo ją ogarnął spokój niedzielnego wieczoru, powrócił do rzeczywistości i przypomniał niedawne postanowienia.

— O nie, nie cofam swoich słów, niech mnie pani weźmie i poprowadzi aż do krańców możliwości.

Ujął jej rękę ze drżeniem.

— Więc tymczasem zawiozę pana tylko do Róży — odpowiedziała i oddała uścisk ręki, nie puszczając jej.

— A później? — zapytał cicho, zaglądając jej w oczy.

— Jutro dam odpowiedź — szepnęła, patrząc na konie biegnące kłusem.

Ciotka drzemała na przedniem siedzeniu, kiwając się zawzięcie.

Siedzieli w milczeniu, z przyjemnością nadstawiając rozgrzane twarze, na mocny powiew powietrza, bo powóz toczył się szybko i skakał po wybojach bruków gumowemi kołami jak piłka.

Czuli oboje, że jakaś stanowcza, przełomowa chwila już idzie ku nim, że za mgnienie zaraz padnie im na duszę jedno słowo, tak dawno w sercach dźwięczące, tak dawno tłumione i oczekiwane.

Spoglądali na siebie jasnym wzrokiem, przenikali się do głębi uczuć i po każdem spojrzeniu byli sobie bliżsi, byli sobie bardziej oddani.

Mela nie zapominała postanowień, czuła je w całej grozie konieczności i w całej grozie goryczy i żalu, ale równocześnie oddawała się z rozkoszą temu czarownemu prądowi, jaki przepływał przez serca ich i rozlewał w mózgach, w krwi, obezwładniające, rozkoszne ciepło.

Ze drżeniem szczęścia czekała jego wyznania i wiedziała również, że wypowie mu wszystko, całą miłość swoją.

Czuła niezmożoną niczem potrzebę wypicia tej szczęśliwości do dna, do samego dna.

Chciała być porwana szaleństwem, bez względu co jutro będzie, a może dla tego właśnie, że wiedziała, jakiem będzie to jutro.

I chociaż to widmo krążyło dookoła niej, majaczyło w pamięci i ostrym konturem rzeczywistości jutrzejszej przysłaniało obecne szczęście, uciekała od niego, chciała zapomnieć na jeden wieczór, na chwilę.

Trzymała jego dłoń i co chwila przyciskała ją do mocno bijącego serca, to gładziła nią swoją rozpaloną twarz, przyciskała się do niego ramieniem i patrzyła w dal rozpromienionemi oczami.

Nachylił się i szepnął tak cicho i tak blizko, że poczuła jego usta na twarzy.

— Mela...

Ten cichy, przejmujący dźwięk przeleciał po niej jak ostrze rozpalone.

Przymknęła oczy, serce zerwało się w niej jak ptak oszalały i zaczęło tłuc się w piersiach mocno i gwałtownie, taka ogromna fala rozkoszy zalała jej duszę, że słowa przemówić nie mogła, uśmiechnęła się tylko kątami ust.

— Mela!... Mela!... — powtórzył ciszej, bardzo zmienionym głosem; wsunął rękę pod pelerynę i objął ją wpół i przygarnął do siebie bardzo silnie.

Poddała się temu uściskowi tak biernie, że uderzyła piersiami o jego piersi, ale cofnęła się zaraz całym korpusem, oparła się o poduszki powozu i głosem bez sił, bez dźwięku prawie, szepnęła:

— Cicho!... cicho!...

Twarz jej pobladła śmiertelnie, z trudem oddychała.

— Mela, ty prosto do domu potrzebujesz jechać? — zapytała nagle rozbudzona ciotka i po kilka razy powtarzała to zapytanie, nim Mela zrozumiała.

— Nie, niech ciocia jedzie. Wstąpię do Róży.

— A Walenty po ciebie potrzebuje przyjechać?

— Jeśli nie będę spała u Róży, to każe mnie odesłać swoimi końmi.

Wysiedli przed pałacem Mendelsohna.

Róża wyszła naprzeciwko nim do przedpokoju, bardzo ciekawie patrzyła i bardzo ironicznie przyjmowała grad pocałunków, jakimi ją zasypywała przyjaciółka.

— Jesteś sama? — zapytał Wysocki, napróżno usiłując drżącemi rękami zapiąć surdut i powiesić kapelusz na gładkiej ścianie.

— Nie sama, jest Koko, herbata i nuda! — odpowiedziała i utykając nieco i kołysząc szerokiemi biodrami, prowadziła ich do czarnego gabinetu.

— Skąd ten śpiew się rozchodzi? — zapytał nasłuchując, bo z góry od mieszkania Szai płynął szmer dźwięków monotonnych i rozpryskiwał się po dolnem mieszkaniu.

— Od ojca. Tak codziennie już teraz bywa. Boję się o to, bo już od paru miesięcy, zaraz po śmierci Bucholca, papa ciągle się modli, codziennie przychodzą śpiewacy z synagogi i śpiewają pobożne pieśni. To coś nienaturalnego, a przytem powiedział któregoś dnia do Stanisława, że chciałby przed śmiercią założyć wielki przytułek dla starych kalek i robotników z naszych fabryk. To jest tak zły symptomat, że Stanisław zatelegrafował do Wiednia po specyalistę doktora.

— Tak, to ciekawe — szepnął, ale nic nie słyszał o czem mówiła, drżał ze wzruszenia i leciał oczami za Melą, wychodzącą do przyległego buduaru.

— Cóż tak pomieszani oboje jesteście? Czyście sobie wyznali miłość?

— Prawie, że tak, prawie. Ale pani mi pomoże, nieprawdaż?

Zaczął całować jej ręce.

— Pani nie pomoże.

— Ale Róża, nasza droga, dobra, kochana Róża, pomoże, nieprawdaż?

— A bardzo ją kochasz, powiedz? — pytała, obcierając mu spocone czoło chustką.

Zaczął wybuchać przed nią tak gwałtownie, tak namiętnie obrazował swoją miłość, że ze zdumieniem patrzyła. Nie podejrzywała go o takie płomienne uczucia, ale słuchała z ciekawością, ze współczuciem, a w końcu żal jakiś nieokreślony zaczął budzić się w jej sercu i gdy Mela przyszła i siadła obok niego, Róża podniosła się, zabrała małpkę i wyszła.

— Słyszałam coś opowiadał Róży — szepnęła, patrząc na niego słodko i nie pozwalając mu przemówić, objęła go ramionami i rozpalonemi, spragnionemi ustami wpiła się w jego usta w długim, mocnym, namiętnym pocałunku.

— Kocham cię! — szeptała, odrywając się na chwilę.

— Kocham cię! kocham! — odpowiadał cicho. Głosy im się zerwały i zamilkły, a ramiona się zwarły, splątały, objęły w szalonym, namiętnym uścisku, usta utonęły w ustach, serca przestały bić, a oczy widzieć.

A potem całując jej oczy, włosy, szyję, usta opowiadał nizkim, urywanym, nabrzmiałym wzruszeniem głosem dzieje swego uczucia.

Oparła się plecami o kanapkę, położyła nogi na taburecie, na wpół leżąc słuchała jego głosu, z rozkoszą przymykała oczy pod jego pocałunkami, wysuwała do nich chciwie usta, prężyła się cała gdy palił ustami jej szyję, pozwalała się kołysać fali szczęścia jaka płynęła z jego słów, z jego wyznań miłości, z jego pieszczot.

A gdy powiedział, że zaraz jutro pójdzie do ojca prosić o jej rękę, gdy wreszcie wyczerpany nieco z sił usiadł na poduszkach i nóg jej i położywszy głowę na jej kolanach wpatrzył się w jej przysłonięte mgłą oczy i zaczął snuć długą, cudną przędzę przyszłości, nie przerywała mu, piła pełną piersią upojenie, patrzyła w niego oczami pełnemi łez szczęścia bezmiernego, pierś się jej podnosiła nadmiarem uczucia, a usta kwitły jakimś dziwnym, smętnym uśmiechem, ale mu nie przeczyła, tylko chwilami brała jego głowę w ręce, całowała jego oczy i cicho szeptała:

— Kocham cię! Mów najdroższy, niech się upiję dzisiaj, niech oszaleję!

Więc on mówił znowu i wyśpiewywał całą symfonię miłości, nie spostrzegłszy przyjścia Róży, która cichutko usiadła na kanapce, objęła Melę ramieniem, położyła swoją czerwoną głowę na jej piersiach i pełnemi zielonawych skrzeń oczami wpatrzyła się w niego i słuchała.

A oni snuli dalej przędzę szczęścia i miłości.

Nie istniał już dla nich świat, ludzie, rzeczywistość, wszystko zapadło w głąb niepamięci, przysłonięte tumanem czaru jaki ich otoczył i przenikał.

Słowa, spojrzenia, myśli krzyżowały się pomiędzy nimi jak błyskawice, drżały rozsadzane nadmiarem uczucia i padały na duszę słodyczą niewypowiedzianą.

Mówili coraz mniej i coraz ciszej, jakby bojąc się głośniejszym dźwiękiem spłoszyć czar tej chwili cudownej.

Cisza dookoła panowała, z ulicy nie dochodził szmer najmniejszy, pokój słabo rozświetlony elektrycznością, tonął w mrokach czarnych ścian, senność rozwłóczyła się słodka, pełna denerwujących zapachów róż ponsowych, których cały snop palił się barwami pod jedną ze ścian, w bronzowym wazonie.

Oni już prawie nie mówili, tylko Róża siedząca bez ruchu, zaczęła drżeć gwałtownie, powstrzymywać łkanie, dusić w sobie łzy, ale nie mogła wytrzymać, rzuciła się na dywan i wybuchnęła ostrym płaczem.

— Dlaczego mnie nikt nie kocha? Dlaczego mnie nikt nie kocha? Przecież i mnie należy się szczęście i ja potrafię kochać i ja pragnę miłości! — wołała żałosnym głosem, i taki mocny spazm żalu skręcał jej serce, że Mela nie mogła jej uspokoić niczem, a przytem i nie umiała, bo ten płacz zadrgał w niej ostrym, przykrym dysonansem, przypomniał okropną rzeczywistość.

Wysocki już się podniósł, chciał wyjść i raz jeszcze przypominał, że jutro będzie u ojca.

— Muszę ci jedno przypomnieć, ja jestem żydówka! — powiedziała cicho.

— Pamiętałem o tem ale to dla mnie nie stanowi żadnej przeszkody, jeśli mnie kochasz i zechcesz przyjąć chrześcijaństwo.

— Gotowam nawet męczeństwo przyjąć dla ciebie! — zawołała mocno. — Nie, nie mówmy o tem. Jutro rano powiem ojcu i zaraz ci napiszę. Czekaj na mój list, nie przychodź przedtem!

Szeptała prędko, chwyciła się tego środka, bo nie miała sił i odwagi powiedzieć mu teraz, że jego żoną być nie może.

Nie, za nic w świecie nie powiedziałaby teraz...

To jutro... jutro, a teraz jeszcze pocałunków, jeszcze pieszczot... jeszcze zaklęć... jeszcze tej miłości tak silnej, tak słodkiej, tak upajającej, jeszcze... jeszcze...

— Jeszcze chwilę, mój najdroższy, jeszcze chwilę! — błagała, idąc z nim przez szereg mrocznych pokojów ku wyjściu. Czy nie czujesz, jak mi ciężko oderwać się od ciebie?

Strach ją ogarniał, strach tak silny, że on wyjdzie i już go nigdy może nie zobaczy, iż przyciskała się do niego z rozpaczą, rzucała mu się w ramiona i zwarci uściskiem z ustami zawieszonemi na ustach, przystawali na chwilę, nie mogąc się oderwać od siebie.

Ale pomimo tego przedłużania byli coraz bliżej wyjścia, Mela zaczęła się trząść w strasznem zdenerwowaniu, przyciskała się do jego ramienia coraz silniej i coraz boleśniej i ciszej szeptała.

— Jeszcze chwilę, jeszcze chwilę.

— Jutro się zobaczymy Mela i będziemy się widywać codziennie.

— Tak... codziennie... codziennie... — powtarzała jak echo, gryzła wargi do krwi, żeby nie krzyknąć, nie wybuchnąć rozpaczą, nie rzucić mu się do nóg i żebrać, aby nie odchodził, aby pozostał lub zabrał ją natychmiast i wywiózł daleko, daleko.

— Kocham cię! — powiedział jej na dobranoc i ucałował jej ręce i usta.

Nie oddała pocałunku, nie poruszyła się, oparta o ścianę, patrzyła tępym wzrokiem jak się ubierał, jak otwierał drzwi, jak znikał za szybami, nie miała sił, łkanie zapchało jej gardło, serce jej pękało.

— Mieciu! — szepnęła za nim.

Nie usłyszał i nie powrócił.

Wolno powracała przez puste, mroczne pokoje, podobne do wielkich wspaniałych grobów, zamieszkałych przez nudę, przepych i pustkę, szła coraz ciężej, przystawała na tych samych miejscach, gdzie przed chwilą jeszcze czuła jego pocałunki, oglądała się nieprzytomnie, czasem jakiś dźwięk wydarł się z ust sinych i szła dalej, do Róży, płaczącej z żalu, że ją nikt nie kochał.

— Wszystko skończone — myślała Mela, łzy zerwały tamy woli i panowania nad sobą i jak potok rzuciły się z jej oczów.

IX.

Wysocki leciał na skrzydłach szczęścia do domu.

Zastał jeszcze wszystkich przy herbacie, była i Trawińska, która przyszła na minutkę, bo się jej w domu nudziło samej, gdyż mąż pojechał z Kurowskim.

Siedzieli dookoła okrągłego stołu oświetlonego wiszącą lampą, zajęci robieniem uwag o dzisiejszych gościach Niny.

Wysocki trafił na gorącą mowę Anki, broniącej Meli przed zjadliwemi uwagami matki, która podrażniona obecnością syna, podniosła jeszcze ton głosu i zionęła całą rasową pogardą dla żydów.

Wysocki słuchał w milczeniu, pił herbatę i rozmyślał o Meli. Był jeszcze pod wpływem pocałunków, czuł je jeszcze na twarzy palącemi piętnami, usta go piekły, wstrząsał się w dreszczu przypomnień jej uścisków, czuł ją przy sobie, oddychał z rozkoszą wonią jej perfum jaka pozostała w jego ubraniu, na dłoniach, we włosach.

Był tak szczęśliwy, że na niesprawiedliwe, fanatyczne słowa matki uśmiechnął się pobłażliwie i spoglądał porozumiewawczo na Borowieckiego, który oparty łokciami o stół, okrywał się dymem papierosa i z poza niego patrzył na Ninę i Ankę siedzące przy sobie, z głową opartą o głowę.

Włosy Niny w świetle lampy skrzyły się złotem, a jasna, przeźroczysta cera podobna była do zróżowionej porcelany, oświetlonej z wewnątrz: zielonawemi oczami, poplanionemi rdzawemi piętnami patrzyła na Wysocką, a Anka, w koronie ciemnych włosów zwichrzonych, puszystych, mieniła się coraz innym wyrazem, nie mogąc powstrzymać niecierpliwości; zbijała zdania Wysockiej z namiętnością, czasem rzucała się głową naprzód, ściągała wielkie czarne brwi, że tworzyły jakby łuk napięty. Jej ruchliwa twarz odbijała jak źwierciadło wszystkie wrażenia przesuwające się przez duszę, ale broniła żydów sercem, dobrocią i tem zbijała logiczne wywody Wysockiej, która zagłębiona w fotelu po drugiej stronie stołu, mówiła dobitnym głosem, a w chwilach mocniejszych pochylała się nad stół, ukazując piękną jeszcze twarz w kole światła, jakie lampa rozkrążała.

— Panie Mieczysławie, niechże mi pan pomoże bronić żydów, a panny Grünszpan w szczególności, bo pan Karol nie chce, powiedział, że ona nie potrzebuje tego.

— Nic więcej nad to samo nie powiem. Mela... panna Grünszpan nie potrzebuje obrony. Byłoby to samo, gdybym chciał bronić słońca od zarzutów, że zbytnio świeci i grzeje.

Zaczęli potem wszyscy żywiej rozmawiać, ale im przerwał Józio Jaskólski.

Chłopak zapłakany, zaczął jąkać, że Baumowa bardzo chora, że Maks go wysłał do Wysockiego i że on go szukał po całem mieście.

— Idę w tej chwili! Dobranoc państwu.

— I na mnie czas — powiedziała Nina.

— Jest tak pięknie na świecie, że panią odprowadzę. Pan Karol z nami pójdzie?

Karol skłonił się na zgodę, ale nie był zadowolony z projektu Anki, bo mu się spać chciało.

— A propos panny Grünszpan — zawołał doktor ze swego gabinetu, bo już był w palcie. — Miejcie państwo dla niej nieco wyrozumienia, choćby dla tego, że to moja przyszła żona.

Matka zerwała się gwałtownie, ale doktor nie czekał, wybiegł śpiesznie do Baumów.

***

Kiedy Maks na wezwanie Józia wybiegł od Trawińskich i przyleciał do domu, matka już co chwila traciła przytomność.

Wielki pokój napełniał brzask zórz zachodnich i obtulał wszystko w mrok czerwonawy, w którym twarz konającej, wpatrzonej w dalekie pustynie nieba, stygła i pokrywała się sinością.

Jedna tylko gromnica, ściskana kurczowo, chwiała mętne, złotawe błyski po jej spokojnej, operlonej rosą konania twarzy.

Frau Augusta klęczała u wezgłowia i rozpłakana modliła się półgłosem.

Stary Baum siedział w nogach łóżka z kamienną, zimną twarzą i rozpalonemi od łez wewnętrznych oczami patrzył w żonę; ani jeden muskuł mu nie drgał, ani jedna łza nie stoczyła się z pod czerwonych powiek. Siedział na pozór spokojny, opierał się o poręcz krzesła i tak silnie ściskał je, że w twardem drzewie pozostawił głębokie ślady paznogci, a gdy spostrzegł wchodzącego Maksa, podniósł oczy i szedł niemi za jego ruchem, jakim tamten rzucił się do matki, klękając przy łóżku.

— Mamo! mamo! — zawołał trwożnie Maks, dotykając się jej ręki zaciśniętej przy gromnicy.

Baumowa oddychała wolno, długo, bardzo długo. Szklane, wypukłe oczy barwiły się refleksami zórz jak toń wodna, prawą ręką odruchowo suwała po kołdrze, jakby za pończochą, która stoczyła się do ściany i nadzianymi drutami, niby jeż stalowy połyskiwała.

Kucharki i służba klęcząca w mroku pokoju wybuchnęli głośnym płaczem.

— Mamo! — jęknął raz jeszcze Maks i duszę tak mu skręciła żałość, że wybuchnął płaczem.

Chora jakby oprzytomniała, odwróciła głowę i utkwiła szklany wzrok w jego twarzy, gromnica wypadła jej z ręki, a ona stygnącą dłonią ujęła rękę syna i trzymała, uśmiech jakby radości ostatniej przewinął się po sinych wargach, poruszyła niemi, ale żaden dźwięk się nie wydobył prócz chrapliwego, rzężącego oddechu.

Uśmiech stygnął jej na ustach, odwróciła twarz do okna i została tak zapatrzoną martwiejącemi oczami w mroki wieczoru, w ostatnie odpryski zórz, co jak kawały miedzi pływały po szarości nieba i gasły zwolna.

Wiatr powiał po ogrodzie i naginał nizkie krzewy bzów do okien; uderzały kiśćmi kwiatów i niby fioletowemi oczami patrzyły na stężałą, nieruchomą twarz konającej, której dolna szczęka opadała coraz niżej.

Maks chociaż wiedział, że to już koniec, posłał zaraz z początku po Wysockiego i czekał go z najwyższą niecierpliwością i co chwila wsłuchiwał z trwogą, czy żyje jeszcze; żyła, ale już życiem odruchów tylko, czasem cichy jęk wydarł się z jej piersi, poruszyła ustami, zrobiła jakiś bezcelowy ruch sztywnymi palcami i leżała znowu godziny całe nieruchoma, martwa, z szeroko otwartemi oczami, zatopionemi w nocy śmierci i w nocy panującej nad ziemią.

Wreszcie przyszedł Wysocki, a za nim wkrótce i Borowiecki, ale po to, aby stwierdzić, że Baumowa skonała przed chwilą.

Maks ukrył twarz w kołdrze i płakał jak dziecko, a stary Baum wstał sztywno, pochylił się nad umarłą, dotknął skroni i rąk zimnych, zajrzał głęboko po raz ostatni w jej oczy otwarte, jakby ze zdumieniem zapatrzone w głąb wieczności, przymknął drżącymi palcami powieki i wyszedł bardzo wolno, oglądając się co krok i przystając.

Dopiero w kantorze pustym i ciemnym usiadł na stosie chustek i długo siedział bez ruchu i bez myśli.

Noc już była głęboka, gdy się ocknął, gwiazdy drgały w przestrzeniach rosą świetlistą, miasto spało w wielkiej ciszy, tylko gdzieś od domów stojących za miastem brzmiał głos harmonijki.

Podniósł się i wolno przeszedł całe mieszkanie pogrążone w ciszy i ciemności. W składzie rozświeconym płomieniem gazu zobaczył Józia śpiącego na towarze. Nie budził go i poszedł przez szereg pokojów pustych, cichych tą cichością śmierci jaka się rozpostarła nad domem; w stołowym zobaczył znowu Maksa śpiącego na sofie, tak jak przyszedł od Trawińskich, we fraku i w białym krawacie.

Zawahał się chwilę przed pokojem żony, ale wszedł.

Łóżko było wysunięte na środek pokoju, zmarła leżała przykryta prześcieradłem, przez które słabo rysowały się linie twarzy.

Kilka świec woskowych paliło się na stole i kilka robotnic modliło się i śpiewało pieśni za umarłych.

Frau Augusta, z kotami na kolanach, opuchnięta od płaczu, drzemała na kanapce.

W otwartych oknach opuszczone rolety wypinał wiatr i kołysał firankami.

Baum patrzył długo na ten obraz, jakby go chciał zapamiętać na zawsze, albo jakby go nie mógł zrozumieć, bo cofnął się do swojego pokoju, wziął zapaloną benzynową lampkę i jak to robił często w ostatnich czasach gdy spać nie mógł, poszedł do fabryki.

Pawilony stały olbrzymimi czworobokami kamieni ciche i czarne, księżyc już zaszedł, tylko gwiazdy świeciły blado przysłaniane mgławicami przedświtu, jakby zmącone walką nocy z dniem, który się już zaczął w głębokich przestrzeniach wschodu.

Dziedziniec podobny do studni czarnej rozlegał się echem wycia i skowytu psów, których zapomniano spuścić z łańcuchów.

Nic nie słyszał i wszedł w czarne, długie korytarze, podobne do tunelów, zionące ostrem, przegniłem powietrzem; echa jego kroków rozbrzmiewały głucho w pustce i ciszy.

Przechodził wolno salę po sali krokiem automatu.

Sale zalegała ciężka, grobowa cisza, rzędy warsztatów z obu stron przejścia stały niby szkielety pogięte w bezsilności; niby wyprute włókna i żyły wisiały pasy poopadane z kół, pokryte długimi włosami pajęczyn, a wstęgi deseni zwieszały się luźno jak martwa, obwiśnięta skóra.

— Umarła! — szepnął, patrząc na długi szereg sal, nasłuchując w tej śmiertelnej ciszy. — Umarła! — powtarzał od czasu do czasu, ale nie wiadomo co miał na myśli, żonę czy fabrykę i wlókł się coraz wolniej z sali do sali, z piętra na piętro, z pawilonu do pawilonu.

* * *

Wysocki z Borowieckim wyszli od Baumów w bardzo smutnym nastroju.

— Szkoda mi Maksa, ta śmierć matki, którą kochał szalenie, wytrąci go z równowagi na dłuższy czas. I to w takim czasie, kiedy jest przy montowaniu maszyn prawie niezbędnym. Mam pech! Wszystko mi tak idzie! — szepnął Karol ze złością.

— Prędko panna Anna sprowadza się do Łodzi?

— Za tydzień.

— A ślub?

— Akurat to mi w głowie! Muszę wpierw to swoje bydlę ożywić i puścić w ruch. Jak fabryka zacznie iść, co nie może się stać przed październikiem, dopiero pomyślę.

Szli dalej w milczeniu, ale na Piotrkowskiej najniespodzewaniej spotkali Welta.

— Kiedyś przyjechał, Moryc? Pójdziemy gdzie na kawę.

— Przyjechałem w tej chwili i szedłem do domu, ale jeśli idziecie na kawę, pójdę z wami.

— Maksowi umarła matka przed chwilą, idziemy stamtąd.

— Umarła! Nie lubię takich rzeczy.

Wstrząsnął się.

— Co nowego w mieście?

— Prawie nic, a zresztą nie wiem, siedzę całe dnie przy fabryce. Grosglück się ucieszy jak cię zobaczy. Pytał mnie dzisiaj o ciebie.

— Nie bardzo się ucieszy! — szepnął Moryc, wciskając binokle na nos nieco drżącemi rękami i bystro obejrzał twarz Karola.

W hotelu, dokąd poszli na kawę, z powodu późnej godziny były zupełne pustki, w ogrodzie tylko, urządzonym w środku podwórza, siedział Myszkowski z Murray'em.

Przysiedli się do nich.

— Od godziny czekam na jaką żywą duszę, bo mi się już sprzykrzyło pić samemu.

— Nie masz pan Anglika?

— On tylko po czwartej narzeczonej czuje się dobrze, ale po czwartym kuflu jest do niczego.

— Dawno panowie tutaj jesteście?

— Murray przed pół godziną przyszedł z tokowania, a ja trochę dawniej siedzę. Przyszedłem na śniadanie, ale tak jakoś zeszło do obiadu, a po obiedzie przyszło trochę znajomych i nie warto było wychodzić, poczekałem na kolacyę, a po kolacyi cóżbym robił na mieście? Teatru nie lubię, znajomych nie mam, gdzież się biedna sierota podzieję, jeśli nie w knajpie. A potem bardzo ciekawe rzeczy opowiadał o swoich narzeczonych. Jakże fabryka?

— Rośnie.

— Daj jej Boże zdrowie, dobry żołądek i trawienie. Zmizerniałeś pan.

— Ba, robię za dziesięciu i jeszcze nie wystarcza.

— Bądźcie zdrowi! Co który przyjdzie, opowiada zaraz co robił wczoraj, co dzisiaj i co robić będzie jutro, że się spracował i tam dalej. Cóż u dyabła? gdzież ja jestem? Pomiędzy ludźmi, czy wśród maszyn? Tfu psiakrew, takie ogłupienie, takie sprowadzenie się do mechanicznych funkcyj! Ja chciałbym wiedzieć co myślą, co czują, jak widzą, a oni mi gadają, że pracują. Dajno piwa dla wszystkich! — zawołał na garsona.

— My kawę będziemy pili.

— Pijcie.

— Kto ma czas myśleć o niebieskich migdałach, kogo stać na to? — szepnął drwiąco Moryc.

— Wołu tylko nie stać na to, bo go pędzą do roboty.

— Bo to grunt, panie Myszkowski, a reszta dodatek.

— Nie powiadaj pan tego, bo że pan jesteś dodatkiem do własnego pugilaresu, to mnie nie dziwi, tłomaczy pana wasza łajdacka i głupia rasa, ale że tak samo twierdzi Borowiecki i doktor, to mnie irytuje.

— Ja niczemu nie przeczę i nic nie potwierdzam, stawiam teraz fabrykę, a jak ją skończę, zacznę dopiero bawić się w filozofowanie.

— A ja idę do domu, jestem szalenie zmordowany — powiedział Wysocki i zaraz wyszedł.

Karol spiesznie wypił herbatę i wyszedł z Morycem.

— Zostańcie ze mną — prosił Myszkowski Murray'a. — Pomówimy o miłości.

— Nie mogę, jutro poniedziałek, muszę wstać o piątej do fabryki.

— Czy macie już miejsce po Borowieckim?

— Robotę po nim wziąłem całą, ale pensyi tylko połowę — rzekł wychodząc.

Myszkowski pozostał sam i zadumał się smutnie, że trzeba będzie wracać do domu i tak go ta myśl zgnębiła, że zaczął się kiwać nad stołem.

— Jaśnie panie, zamykamy! — meldował uprzejmie kelner.

Spojrzał sennie dookoła, było pusto, mroczno, ciemno, służba sprzątała nakrycia i zestawiała na kupę stoły.

Myszkowski włożył kapelusz, zapłacił i doszedł tylko do drzwi, bo taka niechęć go przejęła do wracania do domu, tak się bał samotności, że powrócił do stolika i zawołał:

— Kelner, butelkę piwa i dwie szklanki, musisz się ze mną napić. Powiedz numerowemu, żeby mi naszykował jakie spanie. Psiakrew z takiem życiem.

Splunął ze złości.

X.

— Dwa dni jesteśmy, a jeszcze nie mogę uwierzyć, że naprawdę mieszkamy w Łodzi — ozwała się Anka z werendy.

— A jednak to już Łódź naprawdę! — odpowiedział pan Adam, siedzący na swoim wózku w ogrodzie pod werendą i przysłonił dłonią oczy od blasków słońca i rozglądał się dookoła po czerwonych murach fabryk i kominów, stojących gęstą ciżbą, zatrzymał wzrok dłużej na rusztowaniach fabryki Karola, wznoszącej się w końcu ogrodu i westchnął cicho.

— Tak, to Łódź! — szepnęła Anka ciszej i wróciła do mieszkania pomiędzy paki pootwierane, meble w nieładzie, sprzęty okręcone w słomę, pomiędzy chaos rzeczy pospiesznie rozpakowywanych i ustawianych przez kilku robotników z Mateuszem na czele.

Pomagała porządkować, sama zawieszała firanki, czasem żywo rozmawiała z Mateuszem, ale najczęściej siadała na jakiej pace lub na parapecie okna i smutnym wzrokiem wodziła po mieszkaniu.

Było jej smutno, i takim dziwnym smutkiem ogarniał ją ten dom obcy, te szeregi pokojów świeżo odnowionych, pachnących jeszcze farbami zaciąganych podłóg, że uciekała na wielką werendę, ciągnącą się przez pół domu i osłoniętą zielonymi festonami wina dzikiego, ale i tam się nie uspakajała, bo oczy przywykłe do bezmiaru pól zielonych, do lasów siniejących na krańcach, do rozkoszy olbrzymiej nieba nie zasłanianego niczem, uderzały się o domy, o fabryki, o lśniące w słońcu dachy, o tę Łódź właśnie, która ją niby kamiennym pierścieniem ściskała ze stron wszystkich, o tę Łódź, o której marzyła, która miała dać jej ziszczenie wszystkich pragnień, a która ją teraz przejmowała głębokim, nieuzasadnionym smutkiem przeczuć lękliwych i ciemnych.

Wracała do mieszkania, jakby wstydząc się własnej słabości i z trudem tłumiąc te dziwne łzy nieokreślonej tęsknoty, napełniające jej oczy.

— Może ojcu czego potrzeba? — pytała od czasu do czasu, wychylając się przez okno.

— Niczego Anka, niczego, przecież już jesteśmy w Łodzi i za godzinę Karol przyjdzie na obiad — odpowiadał głośno, krzykliwie nawet, bo nie chciał, aby dziewczyna widziała, że i on się mazgaił wewnętrznie, więc dla pokrycia smutku zaczął podśpiewywać:
Miała babuleńka kozła rogatego
Tych bych, tych bych.

— A pchnijno Waluś!
Ale Walusia nie było, pozostał w Kurowie, a zastępował go Mateusz tymczasowo.

Westchnął pan Adam i zamilkł; zapatrzył się w brudne kłęby dymów, bijące z kominów fabryk Müllerowskich.

Odetchnął głęboko i zakaszlał się gwałtownie, bo powietrze było przesycone zapachem wapna rozrabianego i gotującego się asfaltu, którym wylewano sale w fabryce Karola.

Przysłonił usta chusteczką i zapatrzył się w długą uliczkę ogródka, biegnącą do fabryki, osadzoną przepyszną ramą krzewów centyfolii, obsypanych kwiatami białych i różowych róż.

Czas był bardzo piękny, cichy i ciepły; ogród chwiał się lekko i połyskiwał czerniawymi liśćmi czereśni, przysypanymi pyłem węglowym i sadzami.

Kilkadziesiąt drzew owocowych wznosiło korony o przyżółkłej już nieco zieleni i patrzyło łakomie w słońce i ku czystym przestrzeniom pól, zaczynających się niedaleko.

Ocknął się wreszcie i zagwizdał na kosa, wiszącego na werendzie, ale kos nie odezwał się na znane hasło, siedział na spodzie klatki osowiały, z opuszczonemi skrzydłami, senny, podniósł głowę, popatrzył tępo na swego pana i znowu drzemał.

— Nie idzie Karol? — zapytała Anka z mieszkania.

— Nie, dopiero za pół godziny będą gwizdać na obiad. Anka! chodźno dziewczyno.

Przyszła i usiadła na poręczy wózka i patrzyła w starego.

— Co ci to, Anka, co? Odważnie dziewczyno, tylko się nie daj, tylko się nie mazgaj. Widzisz ją, to mi zuch dopiero!... Ho, ho! jeszcze zapomnisz, że jakiś Kurów istnieje na świecie. Co tam, głowa do góry i marsz! — mówił prędko, pocałował ją, pogłaskał po głowie i zaczął gwizdać zapamiętale i wybijać takt nogą.

Potem kazał się Mateuszowi zawieźć do mieszkania i tam krzyczał, dyrygował robotnikami i podśpiewywał, zważając pilnie, by ten śpiew słyszała Anka.

Później zaś przekomarzał się z Kamą, która przyszła z Wysocką w odwiedziny i trochę do pomocy przy urządzaniu mieszkania, ale tymczasem robiła więcej zamieszania, niż wszyscy razem, bo stare podwórzowe i myśliwskie psy, przywiezione z Kurowa i włóczące się po mieszkaniu i ogrodzie z pospuszczanymi łbami, związała w sforę i harcowała z nimi po werendzie.

— Kama, co ty wyrabiasz? Cioci powiem, no i pan Horn będzie wiedział, że bawisz się w psiarczyka! — strofowała ją Wysocka, zatykając uszy od wycia i szczucia psów.

— Co mi tam! Ja się nikogo nie boję. Panna Anna mnie obroni — wołała rozgrzana ruchem i zabawą, rzucała się na Ankę, wycałowała ją ogniście i uciekała bo psy ją ciągnęły do ogrodu.

— Zagraj! Łapa! Kruczek! kot!... kot!... kot!... — wołała z całych sił, puszczając psy na białego kota i razem z nimi goniła go zajadle po ogrodzie.

Przewróciła się parę razy, ale nie zważała na to, podnosiła się i goniła z krzykiem, psy odpowiadały jej krótkiem szczekaniem wśród daremnej pogoni, bo kot skoczył na drzewo i parskał groźnie.

Kama wlazła za nim i już, już go miała uchwycić za grzbiet, ale kot się naprężył i skoczył na sąsiednie drzewo, a stamtąd na parkan, gdzie się przyczaił i najspokojniej patrzył zielonemi oczami na psy, drapiące się po murze i skomlące z wściekłości i na Kamę tak zmęczoną, że ledwie oddychała.

— Zuch dziewczyna, zuch Kama. A chodźno ty smyku, niech cię ucałuję — wołał pan Adam, śmiejąc się z radości.

— Zmachałam się na nic. Jezus! ledwie mogę zipać. Psy do niczego... już w kącie ogrodu pod agrestem miały go w zębach, tylko futro mu się zasypało, ale się wyrwał i chlusnął na drzewo, my za nim, strzęsłam go, zleciał, psy do niego, a on mi parsknął w oczy i znowu chlust na tę dużą wiśnię. Wlazłam za nim... a on prawie przeze mnie skoczył dalej. U... zmachałam się... — wołała rozpromieniona, trąc kolano o kolano bo przy włażeniu na drzewo poobcierała sobie nogi i paliły ją teraz nieco.

Pan Adam ucałował ją w głowę i odgarnął z twarzy, rozsypaną, spoconą czuprynę.

— Chciałabym, żeby pan był moim wujaszkiem! — zawołała, obejmując go za szyję.

— Oho! pan Karol idzie z Morycem. Wie pan, ja panu będę mówiła wuju, dobrze?

— Dobrze, dobrze, bo ja nawet przez twoją ciotkę jestem jakimś twoim krewnym.

— Panno Anno! pan Karol z czarnym Morycem idą na obiad! — krzyknęła z werendy i poszła naprzeciw idących, bo bardzo lubiła Karola; psy poszły zgodnie za nią i zaczęły wedle starego kurowskiego obyczaju naszczekiwać na gości.

— Cicho Kurta, cicho pieski, to wasz pan, a tamtego żyda nie można gryźć, bo nie pachciarz! — uspakajała, głaszcząc po łbach.

— Ja się z panami nie witam, pan Karol nie był u nas dwa tygodnie, a pan Moryc z tysiąc lat.

— Za to ja pannie Kamie przywiozłem coś z Berlina, tylko nie mam przy sobie, ale przyniosę do domu.

— My takie obietnice dobrze znamy na Spacerowej, tak samo i pani Stefania nie wierzy panu Karolowi, bo obiecuje przychodzić, a nie był dwa tygodnie — wołała Kama, wprowadzając ich na werendę, gdzie podano obiad.

Moryc był bardzo blady dzisiaj, dziwnie nerwowy i dziwnie niespokojny.

Usiłował być rozmownym i zabawnym, bo ustawicznie żartował z Kamy, która się zniecierpliwiła w końcu i ze zwykłą porywczością chlusnęła mu szklankę wody w oczy, za co usłyszała taką burę od Wysockiej, że ze łzami przepraszała.

— Moryc! niech się pan nie gniewa, bo jak się pan będzie gniewać i powie pan cioci, to ja tyle nagadam w domu na pana, tyle nagadam, że i ciocia i panna Stefa i Wanda i pan Sierpiński i wszyscy, wszyscy pogniewają się na pana.

— A Horn cię wyzwie i zastrzeli z nowej armaty! — dodał w jej tonie Karol.

— A zastrzeli! Co? nie? Pan myśli, że Horn nie umie strzelać? W niedzielę w strzelnicy trafiał z pistoletu w asa piętnaście razy na dwadzieścia, sama widziałam.

— A to Kama chodzi do strzelnicy? dobrze wiedzieć.

— Ja nie mówiłam... ja...

Rozczerwieniła się gwałtownie, zagwizdała na psy i uciekła do ogrodu.

— Cudna dziewczyna! Szkoda, że się tak marnuje w Łodzi — szepnął pan Adam.

— Pewnie, że byłoby jej lepiej na pastwisku z pastuchami, ale cóż, jej mama tak wiele tego używała dla siebie, że już dla córki nie starczyło — ironizował Karol.

— Najlepsze dziecko pod słońcem — powiedziała Wysocka, patrząc za nią w ogród.

— Mogłaby być trochę mądrzejszą.

— Zmądrzeje jeszcze, ma czas.

— Nie tak wiele, ma przecież z piętnaście lat, a zupełnie surowa dziczka.

Obiad skończył się szybko, szybko również wypili kawę i powrócili do fabryki, bo gardziele gwizdawek ryczały ze wszystkich stron swoją zwykłą pobudkę poobiednią.

Gdy wyszli, a pan Adam kazał się zawieźć w cień ogrodu na drzemkę, Wysocka przysunęła się do Anki i bardzo radosnym głosem mówiła:

— Muszę ci powiedzieć, że już jestem spokojna o Miecia. Nie było go dwa dni w domu, wyjeżdżał do Warszawy, przyjechał wczoraj i przy obiedzie powiada mi, żebym była spokojną, bo się z tą... Grünspanówną nie ożeni, że ona nie chciała wyjść za niego... Słyszysz, Anka, Grünspanówna nie chciała wyjść za mąż za Wysockiego, za mojego syna! To przechodzi pojęcie, taka bezczelność żydowska!

Pachciarka jakaś... nie chciała wyjść za mojego syna!... Dobrze się stało, dałam na mszę świętą z radości, ale swoją drogą nie mogę jej darować... Jak ona śmiała odmówić mojemu synowi... i to kto, prosta żydówka!... Pokazał mi list jej, w którym ona najbezwstydniej powiada, że go kocha, ale za niego wyjść nie może, bo na zmianę religii jej rodzina się nigdy nie zgodzi. Pożegnała go tak czule, że doprawdy, gdybym nie była wiedziała, że to pisała żydówka, i gdyby to nie chodziło o mojego syna, to płakałabym z żalu nad nią Chcesz, to przeczytaj ten list, tylko nikomu Anka ani słowa.

Anka czytała długo, bo list był na czterech stronach, drobnem pismem i taki przepełniony łzami, miłością, żalem, zaparciem się siebie, że nie mogła doczytać do końca i rozpłakała się nad jej cierpieniem.

— Ależ ona umiera z bólu... Pan Mieczysław jeśli ją kocha, nie powinien na nic zważać...

— Pan Bóg jej wynagrodzi te cierpienia. Nie bój się, nie umrze z miłości, wyjdzie za mąż za jakiego milionera i pocieszy się prędko. Nie znasz żydówek.

— Cierpienie w każdem sercu jest cierpieniem — odpowiedziała Anka smutnie.

— To się tak mówi, a w rzeczywistości jest zupełnie inaczej.

— Nie... nie...

Zerwała się gwałtownie, bo od fabryki rozległ się trzask, potem huk i jakiś nieludzki ryk z kilkunastu piersi rozległ się po ogrodzie.

Po chwili na ścieżce od fabryki ukazała się Kama, biegnąc co tchu.

— Rusztowanie!... Jezus... wszyscy zabici... O Jezus, o Jezus!... — wołała nieprzytomnie, trzęsąc się ze strachu i przerażenia.

Anka w najwyższej trwodze pobiegła, ale przy furtce wiodącej z ogrodu na dziedziniec fabryczny stał człowiek i nie chciał puścić, tłumacząc, że nic strasznego się nie stało, że to tylko rusztowanie szczytowe się zwaliło i przygniotło kilku ludzi, że właśnie pobiegł tam pan Borowiecki, a jemu kazali nikogo nie wpuszczać.

Anka wróciła do mieszkania, ale gdy Wysocka z Kamą odeszły, nie mogła wytrzymać dłużej, zdawało się jej, że słyszy jęki rannych...

Posłała Mateusza, żeby się dowiedział szczegółów, a nie mogąc się go doczekać, zabrała swoją podręczną apteczkę, wypróbowaną tylokrotnie w Kurowie i poszła.

Ze zdumieniem zobaczyła, że w fabryce idzie robota w dalszym ciągu.

Mularze pogwizdując stali na rusztowaniach przy głównym korpusie, blacharze rozwijali na dachach wielkie arkusze blachy cynkowej, podwórze było zapchane wozami, cegłą i wapnem, a w przyszłej przędzalni najspokojniej ustawiano maszyny.

Karola nigdzie nie zobaczyła, wyszedł na miasto, jak ją objaśniono, wskazując jednocześnie salę, w której pracował Maks Baum.

Wyszedł do niej spiesznie, był w niebieskiej bluzie, z twarzą poczernioną, z pozlepianymi od potu włosami, z fajką w zębach i z rękami w kieszeniach.

— Co się stało? — zapytała.

— I... nic. Zwaliło się rusztowanie, które i tak rozbierać miano.

— Nie było żadnego wypadku z ludźmi?

— Karol nie zginął wyszedł z Morycem przed chwilą — odpowiedział sucho.

— Wiem o tem, ale czy robotnicy nie ucierpieli, bo słyszałam krzyk...

— Podobno jest ktoś potłuczony, bo również słyszałem ryczenie.

— Gdzie oni są? — zapytała trochę rozkazująco, bo już ją niecierpliwiła niedbałość jego odpowiedzi i jakby wyzywający nieco wyraz twarzy.

— Za trzecią salą w korytarzu. Po co pani ten widok?

— Doktór jest?

— Posyłano, ale nie było go w domu. Jaskólski opatruje ich tymczasem, on się zna na medycynie, bo przecież kiedyś na swoim folwarku, puszczał krew bydłu. Nie, ja pani tam nie puszczę, po co się denerwować, to widok nie dla pani, nic im wreszcie pani nie pomoże — powiedział stanowczo, zastępując jej drogę.

Obraziła się i spojrzała na niego tak z góry i dumnie, że cofnął się bezwiednie, odsłaniając drzwi i wskazując ruchem drogę.

Powrócił do przerwanej roboty, ale od czasu do czasu zaglądał ukradkiem na korytarz, gdzie leżeli ranni.

Szeroki, oświetlony od podwórza szklaną ścianą korytarz, służył za tymczasowe schronienie.

Leżało ich pięciu w jednym rzędzie pod ścianą, na świeżych heblowinach i słomie.

Jaskólski przy pomocy robotnika opatrywał im rany.

Jęki przepełniały korytarz, a od porozbijanych i leżących niby kłody ludzi, sączyły się po białej podłodze strugi krwi i krzepły w duszącem cieple, jakie biło od sal sąsiednich i przez ścianę wystawioną na prażące upałem słońce.

Anka aż krzyknęła zobaczywszy te okrwawione postacie i bez namysłu zaczęła pomagać Jaskólskiemu w opatrunkach.

Trzęsła się na widok połamanych, obrzmiałych już nóg, strachem ją przejmowały te sine, uwalane w ziemi i krwi twarze, a ich jęki przejmowały ją takim bólem, że miała pełne łez oczy i po kilka razy robiło jej się tak niedobrze, że musiała wychodzić na powietrze, ale powracała, przemogła zgrozę, przemogła obrzydzenie i pełna współczucia i litości obmywała im rany i jak mogła tamowała szarpiami krew płynącą.

Ujęła wszystko w swoje ręce, bo Jaskólski więcej wzdychał niż robił, posłała Mateusza, aby natychmiast sprowadził pierwszego lepszego doktora i felczera.

Po fabryce pomiędzy robotnikami rozniosła się zaraz wieść, że sama panienka opatruje chorych, bo coraz ktoś zaglądał przez szyby i znikał z potwierdzeniem jej dobroci.

Przyjechał w jakie pół godziny Wysocki, który był urzędowym doktorem przy budowie fabryki i ze zdumieniem przypatrywał się jej promieniejącej i przełzawionej twarzy, jej sukni i rękom pokrwawionym i tym napół trupom, którzy stygnącemi rękami chwytali kraj jej szaty do ucałowania.

Zabrał się żywo do roboty i zaraz stwierdził, że dwóch ma połamane nogi, jeden zgruchotane ramię i obojczyk, czwarty rozbitą głowę, a piąty kilkunastoletni chłopak, który mdlał ciągle, jakieś wewnętrzne obrażenie.

Trzej ciężej rannych odstawiono na noszach do szpitala, po czwartego zgłosiła się żona i wśród krzyków i płaczów zabrała go do domu, pozostał tylko chłopak, którego wreszcie otrzeźwił doktor i kazał kłaść na nosze, ale chłopak ryknął płaczem i uchwycił się sukni Anki.

— Nie dajta mnie pani do szpitala, nie dajta me pani... loboga nie dajta! — krzyczał.

Zaczęła mu tłómaczyć i uspakajać, ale nic nie pomogło.

Chłopak drżał ze strachu i obłąkanym wzrokiem śledził ruchy ludzi, stojących przy noszach.

— No dobrze, ale powiedz gdzie masz matkę, to cię tam odniosą, a ja będę pamiętać o tobie.

— Nie mam matki.

— A gdzie, u kogo mieszkasz?

— Ja ta nikaj nie mieszkam.

— Musisz przecież gdzie sypiać?

— A sypiam... w cegielni Karczmarkowej i zawżdy rano przyjeżdżam z ceglarzami.

— Cóż z nim zrobić?

— Do szpitala pójdzie — zawyrokował doktór, co chłopaka tak przestraszyło, że uczepił się znowu Anki i zemdlał.

— Panie Jaskólski, niech go zaniosą do nas, do tego pustego pokoju na górze — zawołała żywo Anka. — Nie bój się, będziesz się leczył w domu, u nas! — powiedziała do niego, gdy oprzytomniał.

Chłopak nic nie odpowiedział, tylko gdy go położyli na nosze i nieśli, patrzał w nią z uwielbieniem pełnem zdumienia.

Umieścili go na górze. Wysocki go opatrzył, odkrywając, że chłopak ma trzy żebra złamane.

Dzień potoczył się dalej zwykłą koleją.

Wieczorem, przy kolacyi, na której był i Moryc, Anka wyszła odwiedzić chorego, bo dostał gorączki i majaczył nieco, dosyć długo tam siedziała i powróciła bardzo wzruszona, tak, że ręce się jej trzęsły przy nalewaniu herbaty. Miała właśnie powiedzieć o chłopaku Karolowi, gdy on odbierając herbatę, powiedział cicho z naciskiem:

— Masz szczególne zachcianki, żeby chorych sprowadzać do domu.

— Szpitala bał się, rodziny żadnej nie ma, sypiał po cegielniach, cóż miałam zrobić?

— W każdym razie nie zamieniać naszego domu na szpital dla włóczęgów.

— Przecież... przecież spotkało go nieszczęście przy twojej fabryce... więc...

— Nie robił za darmo — powiedział Karol gniewnie.

Anka spojrzała na niego ze zdumieniem.

— Pan to seryo mówi? Więc miałam go zostawić na ulicy lub oddać do szpitala, żeby umarł ze strachu, bo już mdlał, dowiedziawszy się, że go tam odwiozą.

— Lubi pani sentymentalizować, bardzo zwykłe rzeczy. Ładne to, ale zupełnie niepotrzebne.

— To zależy jak kto odczuwa ludzkie cierpienia.

— Niech mi pani wierzy, że i ja odczuwam, ale nie może pani ode mnie wymagać, abym się roztkliwiał nad każdym niedołęgą, nad każdym psem kulawym, kwiatkiem zwiędniętym lub motylkiem zdeptanym.

Ostra, złośliwa ironia zamigotała mu w oczach.

— On ma trzy żebra złamane, rozbitą głowę i krwotok płucny, więc nie jest z kategoryi kwiatków zwiędniętych, ani motylków zdeptanych. Cierpi...

— A niech sobie zdycha z Bogiem — rzucił ostro, dotknięty jej wyniosłością tonu.

— Pan nie ma litości... — szepnęła ciszej z wyrzutem.

— Mam litość, tylko mnie nie stać na filantropię. Szkoda, że pani wszystkich nie kazała znieść do mieszkania naszego.

— Nie było potrzeba, ale gdyby było, pewnie, że nie namyślałabym się...

— Szkoda, że się tak nie stało, byłby ładny widok. Mieszkanie zamienione w szpital, a pani w siostrę miłosierdzia.

— Byłby widok piękniejszy, bo pan z pewnością kazałbyś ich wyrzucić na ulicę — powiedziała z gniewem i już się nie odzywała, nozdrza się jej poruszały, a oczy rzucały ostre, mocne błyskawice; zagryzała usta, aby pokryć drżenie zdenerwowania.

Nie tyle była gniewna na niego, ile rozżalona na jego niespodziewane okrucieństwo, nie mogła uwierzyć, żeby to on miał duszę tak twardą i zamkniętą na niedolę ludzką.

To ją głęboko zabolało, spoglądała na niego z niedowierzaniem i obawą, ale Karol unikał jej spojrzeń, rozmawiał z Morycem i z ojcem i wreszcie podniósł się do wyjścia.

Gdy ją całował w rękę na pożegnanie, szepnęła cicho:

— Pan się gniewa na mnie? — i patrzyła mu prosząco w oczy.

— Dobranoc pani. Chodź-że Moryc. Czy Mateusz poszedł?

— Zaraz z wieczora wysłałem go do twojego mieszkania — powiedział pan Adam, bo Anka rozgniewana wyszła z jadalni na werendę.

— Walcz i zwyciężaj w Łodzi, jeśli ci w domu podstawia nogę mazgajowaty sentymentalizm — odezwał się na ulicy Karol.

Moryc szedł w milczeniu i bez humoru.

— To jest logika kobiet, że dzisiaj porwie ją dola wrony zdychającej, a jutro bez wahania poświęci rodzinę dla kaprysu chwilowego — mówił po chwili, mocno rozdrażniony.

Moryc znowu się nie odezwał.

— Kobiety lubią uszczęśliwiać ludzkość kosztem swoich obowiązków najbliższych.

— Nic mnie to nie obchodzi, czy one są takie czy inne, niech tylko będą ładne jeśli są kochankami, a bogate — jeśli mają być żonami.

— Gadasz głupstwa.

— A ty... ty nie masz pieniędzy, czuję to po twoim humorze.

Karol uśmiechnął się melancholijnie i nie zaprzeczył.

Mieszkanie było oświetlone i Mateusz czekał z szumiącym samowarem.

Karol po przyjeździe Anki sprowadził się z powrotem do dawnego mieszkania, chociaż mu było bardzo niewygodnie z powodu oddalenia.

— Był z wieczora zaraz pan Horn i zostawił na biurku kartkę do pana dyrektora — meldował Mateusz.

Horn donosił, że po południu aresztowano Grosmana, zięcia Grünszpana, silnie podejrzanego o podpapalenie.

Horn dlatego donosił o tem, bo wiedział, że Grosman jest w interesach z Morycem.

— Moryc, masz tutaj wiadomość dla siebie — zawołał Karol, idąc do jego pokoju.

— Nic wielkiego, można spać przy takim kłopocie, kto mu dowiedzie? —

szepnął Moryc, przeczytawszy.

— A ty jak myślisz?

— Ja wiem, że on jest czysty jak sztuka perkalu prosto z blichu.

— Z apretury — poprawił go Karol i wrócił do swego pokoju.

Cisza zapanowała w mieszkaniu.

Karol pisał i obliczał u siebie, Moryc również pisał i obliczał w swoim pokoju, a Maks, który od śmierci matki nie wychodził na miasto wieczorami, tylko prosto z kolacyi od ojca powracał do domu, kładł się do łóżka i czytywał Biblię, albo sprowadzał swego kuzyna, słuchacza teologii i wiódł z nim zacięte rozprawy teologiczne, kłócił się godzinami z najbłahszego powodu.

Mateusz co jakiś czas roznosił herbatę po pokojach i wracał pod piec w jadalnym, drzemiąc i czekając rozkazów.

— Psiakrew! — zaklął Karol, rzucił pióro i zaczął chodzić po pokoju.

Jadły go już od kilku dni nieustanne kłopoty pieniężne, zawody dostawców, opóźniających jakby umyślnie terminy różnych dostaw. Maszynę popsuli mu robotnicy, narażając na wielkie straty.

Na domiar złego w fundamentach zakładanych pod skład pokazała się woda tak obficie, że musiano zaprzestać robót, a tu znowu ten wypadek dzisiejszy i kłótnia z Anką rozstroiły go zupełnie; rozstrajało go to ostatnie, tem silniej, że czuł się wobec niej winnym i że miał coraz większy żal do niej.

Przeszkadzała mu.

— Moryc! — zawołał przez pokój. — Sprzedaj resztę bawełny, bo już nie wytrzymam, a od lichwiarzy nie chcę pożyczać.

— Masz wielkie wypłaty?

— Cóż u dyabła, pokazywałem ci dzisiaj rachunki.

— Rachunki widziałem, sądząc, że masz na ich pokrycie.

— Nic prawie nie mam i w dodatku zawodzi mnie wszystko... Sprzysięgli się na nas, czy co? Gdzie utknę o kredyt — odmowa. Nawet Karczmarek chciał weksli z trzymiesięcznym terminem. Coś w tem jest. Kto nam może szkodzić? Bo że to jakaś konkurencyjna sprawa, to zaczynam widzieć... Jakto! czterdzieści tysięcy rubli gotówki włożyć i nie módz dokończyć fabryki? nie znaleźć na drugie tyle kredytu i to w Łodzi, gdzie taki łajdak, plajciarz jak Szmerling buduje ogromną fabrykę, nie mając ani grosza, gdzie byle parch robi wielkie interesy kredytem, ja muszę się udawać do prywatnych pożyczek!

— Weź spólnika z gotówką, albo z kredytem dużym, znajdziesz łatwo.

— Dziękuję ci za radę, sam zacząłem, to i sam skończę, albo padnę. Wziąć spólnika z pieniędzmi, to znaczy iść do służby, iść znowu w zależność dlatego, żeby się męczyć dalej i stworzyć jeszcze jedną tandeciarnię. Chcę fabryki i chcę pieniędzy, ale tandety wyrabiać nie będę.

— Źle obliczasz, tandeta daje największe zyski.

— A ty liczysz jak kramarz, jak Zuker, Grünszpan i wszyscy wasi fabrykanci. Chcesz zarobić rubla na rublu i to zarobić zaraz, dzisiaj, nie licząc się z tem, że odbiorca może się tylko raz złapać, a na drugi raz pójdzie kupić do kogo innego, a ty będziesz czekał na sucho nowego głupca.

— Nigdy ich nie braknie.

— W handlu braknie ich prędzej niż przypuszczasz, bo z podniesieniem ogólnego dobrobytu wzmagają się wymagania. Chłop na wsi kupi chustkę Zukera dla kobiety, ale ten sam chłop przeniesiony do miasta weźmie na drugi raz już Grünszpanowską, a jego dzieci, chociażby były wyrobnikami, sięgną po Meyerowskie. Już ogół kupujących zaczyna rozumieć, że taniość towaru leży w jego dobroci, a nie w niskiej cenie. Bucholc, Meyer, Kessler dobrze to rozumieją i robią interesy na towarach solidnych.

— Robią, prawda, ale znacznie prędzej robi miliony Szaja, Grünszpan i stu innych i dla dwustu nowych jest jeszcze wielkie miejsce i czas do zrobienia majątku.

— Otóż wątpię, czy starczy czasu tym stu nowym tandeciarzom do zrobienia pieniędzy.

— Aha, więc tylko dlatego chcesz uszlachetniać łódzką produkcyę?

— Muszę się przecież liczyć z zapotrzebowaniami rynków, z przyszłością... Dobry, wysoki gatunek może iść lepiej, więc go robić będę.

— Rozumiem cię dobrze, ale wielkiego zaufania nie mam do tego jutra, wolałbym dzisiaj robić interesy. To, coś powiedział o wyrabianiu się wyższych zapotrzebowań u kupujących, o ich zwiększaniu, to może być prawdą, o tem możnaby nawet obszerniej pomówić i napisać piękny ekonomiczny artykuł, ale na tem trudno opierać fabrykę, z tego nie wyciągniesz milionów.

Zamilkli obaj na długo i rozmyślali.

— Ile ci potrzeba?

— Muszę w sobotę mieć dziesięć tysięcy rubli.

— Hm... zapomniałeś o Müllerze! Przecież sam ci się ofiarował z pożyczką...

— Pamiętam, wiem, że na jedno słowo otworzyłby mi kasę na rozcież... ale... tego słowa powiedzieć nie mogę... niestety, nie mogę...

— Jeśli idzie o fabrykę, o całą przyszłość, to jabym się długo nie namyślał... jabym wszystko puścił... a powiedział to słowo... — szepnął znacząco Moryc.

— Nie mogę... choćbym chciał... nie mogę.

— A jeśli będziesz musiał?...

— Tymczasem tego musu jeszcze niema. Nie mówmy o tem!

Wstrząsnął się.

— Ty Karol jesteś przesądny, a to nie pomaga w interesach. Ty o wielu rzeczach już myśleć umiesz, ale boisz się jeszcze je wprowadzać w życie. To cię może drogo kosztować, bo na przesądy trzeba mieć duży grosz...

— Myślisz, że to, co nazywasz przesądami, to garderoba, którą w każdej chwili zmienić można? To wgryzło się w krew i dlatego taka ciężka z niem walka, a ciężka i dlatego, że jeszcze nie zupełnie jestem przekonany o bezużyteczności tych przesądów, a czasami myślę... ale mniejsza z tem.

— To źle. Z takiemi głupstwami można być najlepszym kolorystą w świecie, ale trudno być średnim nawet fabrykantem w Łodzi. Może się wahasz? Może masz ochotę powrócić do Knolla, przyjmie cię... — drwił Moryc, skubiąc brodę nerwowo.

— Daj pokój. Nie powraca się do dzieciństwa.

— Nie, ale można z niego nigdy nie wyrastać.

Karol się nie odezwał, tylko uważniej spojrzał w jego oczy.

— Mogę ci dostarczyć pieniędzy.

— Pożyczysz?

— Nie, powiększę swój wkład spółkowy. Nie opłaci mi się pożyczać, a i tobie będzie wygodniej, nie będzie ci ciężył termin spłaty, a przytem w stosunku do wysokości wkładu mogę się zająć częścią interesów fabryki, po cóż się masz zapracowywać! — mówił wolno, niedbale prawie, z uwagą oglądając sobie paznogcie.

— Mógłbym ci wystawić weksle z sześciomiesięcznym terminem.

— Stanowczo pożyczka mi się nie opłaci, bo wolałbym te pieniądze puścić w ruch, obróciłbym w tym samym czasie kilka razy. Przyjmujesz?

— Dobrze, jutro pomówimy obszerniej. Dobranoc.

— Dobranoc! — szepnął Moryc, nie odrywając oczów od paznogci, aby się nie zdradzić z radością, jaką mu sprawił ten interes, a gdy Karol wyszedł, zamknął za nim drzwi na klucz, zasłonił okno, otworzył małą, wmurowaną w ścianę kasę ogniotrwałą, z której wyjął ceratową kopertę, pełną notat i rachunków i owiniętą w papier dużą paczkę banknotów.

Pieniądze przeliczył i schował je zaraz z powrotem.

— Gruba operacya! a jeśli się nie uda? — skrzywił się nerwowo z obrzydzeniem i spojrzał na drzwi. Wydało mu się, że usłyszał kroki wielu osób i szczęk broni.

Uśmiechnął się z przywidzenia i z zapałem zabrał się do studyowania bilansu fabryki Borowieckiego.

Cały stan czynny i bierny jego interesów miał w notach i rachunkach, które mu skopiował jego człowiek, pracujący w kantorze budowy.

Karol zaś, chociaż przystał pozornie na powiększenie jego udziału w spółce, obiecywał sobie solennie, że musi się z tego wykręcić, że znajdzie jakiś sposób wyeliminowania go zupełnie ze spółki.

Zbyt dobrze znał Moryca, aby mógł mu ufać.

A zresztą ta bezinteresowność dziwna u człowieka, dla którego rubel był Bogiem jedynym, a z jaką Moryc narzucał mu się od pewnego czasu, zastanawiała i czyniła go jeszcze ostrożniejszym.

Maksa się nie obawiał, bo znał jego uczciwość i wiedział, że Maksowi potrzeba tylko do szczęścia wielkiej pracy i pozorów pewnej samodzielności.

Maks pragnął robić u siebie, ale było mu to dotychczas obojętnem, czy jego dziesięć tysięcy rubli wkładu, da mu dziesięć tysięcy procentu, czy też będzie żył tylko z pensyi, jaką miał pobierać za prowadzenie przędzalni i tkalni.

Moryca zaś się obawiał.

W tej walce podjętej w imię: „Kto kogo prędzej okpi", musiał być nadzwyczaj ostrożnym.

Wzmianka o Müllerze wzburzyła nieco Borowieckiego.

Anka mieszkała już w Łodzi, w mieście wiedziano o jego narzeczeństwie, ożenić się z nią musiał...

Przypominał to sobie dobrze i dosyć często, bo przecież jej pieniędzmi w połowie prowadził budowę.

Ale w głębi nie wierzył, że się z nią ożeni i dlatego nie zrywał zupełnie z Madą, nie zaniedbywał krótkich, przypadkowych niby odwiedzin sąsiadów i mówienia dziewczynie wiele znaczących grzeczności.

Prowadził podwójną grę zupełnie świadomie, ale jeszcze nie wiedział, na czem się ona skończy, dokąd ją doprowadzić, bo chciał przedewszystkiem skończyć fabrykę.

Przesądy, o których Morycowi wspominał, walki jakie z nimi niby staczał, były to tylko pewne myślowe pozostałości, przeżytki, rozpryski dawno leżącej w gruzach etyki, sumaryczne zestawienia z automatycznych wyrazów, nic więcej, bo te przesądy, ich treść, zupełnie nie kierowały jego wolą, jego postępowaniem i nie wpływały na postanowienia.

Nie przesądy mu przeszkadzały do ujawnienia swoich dążeń, do otwartego robienia tego, co po cichu uważał za konieczne, a tylko pewna wstydliwość, wzgląd na ojca i gruba warstwa towarzyskiego savoir-vivru, zabraniająca czynienia źle w formach jaskrawych i brutalnych.

Był za dobrze wychowanym na to, aby robić łajdactwa, no i nie był organicznie zdolnym do czynów, jakieby z zimną krwią i spokojnie popełnił Moryc.

Nie umiałby przecież podpalić własnej fabryki wysoko zaasekurowanej, ani zarwać czyjegoś zaufania, ani wyzyskiwać robotników. To byłoby dla niego zbyt ordynarnem, takimi środkami brzydził się i czuł do nich pogardę człowieka kultury.

Tyle innych sposobów jest do zrobienia pieniędzy...

Zło miało dla niego wartość wtedy, jeśli było koniecznem i opłaciło się, cnotę kochał, bo była piękniejszą, a uwielbiał, jeśli dawała zyski większe.

Myślał właśnie o tych i tym podobnych rzeczach, uśmiechał się nieco cynicznie i czuł dużo goryczy i smutku, rozmyślając nad sobą.

— A w końcu wszystkiego — śmierć! — szepnął i zabrał się do czytania listów.

Przeczytał tylko list od Lucy, w którym go błagała, aby jutro się z nią zobaczył koniecznie, resztę zostawił na później i poszedł do pokoju Maksa, bo nie mówił z nim prawie od pogrzebu matki.

— Cóż u ojca słychać? Nie miałem jeszcze czasu go odwiedzić. Trawiński weksle wykupił?

— Wykupił; ale to wszystko nie pomoże.

— Dlaczego?

— Stary już na nic. Dwadzieścia warsztatów jest czynnych z pięciuset! Trzy miesiące, pół roku najwyżej, a fabryka zdechnie z nim razem.

— Czy się co nowego stało?

— Nie, tylko z większym rozpędem idzie do końca. Szwagierkowie go dogryzą, bo wystąpili urzędownie o uregulowanie działów po matce.

— Bardzo naturalne żądanie.

— I jemu też wszystko jedno, kazał im robić co chcą tylko, kazał im sprzedać place, byle mu pozostawili fabrykę samą. Całe dnie siedzi w kantorze z Józiem, chodzi na cmentarz, a w nocy łazi po fabryce. Początki melancholii. No, ale mniejsza, chciałem ci powiedzieć, żebyś zwrócił uwagę na Moryca.

— Dlaczego? Wiesz co? — zapytał żywo Karol.

— Jeszcze nic nie wiem, ale już z jego pyska widzę, że przeżuwa jakieś łajdactwo. Za dużo plajciarzy przychodzi do niego.

XI

— Co tak żujesz? — zagadnął Karol rano przy herbacie.

— Interesy, grube interesy — odparł Moryc, odrywając oczy od szklanki z herbatą, którą trzymał w obu rękach, ale nie pił, głęboko zamyślony.

— To znaczy, pieniądze?

— Duże pieniądze. Idę właśnie zrobić dwie operacye, które, jeśli się udadzą, postawią mnie na nogi. Ale pieniądze możesz mieć przed wieczorem. A co z bawełną zrobić?

— Nie sprzedawaj jeszcze, mam pewną ideę.

— Dlaczego Maks spojrzał na mnie jak zbój, nie przywitał się i poszedł?

— Nie wiem, wczoraj mi tylko wspomniał, że nosisz w twarzy jakieś nowe łajdactwo, że coś zamierzasz...

— On jest głupi, co ja za łajdactwo mogę nosić w twarzy, przecież ja mam twarz zwykłą, porządnego człowieka twarz, nieprawdaż Karol?

Oglądał się w lustrze starannie i swoim ostrym, jakby przyczajonym do skoku rysom, nadawał dobroduszny wyraz.

— Nie dziw mu się, jest zgnębiony sprawami ojca.

— Radziłem mu dobrze: wziąć starego pod kuratelę, obezwłasnowolnić; w fabryce zaprowadzić swoją administracyę. Nie zgodził się, chociaż córki i szwagrowie chcieli. W ten tylko sposób mogli coś uratować.

— Maks powiada, że majątek ojca, więc stary może go nawet zmarnować, jeśli mu się tak podoba.

— On jest za mądry, żeby tak myślał szczerze tam coś innego być musi.

— Może i nie być, bo bądź co bądź, to dosyć nieprzyjemnie ogłaszać waryatem własnego ojca.

— Ja też nie mówię, że przyjemna taka afera. Ojciec... duża rzecz, ale fabryka, interesy, także są warte, aby dla nich coś poświęcić... Ty jakbyś zrobił?

— Nie potrzebuję o tem myśleć, bo mój ojciec nie ma prawie nic...

Moryc się roześmiał wesoło i zamilkł, ubierał się do wyjścia, ale zwlekał, wymyślał Mateuszowi, przebierał się kilka razy, przymierzał całe stosy krawatów.

— Ubierasz się jakby do oświadczyn...

— Może będą i oświadczyny... może... — odpowiedział, uśmiechając się blado.

Ubrał się wreszcie i wyszedł razem z Karolem, ale był tak roztargnionym, że dwa razy powracał do domu po zapomniane przedmioty, a gdy wciskał binokle na nos, ręce mu drżały, a upał jaki się już podnosił, zdenerwował go jeszcze bardziej.

Drżał cały w sobie i nie mógł utrzymać laski, wylatywała mu kilka razy z rąk.

— Wyglądasz jakbyś się czego bał.

— Zdenerwowany jestem, musiałem się przepracować — szepnął cicho.

Wstąpili razem do kwiaciarni, gdzie Karol kupił ogromny pęk róż i gwoździków i kazał go natychmiast zanieść Ance. Chciał kwiatami załagodzić wczorajszą swoją brutalność.

Moryc poszedł do swojego kantoru na Piotrkowską, ale nic robić nie mógł; zajrzał do składów bawełny, wydał polecenia Rubinrothowi, wypalił kilka papierosów, nie przestając ani na chwilę myśleć o Grosglücku i o interesie, z jakim miał iść do niego.

Wstrząsał się od czasu do czasu febrycznie i wtedy bezwiednie dotykał ceratowej koperty z pieniędzmi, jaką miał w kieszeni i uspakajał się, na chwilę wracał mu swobodny wyraz twarzy i odwaga, przenikała go energia i chęć natychmiastowego działania.

W jednej z takich chwil odważnie poszedł do Grosglücka, ale cofnął się już z przed kantoru, spacerował czas jakiś po Piotrkowskiej i słuchając myśli, jaka mu przyszła w tej chwili, kupił bukiet najpiękniejszych i najdroższych jakie były kwiatów, kazał je związać bardzo kosztowną wstążką i wypisawszy na swoim bilecie adres Meli Grünszpan, wysłał, polecając zostawić bilet razem z kwiatami.

Wpisał wydatek w notes pod tytuł: „nieprzewidzianych — osobistych," ale „osobistych" wykreślił i napisał „firmowych" i chociaż było dosyć wcześnie poszedł do „Kolonii" na obiad.

— Trzeba jeszcze obmyśleć — usprawiedliwiał się przed sobą.

W jadalnym sprzątano porozkładane roboty i nakrywano do obiadu, w drugim pokoju turkotały maszyny i słychać było głosy rozmów.

Stołownicy schodzili się zwolna.

Najpierw przyszedł Malinowski i cicho usiadł pod ścianą, był taki zbiedzony i smutny, że pani Stefania przysiadła się do niego.

— Co panu jest?

— Chory jestem... chory!

Przesuwał palcami po czole, westchnął i wpatrzył się w nią zielonemi oczami tak boleśnie, że nie wiedząc co mówić — odeszła.

Nic się nie odzywał, gdy już zebrali się wszyscy i jeść zaczęli, dopiero gdy przyszedł Horn i usiadł przy nim, powiedział mu cicho:

— Wiem gdzie ona mieszka.

— Kto?

— Zośka w Stokach, w pałacu Kesslera...

— Zajmujesz się nią jeszcze?

— Nie, nie... ale byłem ciekawy gdzie mieszka.

Zamilkł.

— Wiecie państwo, że Grosman, zięć Grünszpana aresztowany? — zapytał Horn.

— Wiemy, wiemy. Odpocznie sobie ptaszek, ochłodzi się od fajerów...

— Grosman, to szwagier pięknej panny Meli? — zagadnęła pani Stefania.

— Tak. Niedawno stało mu się nieszczęście, spaliła mu się fabryka, biedny człowiek, byłby się pocieszył asekuracyą, a tu go cap za kołnierz i do kozy.

— Pomyłka. Grosman jeszcze dzisiaj będzie wolny! — odezwał się Moryc.

— Oni są zawsze niewinni, oni się zawsze mylą, biedny naród ci żydzi... — drwił Sierpiński i zaczął wymyślać i dowodzić Morycowi, że jego rasa jest najpodlejszą na świecie.

— Gadaj pan zdrów, to panu dobrze zrobi na trawienie, ale czemu to pan tego nie powie swojemu pryncypałowi Baruchowi, pan myślisz może, że on szlachcic? — odpowiadał pobłażliwie Moryc, bawiąc się zacietrzewieniem Sierpińskiego, którego zaczęli popierać inni tak gorąco, że aż się zawiązała kłótnia.

— Panie Horn, niech pan tutaj siądzie przy nas — wołała Kama, robiąc mu miejsce.

— Ja chcę się pana o coś spytać — dopowiedziała, gdy usiadł przy niej.

— Słucham z uwagą.

— Czy pan ma metresę? — zawołała głośno.

Umilkli wszyscy ze zdumienia, a potem wielki wybuch śmiechu rozległ się w całym pokoju.

— Co ty wygadujesz dziewczyno! — krzyknęła rozczerwieniona ciotka.

— No cóż w tem złego! Przecież w każdym francuskim romansie młodzi ludzie mają swoje przyjaciółki — tłómaczyła się niezmieszana.

— Papuga jesteś, powtarzasz słowa, których znaczenia nie rozumiesz po polsku.

— Jezus! nic nie rozumiem, za co ciocia krzyczy na mnie!

Wzruszyła ramionami i poszła do saloniku, ale gdy przyszedł za nią Horn, zawołała porywczo:

— Ja jestem papuga i z panem wcale nie mówię.

— Ciocia tak Kamę nazwała, a nie ja. Chciałem się dowiedzieć, dlaczego się Kama ze mną nie przywitała? Dlaczego Kama mnie tyranizuje? Dlaczego Kama robi miny? Co?

— Kama min nie robi, Kama nie tyranizuje, ale niech Horn idzie sobie do szansonistek, na łobuzerkę... Ja wiem wszystko, wszystko...

— Cóż to Kama wie? — zapytał poważnie, tłumiąc wesołość.

— Wszystko, wszystko, że pan niegodziwy, niedobry, obrzydliwy, łobuz... Pan Fiszbin powiedział mi, dlaczego to pan w niedzielę u nas nie był... Był pan w Arkadyi!... Upił się pan, śpiewał pan... i... i... całował pan te... Ja pana nienawidzę, ja się panem brzydzę...

— A ja Kamę kocham jeszcze więcej.

Chciał ją ująć za ręce, ale się wyrwała i uciekła za stół.

— To tak, jak pan był nieszczęśliwy, to pan do nas przychodził, żebyśmy pana pocieszały, żebyśmy kompresy przykładały panu na głowę, żebyśmy płakały nad panem.

— Kiedyż to ja byłem taki nieszczęśliwy? — zapytał Horn.

— Kiedy? a zanim pan dostał miejsce u Szai.

— Nigdy nie czułem się nieszczęśliwym, a wtedy właśnie bawiłem się najlepiej, bo miałem czas.

— Jakto! nie był pan nieszczęśliwym? — zawołała, przyskakując do niego.

— Nigdy.

— I nie jest pan nieszczęśliwym? — pytała gorączkowo, głosem pełnym łez, żalu i oburzenia.

— Ani mi się śniło. Kama, co tobie?

— Pan nie był nieszczęśliwym!... A ja się modliłam za pana, a ja dałam na mszę na pańską intencyę, nie kupiłam kapelusza, bo nie śmiałam stroić się; płakałam, myślałam ciągle o panu, nie sypiałam, byłam taka nieszczęśliwa, a pan nie był nieszczęśliwy! O mój Boże... mój Boże jaka ja jestem nieszczęśliwa!

— szeptała urywanym, gorączkowym, pełnym głębokiego żalu głosem i łzy jak groch zaczęły się toczyć coraz gęściej po jej twarzy.

— Kama moja! Dziecko drogie, Kama! dzieciaku cudny! — szeptał porwany i rozrzewniony, całując ją po rękach.

Kama wyrwała je, zasłoniła sobie twarz i przez łkanie wołała:

— Ja pana już nie kocham! Żeby pan był nieszczęśliwym... tobym... tobym... za panem poszła w ogień... na śmierć... ale... ale pan jest obrzydliwy... zły człowiek. Pan nie jest nieszczęśliwy... pan mnie oszukiwał...

Płakała spazmatycznie, Horn już nie wiedział co robić, próbował się tłomaczyć, ale Kama nie chciała słuchać, a jemu pomimo rozrzewnienia śmiać się chciało z jej dzieciństwa, więc usiadł przy niej. Odsunęła się gwałtownie, pochwyciła pieska z kanapy i zastawiając się nim, wołała:

— Gryź go Picolo, gryź, bo to niedobry człowiek, oszukał Kamę, bo go już nie kocham.

Uśmiechnął i zwrócił się ku wyjściu, bo i fabryki zaczęły już ryczeć swoją pieśń poobiednią.

— Pan się nawet ze mną nie żegna? To pan mnie nawet nie przeprasza? — zawołała prędko, ocierając łzy. — Dobrze. Od dzisiaj się nie znamy. Dobrze. Od dzisiaj będę chodziła na spacer z Malinowskim, albo z Krzeczkowskim, albo z Blumenfeldem, albo z tymi, z którymi będzie mi się podobało. Tak, tak, zrobię to, jak ciocię kocham, żeby pan nie myślał, że idzie mi o pańskie towarzystwo...

— I mnie wszystko jedno, bo się będę lepiej i weselej bawił w Arkadyi niż z Kamą.

— Wszystko mi jedno, niech je pan całuje, niech się pan upija jak Bum-Bum.

— A więc żegnam Kamę na zawsze — zawołał patetycznie i wyszedł.

Patrzyła srogo za nim, z kamienną obojętnością słuchała zamykania drzwi, ale gdy usłyszała, że już schodzi po schodach, zrobiło się jej strasznie żal, że może już naprawdę nie przyjdzie.

Wyjrzała oknem, widziała jak przechodził na drugą stronę Spacerowej i znikał w bocznej uliczce, wtedy ciężko upadła na kanapkę, przycisnęła Picola do piersi i wybuchnęła.

— Picolo mój jedyny, jaka ja jestem nieszczęśliwa!

Ale nie mogła płakać, przejrzała się w lustrze, poprawiła rozwichrzoną czuprynę, krokiem poważnym poszła do ciotki, wzięła ją za rękę i z tajemniczą twarzą przyprowadziła do saloniku, a rzucając się jej na szyję, zawołała tragicznie:

— Już się stało! Już się nigdy nie zobaczymy z Hornem! Ciociu, jaka ja strasznie jestem nieszczęśliwa!

Ale zobaczywszy, że ciotka nie okazuje zbytniego zainteresowania, odsunęła się i zapytała boleśnie, z wyrzutem:

— I ciocia nawet nie płacze?

— Cóż to znowu za bziki?

— Panno Kamo, czy dzisiaj dostanę buzi na do widzenia — wołał Moryc, uchylając drzwi z przedpokoju.

— Picolo pana pocałuje! — zawołała, rzucając się z psem do niego, ale Moryc nie czekał i wyszedł.

Na ulicy znowu zaczął się ociągać i zwlekać z pójściem do Grosglücka; zaczął przypominać sobie, czy niema gdzieindziej pilniejszego interesu do załatwienia, potem, że musi się w pewnej sprawie widzieć z Kesslerem, że powinien zajrzeć do domu.

Przemógł się wreszcie i wszedł do kantoru bankiera.

— Szef u siebie? — zapytał, witając się ze Stachem Wilczkiem.

— Jest. Od paru dni ciągle posyła po pana.

— Skończyłeś pan z Grünszpanem?

— Dopierośmy zaczęli, jesteśmy w piętnastym tysiącu...

— I jeszcze nie koniec? — zapytał ze zdumieniem.

— Nie jesteśmy nawet w połowie.

— Nie przerachuj się Wilczek! Ja panu dobrze życzę.

— Radziłeś mi pan sam przecież trzymać się mocno.

— Radziłem? Ja radziłem? Być może, ale wszystko ma swoje maximum — mówił niezadowolony, bo radził mu przyciskać Grünszpana wtedy, gdy nie miał zdecydowanych zamiarów na Melę, ale teraz, gniewało go to serdecznie.

— Ale, przyjdź pan do kantoru Borowieckiego podpisać kontrakt na dostawę węgla.

— Dziękuję panu bardzo... bardzo — szeptał uradowany Wilczek, ściskając mu ręce.

— Tylko mam z panem coś do pogadania.

— Powiedz pan otwarcie, co mam dać za to?

— Określimy później. Mam na pana większe zamiary. Za pół godziny wyjdę, odprowadź mnie pan, wtedy to pomówimy.

Moryc wolno ściągnął palto, zatarł ręce i raz jeszcze spojrzał na zaciemnioną gwałtownie ulicę, bo deszcz zaczął padać i brzęczeć po szybach.

— Co będzie to będzie, dobrze będzie — myślał i wszedł do gabinetu bankiera, który na jego widok zerwał się z krzesła.

— Jak się pan ma, jak się kochany pan ma! — wołał, całując go. — Ja byłem tak niespokojny o pańskie zdrowie! To bardzo niepoczciwie zostawiać swoich przyjaciół w takiej długiej niepewności. Myśmy się wszyscy kłopotali o pana! Nawet Borowiecki bardzo się pytał o pana.

Moryc się uśmiechnął nieznacznie z tej troskliwości.

— Cóż wełna? A jednak ja się grubo stęskniłem za panem.

— Dziękuję. Pan jesteś bardzo dobry człowiek.

— Kto może mówić inaczej o mnie! Ja wczoraj dałem dwadzieścia pięć rubli na kolonie letnie. Patrz pan, tu stoi to wydrukowane!

Podsunął mu gazetę.

— Cóż nasza wełna? — zapytał dość niecierpliwie.

— Pan wiesz jak place idą w górę, jak cegła podskoczyła, co?

— Wiem, bo my trochę robimy w placach. Zacznie się w Łodzi duży ruch. Słyszałeś pan co na mieście o Grosmanie? — zapytał nieco ciszej.

— Policya... tak...

Uśmiechnął się.

— Sza... sza... — syknął, obejrzał się na wszystkie strony, zajrzał do kantoru, czy kto nie podsłuchuje i mówił mu do ucha: — Jego wczoraj prawie aresztowali.

— Już wczoraj wieczorem o tem słyszałem, zaraz po przyjeździe, że go zupełnie aresztowali.

— Łódź to jest bardzo plotkarskie miasto. Oni się zaraz potrzebują interesować wszystkiem. Co to komu do tego, co drugi robi! Grosmana denuncyowali ale jemu nic nie zrobią, bo on jest czysty jak ja.

Moryc znowu się uśmiechnął dwuznacznie.

— Ale czy to potrzebne, żeby policya się mieszała do prywatnych interesów.

— Pan wysoko angażowany w tym interesie?

— Na całe trzydzieści tysięcy! On byłby się wylizał trochę! No cóż, nieszczęścia chodzą i po fabrykach i po ludziach i po towarach, a asekuracya droga i płacić potrzeba zadarmo! Jak kto ma pech, to mu i ogień zdechł...

— Nic mu się nie stanie, Grosman uczciwy człowiek.

— Mówię to samo, jabym nawet za niego zaręczył, ale cóż pan poradzisz, jest tyle łajdaków w Łodzi, co gotowi przysięgać, że widzieli jak on... bo ja już wiem, czego oni nie powiedzą. Cóż z naszą wełną?

— Kupiłem i zaraz sprzedałem za gotówkę.

— To dobrze, bo mnie dzisiaj dużo potrzeba gotówki.

— Komu nie potrzeba dużo gotówki! — powiedział melancholijnie Moryc.

— Pan ją będziesz miał, bo pan masz głowę. Masz pan przy sobie pieniądze?

— Nie mam — odparł wolno i spokojnie, chociaż serce uderzyło mu mocniej.

— Przyślij mi pan przed czwartą koniecznie, mam wekslowe wypłaty. Dużo zarabiamy? — zapytał, częstując go cygarem.

— Ja zarabiam dosyć, ale pan...

— No, przecież do spółki, mój kapitał... — zaczął prędko.

— Kapitał mój, bo jest u mnie — rzucił Moryc, zapalając cygaro.

Bankier nie usłyszał dobrze, czy nie mógł uwierzyć lub zrozumieć, bo odbierając od niego zapałkę, zapalał swoje cygaro i mówił:

— Umówiliśmy się na dziesięć procent po odtrąceniu kosztów.

— Zapłacę panu dziesięć procent rocznie, ale kapitału nie zwrócę — ciągnął spokojnie Moryc.

— Co? Co pan gadasz? Pan masz małe rybki w głowie! — krzyknął.

— Mówię panu otwarcie, że pieniądze ulokowałem w swój interes.

— Moje pieniądze!

— Pańskie pieniądze. Pożyczyłem od pana na długi termin...

Bankier odskoczył, stał chwilę zdumiony, nie wierząc uszom własnym.

— Panie Moryc Welt, wypłać mi pan natychmiast moje trzydzieści tysięcy marek!

— Panie Grosglück, pieniędzy panu nie oddam, wziąłem je dla siebie, potrzebne mi są do poprowadzenia większego interesu, zapłacę od nich dziesięć procent rocznie, a oddam jak się dorobię — mówił zimno Moryc i już odzyskał zupełny spokój i równowagę.

— Pan zwaryowałeś! Pan jesteś chory, zmęczony drogą i interesami, odpocznij pan trochę.

— Antoni! przynieś wody szklankę! Antoni! przynieś wody sodowej! Antoni! przynieś butelkę szampańskiego — zmieniał gorączkowo rozkazy, podbiegając za każdym razem do służącego stojącego w progu.

— To te upały uderzają do głowy, ja wiem, mnie samego o mało już którego dnia szlak nie trafił... Kochany pan Moryc, prawda, pan jesteś bardzo blady, pana pewnie serce boli, może zawołać doktora?

Moryc uśmiechnął się drwiąco z jego wystraszonej miny.

— Uspokój się pan trochę. Zaraz, ja tu mam kolońską wodę, wytrę panu głowę. Zmaczał chustkę i chciał ją położyć na skroniach Moryca.

— Daj pan pokój, jestem zupełnie zdrów i przytomny.

— To mnie bardzo cieszy. Aj, aj! jak mnie pan przestraszył, to się na mojem zdrowiu odbije. Ale pan jesteś dowcipny, ha, ha, ha! żeby mi takiego figla urządzić, a ja się szczerze przyznam, że uwierzyłem, ha, ha, ha! to mi się podoba. No, dajno pan pieniądze, bo w kasie czekają na nie. Bardzo dowcipne, bardzo...

— Nie mam. Powiedziałem już panu, że pożyczyłem je sobie.

— Co to jest? To gwałt, to złodziejstwo! to rozbój w biały dzień! — krzyczał, rzucając się ku niemu.

Ale Moryc ściskał silniej kij w ręku i spojrzał zimno.

— Panie Blumenfeld, każ pan telefon połączyć z policyą! — krzyknął do kantoru. Ja z panem pogadam inaczej! Ty złodzieju. Ja cię każę zgnoić w kryminale, wyszlę na Sybir, okuję w kajdany!

— Cicho pan bądź, bo pana wsadzę do kozy za obelgi, a policyą pan nie strasz... Gdzież są dowody, że te pieniądze, któreś mi pan dał w czeku na Lipsk, są pańskie, a nie moje, co? — zapytał zimno.

Bankier oprzytomniał, usiadł i długo patrzył na niego, patrzył z nieopowiedzianem uczuciem bezsilnej wściekłości i żalu, aż mu łzy zaszkliły się w oczach.

— Idź Antoni, już niczego nie potrzeba. On się ocuci w więzieniu! — dodał ciszej, złamanym głosem.

— Nie gadaj pan głupich słów na próżno, bo mi się to przestaje podobać. Mówmy ze sobą jak ludzie.

— A ja panu tak wierzyłem, ja pana tak uważałem jak syna, co to jak syna, jak syna i córkę razem, a pan zrobił takie łajdactwo, takie łajdactwo, co pana Pan Bóg może skarać za to, bo tego się nie robi przyjacielowi, który zaufał na całe trzydzieści tysięcy...

— Nie zawracaj pan głowy. Pożyczyłem od pana trzydzieści tysięcy marek na termin nieograniczony, bo muszę zacząć duży interes. Wystawię panu zobowiązanie, nawet kiedyś je spłacę, a tymczasem pieniądze już poszły w ruch.

— W Berlinie, ja wiem gdzie... w Amor Saale... ja wiem... — szeptał zgnębiony.

— Pomówmy nareszcie po przyjacielsku — zawołał zniecierpliwiony Moryc.

— Pan jesteś złodziej, nie przyjaciel! Oddaj pan pieniądze! — krzyknął, porwany znowu żalem i rzucił się do rewolweru, leżącego w pół otwartej szufladce biurka, ale szufladę zatrzasnął, zamknął, klucz schował do kieszeni i zaczął się rzucać po pokoju, klął, wymyślał, przyskakiwał z pięściami do Moryca, ale ten siedział z kijem w ręku, uśmiechał się drwiąco, a gdy bankier uspokoił się nieco, zaczął opowiadać mu swoje plany:

— Ja mam trzydzieści lat... czas mi zacząć... Mam dobry plan, a nie miałem pieniędzy. Cóż pan chcesz, z agentury można żyć, ale kapitałów nie będzie, a i tak żyło się kredytem; gdyby zlikwidować przyszło, miałbym parę tysięcy długów na czysto... Teraz dam sobie radę. Pan mi pożyczyłeś pieniędzy, to muszę panu opowiedzieć, na co były mi potrzebne. Borowiecki jest osaczony, gotówki już niema, ciągnie lichwiarskim kredytem, ja mu dam pieniądze... a przy sposobności wejdę do zupełnej spółki i już tak dalej pokieruję, że on będzie tylko dyrektorem w swojej fabryce... Mam dobry plan. On ma w fabryce swojej gotówki czterdzieści tysięcy, to można od niego zainkasować w rok... dwa, wyjdzie na czysto. Wszystko obmyślałem i ręczę panu, że się powiedzie! — mówił spokojnie Moryc, popierając swoje wywody szeregiem cyfr i rozmaitych podstępów, łajdactw, oszustw, któremi chciał zabić Borowieckiego. Mówił długo, wyczerpująco, otwarcie.

Bankier się uspokajał, gładził już palcem bokobrody, pociągał nosem jakby wyczuwając padlinę, przy której i on mógłby się pożywić, błyskał oczami, uśmiechał się, bo zaczynał go porywać ten projekt łajdacki, zapomniał nawet, że to jego pieniędzmi będzie prowadzona ta kampania, przytakiwał całem sercem, czasem rzucił jakie słowo, jakiś plan uboczny, który zaraz Moryc chwytał w lot i uzupełniał, wcielał do swojego projektu i budował dalej, mówiąc coraz ciszej i poufniej.

Grosglück napił się wody, otworzył lufcik i krzyknął do ludzi, wywożących ze składu platformy naładowane wańtuchami wełny.

— Zaczekać na podwórzu!

— Deszcz, wełna zamoknie.

— Zaczekać mówię ci chamie!

Zatrzasnął lufcik, spoglądał czasami w zadeszczone niebo i szybko coś pisać zaczął.

Moryc umilkł i zapatrzył się na szereg wozów moknących na coraz gęstszym deszczu, a w końcu rzekł spokojnie:

— Wełnie nie wiele przybędzie wagi, bo widzę, że wańtuchy nowe.

— Pan jesteś za... sprytny! — odezwał się bankier i kazał pokryć wełnę oponami.

— Ja znałem dobrze pańskiego ojca — zaczął znowu, uprzejmie podając mu cygaro.

— Mądry człowiek, tylko głupią plajtę zrobił.

— Jak się komu nieszczęści, to i z pięści zachrzęści! — rzekł sentencyonalnie.

— Cóż pan powiesz na mój plan?

— A pańska matka była moją kuzynką, pan wiesz?

— Sprzedawała resztki na Piotrkowskiej i trochę na fanty dawała...

— Pan jesteś do niej podobny, ona była śliczna kobieta, obszerna, duża kobieta. Ja panu coś powiem. Pan masz głowę, pan mi się podobasz... A że ja lubię jak młodzi mają rozum, że ja lubię mądrym pomagać, to ja panu pomogę. Mnie się podoba pański projekt.

— A ja wiedziałem, że pan jesteś mądry człowiek.

— Zrobimy spółkę.

— Dasz pan pieniędzy?

— Dam panu.

— Dużego kredytu?

— Wyrobię panu.

— Dobrze, to możemy się pocałować na początek spółki.

— Ślicznie! Lepiej się sto razy pocałować, jak raz stracić trzydzieści tysięcy.

Obszernie przedyskutowali punkty przyszłej spółki i ułożyli program działania.

— To jeden interes, idę zrobić drugi, oświadczyć się.

— Jaki posag?

— Mela Grünszpan.

— Poczekaj pan, niech oni tę sprawę z Grosmanem wpierw skończą.

— Właśnie teraz zgodzą się prędzej, bo może im co pomogę.

— Bardzo mi się podobasz, Moryc, tak mi się podobasz, że gdyby moja Mery była dorosła, dałbym ją panu, a ona ma sto tysięcy.

— Za mało.

— Dałbym sto dwadzieścia poczekaj pan rok.

— Nie mogę. Za rok dwieście, nie opłaci mi się taniej czekać.

— Mniejsza z tem, a przyjdź pan do mnie w niedzielę na obiad, będzie trochę gości z Warszawy, a potem ja panu powiem jeden mały plan, od którego pachnie milionem.

Ucałowali się raz jeszcze najbardziej po przyjacielsku, co nie przeszkadzało, że bankier mu przypomniał, aby napisał rewers na te 30 tysięcy.

— Pan mi się tak podobasz, że ja się już w panu zakochałem — wołał bankier rozpromieniony, chowając rewers do kasy.

Moryc zabrał z kantoru Wilczka i wyszedł, ale w bramie domu stał jakiś człowiek z miną złodzieja i zastąpił Stachowi drogę.

— Przepraszam, przyjdę do pana jutro, bo muszę z tym obywatelem się rozmówić — tłómaczył się Stach, skinął mu głową, rzucił jakiś znak człowiekowi i poszedł przez Dzielną ku kolei.

XII.

— Chcieć, a wszystko się stanie! — myślał Moryc, idąc ulicą.

Chciał i ma teraz w kieszeni trzydzieści tysięcy marek.

Dotykał ręką ceratowej koperty z przyjemnością.

Chce zjeść Borowieckiego, ma apetyt na jego pieniądze i na pracę jego — i zje.

Chce się ożenić z Melą: ożeni się, z pewnością się ożeni.

Nie rozumiał w tej chwili niepodobieństw.

Pierwsza wielka wygrana rozpierała go dumą i szaloną pewnością sił własnych.

— Trzeba mieć tylko odwagę chcieć — myślał i uśmiechał się do słońca, które wychyliło się nad miasto i wesoło rozbłyskiwało w lśniących od deszczu trotuarach i dachach.

— Muszę sobie co zafundować za to — szepnął, przyglądając się wystawie jubilerskiej.

Wszedł do sklepu; podobał mu się bardzo pierścionek z wielkim brylantem, ale usłyszawszy cenę, ochłonął i wyszedł nie kupiwszy.

Poszedł natomiast do sklepu galanteryjnego i kupił rękawiczki i krawat.

— Pierścionek i tak muszą mi kupić na zaręczyny — myślał i szedł już, aby zaraz z miejsca załatwić ten drugi interes, z Melą.

Od swatki, która po cichu obrabiała jego sprawę w rodzinie Grünszpanów, wiedział o zerwaniu z Wysockim i o tem, że Bernard Endelman oświadczył się listownie i dostał odkosza i dlatego podobno przeszedł na protestantyzm i miał się żenić z jakąś „małpą francuską".

Wiedział również, że kilku synów dobrych firm reflektowało na Melę, ale napróżno.

— Dlaczego ona może mnie nie zechcieć?

Bezwiednie przejrzał się w jakiejś wystawowej szybie i uśmiechnął się do własnego odbicia. Był bardzo przystojnym. Pogładził kruczą brodę, nasadził głębiej binokle i szedł dalej rozważając swoje szanse.

Pieniędzy miał trochę, kredyt przez Grosglücka wielki, skrupułów żadnych, więc najświetniejszą przyszłość widział przed sobą.

Mela była bardzo piękną partyą i od dawna czuł do niej wielką sympatyę. Ma ona wprawdzie swoje polskie fanaberye, lubi szlachetność, wspomaganie i rozmowy o wzniosłych rzeczach, ale to kosztuje niewiele i dobrze robi w salonie. On sam kiedyś za studenckich czasów w Rydze ileż razy podnosił podobne tematy, ileż pięknych rzeczy mówił, jak piorunował na współczesny ustrój, był nawet socyalistą przez dwa semestry, a przecież dzisiaj to mu nic nie przeszkadza w robieniu interesów, dobrych interesów.

Rozmyślał, uśmiechając się, bo mu się przypomniała przestraszona twarz Grosglücka.

— Moryc, zaczekaj.

Odwrócił się szybko.

— Szukam cię po całem mieście — mówił Kessler, ściskając mu rękę.

— Interes?

— Chciałem cię prosić do siebie na dzisiejszy wieczór, będzie parę osób.

— Mała domowa knajpa? jak w przeszłym roku, co?

— Nie, przyjacielska herbata, pogawędka i kilka niespodzianek...

— Niespodzianki tutejsze?

— Import, ale będą i miejscowe dla amatorów. Przyjedziesz?

— Dobrze. Kurowskiego prosiłeś?

— Mam już dosyć polskiego bydła w fabryce, niechże będę wolny od niego chociaż w domu. On mnie drażni miną wielkiego pana, któremu się zdaje, że łaskę robi, podając komu rękę. Verfluchter! — zaklął cicho.

— Gdzie idziesz? Mogę cię podwieźć, bo powóz na mnie czeka.

— Aż na Drewnowską.

— Widziałem w tej chwili Grosmana, puścili go za kaucyą.

— O, to nowina, bo ja właśnie idę do Grünszpana.

— Podwiozę cię, muszę tylko wstąpić do fabryki na chwilę...

— Czy te niespodzianki... będą i z twojej fabryki?

— Właśnie chcę wybrać co z przędzalni.

— I tak odrazu, na apel będą gotowe?...

— Wytresowane są, a zresztą jest sposób: Nie — to precz z fabryki.

Moryc się zaśmiał, wsiedli do powozu i w kilka minut stanęli przed gmachami fabryki Endelman et Kessler.

— Zaczekaj chwilę.

— Wiesz, pójdę z tobą, mogę ci być pomocnym w ocenie...

Przeszli wielkie podwórze i weszli do nizkich budynków, oświetlonych z góry, mieszczących w sobie pralnię wełny, sortownię, gremplarnię i przędzalnię.

Przy długich pralnicach, chlapiących dookoła wodą, pracowali tylko mężczyźni, ale przy gremlach rozlegały się kobiece głosy, które umilkły natychmiast po wejściu Kesslera.

Robotnice oniemiały, z wlepionemi oczami w maszyny stały jak szeregi automatów, otoczone wałami wełny niby brudną pianą tego szumiącego morza maszyn, zwojami pasów i kół warczących dziko, bezustannie.

Kessler szedł naprzód, głowę wcisnął w ramiona, przygarbił się i szedł wolno, ruszając szczękami obrośniętemi czerwonym włosem; ze spiczastej głowy i z długich, ostro zakończonych uszów podobny był do nietoperza czatującego na zdobycz.

Małemi oczkami uważnie oglądał najmłodsze i najprzystojniejsze robotnice, które zwolna pod tem taksującem spojrzeniem czerwieniły się, ale nie podnosiły oczów.

Przy niektórych przystawał, pytał się o robotę, oglądał wełnę i zapytywał Moryca po niemiecku:

— Cóż na to powiesz?

— Resztka dla parobków — odpowiadał z pogardą, ale przy jednej rzekł:

— Ta ma pyszny fason, szkoda, że piegowata...

— Ładna, musi mieć białą skórę! Milner! — krzyknął na majstra, prowadzącego salę.

Gdy tamten stanął przed nim, cicho pytał się o nazwisko dziewczyny i zapisał je w notesie.

Poszli dalej, przechodząc dwa razy salę w różnych kierunkach, nie mogąc nic więcej wybrać odpowiedniego, bo robotnice były przeważnie brzydkie, wynędzniałe i zniszczone przez pracę.

— Chodźmy do przędzalni, tutaj już nic się nie wyłowi, same resztki.

W przędzalni białej, jakby zasypanej śniegiem wełny, zalanej światłem padającem z góry przez szklane dachy, panowała dziwna, ogłuszająca cisza.

Wszystkie maszyny były w szalonym ruchu, pracowały jakby w skupieniu wielkiem, z zapartym oddechem, bez hałasu, czasami tylko rozległ się ostry, krótki skowyt kół rozpędowych i milknął zalany oliwą, porwany przez miliardy drgań, co jak ledwie wyczute pomruki burzy szalały nad maszynami.

Czarne, roztrzęsione pasy i transmisye podobne do zwojów wężów z sykiem goniły się wciąż, rzucały się do sufitu, opadały na błyszczące koła, które obracały, przewijały się wdłuż ścian, leciały wskróś sufitów, powracały i otaczały z obu stron długie przejścia przez sale, jakby pasmami czarnej, szalejącej w ruchu przędzy, przez którą niewyraźnie się rysowały ruchy salfaktorów, podobnych do szkieletów potwornych ryb przedhistorycznych, które skośnym ruchem biegły naprzód, chwytały białymi zębami szpulkę wełny i cofały się ze zdobyczą, snując za sobą setki białych nici.

Robotnicy jakby przykuci do maszyny, zapatrzeni w przędze, poruszali się automatycznie, biegli za salfaktorami, cofali się przed nimi, błyskawicznie zczepiali pęknięte nici i głusi i ślepi na wszystko, co było za niemi, pilnowali ruchów bestyj.

— Tamta czarna, przy przędzy zwijanej, co? — szepnął Kessler, wskazując w drugą połowę sali, gdzie zwijano i motano przędzę, na silną brunetkę o pysznie rozwiniętych kształtach, dobrze się rysujących przez lekką sukienkę i koszulę z rękawami, zapiętą pod szyję, bo z powodu strasznego gorąca wszystkie pracowały rozebrane do możliwości.

— Wspaniała, wspaniała. Nie znacie się jeszcze?

— Dopiero miesiąc robi u nas. Chodził już koło niej Hausner, wiesz, nasz chemik, ale mu szczerze odradziłem.

— Wejdźmy tam — szepnął Moryc z iskrzącemi oczami.

— Pilnuj się, żeby cię jaka maszyna na przywitanie nie wzięła w tryby.

Przechodzili ostrożnie wązkiemi przejściami, z obu stron których pracowały maszyny, zwijające przędzę na wielkie wrzeciona i kręcące ją w podwójne nici.

Rozpylacze wody działały nieustannie; drżący pył wodny, podobny do rozprysków tęczy, siał się i opadał na maszyny, ludzi, stosy przędzy śnieżnej, na te dziesiątki tysięcy wrzecion okręcających się dookoła siebie z przejmującym szmerem, podobnych w jaskrawem świetle słońca, padającem z góry, do tysiąców białych wirów, szalejących w różowawych świetlistych nimbach.

Kessler wynotował jeszcze dwie dziewczyny i wyszli przeprowadzeni nienawistnemi spojrzeniami.

Przechodzili obok maszyn głównych; na progu wieży, w której szalało bezustannie to potworne, rozpędowe koło, stał stary Malinowski, z fajką w zębach i z rękami w kieszeniach, nie zdjął czapki przed Kesslerem, ani mu nawet głową nie kiwnął, stał w wyzywającej postawie i patrzył ponurym, żarłocznym wzrokiem.

Kessler drgnął nieco, spotkawszy się z jego oczami, zrobił ruch jakby chcąc się cofnąć, ale zmiął w sobie obawę i umyślnie wszedł do wieży, obejrzał łoża, w których jak dwie ręce poruszały się tłoki i obracały to koło-potwór, świszczące dziko w swoim szalonym, bezustannym locie.

— Nic nowego? — zapytał półgłosem Malinowskiego, przyglądając się skrzeniom i błyskom powietrza, otaczającego rozbiegane koło świetlistym nimbem.

— Miałem mały interes do pana... — powiedział jakoś cicho stary, posuwając się ku niemu.

— W kantorze prośby, nie mam czasu — rzucił nerwowo i spiesznie wyszedł, bo bardzo mu się nie podobał głos Malinowskiego i jego ruch.

— Ten smolipysk nie jest przyjemnym — zauważył Moryc.

— Tak... tak... trochę kły szczerzy, muszę mu dać nogą w zęby! — szepnął Kessler.

W kantorze dał zaufanemu notatkę, tyczącą się wybranych dziewczyn, który wiedział jak dalej postąpić, i natychmiast odwiózł Moryca na Drewnowską.

— Po szóstej konie będą czekały przed twoim kantorem — powiedział Kessler na rozstanie i odjechał, znikając zaraz w kurzawie drogi, jaka się podniosła za powozem.

— Gruby łajdak! — pomyślał o nim Moryc, wchodząc do Grünszpanów.

XIII.

U Grünszpanów trafił na familijną naradę.

Grünszpan biegał po pokoju, krzyczał i bił pięścią w stół, Regina siedziała pod oknem i również krzyczała, płacząc ze złości na przemian, stary Landau siedział przy stole w wielkiej jedwabnej czapce zsuniętej na tył głowy i odwinąwszy ceratę pisał kredą długie kolumny cyfr. Grosman jakiś blady i zmęczony leżał na kanapce i puszczał melancholijnie kłęby dymu, a czasami z ironią spoglądał na żonę.

— To jest złodziej, to jest największy łódzki złodziej! Mnie przez niego szlak trafi... on mnie zabija! — krzyczał stary.

— Kiedyś wyszedł stamtąd? — zapytał Moryc Grosmana.

— Przed godziną.

— Cóż, bardzo tam przyjemnie? — szeptał drwiąco.

— Przekonasz się sam, nie minie cię to przecież, z tą tylko odmianą, że będziesz siedział za własne grzechy, a nie za grzechy teścia i żony, jak ja.

— Ty Albert nie bądź głupi i nie gadaj takich rzeczy. Moryc jest nasz, Moryc wie jak sprawy stoją ale jak mówisz, to on może uwierzyć, że co w Łodzi mówią o nas jest prawdą — zawołał z gniewem stary, przystając przed nim.

— Co ja wiem o tej sprawie, to druga rzecz, w każdym razie przyszedłem do was jak do swoich, jak do porządnych ludzi — powiedział z naciskiem.

Grünszpan spojrzał na niego niespokojnie, popatrzyli sobie w oczy długą chwilę, mierząc się i sondując, pierwszy stary odwrócił głowę i zaczął znowu kląć.

— Ja do niego przychodzę jak do człowieka, jak do kupca mówię: Sprzedaj mi swój plac. A ten pastuch... ten... tfu! żeby jemu się tak wiodło jak ja mu życzę z całego serca, śmieje się i każe mi oglądać swój śmietnik i powiada, że to jest złota ziemia, że to jest rajska ziemia, której nie sprzeda taniej, niż za czterdzieści tysięcy rubli... Żeby ciebie... żeby ciebie prędka choroba wzięła za taki paskudny pysk! Mela, daj dziecko jakich kropli, bo mnie jest bardzo nie dobrze, bo ja się boję, żeby mnie nie było jeszcze gorzej! — mówił do drugiego pokoju.

— Z kim i o co sprawa? — pytał Moryc cicho, nie rozumiejąc dobrze o co idzie.

— Z Wilczkiem. Mądry chłopak. Chce za cztery morgi czterdzieści tysięcy.

— A warte?

— Warte są dzisiaj pięćdziesiąt.

— Place podskoczyły o trzydzieści procent.

— Właśnie i nie wiadomo na czem się to skończy, a stary musi kupić, bo musi fabrykę rozszerzyć.

— No więc czemu zwleka i robi piekło? Za parę miesięcy może zapłacić podwójnie.

— Bo ojciec jest kramarz, on nie może zapomnieć swojego sklepiku na Starem Mieście i targowania się o kopiejki — szeptał pogardliwie Grosman.

— Dzień dobry, Mela! — zerwał się do niej i podszedł.

— Dzień dobry, Moryc. Dziękuję ci bardzo za kwiaty, sprawiły mi wielką przyjemność.

— Nie było już piękniejszych u ogrodnika, bo byłbym ci je przysłał.

Mela uśmiechnęła się nieco. Była dzisiaj bardzo blada; smutek wiał od jej uśmiechu i od jej oczów pociemniałych, rozszerzonych nieco przez lekkie wpadnięcie, podkrążonych sinawemi piętnami. Poruszała się dziwnie miękko a ociężale, jak ludzie wyczerpani cierpieniem. Podała ojcu cukier nasycony kroplami, spojrzała zimno na siostrę i nie zauważywszy umyślnie wyciągniętej do siebie ręki Grosmana, wyszła do drugiego pokoju.

Przez otwarte drzwi Moryc widział jej twarz pochyloną nad babką, wiecznie siedzącą w fotelu, pod oknem. Gonił oczami jej powolne ruchy i szlachetną linię głowy i czuł, że mu serce bije szybciej, że jakieś dobre wzruszenie ogarniać go poczyna. Więc już nie wiele słyszał skarg starego, ani płaczliwych żalów Reginy, narzekającej, iż Grosman źle się tłumaczył przed sędzią śledczym, że przez swoją głupotę gotów ich zgubić.

— Sza... sza... dzieci, dosyć! Wszystko będzie dobrze... Trochę się straci, ale zawsze cały geszeft da siedemdziesiąt pięć procent. Ja zaraz pojadę do Grosglücka, niech załatwi się z denuncyantami przez swojego człowieka, my nie możemy się w to mieszać.

— On musi się tem zająć szczerze, jeśli za swoje trzydzieści tysięcy nie chce wziąć — pięciu!

— Tak, bo jak dobrze pójdzie, dostanie piętnaście, dwadzieścia najwyżej! — szepnął cynicznie Grosman, patrząc na teścia.

— Mądre słowo powiedziałeś Albert! Damy mu całe dwadzieścia! No, dosyć z tą sprawą. Musimy mówić o odbudowaniu. Ty już Albert nie wrócisz do tej budy. Ja zrobiłem wielki plan. Kupi się plac od Wilczka i w połączeniu z moją fabryką wybudujemy sobie wielki akcyjny interes pod firmą Grünszpan, Grosman i S-ka. Mój adwokat już się zajmuje stroną prawną, a mój budowniczy ma za tydzień złożyć szczegółowe plany. Ja długo myślałem o tym interesie, teraz jest dobra pora. Kilkunastu kapcanów dyabli wzięli, to jest miejsce po nich. Poco mamy posyłać do apretury? żeby inny zarabiali na nas! My będziemy mieli swoją apreturę. Poco mamy kupować przędzę? Wybudujemy przędzalnie, będzie na tem dwadzieścia pięć procent. Zrobimy sobie fabrykę kompletną, ze wszystkiemi wykończalniami. Spróbójemy się trochę z Meyerem. Ja myślałem o tem jeszcze przed twojem nieszczęściem, Albert, ale kiedy się ono stało, to nam pomoże trochę.

Opowiadał szczegółowo plany przyszłego akcyjnego Towarzystwa.

Regina wzruszona i porwana rzuciła się ojcu na szyję.

Moryc również był olśniony projektem i w myśli prawie już dodawał do dwóch nazwisk firmy, swoje trzecie.

— Ale o tem jeszcze ani słowa. Niech się sprawa Alberta wpierw skończy. Moryc, ty nie powiesz przecież, boś ty nasz.

— Chciałbym być bliższym jeszcze — odpowiedział poważnie.

Grünszpan patrzył na niego długo, obliczająco, Regina również, tylko Grosman uśmiechnął się z powątpiewaniem.

— Dlaczego nie, interes jest do zrobienia — powiedział stary zimno.

— Przyszedłem właśnie w tym celu.

— Możesz iść do Meli i rozmówić się.

— Potrzebuję wpierw z panem pomówić.

— Mnie już coś Bernsztajnowa o tem mówiła. Wiesz, co ci Mela powie?

— Jeszcze nie wiem, ale chcę wpierw słyszeć co pan mi powie...

— Zaraz... zaraz...

Pożegnał Reginę, uścisnął rękę Grosmanowi, odprowadził ich do sieni i powrócił.

— Landau może słyszeć...

Usiadł na krześle, założył nogę na nogę i bawił się długim złotym łańcuszkiem od zegarka.

Moryc skupiał myśli, gryzł gałkę laski, gładził brodę, wciskał binokle i namyślał się, w jaki sposób kwestyę posagu postawić, ale w końcu rzekł otwarcie i prosto:

— Co pan dajesz Meli?

— Co pan masz?

— Mogę panu jutro przedstawić pasywa i aktywa swojego interesu i akt spółki, jaką zawarliśmy dzisiaj z Grosglückiem. Ja nie potrzebuję pana oszukiwać. Moje interesy są murowane, moja gotówka nie jest z asekuracyi trochę zakwestyonowanej przez sędziego śledczego — powiedział umyślnie z silnym naciskiem. — Niech pan powie swoje słowo...

— Co pan masz? Powiedz pan cyfrę, jutro możemy sprawdzić...

— Trzydzieści tysięcy rubli gotówki! Do tego mój kredyt dwa razy tyle, ja jestem skromny. Moje wykształcenie, moje przyjazne stosunki ze wszystkimi milionerami łódzkimi, moja uczciwość, ani razu nie zbankrutowałem, to ważne...

— Bo się to panu nie opłaciło pewnie... — wtrącił spokojnie Landau.

— Więc tak licząc sumarycznie, plus minus, jestem wart najmniej dwieście tysięcy rubli, ja jestem skromny człowiek, ja się nie chwalę. A co pan dajesz Meli?

— Ona całe dziesięć lat uczyła się na bardzo drogiej pensyi. Jeździła za granicę, miała specyalnych metrów od różnych języków. Ona mnie dużo gotówki kosztuje.

— To jej osobisty, nieruchomy majątek, z którego ja nie będę miał ani jednego procentu.

— Pan z niej nie będziesz miał ani jednego procentu! A jej wykształcenie? Ona w salonie wygląda jak królowa! a jak ona gra na fortepianie, a jakie ona ma maniery! To jest śliczna dziewczyna, to jest moje najdroższe dziecko, to jest czysty brylant — wykrzykiwał z zapałem.

— Więc w jaką sumę pan go oprawisz?... — zapytał Moryc.

— Landau et Companie decydowali się na pięćdziesiąt tysięcy — rzekł wymijająco.

— Mało! Panna Mela jest brylant, jest śliczna kobieta, jest mądra, jest anioł, cały anioł, ale pięćdziesiąt tysięcy za mało.

— Mało! Pięćdziesiąt tysięcy to gruby grosz. Pan mnie w rękę za nią pocałować powinieneś. Albo ona brzydka, kulawa, ślepa, żebym ja miał dawać więcej.

— Zupełnie zdrowa nie jest, często choruje, ale ja z tego kwestyi nie robię.

— Co pan gadasz, Mela nie jest zdrowa? Pan zwaryował. Mela jest samo zdrowie, pan zobaczysz jaka ona zdrowa, ona będzie miała co rok dziecko. Pan mi pokaż w Łodzi drugą taką pannę. Z nią się chciał żenić włoski książę, pan wiesz.

— Szkoda, że za niego nie wyszła, byłbyś pan temu księciu sprawiał spodnie i buty.

— A pan co za firma? Co to za firma interes komisowy Moryc Welt? Co to za papier?...

— Pan zapominasz o mojej spółce z Borowieckim.

— Jesteś tam pan na dziesięć tysięcy rubli; oj, oj, gruby kapitalista!

Zaśmiał się.

— Dzisiaj jestem na dwadzieścia tysięcy, a za rok fabryka będzie moją, ja panu ręczę...

— To może wtedy pogadamy — rzekł obojętnie Grünszpan, ale w rzeczywistości kontent był z oferty Moryca bo go uważał za dobrego gründera.

— Wtedy pogadasz pan z kim innym. Mnie dzisiaj Grosglück dawał sto tysięcy i Mery swoją.

— Ona jest taka, że Grosglück jak da dwieście, to jeszcze będzie zięcia szukał.

— Ale ona nie ma ojca i szwagra zaplątanych w ogniowe sprawy.

— Ciszej pan mów! — zawołał stary, zaglądając do sąsiedniego pokoju.

— Pan myślisz, że to przyjemnie, że to dodaje kredytu być zięciem firmy Grünszpan et Landsberger, to się pan grubo mylisz.

— W Łodzi wiedzą co jestem wart — odparł spokojnie.

— Gdzie wiedzą? kto wie? policya? — szepnął zjadliwie.

— Nie powtarzaj pan plotek — rzucił ze złością.

Zamilkli na długo.

Stary chodził po pokoju, wyglądał przez okno na ogród, Landau skulony siedział przy stole, a Moryc zdenerwowany już nieco, z niecierpliwością czekał końca targu. W duszy już się godził na pięćdziesiąt tysięcy, ale chciał jeszcze próbować, czy mu się nie uda co więcej wycisnąć.

— Czy Mela chce wyjść za pana?

— Zaraz będę wiedział, ale ja chcę naprzód wiedzieć, co pan jej dajesz?

— Powiedziałem, moje słowo nie wiatr.

— Nie mogę. Potrzebuję do interesu więcej. Mnie się nie opłaci sprzedawać za pięćdziesiąt tysięcy. Moje wykształcenie, moje stosunki, moja uczciwość, moja firma jest znacznie więcej warta. Pan się namyśl, panie Grünszpan. Ja nie jestem Landau, ani Fiszbin, ani żaden kantorowicz. Ja jestem Moryc Welt-firmal! Pan ulokujesz swoją córkę na sto procent. Mnie potrzeba pieniędzy nie na hulanki. Dasz pan pięćdziesiąt tysięcy gotóką, a drugie tyle w terminie dwuletnim? — zapytał stanowczo.

— W zasadzie zgoda, ale po odtrąceniu kosztów wesela, wyprawy i co wydałem na jej wykształcenie.

— To jest świństwo, panie Grünszpan, tak krzywdzić własną córkę! —

wykrzyknął.

— No, pomówimy jeszcze o tem, niech się sprawa Alberta wpierw skończy.

— Pan dla tej sprawy powinieneś dołożyć z dziesięć procent córce, bo ona jest zniesławiona. My musimy bronić was przed ludźmi. No, ostatnie słowo?

— Powiedziałem, masz pan moje słowo.

— Słowo można zlikwidować bez zysku. Ja potrzebuję gwarancyi.

— Jak mi Mela powie, że wyjdzie za pana, to wszystko się zrobi porządnie.

— Zgoda. Idę zaraz do niej.

— Ja panu życzę, żeby się ona zgodziła, bo pan mi się podobasz, Moryc.

— Grünszpan, ty jesteś stary macher, ale ja ciebie szanuję.

— Będziemy żyli w zgodzie.

Podali sobie ręce.

Moryc znalazł Melę w małym buduarku, leżała na otomance z książką w ręku, której nie czytała, trzymając oczy utkwione w oknie.

— Przepraszam cię, że się nie podniosę, trochę niezdrowa jestem. Siadaj! masz taką uroczystą minę?...

— Rozmawiałem właśnie z ojcem o tobie.

— A! — szepnęła przeciągle, przypatrując mu się uważnie.

— Właściwie ja rozmawiałem, ja zacząłem...

— Aha! kwiaty... rozmowa z ojcem... rozumiem... Więc?...

— Stary mi powiedział, że to od ciebie zależy, tylko od ciebie Mela — powtórzył ciszej i tak miękko i tak serdecznie, że spojrzała znowu na niego. Zaczął opowiadać jej o sobie i o tem, jak ona mu się bardzo i dawno podoba.

Podparła głowę na ręku i znękaną, smutną twarz zwróciła na niego. Smutek dziwnie bolesny, smutek łez niewypłakanych, smutek niepocieszonych nigdy, jaki ogarnia ludzi po stracie najdroższych, ścisnął jej sercem. Zrozumiała od pierwszego słowa, że przyszedł się oświadczyć. Patrzyła na niego bez gniewu i oburzenia, patrzyła i słuchała z początku obojętnie, ale w miarę jak on mówił coraz dłużej i coraz obszerniej, niepokój nią owładnął i żal zaczął przejmować jej sercem.

— Czemu to on przyszedł i mówił jej o małżeństwie?... Czemu to on, Moryc, a nie tamten, ukochany nad wszystko, nie Wysocki?...

Ukryła twarz w poduszce, aby ukryć łzy, aby nie widzieć mówiącego i słuchała jego wywodów z zapartym oddechem, ze zmąconą świadomością kto mówi do niej! Nie chciała wiedzieć o tem, całą mocą nie chciała. Łzy zalewały jej duszę. Całą mocą serca kochającego, wszystkiemi siłami wyobraźni, tęsknot, pożądań i miłości wołała do tamtego, aby przyszedł i wyrwał ją z męki i siadł tam, w miejsce Moryca i przemienił się w niego i mówił do niej... Tak silnie tego pragnęła, że chwilami miała złudzenie, iż się to już stało! Że to Wysocki siedzi teraz przy niej i mówi o swojej miłości.

Wstrząsała się przenikana jego słodkim głosem, nie słyszała Moryca, a słuchała tych dźwięków, które w tamten wieczór u Róży zapadły jej na dno mózgu i teraz niby z kliszy fonografu dźwięczały i owiewały ją czarem, rozkoszą, szczęściem...

Słuchała długo, niektóre słowa powtarzała bezwiednie z lubością i już miała ochotę powiedzieć: kocham — i przeniknęło ją szalone pragnienie rzucenia mu się na szyję, całowania. Otworzyła oczy i długo patrzyła z przerażeniem. To Moryc siedział z kapeluszem w ręku... piękny Moryc... Moryc!...

I nie o miłości mówi, nie o szczęściu życia we dwoje, nie o uniesieniach serca spragnionego kochania, nie o wzruszeniach miłości.

Moryc mówi spokojnie, że będzie im razem dobrze, że założy fabrykę; mówi o kapitałach, o posagu, o interesach jakie robić zamierza; mówi, że jej nigdy niczego nie będzie brakowało, że może będą mogli trzymać konie i powóz.

To Moryc, Moryc, przypomina sobie usilnie i na pół przytomnie pyta:

— Kochasz mnie Miec... Moryc?

Poprawia się szybko i chciałaby cofnąć to zapytanie, ale Moryc odpowiada ze wzruszeniem:

— Nie umiem ci tego powiedzieć, Mela! Ty wiesz, że ja jestem kupiec, ja nie potrafię określić ładnie tego co czuję, ale jak cię widzę Mela, to mi tak dobrze, że już niczego nie pragnę, że nawet zapominam o interesach. A przytem, ty jesteś taka piękna i taka niepodobna do naszych kobiet, że ja ciągle myślałem o tobie. Więc powiedz, chcesz wyjść za mnie?

Patrzyła znowu na niego, ale znowu widziała inną twarz, inne oczy; słyszała gorący, namiętny, przyciszony szept wyznania miłosnego. Przymknęła powieki, bo ją zapiekły tamtego pocałunki. Wstrząsnęła się w rozkosznym dreszczu przypomnień, wyprężyła się, przyciskając plecami do otomany, bo się jej zdawało, że ją tamten obejmuje ramionami i przytula do siebie.

— Mela, czy chcesz zostać moją żoną? — powtórzył znowu, zmieszany jej milczeniem.

Oprzytomniała zupełnie, stanęła i powiedziała szybko, bez namysłu.

— Dobrze. Pójdę za ciebie. Umów się z ojcem o wszystko. Dobrze Moryc, zostanę twoją żoną...

Chciał pocałować ją w rękę, ale cofnęła się łagodnie.

— Idź już, jestem taka niezdrowa, idź... przyjdź jutro, popołudniu...

Nie chciała więcej mówić, a on tak był uradowany zrobieniem interesu, że nie zauważył nawet jej dziwnego zachowania się i pobiegł do papy Grünszpana, aby jak najprędzej ustalić cyfrę posagową.

Grünszpana nie było, bo go wezwano do kantoru.

Moryc powrócił, aby prosić Meli o powiedzenie ojcu wszystkiego.

Zastał ją stojącą na tem samem miejscu gdzie pozostawił, patrzyła w okno wzrokiem, który nigdzie nie patrzył i nic nie widział, była blada jak płótno, poruszała ustami jakby coś mówiła z duszą własną lub ze wspomnieniami.

— Dobrze, Moryc, powiem ojcu, będę twoją żoną, dobrze! — powtarzała monotonnie.

Nie wyrwała mu ręki gdy ją całował, nie słyszała nawet, że już wyszedł; położyła się na otomanie, wzięła książkę do ręki i leżała bezmyślnie, zapatrzona w róże, kołyszące się za oknem i w złotą szklaną kulę, błyszczącą nad klombami...

Moryc był tak uradowany, że Franciszkowi, który palto podawał, dał całe dziesięć kopiejek i doróżką pojechał do Borowieckiego fabryki.

— Powinszuj mi, żenię się z Melą Grünszpan — zawołał, wpadając do kantoru.

— I to pieniądz niezły — rzekł Karol, podnosząc głowę z nad papierów.

— To pieniądz gruby — poprawił Moryc.

— Tak, jeśli towarzystwo asekuracyjne wszystko wypłacić zechce — powiedział Karol z naciskiem, bo go zirytowała ta wiadomość, że Moryc za jednym zamachem zdobywał piękną pannę i duży posag, a on, on musi się wiecznie męczyć...

— Przyniosłem ci pieniądze.

— Właśnie się obliczałem, że może nie będę potrzebował brać od ciebie. Znalazłem kogoś, który chce mi dać na weksel z terminem półrocznym i na osiem procent tylko — powiedział umyślnie, bo pieniędzy nie miał, ale chciał mu zrobić przykrość.

— Bierz! Ja umyślnie dla ciebie pieniądze wydobyłem i zapłaciłem procent z góry.

— Zatrzymaj pieniądze dni kilka, gdybym nie wziął, zwrócę ci koszta.

— Nie lubię takich warunkowych interesów — mówił niezadowolony.

— Więc panna Mela cię przyjęła? Dziwi mnie to trochę...

— Dlaczego? Cóż mi masz do zarzucenia? — pytał prędko, gniewnie.

— Wyglądasz na kantorowicza, ale to nie przeszkadza, tylko że...

— Powiesz, proszę cię...

— Tak się podobno kochała w Wysockim — powiedział tonem zdziwienia, pełnego złośliwości.

— To jest taka prawda, jakby kto mówił o bankructwie Szai.

— Dlaczegóż nie miałaby się w nim kochać? Ona piękna, on przystojny. Oboje mają pewne wspólne społeczne bziki, oboje namiętni, widziałem u Trawińskich, jak się zjadali oczami. Mówili tam o ich małżeństwie... — ciągnął nieubłaganie, bawiąc się cierpieniem, jakie znać było na twarzy przyjaciela.

— Może i tak było, nic mnie to nie obchodzi.

— Mnieby obchodziła przeszłość narzeczonej. Nie ożeniłbym się z kobietą ze wspomnieniami.

Uśmiechnął się tak złośliwie, że Moryc zerwał się gwałtownie.

— Po co mi to mówisz?

— Nie ubliża to ani tobie, ani pannie Meli, mówię co mi na myśl przyszło. Bardzo się cieszę nawet, że się żenisz tak świetnie.

Uśmiechnął się znowu zjadliwie.

Moryc trzasnął drzwiami i wybiegł wzburzony i wściekły na Karola.

Taki był zaperzony, że zaczął krzyczeć na robotników, którzy pompowali wodę z fundamentów.

— Ruszać się chamy! Robicie jak z łaski, od wczoraj nic wody nie ubyło.

— A to czego? — zapytał jeden z robotników dosyć głośno.

— Co ty pyskujesz, do kogo ty tak pyskujesz? Ja cię zaraz łajdaku wyrzucę z roboty.

— Wynoś się parchu pókiś cały, bo ci mordę przekręcę, żebyś widział gdzie uciekać — szepnął jakiś mularz, przykładając mu pięść do nosa.

Moryc cofnął się spiesznie i podniósł taki wrzask, że Karol ukazał się przy robotnikach i Maks wybiegł z przędzalni.

Moryc wrzeszczał, żeby robotnika oddalić natychmiast, bo mu ubliżył.

— Daj pokój Moryc, nie wtrącaj się do nieswoich rzeczy.

— Jakto nie do swoich rzeczy! mam takie same prawo jak i ty — krzyczał.

— Na chwilę przypuśćmy, że takie samo prawo, ale ci to jeszcze nie daje prawa wymyślania robotnikom, wymyślania wcale niesłusznie.

— Co to jest, przypuśćmy! Moje dziesięć tysięcy rubli tyleż warte co i twoje.

— Nie krzycz tak, chcesz się przed robotnikami pochwalić, że masz dziesięć tysięcy rubli?

— Ty nie potrzebujesz mnie uczyć, co ja mam mówić.

— A ty nie potrzebujesz tego krzyczeć, mogąc po ludzku powiedzieć.

— Ja to robię, co mnie się podoba.

— Krzyczże sobie, kiedy ci się to podoba — zawołał Karol pogardliwie i wrócił do kantoru.

Moryc wykrzyczał się jeszcze przed Maksem i wybiegł, odgrażając się głośno, że musi zaprowadzić tutaj inne porządki, że tak dalej iść nie może, że Karol buduje pałac, nie fabrykę.

— Pewny posagu Grünszpanówny i dla tego taki głośny — powiedział Karol Maksowi, ale żałował swego uniesienia, bo liczył na jego pieniądze, potrzebne mu były koniecznie.

— Ile razy dam się porwać pierwszemu popędowi — robię głupstwa.

Moryc pomimo przykrości, jaką mu Karol zrobił, wspominając o miłości Meli, myślał i czuł tak samo, a nawet więcej jeszcze żałował swego uniesienia, bo czuł swoją śmieszność.

Byłby wrócił do Borowieckiego, ale nie śmiał na razie, zostawił to do wieczora, bo tymczasem było już po szóstej.

Konie Kesslera już czekały przed kantorem, pojechał do siebie, przebrał się i natychmiast kazał ruszać wyciągniętym kłusem przez miasto.

Z przyjemnością wyciągał się na miękkich siedzeniach powozu i niedbale kiwał głową spotykanym znajomym.

XIV.

Kessler mieszkał o kilka wiorst za miastem przy wielkiej farbiarni, której był właścicielem, będąc zarazem głównym akcyonaryuszem i dyrektorem firmy: Kessler et Endelman.

Pałac, a raczej zameczek w stylu gotycko-łódzkim wznosił się na szczycie wzgórza na tle wysokiego sosnowego lasu, a przed nim, na stokach dosyć stromych, zielenił się wielki angielski park, zbiegający do bystrej, ujętej w drewniane cembrowiny rzeczki, płynącej w głębokim jarze, obrośniętym wierzbiną i olszynami.

Z prawej strony parku z poza drzew wychylały się czerwone kominy i mury farbiarni, a z lewej, daleko, szarzały słomiane dachy wsi rozrzuconej po obu stronach rzeczki, na dnie jaru, wśród kęp sadów i zarośli.

— Mieszkasz jak prawdziwy książę łódzki — zawołał Moryc na przywitanie, wyskakując z powozu przed pałacem.

— Robiłem co mogłem, żeby się jako tako urządzić w tym barbarzyńskim kraju — mówił Kessler, prowadząc go w głąb domu.

— Trafiłem na uroczystość? — zawołał, bo Kessler był we fraku i w białym krawacie.

— Gdzieżtam, nie zdążyłem się jeszcze przebrać, jeździłem z urzędową wizytą...

— Jest już kto?

— Jest Wilhelm Müller, przyjechał umyślnie z Berlina, po cichu przed ojcem. Jest Oskar baron Meyer, jest Martin, znasz go? wesołe francuskie bydlę. Jest kilku jeszcze naszych z Łodzi i Berlina. No i jest część niespodzianek...

— Ciekawym. Masz kogo coby robił honory domu?

— Zobaczysz...

Na wielkiej tarasie, od strony rzeki, zamienionej w letni salon, siedziało całe towarzystwo.

Indyjskie, przepyszne maty z traw kolorowych, zaścielały podłogę; meble były ze złoconego bambusu, pokryte jedwabnemi poduszkami.

Ściany werendy tworzyły chińskie maty ze słomy, nanizanej różnokolorowymi paciorkami, nie wiązanej, a tylko jednym końcem, u góry ujętej w szeroki złoty fryz, z pod którego spływała ku podłodze niby falami włosów skrzących się róznokolorowym szkłem i cicho dźwięczących za najlżejszem dotknięciem powietrza.

Moryc przywitał się z wszystkimi i usiadł w milczeniu.

— Co pijesz? My chłodzimy się szampańskiem.

— Dobrze, zgoda na szampańskie.

Za chwilę wniósł służący wino, a za nim weszła Zośka Malinowska, która robiła honory domu, własnoręcznie nalała i usiadła przy nim na biegunowem krześle.

Milczenie zaległo werendę, bo wszystkich oczy wpiły się z chciwością w jej twarz piękną, w odsłonięte ramiona w całą postać doskonale rozwiniętą.

Zmieszały ją nieco te spojrzenia ciekawe, ale to dodało jeszcze żywości jej bardzo ruchliwej twarzy i powlekło ją lekkim, delikatnym karminem.

— Kołysz mnie pan — powiedziała nakazująco do Moryca.

— Czy pani myśli, że to będzie dla mnie kara? — szepnął, wciskając binokle, bo mu się bardzo podobała.

— Nic nie myślę, czem to dla pana będzie, bo chce się tylko bujać — odpowiedziała dosyć twardo i zapatrzyła się przez nieosłonięty kawałek werendy w park staczający się po równi pochyłej aż do błyszczącego srebrem i błękitem strumienia, za którym leżały płaty łąk ciemno-zielonych, a potem pola podnosiły się w górę; pola pocięte w pasy długie rozmaitemi odcieniami zieleni zbóż.

— Może się przejdziemy, pokaże wam park i menażeryę — powiedział Kessler.

Poszli wszyscy prócz Müllera.

— Nie chce mi się chodzić... zmęczony jestem drogą... — powiedział na usprawiedliwienie.

— Wierz mi pan, że to napróżno — szepnął Kessler, rzucając okiem na Zośkę.

— Co takiego? ani myślałem... — rzucił prędko, zły, że odgadnięto jego intencyę, ale nie zmienił zamiaru, a gdy Kessler wyszedł, przysunął się do Zośki.

— Ten Müller jest jeszcze zupełnie jugend — odezwał się Kessler do Moryca, idąc za całem towarzystwem, na przełaj wspaniałych trawników.

— Warum?

— Umyślnie został dla mojej dziewczyny, myśli, że ona pomienia mnie na niego.

— Kobiety mają nieraz niespodziewane gusta.

— Ale stale lubią tych, co mają dużo pieniędzy.

— Nie zawsze, nie zawsze — rzucił ciszej, bo mu przyszła na myśl Mela i Wysocki. — Skąd wydobyłeś taką dziewczynę? Wspaniała samica.

— Co? podoba ci się?

— Przystojna i czuć, że ma temperament, że...

— Za dużo go ma i strasznie przytem głupia, mam już jej dosyć.

Skrzywił się i zaczął laską ścinać czubki krzewów, a po chwili odezwał się ciszej:

— Mogę ci ją odstąpić, chcesz?

— Oferta wspaniała, ale do tej licytacyi nie stanę, za mało mam pieniędzy...

— Ty się mylisz zupełnie. To jest polka, ona chce żeby ją kochać rano, w południe i wieczorem, żeby być jej wiernym i w końcu żeby się z nią ożenić. Mówię ci, że to głupia dziewczyna. Płacze mi po całych nocach i ciągle wyrzeka, a na odmianę robi mi awantury, że muszę ją nieraz uspokajać po swojemu.

Błysnął oczami i silniej świsnął laską po krzewach.

— Chcesz ją, to ci ułatwię... Muszę się jej i tak pozbyć w jaki sposób, bo się pewnie ożenię.

— Słyszałem coś o tem na mieście... z Müllerówną?

— Interes dopiero w robocie, nic jeszcze pewnego. W każdym razie byłbym bardzo wdzięczny temu, ktoby mnie oswobodził od tej dziewczyny. Może chcesz?...

— O, dziękuję ci, ma brata i ojca, którzy podobno nie są zbyt dobrze wychowani... mogliby nie uszanować mojej skóry... A przytem i ja się żenię.

Przyłączyli się do towarzystwa.

Kessler zaprowadził wszystkich do wielkich żelaznych klatek, w których żyła gromada małp. Długim kijem, przez kraty, zaczął je drażnić; małpy na sam jego widok zaczęły się cofać w głąb, a przestraszone kijem rzucały się na sufit, czepiały się bocznych krat i przeraźliwymi głosami wściekłości i rozpaczy pobudziły Kesslera do wesołego śmiechu i do zaciętego ich podrażniania. Zwierząt było dosyć w innych klatkach, ale prawie wszystkie na widok swego pana głupiały ze strachu lub szczerzyły kły.

Para tonkińskich niedźwiedzi, zupełnie czarnych, ze wspaniałymi żółtymi napierśnikami, rozwścieklona biciem, rzuciła się na kraty z takim rykiem, że wszyscy odskoczyli z przerażenia, tylko Kessler się nie poruszył, przysunął bliżej twarz do wyszczerzonych kłów, bił prętem po rozwartych potężnych szczękach i rozkoszował się ich bezsilną wściekłością.

— To pod moim adresem tak mruczą słodko — zauważył z uśmiechem.

Prowadził dalej, do jeleni spacerujących w ogrodzeniu, z którymi żył przyjaźnie, do klatek psów, tak zdziczałych, że rzucały się drapieżnie ku patrzącym; z psami był w dobrych stosunkach, bo wszedł do środka i pozwalał się im lizać po rękach i twarzy.

Na zakończenie pokazał gościom swoim stado białych pawi o cudownych tęczowych ogonach.

Kessler zakrzyczał i pawie roztoczywszy wachlarze ogonów, biegły całą gromadą po zielonych trawnikach, ale zatrzymały się zdala patrzących i zaczęły krzyczeć blaszanymi, rozdzierającymi głosami.

Wracali wolno do pałacu.

Wieczór się już rozlewał nad ziemią, wzgórza jeszcze świeciły złotawymi blaskami zachodu, ale nad całą doliną wznosiły się lekkie mgły, które się poruszały i rozsnuwały jak zwoje przędzy sinej, rozdzieranej co chwila przez czuby drzew i grzbiety ostre dachów.

Od rzeki, od drzew i traw podnosił się cichy monotonny szmer, pokrywany co chwila rojnem huczeniem chrabąszczów, które z brzękiem przelatywały nad głowami.

Żaby od chłopskich rowów i sadzawek rechotały chóralnie.

Wilgotny a ciepły wiatr powiewał z zamglonej dali i niósł głos dzwonów bijących długo a żałośnie, jakby na śmierć czyjąś; przyduszone ciężkie echa drgały w powietrzu jak płaty stygnącego metalu i konały pod konarami lasu, w gąszczu czerwonych pni, stojących gęstą ścianą tuż za pałacem.

Na werendzie Zośki już nie było, tylko Wilhelm Müller kołysał się na fotelu.

— Cóż, ładna, prawda? — zapytał go Kessler drwiąco.

— Nie tyle ładna ile... ordynarna.

— Nie mogłeś się pan porozumieć z nią?... — zapytał Kessler.

— Nie próbowałem nawet — odpowiedział ze złością i wykręcał wąsiki, aby ukryć pomieszanie i twarz z prawej strony zarumienioną nieco.

Kessler uśmiechnął się i zapraszał na kolacyę, bo właśnie lokaje otwierali drzwi na oścież, ukazując w amfiladzie szereg salonów umeblowanych z przepychem nadzwyczajnym.

Kolacyę podali w wielkiej okrągłej jadalni, zamienionej na ogród podzwrotnikowy, pełen palm i kwiatów; w środku ustawiono okrągły stół, tak zapełniony srebrami i kryształami, że robił wrażenie wystawy jubilerskiej, wśród której niby drogie kamienie barwiły się kwiaty róż i storczyków ubierających obrus i zastawę.

Przy jednem z okien siedziały dwie z wynotowanych w fabryce robotnic, bo drugie dwie nie przyszły; siedziały bogato wystrojone, sztywne, onieśmielone i z trwogą patrzyły na wchodzących mężczyzn.

Po jadalni chodziły wolno i swobodnie się śmiały tancerki.

Była to właśnie ta niespodzianka importowana, jaką Kessler zapowiadał Morycowi, a którą Müller przywiózł z Berlina na dzisiejszy wieczór. Było ich trzy tylko, ale hałasowały za dziesięć i ordynarną, tingeltanglową wrzawą zapełniały pokój.

Postrojone były krzykliwie, obwieszone sztucznymi kamieniami, wydelkotowane do pół piersi, wymalowane, ale pomimo to zupełnie przystojne, o wysmukłych i doskonałych w rysunku figurach.

Kolacya wlekła się dosyć długo i nudnie.

Nikt nie miał humoru, byli zbyt przytomni, tylko tancerki rzucały cyniczne uwagi i okrzyki i kpiły z robotnic, które pomieszane, zdenerwowane,

nieprzytomne prawie, nie wiedziały jak jeść, co robić ze sobą, gdzie patrzeć.
Zajęła się niemi Zośka, a za nią i Moryc obok niej siedzący, zaczął się do nich odzywać po polsku, aby je ośmielić.

Kessler nic prawie nie mówił, z namarszczoną brwią, z głową w ramiona wciśniętą siedział chmurny i nienawistnie spoglądał na Zośkę, żywo rozmawiającą z Morycem, to na lokajów, którzy czując jego wzrok na sobie, uwijali się z pośpiechem pełnym trwogi.

Zazdrość nim szarpała. Chciał ją odstąpić, a teraz widząc jej twarz wesołą, uśmiechniętą, dziwnie jasną a piękną, pochyloną do tamtego; widząc jak chciwie słuchała jego słów, jak często rumieniła i z kokieteryą bardzo wdzięczną nalewała mu wino — zazdrość nim owładnęła.

Byłby kazał jej przyjść i siedzieć przy sobie, ale wstydził się okazywać zazdrość przy wszystkich, więc siedział ponury, zdenerwowany tem gwałtownem uczuciem i koniecznością panowania nad sobą.

Po kolacyi przeszli do salonu, umeblowanego na sposób wschodni; wielkie sofy jedwabne zarzucone poduszkami stały pod ścianami, ściany były obciągnięte zieloną jedwabną materyą w żółte płomienie, jakiś również zielono-żółty dywan zaścielał całą podłogę.

Lokaje poustawiali przed sofami nizkie kwadratowe stoliki, zapełnili je całą bateryą butelek i odsłonili coś w rodzaju estrady, na której znalazł się zaraz skrzypcowy kwartet i grać zaczął.

Porozwalali się na sofach gdzie komu było wygodniej i zaczęli pić; zaraz z miejsca poszły dosyć gęsto likiery i koniaki do kawy, którą lokaje obnosili co chwila, a po kawie poszły wina w takiej ilości, w tylu gatunkach, że wkrótce się popili.

Muzyka wciąż grała, tancerki zniknęły, aby się przebrać odpowiednio, a tymczasem na środku salonu rozciągnięto gruby dywan z linoleum, odpowiednio wykredowany.

Gwar się zaczął zrywać, śmiechy, dowcipy, żarty obiegały salę, razem z robotnicami, które popychane od jednego do drugiego, podawane z rąk do rąk, całowane, szczypane, obejmowane, pojone winem, traciły przytomność do reszty i zaczynały szaleć, podbudzone jeszcze dźwiękami muzyki, która żar wlewała do żył i szaleństwo.

— Tańczyć — krzyknął Kessler, trzymając wpół Zośkę pijaną zupełnie i tak rozbawioną, że co chwila tarzała się po sofie i krzyczała.

Tancerki ukazały się z małymi tamburynami w rękach, wzniesionemi do góry, prawie nagie, bo prócz zwojów gazy nic nie osłaniających, więcej nie miały na sobie.

Stanęły na środku i zgodnie uderzyły w tamburyny, wtedy muzyka przeszła w najdelikatniejsze pianissima, ledwie dosłyszalne, a melodyę tańca poprowadził flet namiętnym głosem, podobnym do miłosnego śpiewu ptaków.

Tancerki zaczęły „danse du ventre" dosyć wolno i ospale, pod wpływem win, jakie w przerwach tańca literalnie w nie lano i pod wpływem fletu rozogniły się i tańczyły namiętnie ten dziwny, ohydny taniec wschodu, pełen epileptycznych drgawek, kurczów, wyrzucań całem ciałem, lubieżnych pragnień, taniec rozszalałych rozpustą.

Flet lał niestrudzenie swój słodki, namiętny śpiew i przenikał coraz bardziej wszystkich niepowstrzymaną żądzą zatopienia się w szaleństwie.

Oczy płonęły, piersi podnosiły się szybko, krótkie okrzyki zrywały się z piersi, ramiona wyciągały się do tańczących, odgłosy mocnych pocałunków tonęły w tej dzikiej wrzawie rozpasania, jaka zapanowała w salonie.

Śmiechy, słowa, szczęk kieliszków, okrzyki zlewały się w wielki, odurzający gwar, nad którym tylko głos fletu panował, a one tańczyły coraz lubieżniej, coraz jaskrawiej, coraz namiętniej; na zielonem tle ścian, w obłoku gaz przejrzystych szalone ruchy ich ciał nagich tworzyły obraz bachanckiej wizyi.

Ryk śmiechu i zadowolenia rozlegał się wciąż po sali, tylko Zośka podniosła głowę i pijanemi oczami patrzyła długo na tanecznice.

— To świństwo, to ostatnie świństwo! — zawołała z jakąś bezwiedną grozą oburzenia i wybuchnęła strasznym, pijackim płaczem, aż ją Kessler kazał lokajowi zanieść do jej pokoju.

Ale wesoła zabawa łódzkich królewiąt trwała dalej, do końca...

XV.

— Może jeszcze herbaty pan pozwoli, panie Józefie?

— Dziękuję pani — odparł Józio, wstał, ukłonił się i rozczerwieniony czytał dalej gazetę panu Adamowi.

Anka siadła w głębokim fotelu na biegunach, kołysała się, słuchała czytania, ale częściej spoglądała na drzwi od werendy i nasłuchiwała, czy nie usłyszy kroków Karola.

— Mateusz, niech samowar nie zgaśnie, bo pan pewnie zaraz przyjdzie! — zawołała do kuchni, obeszła pokój, wyjrzała na świat ciemny przez wszystkie okna, chwilę stała z czołem opartem o szybę i znowu powróciła na fotel i z wzrastającą niecierpliwością oczekiwała.

Nie było to po raz pierwszy od czasu jak w Łodzi mieszkała, to jest od dwóch miesięcy.

Dla Borowieckiego czas ten płynął bardzo szybko, ale dla niej i dla ojca wlókł się ze straszną powolnością.

Zamknięci w domu i w tym chorym kawałku ogródka, który im musiał zastępować Kurów, cierpieli straszną nostalgię za wsią, za wielkiemi przestrzeniami i z trudem zmuszali się do nowego życia i otoczenia.

Anka zmizerniała nie tyle z nudów, ile ze zmartwień różnych, jakie wciąż na nią spadały i ze zgryzot tajonych a których źródłem był Karol.

Urządziła sobie życie jak tylko mogła najczynniejsze, najbardziej wyczerpujące, ale pomimo to jakiś nieokreślony smutek przegryzał zwolna duszę.

Nie wiedziała co myśleć o Karolu.

Wierzyła, była przekonana, że ją kochał, ale od czasu przyjazdu do Łodzi zaczynała wątpić w to chwilami.

Jeszcze nie miała żadnej pewności, jeszcze nawet podejrzeń swoich się wstydziła, a pomimo to sercem odgadywała tę bolesną dla siebie prawdę.

A przytem, codziennie, ze zdumieniem pełnem boleści przekonywała się, że on, ten, który był dla niej ideałem człowieka, którego sobie ubrała we wszystkie blaski własnej szlachetnej duszy, o którym myślała z dumą i radością, którego kochała pierwszem czuciem, który miał być jej mężem — ten jej chłopak kochany, jak go nazywała w duszy, jest taki inny, i niepodobny w rzeczywistości do tamtego, którego ubóstwiała.

Przekonywała się o tem codziennie i cierpiała coraz boleśniej.

Bywał czasami dla niej dobry, kochający, serdeczny, uprzedzający jej życzenia wszystkie, ale bywał i zimny, szorstki, nieubłagany w ironizowaniu jej wiejskich zwyczajów, a wtedy wyśmiewał z ostrością bolesną jej dobre serce, jej opiekowanie się biednymi, jej pojęcia nawet, jak nazywał, parafiańskie, wtedy jego stalowe oczy paliły ją niesłychanym bólem, a surowa twarz pełna była wyrazu zimnej obojętności.

Tłumaczyła jego postępowanie, jak i on to robił w chwilach lepszych, zdenerwowaniem i kłopotami jakich miał wiele przy budowie fabryki.

Wierzyła temu z początku i znosiła cierpliwie zmienność jego humoru, a nawet robiła sobie wyrzuty, że nie umiała mu być uspokojeniem, że nie umiała tak go przywiązać do siebie, aby przy niej zapominał o wszystkich kłopotach i zmartwieniach.

Próbowała to robić nawet, ale przestawała, spostrzegłszy raz jego drwiąco dziękczynne spojrzenie, jakie jej rzucił.

A potem ona tego nie umiała, ona go kochała prosto i szczerze, umiałaby dla niego poświęcić wszystko, ale nie umiała pokazywać swojej miłości, nie umiała zadzierzgać tych tysiącznych nici spojrzeń, frazesów, dotknięć, niedomówień; tego sztucznego czaru, który tak lubią mężczyźni i biorą zwykle za miłość najgłębszą, a który jest tylko flirtem i wstrętną minoderyą panien chcących się dobrze sprzedać.

Brzydziła się tem jej prosta i szlachetna dusza oburzała się do głębi na myśl takiego podniecania mężczyzn i tem trzymania ich przy sobie.

Miała silnie rozwinięte poczucie własnej godności, była dumną, czuła się człowiekiem.

— Dlaczego nie przychodzi? — myślała z głęboką przykrością.

Józio czytał cichym, monotonnym głosem i od czasu do czasu podnosił spoconą twarz, spoglądał lękliwie na Ankę, wtedy pan Adam stukał kijem i wołał:

— Czytaj, czytaj! a to dobrodzieju mój kochany ciekawe, ciekawe! Ten Bismarck to sztuka, oho! Szkoda, że niema księdza tutaj, szkoda... Słuchasz Anka?

— Słucham — szepnęła, nasłuchując szumu drzew w ogrodzie i głuchego łoskotu Müllerowskich fabryk, czynnych i w nocy.

Czas się wlókł strasznie wolno.

Zegar bił godziny za godzinami, cisza potem rozlewała się tem głuchsza, w której tylko głos Józia coraz senniejszy rozlegał się słabo, aż i on skończył gazety i zabierał się do wyjścia.

— A ty Józiu gdzie sypiasz? — zagadnął pan Adam.

— W kantorze starego pana Bauma.

— Cóż nie lepiej mu?

— Pan Baum powiada, że nic mu nie jest, że jest zupełnie zdrowy. Pan

Wysocki był dzisiaj, chciał go obejrzeć, to się tak rozgniewał, że go prawie za drzwi wyrzucił.

— Fabryka idzie jeszcze?

— Dziesięć tylko warsztatów czynnych. Dobranoc państwu.

Ukłonił się i wyszedł.

— Pan Maks opowiadał wczoraj, że od października zamykają zupełnie fabrykę. Stary Baum podobno zupełnie obłąkany, całe noce przesiaduje w fabryce i porusza warsztaty. Onegdaj znalazł go Maks w głównej sali, jak chodził od warsztatu do warsztatu i robił na nich. O, Karol idzie! — zawołała radośnie, podnosząc się z fotelu.

Karol wszedł, przywitał się w milczeniu i rzucił się na krzesło.

— Z miasta idziesz? — zapytał stary.

— Jak zwykle — odpowiedział opryskliwie, zirytowany, że musi się tłomaczyć, ale spostrzegłszy niespokojny wzrok Anki, rozjaśnił twarz i miękkim głosem zapytał:

— Cóż tu nowego słychać? Nie mogłem być na obiedzie, bo jeździłem do Piotrkowa, przepraszam, że nie zawiadomiłem, nie było już czasu, bo wyjechałem niespodziewanie. Była tu pani Trawińska?

— Była, ale popołudniu odwiedziła nas pani Müllerowa z Madą.

— Müllerowa z Madą? — zapytał ze zdumieniem.

— Przyszły po sąsiedzku. Bardzo przyjemne kobiety i tak obie zgodnie wychwalały pana. Narzekały, że pan o nich zapomina.

— Także pretensye, byłem u nich parę razy zaledwie.

Wzruszył ramionami.

Anka spojrzała zdziwiona, bo Mada mówiła wyraźnie, że Karol na wiosnę bywał u nich prawie codziennie na herbacie.

— Prawda, jaka z tej panny Mady typowa gęś?

— Mnie wydała się bardzo rozsądną i bardzo prostą i szczerą, nawet za szczerą... Dziwię się, czemu pan Maks odzywa się o niej zawsze z taką niechęcią.

— Maks łatwo się uprzedza.

Wiedział dlaczego Maks jej nie lubi.

Pił herbatę śpiesznie, zmuszając się do tego, aby Ance odmową nie robić przykrości i rozmyślał nad tą dziwną wizytą.

Po co one przyszły?

A może Anka umyślnie szukała zbliżenia.

Wypytywał się o szczegóły wizyty, Anka opisywała mu wszystko z drobiazgowością i szczerze wyrażała swoje zdumienie z ich przyjścia.

— To Mady robota, sprytna dziewczyna! — myślał, ale nie był zadowolony.

Jeszcze się przecież nie wyrzekł zupełnie myśli zostania zięciem Müllera, więc wolałby, żeby żyły zdaleka od siebie, mniej trudną miałby pozycyę wobec obu panien.

— Trzeba będzie ich rewizytować — zauważył niedbale.

— Nie bardzo chciałabym zabierać nowe znajomości.

— Wierzę, a tembardziej znajomości mocno nieodpowiednie.

— Pójdę do nich którego dnia z ojcem i na tem się skończy.

Zaczął z pewnem politowaniem opowiadać o ich grubych obyczajach i dorobkiewiczowskich fantazyach Mady i starego Müllera, ośmieszał ich z przesadą umyślną, żeby Ance odebrać chęć zabierania z niemi bliższej znajomości, jeśli ją miała, a w końcu zeszedł na własne sprawy i kłopoty.

Anka słuchała z uwagą i ze współczeniem przypatrywała się jego podkrążonym oczom i zmęczonej twarzy, a gdy Karol skończył, zapytała:

— Daleko jeszcze do końca?

— Za dwa miesiące muszę w ruch puścić fabrykę, a choćby tylko jeden oddział, ale tyle jest jeszcze roboty, że boję się myśleć o tem.

— Powinien pan później odpocząć czas dłuższy.

— Odpocząć! Ależ później będzie jeszcze więcej roboty, całych lat potrzeba pracy wytężonej, zabiegów, szczęśliwych warunków, dobrych odbiorców, kapitałów, żeby stanąć jako tako, wtedy dopiero będzie można myśleć o odpoczynku.

— I to gorączkowe, wyczerpujące życie ciągle, ciągle?...

— Ciągle i w dodatku z troską, żeby się to wszystko zdało na co.

— W Kurowie nie potrzebowałby się pan tak męczyć.

— Seryo pani to mówi?

— I ja to samo powtarzam — odezwał się pan Adam, układający sobie pasyansa.

— Myślałam o tem długo — szepnęła, przysunęła się do niego bliżej i oparta o jego ramię, zaczęła z zapałem i tęsknotą malować spokojne, dobre życie na wsi.

Uśmiechał się pobłażliwie... Niech fantazyuje, kiedy jej to sprawia przyjemność.

Wziął w rękę koniec jej ogromnego warkocza i oddychał przedziwnym zapachem jej włosów.

— Byłoby tam zupełnie dobrze, nie psuliby nam ludzie spokojnego i trwałego szczęścia — ciągnęła Anka, zapalając się.

Karol porównywał jej słowa z zupełnie podobnemi słowami tylu kobiet, które tak samo, poruszone miłością, marzyły o szczęściu z nim; to samo mówiła mu Lucy przed godziną, bo od niej wracał.

Uśmiechnął się i dotykał końcami palców chłodnych rąk narzeczonej i stwierdził, że nie elektryzują tak silnie, jak tamtej, że nawet są znacznie brzydsze.

Anka mówiła dalej, snując barwną nić swoich marzeń i tęsknot z wielką szczerością.

— Gdzie ja to samo słyszałem, kto mi to przedtem mówił? Aha! myślał i przypomniał sobie długie wieczory spędzane z Likiertową, przypominał sobie tyle innych kobiet jeszcze, tyle twarzy, ramion, uścisków, pocałunków, przysiąg, miłości.

Był bardzo znużony po dzisiejszej schadzce i tak jeszcze pełnym tamtej, że wstrząsał się nerwowo i zapadał w jakąś głęboką ciszę z wyczerpania nerwowego, słuchał głosu Anki, a zdawało mu się, że to mówi kto inny, że to te wszystkie dawne jego miłości, zmartwychwstałe we wspomnieniu tylko, są obok, mówią, snują się, dotykają go, słyszał prawie szelesty ich sukien, zdawało mu się, że widzi blade profile, że uśmiechy i słowa pełne dziwnego czaru otaczają go dookoła, że je spostrzega...

 Wzdrygnął się i ogarnął Ankę ramieniem i przycisnął rozpalone jeszcze tamtej pocałunkami usta do jej skroni... Podniosła twarz ku niemu, zdziwiona tym nieoczekiwanym pocałunkiem, a on zobaczył wtedy po raz pierwszy, przez bezwiedne prawie skojarzenie, że ona nie jest piękną, jest niesłychanie miłą, wdzięczną, szlachetną, dobrą, ale piękną nie jest...

 Ankę ten wzrok badawczy i zimny dziwnie dotknął i zarumienił, wyciągnęła mu z kieszeni na piersiach jedwabną chusteczkę i zaczęła się nią chłodzić.

 — Co to za perfumy? — zapytała, aby coś powiedzieć, bo to spojrzenie zmroziło jej zapał dawny.

 — Fiołki, o ile pamiętam.

 — Te fiołki są heliotropem, pomieszanym z różami! odezwała się z uśmiechem i bezwiednie obejrzała chusteczkę.

 Była to wykwintna chusteczka jedwabna, obszyta koronkami, z monogramem na środku, zabrał ją Lucy i zapomniał schować głębiej.

 — Prawda, to heliotrop! — zawołał, żywo odbierając chusteczkę i chowając ją zbyt śpiesznie — Mateusz, pomimo zakazu, perfumuje mnie ciągle zamiast pilnować, aby w pralni nie zamieniali drobiazgów — mówił niedbale, ale czuł, że Anka nie uwierzyła w to niezręczne tłomaczenie.

 Posiedział jeszcze chwilę, próbował nawet szerokiej, serdecznej rozmowy, ale spotykał się ciągle z niedowierzającym wzrokiem dziewczyny, więc wstał do wyjścia.

 Anka wyprowadziła go jak zwykle na werendę, gdzie już Mateusz czekał z latarnią.

 — Mateusz, nie perfumujcie panu chusteczek tak silnie — powiedziała cicho.

 — Ja ta nie perfumuje, u nas ta nijakich perfumów niema — odparł zaspanym głosem.

 Anka drgnęła nieco, patrząc na zakłopotaną twarz Karola.

 — Może pan z nami jutro pojedzie do kościoła?

 — Jeśli będę mógł, to dam znać rano.

 Z tem się rozstali.

 Anka wolno powróciła do mieszkania, kazała pogasić światła, wydała polecenia na jutro, powiedziała ojcu dobranoc i znalazłszy się w swoim pokoju, stanęła przy oknie i długo patrzyła w ciemne przepaście nieba, długo rozczuwała wszystko.

 — A wreszcie, to mnie już nic nie obchodzi — szepnęła do siebie.

 Ale to była nieprawda, obchodziło ją to więcej nawet, niż pragnęła, tylko nie chciała poddać się tym bolesnym, upokarzającym jej dumę spostrzeżeniom, tym brutalnym faktom, jakie przed nią stawały.

 — Nie stanę mu pewnie na drodze do szczęścia — powiedziała sobie rano, po nieprzespanej nocy, zacięła się w sobie i w takiej dumie, która nie pozwalała się skarżyć i płakać.

 Zamknęła wszystko w sobie.

 Przy śniadaniu była jak zwykle spokojna. Służąca dała znać, że gromada robotników przyszła i koniecznie ją chce widzieć.

 Anka wyszła na werendę, nie wiedząc o co im chodzi.

Pana Adama też za nią wtoczyli.

Na werendzie było kilku mężczyzn i kobiet, ubranych świątecznie, z bardzo uroczystemi twarzami.

Na jej wejście wysunął się zaraz Socha, który teraz był furmanem u Borowieckiego, pocałował ją w rękę, schylił się do nóg wedle odwiecznego zwyczaju, cofnął się nieco, chrząknął, obtarł nos rękawem surduta, obejrzał się na żonę stojącą z boku i rzekł mocno.

— A to myśwa się zmówili i przyszli podziękować naszej dziedziczce kochanej za tego chłopaka, co go to połamało, a u panienki się likował, za te kobite, co to una wdową ostała, po tym Michale, co go te rusztowanie zabiło i za te dziecioki co ostały, niby po tym Michale, co go to rusztowanie zabiło i za te dobrość jaką im panienka robi — wypowiedział jednym tchem i obejrzał się na żonę i na kolegów, którzy potakiwali głowami i poruszali ustami, jakby mówiąc z nim razem.

Odetchnął i mówił dalej.

— My jesteśwa biedne sieroty, a panienka chociaż ani nam warzona ani pieczona, a dobra kiej matka rodzona. Naród się zmówił, coby za to wszystko podziękować z serca. Przez podaronków myśwa przyszli, ale podaronki... ale... podaronki... całujta ścierwa panienke po rączkach, obłapta za nóżki! — zawołał, nie mogąc dokończyć mowy.

Jakoż po tem energicznem przemówieniu otoczyli Ankę kołem i całowali ją po rękach, a mniej śmieli po łokciach.

Ankę zalała ogromna radość i rozrzewnienie, mówić nie mogła ze wzruszenia, więc pan Adam przemówił słów kilka od siebie i kazał im dać wódki.

Na sam koniec sceny nadszedł Karol i, dowiedziawszy się o co im chodzi, kazał dać po raz drugi wódki i coś w rodzaju śniadania, i uścisnął bardzo serdecznie ręce robotników, ale uśmiechał się ironicznie, i gdy ludzie odeszli, powiedział drwiąco:

— Wzruszająca scena. Myślałem, że to dożynki, brakowało tylko pieśni i wieńca ze zbóż, był natomiast spleciony z wdzięczności i z dobrych uczynków.

— Widzę, że to jest łatwa zabawa, ironizowanie wszystkiego, bo zbyt często pan się w to bawi — powiedziała spokojnie na pozór, ale w głębi drżała gniewem.

— Nie moja zasługa, a... sposobności tak częstych.

— Dziękuję panu za szczerość. Wiem teraz już dobrze, że wszystko co robię jest śmiesznem, małostkowem, parafialnem i niemądrem, że to wszystko godne jest ironii, tylko ironii, a pan ją swobodnie wypowiada, bo to mnie tylko boleć może, a pana cieszy nieprawdaż? — mówiła rozdrażniona.

— Co słowo to oskarżenie i to bardzo ciężkie — rzekł Karol.

— I prawda.

— Nie, zupełna nieprawda, przywidzenie dla mnie bardzo bolesne.

— Bolesne! — zawołała ironicznie.

— Panno Anno, Anka! dlaczego się pani gniewa na mnie? Po co mamy sobie zatruwać życie takimi drobiazgami, czyż pani na seryo znajduje w mojem ironizowaniu niewinnem obrazę i krytykę siebie? Ależ daję pani słowo, że nigdy, nigdy tego nie pragnąłem i pragnąć nie mogłem — tłumaczył się gorąco, szczerze zmartwiony i dotknięty jej słowami.

Anka nie słuchała, wyszła z pokoju, nie spojrzawszy na niego.

Karol poszedł do ojca na werendę i skarżył się przed nim.

— Ja jestem trup, ja już nie żyję, ale ci powiem szczerze, krzywdzisz Ankę i zniechęcasz, obyś tego nie żałował później — powiedział stary ze smutkiem i zaczął mu robić delikatne wymówki za zaniedbywanie narzeczonej i za te tysiące drobiazgów w codziennem życiu, którymi Ankę ranił i obrażał jej miłość własną.

— Antonina niech się spyta panienki, czy prędko pojedziemy do kościoła, bo konie już czekają — powiedział Karol do służącej i wzburzony wymówkami ojca, chodził po werendzie, oczekując odpowiedzi.

Służąca przyszła zaraz.

— Panienka poszła do pani Trawińskiej i powiedziała, że dzisiaj nie pojedzie do kościoła.

Borowiecki rozczerwienił się ze złości i wybiegł.

— Pijże sobie piwo, jakieś nawarzył... — mruczał za nim pan Adam.

Anka rozgniewana poszła do Niny.

Nina była sama, siedziała w narożnym pokoju przed małemi stalugami i malowała pastelami bukiet złotawych róż, rozsypanych przed nią na pysznej zielonawej materyi

— Dobrze żeś przyszła, miałam pisać po ciebie.

— Sama jesteś?

— Kazio pojechał do Warszawy, wróci dopiero wieczorem, malowanie mi się już sprzykrzyło, czytać mi się nie chce, więc chciałam ci zaproponować wycieczkę za miasto, na świeże powietrze. Będziesz miała czas?

— Ile tylko zechcesz.

— A Karol?

— Przecież jestem dorosła i wolno mi już rozporządzać sobą i czasem swoim.

— A! — wyrwało się Ninie mimowoli, ale nie pytała więcej, bo służący zameldował Kurowskiego, który dowiedziawszy się, że niema Trawińskiego, chciał wyjść.

— Zostań pan, zjemy razem obiad, a potem we trójkę urządzimy wycieczkę za miasto, będziesz pan naszym opiekunem i pocieszycielem, dobrze?

— Na opiekuna zgoda.

— Ba, kiedy nam koniecznie potrzebny jest pocieszyciel.

— Dobrze, niechaj panie cierpią, a zacznę pocieszać, tylko uprzedzam, że łzom nie uwierzę i pozwolę im płynąć swobodnie, choćby strumieniami.

— Łzom pan nie wierzy?

— Przepraszam, kobiecym łzom.

— Zawiodły pana jedne, a teraz zemsta na wszystkie.

— Tak, zawiodły, a teraz zemsta! — powiedział wesoło.

— Nie będzie pan miał do niej sposobności, bo my należymy do kobiet, które nie płaczą, nieprawdaż Anka?

— A przynajmniej nikt łez ani cierpień naszych nigdy nie zobaczy — odpowiedziała cicho Anka.

— Uwielbiam taką dumę, a gdybym był prawodawcą, nakazywałbym ją wszystkim.

— Niktby nie słuchał, bo ludzie są szczęśliwsi przez to samo, że mogą uchodzić przed drugimi za nieszczęśliwych.

— Duży paradoks, ale i duża prawda; człowiek to przedewszystkiem zwierze liryczne, jeśli nie sentymentalne. Nowy Linneusz powinien je zaklasyfikować pod rubrykę: „Gatunek mazgajowatych". Pomijając to, czy Karol tutaj będzie dzisiaj?

— Nie wiem, nie wiem czy pana Borowieckiego dzisiaj widzieć będę.

Kurowski bystro popatrzył na Ankę, ale twarz jej nic nie zdradzała, prócz spokojnej obojętności.

Przy skończeniu obiadu, który przeszedł nadzwyczaj wesoło, bo i Anka rozchmurzyła się nieco, po usilnych staraniach Kurowskiego przyszła na stół kwestya, gdzie jechać?

— Byle nie do Helenowa, tam za wiele ludzi dzisiaj.

— Pojedziemy za miasto. Szkoda, że niema Trawińskiego, bo zaproponowałbym państwu podwieczorek u siebie. Mam przy chałupie trochę wody i ogrodu, byłoby nam chłodno.

— Daleko od Łodzi? — spytała Anka.

— Boczną drogą będzie z pięć wiorst.

— Prowadzi pan podobno gospodarstwo?

— Jestem wielki pan, bo mam czterdzieści morgów ornego gruntu, ale... ale gospodarstwo prowadzę tylko w fabryce, bo rolnego nie znam i nie cierpię.

— Pan Karol opowiadał mi na wiosnę, że pana zastał przy własnoręcznej siejbie jęczmienia, a nie w laboratoryum, więc?

— Więc... Karol żartował tylko, upewniam panią, że żartował — powiedział prędko, bo się ukrywał ze swojemi zamiłowaniami gospodarczemi, które pogardliwie wobec ludzi nazywał parobczemi.

— Pokażę paniom jak się w Łodzi bawią w niedzielę szerokie masy — mówił, wsadzając je do powozu i kazał jechać do lasku Milscha.

Miasto było jak wymarłe, sklepy pozamykane, okna poprzysłaniane, szynki ciche, ulice puste, zalane rozdrganem powietrzem i oślepiającymi blaskami słońca, które prażyło niemiłosiernie.

Drzewa na trotuarach stały bez ruchu, z omdlałymi liśćmi, bezsilne wobec potęgi ognia lejącego z białawego nieba, które niby ciężka wełniana opona, obtulało miasto tak szczelnie, że ani jeden przewiew wiatru nie przedarł się z pól i nie ochładzał rozprażonych bruków, trotuarów i murów.

— Lubi pani ciepło — zauważył, bo Anka przysłaniała parasolką twarz tylko, odsłaniając ramiona i plecy na słońce.

— Ale tylko słoneczne.

— Tamci się smażą jak na patelni — wskazał ruchem brody na niskie domy, przed którymi w wązkim jeszcze pasku cieniów, rozkładały się całe rodziny, zupełnie roznegliżowane.

— Dziwne, ale ja zupełnie nie czuję tego upału, jaki widzę — odezwała się Nina.

Nikt jej nie odpowiedział, bo Kurowski bardzo pilnie obserwował Ankę. Jego orzechowe wielkie oczy, podobne do oczów tygrysa, ślizgały się po jej twarzy badawczo.

Anka nie zauważyła tego, rozmyślała o Karolu i tłumiła w sobie cichy żal, który ją począł nurtować; żal, że może źle zrobiła, sprawiając mu przykrość.

— Czy tutaj zostaniemy? — zapytała Nina, gdy powóz zatrzymał się przed restauracyjnym ogródkiem, z którego płynęła ogromna wrzawa głosów i muzyki wojskowej.

— Przejdziemy tylko do lasu.

Przepychali się przez zatłoczony ogródek, pełen wrzawy i hałasów.

Kilkaset drzew i drzewek o liściach pożółkłych i spieczonych, rzucało mizerny cień na wydeptane trawniki i na piaszczyste dróżki i alejki, dymiące tumanami kurzu, który rozwłóczył się po ogródku i opadał na drzewa i na setki białych stołów i na tłumy przy nich rozsiadłe, rozkoszujące się piwem, jakie zabrudzeni garsoni roznosili ustawicznie.

Wojskowa orkiestra na estradzie grała sentymentalnego walca, a w głównym budynku restauracyjnym, otoczonym werendami, tańczono z zapałem pomimo tropikalnego gorąca; tancerze byli bez surdutów, a niektórzy i bez kamizelek, ale tem siarczyściej bili obcasami w podłogę i mocno pokrzykiwali.

Pomagali im z zapałem liczni widzowie, cisnący się do drzwi i okien pootwieranych, przez które podawano zmęczonym piwo, a wielu niecierpliwszych tańczyło na werendzie i na trawnikach, w obłokach kurzawy i przy akompaniamencie strzałów w strzelnicy i głuchym, warczącym turkocie wyrzucanych w kręgielni kul i głosów trąbek dziecinnych, brzęczących po całym ogrodzie.

Na małej sadzawce, o martwej, zaropiałej wodzie, kołysało się kilka łódek; kilka tkliwych par smarzyło się na słońcu i pracując wiosłami, śpiewało bardzo czułymi głosami niemiecką piosenkę o gaju, piwie i miłości.

— Wyjdźmy, już nie mogę wytrzymać — szepnęła Nina, wstając od stolika, przy którym siedli.

— Ma pani już dosyć ludowej zabawy i demokratycznego otoczenia? — pytał ironicznie Kurowski, płacąc za piwo, którego nie dotknęli.

— Mam tylko dosyć kurzu i brzydoty. Chodźmy do lasu, może tam będzie świeższe powietrze — szeptała, przysłaniając usta, bo kurz podnosił się coraz gęstszy.

Ale i w lesie nie było świeżego powietrza.

— Więc to jest las? — zawołała Anka, przystając ze zdumienia pod drzewami.

— Tak się to w Łodzi nazywa.

Zapuścili się w głąb.

Las stał cichy i jakby obumarły, tysiące czarnych, smutnych pni rozbiegało się we wszystkie strony, pożółkłe, suchotnicze gałęzie obwisały z bezwładnością konania i tak przysłaniały światło, że było mroczno i smutnie; drzewa stały bez ruchu, a jeśli chwilami powiał po nich wiatr, to trzęsły się jak w febrze i głucho, żałośnie szumiały, a potem znowu stały martwe, czarne, smutne, jakby głęboko zamyślone i pochylały się nad strugą odpływów fabrycznych, która kolorową wstążką wiła się wskroś czarnych pni i mroków, rozsiewała duszące straszne wyziewy i tworzyła w wielu miejscach grząskie, zaropiałe bagienka, rozsączała się w organizmy potężne drzew, które niby palcami olbrzymów chwyciły się korzeniami ziemi i ssały z niej zwolna śmierć i zatratę.

Ale wśród tych drzew konających, rozkładały się gwarne obozowiska ludzkie. Katarynki i setki harmonijek grały w różnych miejscach, lasu, samowary dymiły, dzieci jak kolorowe motyle biegały w mroku posępnym, tańczono w wielu miejscach wrzawa skłębionych głosów ludzkich i muzyki huczała głucho.

— Smutna zabawa — zauważyła Anka. — Czemu z nich tak mało się bawi istotnie, czemu wszyscy nie krzyczą, nie śpiewają, nie piją pełną piersią swobody, wypoczynku, życia?

— Czemu? bo nie umieją i nie mają sił. Odpoczywają po wczoraj; nie zapomnieli go jeszcze, a już smutek jutra mroczy im dusze — mówiła Nina, wskazując całe rodziny rozłożone pod drzewami, które siedziały apatyczne, zmęczone i jakby ze zdumieniem rozglądając się po lesie i po tych, którzy tańczyli i śmiali się.

— Chodźmy za las, chcę zobaczyć chociaż kawałek pola — zawołała Anka.

Poszli, ale i tam długo nie byli, bo Anka nie znalazła pola, jakiego szukała, zobaczyła natomiast wielkie, puste już ziemie, na których wznosiły się cegielnie i czerwone kominy jakichś fabryk, piętrowe domy i kilku cyklistów, ciągnących swoje maszyny po wysypanej miałem węglowym drodze.

Wrócili rychło do miasta, Anka spiesznie poszła do domu, sądząc, że zastanie Karola; nie był nawet na obiedzie.

Pan Adam spał w swoim wózku w ogrodzie pod drzewami, cisza pełna dziwnej nudy owiewała dom cały, na pustej werendzie ćwierkały i goniły się wróble, wcale nie zestraszone wejściem Anki, która obszedłszy ogród, zajrzawszy do wszystkich pokoi, nie wiedziała co robić ze sobą.

Wzięła jakąś książkę i siadła na werendzie, ale czytać nie mogła; patrzyła bezmyślnie w białe chmury, jakie od wschodu zaczęły nadciągać, i słuchała godzinek, które w kuchni pełnym głosem śpiewała służąca. To jej tak żywo przypomniało wieś i takiem roztęsknieniem głuchem i bolesnem przepełniło serce, że rozpłakała się, sama nie wiedząc dlaczego.

Czuła się dziwnie samotną, opuszczoną i jakby gdzieś zdala po za całym światem...

Pan Adam zaczął nawoływać, więc poszła i przywiozła go na werendę.

— Karola nie było?

— Nie wiem, przyszłam niedawno.

Milczeli długo, unikając spotkania się oczami, aż w końcu pan Adam rzekł nieśmiało:

— A możebyśmy razem odmówili nieszpory, co?

— Dobrze, o dobrze! — zawołała radośnie i zaraz przyniosła książkę do nabożeństwa.

— Bo... widzisz... przypomni to nam Kurów... — szepnął, zdjął kapelusz, przeżegnał się i zaczął powtarzać za nią, głosem pełnym wiary i uczucia, łacińskie słowa hymnów.

Cisza przedwieczorna zrobiła się jakaś głębsza i rozpościerała się razem ze zmrokiem, który już rozsnuwał swoje pajęcze posnowy na nizkie domy i ogrody, tylko cynkowe dachy i szyby paliły się jaskrawymi blaskami zachodu, a dymy idących i w niedzielę fabryk podobne były do różowych pierścieni, które nieskończonym, spiralnym łańcuchem biły prosto w niebo.

Anka czytała do samego zmroku, jej czysty głos o głębokich akcentach lirycznych, rozlewał się koliskami po werendzie, poruszał lekko obwisłe liście wina i chwiał delikatnymi kwiatami powojów i groszków pnących się po balustradzie, a potem, gdy skończyła, uklękła przy starym i dawnym kurowskim obyczajem zaśpiewała stłumionym nieco głosem:

Wszystkie nasze dzienne sprawy...

Pan Adam wtórował swoim basem, a służąca z kuchni dyszkantem.

Daleko, jakby o tysiące mil, miasto zaczęło huczeć powracającą falą spacerowiczów, turkotami dorożek, głuchym łoskotem fabryk i płaczliwymi głosami katarynek po szynkach.

Podano wkrótce herbatę, ale Karol nie przyszedł.

Anka czekała na niego coraz niecierpliwiej, bo po tej modlitwie uspokoiła się bardzo i postanowiła opowiedzieć mu wszystkie swoje udręczenia i wątpliwości.

Miała nawet postanowienie przeprosić go za swoje wyjście dzisiejsze, byle się już raz skończyły te ciągłe nieporozumienia.

Karol jednak nie nadchodził, przyszła natomiast Wysocka, jakaś bardzo tajemnicza i surowa, długo opowiadała o synu i o mężczyznach w ogólności, długo dzierzgała jakieś tło, na którem chciała uwypuklić tem lepiej sprawę, z jaką przyszła.

Anka słuchała jej ze wzrastającym niepokojem, aż w końcu powiedziała.

— Dlaczego ciocia nie powie otwarcie, poco te półsłówka i kołowania.

— Dobrze, wolę nawet otwarcie, bo mi niezręcznie i nie umiem inaczej. Chodźmy do twojego pokoju. Zamknij dobrze drzwi! — zawołała, gdy się już tam znalazły.

— Słucham cioci — szepnęła, siadając w nizkim foteliku przy stole, na którym paliła się lampa w złotawej osłonie.

— Oto, moje dziecko, przyszłam cię zapytać, jako twoja krewna, czy wiesz, co mówią w Łodzi o tobie i o Karolu?

— Nie myślałam nawet, że mówić mogą — odpowiedziała cicho, podnosząc oczy.

— I nie domyślasz się?

— Zupełnie, nie mam pojęcia nawet, coby mogli mówić — odpowiedziała tak spokojnie, że Wysocka zatrzymała w sobie jakieś słowa, przeszła się kilka razy po pokoju, popatrzyła na nią i zawołała przyciszonym głosem:

— Mówią, że... że Karol chętnie ożeniłby się z Madą Müllerówną, gdyby... gdyby...

— Gdybym ja mu nie stała na przeszkodzie — podchwyciła mocno.

— Więc wiesz?

— Nie, ciocia mi to powiedziała przecież w tej chwili — szepnęła ciszej i zamilkła.

Przechyliła głowę w tył, na wysoką poręcz fotelu i patrzyła przed siebie tępym, przygaszonym wzrokiem; wiadomość nie wstrząsnęła nią do głębi i odrazu, a rozlewała się po jej sercu gorącemi koliskami; przeżuwała ją jeszcze spokojnie, tylko jakieś bolesne drżenie przebiegało po niej, ale go tłumiła całą siłą woli.

— Moja Anko, nie gniewaj się na mnie za złą wieść, która najprawdopodobniej jest tylko złośliwą plotką. Musiałam ci ją powiedzieć... Rozmów się z Karolem otwarcie, bo takie plotki potrafią najmocniejszą miłość zabić i... i... Pobierzcie się jak najprędzej, to tem najlepiej zamknie się usta niechętnym, przestaną się wami zajmować. I nie gniewaj się na mnie, moim obowiązkiem było się uprzedzić.

— Jestem cioci bardzo wdzięczna, bardzo...

Ujęła jej rękę i przycisnęła do ust.

— I nie martw się, to nic, tylko plotki. Karol ma wielu przeprzyjaciół, dużo kobiet liczyło na niego, dużo się w nim kochało, więc nic dziwnego, że się mszczą teraz, a zresztą ludzie nigdy znosić nie mogą spokojnie cudzego szczęścia. Dobranoc.

— Dobranoc cioci.

Anka odprowadziła Wysocką do drzwi.

— A jeśli chcesz, to ja sama powiem o tem Karolowi.

— Nie, dziękuję, ja muszę mu powiedzieć o tem. Może ciocia się zatrzyma, wezmę tylko okrycie i pójdę z ciocią do Trawińskiej.

Wyszły w milczeniu, bo chociaż Wysocka usiłowała zawiązać rozmowę, Anka prawie nie słyszała jej słów i nie odpowiadała, zatopiona w coraz żywszem odczuwaniu tej wieści niespodzianej.

Żeby dostać się do domu Trawińskich, było najkrócej przejść przez ogród i fabrykę Borowieckiego, ale że fabryka z powodu niedzieli była zamknięta, więc trzeba było iść ulicą, obok pałacu i domu Müllerów.

Okna domu Müllerów były otwarte i oświetlone, a że były słabo przysłonięte i tuż nad trotuarem, więc z ulicy doskonale było widać wnętrze.

Anka przechodziła koło nich, nie patrząc, ale Wysocka spojrzała i zatrzymała się chwilę, pociągając za rękę dziewczynę.

W saloniku siedziała cała rodzina Müllerów z Karolem w pośrodku.

Mada przechylona do niego, opowiadała coś ze śmiechem i radością, a czego Karol słuchał z wielkiem skupieniem.

Anka spostrzegłszy tę scenę, cofnęła się i nie powiedziawszy ani słowa Wysockiej, powróciła do domu.

Nie rozpaczała, ani płakała, bo czuła się tylko obrażoną śmiertelnie, dotkniętą w swej miłości własnej.

Na drugi dzień po obiedzie, Karol zaczął się usprawiedliwiać przed nią, dlaczego nie był wieczorem, ale mu przerwała zimno i dosyć wyniośle:

— Dlaczegóż pan się usiłuje usprawiedliwiać, robi pan to, co jest przyjemniejszem, było panu milej u Müllerów, więc tam pan przepędził wieczór.

— Zaczynam pani nie rozumieć — zawołał dotknięty.

— Nie wiem czy się pan starał o to kiedykolwiek.

— Dlaczego pani mówi w taki sposób do mnie?

— Czy pragnie pan, abym nie mówiła zupełnie?

— To raczej pani zmusza mnie do tego.

— O tak, zmuszam pana, oczekując całe dnie nieraz na jedno słowo, oczekując na próżno... — powiedziała Anka z goryczą, ale pożałowała zaraz tych słów, które jej się bezwiednie wydarły, bo Karol siedział nie poruszony i zły.

Zniechęcenie i nuda wyzierały z jego oczów i słów, nie potrafił się już maskować nawet, podniósł się i, biorąc kapelusz, powiedział zimno:

— Jadę do Kurowa, może pani ma jaki interes?

— Mam kilka nawet.

— Mogę je załatwić.

— Dziękuję, załatwię sama, bo i tak z ojcem za dni kilka tam pojedziemy.

Ukłonił się i wyszedł, ale powrócił już z ogrodu, tknięty mocno potrzebą zgody i jakby w poczuciu win swoich względem niej popełnionych, zastał ją tak, jak opuścił.

Anka siedziała wpatrzona w okno, podniosła na niego pytające spojrzenie.

— Panno Anko, dlaczego się pani gniewa na mnie? Czemu nie jesteś pani szczerą ze mną, jak dawniej, jak w Kurowie? Co się z panią dzieje? Jeśli panią zmartwiłem, jeśli zrobiłem jakąkolwiek przykrość, to przepraszam całem sercem...

Mówił cichym, pełnym uczucia głosem, a porwany własnymi akcentami szczerości, szeptał dalej z serdecznością:

— Ja mam tyle kłopotów, tyle zmartwień ciągłych, że być może nieraz uraziłem panią swoją szorstkością, ale powinna pani wiedzieć przecież, że to mogło się stać tylko mimowoli, nie posądzisz mnie przecież, że mógłbym świadomie cię udręczać, Anka, proszę cię, przemów i przebacz mi. Czy już tak mało cię obchodzę, co?

Pochylił się nad nią i zajrzał w jej oczy, które śpiesznie przymknęła, były pełne łez. Ten głos serdeczny, cichy, przenikał ją ciepłem, otwierał wszystkie rany, budził wszystkie przymilkłe skargi i wszystkie pragnienia kochania, przepełniał jej oczy łzami, a duszę taką dziwną, taką wielką żałością, — a nie mogła się odezwać, nie mogła, bo czuła, że razem z tem słowem rzuci mu się w ramiona, że wybuchnie płaczem, więc nic nie powiedziała, siedziała sztywno, mocując się z dumą własną, zabraniającą pokazywania co czuła w tej chwili i z szalonem pragnieniem miłości i wiary w niego.

Borowiecki nie doczekawszy się odpowiedzi i głęboko tem zmartwiony, wyszedł.

Anka długo żałowała tej chwili straconej dla odzyskania szczęścia i długo płakała po niej.

Płynęły po tem dnie i tygodnie w zgodzie i pozornym spokoju.

Witali się, żegnali z jednaką uprzejmością, rozmawiali nieraz nawet poufnie, ale bez dawnej serdeczności, bez dawnej wiary w siebie i bez dawnej troski o siebie.

Anka usiłowała być inną, dawną, dobrą i kochającą narzeczoną, ale z przerażeniem spostrzegła, że już taką być nie mogła i że miłość do Karola jakby umierała w niej.

Ostrzeżenie Wysockiej miała ciągle w pamięci i potwierdzały go różnymi czasy wyrzeczone słowa Karola, które teraz dopiero nizała na nić uświadomienia i rozpatrywała uważnie.

A przytem i inni ludzie nie żałowali jej półsłówkowych ostrzeżeń. Czasem się z tem wyrywał Maks, a najczęściej Moryc, który z wielką przyjemnością i bardzo delikatnie przysłonięte opowiadał szczegóły o Karolu i jego zamysłach i potrzebach.

Dawniej zupełnie nie zwracała uwagi na to, ale teraz nauczyła się wyławiać prawdę z tych półsłówek, prawdę tak gorzką dla siebie, tak raniącą jej dumę, że gdyby nie wzgląd na pana Adama, byłaby natychmiast wyjechała z Łodzi.

A czasami znowu wzbierał w jej sercu wielki, stłumiony krzyk tej miłości umierającej, krzyk serca, które jeszcze pomimo wszystko kochało i z losem swoim zgodzić się nie mogło.

Na zewnątrz pomiędzy nimi nic jeszcze nie zaszło, ale oddalali się od siebie coraz bardziej.

Borowiecki zajęty wykończaniem fabryki, mało mógł poświęcać i czasu i uwagi narzeczonej, czuł tylko bezwiednie, że Anka jest coraz smutniejszą i że porusza się jakby w obłoku chłodu i obojętności.

Postanowił tę sprawę ostatecznie rozstrzygnąć po skończeniu fabryki, a tymczasem, ponieważ było mu źle w domu, bywał bardzo często u Müllerów i częściej niż dawniej widywał się z Lucy.

XVI.

„Z dniem 1 października puszczoną została w ruch Manufaktura wyrobów bawełnianych pod firmą K. Borowiecki i S-pka. Zobowiązania podpisywać będzie K Borowiecki lub p. p. M. Welt".

Borowiecki odczytał półgłosem okólnik handlowy i zwrócił się z nim do Jaskólskiego.

— Trzeba zaraz wysłać go do pism, a jutro do różnych firm, pan Moryc dostarczy adresów.

Wyszedł na wielki dziedziniec fabryczny jeszcze zastawiony rumowiskami i rozmaitemi częściami maszyn, bo chociaż urzędownie fabryka była już skończona, ale faktycznie szła tylko przędzalnia, a resztę oddziałów wykończano gwałtownie.

Karol nie chciał i nie mógł już z różnych powodów czekać zupełnego wykończenia, więc puścił tylko przędzalnię i na dzisiaj właśnie naznaczył dzień poświęcenia fabryki i puszczenia w ruch maszyn.

Chodził dziwnie zgorączkowany i niespokojny, w przędzalni długo przyglądał się próbnej robocie, prowadzonej przez Maksa, który spocony z wysiłku, ochrypły od krzyku, zmęczony i brudny, biegał po sali, sam zatrzymywał maszyny, poprawiał je i puszczał znowu, troskliwem okiem przyglądając się warczącym wrzecionom i wyciągniętym na próbę niciom.

— Maks, zostaw wszystko, bo się już zbierają w domu.

— Ksiądz Szymon przyjechał?

— Przyjechał z Zajączkowskim i już się dopytywał o ciebie.

— Za godzinę tam przyjdę.

Karol z pewną przyjemnością przypatrywał się zielonym girlandom z jedliny, jakiemi robotnicy pod wodzą starego Jaskólskiego ubierali głównie drzwi i okna.

Druga partya robotników uprzątała przejścia w dziedzińcu i ustawiała długie stoły obite perkalem, w magazynie, który nie był jeszcze zupełnie skończonym; stoły były dla robotników i pracujących przy budowie, którym miano wyprawić coś w rodzaju śniadania.

W domu zaś z pośpiechem szykowano wystawne przyjęcie dla kolegów, przyjaciół i znajomych fabrykantów, zaproszonych na dzisiejszą uroczystość.

Karol włóczył się po salach i dziedzińcu z dziwnem uczuciem niemocy i jakby żalu, że to już skończone, że to już trzeba zaczynać nową, jeszcze cięższą pracę; przyglądał się murom i maszynom z uczuciem wielkiej życzliwości i jakby głębokiego powinowactwa.

Tyle miesięcy czasu, tyle wysiłków mózgu i nerwów, niedospanych nocy im poświęcił, tak rosły i rozwijały się w jego oczach, siłą jego woli, mocą jego własnych sił i krwi, że dobrze to czuł teraz, iż wielką część jego istoty zamknięta jest w tych czerwonych murach, uwięziona w tych dziwacznych, poskręcanych jak potwory maszynach, które na podłogach leżały jeszcze nieruchome, ciche, ale gotowe do ruchu na jego skinienie, martwe niby, a pełne utajonego skupionego życia.

Nie zwracał uwagi na Dawida Halperna, który chociaż chory i nieproszony, przywlókł się, życzył mu szczęścia i radosnym widokiem obejmował nową fabrykę, oglądał sale, interesował się wszystkiem i powtarzał Maksowi.

— Ja się cieszę, ja się bardzo cieszę panie Baum — bo jak postawiliście fabrykę — to Łodzi znowu przyrosło.

— Nie zawracaj pan głowy! — mruknął Maks. Dawid Holpern się nie obraził, poszedł dalej oglądać, a później, podczas ceremonii poświęcenia, stał z boku z odkrytą głową i z zachwytem przyglądał się fabrykantom i ciżbie ludzkiej i nowemu warstatowi pieniędzy.

— Czego szukasz? — zapytał Moryc, Karola wchodząc za nim do pustej sali.

— Niczego, patrzę tylko — odparł melancholijnie.

— Czy to przyjęcie dla robotników nie mogłoby się odbyć skromniej?

— To znaczy nie dać im nic, bo i tak jest dosyć skromne.

— A kosztuje czterysta rubli, już mi podali rachunki.

— Odbijemy to jakoś na nich. Nie sprzeczaj się chociaż dzisiaj. Patrz, to jednak nasze dawne marzenie stało się — szepnął, wskazując fabrykę.

— Ale czy długo trwać będzie — odpowiedział Moryc, uśmiechając się jakoś dziwnie.

— Ręczę ci, że dopóki ja żyję, trwać będzie — zawołał z mocą.

— Mówisz jak poeta, a nie jak fabrykant. Kto może zaręczyć, że za tydzień nie będzie to tylko kupa gruzów! Kto wie, czy za rok sam nie będziesz chciał się jej pozbyć. Fabryka, taki dobry towar jak i perkal i tak samo się sprzedaje, jeśli na niej dobrze zarobić można.

— Mógłbyś odświeżyć swoje teorye, bo mi już bardzo spowszedniały — odpowiedział mu Karol i poszli razem do domu, gdzie już kilkanaście osób zebranych na uroczystość, siedziało na werendzie.

Jakoż wkrótce ukazał się ksiądz Szymon w komży i wszyscy ruszyli za nim.

Chwila była bardzo uroczysta, tłumy robotników z odkrytemi głowami, świątecznie ubranych zapełniały dziedziniec i sale fabryczne.

Ksiądz szedł z oddziału do oddziału, odmawiał modlitwy i pokrapiał mury, maszyny i ludzi wodą święconą.

W przędzalni, gdzie przy każdej maszynie stali ludzie i wszystkie transmisye, koła i pasy były napięte siłą, po poświęceniu Borowiecki dał znak i wszystkie maszyny ruszyły zgodnym rytmem, a po kilkuset obrotach stanęły, bo robotnicy poszli na śniadanie do magazynu.

Fabryka była puszczona w ruch.

Całe towarzystwo powróciło do domu i zasiadło do śniadania.

Pierwszy toast za pomyślność i rozwój fabryki wniósł Knoll, który w długiej mowie bardzo życzliwie wspominał prace Borowieckiego w firmie Bucholc i S-ka; drugi toast za to samo, z dodatkiem zdrowia dla dzielnych spólników i przyjaciół podniósł Grosglück i w końcu ucałował Karola, a jeszcze serdeczniej Moryca.

A gdy Zajączkowski wniósł toast „Kochajmy się", przyjęty dosyć chłodno, powstał Karczmarek, który z początku siedział cicho, onieśmielony obecnością milionerów i tem niezwyczajnem dla siebie zebraniem, ale teraz, po tylu toastach uczciwie spełnionych, nabrał animuszu i swady — nalał pełną szklankę koniaku, trącił się z Myszkowskim i Polakami i mocnym ale ochrypniętym głosem zawołał:

— Rzeknę swoje! Żeby się ludzie kochały, w to nie uwierzę — bo wszyscy bierzemy z jednej miski a każden chce dla siebie najwięcej. Pies z wilkiem się kochają ale ino wtedy, kiedy do spółki cielaka sporządzają abo i barana. Jak komu potrza abo i na rękę, to niech se ta wszystkich kocha, ale nam nie potrza, żebyśmy się kochali ino żebyśmy się nie dali... Czy rozumem... czy kalkulacyą... czy pięścią na ten przykład a niedajmy się... Moc mamy i rozum tyż... to chciałem rzec i tem przepijam do p. Borowieckiego!...

Przepił i chciał mówić dalej ale zagłuszyły go brawa, bite umyślnie, bo niemcy i żydzi poczęli się krzywić, więc przestał i pił dalej z Myszkowskim.

Potem już szły toasty bez końca i gwar się podniósł ogromny, bo wszyscy naraz mówić zaczęli.

Maks tylko był milczący i co chwila wychodził do robotników ucztujących w magazynie, bo tam gospodarzyła Anka, otoczona rojem całujących ją po rękach robotników, a że i tam wznoszono zdrowie Karola, więc musiał przyjść i wypić z nimi i podziękować, ale wychodząc zabrał ze sobą Ankę, tak był nadzwyczajnie wesół i zadowolony, że wziął ją za rękę i wskazując fabrykę, zawołał radośnie:

— To moja fabryka! Mam ją i nie wypuszczę.

— I mnie to raduje niewymownie — odpowiedziała cicho.

— Nie tyle jednak co mnie, nie tyle — mówił z wyrzutem.

— Jakże, pańskie szczęście jest mojem szczęściem — powiedziała i odeszła, bo Nina Trawińska wołała ją do altany w ogrodzie.

— Gniewa się jeszcze, muszę się nią trochę zająć na nowo — myślał, wchodząc na werendę, gdzie wystawiono stoły z jadalni, bo tam było zbyt ciasno i duszno.

Gospodarzył bardzo uroczyście Moryc i zajmował się wszystkiem, odchodząc co chwilę z Grosglückiem na jakieś tajemnicze szepty.

Maks Baum tylko nie brał prawie udziału w ogólnej wesołości, siedział przy swoim ojcu, który zaproszenie przyjął i przyszedł, ale straszył wszystkich swoją ponurą, wyschniętą twarzą, jakby pokrytą pleśnią grobu, nie rozmawiał z nikim, czasem pił, przyglądał się zebranym, a zapytany odpowiadał zupełnie przytomnie i patrzył na nowe, czerwone kominy fabryki.

W małym pokoiku od ulicy siedział ksiądz Szymon, Zajączkowski, pan Adam, a na czwartego Kurowski; grali w preferansa i kłócili się wszyscy z dawną przyjemnością; wszyscy prócz Kurowskiego, który zawsze po rozdaniu kart, znikał dyskretnie, odszukiwał Ankę, zamieniał z nią kilka słów i powracał, kpiąc po drodze z pijanego Kesslera, ale grał źle, ciągle się mylił, psuł grę innym, za co słuchać musiał wymówek pana Adama i krzyków Zajączkowskiego, tylko ksiądz Szymon śmiał się z zadowolenia, bił cybuchem po sutannie i wołał:

— Dobrze, dobrze moje dzieciąteczko kochane. A toś jegomość dobrodzieju mój kochany zadał takiego bobu Zajączkowi, że popamięta. Ha, ha, ha! położyć się bez trzech, to na to już trzeba się nazywać Barankowskim a nie Zajączkowskim, ha, ha, ha!

— To moja wina? — krzyknął szlachcic, waląc w stół pięścią — jak mi panie dobrodzieju każą grać z fuszerami, którzy kart nie umieją trzymać w ręku! Siedem trefli, ręka!

Przelicytowali się i grali już cicho, tylko pan Adam dawnym zwyczajem, ponieważ mu karta szła dobrze, bił nogą w stopień fotelu i przyśpiewywał półgłosem:

„Poszły panny na rydze, na rydze, na rydze, tam!"

Ksiądz Szymon od czasu do czasu pociągał wygasły cybuch i wołał:

— Jasiek, a daj-no smyku ogieńka.

Jaśka nie było, tylko Mateusz stał gotowy na skinienie, bo go specjalnie do usług księdza zarezerwowała Anka.

Kurowski w milczeniu i z uśmiechem przyjmował wymyślania Zajączkowskiego, bo mu bardzo zabawnym wydawał się ten szlachecki przeżytek.

— Może panom potrzeba wina, albo piwa? — odezwała się Anka, wchodząc.

— Niczego moje dzieciątko kochane, niczego. Ale, wiesz Anula, Zajączek położył się bez trzech — wołał ksiądz Szymon, zaczynając się śmiać.

— Jak Pana Boga kocham, ale to nawet nie przystoi księdzu cieszyć się z nieszczęścia bliźnich, to się może skończyć tak, jak się skończyło w Sandomierskiem u Kiniorskich, było to...

— Dobrodzieju mój kochany nic nam do tego, gdzie było, a ty pilnuj gry i dawaj do koloru, atucika, atucika ostatniego, a nie mydlij nam oczu.

— Komu to ja mydlę oczy! — wrzasnął strasznie Zajączkowski.

Zawiązała się znowu kłótnia, aż cały dom i ogród zapełnił się potężnym głosem Zajączkowskiego, że zebrani na werendzie z niepokojem zwrócili oczy na Borowieckiego.

— Panie Wysocki, może mnie doktór zastąpi! — zawołał Kurowski do przechodzącego przez sąsiedni pokój, oddał mu karty i wyszedł za Anką, która spacerowała po ogrodzie z Niną, przyłączył się do nich i poszli do małej altanki, opiętej winem o czerwonych już liściach i obsadzonej rzędami dokwitających astrów i lewkonii.

— Cudowny dzień — zauważył, siadając wprost Anki.

— Chyba dlatego taki piękny, że już ostatni dzień jesieni.

Milczeli długo, oddychając tem dziwnie słodkiem, pieszczotliwem powietrzem, przesyconem ostatniemi zapachami umierających kwiatów i liści więdnących.

Słońce bladawe rozsypywało na ogród złocisty pył, który przysłaniał lekko kontury wszystkiego i oprawiał barwy gasnącego ogrodu w przecudny i przesubtelny ton wyblakłego złota.

Po trawnikach skrzyły się pajęcze siatki i migotały opalami, a w powietrzu cichem i ciepłem leciały niby pasma szklane, długie nici pajęczyn czepiały się żółtych liści akacyi, stojących pod murem, przedzierały się o pół nagie już, trzepocące resztkami czerwonych liści czereśnie, albo uczepione pni chwiały się długo, aż je cichy wiatr uniósł i leciały wysoko, ku dachom miasta i ku tej zbitej masie kominów, które zdawały się kołysać nad morzem domów.

— Na wsi taki dzień jest tysiąc razy piękniejszy — szepnęła Anka.

— O, z pewnością. Ale pomijając to, przepraszam z góry za uwagę, jaką zrobię, dzisiejsza uroczystość, niezbyt raduje panią, panno Anno.

— Przeciwnie, raduje mnie bardzo, jak mnie raduje zawsze niewymownie każde ludzkie pragnienie spełnione.

— Stawia pani sprawę zbyt ogólnie, w to zresztą wierzę, tylko nie widzę aby dzisiejszy dzień był dla pani radosnym.

— Cóż zrobię, że pan tego nie widzi, a jednak cieszę się nim naprawdę.

— Dźwięk pani głosu mówi co innego!

— Czyż jest możebnem, aby był w niezgodzie z tem, co ja czuję?

— A jednak jest w tej chwili, bo każe się domyślać pani obojętności — powiedział śmiało Kurowski.

— Źle pan słucha i jeszcze gorsze wnioski pan wyciąga.

— Być może, jeśli pani chce tego.

— Niech-no pan Ance nie sugestyonuje rzeczy, o których nie myślała.

— Możemy o czemś nie myśleć, ale pomimo to, to coś w nas być może, choćby jeszcze pod linią świadomości. Widzę, że miałem słuszność.

— Najmniejszej. Potwierdza pan tylko samego siebie — zawołała Nina.

— Prawda, że my miewamy słuszność tylko wtedy, jeśli panie raczą nam ją przyznać.

— Zawsze przyznajecie ją sobie sami, nie pytając nas o zdanie.

— Czasami pytamy...

Uśmiechnął się.

— Żeby stwierdzić tylko lepiej jeszcze własną racyę.

— Nie, żeby się okazać uprzejmiejszymi niż jesteśmy.

— Kessler do nas idzie.

— To ja odchodzę, bo mam ochotę tego niemca pożreć.

— I zostawia nas pan bez opieki przed jego nudzeniem — zawołała Anka.

— On jest dziwnie piękny, tą jakąś jesienną pięknością, ostatnią — zauważyła Nina, patrząc za odchodzącym.

— Kurowski, choć do nas, napijemy się — wołał z werendy Myszkowski, siedzący za stołem, w otoczeniu całej bateryi butelek.

— Dobrze, napijmy się raz jeszcze za rozwój i pomyślność przemysłu — zawołał Kurowski, biorąc kieliszek i zwracając się do Maksa, siedzącego przy balustradzie i rozmawiającego z Karczmarkiem.

— Nie piję za taką pomyślność. Niech przemysł zdechnie, a z nim wszyscy jego pachołkowie — zawołał Myszkowski już dobrze pijany.

— Nie bredź, dzisiaj święto prawdziwej pracy, pracy wytrwałej i celowej.

— Cicho Kurowski, święto, prawdziwa praca, praca wytrwała i celowa! Sześć słów, a sto głupstw. Cicho Kurowski, boś i ty sparszywiał pomiędzy tymi parobkami, żyjesz i pracujesz jak bydle i zbierasz grosze. Piję na twoje upamiętanie.

— Bądź zdrów Myszkowski, przyjdź do mnie w sobotę, to pogadamy. Wychodzę już.

— Dobrze, tylko się napij ze mną. Karol pić nie chce, Maks pić nie może, Kessler woli szczerzyć zęby do kobiet, Trawiński ma już dosyć, szlachcice grają w karty i cóż ja biedna sierota pocznę, przecież z Morycem ani z fabrykantami pić nie będę.

Kurowski zatrzymał się jeszcze i pił z nim, a przyglądał się Kesslerowi, który chodził z paniami, bełkotał coś niewyraźnie, poruszał szczękami i w świetle słońca podobnym był jeszcze bardziej do rudego nietoperza.

Towarzystwo szybko się zmniejszało, pozostawali tylko najbliżsi i Müller, który wciąż trzymał Borowieckiego przy sobie i rozmawiał z nim bardzo serdecznie, a Murray który zjawił się już na końcu przyjęcia, przysiadł do Maksa i grupy kolegów i zdumionym, oczarowanym wzrokiem patrzył na kobiety, które z powodu przedwieczornego chłodu powróciły z ogrodu i siedziały otoczone mężczyznami na werendzie.

— Jakże wasze sprawy, żenicie się? — zapytał go po cichu Maks.

Anglik nic nie odpowiedział, aż dopiero nasyciwszy swoją duszę wiecznie głodną widokiem kobiet, rzekł cicho:

— Jabym się zaraz ożenił.

— Z którą?

— Wszystko jedno, jeśli nie można z dwoma.

— Zapóźno wybraliście się, bo jedna jest żoną, a druga nią będzie wkrótce.

— Zawsze zapóźno, zawsze zapóźno! — szepnął z goryczą i drżącemi rękami obciągał surdut z garbu, a potem przysunął się do Myszkowskiego i pił z nim, jakby z rozpaczy.

Wszedł stary Jaskólski i odnalazłszy Karola, szepnął mu do ucha, że ktoś czeka na niego w kantorze i chce się koniecznie z nim widzieć jak najprędzej.

— Kto? nie znasz pan?

— Nie znam go, ale zdaje mi się, że to pan Zuker... — jąkał szlachcic.

— Zuker, Zuker! — powtórzył jakoś trwożnie i dziwnem uczuciem zabiło mu serce. — Zaraz przyjdę, niech zaczeka chwilę.

Przyszedł do pokoju ojca i wziął rewolwer do kieszeni.

— Zuker! chce się widzieć ze mną? Czego on chce? A może?...

Bał się dokończyć myśli...

Powlókł niespokojnie oczami po zebranych i wymknął się cicho.

Zuker siedział w kantorze, pod oknem, oparł się na lasce i patrzył w ziemię, a gdy Borowiecki wszedł, nie przyjął podanej mu ręki, nie rzekł zwykłych słów przywitania, tylko patrzył długo rozpalonemi oczami w jego twarz.

Karola owładnął niepokój, czuł się jakby złapanym w potrzask, ten wzrok palił, mieszał i budził w nim strach. Miał szaloną ochotę uciec, ale zapanował nad sobą, zapanował nawet nad drżeniem serca, zamknął okno, bo wrzawa pijących robotników była zbyt blizką, podsunął mu krzesło i rzekł wolno:

— Bardzo... mi przyjemnie widzieć pana u siebie... żałuję tylko, że nie będę mógł poświęcić mu tyle czasu ilebym chciał, bo, jak pan wie, dzisiaj u mnie święto otwarcia fabryki.

Usiadł ciężko, czując, że w tej chwili nie potrafiłby powiedzieć już ani jednego słowa więcej, te frazesy wypłynęły same.

Zuker wyjął z kieszeni pomięty list i rzucił na biurko.

— Niech pan przeczyta — powiedział głucho i patrzył w niego z uporem.

Była to szorstka i ordynarna w formie denuncyacya stosunku Borowieckiego do Lucy.

Borowiecki długo czytał, chciał zyskać na czasie — bo czytając musiał zużywać całą siłę woli, aby się nie zdradzić; aby zachować obojętną, zimną twarz, pod ognistem śledczem spojrzeniem Zukera, które mu przewiercało wnętrzności.

List przeczytał i zwrócił, nie wiedząc co mówić.

Zapanowała znowu długa chwila męczącej ciszy.

Zuker patrzył, ześrodkował wszystkie władze w tem drapieżnem, chciwem spojrzeniu, pragnął wyrwać tajemnicę z szarych źrenic Karola, który co chwila przysłaniał powiekami oczy i bezwiednie poruszał różne przedmioty na biurku, ale czuł, że jeszcze chwil kilka takiej nieopowiedzianej męki, niepewności, a zdradzi się.

Ale Zuker podniósł się z krzesła i cicho zapytał:

— Co ja mam myśleć o tem, panie Borowiecki?

— To pańska sprawa — rzekł niepewnie, bo przyszło mu na myśl, że może Lucy wyznała wszystko.

Nogi zaczęły drżeć pod nim, poczuł miliony drobnych ukłuć po głowie i skroniach.

— Ja to mam mieć za odpowiedź pańską?

— No cóż pan chcesz, abym odpowiadał na taką podłą twarz.

— Co ja mam z tem zrobić, co ja mam o tem myśleć?

— Poszukać autora listu, wsadzić go do więzienia za fałsz i nikomu o tem nie mówić, ani słowa. Mogę panu pomódz w poszukiwaniach, bo przecież i mnie ta sprawa zahacza.

Odzyskiwał spokój i równowagę, był pewnym już, że Lucy nic nie powiedziała, więc podnosił głowę wyżej i śmiało, bezczelnie patrzył na Zukera, który zrobił kilka bezcelowych kroków, usiadł, oparł głowę o ścianę i oddychał długo, aż zaczął mówić z trudem...

— Panie Borowiecki, ja jestem taki sam człowiek, ja tak samo czuję i tak samo mam swój kawałek honoru. Ja teraz przychodzę do pana i na wszystko, na wielkiego Pana Boga zaklinam pana, pytam: czy prawdę mówi ten list? Czy to wszystko jest prawda?

— Nieprawda! — odparł mocno i stanowczo Borowiecki.

— Ja jestem żyd, prosty żyd, przecież ja pana nie zastrzelę, nie wyzwę na pojedynek, co ja panu mogę zrobić? Nic nie mogę zrobić! Ja jestem prosty człowiek, ja moją żonę kocham bardzo, pracuję jak mogę, żeby jej nic nie brakowało, ja ją trzymam jak królowę. Pan wie, ja ją za własne pieniądze kazałem wykształcić, ona jest dla mnie wszystkiem, a tu mnie list przysyłają, że ona jest pańską kochanką! Ja myślałem, że się cały świat zawalił na moją głowę... Ona ma mieć za parę miesięcy dziecko, pan wie co to jest dziecko? Ja cztery lata czekam na to, cztery lata! A tu teraz takie wiadomości! Co ja teraz wiem? czyje to dziecko? Pan mi powiesz prawdę, pan mi musisz powiedzieć prawdę! — krzyknął nagle, zrywając się z miejsca i rzucił się ku Borowieckiemu jak obłąkany, z zaciśniętemi pięściami.

— Powiedziałem panu, że list jest podłym fałszem — odparł spokojnie Karol.
Zuker stał chwilę z wyciągniętemi rękami i opadł ciężko na krzesło.

— Wy lubicie się bawić z cudzemi żonami, was nic nie obchodzi, co się stanie z tą kobietą, nic was nie obchodzi ani wstyd, ani hańba całej rodziny, wy jesteście... was Pan Bóg ciężko pokarze... — szeptał z trudem, urywanie, głos mu się trząsł, łamał, rwał, przepajał łzami, aż w końcu i łzy zaczęły zwolna wyciekać z zaczerwienionych oczów i padać na twarz siną, na brodę, jak pełne ziarna goryczy nieopowiedzianej.

Mówił jeszcze długo i coraz spokojniej, bo zachowanie się Borowieckiego, jego twarz, jego szczere spojrzenia i wielkie współczucie jakie w nim dojrzał, wlewało w niego wiarę, że to wszystko istotnie jest kłamstwem.

Borowiecki podparł ręką głowę i słuchał i trzymał jego oczy w swojem spojrzeniu, a jednocześnie nieznacznemi ruchami kreślił ołówkiem na kartce papieru, leżącej w wysuniętej nieco szufladzie biurka, słowa:

„Nie zdradź się, zaprzecz wszystkiemu, on jest u mnie, podejrzewa, kartkę spal. Wieczorem tam, gdzie ostatni raz".

Zdążył papier wsunąć w kopertę i wtedy podszedł do telefonu, który łączył fabrykę z mieszkaniem.

— Niech Mateusz przyniesie wina i wody sodowej do kantoru. Kazałem przynieść wina, bo widzę, że pan bardzo zmęczony i zdenerwowany. Proszę mi wierzyć, że bardzo współczuję z panem. No, ale skoro to nie prawda, to niema się pan czem martwić więcej.

Zuker drgnął, bo w jego głosie i twarzy coś było w tej chwili fałszywego, ale nie mógł patrzeć dłużej, bo wszedł Mateusz z winem, które zaraz Karol nalał w szklankę i podał Zukerowi.

— Niech się pan napije, wzmocni pana trochę. Mateusz! — zawołał przez okno i wybiegł za nim, a spotkawszy, wsunął mu list w rękę i zapowiedział, żeby natychmiast z nim biegł, nie zdradził się od kogo, osobiście oddał i również natychmiast powrócił, jeśli można, z odpowiedzią.

Stało się to tak szybko, że Zuker niczego nie podejrzewał, pił wino, a Karol spacerował po kantorze i szeroko zaczął mówić o fabryce swojej; chciał go przetrzymać do powrotu Mateusza.

Ale Zuker słuchał nie słysząc nic, bo po dłuższem milczeniu znowu zapytał:

— Panie Borowiecki, ja pana zaklinam na wszystkie świętości pańskie, czy to jest prawda czy nie, co tu napisane w tym liście?
 — Ależ panie, mówiłem, że nie prawda, daję panu słowo, że ani cienia prawdy.

— Przysięgnij pan. Jak pan przysięgnie, to będzie prawda. Przysięga wielka rzecz, ale tu chodzi o życie moje, mojej żony, dziecka i życie pana. Ja panu mówię prawdę — i o życie pana. Pan przysięgnie na ten obrazek, to jest obrazek Matki Boskiej, ja wiem co to jest wielka świętość u Polaków. Pan mi przysięgnij, że to jest nie prawda! — zawołał mocno, wyciągając ręce do obrazka, który Anka kazała zawiesić nad drzwiami kantoru.

— Daję panu przecież słowo. Ja pańską żonę widziałem zaledwie kilka razy w życiu, a nawet nie wiem, czy ona mnie zna.

— Przysięgnij pan! — powtórzył tak mocno, z takim naciskiem, że Karol zadrżał.

Zuker był siny, trząsł się cały i schrypniętym, dzikim głosem, wciąż powtarzał to wezwanie.

— A więc dobrze, przysięgam panu na ten obrazek święty, że nie mam i nie miałem żadnych stosunków z żoną pańską, że list jest oszczerstwem od początku do końca — powiedział uroczyście, podnosząc rękę do góry.

Głos mu zadrżał takim akcentem prawdy, bo chciał bądź co bądź, ocalić Lucy, że Zuker, list rzucił na ziemię i podeptał.

— Wierzę panu. Pan mi ocalił życie... Ja panu wierzę teraz jak samemu sobie, jak Lucy... Niech pan liczy na mnie, ja się mogę przydać na co... Ja panu tego nigdy nie zapomnę — wołał uradowany, upojony szczęściem.

Mateusz wszedł zziajany i oddał list, w którym były tylko te słowa: „Będę. Kocham cię... kocham cię"...

— Ja muszę już iść, muszę prędko iść do żony, ona nic nie wie, ale zrobiłem jej wielką przykrość. Jestem teraz bardzo zdrów, bardzo mi dobrze, taki jestem dobry, że ja panu coś powiem na ucho, pod sekretem, niech się pan pilnuje Moryca i Grosglücka, oni chcą pana zjeść. Do widzenia, kochany panie Borowiecki.

— Dziękuję panu za wiadomość, ale nie wiele jej rozumiem.

— Nie mogę więcej powiedzieć. Bądź pan zdrów, niech będzie zdrów pański ojciec, pańska narzeczona, pańskie dzieci.

— Dziękuję, dziękuję. A jeśli jeszcze kto napisze do pana podobnie, to mnie pan zawiadom. Zostaw pan list, muszę zacząć poszukiwania autora.

— Ja tego łajdaka wsadzę do kryminału, on pójdzie na sto lat na Sybir. Kochany pan Borowiecki, ja będę pańskim przyjacielem do śmierci!

Rzucił mu się na szyję, wycałował go serdecznie i wybiegł zupełnie szczęśliwy.

— Moryc i Grosglück! Chcą mnie zjeść! Ważna wiadomość! — myślał i długo o tem rozmyślał później tak silnie, że zapomniał o liście anonimowym, o przysiędze i całej scenie z Zukerem, która go jednak ogromnie zdenerwowała.

W domu, prócz czwórki grającej i Trawińskich nie zastał nikogo, a że już zmrok zapadał, siadł w dorożkę, kazał podnieść budę i pojechał na umówione miejsce oczekiwać Lucy.

Po przeszło godzinnem oczekiwaniu, które go zdenerwowało do reszty, Lucy ukazała się na trotuarze, wychylił się nieco, zobaczyła go i wsiadła, rzucając mu się na szyję i zasypując pocałunkami.

— Co to było, Karl?

Opowiedział jej wszystko.

— Nie wiedziałam dlaczego przyszedł taki uradowany, przyniósł mi ten garnitur szafirów, w który musiałam się zaraz ubrać. Jedziemy dzisiaj do teatru, on chce koniecznie.

— Widzisz z tego, że musimy na pewien czas przestać się widywać, dla uśpienia wszelkich podejrzeń — mówił, przygarniając ją do siebie.

— On mi powiedział, że zawiezie mnie do krewnych, do Berlina, na cały ten czas... wiesz...

Przytuliła się do niego jak dziecko.

— To bardzo dobrze, nie będzie nawet pozorów.

— Ale ty będziesz przyjeżdżał do mnie? Karl, jabym umarła, napewnobym umarła, gdybyś nie przyjechał. Przyjedziesz? — prosiła gorąco.

— Przyjadę, Lucy.

— Kochasz mnie jeszcze?

— Czy tego nie czujesz?

— Nie gniewaj się, ale... tyś teraz taki inny, taki jakiś nie mój, taki... zimny...

— Czy myślisz, że takie wielkie uczucie trwać może całe życie?

— Tak, bo ja kocham cię coraz silniej — odpowiedziała szczerze.

— To dobrze Lucy, dobrze, ale widzisz, trzeba się zastanowić nad naszem położeniem, nie może ono trwać ciągle.

— Karl, Karl! — wykrzyknęła, odsuwając się od niego, jakby pchnięta nożem.

— Ciszej mów, poco doróżkarz ma słyszeć! I nie przerażaj się tem, co powiem. Ja cię kocham, ale my się nie możemy widywać tak często, sama to rozumiesz, nie mogę narażać twojego spokoju, nie mogę cię narażać na zemstę męża, musimy być rozsądni.

— Karl, ja rzucę wszystko i pójdę za tobą, nie wrócę do domu, już nie mogę dłużej się tak męczyć strasznie, nie mogę, zabierz mnie, Karl! — szeptała namiętnie, okręcając go sobą, pokrywając mu twarz pocałunkami. Tak bardzo go kochała, że istotnie, gdyby zechciał, zdeptałaby wszystko i poszła za nim.

Trwożyła go ta wielka, dzika miłość, miał ochotę odrazu i stanowczo powiedzieć, że ma już tego dosyć, ale żal mu się jej zrobiło, bo doskonale odczuwał, że dla niej poza tą miłością już nic nie istnieje, a przytem obawiał się jakiegoś jej wybuchu, który mógłby go skompromitować.

Uspakajał ją, ale nie mógł zatrzeć łatwo wrażenia, jakie zrobiły pierwsze jego słowa.

— Kiedy odjeżdżasz?

— Pojutrze, on mnie odwozi. Przyjedź, Karl, przyjedź... Musisz być i potem... aby zobaczyć to nasze dziecko... — szeptała mu do ucha. — Karl — zawołała nagle — pocałuj mnie jak dawniej. Mocno... mocniej!...

Gdy ją pocałował, odsunęła się w kąt dorożki i płakać zaczęła spazmatycznie i narzekać, że jej nie kocha.

Uspakajał i zapewniał, ale nic nie pomogło, dostała histerycznego ataku, aż musiał zatrzymać dorożkę i biedz do apteki po lekarstwo.

Z trudem się uspokoiła.

— Nie gniewaj się na mnie, ale mi tak żal, tak żal... bo zdaje mi się, że ja cię już nigdy nie zobaczę, Karl — mówiła przez łzy i nim zdążył przeszkodzić, zsunęła się z siedzenia, uklękła przed nim, objęła jego kolana i najżywszymi, wyrywanymi z serca wyrazami, pełnymi miłości i rozpaczy żebrała, aby ją kochał, żeby ją nie skazywał na samotność i na cierpienia.

Tak się czuła nieszczęśliwą tym odjazdem i myślą, że może go nigdy już nie zobaczy, iż traciła przytomność.

Rzuciła mu się na piersi, obejmowała sobą, całowała, oblewała łzami i pomimo, że on poruszony jej cierpieniem, mówił namiętnemi słowami miłości, ten srogi strach, strach konających przytomnie trząsł i rozrywał jej serce bolesnym spazmem.

A potem zmęczona, wyczerpana płaczem i boleścią, położyła mu głowę na piersiach i trzymając go za ręce, milczała długo, tylko łzy sznurami pereł cicho spływały po jej twarzy, a łkanie od czasu do czasu rozrywało jej piersi.

Rozstali się wreszcie, musiał przyrzec tylko, że choćby z daleka, będzie przy jej odjeździe do Berlina i że co tydzień napisze.

Borowiecki czuł się winnym, ale i zupełnie bezradnym wobec jej położenia.

Jechał do domu zmęczony śmiertelnie, smutny, przesycony jej boleścią, pełną łez, rozdrgany akcentami jej słów, rozbolały również.

— Niech pioruny zatrzasną romanse z cudzemi żonami! — zaklął, wchodząc do domu.

XVII.

Fabryka szła, a raczej tylko jeden oddział, przędzalnia, którą zajmował się Maks tak gorliwie, że po całych dniach nie wychodził z niej, bo jak zwykle na początku często się psuły maszyny, więc się zamienił w ślusarza, mechanika, robotnika i dyrektora, który wszędzie był i wszystko sam prawie robił, ale pierwsze partye przędzy już gotowej do sprzedaży, upakowane, opatrzone ich firmą, sprawiły mu taką radość, że czuł się zupełnie zapłaconym za swoje trudy.

Borowiecki zajmował się wykończaniem pozostałych oddziałów, również gorliwie i gorączkowo, bo chciał je puścić w ruch jeszcze przed zimą.

Moryc zaś zajmował się całą stroną handlową fabryki i częścią administracyi.

Pracował również z zapałem, bo myślał, że pracuje dla siebie i coraz mocniejszemi nogami stawał na własności fabryki, która wciąż potrzebowała pieniędzy, a Karol nie miał gotówki, więc Moryc i osobiście i przez podstawionych ludzi, a najczęściej przez Stacha Wilczka, dostarczał pieniędzy na wypłaty i wydatki bieżące po cichu i również przez drugich, wykupywał weksle i zobowiązania Borowieckiego.

I spostrzegł teraz, że istotnie Grosglück miał racyę przewidując, iż po otwarciu fabryki Borowieckiego, Polacy podniosą głowę.

Jakoż już mówiono w Łodzi o kilku planach na fabryki, przez Polaków zamierzone, a co gorsza, że prasa trąbiła o tem głośno, a przez nią budził się pewien opozycyjny ruch wśród pewnych warstw, odbiorców, którym dały się już we znaki tandetne fabrykaty żydowskie.

Wielu agentów, mających do czynienia z domami pierwszorzędnymi, o klienteli bogatej i wykwintnej, zaczęło się informować o rodzaju wyrobów fabryki Borowiecki i Ska.

Ale to były obawy nieuzasadnione, zdradził się z niemi mimowoli Moryc przed Karolem, który roześmiał się wesoło i powiedział:

— Przesada i raz jeszcze przesada. Pomyśl tylko, czy nasza fabryka może zrobić komu konkurencyę? Tam gdzie Bucholc robi rocznie sto milionów metrów, gdzie Szaja Mendelsohn prawie tyleż puszcza na rynek, cóż moich kilkanaście może zaważyć? Komu może popsuć interesy? A tem bardziej jeszcze, że chcę robić gatunki niewyrabiane u nas a sprowadzane z zagranicy. Gdyby szło dobrze, gdyby były pieniądze i możnaby prędko rozszerzać fabrykę, a wtedy, to być może, zrobiłoby się konkurencyę tandeciarzom, o czem zresztą marzę bardzo często i do czego dojść muszę.

Moryc odszedł nic nie mówiąc.

Karol już i tak zwracał na niego baczniejszą uwagę po ostrzeżeniu Zukera i widział z obawą, że Moryc za bardzo stara się o pieniądze i za wiele ich włożył do interesu i przez to stawał się coraz pewniejszym, coraz częściej przeciwstawiał swoją wolę i swoje zapatrywania na prowadzenie interesu, woli Borowieckiego.

Stawał się często nieznośnym, aroganckim, brutalnym, ale Borowiecki musiał zaciskać zęby i milczeć, bo czuł się bezsilnym wobec zależności od niego.

— Pieniędzy! pieniędzy! — wołał wtedy w duszy, a patrząc na swoją fabryczkę, porównywał ją z kolosami obok stojących Müllera i wtedy chwytała go ostra, dokuczliwa zazdrość i złość na samego siebie.

Nie pamiętał, że Müllerowskie gmachy rosły przez lat trzydzieści, że pawilon wznosił się po pawilonie, że lata całe składały się na te potężne, huczące pracą mury; nie, on pragnął mieć odrazu podobną fabrykę.

Przytem obliczył, że gdyby mu nawet szło najlepiej, to jeszcze nie będzie miał czystego dochodu tyle, ile brał pensyi u Bucholca.

To go wstydziło wobec samego siebie.

Chciał stanąć prędko i mocno, chciał obracać milionami, czuć się otoczonym setkami maszyn, tysiącami robotników, szalonym ruchem, powodzią milionów, hukiem i siłą wielkiego przemysłu, do którego się przyzwyczaił u Bucholca, a tu, u siebie, miał fabryczkę, gdzie wszystkie oddziały miały 300 ludzi!

Zamiast bujać — musiał pełzać!

Upokarzała go ta własna małość, jego szeroka natura dusiła się w atmosferze drobnych produkcyj, targów o kopiejki, wstrętnych, bo groszowych oszczędności.

Bolała go wprost ta konieczność szukania tańszych smarów, tańszych farb, tańszych węgli i tańszych robotników i ta ciągła, nieustanna troska o pieniądze.

— Zajdziemy do tandety, jak tak pójdzie dalej — powiedział raz do Moryca.

— Ale i do większych zarobków.

Upłynęło znowu kilka tygodni pracowitych i gorączkowych dla niego.

Fabryka szła, ale dopóki była tylko sama przędza, tę sprzedawali, bo po zimowym krachu bawełnianym i przy wzmożonym ruchu jesiennym, bawełna była bardzo droga i poszukiwana, sprzedawali więc prawie natychmiast po wyprodukowaniu, ale teraz, gdy i inne oddziały były w ruchu, trzeba było robić, składać i czekać z towarem sezonu sprzedażnego, który zaczynał się dopiero w połowie zimy, a tymczasem wciąż było potrzeba nakładów nowych i nieustannych, a kredyt się nie rozszerzał, przeciwnie, zniknął prawie zupełnie.

Zmowa, jaką zainicyował Grosglück, działała solidarnie i ciasną obręczą dusiła fabrykę, podrywaniem zaufania, odmową kredytów i szkodliwemi plotkami o blizkiem bankructwie firmy.

Borowiecki niecierpliwił się tem coraz bardziej i coraz częściej spoglądał na starego Müllera i rozmyślał, czyby nie zażądać tyle razy ofiarowywanej pomocy.

Ale się powstrzymywał jeszcze, nie tyle ze względu na Ankę, bo wiedział już dobrze, pod jakimi warunkami Müller dałby pieniędzy, ale przez dumę, przez zaciętość, która w nim rosła w miarę napotykanych przeszkód.

W chwilach bardzo szczerych rozmyślań nad sobą i położeniem swojem, drwił ze swoich głupich przesądów, przeklinał prawie romantyczność, jak nazywał skrupuły, które go powstrzymywały jeszcze od zerwania z Anką i ożenienia się z Madą, ale im ulegał.

Może nawet dla tego, że Ankę widywał codziennie, że zaczynał rozumieć jej stan, że to nie była ta dawna, wesoła, szczera, ufająca dziewczyna, ale jakaś już zupełnie inna kobieta, pełna smutku i cichej rezygnacyi.

Żal mu jej było.

A Anka?

Anka była cieniem samej siebie. Pomizerniała, uśmiech zniknął z jej twarzy i ustąpił miejsca głębokiemu, jak się jej wydawało, nieuleczalnemu smutkowi.

Przesiadywała całe dnie przy panu Adamie, który jakoś w pierwszych dniach listopada dostał ataku paralitycznego; ledwie go uratowano, ale leżał bezwładny, zaledwie mogąc poruszać rękami i mówić coś niecoś.

Musiała się nim zajmować i znosić wszystkie jego dziecinne nieraz kaprysy. Czytywała mu książki i musiała wymyślać różne rozrywki, bo nudził się, przyzwyczajony, pomimo kalectwa, do życia ruchliwego.

Robiła to wszystko jeśli nie z przyjemnością, to przez wielkie przywiązanie.

Ale przez tę chorobę dom jeszcze bardziej opustoszał i stawał się dla niej czemś w rodzaju grobu, w którym żyć musiała.

Dnie przesuwały się ze straszliwą jednostajnością, nic nie zmieniając ani w chorobie pana Adama, ani w stosunku jej do Karola, który teraz, z powodu ojca, częściej przesiadywał wieczorami w domu, opowiadał o swoich sprawach i częściej zwracał się do niej.

Nie cieszyło ją to, a było coraz obojętniejszem.

Nie chciała się przyznać przed sobą, że czuła się swobodniejszą wtedy, gdy Karola nie było w domu.

Bo jego twarz zmęczona pracą, skłopotana, jego smutne spojrzenia, jakiemi czasami ogarniał jej głowę, rozdrażniały ją i bolały.

Wyrzucała sobie wtedy, że on cierpi przez nią, że to ona winna jest wszystkiemu.

Nie długo jednak trwały wyrzuty podobne, ustępowały miejsca obrażonej dumie i coraz głębszemu rozpoznawaniu jego zimnej, egoistycznej duszy.

Ale wtedy znowu serce jej się rwało z żalu nad nim.

A bywały chwile, w których jak echo odbite powracała — nie jej miłość dawna, lecz pragnienie miłości, pragnienie zatopienia się w uczuciu, powierzania całego życia takiej mocnej fali, byle tylko poniosła, byle skończyła się męka pustki, wyczekiwania, bezcelowych szamotań, tego stania o własnej sile.

Raz, wśród długiej i poufnej pogawędki, Nina wydarła jej tę tajemnicę serca, strzeżoną zazdrośnie i zawołała ze zdumieniem:

— Pocóż się męczysz? Czemuż się nie rozejdziecie natychmiast?

— Nie mogę. Jakże się rozstanę z ojcem, a przytem sama wiadomość o naszem rozejściu się mogłaby go zabić.

— Przecież za mąż nie wyjdziesz, nie kochając.

— Nie mówmy o tem. Nie mogę wyjść za niego, bo popsuję mu jego karyerę, on musi się ożenić bogato, aby módz przeprowadzić swoje plany, aby mógł tam, dokąd pragnie — dojść. A przecież nie mogę mu być zawadą i... nie będę.

— Ty go kochasz jeszcze?

— Nie wiem. Wiem, że czasem go kocham, czasem nienawidzę, a zawsze jest mi go strasznie żal, bo on nie jest szczęśliwym. Ja przeczuwam, że on nigdy szczęśliwym nie będzie.

— Tak jednak trwać nie może.

— Ciężkie jest życie, ciężkie! A przed rokiem jeszcze, nawet na wiosnę byłam tak szczęśliwa. Gdzież jest to szczęście, gdzie? — skarżyła się boleśnie i nie słysząc pocieszeń Niny, zapatrzyła się w okno, w świat zaśnieżony i brudny od dymów fabrycznych.

Nagie szkielety drzew, kołysane wiatrem, wyginały się i ze smutnym, żałobnym jękiem, zaglądały do okien, jakby wyjąc ratunku i zmiłowania.

— Cóż to jest miłość? Ta miłość co trwać ma wiecznie, co łączyć ma dwie dusze na zawsze, co je topi w sobie? Złudzeniem, mgłami, które rozprasza lada jaki wiatr... Przecież ja kochałam! Zdawało mi się, że kochałam na prawdę, całą głębią serca, że całą duszę oddałam uczuciu — gdzież jest to moje wielkie uczucie teraz?

— Jest jeszcze w tej skardze — szepnęła Nina.

— Cóż się stało z tą miłością? Zabiła ją pewność, że nie jestem kochaną. A przecież miłość wielka żywi się i rośnie podobno, zdradą, krwią zawodów, cierpieniami. Nie, to co brałam za miłość, nie mogło nią być, muszę nie być zdolną do wielkiego uczucia, do miłości prawdziwej — skarżyła się na siebie i w sobie tylko szukała źródła zła i siebie tylko obwiniała.

— Tak, są miłości cieplarniane, które w zwykłej atmosferze zamierają. Są miłości ameby, które muszą obwinąć się dookoła ukochania i trwają dotąd, dopóki stamtąd czerpią życie. Są miłości — dźwięki, trzeba je wywoływać, aby były, bo same w sobie nie istnieją. Ale ty się nie obwiniaj, bo nie jesteś winną.

Nie skończyła, bo wszedł Trawiński i stanął, nie chcąc im przerywać.

— Będziesz w domu wieczorem?

— Przyszedłem ci powiedzieć, że wkrótce wychodzę. Dzisiaj sobota, zebranie u Kurowskiego.

— Słyszałam wielkie legendy o tych wieczorach. Co wy tam robicie?

— Pije się i rozmawia, a rozmawia się o wszystkiem. Są to wieczory poświęcone mówieniu sobie prawdy bezwzględnej. Batutę trzyma Kurowski.

— Dziwne, że chcecie ją słyszeć o sobie, bo mówić to bardzo łatwo; człowiek sam sobie, gdyby się nawet najbezwzględniej sądził, krzywdy nie zrobi.

— Rzeczywiście jest dziwne, że i mówią sobie prawdę i słuchają.

— Dowodzi to tylko, że jako tako ukulturowanemu człowiekowi nie wystarczają fabryki, interes i pieniądze, musi od czasu do czasu wziąć zimną kąpiel uświadomienia, a choćby tylko marzenia.

— Masz racyę, bo nawet Kessler tam przychodzi, aby módz pokazać swoją złą duszę i aby nam wymyślać bezkarnie. Jedyna sposobność, więc jej nie traci.

— Człowiek z równą przyjemnością popisuje się złem jak i dobrem — byle miał uznanie.

XVIII.

U Kurowskiego w hotelu byli już zebrani prawie wszyscy, którzy stanowili to ścisłe kółko; siedzieli dookoła wielkiego okrągłego stołu, zastawionego butelkami i oświetlonego srebrnymi kandelabrami, o kilkunastu świecach.

Trawiński przyszedł z Borowieckim, którego zabrał po drodze.

Przyszli właśnie na zajadłą filipikę Kesslera, który schrypniętym, syczącym nienawiścią głosem, mówił:

— Ani jedna, ani dziesięć waszych fabryk nie stworzy przemysłu waszym. Musicie się pierwej ucywilizować, musicie stworzyć sobie pewną kulturę przemysłową, zanim wasze usiłowania przestaną budzić śmiech. Ja was znam dobrze! Wy jesteście bardzo zdolni, bo przecież połowa różnych głośnych grajków i śpiewaków w Europie — to polacy. Wy jesteście zdolni, śliczni wielcy panowie, czemu nie jedziecie do Monaco? Czemu zaniedbujecie sezony w Nizzy, w Paryżu, we Włoszech? Tam budzilibyście podziw, a wy tak lubicie, żeby was podziwiano! Przecież wy wszystko robicie dla podziwu, dla pokazania się przed światem, dla pięknego frazesu! Wasza praca, szlachetność, sztuka, literatura, życie — jest tylko frazesem, mniej więcej dobrze deklamowanym, dla galeryi, a jeśli tej brak — dla samego siebie. Wy jesteście bankruci przedtem, zanim zaczęliście cośkolwiek mieć. Wy jesteście królami flirtu ze wszystkiem. Mówię bez uprzedzeń, mówię to, co zauważyłem, szereg spostrzeżeń czysto anatomicznych, zasadniczych. Jesteście dziećmi udającymi dorosłych.

Zamilkł i pił wino, które mu Kurowski nalewał skwapliwie.

— Masz pan racyę i nie masz pan racyi. Świnia, gdyby rozumowała o orle dajmy na to, rozumowałaby podobnie; gdyby porównała swoje niechlujstwo, swój brudny chlew, swoją ordynarność barbarzyńską, swoją siłę głupią i brutalną, swój wstrętny, rechoczący głos, swój rozum sprowadzony tylko do najobfitszego nażerania się, gdyby to wszystko porównała z pięknościami orła, z jego żądzą swobody, z jego chęcią do podsłonecznych wzlotów, z jego dumą, miłością obszarów — znienawidziłaby go i pogardzała nim.

— To coś pan mówił nie jest syntezą, a tylko gniewnem warczeniem osobnika niższego gatunku — odpowiedział Kurowski, znowu dolewając mu wina.

— Wszystko mi jedno czem jest, bo nienawidzę i pogardzam wami.

— Za drzwi z nim! — krzyknął Myszkowski, zrywając się z krzesła.

— Daj pokój! Jego nienawiść jest sprawdzianem naszej siły.

Kessler już nic nie odpowiedział, wyciągnął się w fotelu i odczytywał jakiś list brudny i pomięty i uśmiechał się złowrogo.

— Prędko wyczerpaliście temat — zauważył Karol.

— Kessler pluje — pozwalamy, bo odsłania przytem swoje dziecinne ząbki. A przytem ośmiesza się zupełnie tem przekonaniem, że skoro nam nawymyśla, obrzuci rasową pogardą i nienawiścią, to my z rozpaczy przepadniemy, lub ze strachu ustąpimy miejsca tym mądrym, pracowitym, cywilizowanym, szlachetnym niemcom. Głupi! nie wie, że naród, aby mógł żyć, rozwijać się i zwyciężać, musi być smagany batami nienawiści, musi być otoczony kołem szakalów gotowych go rozszarpać, a nie aniołami nucącymi hymny pokoju i miłości.

— Świat jest liczbą, powiedział Pitagoras, ale ty Kessler jesteś tylko zerem, przeraźliwem zerem, odosobnionem zerem — zawołał ze złością Myszkowski.

— Napijmy się — zaproponował Moryc, który zwykle słuchał tylko.

Napili się raz i drugi, zapalili cygara i milczeli czas jakiś.

Trawiński, który lubił rzucać luźne myśli i spostrzeżenia, nie związane z tokiem rozmowy, przerwał ciszę i zaczął mówić jasnym, bardzo melodyjnym głosem:

— Człowiek żyjący wyrachowaniem, człowiek dobrze funkcyonujące kółko wielkiej maszyny ogólnej, tworzy tylko szare tło społeczne, to zero w postępie, a wielkość w utrzymaniu status quo, to w najlepszym razie konserwator cywilizacyi, ale nie jej twórca.

— Czego pan chcesz, do czego zmierzasz, do kultu jednostek — rzucił żywo Wysocki.

— Stwierdzam tylko, że jednostki wybitne prowadzą świat naprzód, że bez nich byłaby noc, panowanie chaosu i ślepych żywiołów.

— A skądże się biorą te jednostki? Spadają z księżyca z gotowemi już tablicami praw, postępu, odkryć, wynalazków, co? Czy też są produktem tej szarej masy „konserwatorów", tego tła społecznego. Tak? A jeśli tak, to skończyłem — zawołał zaciekle, podkręcił wąsy, otrzepał klapy, wyciągnął mankiety i gotów już był do zajadłej dysputy.

— Skończ pan ostatecznym wnioskiem — powiedział wolno Trawiński.

— Jednostki wybitne, które, jak pan mówi, prowadzą świat, te geniusze sztuki, wiedzy, czynu, uczucia i t. d., to tylko bezwiedne instrumenty, przez które wypowiada się ich rasa, naród, czy państwo, które ich z siebie wyłoniło. Ich wielkość jest w zupełnej proporcyi do wielkości środowiska. Oni są wklęsłem zwierciadłem po to, żeby w niem odbijać i ogniskować wszystkie marzenia, pragnienia i potrzeby swego narodu. Dla tego trudno przypuszczać, żeby wśród papuasów urodził się Kopernik lub Hoene-Wroński.

— Podobnymi faktami przekonam pana, że jest inaczej, że geniusze nie są wytworem swoich ras, a czemś zupełnie innem, ale pierwej opowiem starą legendę o genezie geniuszów: Kiedyś, dawno, było źle pomiędzy ludźmi, źle pomiędzy zwierzętami, źle wśród całej przyrody, źle wśród jaskiń, źle wśród puszcz, źle w głębiach wód i źle w nieskończonościach. Panował zły bóg Chaos i jego dzieci: Zazdrość, Nienawiść, Przemoc, Głód i Mord. Wszyscy walczyli przeciw wszystkim, więc jękami i płaczem rozbrzmiewały długo przestrzenie, aż zbudziły z zadumy Indre, spoczywającego w głębiach wszechświata. Słuchał długo, spojrzał na ziemię i patrzył, aż serce wezbrało mu współczuciem i zdrój boskich łez, jak deszcz pereł, popłynął w przestrzenie i kilka z nich rozpryśniętych padło na ziemię; z nich powstali i powstają geniusze prowadzący zbłąkaną, biedną ludzkość do światła, napowrót w łono Indry. Zrodzeni z litości boskiej, są litością, światłem, miłością i zbawieniem dla ludzkości.

— Bajka jak bajki, gdyby nie była cudowną, nie miałaby sensu — zawołał Wysocki i zaczęli gwałtownie przekonywać się nawzajem, nie przerywając nawet przy kolacyi, którą podano wkrótce, ale mówili ciszej, bo Kurowski się ożywił i wplątał do rozmowy, która zwolna stała się ogólną.

Borowiecki tylko nie mógł się rozruszać, mówił mało i nie słuchał, pił natomiast wiele i spoglądał niecierpliwie na towarzystwo, bo pragnął pozostać sam z Kurowskim, ale nikt nie myślał o odejściu, zwłaszcza teraz, przy czarnej kawie, gdy Kurowski podniecony nieco, gładził swoją posrebrzoną już kruczą brodę i błyszcząc orzechowemi oczami, które w miarę ekscytacyi stawały się podobne do tygrysich, rzucał w rozmowie snopami paradoksalnych aforyzmów.

Oto niektóre z nich:

„Uczciwość miewa chwile nudy, a wtedy się jej strzeżcie".

„Można być nawet i cnotliwym, ale pod warunkiem, aby od czasu do czasu występek zaprosić na obiad".

„Kto pragnie sprawiedliwości, może ją mieć — kupiwszy".

„Czem się różni deista od ateusza? Tylko odwrotnym biegunem głupoty".

„Niema takiego łajdaka, któryby chwilami nie macał się po bokach, czy mu nie wyrastają skrzydła anioła".

„Łódź wyznaje wszystkie przykazania prócz jednego — nie kradnij".

„Prawda najdrożej kosztuje społeczeństwa cywilizowane, więc nie obawiajmy się, nie zapanuje nigdy".

„Słuchamy praw i cenimy je — jeśli są poparte bagnetami".

„Nasza cywilizacya jest za duża dla naszych dusz jeszcze barbarzyńskich, dla naszych instynktów jeszcze dzikich. Ubieramy się w nią niby karły w strój olbrzymów".

„To co wiemy, można porównać do zapałki płonącej w mrokach wieczności".

„Kto się mógł cały oddać jednej idei — niech się tem nie chwali, bo musiał mieć nie wiele do oddania".

„Niema ludzi złych i dobrych — są tylko głupi i mądrzy.

Kessler nie mógł już dłużej słuchać spokojnie, wzruszył pogardliwie ramionami i zawołał:

— Bawicie się jak dzieci, pustemi bańkami słów, a ja pójdę do domu.

— Jestem tego samego zdania — powiedział dwuznacznie Kurowski.

Kessler pozostał.

Rozmowa przeszła na literaturę, którą prowadził Myszkowski, bo powiedział Borowieckiemu, drwiącemu z entuzyastów literackich:

— Na początku była pieśń i na końcu będzie pieśń, a nie podręcznik do przędzenia wełny czesankowej. Ale z tem mniejsza!

Podniósł się, popatrzył jakoś dziwnie, jakby z pewnym żalem na zebranych i powiedział:

— Napijcie się zemną na pożegnanie, jutro wyjeżdżam do Australii.

Zaczęli się śmiać i pili, ale on powtórzył poważnie:

— Nie śmiejcie się, daję wam słowo honoru, że jutro w nocy opuszczam Łódź na zawsze.

— Gdzie? po co? dlaczego? — posypały się pytania.

— W świat, prosto przed siebie, a po co? Aby być zdaleka od Europy i cywilizacyi fabrycznej, mam tego bagna już dosyć, duszę się w niem, tonę, umieram. Jeszcze parę lat a zgniłbym tutaj ze szczętem, a ja chcę żyć i dla tego wyjeżdżam. Zaczynam życie na nowo, po ludzku.

— Ale dlaczego? — wołali zdumieni i poruszeni tem niezwykłem postanowieniem.

— Dlaczego? Bo się nudzę, bo mi zbrzydła tyrania praw, obyczajów, stosunków, instytucyj, bo mi zbrzydła ta stara łajdaczka Europa, obmierzły fałsze, obmierzły wszelkie przepisy, które mną rządziły i nie pozwalały nigdy być sobą — wszystko mi obmierzło i wszystko mnie za mocno boli, abym dalej mógł znosić.

— A czyż gdzieindziej będzie wam lepiej?

— Przekonam się dopiero. Bywajcie mi zdrowi.

Żegnali się z nim, ale wszyscy namawiali do pozostania, bo go lubili i pomimo dziwactw cenili bardzo.

Kurowski tylko nic nie mówił, śledził go oczami, a potem całując na pożegnanie, szeptał:

— Dobrze robicie. Gdybym nie czuł obowiązku warowania tutaj do końca, do ostatniego tchu, poszedłbym z wami. Jeśli wam będzie potrzeba pieniędzy, napiszcie.

— Cóż u dyabła, przecież zabieram ze sobą największe kapitały, bo zdrowe ręce i głowę. Nie jadę przecież, aby uwodzić kobiety lub bawić się, jadę żyć wolno i swobodnie. Wspomnijcie mnie czasem, jeśli chcecie i pamiętajcie, nie marnujcie życia na robienie pieniędzy, nie róbcie z siebie bydląt pociągowych, nie stawajcie się maszynami, nie zniczczemniajcie się pracą nadmierną.

Ucałował wszystkich, a najmocniej Kurowskiego i podrwiwając, aby ukryć wzruszenie, wyszedł.

— Waryat! — mruknął pogardliwie Kessler i również zaraz wyszedł z Morycem i Wysockim.

Pozostał tylko Kurowski i Borowiecki.

Kurowski zamglonemi oczami patrzył w jakąś dal i nie mógł stłumić żalu, jaki go przepełnił za odjeżdżającym.

— Chwilę ci tylko zajmę — zaczął Borowiecki.

— Siadaj, mamy dosyć jeszcze czasu do rana — powiedział, wskazując na okno, na świt, przeciekający przez zapocone szyby.

Karol długo opowiadał o swojej fabryce i stanie interesów, o potrzebie pozbycia się spólników, przytaczał zmowę, jaką zrobioną na niego, a w końcu zaproponował wejście do spółki.

Kurowski długo myślał, wypytywał o szczegóły, aż rzekł:

— Zgoda, ale pod jednym warunkiem. Zgóry uprzedzam, że warunek ważny i... może trochę dziwny.

— Postaw go.

— Może ci się nie podobać, ale... ale przyjmij spokojnie, po kupiecku.

— Czekam z ciekawością.

— Nie ożenisz się z Anką!

Borowiecki porwał się z krzesła, rumieniec oblał mu twarz, ale rumieniec nagłej, oślepiającej radości. Miał ochotę rzucić mu się na szyję, ale rychło się powstrzymał, oblókł twarz w surowość i szukał kapelusza.

— Mówiłem, przyjmij spokojnie, po kupiecku. A zresztą, mówmy szczerze, nie oszukujmy samych siebie, bo znamy się obaj zbyt dobrze.

— Dobrze, mówmy szczerze.

— Wejdę do cichej spółki z tobą, żebyś mógł pozbywać się długów i wyrzucić dotychczasowych spólników, ale za to ty zwrócisz słowo pannie Annie i ożenisz się z kim zechcesz, choćby z Madą Müllerówną.

— A ty z Anką?

— To moja rzecz, co potem będzie, zwróć jej tylko słowo i nie męcz dłużej. Dziewczynę zabija to położenie, sama nie powie przecież.

— Zrobiłbym to dawno sam, myślałem i myślę o tem często, ale się boję, bo przy jej uczuciowości, a przytem, przytem...

— Przytem, o ile mnie się zdaje, ona was nie kocha, więc zrobicie jej łaskę.

— Coś wiem o tem — powiedział dotknięty najboleśniej jego słowami.

— No i wy jej nie kochacie.

— Tu powiem, że to znowu moja rzecz. Tyle wam powiem, że dokąd ona nie zerwie ze mną, będę jej narzeczonym i ożenię się wkrótce. Dziwię się, że mogliście mi zaproponować podobną aferę — zakończył najniespodziewaniej bardzo wzburzony.

— Macie rację, byłem widać niedość trzeźwym i nie dobrze argumentowałem.

— Dobranoc.

Kurowski podał mu rękę i patrzył za nim z głębokim żalem, a potem zadzwonił i kazał natychmiast zaprzęgać do wyjazdu.

— Biedna Anka! — szepnął.

XIX.

— Wstąpię na chwilę do fabryki, a potem pójdę z wami, nie chce mi się wracać do domu — mówił Kessler do Moryca, gdy rozstali się z Wysockim.

— A może do mnie na herbatę?

— Dobrze. Coś mi jest i nie wiem co! — szepnął, wstrząsnąwszy się nerwowo. Szli wolno pustemi, jakby wymarłemi ulicami. Śnieg pobielił dachy i leżał na ulicach i trotuarach cienką, przymarzniętą warstwą. Szarość mdła, przesycona mętnym, zimowym świtem, powlekała miasto ponurym nastrojem. Gaszono już latarnie i wszystko zlewało się ze sobą i zacierało, gdzieniegdzie tylko błysło jakieś światełko i zgasło natychmiast.

— Musicie być w fabryce?

— Muszę, nocna robota we wszystkich oddziałach.

— Darujcie mi uwagę, ale gdybym był wami, nie zaglądałbym do Malinowskiego, on ma minę wściekłego psa na łańcuchu.

— Głupi, jego córka kosztuje mnie z pięć tysięcy rubli rocznie, a on na mnie warczy.

— On już był na Syberyi — szepnął Moryc.

— To cichy człowiek. Muszę do niego wstąpić, napisał list do mnie, więc chcę mu dać odpowiedź osobiście.

Uśmiechnął się złowrogo.

— O Zośkę?

— Tak.

— Macie przynajmniej rewolwer?

— Mam nogę na tego polskiego psa, jeśli warknie, to go rozgniotę. Daję wam słowo, że nie warknie, on chce tylko dobrego odszkodowania za córkę. Nie pierwszy raz załatwiam podobne sprawy — mówił drwiąco, ale w głębi czuł jakieś dziwne drżenie, nie strachu, bo to uczucie nie istniało dla niego, ale drżenie nieokreślonej tęsknoty i znużenia.

Patrzył na szare niebo, na te ponure okopy domów jakby umarłych i wsłuchiwał się w tę dziwną, denerwującą ciszę miasta uśpionego.

Ale już w dziedzińcu fabryki, która huczała wszystkiemi maszynami, w dziedzińcu zalanym falami elektrycznego światła i pełnym ruchu, czuł się znowu dobrze.

— Zaczekajcie chwilę, rozmówię się i zaraz wyjdę.

Wszedł do wieży prawie ciemnej, bo tylko jedna lampka przyczepiona do ściany okopconej, rozpryskiwała nieco mętnego światła na pracujące tłoki i na dolną część koła, które jak zwykle obracało się szalonymi rzutami, wyjąc dziką pieśń siły i połyskując groźnie olbrzymiemi stalowemi szprychami.

— Malinowski! — krzyknął od drzwi, ale głos porwały żelazne szczęki maszyny.

Malinowski zgarbiony, w długiej bluzie, z oliwiarką w ręku i wycierem łaził dookoła maszyny i czuwał nad tem potwornem bydlęciem; zatopiony zupełnie w chaosie krzyków i szumów, jakby w głębi rozszalałego morza, śledził tylko oczami ruchy potworu, który jakby szaleństwem pijany taczał się z rykiem wściekłości, trząsł murami i napełniał wieżę grozą.

— Malinowski! — zakrzyczał mu już nad uchem Kessler.

Malinowski usłyszał, podszedł bliżej, oliwiarkę i lampkę postawił i patrząc na niego spokojnie, wycierał ręce o bluzę.

— Pisałeś list do mnie? — zapytał groźnie Kessler.

Skinął głową potakująco.

— Czego chcesz? — rzucił brutalnie, bo spokój Malinowskiego rozdrażniał go.

— Coś zrobił z Zośką? — szepnął, nachylając się do niego.

— Aha! więc co chcesz? — zapytał po raz drugi i bezwiednie chciał się cofnąć do drzwi.

Malinowski zastąpił mu drogę i szepnął cicho, bardzo spokojnie:

— Nic... Zapłacę ci tylko na nią...

Oczy mu strzeliły mocnym stalowym błyskiem, a potężne ręce, podobne do tłoków, wysunęły się groźnie zaciśnięte.

— Z drogi, bo ci łeb rozbiję!

Strach nim zatrząsł, zobaczył w oczach Malinowskiego wyrok śmierci.

— Sprobój, sprobój!... — mruknął ponuro Malinowski.

Posunęli się ku sobie, patrzyli przez chwilę jak dwa tygrysy, napinające się do strasznego skoku.

Oczy zaczęły im połyskiwać jak te stalowe szprychy koła, które niby kły migotały z cieniów.

Potwór jak gad splątany w sieć zmroków, skrzeń, błysków, z wyciem rzucał się zapamiętale, jakby szukając ucieczki z tych roztrzęsionych, potężnych murów.

— Z drogi! — ryknął Kessler i równocześnie uzbrojoną w kasket ręką wymierzył taki straszny cios, że Malinowski zatoczył się na ścianę, ale nie upadł, jak błyskawica rozwinął się w całej długości i runął na Kesslera, chwytając go stalowemi rękami za gardło i rzucając ze straszną siłą na przeciwległą ścianę.

— Ty... ścierwo... — warczał i coraz silniej go dusił, aż Kessler żygnął krwią i ledwie wyharczał:

— Puść... puść...

— Już cię teraz dokończę, tyś mój, mój... mój... — szeptał wolno i bezwiednie jakoś zwolnił ucisk palców. Wtedy Kessler oprzytomniał i szalonym ruchem rozpaczy rzucił się naprzód z taką siłą, że obaj upadli.

Malinowski go nie puścił, zczepili się wpół jak dwa niedźwiedzie i tarzali się z głuchym krzykiem, bili głowami o asfalt, rozbijali się o ściany i obmurowania maszyny, gnietli się kolanami, kąsali sobie twarze i ramiona, ryczeli z bólu i wściekłości.

Nienawiść i pragnienie mordu odebrały im przytomność, przewracali się potwornym kłębem, który co chwila się przewalał, unosił, padał znowu, zwijał, prężył, ryczał dziko i ociekający krwią, rozszalały, toczył dalej ten bój śmiertelny obok maszyny huczącej głucho, pod tem kołem, które co chwila już chwytało ich stalowymi kłami.

Szamotali się krótko, Malinowski brał górę i tak ściskał potężnie, że łamał tamtemu żebra i klatkę piersiową, wtedy Kessler ostatnim ruchem uchwycił go zębami za gardło.

Zerwali się równocześnie z ziemi, okręcili się dookoła siebie i runęli ze strasznym krzykiem na tłoki i pomiędzy przebiegające błyskawicznie szprychy koła, które ich poderwało, wchłonęło, podniosło pod sufit i w mgnieniu oka rozmiażdżyło na strzępy.

Jeszcze ostatni ich krzyk brzmiał wśród rozdrganych murów, a oni już nie żyli, tylko łachmany podarte ciał wirowały w orbicie koła-potwora, leciały po ścianach, zsuwały się po tłokach okrwawionych i wiewały poczepiane na kole, które okrwawione, potworne swoją wielkością biegało wciąż w szalonym ruchu, z wściekłym rykiem siły spętanej.

***

Za pogrzebem Malinowskiego poszła tylko garstka znajomych i przyjaciół Adama, bo dzień był straszny, co chwila padał deszcz ze śniegiem i wiatr przenikliwy, lodowaty, powiewał od szarych, ciężkich chmur, nizko wiszących nad ziemią.

Adam prowadził matkę opuchłą od płaczu i napół przytomną, a za nimi szli Jaskólscy z gromadą starszych dzieci i kilka sąsiadek z domów familijnych.

Szli środkiem ulicy, za jednokonnym karawanem, który skakał na wybojach i rozbijał kołami rzadkie czarne błoto, chlustając dookoła strumieniami.

Orszak posuwał się wolno Piorkowską ulicą, zapchaną wozami pełnymi towarów i prywatnymi ekwipażami; tłumy czarne, obłocone, snuły się trotuarami, z dachów spływała woda strumieniami i rozpryskiwała się o chodniki i o chwiejące się na wietrze parasole, a śnieg mokrymi płatami bielił coraz bardziej bok karawanu i trumny.

Trotuarem szedł Blumenfeld, Szulc i cała ich muzyczna banda, w końcu której Stach Wilczek z jakimś młodym człowiekiem, któremu wciąż opowiadał o swoich interesach.

Horn szedł również za orszakiem i smutnym wzrokiem przeglądał wszystkich idących; szukał Zośki, ale jej nie było i nikt nie wiedział, co się z nią stało od śmierci Kesslera.

Zaraz za miastem przyłączyło się do orszaku kilkanaście robotnic i te zaintonowały jakąś przesmutną pieśń i śpiewały ją same, bo księdza nie było. Chowali Malinowskiego jako samobójcę i mordercę, we wzgardzie, więc też może i dlatego twarze wszystkich napiętnowała głęboka gorycz i smutek.

Ale w miarę odsuwania się od miasta przybywało coraz więcej ludzi z różnych przejść i zaułków; ludzi zdyszanych jeszcze pracą, zabrudzonych, sinych z zimna, którzy zwartym zastępem otoczyli zmarłego towarzysza i szli niby groźny zastęp.

Pieśń brzmiała smutnie, targał ją wiatr, chłostał śnieg i deszcz, mroziło przejmujące zimno.

W alei, prowadzącej do cmentarza, nagie drzewa jęczały pod parciem wichru, a pieśń rozlegała się jak łkanie pełne skargi i bezbrzeżnego żalu.

Przez cmentarz, pełen rozgniłych liści, błota zmieszanego ze śniegiem, wspaniałych grobowców i dzikiego szumu nagich drzew, przesunęli się spiesznie i skręcili w kąt „zapomnianych", gdzie kilkanaście mogił wznosiło się wśród uschłych ostów i dziewanny.

Dół był gotowy, więc rychło zadudniła żółta przemarzła ziemia, sypana na trumnę, płacze i krzyki zerwały się jak burza i wtórowały głośnym modlitwom robotników, klęczących dookoła grobu.

Wiatr ustał nagle, drzewa stanęły w ciszy, zciemniło się jeszcze bardziej i śnieg miliardami białych ciężkich motyli zaczął spływać z posępnych chmur, pobielił groby i ludzi, pokrył wszystko zimną, jednostajną powłoką.

Od Łodzi, wskróś śniegów, dolatywały przytłumione gwizdawki fabryczne, świszczące na podwieczorek.

— Co się dzieje z Zośką? — pytał Blumenfeld Wilczka, gdy już wracali do miasta.

— Pójdzie na ulicę. Kiedy się dowiedziała o śmierci Kesslera, wpadła w złość i zaczęła wymyślać na ojca, że przez niego będzie musiała szukać nowego kochanka. Ale podobno już Wilhelm Müller zajął się nią.

— Cóż wy teraz Wilczek robicie? — zapytał Horn, przystępując do nich.

— Szukam jakiego interesu. Puściłem Grosglücka, a węgle już mnie nudzą.

— Podobno sprzedaliście plac Grünspanowi?

— Sprzedałem — mruknął i zaciął zęby, jakby go dotknięto w bardzo bolesną ranę.

— Co, okpił was?

— Okpił, okpił! — powtórzył przez zęby z jakąś bolesną lubością. — Sprzedałem za czterdzieści tysięcy, zarobiłem na tem trzydzieści osiem i pół, ale mnie okpił! Nie daruję mu tego do śmierci! — postawił kołnierz od futra, żeby ukryć rozgorzałą wzburzeniem twarz i osłonić się nieco od śniegu, który zacinał im w oczy i padał coraz gęstszy.

— Nie rozumiem, zarobiliście aż tyle, więc gdzież tu miejsce na okpienie?...

— A tak. Wiecie, kiedyśmy już umowę podpisali, kiedy pieniądze miałem w kieszeni, ten parch psiakrew wyciąga do mnie rękę, dziękuje mi za dobre serce i powiada, że jestem bardzo mądry, ale tylko do wysokości czterdziestu tysięcy rubli!... Zaczął się śmiać i powiada, że on był już zdecydowany dać pięćdziesiąt tysięcy, bo plac jest mu koniecznie potrzebnym! Pomyślcie tylko, jak się dałem głupio złapać, a teraz śmieją się ze mnie!

Zamilkł i pozostał trochę w tyle, aby przyciszyć tę szaloną, bezsilną wściekłość, jaka go dławiła.

Już mu nie chodziło o pieniądze, ale nie mógł strawić tego, że został oszukany, że taki Grünspan kpił sobie z niego, że on, Wilczek, dał się złapać. Cierpiała jego ambicya męki niewysłowione.

Pożegnał towarzyszów zimno, bo nie mógł w tej chwili patrzyć na nikogo, siadł w dorożkę i pojechał do domu. Mieszkał jeszcze w swojej dawnej chałupie, bo sobie wymówił lokal do wiosny.

W izbie było zimno, wilgotno i bardzo pusto, że ledwie wysiedział do wieczora, a potem powlókł się do „kolonii", gdzie teraz stołował się stale, bo potrzebował zawiązywać bliższe stosunki z t. zw. towarzystwem.

Ale w „kolonii" tak zawsze wesołej, dzisiaj panował smutek na wszystkich twarzach, a Kama płakała co chwila i uciekała do saloniku, bo ją wzruszał do głębi widok Adama Malinowskiego, który odprowadził matkę do domu, pozostawiając ją wśród bliskiej rodziny, a sam uciekł i błądził kilka godzin po Łodzi, wreszcie zmordowany przyszedł do „koloniiv na zwykłą, codzienną herbatę; myślał, że wpośród życzliwych będzie mu lepiej.

Siedział właśnie przy stole i patrzył gdzieś daleko. Jego zielone oczy pociemniały i jakby odbijały tę wewnętrzną, zamkniętą pod czaszką wizyę ostatnich chwil ojca, jaka ciągle przed nim stawała.

Nic nie mówił, ale czując tyle serc mocno współczujących, tyle spojrzeń serdecznych, te przyciszone szepty dookoła i ten dziwny nastrój zebranych i ciągłe wybuchy płaczu Kamy, nie mógł wytrzymać. Nie żegnając się z nikim, wybiegł i w sieni wybuchnął spazmatycznym płaczem.

Wybiegł Horn i Wilczek, zaopiekowali się nim i odwieźli do domu, gdzie też wkrótce zebrali się wszyscy przyjaciele.

Siedzieli wszyscy w milczeniu czas długi, aż Blumenfeld zaczął pianissimo grać na skrzypcach szopenowskie nocturny i grał długo, grał tak całem sercem, aż Adam wsłuchany w muzykę uspokoił się nieco.

Potem przyszedł do nich Dawid Halpern i zaczął go pocieszać najtroskliwiej i opowiadać z głęboką wiarą o Bogu sprawiedliwym i dobrym.

Wszyscy słuchali dość chętnie, prócz Wilczka, który się wyniósł, bo tego nic i nikt zająć nie potrafił, gdyż od dwóch tygodni żarła go ta szalona nienawiść do Grünspana.

Włóczył się po Łodzi dniami całymi, zatopiony tylko w kombinacyach, zmierzających do szkodzenia fabrykantowi.

Przysiągł mu zemstę i szukał sposobności. Nie pomyślał nawet o zemście osobistej, o zbiciu go lub zabiciu; nie, to było głupstwem, on chciał go zranić w kieszeń.

Więc całe tygodnie trawił teraz na wertowaniu i przepatrywaniu szczegółów pożaru fabryki Grosmana, bo poczuł, że z tej strony zdoła ugryźć Grünspana w samo serce.

Był już na dobrej drodze odkryć, ale tymczasem, dla nasycenia chwilowego, postanowił odkryć przed Borowieckim zmowę Grosglücka i machinacye Moryca, dążące do zawładnięcia fabryką.

Ubrał się pewnego dnia bardzo starannie i poszedł odwiedzić pana Adama i Ankę, przypuszczając, że tam spotka Karola.

Anka przyjęła go bardzo serdecznie, bo jej przypomniał Kurów i zaraz zaprowadziła do pana Adama.

— Stachu! jak się masz, co? Dobrze żeś przyszedł, dobrze... — szeptał pan Adam, wyciągając do niego rękę, którą Wilczek jakoś bezwiednie, dawnym zwyczajem ucałował, a że zaczął opowiadać o Kurowie, gdzie był niedawno, więc i Anka przysunęła się bliżej i słuchała z uwagą.

— No, ale tobie jakże idzie, co? — pytał w końcu pan Adam.

— Dosyć dobrze, dosyć, jak na początek — odparł niedbale i z lekceważeniem opowiadał o swoich czterdziestu tysiącach rubli, bo chciał im zaimponować.

— No, no! szczęść ci Boże, mój Stachu, zostań sobie i milionerem, byle bez krzywdy ludzkiej.

Wilczek uśmiechnął się pobłażliwie i zaczął szeroko opisywać swoje plany i zamiary, rzucał tysiącami na lewo i na prawo, opowiadał od niechcenia o swoich stosunkach z milionerami, szkicował swoją przyszłość wielkimi sztrychami, ale przytem był śmiesznym bardzo, bo zbytnio się wszystkiem popisywał.

Anka uśmiechnęła się ironicznie, a pan Adam zawołał ze szczerym podziwem.

— Jak się to dziwnie układa na tym świecie! A pamiętasz to jeszcze mój Stachu, jak pasałeś nasze cielęta, co? A te cybuchy księdza Szymona, he?...

— Trudno zapomnieć... — mruknął, czerwieniejąc, bo Anka tak dziwnie patrzyła na niego.

Popsuło mu humor to przypomnienie, więc powstał zaraz i pytał o Karola.

— Niema pana Borowieckiego, wczoraj wyjechał do Berlina i powróci dopiero za kilka dni — mówiła Anka, nalewając mu herbaty.

— A powiedz-no mi, jak to tam było z tą starą żydówką, zjadłeś jej strucle, czy nie? — ciągnął nieubłaganie pan Adam, wpadłszy na przypomnienia.

Ale Wilczek tak był temu nierad, że nic nie odpowiedział, wypił szybko herbatę i wyniósł się wściekły na starego i na świat cały.

— To moje dzieciństwo będzie mi kulą u nóg! — mruczał.

Pan Adam długo rozmawiał o nim z Anką, długo nie mógł dobrze pojąć, jak się to teraz dzieje na świecie, że taki Wilczek naprzykład, który u nich pasał bydło, którego nieraz dobrze obijał, jest teraz już zamożnym człowiekiem i może najspokojniej przychodzić do nich i być jak z równymi.

Pan Adam był demokratą, ale tego nie mógł pojąć, a raczej na taką równość nie mógł się zgodzić, więc zakończył:

— Oni za prędko rosną! Ze szlachty to miał pociechę i Pan Bóg, ale tymi, to zdaje mi się, że tylko dyabeł będzie się cieszył, co, jak ci się zdaje, Anka?...

XX.

Borowiecki był w Berlinie.

Przyjechał do Lucy, bo go zasypywała depeszami i groziła samobójstwem, jeśli nie przyjedzie chociażby na kilka godzin.

Pojechał nawet dosyć chętnie, bo myślał, że dni kilka odpocznie zdala od fabryki, która już pracowała wszystkimi oddziałami.

Czuł się nadzwyczaj zmęczonym i wyczerpanym pracą i ciągłymi kłopotami.

Z Lucy widywał się po dwa razy dziennie. Spotkania te były dla niego męczarnią, tem większą, że Lucy bardzo zbrzydła; nie mógł patrzeć bez głębokiej urazy na jej zdeformowaną figurę, a prawie ze wstrętem całował jej twarz obrzękłą, pokrytą żółtemi plamami.

Ona szybko odczuła wrażenie, jakie wywierała, więc każda schadzka kończyła się gorzkimi wyrzutami i płaczem.

Męczyli się oboje strasznie.

Ona kochała z dawną siłą, tylko zniknęła w niej dawna, wytworna, namiętna kochanka; ta pełna nieświadomej dyskrecyi, szczerej naiwności i wzruszającej nieśmiałości Lucy, ta piękna Lucy, podziw Łodzi, a budziła się w niej prosta, ordynarna, bez wychowania i kultury żydówka z małego miasteczka. Robiła się krzykliwą, arogancką i głupią.

To przyszłe macierzyństwo tak ją przeistaczało zupełnie i budziło wszystkie właściwości rasy, do jakiej należała.

Karol z przerażeniem pewnem spostrzegał te zmiany, ale że czuł się winnym wobec niej, więc przyciszał jak mógł wstręt i nienawiść, jaka się w nim rozrastała i dosyć spokojnie znosił wybryki jej i kaprysy.

Wymawiała mu przy każdem spotkaniu, że uczynił ją nieszczęśliwą, przypominała ciągle z przyjemnością udręczania jego i siebie, że to dziecko, które miało się narodzić — to jego dziecko, torturowała go ciągłą obawą śmierci, a kończyła rzucaniem mu się w ramiona i namiętnymi wybuchami zmysłowości.

Po kilku dniach pożegnał ją, chociaż jeszcze nie wyjeżdżał, bo mu już brakować zaczynało sił i cierpliwości.

Pozostał w Berlinie i odpoczywał dopiero naprawdę, przepędzając dnie całe i noce na pustej, bezmyślnej zabawie.

Pewnego dnia wrócił rano i było już dobrze po południu, a on spał jeszcze, gdy zbudził go woźny z telegrafu z depeszą.

Sennemi, nieprzytomnemi oczyma przeczytał:

„Przyjeżdżaj! Fabryka się pali. Moryc".

Wyskoczył z łóżka, ubrał się śpiesznie i zaczął pić wolno wystygłą dawno herbatę i patrzył przez okno na drugą stronę ulicy, po chwili długiej dopiero spostrzegł, że trzyma w zaciśniętej dłoni jakiś papier, rozwinął i znowu przeczytał.

— Fabryka się pali! — wykrzyknął zdumionym i przestraszonym głosem i rzucił się na korytarz, jakby biegnąc na ratunek, dopiero przy windzie oprzytomniał i zapanował nad sobą.

Zamówił specyalny pociąg i pełen nieopisanej trwogi czekał w jakiejś małej restauracyi, przy banhofie.

Co pił, co robił, co mówił, nic o tem nie wiedział, bo był całą swoją istotą tam, przy palącej się fabryce.

Gdy zawiadomili, że pociąg czeka, zrozumiał dobrze, bo wsiadł, gdy się go o coś pytali, również rozumiał, tylko odpowiedzieć nie umiał, bo ciągle, bezwiednie dźwięczało mu w mózgu:

— Fabryka się pali!

Zaraz ze stacyi, pociąg składający się tylko z wagonu osobowego, brankardu i maszyny, rzucił się jak rumak spięty ostrogami i pognał całą siłą pary w przestrzeń zaśnieżoną.

Z jakiejś stacyi, gdzie się zatrzymano na chwilę, telegrafował do Moryca i prosił, aby go depeszami zawiadamiano o postępie pożaru.

Polecieli dalej.

Stacye, miasta, wielkie wzgórza, rzeki, lasy, migotały tylko jak w kalejdoskopie, przesuwały się jak cienie, jak wizye i ginęły w ciemnościach nocy.

Nie zatrzymywali się prawie nigdzie, pociąg jak zwierzę oszalałe rzucał się z krwawemi ślepiami naprzód, pożerał przestrzenie, dyszał obłokami skier złotych, i przy potężnym śpiewie tłoków i huku kół bijących z wściekłością o szyny, pruł ciemności i biegł coraz dalej i dalej..

Borowiecki z twarzą rozpłaszczoną na szybie wagonu stał wciąż i patrzył w noc ciemną, w drgające majaki rzeczy przesuwających się, w zaśnieżone płaszczyzny, uciekające w tył.

Nic nie widział, spoglądał tylko ciągle na zegarek.

W Aleksandrowie czekała już depesza.

„Pali się!"

Przesiadł się do oczekującego już ekstra pociągu i jechał dalej.

Noc już była późna.

Pozasłaniał światła i położył się, ale zasnąć nie mógł, bo pod czaszką, w nim całym, przewalały się tumany trwogi pełne rozpryśniętych obrazów, tem boleśniejszych, że nie potrafił schwytać ich konturów i zapamiętać, rozlewały się niepochwytnie i przepełniały go dręczącem, nieustannem drżeniem.

Zerwał się na nogi, światło odsłonił i zbierając wszystkie siły woli, zaczął w notesie obliczać swoje aktywa i pasywa. Ale nie skończył, cofnął się z trwogą przed uświadomieniem dokładnem stanu swoich interesów.

Asekuracya mogła tylko pokryć długi, wspólników i pieniądze Anki. Ani jego własnych kapitałów, ani pracy osobistej, ani warsztatu do pracy przyszłej —

nie zobaczył w cyfrach.

Nie chciał myśleć o tem, ale czem usilniej pragnął zapomnieć, tem żywiej te złowrogie cyfry wyłaziły mu z głębin mózgu i migotały na rozpalonych gorączką siatkówkach.

— Co tu robić — myślał chwilami tylko, bo nie mógł już myśleć, nie mógł splątać jednej całej myśli, wszystko się w nim zapadało, zalewane straszną niecierpliwością.

Patrzył znowu w noc i przeklinał powolność, z jaką pociąg leciał, bo on rozgorączkowaną wyobraźnią już tysiąc razy biegł naprzód, już był w Łodzi, już widział łuny, widział płomienie żrące mu jego pracę, słyszał wrzaski i huki zapadających się budynków, duszę miał pełną pożaru, który go tak palił.

Zrywał się z miejsca, chodził po wagonie, rozbijał się o ściany, czuł się jakby pijanym, to leżał długo i wpatrzony w światło tak się jednoczył wewnętrznie z pociągiem, tak z nim biegł i pracował razem, że czuł w sobie obroty kół, dyszenie maszyny, cały wysiłek pracy, wielką, dziką rozkosz lecenia bez pamięci wskróś pustych, zimowych pól i nocy.

Godziny płynęły wolno, strasznie wolno.

Otworzył okno i wysunął głowę na mroźny chłód nocy.

Zimny, przejmujący wiatr, lecący od pól śnieżnych, bił go po twarzy rozpalonej, a ciemne, połyskujące śniegiem przestrzenie okręcały mu duszę szarością i smutkiem.

Pociąg biegł wciąż jak błyskawica pełna grzmotów. Uśpione stacyjki, zasypane śniegiem wioski, gnące się pod okiścią śnieżną lasy i długi łańcuch latarń strażniczych, podobnych do świetlistych baniek pływających po morzu ciemności, uciekały z szalonym pośpiechem w tył, jakby z trwogą przed potworem.

„Jeszcze się pali!"

Mówiła trzecia depesza, jaką zastał w Skierniewicach.

Podarł ją i rzucił na ziemię.

Wypił całą butelkę koniaku, ale nie uspokoił się, ani zapomniał.

Jechał znowu dalej i modlił się prawie do maszyny, byle prędzej leciała.

Czuł się chorym, i tak zdenerwowanym, że nie mógł się utrzymać na nogach, bolało go serce, bolały go wszystkie mięśnie, a każda myśl przenikała mózg, jakby ostrzem rozpalonem; chodził niezmordowanie od okna o okna, siadał po wszystkich miejscach i zrywał się natychmiast i znowu biegł patrzeć w mroźną, zimową noc, w ponure przestrzenie, które napróżno chciał przeniknąć wzrokiem.

Z bijącem sercem przyglądał się stacyom mijanym w szalonym pędzie, aby zobaczyć ich nazwy, które przeczuciem prawie wyrywał z ciemności.

Ale męka niepokoju trwała wciąż, bez przerwy, zapuszczała swoje cienkie pazury we wszystkie nerwy, we wszystkie centra i rwała coraz boleśniej.

Zapadał ze znużenia jakby w drzemkę, z której się budził oblany potem strachu i jeszcze silniejszem poczuciem własnej bezsilności.

Zmęczenie zaczynało brać górę, coraz niewyraźniej wiedział gdzie jest i co się z nim dzieje, jak przez sen spostrzegał blady, zimowy świt, który zaglądał do okien zielonawą twarzą i wlókł się senny po śniegach i zgarniał mroki z pól, odsłaniał zarysy lasów, błyskał już światłami budzących się wiosek i obwijał się w masy brudnych chmur, napływających z pośpiechem ze wschodu, a potem okrył się płachtą olbrzymią szarości i zaczął z niej wytrząsać śnieg, który padał gęstymi płatami i przysłonił wszystko.

W Koluszkach już depeszy nie było.

Ale już zmógł zmęczenie, umył się i zaczął przyprowadzać do równowagi rozstrojone nerwy.

Opanował się niejako fizycznie, zmusił do zewnętrznego spokoju i do logicznego myślenia, ale nie mógł stłumić niecierpliwości i niepokoju, który w miarę zbliżania się do Łodzi, wzrastał niepomiernie.

Bolesne refleksye rozgoryczały go coraz więcej.

Tyle lat pracy, wszystkie nadzieje, tyle wysiłków, tyle pragnień, cała przyszłość — wszystko to widział ulatujące z dymem.

Ból go targał tem sroższy, im bardziej czuł się bezsilnym, im bardziej protestował przeciwko złym, nienawistnym losom.

Śnieg padał coraz gęstszy, tak, że pomimo dobrego już dnia, nic nie było widać.

Pociąg biegł z szaloną szybkością i jakby przedzierał się przez te białe strzępy zasypujące świat, a Borowiecki wychylony przez okno chwytał spieczonemi ustami ostre powietrze i wskróś śnieżnych zasłon wypatrywał konturów fabryk i drżał taką niecierpliwością, że gryzł sobie palce, aby nie krzyczeć z bólu.

Maszyna jakby podzielała jego niepokój, bo gnała jakby pędzona szaleństwem; biegła zadyszana, rzucała się jak w konwulsyach, harczała z wysiłku, zgrzytała tłokami, oddychała obłokami dymu i podobna do olbrzymiego żuka huczącego wskróś śnieżnych płaszczyzn leciała zapamiętale, naprzód, bez tchu, jakby w nieskończoność.

XXI.

Poprzedniego popołudnia Anka jak zwykle o tej godzinie siedziała przy panu Adamie, który dzisiaj był więcej rozdrażnionym i niespokojnym. Ciągle pytał się o Karola i co chwila narzekał na duszność i ostry ból serca.

Dzień był posępny, śnieg po kilkakroć polatywał, ale przed wieczorem ustał, tylko wiatr się wzmógł i bił w okna śniegiem i targał drzewami ogródka i przewalał się z poświtem po werendzie, na którą wychodziły okna chorego.

O zmroku i wiatr umilkł, zrobiła się głęboka cisza, w której tylko huczały głośniej fabryki.

— Kiedy Karol przyjedzie? — zapytał znowu słabym szeptem.

— Nie wiem — odpowiedziała, chodząc po pokoju i spoglądając przez okna.

Czuła się dziwnie zmęczoną, a do tego przyłączyła się jakaś nuda niewypowiedziana i smutek płynący jakby razem z tą szarą, brudną nocą, co Łódź pokrywała.

Całe tygodnie nie wychodziła z domu, przesiadując przy panu Adamie i niecierpliwiąc się coraz boleśniej, wyczekiwaniem jakiegoś końca.

Teraz chodząc po tym w połowie ciemnym pokoju, przesyconym zapachami lekarstw, wydało jej się, że jest skazana na zawsze, że ta męka oczekiwania nigdy się już nie skończy.

Nawet się już nie buntowała przeciwko konieczności, poddawała się biernie losom i opadała w siebie, w najgłębszy ze smutków, w smutek rezygnacyi.

Pan Adam zaczął półgłosem mówić swoje wieczorne pacierze; nie odmawiała z nim dzisiaj, bo nawet nie słyszała, zatopiona w odrętwieniu, z jakiem patrzyła w okno, na zasypany śniegiem ogródek i na mury fabryki.

Jakiś człowiek wybiegł z furtki fabrycznej i biegł z największym pośpiechem do werendy, krzycząc coś głośno.

Anka porwała się i wybiegła na przeciw.

— Pali się! — bełkotał Socha.

— Gdzie?

Zamknęła drzwi do przedpokoju, aby chory nie usłyszał.

— W fabryce. Zapaliło się w suszarni na trzeciem piętrze!...

Nie pytała więcej, pchnięta pierwszym odruchem pobiegła do fabryki i zaraz za furtką zobaczyła płomienie, wychylające czerwone łby z okien trzeciego piętra.

Na dziedzińcu był zamęt nie do opisania, ludzie z krzykiem obłąkanych wybiegali z pawilonów, szyby pękały w oknach i czarne gryzące dymy, pełne ognistych języków, lizały okienne ramy i sięgały dachów.

— Ojciec! — krzyknęła przestraszona nagłem przypomnieniem i wróciła do domu.

Ale teraz i na werendzie słychać już było krzyki, a płomienie zaczęły ukazywać się na dachach, wprost okien domu.

— Co się tam dzieje, Anka? — zapytał stary niespokojnie.

— Nic... nic... podobno u Trawińskiego stał się jakiś wypadek — odpowiedziała prędko, sama zapaliła lampę i drżącemi rękami zapuściła rolety.

— Panienko... laboga... adyć... — wrzasnęła służąca, wbiegając.

— Cicho... — krzyknęła gwałtownie. — Zapal lampę, bo tu za ciemno...

— Adyć się już pali...

— Prawda... dobrze... idź... zawołam cię...

Głucha, splątana wrzawa pożaru podnosiła się coraz bardziej, potężniała i zaczęła się już wdzierać przez okna i drzwi.

— Boże! Boże!... — szeptała bezradnie, nie wiedząc co robić, jak przytłumić te szumy, aby ich nie usłyszał pan Adam.

— Anka, poproś pana Maksa na herbatę.

— A dobrze. Zaraz napiszę do niego.

Rzuciła się do biurka, odsuwała krzesła, trzaskała szufladami, rzuciła na ziemię jakiś wazon, potem ciężką tekę z papierami, przy podnoszeniu której przewróciła kilka krzeseł, to szukała atramentu, stąpała głośno, hałaśliwie uderzała drzwiami.

— Co ty wyrabiasz dzisiaj! — mruknął chory, który jakoś niespokojnie nastawiał uszów i chwytał pomimo pewnej głuchoty, te dziwne drgania krzyków napełniających coraz więcej pokój.

— Niezgrabna jestem... bardzo niezgrabna... to nawet już Karol zauważył!... — tłomaczyła się i wybuchnęła długim, bezprzyczynowym śmiechem.

Zajrzała do drugiego pokoju, aby spojrzeć na fabrykę.

Krzyk wydarł się jej z piersi, krzyk bezwiedny, bo ujrzała falę ognia piętrzącą się nad fabryką coraz wyżej, coraz szerzej, coraz straszniej.

— Co ci się stało? — zapytał chory, usłyszał bowiem.

— Nic... nic... uderzyłam się o drzwi... — szeptała, chwytając się za głowę, aby ukryć pomieszanie, aby się choćby na chwilę opanować.

Trzęsła się jak w febrze, wszystko w niej tak dygotało, że stać nie mogła.

Straż ogniowa, poprzedzana chrapliwymi głosami trąbek, w największym galopie przeleciała ulicą.

— Anka, co to?

— Wozy jakieś przejechały tak prędko... — odpowiedziała.

— Zdaje mi się, że jakąś muzykę było słychać?

— To dzwonki od sanek!... dzwonki!... Może ojcu przeczytać co, dobrze?

Skinął głową potakująco.

Przyciszyła w sobie burzę, nadludzkim wysiłkiem zapanowała nad sobą i zaczęła czytać.

Czytała bardzo głośno.

— Słyszę... słyszę... — szepnął niecierpliwie pan Adam.

Nie zważała na to, czytała dalej. Nie wiedziała co czyta, nie rozumiała ani jednego słowa, nie widziała ani jednej litery, rozgorączkowany mózg snuł jakąś improwizacyę, a całą duszą, resztkami świadomości chwiała się na fali krzyków, trzasków i odgłosów, jakie się rwały od płonącej fabryki.

Krwawe odblaski pożaru, pomimo światła wewnątrz pokoju, zaczęły już zabarwiać rolety.

Czytała jednak dalej. Serce przestawało bić, trwoga niewypowiedziana rozsadzała jej mózg, pot wysiłku okrył twarz pobladłą, jakby nagle zastygłą w masce strachu, ściągnięte brwi pokrywały rozgorączkowane oczy, głos się rwał co chwila, zmieniał brzmienia i taki ostry, taki okropny ból gryzł jej serce, tak ją łamał, tak dusił, że była bliską szaleństwa.

Jeszcze panowała nad sobą.

Krzyki już bardzo wyraźne dolatywały do pokoju, a łoskot padających murów i walących się sufitów co chwila wstrząsał całym domem...

— Ciszej.. ciszej... ciszej... Jezus! litości!... — myślała błagalnie i padała przed tem Imieniem i wszystkiemi potęgami żebrała zmiłowania.

Pan Adam przerywał czytanie i słuchał coraz niespokojniej.

— Krzyczą! jakby w fabryce Karola... Zobacz Anka.

Zobaczyła...

Zobaczyła z drugiego pokoju, że już cała fabryka w ogniu, że pożar jak burza srożył się nad wszystkimi pawilonami i żygał ognistemi falami ku niebu...

— Nic... nic... ojcze... Wiatr tak szumi.. ogromny wiatr... — wyszeptała z największym wysiłkiem.

Brakowało jej powietrza... dusiła ją rozpacz... bezradność... obawa... Czuła dobrze, że ten pożar zabiłby ojca...

— Co robić?... Czemu niema Karola?... a jeśli i dom zacznie się palić?...

Jak błyskawice palące przebiegały te myśli, hypnotyzowały ją strachem bezbrzeżnym i obezsilały do reszty.

Nie, nie mogła więcej czytać.

Chodziła po pokoju, zataczała się prawie, ustawiała hałaśliwie stolik do herbaty.

— To wiatr... Pamięta ojciec ten wiatr w Kurowie?... A ta nasza aleja topolowa, którą wicher wtedy wyrwał i połamał?... Boże!... tak się bałam wtedy... Jeszcze... dzisiaj... teraz... słyszę ten straszny szum... ten trzask... te jęki drzew łamanych... to okropne wycie... Boże... Boże... jakie to jest straszne...

Nic już mówić nie mogła, głos się jej zerwał, stała przez mgnienie nieruchoma, zasłuchana w potężniejący krzyk pożaru, zmartwiała grozą.

— Tam się coś dzieje — zauważył chory, usiłując się podnieść.

Zbudziła się, zapewniała go, że nie, poszła do saloniku i siłą nadzwyczajną przysunęła fortepian pod drzwi otwarte i zaczęła grać jakąś szaloną, dziką galopadę.

Dźwięki pełne szału i wesołości zalały mieszkanie, drgały takim potężnym rytmem, tak się skrzyły i chichotały w szalonym wirze, że istotnie przytłumiły odgłosy ognia i powróciły na twarz pana Adama spokój, a nawet pewną wesołość.

Anka grała coraz gwałtowniej, struny pękały co chwila z bolesnym brzękiem, nic nie słyszała; łzy płynęły strumieniami po jej twarzy, nie wiedziała że płacze, nie widziała nic, nie rozumiała nic, grała bezprzytomnie, trzymana jedynie myślą uratowania ojca.

Naraz dom zadrżał, obrazy pozlatywały ze ścian, rozległ się taki huk, jakby pół świata runęło.

Pan Adam rzucił się do okna, zerwał rolety i łuna pożaru niby krwawa rzeka uderzyła w niego i zalała cały pokój.

— Fabryka! Karol! Karol!... — wyszeptał i upadł na wznak, chwytając się za gardło, drgał konwulsyjnie, wyrzucał nogami, szarpał kołdrę sztywniejącymi palcami palcami i charczał jakby duszony.

Anka rzuciła się do niego, wołała na służbę, dzwoniła, ale nikogo nie było, próbowała go cucić, ratować, wszystko było na próżno, nie dawał znaku życia, a ona, oszalała, wybiegła przed dom i zaczęła krzyczeć o pomoc.

Wkrótce zjawili się ludzie z Wysockim, który zajęty był ratowaniem poparzonych robotników, ale było już zapóźno, pan Adam nie żył, a Anka leżała przy nim na podłodze bezprzytomna.

Fabryka paliła się dalej.

Huk, który odkrył panu Adamowi pożar i zabił go, był to wybuch kotła, który wyleciał w powietrze, wyrwał ze sobą pół pawilonu i niby meteor ognisty zatoczył wielką elipsę i spadł na frontowy pawilon fabryki starego Bauma, przebił dach, rozbił sufit, zdruzgotał drugie i pierwsze piętro i zarył się w dolnej sali zasypany gruzami budynku, który również zaczął się palić.

Po wybuchu pożar fabryki Borowieckiego rozszerzał się coraz gwałtowniej.

Przez rozerwane wybuchem mury, niby przez straszną ranę, buchnęły potoki ognia i dymów i z dziką wrzawą szału ogarnęły wszystko krwawemi objęciami.

Pomimo wysilonej pracy straży ogniowej, pawilony zapalały się od pawilonów, ogień jak żywa istota pełzał po murach, darł się po dachach, przesuwał się krwawemi pręgami nad dziedzińcem, aż się połączył i zwichrzonemi falami przewalał się po fabryce.

Grozę potęgowała noc bardzo ciemna i wiatr silny, który podsycał płomienie i targał je jak włosy ogniste na wszystkie strony.

Dachy się zapadały, a wtedy słupy krwawej kurzawy, oślepiający deszcz ognia wytryskiwał w górę i leciał na domy sąsiednie, na miasto, w noc czarną.

Kłęby gryzącego dymu napełniały dziedziniec i okrywały mury jakby mgłą czarną, wskroś której wiły się z rykiem ogniste węże, goniły się potwory krwawe, wychylały rozwichrzone łby płomienie.

Piętra się waliły, wypalone wnętrza z hukiem wstrząsającym padały w morze ognia, mury pękały i sypały się w gruzy.

Ogień tryumfował, ludzie już odstępowali, bo musieli bronić sąsiedniej fabryki Trawińskiego i gasić pożar w fabryce Bauma.

Moryc ochrypnięty, spocony, rozgorączkowany jeszcze biegał i krzyczał, ale nikt go nie słyszał w tym chaosie dzikich krzyków, a przytem w podwórzu pełnem jeszcze rumowisk niedawnego budowania, gorąco było nie do wytrzymania, ogień był ze wszystkich stron i niby może wzburzone huczał, opadał na chwilę, podnosił znowu straszną głowę, potrząsał nią z wyciem radosnem, a wtedy żagwie ogniste, płonące kłęby przędzy, przepalone szmaty materyałów wylatywały z głębin i jak złowrogie ptactwo ogniste leciało z szumem w powietrze.

Taka była moc pożaru, że ludzie milkli i stali w osłupieniu, bezradni, ogłupiali i z trwogą niewytłumaczoną cofali się i coraz to zrywał się ze wszystkich piersi okrzyk zgrozy, ale ginął w chaosie szumów i trzasków, w bolesnym jęku maszyn zapadających się razem z salami, w huku murów pękających i w tej dzikiej, rozszalałej, syczącej muzyce ognia.

Pożar wył tryumfalny hymn zwycięstwa, powiewał czerwonemi płachtami w ciemności nocy i tarzał się oszalały po budynkach, ryczał, świstał, huczał i gryzł krwawymi kłami mury, rozrywał maszyny, lizał żelaza, przepalał, targał, deptał jeszcze szczątki.

Nad ranem, gdy śnieg zaczął padać, ogień wyczerpał się z sił, stały już tylko gołe mury, bez dachów, bez pięter, bez okien, nagie szkielety o czarnych, rozsypujących się ścianach, wielkie kwadraty podobne do skrzyń podziurawionych, dymiących wszystkimi otworami, na dnie których czołgały się jeszcze resztki ognia i niby polipy ssały krwawymi językami ostatki sił z trupa fabryki.

O szarym, smutnym poranku, zasypywanym coraz gęstszym śniegiem, przyjechał Borowiecki.

Wyskoczył z dorożki i pobiegł prosto na dziedziniec.

Stanął na środku wśród rumowisk i dymiących się głowni, które zalewano wodą, ogarnął wolno oczami te mury podarte, podobne do łachmanów przepalonych, prawdziwe cmentarzysko pracy jego i marzeń, kupy zgliszcz rozpalonych i patrzył długo i spokojnie.

Ani jeden nerw nie drgnął mu żalem; zdenerwowanie, wszystkie obawy i niepokoje, któremi szalał w pociągu, pierzchnęły wobec rzeczywistości, na którą patrzył teraz oko w oko, patrzył coraz zimniej, twarz mu się powlekała surowością, a serce napełniać zaczęło uczucie złości, nienawiści i uporu.

Moryc przyszedł do niego z gromadą różnych ludzi, witał ich obojętnie i spokojnie, słuchał opowiadań o początku i przebiegu pożaru.

Nie pytał się o nic i poszedł do kantoru, który ocalał razem ze składami gotowego towaru, prawie pustymi.

Dach był tylko zerwany na tych nizkich parterowych budynkach.

W kantorze jęczał stary Jaskólski, poparzony przy ogniu, opatrywał go Wysocki.

Borowiecki przez wybite okno patrzył jeszcze na dymiące gruzy, a potem powiedział przyciszonym, ale mocnym głosem do Moryca:

— No i cóż! trzeba zacząć na nowo.

— Tak, tak! Ażebyś ty wiedział co ja przeszedłem! Jestem zupetnie chory, boję się o siebie... Co za nieszczęście, co za nieszczęście... Byłem w mieście, patrzę, jedzie straż, no, niech jedzie zdrowo, niech się spóźni, a tu ktoś mówi: Borowiecki się pali... Przyjechałem, już cała przędzalnia była w ogniu! Co ja przeżyłem, co ja przeżyłem!

Narzekał dalej płaczliwym głosem, symulował rozpacz i wielką boleść, a bystremi oczami nieznacznie obserwował twarz Karola.

Borowiecki słuchał długo, aż w końcu znudzony tem opowiadaniem w kółko, nachylił się i szepnął mu bardzo cicho do ucha:

— Nie blaguj, to twoja robota!

Moryc odskoczył gwałtownie i zaczął krzyczeć:

— Ty jesteś waryat! Ty masz bzika, ty!...

— Powiedziałem.

Odwrócił się do Mateusza, który zapłakany, ubrudzony, całował go po rękach i bełkotał coś niewyraźnie.

Karol tyle zrozumiał, że ktoś umarł.

— Kto umarł, gadaj po ludzku — krzyknął zniecierpliwiony.

— Starszy pan! O mój Boże, przylatujemy, a tu pan nieżywy, a panienka na ziemi...

— Słuchaj błaźnie, nie bredź, bo ci łeb rozbiję o drzwi! — zawołał Karol, przyskakując do niego.

— Pan Adam umarł na anewryzm serca, spowodowany prawdopodobnie nagłym przestrachem, byłem tam... Idź pan do panny Anki, bo i ona na pół żywa! — powiedział mu Wysocki.

Borowiecki, który ojca kochał bardzo, był przerażony tą wiadomością i jakby nie wierząc zapewnieniom doktora, pobiegł do domu.

W progu już spotkał Ankę, którą przenoszono do Trawińskich.

— Panie Karolu! panie Karolu! — wyszeptała dziewczyna, chwyciła jego rękę i strumień łez popłynął po jej mizernej twarzy.

— Cicho! nie płacz... Fabrykę odbuduję na nowo.. Wszystko będzie dobrze...

— Ojciec... ojciec...

Nie mogła mówić więcej, tylko płakała spazmatycznie.

— Przyjdę po południu do pani! — powiedział prędko i skinął na robotników, żeby ją poniesli, bo przypomnienie ojca ścisnęło mu serce, jakby obręczą.

Poszedł do niego i długo patrzył w dobrą, szlachetną twarz starca, tak zmienioną strasznie przez śmierć i tak zastygłą w jakimś niedokończonym

krzyku, w jakiejś męce, która pokrzywiła mu rysy, że zadrżał z przerażenia.
Przy zwłokach ojca przeżył najboleśniejsze chwile życia.

Długie godziny siedział w największem skupieniu i rozsnuwał wszystkie pasma swojego życia, obnażał się przed samym sobą, przyglądał się nagiej duszy swojej. To go uspokoiło zupełnie, ale i przeniknęło mu serce dziwnym smutkiem, który już w nim pozostał.

Poszedł spać i spał bardzo długo; obudził się zupełnie rześwy i zdecydowany do schwytania się za bary z losem, do walki, ale zaraz na wstępie uderzył się o pierwszą zaporę.

Moryc oświadczył wśród najczulszych zapewnień przyjaźni, że cofa swój wkład i kapitały, że już zrobił zastrzeżenie w Towarzystwie asekuracyjnem.

— Rozumiem cię, urządziłeś się sprytnie, aby mnie zgubić, ale czy myślisz, że ci się uda, że ja nie powstanę?

— Ty jesteś rozżalony, nie wiesz co mówisz, krzywdzisz mnie posądzeniami. Ja się cofam, bo nie mogę trzymać pieniędzy w martwym interesie, ty dasz sobie radę i bezemnie, a ja muszę żyć, robię interes z teściem, mnie zaraz potrzeba gotówki!

Zaczął mu z wielką skwapliwością opowiadać swoje interesy, które go zmuszają do tego wycofania się ze spółki, tłumaczył się gorąco, rzucił mu się w końcu na szyję.

— Karol, ty nie patrz tak na mnie, ja cię kocham jak brata, mnie aż serce boli, kiedy myślę nad twojemi stratami, mnie cię tak żal, tak chciałbym pomódz ci czemkolwiek, że chociaż mi to na nic, kupiłbym od ciebie te place po fabryce i te resztki, jakie zostały. Ty wiesz jakie ja mam serce dla przyjaciół. Zapłaciłym gotówką, pożyczyłbym, a zapłacił zaraz, miałbyś z czem zaczynać.

Karol oburzony tym projektem, otworzył mu drzwi.

— Masz moją odpowiedź! Interesy załatwiam w kantorze...

— Co! co! mnie?... Za moją przyjaźń, za moją życzliwość — wrzeszczał Moryc.

— Wynoś się, bo cię wyrzucić każę — zawołał porywczo i zadzwonił na Mateusza.

Moryc wyniósł się, a on usiadł do obliczań, które długo trwały.

Wstał od nich blady i zdenerwowany, bo asekuracya pokrywała tylko długi największe, a miał jeszcze do pokrycia masę drobnych, które mogły zjeść wartość placów, jakie miał, tak, że w rezultacie nie pozostawało mu nic.

Pójdzie znowu do służby, znowu będzie musiał słuchać, znowu zostanie maszyną w jakim wielkim organizmie, znowu będzie się wić długie lata w męce bezsilności, w marzeniach bezpłodnych o swobodzie, będzie się targać na łańcuchu zależności i przez kraty, z nizin, będzie znowu patrzyć na tych, którzy budują fabryki, tworzą ruch, zgarniają miliony i żyją całą pełnią władz swoich, pragnień, namiętności!...

— Nie... nie... nie... — syczał przez zaciśnięte zęby i odpychał te obrazy przeszłości z pogardą i z nienawiścią.

Dosyć się już najadł dotychczasowego życia i, żeby nie wiem co, nie powróci do niego.

Mózg zaczął gorączkowo pracować nad sposobami wydobycia się z tej matni, ani na mgnienie nie myślał o poddaniu się.

Na drugi dzień przyszedł Maks, był bardzo blady i miał zapuchnięte od płaczu oczy, ledwie się trzymał na nogach, ale zaraz, prosto mu oświadczył, że i on wycofuje swój wkład, że również kazał zrobić zastrzeżenie.

Wtedy Borowiecki nie mógł już wytrzymać.

— I ty mnie opuszczasz, Maks? — szepnął z goryczą i łzy, pierwsze łzy w życiu, zapełniły jego oczy i zalały mu duszę straszną goryczą.

Ale zapanował nad sobą i zaczął przed nim rozwijać nowy plan fabryki, rozgrzewał się powoli, zwyciężał trudności, nie widział już niepodobieństw, tylko do tej nowej, zaciętej walki z losem, potrzebował nie jego kapitałów, a jego samego, jego uczciwości i zdolności, zaklinał go na wszystko, aby z nim został.

— Nie mogę. Nie gniewaj się na mnie, nie miej do mnie żalu, ale nie mogę. Widzisz, ja w tę fabrykę włożyłem całą swoją duszę, ja się nią cieszyłem jak dzieckiem, żyłem jej życiem, wszystko poszło z dymem. Jużbym nie miał ani sił, ani wiary do drugiej takiej roboty. Zrozum mój stan, a przebaczysz mi. Bądź zdrów, Karol, będę zawsze twoim przyjacielem, zawsze licz na mnie, ale interesy muszę prowadzić osobno. Sam jeszcze nie wiem, co będę robić. Bądź zdrów, Karol.

— Bądź zdrów, Maks!

Ucałowali się serdecznie na rozstanie.

Borowiecki nie miał do niego żalu, bo odczuwał jego stan, już mu zresztą opowiedzieli robotnicy, że gdy już fabryce żadna pomoc nie mogła poradzić, Maks zamknął się w kantorze i płakał jak dziecko nad ruinami pracy swojej.

— Jestem zupełnie na czysto! Dobrze, dobrze! — odpowiedział, jakby wyzywając świat cały do walki.

Kazał zająć się pogrzebem ojca, a sam poszedł do fabryki, bo już tam prowadzili roboty urzędnicy Towarzystwa asekuracyjnego.

Ale wkrótce przyleciał Mateusz z wiadomością, że stary Müller czeka na niego. Jakoż już od progu fabrykant zaczął go ściskać i mówił pośpiesznie:

— Byłem w Sosnowcu, dali mi depeszą znać dzisiaj dopiero, dla tego się spóźniłem. Bardzo się zmartwiłem, mnie żal, bo widziałem jak pan pracował, ale co pan będzie robić dalej?

— Jeszcze nie wiem.

— Wszystko pan stracił? — zapytał żywo.

— Wszystko — odpowiedział szczerze.

— Głupstwo, ja panu pomogę, pan mi zapłaci procent zwykły, a wybuduje fabrykę jeszcze większą, ja pana kocham, pan mi się bardzo podoba, no co? Karol zaczął przedstawiać z dziwnym uporem, że nie będzie miał zabezpieczenia jego kapitał; rysował mu swoje położenie materyalne w nadzwyczaj ponurych barwach, ale fabrykant roześmiał się na te dowodzenia.

— Keine gadanie! Masz pan rozum, to jest największy kapitał. Stracił pan dzisiaj, za parę lat wszystko się odbije. Ja byłem majstrem tkackim, ja nie umiem dobrze czytać, a mam fabrykę, mam miliony. Pan się ożeń z moją Madą i bierz sobie wszystko, dawno już chciałem panu o tem powiedzieć. To jest dobra dziewczyna! A nie chce pan się z nią żenić, to i tak pożyczę panu pieniędzy. Mój Will nie na fabrykanta, jemu muszę kupić na wsi majątek, bo on

ma w głowie wielkie państwo, a mnie potrzeba zięcia takiego, jak pan. No, cóż?
— mówił prędko, obcierał rękawem spoconą, zatłuszczoną twarz i śledził z niepokojem Karola.

— Powiedz prędko, bo ja się śpieszę...

— Dobrze! — odpowiedział Karol zimno — dawno przecież myślał, że na tem się skończy.

Müller uradowany, uścisnął go, wyklepał po łopatkach i pobiegł do domu.

XXII.

Upłynęło kilka tygodni od pożaru i pogrzebu pana Adama, na którym Anka nie była; leżała chora w domu Trawińskich, dokąd się przeprowadziła.

Teraz czuła się już znacznie lepiej, ale na ulicę jeszcze nie wychodziła, bo nadeszły straszne dni marcowe, pełne deszczów, błota i zimna.

Czuła się prawie zdrową, ale do równowagi nerwowej przychodziła bardzo wolno.

Ta straszna noc, zakończona nagłą śmiercią pana Adama, pozostawiła w niej głębokie ślady.

Całe dnie nieraz siedziała zapatrzona w jakąś głąb, z której nadlatywały do niej głucho szumy pełne krwawych łun, pełne krzyków nieludzkich i pełne strachu tak mocnego, że mdlała z przerażenia, lub jak obłąkana rzucała się do ucieczki.

Musiał zawsze ktoś czuwać przy niej, rozrywać jej uwagę i nie pozwolić zapadać w przypomnienia.

Najczęściej robiła to Nina, która z poświęceniem matki czuwała nad nią, codziennie także przychodziła Wysocka, a całe wieczory przesiadywała Kama.

Przesiadywała całymi dniami w wielkim narożnym pokoju, zamienionym na rodzaj oranżeryi, w której było pełno ptasiego świergotu, szmerów małej fontanny i kwiatów, bo kilkanaście wielkich drzew kameliowych pokrywało się już białymi i czerwonymi kwiatami.

Anka siedziała w nizkim głębokim fotelu i mówiła z rozrzewnieniem:

— Wiesz, że mną nikt się tak nie zajmował serdecznie jak wy.

— Boś nie potrzebowała. A że ja się zajmuję tobą, leży to w moim interesie, muszę dbać o swój model — odpowiedziała wesoło Nina.

Malowała jej portret, właśnie w tej pozie wyczerpania, na pół leżącej w fotelu pokrytym skórą tygrysią, na tle rozkwitłych drzew kameliowych.

Cicho było tutaj i ciepło, fontanna szemrała sennie i tryskała niby strumień brylantowych opiłków, który opadał pyłem na marmurowy biały basen, pełen wygrzewających się małych zielonych jaszczurek.

— Był dzisiaj Karol? — zapytała znowu Nina.

— Był...

— Czy już?...

— Nie jeszcze, nie miałam odwagi, ale w tych dniach zwrócę mu pierścionek i słowo. To tak ciężko, tak ciężko...

Zamilkła i wilgotne blaski rozpromieniły jej oczy.

Nie mówiły już o tem. Dni znowu powlekły się jednostajnie, tę tylko przynosząc zmianę, że raz przed wieczorem przyszedł ją odwiedzić Stach

Wilczek.

Przyjęła go w oranżeryi i nic nie mówiąc, patrzyła na niego długo.

Wilczek wyświeżony, pachnący, pewny siebie, opowiadał, że zawarł spółkę z Maksem Baumem i na wiosnę, na placach starego Bauma, zaczną stawiać wielką fabrykę chustek półwełnianych, że zrobią konkurencyę Grünspanowi.

— A cóż się dzieje z ojcem pana Maksa? — zapytała.

— Trudno to określić inaczej, jak tylko, że zupełnie zwaryował. Jak pani wie, kocioł i później pożar, zrujnował mu zupełnie pustą już wprawdzie fabrykę; otóż stary odstąpił wszystkie place Maksowi, oddał wszystek gotowy towar, jaki był jeszcze na składzie, sprzedał nawet warsztaty, które ocalały, rozdzielił wszystko pomiędzy dzieci, zastrzegając sobie tylko, że do jego śmierci nikt nie ruszy murów fabryki, że pozostaną jego wyłączną własnością. Zamknął się w nich i tam żyje. Zupełny waryat. Radziłem Maksowi, aby starego chociażby siłą przewieźć do jakiego zakładu leczniczego, bo te mury bardzoby nam się przydały, ale nie chce.

— Ma rację. Może pan powie panu Maksowi, żeby mnie odwiedził, dobrze?

— Z przyjemnością, wiem nawet, że się wybierał dawno i czekał tylko zupełnego wyzdrowienia pani.

Posiedział jeszcze chwilę, popisywał się jak mógł i wyszedł bardzo chłodno pożegnany, bo Anka nabierała do niego wstrętu; wytarła śpiesznie ręce, bo jego wielkie dłonie zimne były i wilgotne.

On robi na mnie wrażenie płazu — powiedziała do Niny.

— Jest to kombinacya płazu i dzikiego zwierzęcia. Tacy w życiu dochodzą do wszystkiego, o ile zbyt prędko nie skończą w więzieniu — dorzucił Trawiński i zaczął Ance opowiadać o jego interesie z Grünspanem i jego sposobach robienia majątku.

I wy, pomimo wszystkiego, przyjmujecie go u siebie? — zawołała oburzona.

— Przyszedł do pani, a potem, ja się z nim znać muszę, bo tutaj niewolno ludzi rozdzielać na uczciwych lub złodziei, może być każdy potrzebnym.

— Ależ ja go nie chcę nigdy już widzieć.

— Dobrze, zapowiem służącemu. A mojemi słowami niechaj się pani nie gorszy, idziemy zawsze w kierunku musu, a nie w kierunku chęci i woli — uśmiechnął się smutnie i spojrzał na Ninę, która odstawiła staluni i aby nie słyszeć tych słów, które ją zawsze bolały niewymownie, stała pod kameliami, rozdmuchując delikatnie różowe pączki.

— Straszne jest życie! — szepnęła Anka.

— Nie, straszne są tylko nasze wymagania od niego, straszne są tylko nasze marzenia o pięknie, straszne są tylko nasze pożądania dobra i sprawiedliwości, bo nigdy się nie urzeczywistniają i nie pozwalają brać życia takiem, jakiem ono jest. W tem leży źródło wszelkich cierpień.

— I nadziei! — dorzuciła Nina, postawiła na stoliczku obok Anki wazon z krzakiem chińskiej róży, pokrytej żółtymi, cudownymi kwiatami o bardzo subtelnym zapachu.

— Patrz Kaziu i nie mów przykrych rzeczy.

Wieczorem przyszedł Józio Jaskólski, który od czasu pewnego przychodził stale czytywać Ance książki. Od niego dowiadywała się różnych szczegółów o

Karolu i jego sprawach, bo chociaż Borowiecki bywał codziennie, nigdy nie wspominał o interesach.

— Ojciec już zdrowy? — zapytała.

— Już od tygodnia dozoruje ludzi, którzy uprzątają rumowiska.

— A ty co robisz?

— A ja jestem też u pana Borowieckiego w kantorze, bo już starszy pan Baum zlikwidował swoje interesy — odpowiadał bardziej jeszcze nieśmiały i rozczerwieniony, bo biedak zakochał się na śmierć w Ance i całe noce pisywał do niej sążniste listy miłosne, których jej nie przysyłał wprawdzie, ale na które sam sobie odpowiadał również płomiennie i w wielkiej tajemnicy, a wyjawiając imienia ideału, odczytywał je przed kolegami lub na zebraniach muzycznych u Malinowskiego.

— Pan Maks prosi przezemnie, czy może jutro odwiedzić panią?

— Dobrze, czekam popołudniu — powiedziała dosyć żywo.

Czekała tej wizyty bardzo niecierpliwie, a gdy go nazajutrz zameldował służący, serce jej zabiło radośnie i bardzo poruszona wyciągnęła do niego rękę.

Maks bardzo zmieszany i onieśmielony usiadł na przeciwnej stronie i cicho, trochę niepewnym głosem zaczął pytać o zdrowie.

— Ależ zdrowa jestem, czekam tylko pogody, żeby wyjść na powietrze, a raczej żeby wyjechać z Łodzi.

— Na długo pani wyjeżdża? — zapytał prędko Maks.

— Może zupełnie, nic jeszcze nie wiem, co zrobię ze sobą...

— Nie dobrze pani w Łodzi?...

— Tak, bardzo nie dobrze, ojciec umarł i...

Nie dokończyła.

Maks przerywać nie śmiał.

Milczeli, spoglądając na siebie bardzo życzliwie.

Anka uśmiechała się do niego takim szczerym, radosnym uśmiechem, że Maks topniał jak wosk i dawno ukrywana miłość przejmowała mu serce taką radością i rozczuleniem, że byłby z radością całował jej krzesło, ale pomimo to siedział sztywno, powiedział jeszcze kilka zdawkowych grzeczności i wstał do wyjścia.

— Już pan idzie? — zawołała z przykrością.

— Muszę, bo stąd prosto jadę na ślub Moryca z panną Melą Grünszpan.

— Panna Mela wychodzi za Moryca?

— Bardzo dobrana para. Ona ma wielki posag i jest bardzo piękną i ma ojca, który już kilka plajt zrobił z powodzeniem, a Morycowi sprytu wystarczy nawet do zjedzenia własnego teścia.

— Ale mnie pan jeszcze odwiedzi? — prosiła Anka.

— Kiedy tylko pani pozwoli.

— A więc choćby codziennie, jeśli pan będzie mieć czas.

Maks ucałował jej rękę i wyszedł bardzo uradowany.

Po tem, o zmroku gdy przez okna zaczęły błyskać światła fabryk, przyszedł Borowiecki, usiadł cicho, bo w drugim pokoju grała na fortepianie Nina i dźwięki dziwnie słodkie rozlewały się jak szemranie strumienia.

Długo milczeli oboje, czasami tylko w półmroku krzyżowały się ich spojrzenia i cofały natychmiast lękliwie, dopiero gdy zapalono światła, zaczęli rozmawiać przyciszonym głosem, aby nie głuszyć muzyki.

Anka machinalnie okręcała na palcu zaręczynowy pierścionek.

Oboje mieli na ustach jakieś słowa, ale obojgu brakowało odwagi.

Nina wciąż grała.

Muzyka jakimś szeptem miłosnym, namiętnym, pełnym niespodziewanych wybuchów płynęła od fortepianu i budziła w nich dawne, zapomniane echa.

Ance oczy napełniły się łzami, niewysłowiony żal ścisnął jej serce, zdjęła machinalnie pierścionek i podała go w milczeniu.

Odebrał i również bez słowa zwrócił swój.

Spojrzeli sobie w oczy głęboko.

Karol nie mógł znieść jej łzawego spojrzenia, które go przeniknęło nawskróś i jakby palące zarzewie pozostawiło w duszy, pochylił głowę nizko i szepnął cicho, ledwie dosłyszalnie:

— To moja wina, moja wina...

— Nie, to moja wina, że nie umiem kochać aż do przebaczenia, aż do zapomnienia o sobie — odpowiedziała wolno.

Wstał pomieszany, tak bardzo go zabolały jej słowa, tak się poczuł winnym wobec tej bladej, chorej dziewczyny.

Głęboki, upokarzający wstyd palił mu serce.

Nie mógł znieść jej szlachetnego spojrzenia.

Ukłonił się zdaleka i szedł.

— Panie Karolu! — zawołała śpiesznie.

Odwrócił się i przystanął.

— Niech mi pan poda rękę, nie na pożegnanie, ale na do widzenia — mówiła prędko, wyciągając do niego rękę.

Porwał ją i ucałował bardzo mocno.

— Życzę panu z całej duszy szczęścia, zupełnego szczęścia.

— Dziękuję, dziękuję... — wyszeptał z trudem, chciał również życzyć jej szczęścia — nie miał już sił, zląkł się szalonego pragnienia, jakie w nim pozostało, aby się rzucić przed nią na kolana i całować te usta blade, aby ją przycisnąć do serca, więc raz jeszcze ucałował jej ręce i wybiegł.

Anka opadła w fotel bez sił, wszystkie rany jej duszy się otwarły i ta umierająca miłość, zmartwychwstała na chwilę, przepełniła jej serce i oczy gorzkiemi łzami żalu.

Płakała długo i bardzo boleśnie, jakby w odpowiedzi coraz cichszym, coraz smętniejszym, przełzawionym tonem muzyki, która w pasażach podobnych do krzyków przyduszonych, sączyła się w ciszę pokoju.

XXIII.

Późną jesienią tegoż roku odbył się ślub Borowieckiego z Madą Müllerówną.

Wracali właśnie od ołtarza szeroką ulicą, wysłaną dywanami i obsadzoną rzędami palm i świateł, poza któremi toczył się tłum.

Kościół literalnie był zapchany ludźmi.

Borowiecki spokojnie, z podniesioną głową szedł, wlekąc spojrzeniem po znajomych twarzach, uśmiechających się do niego, ale nie spostrzegał nikogo, bo był głęboko znudzony długością ceremonii i tą wystawną, dorobkiewiczowską pompą ślubu.

Przed kościołem nikt nie przystąpił z życzeniami z tych znajomych, którzy nie byli zaproszeni na ślub, nikt nie śmiał przerywać tego sznura milionów jakie go otaczały, tej jasnej, wystrojonej, obsypanej brylantami girlandy kobiet, którym już w kruchcie służba ugalonowana podawała okrycia.

Wsiadł z Madą do karety i pierwszy ruszył z przed kościoła.

Mada była zapłakana z radości i szczęścia i nieśmiała, płonąca, zdenerwowana, tuliła się do jego boku.

Nie zwracał i na to uwagi, spoglądał okiem karety po głowach rojących się tłumów, biegł po dachach, ślizgał się po kominach buchających dymami i po fabrykach z hukiem pracujących i powracał myślą w głąb samego siebie i myślał, że oto jedzie od ślubu, że nareszcie jest już panem miliona, — że jest u progu tego wymarzonego szczęścia — bogactwa.

Przeżuwał wolno te błyskawice myśli i obrazów i ze zdumieniem czuł, iż niema w nim żadnej radości, że jest zupełnie spokojny, zimny, obojętny, znudzony tylko porządnie.

— Karol! — szepnęła Mada cichutko, podnosząc zarumienioną twarz i porcelanowe, bardziej jeszcze niebieskie oczy.

Spojrzał na nią pytająco.

— Taka szczęśliwa jestem! taka szczęśliwa! — szeptała i nieśmiało, jak dziecko przysunęła głowę do jego ramienia i wyciągnęła usta chciwe jego pocałunków, ale odsunęła się szybko, bo spostrzegła, że z ulicy wszystko widać.

Ścisnął mocno jej rękę i jechał dalej w milczeniu.

Cała ulica, prowadząca do fabryki Müllera, zapchana była robotnikami, którzy ustawieni w szpaler, ubrani odświętnie, wznosili gromkie okrzyki na cześć zaślubionych, a w końcu szpaleru, przed wjazdem do dziedzińca fabrycznego wznosiła się olbrzymia brama tryumfalna, obciągnięta kolorowemi draperyami, przetykana godłami pracy, a na szczycie, na wielkim transparencie jaśniał wypisany elektrycznemi lampkami napis: „Willkommen".

Za bramą ciągnął się znowu sznur ludzi, przez wszystkie dziedzińce, przez wielki ogród, aż do podjazdu pałacowego.

Przejazd ten trwał tak długo, że gdy weszli do pałacu, wszyscy goście już tam byli zebrani.

Towarzystwo było przeważnie niemieckie, mała garstka polaków tonęła niepostrzeżenie.

Müller wystąpił jak przystało na łódzkiego milionera. Taki był przepych dywanów, mebli, srebr, kwiatów i dekoracyj, bo berlińscy tapicerzy dekorowali cały pałac, że zdumiewał wszystkich.

Müller miał dzisiaj święto rzetelne, wydawał jedynaczkę i zdobywał pomocnika w zięciu, więc tak był zadowolony, że jaśniała radością jego okrągła, czerwona, zatłuszczona twarz.

Częstował wszystkich najlepszemi cygarami, klepał Karola po łopatkach, brał go wpół, poklepywał po kolanach, sypał rubasznymi dowcipami i zapraszał najusilniej do przekąsek, zastawionych w sali bufetowej.

Gdy miał czas, brał którego z gości pod ramię i pokazywał mu z dumą salony.

— Panie Kurowski, patrz pan, to jest pałac moich dzieci, oni będą sobie tutaj mieszkali, co, ładnie?

Kurowski potakiwał i uśmiechał się pobłażliwie na objaśnienia pełne cyfr kosztu, a potem przysunął się do Meli Grünspan, obecnie Morycowej Welt, która otoczona młodzieżą, królowała w jednym z salonów.

Dosyć długo słuchał jej rozmowy błyskotliwej, jej śmiechów sztucznych i niesmacznego szastania się po salonie. Odszedł zdumiony, bo nie poznawał dawnej Meli, o której sam kiedyś powiedział, że jest jedyną kobietą wśród żydówek łódzkich.

— Moryc, coś pan zrobił ze swojej żony? — zagadnął Welta.

— Znajdujesz pan zmianę?

— Wprost nie poznaję.

— To moje dzieło, ale prawda, że piękna kobieta? — pytał, wciskając binokle.

Kurowski nic nie odrzekł, śledził Karola, któremu ta rola zięcia nie bardzo smakowała, bo chodził znudzony, apatyczny i pogardliwie traktował rodzinę żony i fabrykantów, a jak tylko mógł, uciekał do Maksa Bauma, nawet do Welta, z którym się pogodził, byle nie być z tamtymi

— No cóż, zdobyliśmy już wszyscy te „ziemię obiecaną" — zagadnął Kurowski.

— Jeśli tę ziemię stanowią miliony, to tak. Wy idziecie do nich, Moryc będzie je miał z pewnością, a Maks je sobie zrobi, jeśli mu ich Wilczek nie wydrze.

— O mnie mowa! — zawołał, podchodząc Stach Wilczek, który jako spólnik Maksa miał już wstęp do towarzystwa, więc porzucił dotychczasowe stosunki i pchał się siłą pieniędzy i bezczelności ciągle naprzód.

— Mówimy właśnie, że Maks może zrobi majątek, jeśli mu pan nie zabierze go z przed nosa — powiedział żartobliwie Kurowski.

— Jeśli tylko będzie można! — szepnął, oblizał się jak pies przed pełną miską i poszedł emablować brzydką, ordynarną pannę Knaabe, która mogła mieć ze dwieście tysięcy posagu.

Siedział przy niej Murray i tak się komicznie wdzięczył i takie zabawne prawił komplementy, że panna śmiała się na cały głos.

Muzyka usadowiona w głównym salonie, na estradzie wspaniale udekorowanej czerwonym barchanem, naśladującym aksamit, zaczęła grać walca.

Wtedy nikłe sylwetki urzędników fabrycznych, zaproszonych jedynie do ożywienia zabawy, zaczęły się wysuwać z bufetu, z bocznych pokojów, z przysłoniętych draperyami nisz i rozpoczęły się tańce.

Karol samotnie przechodził salony zalane światłem, zapchane bogactwem. Kilkadziesiąt zebranych osób ginęło zupełnie w ogromie mieszkania, z którego kątów, z pod kwiatowych festonów i barchanowych draperyj, szczerzyła żółte zęby nuda i pustka.

Miał wielką ochotę uciec, zamknąć się w mieszkaniu, lub jak dawniej iść z Maksem, z Morycem, z Kurowskim do knajpy jakiej i przy piwie, pogawędce, zapomnieć o wszystkiem.

Było to ciche pragnienie, a tymczasem musiał robić honory domu i pilnować, żeby kochany teść o ile można najmniej się ośmieszał; musiał rozmawiać, uśmiechać się, prawić komplementy damom, rozmawiać czasem z Madą, czuwać nawet nad służbą, bo nikt się tem zająć nie umiał.

Matka kryła się po kątach, nie śmiejąc chodzić w swojej wspaniałej jedwabnej sukni, nie wiedząc co mówić, onieśmielona tym przepychem i masą pierwszy raz widzianych ludzi, przesuwała się jak cień przez salony, nie zauważona przez nikogo.

Wilhelm siedział tylko w bufecie, pił z przyjaciółmi i całował się co chwila z Karolem, w którym od pewnego czasu był rozkochany.

A Mada?

Mada była tak szczęśliwą i zatopioną w radości, że nic nie widziała dookoła siebie prócz męża, którego ciągle szukała, a odnalazłszy, nudziła czułostkami.

O północy Borowiecki tak się już czuł zmęczonym, że zwrócił się do Jaskólskiego, który odświętnie wystrojony, był czemś w rodzaju marszałka domu, na dzień dzisiejszy.

— Może pan poleci, aby przyspieszyli podanie kolacyi, wszyscy się nudzą.

— Nie może być wcześniej niż naznaczono — odparł poważnie szlachcic, który był już mocno pijany, ale trzymał się sztywno, pokręcał wąsów i zgóry traktował milionerów.

— Pludraki! — mruczał, usługując równocześnie ze skwapliwością.

Wreszcie podano kolacyę w wielkiej wspaniałej jadalni.

Stoły uginały się pod srebrem, kryształami i kwiatami.

Karol siedział przy żonie rozczerwienionej jak piwonia, cierpliwie słuchał toastów, przemówień i tłustych dowcipów, wysyłanych pod swoim adresem.

Przy końcu wieczerzy, gdy ochota wzrosła i humory były szampańskie, musiał się całować i ściskać z tymi grubasami, kapiącymi tłuszczem, którzy jedli jak wilki i pili jak smoki, a potem, gdy pannę młodą czepili, wzięły go pomiędzy siebie różne kuzynki, ciotki i t. p. inwentarz familijny.

Męki prawdziwe cierpiał, bolała go głowa, więc skoro tylko mógł, wyrwał się z czułych, kochających szpon i uciekł do oranżeryi, aby trochę ochłonąć i wytrzeć twarz oślinioną słodkimi pocałunkami rodziny.

Ale trafił nieszczęśliwie, bo zaledwie usiadł na jakiejś kanapce, osłoniętej zielonymi krzewami, zaczęli się wsuwać cichaczem różni ludzie i fabrykanci i rozpraszali się bardzo dyskretnie po gąszczach.

W końcu przybiegł pospiesznie stary Müller i melancholijnie zwracał zbyt obfitą libacyę, na cudny kłąb rozkwitłych ceneracyi, świecących barwami drogich kamieni.

Borowiecki spiesznie wyszedł.

Ale w jadalni zapełnionej już tylko służbą, wpadł na inną scenę; Mateusz zupełnie pijany kłócił się z Müllerową, która dosyć nieśmiało wobec jego groźnej miny, polecała resztki kolacyi i niedopite butelki pochować do kredensów.

— Takie gadanie psze... pani to je... insza para mankietów... Nasze wesele dzisiaj... to nasza uciecha... Ożeniliśmy się, to dojadać ani dopijać resztek po szwabach nie będziemy psze... pani!

Huknął pięścią w stół i pokazał jej drzwi.

— Niech... psze... pani... spać idzie... my tu sobie radę z winem damy... i ja się napiję... i chłopcy się napiją... bo nasze wesele... to nasza frajda... Służba nalać wina... słuchać p. Mateusza, bo jak nie, to pięścią w pysk i będzie fertig, na glanc... cholera z buraczkami... za zdrowie mojego pana... a resztę o piec i za drzwi...

Müllerowa ucieka ze strachem, szukać Karola, a Mateusz rozsiadł się w fotelu i nieprzytomnym głosem gadał, bijąc w stół pięścią.

— Ożeniliśmy się psze... pana dyrektora... mamy fabryki... mamy żony... mamy pałace... a szwaby won... a jak nie, to pięścią w pysk... nogi do okapu... i fora ze dwora... i wszystko będzie fertig, na glanc... cholera z buraczkami...

***

A potem?

Potem szły tygodnie, miesiące, lata i kładły się w grobie zapomnienia — odchodziły tak cicho, jak cicho a nieubłaganie szły nowe wiosny, nowe śmierci i nowe istnienia, jak cicho snuje się przędza życia splątana z włókien wczoraj, dziś, jutro.

W Łodzi i wpośród naszych znajomych, te kilka lat, jakie upłynęły od ślubu Borowieckiego, zmieniły wiele.

Łódź żyła teraz szalonem życiem, tętniała gorączką rozrostu, budowała się z pośpiechem, zdumiewała nieustającą potęgą, nagromadzeniem sił, wylewających się niepowstrzymanym potokiem, aż w pola, bo tam gdzie przed kilku laty jeszcze rosły zboża i pasły się krowy — zaczynały wyrastać całe ulice nowych domów, fabryk, interesów, nowych szachrajstw i wyzysków.

Miasto było podobne do potężnego wiru, w którym kotłowali ludzie, fabryki, materyały i namiętności, miliony i nędza, rozpusta i głód wieczny, a wszystko to wirowało z szalonym pośpiechem, z rykiem maszyn, pożądań, głodu, nienawiści; z rykiem walki wszystkich przeciwko wszystkim i wszystkiemu.

Wszystko pchało się z siłą rozpętanego żywiołu, naprzód, po trupach fabryk i ludzi — byle zdążyć prędzej do milionów, których źródła zdawały się wytryskiwać z każdego cala tej „Ziemi obiecanej".

Kurowski szedł pełną parą do majątku; Maks Baum et Stach Wilczek, byli już firmą mocną i jeszcze mocniej podrywającą swojemi tandetnemi chustkami firmę Grünspan, Welt et Grosman.

Moryc Welt, jeden z firmowych, jeździł tylko powozem i już nie poznawał na ulicy ludzi, mających mniej niż pół miliona.

Firma Bucholc, prowadzona ongi przez Karola, szła wciąż na czele wszystkich.

Nie prześcignął jej Szaja Mendelsohn, który znowu się spalił i po pożarze powiększył fabrykę o dwa tysiące robotników, ale równocześnie stawał się coraz filantropijniejszym, bo wyciskał do ostatnich granic pracujących i zato budował dla nich wspaniały szpital i przytułek dla okaleczonych i niezdatnych już do pracy.

Grosglück, szachrował w dalszym ciągu, a nawet ze zdwojoną energią, bo wydał swoją Mery, za jakieś nadgryzione mocno, rozpustą hrabiątko, które musiał wciąż leczyć i utrzymywać.

Trawiński, który zmógł wytrwaniem i cierpliwością dawne niepowodzenia, od dwóch lat już stał znakomicie, był firmą bardzo poważaną.

Müller usunął się zupełnie z Łodzi, oddał fabrykę Borowieckiemu, a sam z żoną, wypoczywał przy synu, któremu kupił wielki majątek na Kujawach. Wilhelm chorował na szlachcica, miał się żenić z jakąś hrabianką, pisał się de Meller, do Łodzi przyjeżdżał ze służbą uliberyonowaną, na karetach używał połączonych herbów przyszłej żony i Borowieckiego; do fabryki nie wtrącał się zupełnie, dzieląc się tylko sumiennie jej ogromnymi dochodami.

Borowiecki był zupełnym panem olbrzymiej fabryki.

Przez te cztery lata rozwinął ją olbrzymio; zreformował fabrykacye barchanów, podniósł swoje wyroby do stopnia doskonałości, dobudował nowe oddziały, rozszerzył rynki zbytu i wciąż szedł naprzód.

Te cztery lata jakie upłynęły od jego ślubu z Madą Müllerówną i od objęcia fabryki, to cztery lata pracy wprost nadludzkiej.

Wstawał o szóstej rano, kładł się o północy, nie wyjeżdżał nigdzie, nie bawił się, nie używał życia ani milionów, nie żył prawie — pracował tylko, pochłonięty wirem interesów i ta rzeka pieniędzy jaka przepływała przez jego ręce, — fabryka, oplotła go jak polip tysiącami ramion i ssała bezustannie — wszystkie myśli, — wszystek czas — wszystkie siły.

Miał już te upragnione miliony, dotykał się ich codziennie oddychał nimi, żył z nimi, widział je dokoła siebie.

Ale ta praca nad siły, trwająca już lata całe, wyczerpywała go fizycznie, a miliony nie radowały zupełnie — przeciwnie, czuł się coraz głębiej znużonym, obojętnym i smutnym.

Coraz częściej nuda zaglądała do jego duszy, coraz częściej zaczynał uczuwać, że jest mu źle i że jest bardzo, bardzo osamotnionym.

Mada była dobrą żoną, jeszcze lepszą mamką i piastunką jego syna, doskonale go obsługiwała — ale niczem więcej być nie mogła i nie umiała. Łączyło ich tylko dziecko i wspólne mieszkanie, nic więcej; — ona czciła go jak fetysza, nie śmiejąc zbliżyć się jeśli ją do tego nie zachęcił, nie śmiejąc mówić jeśli on nie był dobrze usposobiony — a on, pozwalał się czcić i uwielbiać, rzucając jej czasem w nagrodę jakieś słowo dobre lub uśmiech życzliwy, a rzadziej już czułość jaką lub jakiś okruch serca.

Przyjaciół nie miał nigdy, ale zawsze miał wielu znajomych i życzliwych wpośród kolegów dawnych — ale teraz, w miarę wzrostu jego potęgi, wszyscy się odsuwali i ginęli w szarem tle ludzkiem, odgrodzeni nieprzebytem wałem milionów jakie go otaczały; — z milionerami również nie żył, brakło mu przedewszystkiem czasu, a potem zbyt nimi pogardzał i zbyt wiele było pomiędzy nimi konkurencyjnych antagonizmów.

Pozostało mu tylko kilku najbliższych.

Ale Kurowskiego unikał, bo tamten nie mógł mu darować Anki, i przy każdej sposobności ranił go bardzo boleśnie.

Z Morycem Weltem żyć nie mógł, bo mu obrzydł zupełnie.

Z Maksem Baumem żyć nie umiał; spotykali się bardzo często. Maks był nawet chrzestnym ojcem jego syna, ale pomimo to byli ze sobą na chłodno, na stopie dawnego koleżeństwa, a nie przyjaźni... Maks miał do niego stary żal, również jak i Kurowski, za Ankę i nie mógł mu tego zapomnieć.

Ale Borowiecki coraz częściej czuł swoją samotność i tę przeraźliwą pustkę jaką był otoczony, — pustkę której nie mogły zapełnić miliony, ani zabijająca praca.

A teraz, w ostatnich czasach zaczynał uczuwać coraz częściej szalony, nieopowiedziany głód duszy.

I niewiedział jeszcze dobrze co mu jest!

Wiedział tylko, że nudzi go fabryka, interesy, ludzie, pieniądze — że nudzi go wszystko.

Rozmyślał właśnie o tem wchodząc do fabryki.

Olbrzymie czworoboki murów trzęsły się i huczały pracą.

Borowiecki przechodził mroczny przez sale, nie witał się z nikim, nie rozmawiał, nie oglądał nic, nie patrzył nawet na nikogo — szedł jak automat i błądził zgaszonym wzrokiem po maszynach w ruchu, po robotnikach pracujących w skupieniu, po oknach przez które wlewało się wiosenne słońce; podniósł się windą do suszarni gotowego towaru, gdzie na długich stołach, na ziemi, na wózkach leżały miljony metrów, przechodził po nich, deptał je z jakąś bezwiedną a zimną wzgardą i stanął przy oknie, z którego widać było smugę pól zakończonych lasami, zapatrzył się w jasny, słoneczny dzień kwietniowy, pełen wielkiej radości, słońca, ciepła, młodej zieleni traw — na przeczyste stada chmur leżących w głębiach seledynowego nieba...

Ale odszedł rychło, targnięty jakąś głuchą, nieokreśloną tęsknotą.

I znowu szedł z pawilonu do pawilonu, i z sali do sali — przez to piekło turkotów, huków, warczeń, pracy, zapachów straszliwych i gorąca piekielnego ale szedł wolniej i uświadamiał sobie, że to wszystko co go otacza — to jego własność, jego królestwo wymarzone.

Przypomniał sobie dawne marzenia — o takiej potędze jaką władał.

Miał to wszystko i uśmiechnął się gorzko na wspomnienie przeszłości, na wspomnienie złudzeń dawnych — złudzeń, bo wierzył kiedyś, nic nie mając, że miljony dadzą mu nadzwyczajne, ekstatyczne jakieś szczęście.

— Cóż mi dały? myślał teraz.

Tak, cóż mu dało to królestwo?

Znużenie i nudę.

I ten dziwny głód duszy, i tę nieokreśloną a tak mocną, a tak szarpiącą, a tak bezcelową tęsknotę, która coraz silniej ściskała mu duszę.

Ach! a tam, za oknami farbiarni w której teraz siedział, taka wiosna szła nad polami, tak się lśniło wszystko, takie radosne krzyki dzieci leciały, tak wesoło krzyczały wróble, tak lekko biły w górę kłęby różowych dymów; — tak tam było jasno, rzeźwo, młodo — taka potężna radość zmartwychwstającej przyrody drgała w przestrzeniach, przenikała wszystko; — że chciało się iść, śpiewać, krzyczeć, tarzać po murawach, płynąć z chmurami, lecieć z wiatrem, chwiać z drzewami w rozsłonecznionem powietrzu i żyć całą piersią, wszystkiemi władzami, wszystkiemi uniesieniami, żyć! żyć!...

— A cóż dalej? myślał posępnie, wsłuchując się w szum fabryki.

Nie znalazł w sobie odpowiedzi.

— Chciałem tego, pożądałem i mam, mam! pomyślał z nienawiścią niezgłębioną niewolnika spoglądając na czerwone mury fabryk swoich, na tego potwornego tyrana, który radośnie spoglądał tysiącami okien i pracował tak zawzięcie aż się wszystko w nim trzęsło, i śpiewał tysiącami maszyn głęboki hymn nasycania się.

Poszedł do kantoru, miał już dosyć fabryki.

Interesanci, kupcy, komisyonerzy, urzędnicy, robotnicy szukający pracy, tysiące spraw czekało w jego przedpokoju i wrzało niecierpliwością, ale on bocznemi drzwiami wyszedł i powlókł się wolno do miasta.

Nie widział nikogo, bo niósł w sobie straszną, pożerającą nudę i ten niezaspokojony głód duszy.

Miasto zalane było potokami słońca i wrzawą szalonego ruchu. Tysiące fabryk, podobnych do twierdz warownych, huczało pracą. Ze wszystkich ulic, ze wszystkich domów, ze wszystkich zaułków, z pól nawet uderzały w niego twarde echa pracy, krzyki maszyn, gwar tej walki toczonej z całą namiętnością; — dyszenia wysiłków, tryumfujące wykrzyki zwycięzców.

Jak jego strasznie nudziło to wszystko!

Z nieopowiedzianą ironią przyglądał się baronowi Meyerowi, który w pysznym powozie rozparty, dumny, jaśniejący potęgą, przejeżdżał ulicą i był podobny do czerwonego spasionego wieprza, nadzianego bogactwem.

— Bydlę, dla którego jest szczęściem najwyższem legowisko z tytułów własności. Czemuż ja nie mogę w ten sam sposób używać bogactwa? Oni są jednak tak szczęśliwi! — myślał.

Niestety, nie umiał używać życia na sposób łódzkich milionerów.

Bo i cóż go miało bawić?

Kobiety! Ach, kochał ich tyle i był tak kochanym i tak miał już tego dosyć!

Zabawy! Jakież? Gdzież są takie, aby były warte wysiłku, aby po nich nuda nie była tem przykrzejszą?

— Wino! Od dwóch lat z powodu przepracowania był na surowej dyecie i żył prawie samem mlekiem.

I otaczania się przepychem nie lubił, a popisywać się przed drugimi nie chciał, ani czuł potrzeby.

Robienie milionów! Po co? nie wydawał nawet dochodów. Po co?

Nie dość-że już był ich niewolnikiem, niedość-że już zabrały mu sił, życia; niedość-że mu już ciężą te złote kajdany!

— A jednak Myszkowski miał wiele racyi! — pomyślał, przypominając sobie jego przeklinania nadmiernej pracy i gromadzenia bezmyślnego pieniędzy.

I myślał coraz smutniej o swojem położeniu, o tych długich, długich latach nudy i męki, jakie stały jeszcze przed nim.

Szedł tak długo, aż znalazł się w helenowskim parku, nie wiedząc prawie o tem.

Chodził po rozmiękłych jeszcze alejach i z ciekawością patrzył na młode trawy, na blado-zielone listki trzepoczące cicho w dosyć ostrem, przesłonecznionem powietrzu.

Cisza głęboka leżała w alejach pustych, po których tylko wrony spacerowały lub wróble świergotały.

Chodził do zmęczenia, chodził uparcie i bezwiednie prawie wciąż wracał do miejsc, w których spotykał się kiedyś z Lucy...

— Lucy... Emma!... powiedział półgłosem i jakby z żalem powlókł oczami po parku — po pustym parku. Z wielką goryczą myślał, że przecież nie czeka na nikogo, że nikt nie przyjdzie, że jest sam...

— Jak to niedawno, a jak to daleko!

Tak, kiedyś żył naprawdę, kochał, umiał szaleć.

A teraz?...

A teraz, za młodość całą ze wszystkiemi jej burzami miał miliony i — nudę, — nudę.

Skrzywił usta do pogardliwego uśmiechu nad sobą, nad własnym stanem duszy i poszedł dalej.

Obszedł park, a wracając, spotkał przy bramie długi szereg dziewczynek, za któremi szły jakieś dwie panie, usunął się na bok i spojrzał.

— Anka! — wyrwało mu się z piersi i bezwiednie zdjął kapelusz.

— Tak, to była Anka.

Przystąpiła natychmiast do niego z wyciągniętą ręką.

— Dawno pana nie widziałam, dawno! — powiedziała z radością.

Pocałował ją w rękę i nie mógł się na nią napatrzeć.

Tak, to była Anka, ta jego dawna Anka z Kurowa, młoda, piękna, pełna sił i pełna czarującego wdzięku, prostoty i szlachetności.

— Pójdźmy za dziećmi, jeśli ma pan chwilę czasu.

— Cóż to za gromada? — odezwał się cicho.

— Z mojej ochrony.

— Pani ochrony?

— Musiałam coś robić, a przytem ta praca daje mi tak wiele zadowolenia, że staram się o pozwolenie na otwarcie drugiej.

— Zajmowanie się temi dziećmi daje pani zadowolenie?

— A nawet zupełne szczęście, szczęście spełnianego obowiązku i czynienia dobrze, chociaż w tak małym zakresie. A pan... zadowolony? — spytała ciszej.

Głos jej zadrgał i oczy szybko się przesunęły po jego zżółkłej, bardzo mizernej twarzy.

— Tak... tak... bardzo... — odpowiedział prędko i szorstko; tak mu serce biło gwałtownie, że nie mógł oddychać

Szli przy sobie w milczeniu, dziewczynki skręcały nad stawy i zaczęły pisklęcymi głosami śpiewać jakąś dziecinną piosenkę, która dźwięczała złotem i jakby szmerem młodych listków i traw.

— Pan taki bardzo mizerny.. taki... — szepnęła, przymykając oczy, aby ukryć łzy głębokiego współczucia i z wielką, jakby siostrzaną miłością i bólem, spostrzegła jego wpadnięte oczy, wystające kości policzkowe, głębokie zmarszczki i siwiznę na skroniach.

— Niech mnie pani nie żałuje... Mam to, czego chciałem... Chciałem milionów — mam, a że mi do życia nie wystarczają — to moja wina. Tak, to moja wina, że zdobyłem w tej ziemi obiecanej wszystko — prócz szczęścia. To moja wina, że cierpię głód.

Powstrzymał nagle gwałtowny potok goryczy, jaki mu się wyrwał z serca, bo spostrzegł, że po jej twarzy sączą się łzy, a usta drgają z trudem powstrzymywaną boleścią.

I nie mógł mówić, widząc te łzy, — bo taki żal, — taki dziki żal uwiesił mu się ostrymi kłami u serca, że uścisnął jej rękę i odszedł śpiesznie, aby się nie zdradzić z tem, co się w nim działo.

— Za miasto, prędko! krzyknął szorstko, siadając w doróżkę.

Drżał ze wzruszenia, duszę mu obsiadły mary przypomnień wypełzłe gdzieś z ciemni mózgu, z najbujniejszych głębin serca i przesunęły mu się przez mózg w obrazach tak pięknych, tak opromienionych radością, uniesieniem, że całą siłą potężnej woli chciał je powstrzymać, chciał nasycić zgłodniałą duszę, chciał w nich utopić pamięć dnia dzisiejszego, pamięć swojej obecnej nędzy — ale nie powstrzymał bo na ekranie świadomości, z błyskawiczną szybkością rysowały się już i inne obrazy, inne przypomnienia — przypomnienia wszystkich krzywd jakie zrobił Ance, wszystkie swoje winy wobec niej popełnione. Siedział odurzony z przymkniętemi oczyma, martwy prawie i wytężał wszystkie siły, aby zdusić w sobie jakiś głośny krzyk, którym miał zapchane serce; aby zmódz i to serce przebudzone jej widokiem; te wszystkie pragnienia szczęścia jakie się w nim nagle ocknęły z siłą niepowstrzymaną.

— Dobrze mi tak, dobrze! dobrze! myślał chwilami z jakąś dziką rozkoszą, tarzając się we własnym bólu, w poznaniu własnego stanu i win własnych. Zmógł się wreszcie, pokonał sam siebie ale to zwycięstwo gorzkie kosztowało go tyle sił, że nie poszedł nawet do żony i syna, tylko zamknął się w swoim gabinecie, odprawił czekającego Mateusza i pozostał sam.

Długo leżał bez ruchu i bez myśli, bo tylko jakaś mgławica, jakieś zaczyny myśli wirowały mu pod czaszką i zatapiały go w stan półświadomości.

— Zmarnowałem życie. Powiedział naraz, bezwiednie zrywając się z otomany, ta myśl wyłoniła mu się z ciemnej pracy mózgu i szarpnęła go jak hakiem i olśniła strasznie bolesnem światłem.

Rozglądał się po ciemnym pokoju, jakby nagle oprzytomniał i wszystko ujrzał w nowem świetle.

— Dla czego? rzucił zapytanie własnej duszy. Otworzył okno i zaczął rozmyślać.

Gwar coraz cichszy dobiegał słabemi echami, miasto milkło pogrążone w odpocznieniu i w tej słodkiej kwietniowej nocy wiosennej.

Zielonawa ciemność, rozdzierana rozdrganymi błyskami gwiazd, otuliła miasto jakby w całun.

Z okien gabinetu widać było ogromny, ciemny rozlew miasta usypiającego, gdzieniegdzie tylko wznosiły się świetliste wyspy fabryk pracujących, których głuchy huk, podobny do dalekiego szumu lasów, przynosił wiatr.

— Dla czego? myślał znowu skupiając się cały jakby do walki, zwłaszcza dusza, która mu zaczynała odpowiadać przypomnieniami całego życia, rozsnuwaniem wszystkich zwojów dawno zapadłych w niepamięć — a zmartwychwstających teraz, w tej chwili. Nie chciał, uciekał, rwał się ale w końcu musiał uledz, musiał patrzeć, musiał słuchać tych wszystkich głosów jakie się w nim podnosiły, więc pochylił się i z bolesną; okropną ciekawością — przyglądał się samemu sobie. Przeglądał całe istnienie swoje, całe czterdzieści lat — które niby przędza nawinięta na wrzeciono czasu, odbijała się przed nim, że mógł rozpatrywać szczegółowo i rozpatrywał.

Miasto już spało, przyczaiło się w cieniach i przywarło do ziemi jak polip wszystkimi mackami fabryk, a dalekie, porozrzucane elektryczne słońca błękitnawemi źrenicami patrzyły w noc, stróżowały śpiącego molocha, jak stado żórawi o głowach ognistych.

— No i cóż, jestem jaki jestem, jaki być musiałem? Szepnął hardo i wyzywająco — ale nie pozbył się tem rozbudzonego sumienia, nie stłumił tem, głosów podeptanych wierzeń, zdradzonych ideałów, splugawionego egoizmem życia — które krzyczały w nim, że żył tylko dla siebie, że wszystko deptał, aby zadowolnić próżność aby napaść własną pychę, aby dojść do milionów.

— Tak jestem egoista, tak, poświęcałem wszystko dla karyery... powtarzał te słowa tak dobitnie, jakby się niemi sam policzkował i fala okropnej goryczy, wstydu, poniżenia zalała mu serce.

Poświęcił wszystko i cóż ma teraz? Garść pieniędzy bezużytecznych i ani przyjaciół, ani spokoju, ani zadowolenia, ani szczęścia, ani chęci do życia — nic... nic...

— Człowiek nie może żyć tylko dla siebie — nie wolno mu tego pod grozą własnego nieszczęścia. On o tej prawdzie wiedział ale teraz dopiero ją odczuł i pojął w całej głębokości.

— Dla tego ja przegrałem własne szczęście. Myślał wspominając Ankę i pod wpływem tego przypomnienia, napisał do niej długi list prosząc o wskazówki, potrzebne mu do założenia ochrony dla dzieci swoich robotników.

Począł znowu rozmyślać ale już szukał dróg wyjścia z dzisiejszego stanu, do celu jakiegoś na to długie jutro — o którego nudzie myślał z przerażeniem. — Godziny płynęły wolno, miasto spało ale spało niespokojnie, gorączkowo — bo przez pohaftowany światłami nocny tuman jaki je oblał, przebiegał czasem dreszcz jakiś, — to znowu rozlegał się jęk głęboki, przeciągły, bolesny — jakby jęk maszyn spracowanych, ludzi mordowanych lub drzew skazanych na zagładę; to jakiś krzyk zrywał się z głębi pustych ulic, drgał chwilę i roztapiał się w milczeniu — to jakieś nieodgadnione drganie, pełne błysków tajemniczych, głosów, płaczów, szlochań, śmiechów — cała gamma przeszłego czy jutrzejszego życia, rozlewała się po mieście i była niby marzeniem sennem tych murów, drzew spowitych w mroki, ziemi zmordowanej...

To chwilami panowała tak głęboka, przerażająca cisza, że można było wyczuć pulsacyę tego uśpionego olbrzyma, który przymarł do ziemi i spał tak ufnie jak dziecię na piersiach matki.

Tylko daleko, po za murami, hen na polach, dookoła tej „Ziemi obiecanej" w głębiach nieodgadnionych nocy, wrzał ruch jakiś, rozlegały się szmery głosów, turkoty, szumy, echa śmiechów, łkań, przekleństw.

Wszystkiemi drogami, połyskującemi kałużami wód wiosennych, które biegły ze wszystkich krańców świata do tej Ziemi obiecanej, wszystkiemi ścieżkami co się wiły wskróś pól zieleniejących i sadów kwitnących, wskróś lasów pełnych zapachów brzóz młodych i wiosny, wskróś wiosek zapadłych, moczarów nieprzebytych — ciągnęły tłumy ludzi, setki wozów skrzypiało, tysiące wagonów leciało jak błyskawice, tysiące westchnień wznosiło się i tysiące rozpalonych spojrzeń rzucało się w ciemność z upragnieniem i gorączką szukając konturów tej „Ziemi obiecanej".

Z równin odległych, z gór, z zapadłych wiosek, ze stolic i z miasteczek, z pod strech i z pałaców, z wyżyn i z rynsztoków ciągnęli ludzie nieskończoną procesyą do tej „Ziemi obiecanej". Przychodzili użyźniać ją krwią swoją, przynosili jej siły, młodość, zdrowie, wolność swoją, nadzieje i nędze, mózgi i pracę, wiarę i marzenia.

Dla tej „Ziemi obiecanej," dla tego polipa pustoszały wsie, ginęły lasy, wycieńczała się ziemia ze swoich skarbów, wysychały rzeki, rodzili się ludzie, a on wszystko ssał w siebie i w swoich potężnych szczękach miażdżył i przeżuwał ludzi i rzeczy, niebo i ziemię i dawał w zamian nielicznej garstce miliony bezużyteczne, a całej rzeszy głód i wysiłek.

Karol rozmyślając chodził i często i długo patrzył na miasto i w noc, która już na wschodzie poczynała blednąć. Zorze rozsączały się zwolna w zielonawym zmroku, jaskółki zaczęły świergotać pod dachem oranżeryi, a chłodny, świeży powiew poranku poruszał zwolna drzewami. Stawało się coraz jaśniej, już najbliższe dachy połyskiwały zamatowaną blachą z pod zwojów mgieł, a ruiny fabryki Bauma starego stawały się coraz widoczniejsze, porwane ściany, wybite okna, zrujnowane kominy wyłaniały się jakby z ziemi i czerniały smutno połamanym szkieletem.

Borowiecki się uspokoił, już znalazł drogę na jutro, już widział jasno cel dalszego życia — zerwał z samym sobą, podeptał całą swoją przeszłość, czuł się teraz jakby nowym człowiekiem, smutnym ale silnym i gotowym do walki.

Był bardzo blady, postarzał się znacznie przez tę noc jedną, głęboka zmarszczka ryła mu się przez czoło, a na twarzy osiadł i jakby zastygł wyraz determinacyi wykutej dłutem bolesnego poznania.

— Przegrałem własne szczęście!... Trzeba je stwarzać dla drugich — szepnął wolno i mocnym, męskiem spojrzeniem, jakby ramionami niezłomnych postanowień ogarnął miasto uśpione i te obszary nieobjęte, wyłaniające się z mroków nocy.

Ouarville — Paryż 1897/8.

KONIEC.

420

Also Available from JiaHu Books

Ludzie bezdomni

Quo vadis?

Pan Taduesz

Na wzgórzu róż -978-1-78435-074-1

Osudy dobrého vojáka Švejka za světové války 978-1-909669-45-1

Válka s molky

R.U.R.

Hordubal

Babička -978-1-78435-077-2

Hiša Marije Pomočnice - 978-1-909669-31-4

Чорна рада - 978-1-909669-52-9

Горски вијенац - 978-1-909669-56-7

Judita

Dundo Maroje

Suze sina razmetnoga – 978-1-78435-059-8

Стихотворения и Проза Ботев 978-1-909669-86-4

Под игото — 978-1-78435-055-0

Епопея на забравените - 978-1-78435-087-1

Az arany ember

Szigeti veszedelem

www.ingramcontent.com/pod-product-compliance
Lightning Source LLC
Chambersburg PA
CBHW032135270626
47172CB00008B/46